ANDRÉ THOMKINS 1930–1985

ANDRÉ

1930–1985

THOMKINS

Umwege • Denkmuster • Leitfäden

Hans-Jörg Heusser

Michael Baumgartner

Simonetta Noseda

Wissenschaftliches Lektorat
Regula Krähenbühl
Redaktion
*Juerg Albrecht, Regina Bühlmann,
Regula Krähenbühl*
Konzept, Layout, Satz
Juerg Albrecht
Photographien
Jean-Pierre Kuhn

Herausgegeben vom
Schweizerischen Institut für Kunstwissenschaft, Zürich

Umschlag: *Le Progrès*. Um 1957. Gouache
und Collage auf Jute, auf Karton aufgezogen. 16,3 x 13 cm. Nachlaß Thomkins
Vorsätze: *Kat. 185*
Frontispiz: *Kat. 288*

Die Inventarisierung des Werks von André Thomkins
am Schweizerischen Institut für Kunstwissenschaft haben ermöglicht:

Zuger Kulturstiftung Landis & Gyr, Zug
Familie Thomkins, Köln/Luzern

Die Publikation erscheint in broschierter
Ausgabe als Katalog zur Ausstellung
André Thomkins – TRaumszene
Kunstmuseum Bern, 24.2.–2.5.1999

Die Drucklegung der Publikation haben unterstützt:

Schweizer Kulturstiftung Pro Helvetia
Schweizerische Akademie der Geistes- und Sozialwissenschaften
Stadt und Kanton Luzern
Präsidialabteilung der Stadt Zürich
Max von Moos-Stiftung, Luzern
Jubiläumsstiftung der Schweizerischen Mobiliar, Bern
Julius Bär-Stiftung, Zürich
Familie Thomkins, Köln/Luzern

Die Deutsche Bibliothek -
CIP-Einheitsaufnahme

André Thomkins : Umwege, Denkmuster,
Leitfäden ; 1930 - 1985 / [hrsg. vom
Schweizerischen Institut für Kunstwissen-
schaft, Zürich]. Hans-Jörg Heusser ;
Michael Baumgartner ; Simonetta Noseda.
[Red.: Juerg Albrecht ...]. -
Köln : DuMont, 1999
ISBN 3-7701-4790-1

Produktion
Peter Dreesen und Marcus Muraro
Reproduktion
Graphik Atelier 13, Kaarst
Druck
Rasch, Bramsche
Buchbinderische Verarbeitung
Bramscher Buchbinder Betriebe

Printed in Germany
ISBN 3-7701-4790-1 [Buchhandelsausgabe]
ISBN 3-7701-4861-4 [Ausstellungskatalog]

INHALT

VORWORT

Œuvrekataloge sind für die Kenntnis der jeweiligen Gesamtwerke von Kunstschaffenden unentbehrlich und gehören zu den wichtigsten Grundlagen kunsthistorischer Forschung. Das Schweizerische Institut für Kunstwissenschaft (SIK) betrachtet daher die Erarbeitung und die Herausgabe von Werkverzeichnissen als eine seiner Hauptaufgaben. Im Falle von André Thomkins allerdings war angesichts von mehr als 10 000 Opera und Opuscula aus ökonomischen wie aus editorischen Gründen an eine Publikation im Rahmen unserer Reihe »Œuvrekataloge Schweizer Künstler« nicht zu denken. In dieser Situation hat sich das SIK, im Einvernehmen mit der Familie Thomkins, zu einem alternativen Vorgehen entschlossen, das auch die Möglichkeiten der elektronischen Datenspeicherung und des Internets einbezieht. Statt eines traditionellen Werkkatalogs wurde ein fünfstufiges multimediales Konzept ausgearbeitet, dessen erste drei Stufen heute realisiert sind. Ziel des Projekts war und ist es, Thomkins' Werk sowohl der Fachwelt als auch einer breiteren Öffentlichkeit zugänglich(er), bekannt(er) und verständlich(er) zu machen, weshalb denn auch von vornherein die Präsentation wichtiger Werkgruppen in einer großen Ausstellung ins Konzept einbezogen wurde.

Die erste Stufe bestand in einer ausgedehnten Inventarisierungskampagne, während deren mehrjähriger Dauer vorwiegend bedeutende Werkgruppen in Museen und Privatsammlungen, aber auch ein Kernbestand des im Besitz der Familie Thomkins befindlichen Nachlasses aufgenommen wurden. Dabei war keineswegs Vollständigkeit angestrebt, sondern es ging im Gegenteil lediglich darum, eine Übersicht

über das riesige – und bislang nur zum kleinsten Teil publizierte – Werk zu gewinnen. In dieser Phase inventarisierte Simonetta Noseda, wissenschaftliche Mitarbeiterin am SIK, fast 3000 Werke des Künstlers, von denen der SIK-Photograph Jean-Pierre Kuhn Aufnahmen machte. Die Daten wurden in unsere Datenbank SIKART eingegeben.

Für die Unterstützung dieser grundlegenden ersten Projektphase, die das SIK nicht aus eigenen Mitteln hätte finanzieren können, gebührt herzlicher Dank der Zuger Kulturstiftung Landis & Gyr, namentlich deren Direktor, Heinz A. Hertach, und der Familie Thomkins, insbesondere Frau Eva Thomkins. Beide Persönlichkeiten haben das Gesamtprojekt seit seinen Anfängen tatkräftig gefördert.

Ziel der zweiten Projektstufe war die nun vorliegende Publikation. Während die beiden kunsthistorischen Essays neue Aspekte des vielschichtigen Schaffens von André Thomkins sichtbar machen und sein Werk in den historischen und zeitgenössischen Kontext einordnen, bietet das ausführliche Glossar einen vertieften Zugang zu dem als schwerverständlich geltenden Werk. Ein umfangreicher Bildteil, der die während der ersten Projektphase aufgebaute Bilddatenbank zur Grundlage hat und eine große Zahl von Werken reproduziert, die bisher noch nie auf Ausstellungen gezeigt oder in Publikationen abgebildet waren, gewährt – in thematisch-chronologischer Ordnung – eine anschauliche Übersicht über das Gesamtwerk.

In seinem mit fundierter Kenntnis des Kunstbetriebs der letzten Jahrzehnte verfaßten Essay »The Conditions of Success« postuliert der bekannte englische

Kunstkritiker und Museumsmann Alan Bowness ein Vierphasen-Modell der erfolgreichen Künstlerlaufbahn: »There are four successive circles of recognition through which the exceptional artist passes on his path to fame. I will call them peer recognition, criticial recognition, patronage by dealers and collectors, and finally public acclaim.«[1] Im Falle von André Thomkins sind die Erfolgsbedingungen der ersten Phase dieses Modells vollumfänglich erfüllt. An der »peer recognition«, also der Anerkennung durch namhafte Künstler-Kolleginnen und -Kollegen, hat es Thomkins von Anfang an nie gefehlt. Er ist ein typischer »artists' artist«, ein Künstler also, der bei seinen »peers« in hohem Ansehen steht, dessen Werk jedoch zunächst nur einem kleinen Kreis bekannt ist und lediglich einen gewissen »Insider«-Ruhm genießt.

Weit weniger erfolgreich verlief indessen die Aufnahme des Œuvres durch die Kunstkritik. Zwar haben einige bedeutende Kritiker, Kunsthistoriker und Museumsleute Thomkins in kurzen Aufsätzen ihren Respekt bezeugt, insgesamt aber ist eine kritische Rezeption nur sporadisch und rudimentär erfolgt. Im Vorwort zum Katalog der bisher bedeutendsten Thomkins-Ausstellung, der großen Retrospektive in Berlin und Luzern in den Jahren 1989/90, wurde das schwache Echo der Kritik damit erklärt, daß nur wenige die Bereitschaft aufzubringen vermöchten, »sich auf diese komplizierte wie komplexe Vorstellungswelt einzulassen und hinter dem äußeren wie inneren Reichtum den Ausdruck einer konsequenten künstlerischen Grundhaltung zu erkennen, sie angemessen zu würdigen.«[2]

Obschon Thomkins' Werk um die künstlerischen Themen seiner Entstehungszeit kreist, läßt es sich in keiner Phase einem der jeweils führenden »mouvements« zuordnen, deren Verteidigung die »avantgardistische« Kunstkritik sich zur Hauptaufgabe machte. Das systematisch auf Verweigerung einer einfachen Verortbarkeit angelegte Schaffen von Thomkins brachte auch und gerade diese sogenannte fortschrittliche Kritik in kategoriale Verlegenheit und bescherte ihr Kontextualisierungsprobleme. So wurde Thomkins' Schaffen nur am Rande in die »kritische Debatte« der vergangenen Jahrzehnte mit einbezogen.

Auf Thomkins' programmatischen Widerstand gegen einfache Zuordnungen verweisen auch seine Sprachschöpfungen, die eigene Techniken – Lackskin, Scharniere –, eigene Bildtypen wie »Rapportmuster« und Zeitungsüberzeichnungen oder eigene Ikonographien, etwa Knopfei, »Schwebsel« und »Wohnungsentwöhnung«, beschreiben. Solche Individualbegriffe, die sich in seinen Bildtiteln und Poemen zu einer eigentlichen Privatsprache ausweiteten, hat Thomkins in reichem Maße geprägt.[3]

Die fragmentarische und verlegene Rezeption durch die Kritik hat die öffentliche Anerkennung (»public acclaim«) des Künstlers allenfalls verzögert, verhindert hat sie sie nicht. Ungeachtet der spärlichen und mangelhaften Unterstützung seines Schaffens im öffentlichen Diskurs haben bedeutende Galerien, Museen und Sammler, die mit der aktuellen Kunstszene eng verbunden waren, Thomkins' Werk schon Ende der 60er Jahre auszustellen und zu sammeln begonnen. So hatte der Künstler, als er 1985 im Alter von 55 Jahren starb, zweifellos bereits die vierte Phase des Bownessschen Karriereverlaufs erreicht: Er gehörte zu den führenden Kunstschaffenden der Schweiz, hatte bedeutende Ausstellungen in Deutschland und Holland hinter sich und stand an der Schwelle zu einem international ausstrahlenden Ruhm.

An der Erarbeitung der vorliegenden Publikation hat die Abteilung Kunstwissenschaft des SIK wesentlichen Anteil: Juerg Albrecht ist für das durchdachte Konzept und das schöne Layout des Buches verantwortlich; im Hinblick auf die Genese meines eigenen Beitrags war meine Mitautorin Simonetta Noseda für sachkundige Informationen besorgt; Regula Krähenbühl bin ich nicht nur für ein inspirierendes Lektorat zu Dank verpflichtet, sondern auch für kompetentes Mitdenken und klärende Interventionen; Regina Bühlmann trug ebenfalls dazu bei, daß die Publikation rechtzeitig zur Eröffnung der Berner Ausstellung fertiggestellt werden konnte. Nicht zuletzt möchte ich Eva Thomkins ausdrücklich für die Gestaltung des Schutzumschlags danken.

Ein wichtiger Partner in unserem Thomkins-Projekt ist der DuMont-Verlag, Köln, der sich von Anfang an für unser Vorhaben interessierte – verdankt seien namentlich Gottfried Honnefelder, Maria Platte, Peter Dreesen, Marcus Muraro und Birgit Haermeyer. Mit diesem Haus entwickelte sich eine angenehme Zusammenarbeit, die um so erfreulicher ist, als André Thomkins über zwei Jahrzehnte in Deutschland (oder vielmehr in der »Bundesrepublik Deutschland«) gelebt und gearbeitet hat. Wir betrachten es daher als eine glückliche Fügung, daß diese Publikation als deutsch-schweizerische Koproduktion in einem großen deutschen Verlag erscheint.

Zu den vielen erfreulichen Begleitumständen unseres Projekts zählt der freundschaftliche Kontakt mit der Familie des Künstlers, der ich auch für die großzügige Unterstützung danke, die sie unserem Publikationsvorhaben angedeihen ließ. Besonders verbunden bin ich Eva Thomkins, der Witwe des Künstlers, die mir in vielen unvergeßlichen Gesprächen wertvolle Aufschlüsse über das Leben und Schaffen ihres Gatten vermittelt hat.

Von Anfang an war für die dritte Stufe unseres Projekts eine große – in Partnerschaft mit einem Museum zu realisierende – Ausstellung geplant. Es stellte sich heraus, daß sich Toni Stooss, Direktor des Kunstmuseums Bern, mit dem Gedanken einer Thomkins-Ausstellung trug, die nun gleichzeitig mit dem Erscheinen dieses Buches bzw. Katalogs eröffnet werden kann. Ich danke Toni Stooss und Michael Baumgartner, dem für die Ausstellung zuständigen Kurator, für ihre Bereitschaft zu einer fruchtbaren Zusammenarbeit, die sowohl das Ausstellungsprojekt als auch die Publikation bereichert hat. So brachte Simonetta Noseda ihre profunde Kenntnis des Werks in die Konzeption der Ausstellung ein, und Michael Baumgartner, der auf seine Lizentiatsarbeit über Thomkins zurückgreifen konnte, steuerte einen sehr substantiellen Text bei, der die anderen zwei Beiträge sinnvoll ergänzt.

Das SIK verfügt gegenwärtig auf seiner Datenbank SIKART über einen Bestand von 3547 inventarisierten Werken von André Thomkins. In der vierten Stufe unseres großen Thomkins-Projekts soll – nach dem Erscheinen der vorliegenden Publikation – die gesamte Datenbank zu diesem bedeutenden Künstler online zugänglich gemacht werden.

In einer fünften Phase von noch unbestimmter Dauer sind – sozusagen als »work in progress« – die vorhandenen Thomkins-Datensätze nach und nach durch weitere Inventarisierungskampagnen zu ergänzen. Langfristig strebt das SIK ein vollständiges Werkverzeichnis an.

Hans-Jörg Heusser

Direktor
Schweizerisches Institut
für Kunstwissenschaft

1   Alan Bowness, *The Conditions of Success. How the Modern Artist Rises to Fame* (The Walter Neurath Memorial Lectures, 21), London: Thames and Hudson, 1989, S. 11.
2   Rolf Szymanski, Martin Schwander, »Vorwort und Dank«, in: Berlin/Luzern 1989/90, Band 1, S. 5.
3   Es schien uns wichtig, die Thomkinsschen Begriffsschöpfungen in der vorliegenden Publikation in lexikalischer Form zusammenzustellen und zu erläutern. Simonetta Noseda hat diese Aufgabe übernommen und mit großer Sachkompetenz gelöst; siehe in der vorliegenden Publikation S. 364–431.

Ohne Titel. 1962
Lackskin auf Papier. 20 × 21 cm
Nachlaß Thomkins

»er dachte sich zum Docht«
GRUNDRISS EINER THOMKINS-TOPOGRAPHIE

Hans-Jörg Heusser

Sackgasse und Ausweg

[1]   Christian Schneegass, »Einführung«, in: Berlin/Luzern 1989/90, Band I, S. 7–13, hier S. 8.
[2]   Zur ikonographischen Deutung von Kunstwerken grundsätzlich Erwin Panofsky, »Zum Problem der Beschreibung und Inhaltsdeutung von Werken der bildenden Kunst« (1932), in: ders., *Aufsätze zu Grundfragen der Kunstwissenschaft*, Berlin: Wissenschaftsverlag Volker Spiess, 1985. Die Auseinandersetzungen mit der von Panofsky für das 20. Jahrhundert formulierten Methode der Ikonologie sind Legion; verwiesen sei hier nur auf Renate Heidt, *Erwin Panofsky. Kunsttheorie und Einzelwerk*, Diss. Universität Bonn 1976, Köln/Wien: Böhlau, 1977 (Dissertationen zur Kunstgeschichte, 2); Ekkehard Kaemmerling (Hrsg.), *Ikonographie und Ikonologie. Theorien, Entwicklungen, Probleme* (*Bildende Kunst als Zeichensystem*, Band I), Köln: DuMont, 1979; Oskar Bätschmann, »Logos in der Geschichte. Erwin Panofskys Ikonologie«, in: *Kategorien und Methoden der deutschen Kunstgeschichte 1900–1930*, hrsg. von Lorenz Dittmann, Stuttgart: Steiner, 1985, S. 89–112; Johann Konrad Eberlein, »Inhalt und Gehalt: Die ikonographisch-ikonologische Methode«, in: *Kunstgeschichte. Eine Einführung*, hrsg. von Hans Belting, Heinrich Dilly, Wolfgang Kemp, Willibald Sauerländer, Martin Warnke, Berlin: Reimer, 1986, S. 164–185; Irving Lavin, »Ikonographie als geisteswissenschaftliche Disziplin (›Die Ikonographie am Scheidewege‹)«, in: *Die Lesbarkeit der Kunst. Zur Geistes-Gegenwart der Ikonologie*, hrsg. von Andreas Beyer, Berlin: Wagenbach, 1992 (Kleine kulturwissenschaftliche Bibliothek, 37), S. 10–22; Horst Bredekamp, »Word, Images, Ellipses«, in:

Der Organisator der Berliner Thomkins-Retrospektive von 1989, Christian Schneegass, brachte die Vielseitigkeit der Künstlerpersönlichkeit und den Facettenreichtum des Werks von André Thomkins metaphorisch auf den Punkt, wenn er festhielt, diese entziehe »sich allen Arten geistig-kartographischer Vermessungen«.[1] Schon der Versuch, seine Arbeiten ikonographisch zu deuten, ihren anschaulichen und ihren inhaltlichen Sinn zu entschlüsseln,[2] konfrontiert einen unvoreingenommenen Betrachter mit komplexen, teils sogar widersprüchlichen Wahrnehmungen. In der Regel sind die Werke des gebürtigen Luzerners aus »unserer vitalen Daseinserfahrung«[3] heraus nicht als Abbilder einer äußeren Wirklichkeit zu lesen. Nicht zu entschlüsseln ist zum Beispiel der Darstellungsgegenstand der Zeichnung *AUFVERSTEHEN* (Abb. H. 1). Teile davon sind freilich identifizierbar, so etwa die Profilansicht eines menschlichen Kopfs in der unteren Bildmitte. Ob er zu einem Mann oder zu einer Frau gehört, bleibt aber ebenso unklar wie die Bedeutung des seltsamen Haubengebildes, das ihn schmückt. Rätselhaft sind auch die beiden Figuren am rechten Bildrand, ein Knäblein und eine Frauengestalt mit einem Fischunterleib, der in einem menschlichen Fuß endet. Wenn es sich bei der letzteren um eine Meerjungfrau handelte, weshalb dann der Fuß am geschuppten Schwanz? Probleme stellt auch die Beschreibung der Beziehung zwischen ihr und der Kindfigur. Schmiegt sie sich mit dem Kopf gegen ihr Hinterteil – oder steht sie räumlich getrennt vor ihr? Berührt das kleine Wesen mit der rechten Hand ihren Fuß oder nicht? Welche Funktion hat die Bewegung des anderen Armes? Er scheint – karyatidenhaft – ein gänzlich unidentifizierbares, zunächst plastisches, gegen oben aber immaterieller werdendes Gebilde zu stützen, das sich zu einem Bogen entwickelt und sich in der linken Bildhälfte wolkenähnlich verdichtet, wo es die Oberfläche des Meeres berührt – falls da ein Meer gemeint sein sollte. Im Scheitelbereich des bogenartigen Gebildes befindet sich eine Art Medaillon, das einen Baum in einer Landschaft zeigt, die wir nicht näher zu identifizieren vermögen und die merkwürdigerweise mit horizontal aufgereihten Ziffern bestückt ist.

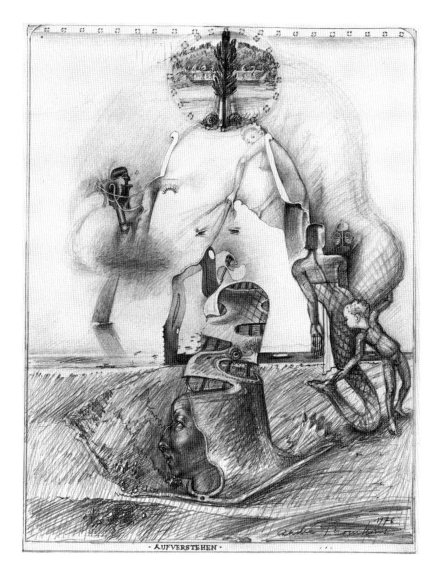

· AUFVERSTEHEN ·

H. 1
AUFVERSTEHEN. 1976
Bleistift auf Papier. 27,3 × 20,7 cm
Nachlaß Thomkins

Sofern ein Bild ikonographisch wenigstens zum Teil lesbar ist, kann seine inhaltliche Bedeutung in der Regel mindestens partiell erschlossen werden, wenn das Werk einem bestimmten Darstellungstypus zuzuordnen ist. Im Falle von Thomkins' Zeichnung *AUFVERSTEHEN* kann von einem bekannten Darstellungstypus keine Rede sein. Immerhin scheint der Titel eine inhaltliche Dimension anzudeuten: »Aufverstehen« ist offensichtlich ein paronomastisches Sprachspiel, das – ohne daß der gesprochene Wortlaut dies verriete – die beiden Verben »auferstehen« sowie »verstehen« ineinanderblendet. Allerdings dürfte es schwierig sein, in der Zeichnung selbst irgendwelche stichhaltigen Hinweise auf die Evangelien oder die Darstellung der Auferstehung in der traditionellen christlichen Kunst zu finden. Der Titel stellt zwar eine – durch die Verdichtung bereits verunklärte – Beziehung zu einem allfälligen Referenztext her, die Beziehung der Zeichnung zu diesem Text ist indessen

Meaning in the Visual Arts. Views from the Outside. A Centennial Commemoration of Erwin Panofsky (1892–1968), hrsg. von Irving Lavin, Princeton: Institute for Advanced Study, 1985 (Proceedings of a symposium held at the Institute for Advanced Study, October 1–3, 1993), S. 363–371; David Summers, »Meaning in the Visual Arts as a Humanistic Discipline«, ebd., S. 9–24.

[3] Panofsky sieht darin die wesentliche Voraussetzung, über die der Betrachter verfügen muß, um in die »»primäre‹ Sinnschicht« eines Kunstwerks vorzustoßen, d. h. das Dargestellte als pures Phänomen (daher »Phänomensinn«) identifizieren zu können, vgl. Panofsky, »Beschreibung und Inhaltsdeutung« (wie Anm. 2), S. 86.

[4]   Beat Wyss, *Der Wille zur Kunst. Zur ästhetischen Mentalität der Moderne*, Köln: DuMont, 1996, S. 93. Wyss nimmt hier zwar Position gegen eine Kunstgeschichtsschreibung in Stilepochen, aber sein Ansatz erscheint – im Analogieverfahren – übertragbar auf die Untersuchung eines künstlerischen Gesamtwerks.

[5]   Der Begriff ist abgeleitet aus Thomkins' Ausführungen zu einer seiner Werkgruppen der 50er Jahre, die ein vom Künstler abwechselnd als »Schwebsel«, »Schwebseel« oder »Schwebbes« bezeichnetes Motiv variiert; siehe dazu auch Noseda, in der vorliegenden Publikation S. 412–415, »Schwebsel«.

[6]   Brief von AT an Serge Stauffer vom 3.3.1958, in: Stauffer/Thomkins 1985, S. 260.

[7]   Ebd.

[8]   Schmied 1989, S. 72–73.

[9]   Die Studie von Gustav René Hocke, *Die Welt als Labyrinth. Manier und Manie in der europäischen Kunst*, Hamburg: Rowohlt Taschenbuch Verlag, 1957 (rowohlts deutsche enzyklopädie, 50/51), steht am Beginn einer eigentlichen zweiten Konjunktur, die der Manierismus in der europäischen Kunstwissenschaft des 20. Jahrhunderts hatte und die sich mit Eduard Hüttinger »einzig durch die vom Manierismus ausstrahlende Faszination auf gewisse Disponiertheiten, Neigungen und Gesinnungen des 20. Jahrhunderts« erklären läßt, vgl. Eduard Hüttinger, »II Manierismo«. Zu einem Buch von Georg Weise« (1972), in: ders., *Porträts und Profile. Zur Geschichte der Kunstgeschichte*, mit einem Beitrag von Gottfried Boehm, St. Gallen: Erker, 1992, S. 276–281, bes. S. 277. Jacques Bousquet begründet die Tatsache, daß der Manierismus bereits für die kunsthistorische Forschung der Zwischenkriegszeit zum Thema geworden war, in ähnlicher Weise: »Die unruhige und zerrüttete Zeit nach dem Ersten Weltkrieg war bereit, die Unruhe und Verwirrung der manieristischen Epoche wieder zu verstehen. Max Dvořák gab als erster in seinem Buch ›Kunstgeschichte als Geistesgeschichte‹ (1924) dem Manierismus eine positive Bedeutung. Er erkannte, daß der Manierismus sich nicht auf eine italienische Schule beschränkte, sondern eine europäische Bewegung war [...]. Diese Auffassung setzte sich zwischen den beiden Weltkriegen durch und fand besonders in den Arbeiten von F. Antal, H. Voss, H. Hoffmann, N. Pevsner, W. Weisbach und W. Friedländer ihren Niederschlag.« Vgl. Jacques Bousquet, *Malerei des Manieris-*

ebenso uneinsichtig wie diejenige zur äußeren Realität. Die traditionelle ikonographische Analyse endet bei *AUFVERSTEHEN* in einer Sackgasse, die Zeichnung bleibt ein Bildrätsel.

In derartigen Fällen drängt sich ein Rückgriff auf die Selbstaussagen der jeweiligen Kunstschaffenden geradezu auf. Thomkins gehört aber nicht zu den Künstlern, die einzelne Werke erklärend kommentiert haben, obwohl er sein Schaffen immer wieder theoretisch reflektierte. Offenbar gab es für ihn keinen Erklärungsbedarf angesichts von einzelnen Arbeiten. Es hat den Anschein, daß uns der Künstler die Ratlosigkeit vor seinem Werk nicht ersparen wollte, ja, wir müssen sogar annehmen, daß die ikonographische Rätselhaftigkeit in seiner Absicht lag. Dennoch stellt sich die Frage, ob ein Referenzsystem existiert, das auch Werke wie das oben untersuchte verständlich werden ließe, und wenn ja, wie ein solches zu finden wäre. Zu diesem Zweck hat sich die Thomkins-Kritik immer stark auf Aussagen und Texte gestützt, die der Künstler selbst verfaßte, in erster Linie auf die Bildtitel – bei Thomkins Kunstwerke für sich –, sodann Wortspiele, Poeme, Briefe und Interviews. Daraus läßt sich eine Reihe von Topoi ableiten, die das geistige Repertoire und die Leitideen des Künstlers zum Ausdruck bringen. Wie Beat Wyss deutlich macht, besteht der Nutzen von »Topoi« für die Interpretation darin, »den redundanten Gehalt eines Kunstwerks zu bestimmen.« Dieser in allen Werken wiederkehrende Gehalt ist »gewissermaßen der Mentalstil, der [...] den Vorteil hat, daß in ihm Sprache und Bilder konvertierbar erscheinen.«[4] Den Mentalstil von Thomkins' Schaffen prägen vier Topoi, die im folgenden einer näheren Betrachtung unterzogen werden sollen: das Manieristische, das Methodische, das Labyrinthische und das »Schwebselige«[5]. Alle stehen sie untereinander in werkspezifischer Beziehung und repräsentieren in ihrer Gesamtheit die Thomkinssche »Kunstlandschaft«, deren Beschreibung wir als »Thomkins-Topographie« bezeichnen. Sie bildet – wie aus der folgenden Herausarbeitung ihres Grundrisses deutlich wird – den gesuchten Interpretationsrahmen, der Sinn, Bedeutung und Einheit des Thomkinsschen Werks erkennbar macht.

Das Manieristische

Gustav René Hocke als Ausgangspunkt

In einem Brief an seinen Freund Serge Stauffer mit dem Datum des 3. März 1958 beschreibt der achtundzwanzigjährige Thomkins seine geistige Ahnenreihe. Sie liest sich – von der Gegenwart in die Vergangenheit zurückschreitend – wie folgt: »Pataphysique Surréalisme Dada Stephan Potter L. Stern[e] (Tristram Shandy) Sade, Lautréamont (Satanistes) Maniéristes italiens, espagnol et allemands certaine forme de buddhisme Literaturmalerei (Südschule sous les Ming en Chine) etc.« Diese Ahnenliste wird von einer Klammer zusammengefaßt, die nach links weist, wo Thomkins festhält, worin er das Gemeinsame dieser Strömungen, Ausdrucksformen und Persönlichkeiten erblickt und was ihn mit ihnen verbindet: »tous maniéristes jouant avec l'absurde sensé ou insensé, révolutionnaires souvent, mystiques parfois, insugés ›indé-pendents‹, ironique souvent, dilettantisme, occultisme, témoins de l'in-concient et de la magie (?)«.[6] Weiter unten im selben Schreiben steht zu lesen: »Pour te montrer combien mon inspiration entre dans le genre maniériste: j'ai rêvé hier d'une clé sans âge qui ›ouvre‹ le temps. C'était un crochet de porte manteau [...]!«[7]

Dieser Brief ist ein früher Beleg für Thomkins' Interesse an den ästhetischen Prinzipien des Manierismus, das von der Kritik zu Recht immer wieder hervorgehoben wurde. »Wir dürfen aber [...]«, schreibt zum Beispiel Wieland Schmied, »André Thomkins und seine Arbeit noch in einem andern Zusammenhang sehen, in dem des Manierismus. [...] Gustav René Hocke hat in seinem berühmten Buch ›Die Welt als Labyrinth – Manier und Manie in der europäischen Kunst‹ die Moderne manchmal wohl allzu gewaltsam vereinfachend aus Geist und For-menspiel des Manierismus herzuleiten versucht. Bei allen verblüffenden Parallelen wirkt das nicht immer überzeugend. Bei einem Künstler aller-dings, den Hocke merkwürdigerweise weder in der Erstauflage seines Buches,1957, noch in dessen Neuauflage von 1963 nennt, hätte er mit mehr Recht als bei vielen anderen auf den Wurzeln im Manierismus in-sistieren können: bei André Thomkins.«[8]

Tatsächlich ist Thomkins ein Zeuge für die Bedeutung, die Hockes Buch (Abb. H. 2) unmittelbar nach dessen Veröffentlichung für viele Künstler und Schriftsteller gewann.[9] Bereits im Oktober 1957, im Er-scheinungsjahr der breit angelegten Studie, machte Serge Stauffer sei-nen Freund in einem Brief mit folgenden Worten auf »Die Welt als La-byrinth« aufmerksam: »Je te signale un petit livre de la RoRoRo-Encyclopédé sur le manierisme occidental (Die Welt als Labyrinth, par un dénommé Hocke). Il y a beaucoup de matériel dedans qui saura te divertir de la grippe.«[10] Ein erster – allerdings etwas mysteriöser – Hin-weis darauf, daß Thomkins das Buch gelesen hat, findet sich dann auf ei-ner Postkarte vom 4. November des gleichen Jahres. Er lautet: »Silence complet à part le matériel qui me confirme dans G. R. Hocke ›Die Welt als Labyrinth‹ chez Rowohlt décoré d'un beau Sogwendel.«[11] Der Vag-heit dieser Aussage zum Trotz scheint Thomkins jedenfalls die Kunst-theorie Federico Zuccaris, die in Hockes Manierismus-Verständnis von zentraler Bedeutung ist, einläßlicher rezipiert zu haben, denn kurz dar-auf skizziert er für Stauffer einen Lehrplan, den der Freund seinen Schülern an der Kunstgewerbeschule in Zürich vermitteln solle: »Je te propose un mélange des thèses de Zuccari, des mensonges sur Galilei, Lafontaine ›lettres du Limousin‹, une étude sur l'histoire des métaux, comparaison des frontières départementales de France et des Etats Unis, étude du Plankton et pour finir Dada-Zen (banalkontrast).«[12] Wie wichtig und nachhaltig die Hocke-Lektüre für Thomkins gewesen sein

H. 2
Gustav René Hocke
Die Welt als Labyrinth
Einband der Erstausgabe von 1957

mus. Die Kunst Europas von 1520 bis 1620, 3., überarb. und aktualisierte Aufl. mit ei-nem eigenen Beitrag hrsg. von Curt Grütz-macher, München: Bruckmann, 1985, S. 10 und die Bibliographie S. 306–312. Aus der uferlosen Literatur zum Thema seien hier immerhin genannt Franzsepp Würtenber-ger, *Der Manierismus. Der europäische Stil des sechzehnten Jahrhunderts*, Wien/Mün-chen: Schroll, 1962; Arnold Hauser, *Der Manierismus. Die Krise der Renaissance und der Ursprung der modernen Kunst*, Mün-chen: Beck, 1964; John Shearman, *Manner-ism*, London: Penguin, 1967, dt. *Manieris-mus. Das Künstliche in der Kunst*, Frankfurt a. M.: Athenäum, 1988; André Chastel, *La crise de la Renaissance*, Genf: Skira, 1968; Sydney J. Freedberg, *Painting in Italy 1500–1600*, Harmondsworth: Penguin Books, 1971, überarb. Neuaufl. 1975 (The Pelican History of Art, 35).

[10]   Brief von Serge Stauffer an AT vom 22.10.1957, in: Stauffer/Thomkins 1985, S. 241.

[11]   Postkarte von AT an Serge Stauffer vom 4.11.1957 (Poststempel), ebd. Mit »beau Sogwendel« bezeichnet Thomkins den auf dem Einband der Erstausgabe (Abb. H. 2) von Hockes *Welt als Labyrinth* (wie Anm. 9) verwendeten Stich von

muß, belegt nicht nur seine Korrespondenz mit Stauffer, sondern auch das Zeugnis eines anderen Künstlerfreundes: Anläßlich eines Interviews berichtet Daniel Spoerri von einem Telephongespräch mit Thomkins im Jahr 1979. Es sei um das Bühnenbild für Zadek zu Shakespeares »Wintermärchen« gegangen, erklärt Spoerri und fährt dann fort: »Ich war mir selbst unsicher, wo ich überhaupt anfangen sollte. Das war ein paar Jahre vor Andrés Tod. Ich will jetzt erzählen, wie ich mit ihm telefoniert habe, sagte, ich komme da irgendwie noch nicht durch, fragte, wie ich das anpacken solle. In diesem Telefongespräch fiel eigentlich nur ein Stichwort, das war Gustav René Hockes ›Die Welt als Labyrinth‹, das wir zusammen gelesen hatten, aber schon 20 Jahre vorher, '56, '57, um die Zeit ist das Buch erschienen. Es könnte gut sein, daß mir André sogar den Tip gab: ›Lies mal dieses Buch, das ist ein kurioses Buch, das könnte dich interessieren‹. Und durch dieses Stichwort ›Hocke‹ – im zweiten Band über den Manierismus in der Dichtung steht auch viel über Shakespeare! – wurde mir plötzlich klar, daß ich diese Zeit einbringen muß.«[13]

Daß Hockes Auseinandersetzung mit dem Manierismus für Thomkins und sein Schaffen von grundlegender Bedeutung war, wurde schon früh erkannt. Zusammenfassend hält Christian Schneegass im Katalog der Berliner Retrospektive fest: »Der europäische Manierismus, wie er von Gustav René Hocke psychologisch als eine von zwei immer wiederkehrenden und im Wechsel den Zeitgeist ganzer Epochen bestimmenden elementaren Ausdrucksgebärden der Menschheit geschildert wird, war neben anderen verdrängten und vergessenen Traditionen eine, wenn nicht die wichtigste Quelle für Thomkins' künstlerische Inspiration.«[14] Hockes Buch liefert denn auch Schlüsselbegriffe zum Verständnis von Thomkins' Werk.

»Der Concettismus«

Auf Stauffers Frage: »gibt es einen philosophen, eine philosophie, die deinem eignen denken sehr nahe kommt?« entgegnet Thomkins: »der concettismus, die koans des zen.«[15] In unserem Zusammenhang interessiert zunächst der Begriff des Concettismus, welcher der manieristischen Kunsttheorie entstammt[16] und auf den Thomkins wohl durch Hockes Arbeit aufmerksam geworden ist, wo er ausführlich dargestellt wird. Hockes Begriff des »Concettismus« verdankt sich, um mit Panofsky zu sprechen, jener »in engerem Sinne ›manieristische[n]‹ Tendenz«, die sich durch eine Reihe spezifischer Neuerungen auszeichnet, »von denen vielleicht die grundsätzlichste die systematische Ausgestaltung und Umgestaltung der für die eigentliche Renaissance-Theorie noch nicht allzu bedeutenden Ideenlehre ist.«[17] Kernbegriff der von Plato begründeten und im Lauf der Geistesgeschichte vielfach abgewandelten Ideenlehre ist die »idea«, in der Renaissance zunächst das Konzept einer »naturübertreffenden Schönheit im Sinne des erst später

Mathias Zundt, »Muschel und Stern«, aus: Hans Leucker, *Perspectiva literaria*, Nürnberg 1567.

[12] Brief von AT an Serge Stauffer vom 26.11.1957, in: Stauffer/Thomkins 1985, S. 247.

[13] Spoerri/Schneegass 1989, S. 88.

[14] Schneegass 1989, S. 38.

[15] »100 fragen an andré thomkins«, in: Bern/Düsseldorf 1969, o. S. (6).

[16] Dazu nach wie vor grundlegend Erwin Panofsky, *Idea. Ein Beitrag zur Begriffsgeschichte der älteren Kunsttheorie* (1924), bereinigter Neudruck 1959, Berlin: Wissenschaftsverlag Volker Spiess, 6. Aufl. 1989. Julius Schlosser, *La letteratura artistica. Manuale delle fonti della storia dell'arte moderna*, hrsg. von Otto Kurz, 3., aktualisierte Aufl., Florenz/Wien: La nuova Italia Editrice/Schroll, 1964 (Nachdruck 1967), versammelt im Kapitel V, »La teoria artistica del manierismo nei suoi elementi«, S. 433–454, die Quellenschriften; vgl. auch Mario Praz, *Studies in Seventeenth-century Imagery* (it. 1934), Rom: Edizioni di Storia e Letteratura, 1964 (Sussidi eruditi, 16), dazu ein Teil II, Rom: Edizioni di Storia e Letteratura, 1974 (Sussidi eruditi, 17); Anthony Blunt, *Artistic Theory in Italy 1450–1600*, 5. Aufl., Oxford u. a.: Oxford University Press, 1980, dt. *Kunsttheorie in Italien 1450–1600*, München: Mäander, 1984.

[17] Panofsky, *Idea* (wie Anm. 16), S. 41.

fixierten Begriffs ›das Ideal‹«.[18] Für die manieristischen Kunsttheoretiker, zumal Vasari, wurde die »idea« zur »Vorstellung einer naturunabhängigen Bildgestalt überhaupt«, die den Künstler mimetischer Nachahmung enthebt, da sie – oder der gleichbedeutend verwendete Begriff des »concetto« –, wie Panofsky referiert, nun »jedwede künstlerische Vorstellung« bezeichnet, »die, im Geiste entworfen, der äußeren Darstellung vorangeht«.[19] Hocke, der sich auf Panofsky bezieht, unterscheidet zwei Stufen der manieristischen »idea«-Lehre, eine erste formuliere Giovanni Paolo Lomazzo in seinem »Trattato dell'arte della pittura« (1584), die zweite Stufe sei mit Federico Zuccaris »L'Idea de' Pittori, Scultori ed Architetti« (1607) erreicht. In Federico Zuccari (1542–1609)[20] sieht der Autor eine Zentralfigur, geradezu den »Erfinder« des Concettismus. Ihm zufolge erweitert Zuccari die »Idee« der neuplatonischen Ästhetik zum »concetto«, einem Bildbegriff oder Begriffsbild: »Ein concetto ist also nicht abstrakt. Es handelt sich, nach Zuccari, beim Künstler um eine präexistente bildliche Vorstellung, um einen ›disegno interno‹, um eine innere Zeichnung.«[21] In seiner theologisch inspirierten Kunstmetaphysik deutet Zuccari den »disegno interno«, aus welchem der Künstler schöpft, wortspielerisch als »segno di dio in noi«, als »Zeichen Gottes in uns«. Er kann »im Geiste des Menschen nur deshalb erzeugt werden, weil Gott ihm die Fähigkeit dazu verliehen hat, ja weil die menschliche Idee im letzten Grunde nur ein Funke des göttlichen Geistes ist, eine ›scintilla della divinità‹.«[22] Künstlerische Inspiration ist also eine Frage des göttlichen Funkens, der »disegno interno« – oder »concetto« – sowohl ein Zeichen Gottes als auch der Göttlichkeit des Künstlers (siehe Abb. H. 3). Ihn zu verwirklichen, darin besteht die wahre Aufgabe der Kunst, und diese Umsetzung des »disegno interno« im praktisch ausgeführten materiellen Kunstwerk bezeichnet Zuccari als »disegno esterno«. Damit schafft der Concettismus die theoretische Grundlage für die zunehmende Abkehr vom Naturvorbild, wie sie für die manieristische Kunst kennzeichnend ist. Deren neue Errungenschaften konnten aber mit den Begriffen der Kunsttheorie der Renaissance, die ganz im Zeichen von Mimesis und idealistischer Überhöhung stand, nur negativ, als Abweichung von der Norm, beschrieben werden, und so erarbeitete Zuccari auch neue Bildkategorien, die seiner concettistischen Ästhetik Rechnung tragen und neue Maßstäbe setzen sollten. Er entwirft ein dreistufiges System, in dem die antinaturalistische »arte nova« als Überwindung der bloßen Nachahmung und mithin der Renaissance-Kunst erscheint. Zum Inbegriff manieristischen Bildschaffens erklärt Zuccari den »disegno fantastico-artificiale« oder »disegno metaforico-fantastico«, der die Neuschaffung der Natur aus dem »concetto« heraus postuliert.

Zuccaris Kunsttheorie, wie sie durch Hocke vermittelt wird, stellt uns ein Begriffsinstrumentarium zur Verfügung, das durchaus auch für die Auseinandersetzung mit dem Schaffen von André Thomkins tauglich erscheint. Insbesondere die darin beschriebene eigentlich manieristische Bildkategorie des »disegno fantastico-artificiale« verspricht Klä-

H. 3
Federico Zuccari
Apotheose des Künstlers. Um 1595
Palazzo Zuccari [Max-Planck-Institut,
Biblioteca Hertziana], Rom
Sala Terrena, Mittelbild der Decke

18   Ebd., S. 37.
19   Ebd.
20   Zu Federico Zuccari vgl. Detlef Heikamp, »Vicende di Federico Zuccari«, in: *Rivista d'arte*, 32 (Serie terza, VII), 1957, S. 175–232, und ders., »Ancora su Federico Zuccari«, in: *Rivista d'arte*, 33 (Serie terza, VIII), 1958, S. 45–50. Heikamp besorgte auch die Ausgabe der Schriften: *Scritti d'arte di Federico Zuccaro*, hrsg. von Detlef Heikamp, Florenz: Olschki, 1961 (Fonti per lo studio della storia dell'arte inedite o rare, 1). Zu Zuccaris »gemalter Kunsttheorie« in der Casa Zuccari in Florenz und dem Palazzo Zuccari in Rom, der heutigen Biblioteca Hertziana, siehe Barbara Müller [Nägeli], »Casa Zuccari a Firenze e Palazzo Zuccari a Roma: casa d'artista e casa dell'arte«, in: *Case d'artista dal Rinascimento a oggi*, hrsg. von Eduard Hüttinger, mit einer Einführung von Salvatore Settis, Turin: Bollati Boringhieri, 1992 (Nuova Cultura, 31)(dt. *Künstlerhäuser von der Renaissance bis zur Gegenwart*, Zürich: Waser, 1985).
21   Hocke, *Welt als Labyrinth* (wie Anm. 9), S. 48.
22   Panofsky, *Idea* (wie Anm. 16), S. 48.

rung im Fall derjenigen Werke des Künstlers, deren anschaulicher und inhaltlicher Sinn zunächst rätselhaft bleibt: Sollten die darin entworfenen radikal künstlichen Phantasiewelten dem manieristischen Bildbegriff zuzuordnen sein, müßten sie – nach Zuccaris Ausführungen – einem »concetto« entsprungen sein.[23]

Der göttliche Funke

Nach Auffassung von Christian Schneegass ist das Manieristische bei Thomkins grundsätzlicher Natur: »Kunsthistoriker führt er gern an der Nase herum, bis sie sich, wie unmerklich behext und in seinen Bannkreis gezogen, plötzlich schwindelig im Kreis drehen und Opfer seiner grenzenlos manieristischen Grundhaltung werden, für die die ›figura serpentinata‹ in der Federzeichnung ›er dachte sich zum Docht‹ von 1960 das sprechendste Symbol liefert.«[24] Bei der »figura serpentinata« (Abb. H. 4), dem manieristischen Figurenideal einer pyramidalen schlangenartigen Aufwärtswindung der menschlichen Gestalt,[25] das Raffael entwickelte und das Michelangelo zu einer ersten Vollendung führte, ist das Moment des sich Hochschraubens jedoch nur ein Aspekt. Ein anderer, ebenso wesentlicher ist die Symbolik des Feuers, worauf der manieristische Kunsttheoretiker Lomazzo in seinen Ausführungen großes Gewicht legt: »[...] eine Figur hat am meisten Grazie und Beredsamkeit, wenn man sie in Bewegung sieht [...]. Um sie so darzustellen, gibt es keine bessere Form als die einer Flamme, weil sie die bewegungsreichste aller Formen und konisch ist.«[26] Damit wird auch auf das die Materie überwindende Moment des Spirituellen hingewiesen, das sich im »serpentinato« manieristischer Körperdarstellung Ausdruck verschafft.

In Thomkins' Zeichnung *er dachte sich zum Docht* (Abb. H. 5) finden wir diese beiden Bedeutungsaspekte der »figura serpentinata« vereint: Sie zeigt eine in sich verdrehte – eben dochtartige – menschliche Figur, deren Haupt ein flammenähnliches Gebilde ziert. Der Titel, in diesem Fall eine Erläuterung der bildlichen Darstellung, spricht eine weitere Bedeutungsdimension an: Er bringt das Denken ins Spiel und verleiht der Zeichnung überraschenden Sinn. Verstandestätigkeit, ausgedrückt durch die spiralig aufwärtsgerichtete Kontorsion der Figur, ist gleichzusetzen mit »Dochtwerdung«. Was durch das denkende Streben erreicht wird, ist ein Prozeß des sich Windens und Verdrehens sowie der Austrocknung, der allerdings auch zum Brennbarwerden und zur Entflammbarkeit führt. Doch ohne das Hinzutreten des Feuers wird keine Kerze zum Licht: Denken erschöpft sich im Dochtwerden, zur Erleuchtung aber braucht es das Feuer. Thomkins läßt aus dem Kopf/Docht eine Flamme schlagen und bringt damit einen manieristischen Kerngedanken zum Ausdruck, der seine theoretische Formulierung in Zuccaris Lehre von der »scintilla della divinità«, dem göttlichen Funken, gefunden hat. Vor diesem Hintergrund wird auch das Subjekt des Titelsatzes fassbar: Es ist der Künstler, der sich zum Docht gedacht hat. In ihm entzündet der

H. 4
Parmigianino
La Madonna dal collo lungo. Um 1535
Öl auf Leinwand, 214 × 133 cm
Uffizien, Florenz

23   Daß dem so sei, impliziert jedenfalls Hocke, der in seiner spekulativen Studie *Die Welt als Labyrinth* die konstitutive Bedeutung des Manierismus für die Kunst der gesamten Neuzeit nachzuweisen suchte. Ihm zufolge ging die moderne Ästhetik aus dem »Concettismus« hervor, was zwar eine zugespitzte und eindimensionale These sein mag – aber Thomkins jedenfalls war fasziniert von Hockes Ausführungen und eignete sie sich als Grundlegung für sein Schaffen an.
24   Schneegass, »Einführung« (wie Anm. 1), S. 8.
25   Shearman erörtert in seiner Manierismus-Studie dieses Figurenideal ausführlich, siehe Shearman, *Manierismus* (wie Anm. 9), »Die Figura serpentinata«, S. 96–107.
26   Zit. nach Shearman, ebd., S. 96.

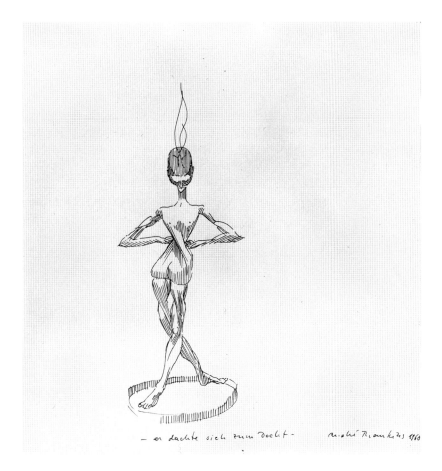

H. 5
er dachte sich zum Docht. 1960
Feder auf Papier. 21 × 20 cm
Privatbesitz

göttliche Funke ein Licht, das ihn befähigt, hinter die sichtbare Wirklichkeit zu schauen und aus dieser Einsicht seinen »concetto« zu gewinnen.
Die Zeichnung ist damit zugleich als bildmäßige Umsetzung manieristischer Kunsttheorie und als Porträt des Künstlers zu deuten.

Was es heißt, »sich zum Docht zu denken«, davon vermittelt das
Werk ein anschauliches Bild: Die dargestellte Figur ist derart in sich ver-
dreht, daß wir nicht wissen, ob sie uns die Vorder- oder die Hinterseite
zukehrt. Mit dem einen Fuß schreitet sie nach vorn auf uns zu und mit
dem andern von uns weg. Damit blockiert sie sich selbst, ist sie ver-
dammt zu einem Treten an Ort, zur mühsamen Drehung in jenem kleinen Kreis, der in der Zeichnung – nicht ganz eindeutig – als eine Art
Sockel dargestellt ist. Der im Titel angesprochene Denkprozeß ist demnach ambivalent: Einerseits führt er zur totalen Blockierung, anderseits
aber zur »Dochtwerdung«, welche die Voraussetzung für die Entzünd-
barkeit bildet. Die »Erleuchtung« wiederum kann nicht ausschließlich
durch Reflexion herbeigeführt werden, sondern bedarf des göttlichen
Funkens, der dem Verdrehten und Blockierten, in seinem Widerspruch
Gefangenen und am Denken Verzweifelten offensichtlich zuteil geworden ist.

In dieser Interpretation erhält die Zeichnung den Charakter eines Gleichnisses für die »condition humaine«: Angesichts einer Welt von unauflöslicher Widersprüchlichkeit kommt der Mensch durch verstandesmäßiges Streben allein nicht weiter. Nur der »göttliche Funke«, ein Geschenk der Gnade, läßt ihn jene unsichtbare Wirklichkeit erkennen, die der sichtbaren erst ihren Sinn gibt. *er dachte sich zum Docht* ist ein Schlüsselwerk von Thomkins – es zeigt die Wiederbelebung der concettistischen Kunstmetaphysik aus der Existenzerfahrung des Künstlers heraus.

Groteske und Rätselbild[27]

Als Folge der um 1480 erfolgten Entdeckung der »grotte« des Esquilin, der Domus aurea des Kaisers Nero unter Bauschutt, erlebte die Renaissance zu Beginn des 16. Jahrhunderts in Rom eine eigentliche Grotesken-Mode, die vor allem durch Raffael und seine Schule, besonders Giovanni da Udine, in den Loggien des Vatikans zur Vollendung geführt wurde. Obwohl die Groteske zu jener Zeit nur als schmückendes Beiwerk galt und demzufolge auf die dekorative Umrahmung von Wandgemälden und den Bauschmuck beschränkt blieb, zeichnete sich hier schon eine Tendenz ab, die sich erst im Manierismus, als die neue Mode dank der Druckgraphik in ganz Europa Verbreitung fand, voll ausprägen sollte: Die ornamentalen Muster der antiken Vorbilder wandelten sich zu autonomen Darstellungen, die Groteske verselbständigte sich zu einer eigenständigen Bildgattung. Manieristische Kunsttheoretiker wie die erwähnten Giovanni Paolo Lomazzo und Federico Zuccari legitimierten diese Entwicklung, da die Groteske mit ihrer ostentativen Mißachtung der Naturnachahmung und ihrer ikonographischen Rätselhaftigkeit ihren Begriffen von einer neuen Kunst genau entsprach. Die antiken Schmuckformen erschienen ihnen als geheimnisvolle Allegorien, deren Sinn sie nicht zu deuten vermochten, hinter denen sie aber eine tiefe Weisheit vermuteten.

Kennzeichnend für die Groteske ist die Einbindung von Mischwesen aus menschlichen und zoomorphen oder vegetabilen Elementen sowie von Pflanzenformen, Architekturelementen und anderen Gebilden in eine strenge, mit den Worten Gombrichs »formale[...] Ordnung von Symmetrie und Gleichgewicht«.[28] Träger dieser Ordnung ist oft eine pflanzliche Ornamentstruktur, vielfach eine Art Rankenwerk. Die Inspiration, die Thomkins von der Groteskenmalerei und allenfalls auch von der manieristischen Groteskengraphik empfangen haben dürfte, kommt weniger in einer oberflächlichen Nachahmung als vielmehr in der Anwendung formaler und kompositioneller Prinzipien zum Tragen. Dazu gehören die Bestimmung der Komposition durch ein ornamentales Grundmuster, der lockere Wechsel zwischen Ornament und Figur respektive zwischen Abstraktion und Naturalismus, die Demonstration von Regel und Abweichung, das Metamorphose-Prinzip, das bezie-

[27]   Bei Hocke findet sich ein Unterkapitel mit dem Titel »Grotesken«, vgl. Hocke, *Welt als Labyrinth* (wie Anm. 9), S. 72–74 mit Abb. 62–66. Heute ist die Literatur zur Groteske nahezu unüberschaubar; verwiesen sei hier nur auf folgende Titel: Friedrich Piel, *Die Ornament-Grotteske in der italienischen Renaissance. Zu ihrer kategorialen Struktur und Entstehung*, Diss. Universität München 1958, Berlin: de Gruyter, 1962 (Neue Münchner Beiträge zur Kunstgeschichte, 3); Wolfgang Kayser, *Das Groteske. Seine Gestaltung in Malerei und Dichtung*, 2. Aufl., Oldenburg: Stalling, 1961; Geoffrey Galt Harpham, *On the Grotesque. Strategies of Contradiction in Art and Literature*, Princeton N. J.: Princeton University Press, 1982; André Chastel, *La grottesque*, Paris: Le promeneur, 1988, dt. *Die Groteske. Streifzug durch eine zügellose Malerei*, Berlin: Wagenbach, 1997 (Kleine kulturwissenschaftliche Bibliothek, 57). Zum Rätselbild vgl. auch die Studie von Eva-Maria Schenck, *Das Bilderrätsel*, Hildesheim: Olms, 1973.

[28]   Ernst H. Gombrich, *The Sense of Order. A Study in the Psychology of Decorative Art*, Oxford: Phaidon, 1979 (The Wrightsman Lectures of the New York University Institute of Fine Arts, 9), dt. *Ornament und Kunst. Schmucktrieb und Ordnungssinn in der Psychologie des dekorativen Schaffens*, Stuttgart: Klett-Cotta, 1982, S. 290.

H. 6
Giovanni da Udine
Groteske. Um 1549
Engelsburg, Rom
Sala Paolina

H. 7
sirène sanitaire. 1966
Aquarell auf Papier
23,6 × 23 cm (Lichtmaß)
Nachlaß Thomkins

hungslose Nebeneinander der Figuren sowie die »all over«-Struktur, das Ausfüllen der gesamten Bildfläche mit Ornamenten und Figuren, die Teil eines über die Bildbegrenzung hinausführenden Gefüges zu sein scheinen.

Ein Vergleich zwischen dem Ausschnitt (Abb. H. 6) aus einer Groteske von Giovanni da Udine (1487–1561) in der Engelsburg in Rom, abgebildet bei Hocke,[29] und Thomkins' Aquarell *sirène sanitaire* von 1966 (Abb. H. 7) mag dies illustrieren. Thomkins' Arbeit stammt aus der Serie der sogenannten »Rapportmuster«-Bilder[30] und zeigt in exemplarischer Form die Entstehung dieser Werke aus einem Raster, einer vom Künstler mit Bleistift feinlinig vorgezeichneten ornamentalen Grundstruktur. Unser Beispiel führt sie in der oberen Bildecke in fast unveränderter Form vor Augen. Ähnlich, aber weniger offensichtlich, organisiert auch Giovanni da Udine sein Werk: Die obere Zone wird durch Mischwesen zwischen Mensch, Tier und Pflanze – Hocke spricht von »Viktorien«[31] – in regelmäßigen Abständen senkrecht unterteilt und zudem in der Waagrechten strukturiert durch mehrere einander überschneidende Wellenlinien, die allerdings erst aus den Formen von Figuren und Ornamentik erschließbar sind. Klar zu erkennen ist in beiden

29   Hocke, *Welt als Labyrinth* (wie Anm. 9), Abb. 62.
30   Siehe Noseda, in der vorliegenden Publikation S. 408–409, »Rapportmuster«. Beispiele dafür siehe Kat. 81, 89, 95, 99, 136, 137, 152, 153, 182–185, 187, 197, 199, 200, 221, 222, 225.
31   Hocke, *Welt als Labyrinth* (wie Anm. 9), S. 73.

32   John Ruskin schrieb, ihm scheine »das Groteske in fast allen Fällen aus zwei Elementen zu bestehen, eins komisch, das andere angsterregend; so daß je nach dem Vorherrschen dieser Elemente, das Groteske in zwei Abteilungen zerfällt, spielerisch-grotesk und unheimlich grotesk«. Den zentralen Punkt formulierend, fährt er fort, es gebe »kaum Beispiele [...], die nicht bis zu einem gewissen Grade beide Arten vereinen; nur wenige Grotesken sind so vollständig verspielt, daß kein Schatten des Unheimlichen auf sie fällt, und nur wenige sind so unheimlich, daß jeder Gedanke an einen Scherz ausgeschlossen ist.« Zit. nach Gombrich, *Ornament und Kunst* (wie Anm. 28), S. 268.
33   Der Begriff der Allegorie ist außerordentlich komplex. Zentral bei Goethe, der ihn in Abgrenzung zum Symbol abwertend definierte, und von den Romantikern ins Positive gewendet, erfuhr er bei Walter Benjamin eine für das 20. Jahrhundert bedeutsame Erweiterung. Siehe dazu grundsätzlich *Formen und Funktionen der Allegorie*, Symposion Wolfenbüttel 1978, hrsg. von Walter Haug, Stuttgart: Metzler, 1979 (Germanistische Symposien-Berichtsbände, 3); *Allegory Old and New in Literature, the Fine Arts, Music and Theatre, and it's Continuity in Culture*, hrsg. von Marlies Kronegger und Anna-Teresa Tymieniecka, Dordrecht: Kluwer Academic Publishers, 1994 (Analecta Husserliana, 42); Gerhard Kurz, *Metapher, Allegorie, Symbol*, Göttingen: Vandenhoeck & Ruprecht, 1982; Aufschluß vermittelt auch Götz Pochat, *Der Symbolbegriff in der Ästhetik und Kunstwissenschaft*, Köln: DuMont, 1983, sowie ders., *Geschichte der Ästhetik und Kunsttheorie. Von der Antike bis zum 19. Jahrhundert*, Köln: DuMont, 1986. In der postmodernen Theorie wurde die Allegorie zu einem zentralen Terminus, vgl. dazu *Postmoderne: Alltag, Allegorie und Avantgarde*, hrsg. von Christa und Peter Bürger, Frankfurt a. M.: Suhrkamp, 1987, insbes. aber den Band *Allegorie und Melancholie*, hrsg. von Willem van Reijen, Frankfurt a. M.: Suhrkamp, 1992.
34   So Willem van Reijen in seiner Einleitung zu *Allegorie und Melancholie* (wie Anm. 33), S. 8.

Beispielen ein Alternieren zwischen Ornament und Figuration, was das Prinzip von Regel und Abweichung impliziert, ein weiteres Strukturmerkmal, das »Rapportmuster«-Bild und Groteske verbindet: Der Wiederholungszwang durch die regelhafte Rhythmisierung der Bildfläche ist in beiden Fällen unübersehbar, aber er wird hintertrieben durch kapriziöse Mißachtungen in Form von Ersatzbildungen, die als Verwandlungen und damit als Manifestationen des Metamorphose-Prinzips verstanden werden können. Die »Viktorien« mit ihren ausgebreiteten Armen verwandeln sich wahlweise in eine Blumenkelch-Zierform oder in ein Wesen, das statt Arme Flügel und statt eines Gewands ornamentale Blütenblätter aufweist. Derartige Metamorphosen bilden ein grundlegendes Gestaltungsgesetz der Thomkinsschen »Rapportmuster«-Bilder.

Das ornamentale Grundmuster überzieht sozusagen als »all over«-Struktur die gesamte Bildfläche und bildet einen Raster, der nach Belieben mit Figuren und Ornamenten aufgefüllt werden kann. In den vorliegenden Beispielen ist dies in eher lockerer Form ins Werk gesetzt. Allerdings findet sich sowohl bei den Grotesken als auch bei Thomkins zuweilen eine Art von Horror vacui, insofern, als die zugrundegelegte Struktur mit einer überbordenden Fülle von Figuren und dekorativen Elementen vollgepackt wird, die in der Regel untereinander völlig beziehungslos sind, wie dies in Thomkins' und in Giovanni da Udines Arbeiten zu beobachten ist: Auch wenn die Figuren, etwa die beiden Schwimmer(innen?) bei Thomkins beziehungsweise die ungeflügelten »Viktorien« in der Groteske, dasselbe tun oder den gleichen Gestus zeigen, sind sie nicht durch eine ersichtliche Handlung, sondern lediglich durch ihre Stellung im Raster miteinander verbunden.

Schließlich sei hier ein letztes Merkmal erwähnt, das Thomkins' gesamtes Schaffen mit der Groteske verbindet: das Schillern der Wirkung zwischen spielerischer Heiterkeit und Beklemmung.[32] Diese Verunklärung der Ausdrucksqualität ist eine von Thomkins' bevorzugten Strategien zur Verrätselung des Bildsinnes, die für ihn so bezeichnend ist. Ambivalent wirkt etwa das »Rapportmuster«-Bild *personnes commensurables* von 1964 (Abb. H. 8), wo die heitere Empfindung des Farbenfrohen, Kunterbunten durch den unheimlichen Eindruck des Zwanghaft-Repetitiven und des Horror vacui unterlaufen wird. Ein Lackskin von 1982 (Abb. H. 9) hingegen erheitert durch die Ähnlichkeit der Farbschlieren mit einem menschlichen Gesicht, das überdies dem Künstler gleicht, und erschreckt zugleich durch seine Anklänge ans Fratzenhafte und die Assoziation an eine unfallchirurgisch wiederhergestellte Physiognomie.

Nicht nur die Groteske erfuhr eine entscheidende Aufwertung durch die concettistische Ästhetik des Manierismus – auch die Darstellungsform der Allegorie[33] eignete sich hervorragend zur Umsetzung antimimetischer Postulate. Abgeleitet vom griechischen »allegorein«, anders, bildlich reden, verweist sie »auf ein Anderes, das der direkten Darstellung unfähig ist, ob dies nun traditionell Gott, das Andere der Vernunft oder das Erhabene ist«,[34] auf das also, was der »concetto« zu

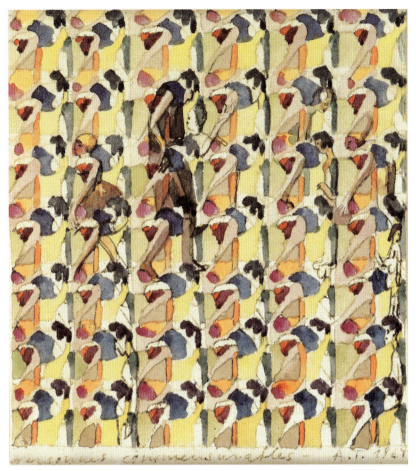

H. 8
personnes commensurables. 1964
Aquarell auf Papier. 11,5 × 10,3 cm
Nachlaß Thomkins

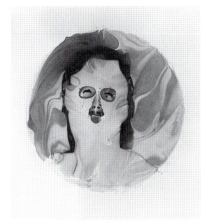

H. 9
Ohne Titel. 1982
Lackskin auf Papier. 29,9 × 25,2 cm
Nachlaß Thomkins

H. 10
Malenconico per la terra
Holzschnitt nach Cavaliere d'Arpino,
in: Cesare Ripa, *Iconologia*, Rom 1603

beinhalten beansprucht. Gustav René Hocke etwa bringt im 1959 erschienenen zweiten Teil seiner Manierismus-Studie, »Manierismus in der Literatur«, in seinen Ausführungen zur Allegorie als Beispiel einer verschlüsselten Darstellung den *Malenconico per la terra* aus der illustrierten Ausgabe von Cesare Ripas »Iconologia« (1593) von 1603 (Abb. H. 10), in der – wie er schreibt – »das Disparate rebusartig kombiniert« wird. Der Holzschnitt zeigt einen Mann »di color fosco, che posandosi con il piede destro sopra di una figura quadrata, o cuba, tenghi con la sinistra mano un libro aperto mostrando di studiare. Haverà cinta la bocca da una benda, & con la man destra terrà una borsa legata, & in capo un passero uccello solitario.«[35] So problematisch das Beispiel in dem Kontext, für den Hocke es heranzieht, auch sein mag, verweist es dennoch auf das eminente Interesse des Manierismus am dunklen bildhaften Ausdruck, an hermetischen Sinnbildern – ob das nun Grotesken, Allegorien, Emblemata oder Impresen seien –, deren Deutung ein Vor-

35 Gustav René Hocke, *Manierismus in der Literatur. Sprach-Alchimie und esoterische Kombinationskunst. Beiträge zur vergleichenden europäischen Literaturgeschichte*, Reinbek b. Hamburg: Rowohlt, 1959 (rowohlts deutsche enzyklopädie, 82/83), S. 152–153. Der Wortlaut der Beschreibung nach Cesare Ripa, *Iconologia*, hrsg. von Piero Buscaroli, mit einem Vorwort von Mario Praz, Mailand: Editori Associati, 1993 (TEA Arte, 2), S. 63–64.

H. 11
Permanentszene. 1956
Zeitungsillustration. 7,5 × 10 cm
(Lichtmaß)
Neues Museum Weserburg Bremen,
Sammlung Karl Gerstner

H. 12
Vorlage für *Permanentszene*

wissen voraussetzt. Es zu besitzen, nobilitiert den Künstler sowohl als auch den Interpreten und macht sie zu Eingeweihten einer elitären Gemeinschaft. Der großen Masse der andern erscheinen die Rätselbilder absurd oder zumindest dunkel, da sie mangels dieser vornehmlich abseitigen Kenntnisse keinen Schlüssel dazu besitzen.

Arbeiten, deren Sinn in dieser Weise verschlossen bleibt, finden wir bei Thomkins häufig, insbesondere unter seinen »Permanentszenen«,[36] um einen seiner eigenen Begriffe zu verwenden. Dank dem Kommentar von Karl Gerstner, der als Freund des Künstlers in diesem Fall zu den »Eingeweihten« zählt, wissen wir, daß die Werkgruppe auf eine Arbeit mit dem Titel *Permanentszene* aus dem Jahre 1956 zurückgeht (Abb. H. 11). Auf diesem Bild sind vier Personen zu erkennen, eine Dame, zwei Herren und ein Kind. »Die Haltung aller ist merkwürdig starr; die Beziehung, die sie zueinander haben oder haben könnten, unerfindlich. Ein Foto, aber kein Schnappschuß«,[37] stellt Gerstner fest und erklärt, es handle sich um eine Anzeige aus dem »National Geographic Magazine« vom Oktober 1928 (Abb. H. 12), die Thomkins von Serge Stauffer zugeschickt worden sei. Er machte daraus ein »Ready-made«-Bild, indem er die Photographie aus ihrem Kontext löste und sie zum Kunstwerk erklärte. Was es darstellt, ist trivial: »Die vier Figuren machten Übungen zur Verbesserung der Körperhaltung. Die Anzeige warb für eine Lebens-Versicherung: ›Try this at home‹.«[38] Die Ausführungen Gerstners klären uns über das Vorgehen des Künstlers auf: Durch seine doppelte Intervention der De- und Rekontextualisierung verwandelt er die platte Werbeaufnahme in ein absurd anmutendes Rätselbild.

Nicht nur die »Permanentszenen« wären der manieristischen Tradition bildhafter Verschlüsselung zuzuordnen, Thomkins' Œuvre umfaßt etliche Arbeiten, die einen deutungswilligen Betrachter mit Schwierigkei-

[36]   Siehe Noseda, in der vorliegenden Publikation S. 406–407, »Permanentszene«.
[37]   Gerstner 1989, S. 116.
[38]   Ebd., S. 119.

ten konfrontieren. Eine unbetitelte aquarellierte Zeichnung von 1974 sei hier herausgegriffen (Abb. H. 13): Zwei menschliche – männliche? – Gestalten scheinen in einer gemeinsamen Handlung begriffen, die uns allerdings unverständlich bleibt, weil wir die dargestellten Gegenstände nur zu einem geringen Teil zu identifizieren vermögen: In der oberen Bildzone, linke und rechte Bildhälfte voneinander trennend, ragt zwischen den Figuren ein kaum zu identifizierendes Element auf, mit dem allerdings die bloß angedeutete Gestalt rechts in Beziehung steht. Auf den fraglichen »Gegenstand« bezogen ist durch ihre Blickrichtung auch die Bildperson links, die dank des an eine Palette erinnernden Attributs in ihrer rechten Hand die vage Assoziation an einen Maler zuläßt. Überaus unklar sind sodann die Raumbezüge: Befremdlich mutet an, daß der rechte Arm der Figur auf der rechten Seite in eine wohl architektonisch zu deutende Bogenform übergeht, die wiederum im rechten Arm der Gestalt links ausläuft. Es stellt sich auch die Frage, welcher räumliche Kontext die beiden Dargestellten umgibt: eine weite Ebene mit Himmelshorizont oder eine Wand? Und welche Bedeutung haben die Architekturelemente unterhalb der Bildmitte? Die Arbeit verweigert auf diese Fragen eine Antwort.

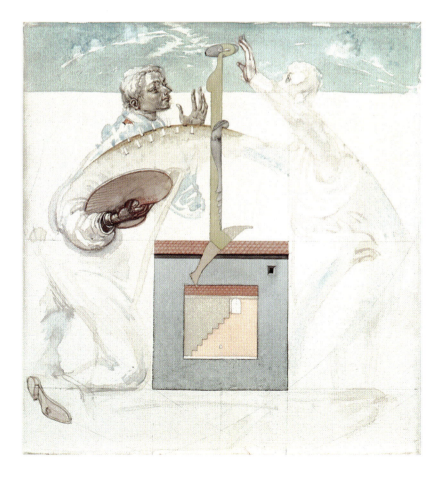

H. 13
Ohne Titel. 1974
Aquarell und Bleistift auf Leinwand
29 x 27 cm
Nachlaß Thomkins

Das Methodische

Wege zur Inspiration

Wesentliche Aufschlüsse über Thomkins' Arbeitsweise verdanken wir dem Künstler Karl Gerstner, den ihre grundsätzliche Verschiedenheit von seiner eigenen Schaffensmethodik faszinierte. In einer Rede zum Thema »Inspiration und Methode«, die er anläßlich der Eröffnung einer Ausstellung von André Thomkins' Druckgraphik am 30. November 1977 im Kunstmuseum Basel hielt und die er im folgenden Jahr in der Publikation »André Thomkins. Permanentszene« veröffentlichte,[39] macht Gerstner darauf aufmerksam, wie methodisch das Vorgehen seines Freundes – trotz des spielerisch unbeschwerten Eindrucks, den seine Werke erwecken – letztlich ist. Allerdings beschränkt er sich in seinen Ausführungen fast ausschließlich auf die »Inspirationsmethoden« und damit auf die Präliminarien des kreativen Prozesses, von dem er lediglich verlauten läßt, Thomkins praktiziere »eine Art Sehen von höherer Warte aus«.[40] Der Freund gründe seine künstlerische Tätigkeit auf das Verfahren planmäßig herbeigeführter Inspirationen, das er indessen konsequenter anwende als andere Kunstschaffende, so daß man sagen könne, »André Thomkins sei der radikalste, ja der totale Methodiker«, der aber »stets über das Material zur Methode, und von da zur Kunst« komme.[41] Dennoch werde seine Inspiration auch noch aus anderen Quellen gespeist: »Ich stelle mir vor,« so Gerstner, »Hieronymus Bosch, vielleicht auch noch Hans Robiscek und Justinus Kerner und vielleicht noch viele, viele andere würden da immerdar die Früchte pflücken und die Schalen kochen; und die Dämpfe würden André Thomkins wohlig in den Kopf steigen; und von da – Gott sei Dank – durch eine hermetische Mutation die Hand in Bewegung setzen. Was erklären würde, daß André Thomkins doch kein Methodiker ist.«[42] Auch wenn Gerstner auf diese Weise sein Diktum vom »totalen Methodiker« abschwächt – in der Vorbereitungsphase für den künstlerischen Schaffensakt ging Thomkins tatsächlich meist methodisch vor. Dabei galt es, für den kreativen Prozeß fruchtbare Ausgangsmaterialien zu finden oder gegebenenfalls herzustellen. Zu diesem Zweck hat der Künstler ein ganzes Arsenal von Methoden und Techniken teils adaptiert, teils neu entwickelt. Von der so erreichten Vorstufe aus konnte die Hemmung vor dem leeren Blatt überwunden und ein »archimedischer Punkt« für das Ansetzen der Inspiration gestiftet werden. Im wesentlichen lassen sich drei verschiedene Kategorien solcher Ausgangsmaterialien unterscheiden: »objets trouvés«, »Präparate« und Sprachbilder.

Das »objet trouvé« kann sowohl ein Bild als auch ein reales Objekt sein. Beispielsweise dienen vorgefundene Abbildungen aus dem trivialen Alltagskontext Thomkins als Ausgangspunkte für seine Zeitungsüberzeichnungen, Federzeichnungen auf Reproduktionen in der Tagespresse, die in die Anfänge seines Schaffens gehören (Abb. H. 14; siehe auch Kat.

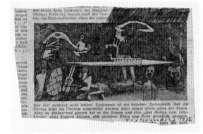

H. 14
Ohne Titel. 1956
Feder über Zeitungsillustration, auf Halbkarton aufgezogen. 13 × 16,7 cm
Nachlaß Thomkins

[39] Karl Gerstner, »»Inspiration und Methode«. Rede zur Eröffnung der Ausstellung [...], Kunstmuseum Basel, 30. November 1977«, abgedruckt in: Permanentszene 1978, S. 227–234.
[40] Ebd., S. 232.
[41] Ebd., S. 234.
[42] Ebd.

H. 16
Arnold Böcklin
Felsen und Baum. Um 1851
Bleistift und Kreide. 19,7 × 16,9 cm
Öffentliche Kunstsammlung Basel, Kupfer-
stichkabinett, Depositum der Gottfried
Keller-Stiftung

H. 15
n. Böcklin. 1970
9 Paraphrasen. Bleistift, Aquarell, Lithokreide, Collage. 29,5 × 20,9 cm (Blatt 1),
ca. 24,9 × 21,9 cm (Blätter 2–9)
Öffentliche Kunstsammlung Basel, Kupferstichkabinett, K. A. Burckhardt-Koechlin-
Fonds

274–284).[43] Die damalige grobe Rasterung von Zeitungsphotos führte
zu geringfügigen Verunklärungen und Unschärfen, was dem Künstler er-
laubte, die Vorlagen – nach Maßgabe ihrer evokativen Qualitäten – als
Vexierbilder zu lesen, in sie also ein anderes, durch Assoziationen her-
vorgerufenes Bild hineinzuprojizieren, das er dann durch seinen zeichnerischen Eingriff sichtbar machte. Ein ähnliches Interesse weckten in
ihm auch Kunstwerke, für ihn ebenfalls eine Art »objets trouvés«. Exemplarisch bezeugen das die 9 Paraphrasen (Abb. H. 15) auf eine Landschaftsstudie von Arnold Böcklin (Abb. H. 16): Thomkins unterzieht das
zum Ausgangspunkt erkorene Kunstwerk einer systematischen Analyse
auf allfällig vorhandene doppeldeutige oder als Teile eines anderen Ab-
bilds zu interpretierende Linien und Konfigurationen. Der eigentliche
Paraphrasierungsprozeß setzt in Blatt 2 damit ein, daß er die Figu-
renähnlichkeit der Gesteinsbrocken im Mittelgrund herausarbeitet, die
sich hier allerdings erst in der Andeutung einer lemurenhaften Gestalt
äußert; vollends zu Tage tritt die Assoziation dann in Blatt 6, wo aber die
Ähnlichkeit mit dem Vorbild kaum mehr zu erkennen ist, da zur erwähnten Figur nun eine zweite getreten ist. Daß und wie diese ebenfalls

[43]   Siehe Noseda, in der vorliegenden
Publikation S. 430–431, »Zeitungsüberzeichnungen«. Hierzu sei angemerkt, daß
viele dieser Arbeiten in ihrem Aussagegehalt den rätselhaften »Permanentszenen« ähneln. Es überrascht daher
nicht, daß die »Ur-Permanentszene«, die
uns in anderem Zusammenhang bereits
beschäftigt hat, im Jahr 1956 entstanden
ist, demselben Jahr, in das auch die ersten
Zeitungsüberzeichnungen zu datieren
sind.

H. 17
regard en arrière. 1959
Feder auf Papier. 20 × 15 cm (Lichtmaß)
Nachlaß Thomkins

H. 18
cases communiquantes. 1968
Bleistift auf Papier
12,3 × 13,2 cm (Lichtmaß)
Nachlaß Thomkins

44   Alle diese Paraphrasen – insgesamt
32 – sind im Hinblick auf die von Dieter
Koepplin veranstaltete Ausstellung
»André Thomkins. Zeichnungen. Paraphrasen« im Kunstmuseum Basel, 1971, entstanden. Koepplin berichtet im Katalog
von der Entstehungsgeschichte des Projekts: »Der ursprünglich in Aussicht ge-
nommene Ausstellungsplan war folgen-
der: Thomkins sollte (wollte) zunächst
nach den Gesetzen des Zufalls und der
Neigung eine Auswahl aus den Gesamtbeständen des Kupferstichkabinetts treffen und ›his choice‹ da und dort durch
sprachliche und zeichnerische Kommentare bereichern und zusammenfügen.
Nach mehreren Besuchen Thomkins' im
Basler Kupferstichkabinett konzentrierte
sich das Interesse doch auf die gezeichneten Paraphrasen, die Thomkins z. T. im Basler Museum selber, z. T. aber auch zuhause
in Essen nach mitgenommenen Photographien ausführte.« (Basel 1971, o. S.) Vgl.
auch Noseda, in der vorliegenden Publikation S. 404–405, »Paraphrase«.

ihren Ursprung in der Böcklin-Zeichnung hat, ist auf den ersten Blick
nicht auszumachen – und doch ist sie bei genauem Hinsehen ebenfalls
aus der Vorlage abzuleiten. In vergleichbarer Weise werden auch andere
Bildteile neu gelesen, so z. B. die bei Böcklin nur mit wenigen leichten
Strichen skizzierte Felsformation rechts oder die Baumkrone, welche im
Verlaufe des Paraphrasierungsprozesses nicht weniger als sechs verschiedene Formulierungen erfährt. Neu interpretiert hat Thomkins im
übrigen Werke von Baldung Grien, Callot, Füssli, Meyer-Amden, Klee,
Max Ernst, Adolf Wölfli u. a. (siehe Kat. 103, 109, 198).[44]

Um Ausgangsmaterialien mit einem möglichst hohen Evokationspo-
tential zu erhalten, fertigte Thomkins auch selbst »Präparate« an, wozu
er sich einer ganzen Reihe von Techniken bediente, die seiner Inspiration auf die Sprünge zu helfen versprachen. Einige seien hier kurz vorgestellt: Die Rasterung von Zeitungsreproduktionen, unabdingbare Voraussetzung für die Entstehung der Überzeichnungen, boten dem
Künstler die Anregung zu weiteren Rasterbild-Experimenten auf
weißem Zeichnungspapier. Teilweise zeitgleich mit den subtilen zeichnerischen Manipulationen der Pressephotos entstand eine Serie von Arbeiten, bei denen ein Raster aus handgezogenen vertikalen Linien in Feder als Stimulans der Bildphantasie dient (siehe Kat. 34, 35, 58). *regard
en arrière* von 1959 (Abb. H. 17) etwa zeigt, wie durch das Absetzen
oder Ausdünnen der Schraffurstriche und durch deren Verdichtungen
undeutliche Gestaltbildungen entstehen, die allerdings unterhalb der
Schwelle der Identifizierbarkeit bleiben. Diese intendierte Zweideutig-
keit löst beim Betrachter eine Art Interpretationszwang aus. Er wird
aufgefordert, seine eigenen Bildphantasien auf die Vorlage zu projizieren
und so jenen Prozeß des Hineinlesens nachzuvollziehen oder vielmehr
weiterzuführen, den der Künstler durch die Einstellung seiner Arbeit ab-
gebrochen hat.

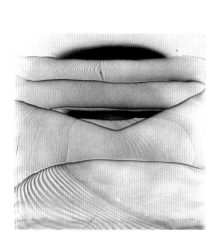
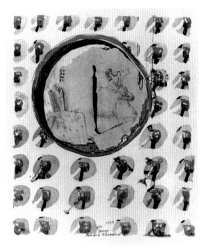

H. 19
Dünenpass. 1963
Lackskin auf Papier. 49,3 × 49,5 cm
Banca del Gottardo, Lugano

H. 20
für Jenny. 1984
Aquarell und Bleistift auf Papier
21,4 × 18 cm
Privatbesitz

Ähnlich funktioniert auch das von Thomkins entwickelte und von ihm so bezeichnete »Formularverfahren«. Die Vorbereitung der eigentlichen kreativen Tätigkeit, das Präparat, besteht in diesem Fall aus einem mit Bleistift entworfenen Linienraster von repetitiver ornamentaler Struktur, dem Konstruktionsprinzip einer der bedeutendsten und bekanntesten Werkgruppen des Künstlers, der »Rapportmuster«-Bilder, von denen schon die Rede war. Nachvollziehbar wird das Verfahren besonders in Arbeiten, in denen ein Teil der ornamentalen Grundstruktur in ihrer ursprünglichen Form sichtbar geblieben ist wie in der bereits erörterten *sirène sanitaire* oder in der Bleistiftzeichnung *cases communiquantes* von 1968 (Abb. H. 18), wo sich aus einem relativ simplen Ornamentmuster eine erstaunliche Bildervielfalt entwickelt, deren assoziativer Ursprung in einer dem Gesetz der Ähnlichkeit gehorchenden figürlichen Interpretation der Rasterstruktur liegt. Die blühende Phantasie des Künstlers hat aus den dürren Kurvaturen eine Fülle von naturalistischen Figuren und Szenen hervorgezaubert, die aber bei genauer Betrachtung alle ihre Herkunft aus den Linien des Musterrasters erkennen lassen.

Auch Farben setzt Thomkins ein, um die Bildfläche zum Spielfeld für seine Inspiration zu präparieren. Zu erwähnen ist etwa seine Lackskin-Technik,[45] die er nach surrealistischen Vorbildern entwickelt hat: Er füllt eine Wanne mit Wasser und tröpfelt auf dessen Oberfläche Lackfarbe, die, auf dem Wasser schwimmend, schlierenartige Muster ausbildet. Diese wiederum werden vom Künstler durch verschiedene Interventionen verändert und schließlich mithilfe eines Bogens Papier buchstäblich dem Wasser entrissen (Abb. H. 19, siehe auch Kat. 236–257). Die Inspiration entzündet sich hier am Ausgangsbild, das der Lackfilm auf der Wasseroberfläche dem Auge darbietet. Ein anderes gewissermaßen malerisches Verfahren, Ausgangspunkt beispielsweise des Aquarells *für Jenny* von 1984 (Abb. H. 20), ist die – wie Gerstner sie nennt – »barocke Me-

[45]   Zum Begriff des Lackskin siehe Noseda, in der vorliegenden Publikation S. 394–397.

H. 21
Knopfei. 1973
Ei mit angenähtem Knopf und
Fadenspule. 11,5 cm hoch
Privatbesitz

H. 22
4 Knopfeischatten. 1966
Collage auf Papier, auf Karton aufgezogen
26 × 33,6 cm
Nachlaß Thomkins

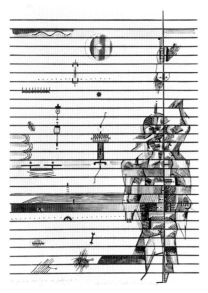

H. 23
le jaloux derrière sa jalousie. 1956
Feder und Gouache auf Papier
28,8 × 20 cm
Nachlaß Thomkins

thode«, die »darin besteht, daß er [Thomkins] zunächst ohne Konzept
freie Pinselzüge, meist helle Flecken auf das Papier setzt. Diese Flecken
›liest‹ er beim Fortschreiten der Arbeit auf gegenständliche Weise.«[46]

Zu erwähnen sind schließlich Präparate im engeren Sinne, vom
Künstler geschaffene Gegenstände, die den kreativen Prozeß beflügeln
und befruchten können. Wohl am bekanntesten ist das *Knopfei*[47] (Abb.
H. 21), ein Hühnerei, an das Thomkins einen weißen Wäscheknopf
annähte und das in seiner Ikonographie eine prominente Rolle spielt,
vor allem in Experimenten mit dem Schattenwurf der Assemblage, die
der Künstler in der Serie der sogenannten »Shadowbuttoneggs« festhielt (Abb. H. 22). Die scharf umrissenen Schlagschatten des Kunstob-
jekts wiederum inspirierten Thomkins zu weiteren Werken, wie die
Blätter *Prokrustesbett* und *die Geliebte des Prokrustes* (Kat. 97) zeigen, in
denen die unregelmäßigen Formen wie beim »Formularverfahren« der
»Rapportmuster«-Bilder bildnerisch gedeutet werden.

Von höchster Bedeutung im komplexen Verlauf des künstlerischen
Schaffensprozesses bei Thomkins ist die Sprache. Mal dient sie als Inspirationsquelle, mal markiert sie, als spontane erste Interpretation einer
Arbeit durch den Künstler selbst, eine neue Stufe in der Genese des
Werks. Vor allem ihr Bildpotential bot ihm eine unerschöpfliche Quelle
der Anregung. Da sind einmal Homonyme wie das Wort »Mutter«, das
nicht nur die Gebärerin, sondern auch die Schraubenmutter bezeichnet,
und das Thomkins in einer Zeichnung eigenwillig interpretiert hat. Im
übrigen ermöglichen ihm seine souveräne Sprachbeherrschung und
seine Mehrsprachigkeit Wortspielereien mit Homonymen aus verschiedenen Idiomen. Illustrieren mag dies die Zeichnung *le jaloux derrière sa
jalousie* von 1956 (Abb. H. 23): »Jalousie«, das französische Wort für Eifersucht, bezeichnet als Lehnwort im Deutschen eine Form des Rolla-
dens. Thomkins' Arbeit zeigt hinter einem als Jalousie zu verstehenden

46   Gerstner, »Inspiration und Methode«
(wie Anm. 39), S. 232.
47   Siehe Noseda, in der vorliegenden
Publikation S. 386–387, »Knopfei«.

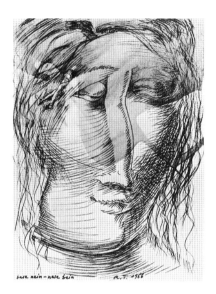 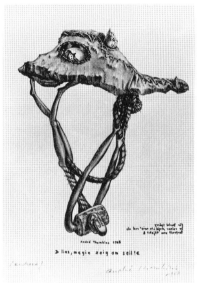 

waagrechten Strichraster einen »jaloux«, der wohl das Objekt seiner Eifersucht ausspioniert. Erweitert werden kann das bildhafte Potential der Sprache auch, wenn man sie beim Wort nimmt, wie es Thomkins in seiner Zeichnung *base nein – nase bein* von 1966 (Abb. H. 24) tut, deren Ausgangspunkt der Begriff »Nasenbein« bildet. Die scheinbar befremdliche Bildlichkeit des Wortes, entstanden aus dem Verblassen der etymologischen Bedeutung von »Bein« als »Knochen«, regte Thomkins zur Wiedergabe eines Gesichts an, dessen Nase von einem Bein gebildet wird. Als Beschreibung der Darstellung – es handelt sich eben nicht um die Base (»base nein«), sondern um eine Nase, die aus einem Bein besteht (»nase bein«) – dürfte der Titel eine nachträgliche Bildung sein.

Thomkins arbeitet aber nicht nur mit der Vieldeutigkeit und dem Witz vorgefundenen Sprachmaterials, sondern er ist selbst als Wortspieler und Sprachschöpfer am Werk. Bildende und literarische Tätigkeit entfalten sich bei ihm, der eine ausgeprägte bild- und wortkünstlerische Doppelbegabung besaß, zumeist in Kombination. Faßbar wird dies in den verschiedenen Arbeiten, die mit Palindromen betitelt sind. Ob sie den bildschöpferischen Prozeß angeregt haben oder durch das Werk inspiriert sind, ist von geringerer Bedeutung als die Wechselwirkung von Figuration und Wort, die unbestreitbar vorliegt. Verwiesen sei hier auf *»lies, magie zeig am seil!«* aus dem Jahr 1968 (Abb. H. 25), wo eine männliche Gestalt, mit dem Kopf nach unten ein felsartiges Gebilde beschreitend und dabei offensichtlich nicht am Seil hängend, tatsächlich eine Art Magie zu Ausdruck bringt: Die Figur geht an der »Decke«, ohne abzustürzen. Das Sprache und Bild verknüpfende Moment der Magie mag für Thomkins den Ausschlag gegeben haben, den seltsamen Berggänger gleichsam als Versatzstück für weitere Bildungen zu verwenden: Er erscheint in einem neuen Kontext in der Lithographie *Objet 8 de magie à la noix de Daniel Spoerri* (Abb. H. 26) aus dem gleichen Jahr.

H. 24
base nein – nase bein. 1966
Feder auf Papier. Maße unbekannt
Privatbesitz

H. 25
»lies, magie zeig am seil!« 1968
Offset. 24,1 × 16,7 cm
Kunsthaus Zürich

H. 26
Objet 8 de magie à la noix de Daniel Spoerri. 1968
Lithographie. 24,6 × 19,5 cm
Kunsthaus Zürich

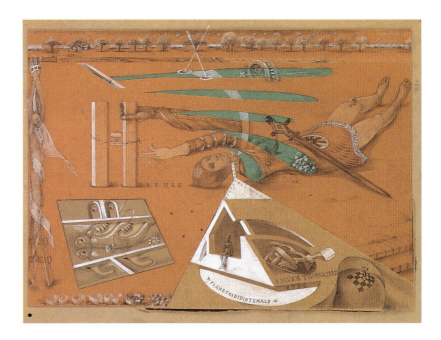

H. 27
PLANETOIDIDIOTENALP. 1971
Bleistift, Aquarell, Kartonmontage
24,5 × 33 cm
Neues Museum Weserburg Bremen,
Sammlung Karl Gerstner

Kreationsverfahren

Mit seinem systematischen Vorgehen untersucht Thomkins zugleich, in-
wieweit der kreative Prozeß durch bewußte und gezielte Maßnahmen
zu beeinflussen und zu kanalisieren ist. Diese gewissermaßen methodische Erforschung des Methodischen bleibt nicht auf die Herbeiführung
der Inspiration beschränkt, sondern bestimmt ebenso die eigentliche
künstlerische Gestaltung: Inspirationsmethoden verbinden sich mit
Kreationsmethoden, die sich im wesentlichen auf vier Gestaltungsmodi
zurückführen lassen, auf die Prinzipien der Collage, der Abstraktion, der
Metamorphose und der Assoziation. Allerdings bestimmen sie ein Werk
kaum in reiner Form, sondern werden meistens in Verbindung mit anderen eingesetzt. Das Metamorphotische in Thomkins' Schaffen zur
Sprache zu bringen, hat sich denn auch schon bei unserer Untersuchung der Groteskenform aufgedrängt, und die Funktion der Assoziation wird uns im Kontext der Spielthematik noch beschäftigen, weshalb
wir im folgenden hauptsächlich die Grundsätze der Collage und der Abstraktion ausführlicher erörtern.

Thomkins' Collagen haben wenig gemein mit der von den Kubisten
entwickelten Technik des Klebebilds aus vorfabrizierten Materialien.
Dessen Voraussetzung, die De- und Rekontextualisierung von Ausgangsmaterialien, macht sich der Künstler aber sehr wohl zunutze, wie
wir im Zusammenhang mit der »Ur-Permanentszene« gesehen haben.
Fügt er dennoch fremde Versatzstücke in den Zusammenhang eines
neuen Werks ein, dann dienen sie in der Regel der eigenwilligen Gestal-

tung des Bildträgers und werden erst nachträglich mit Zeichnungen oder gemalten Figurationen versehen, die sich dem Gesamteindruck indessen bruchlos einfügen. Zu sehen ist dies beispielsweise an den akkurat ausgeschnittenen Dreieck-, Trapezoid- und »Tropfen«-Formen in *PLANETOIDIDIOTENALP* (Abb. H. 27), einer Arbeit von hoher, surrealistisch anmutender Suggestionskraft, die zudem zeigt, daß das Verfahren der Collage für Thomkins vor allem in der Anwendung bestimmter struktureller Prinzipien besteht, etwa dem Zusammenstücken von heterogenen Elementen zu einem neuen eigenwertigen Ganzen (siehe Kat. 226–235). Das hat zur Folge, daß auch Zeichnungen oder Aquarelle collageartigen Charakter annehmen können, wie der Fall *es müßt kein rechter müller sein* von 1969 beweist (Abb. H. 28): Details, etwa die altmeisterliche Vorbilder imitierende Landschaftszeichnung an einer Seitenfläche – oder im Innern – des seltsamen, nur von fern an eine Mühle erinnernden Gehäuses, erwecken den Eindruck des Fragmentarischen, der durch die Anordnung der insgesamt disparaten Bildelemente noch akzentuiert wird.

In Form einer generellen Verunklärung begegnet bei Thomkins auch die bildnerische Strategie der Abstraktion (siehe H. 33, *bergreiter*): Die Methode besteht darin, signifikante Gestaltmerkmale soweit wie möglich zu verwischen oder gar zu tilgen und damit den Darstellungsgegenstand in einem Maße zu abstrahieren, daß eine eindeutige Identifikation nicht möglich ist. Bezüge werden freilich durch die jeweiligen Titel gegeben, die den Betrachter subtil beeinflussen und seine Wahrnehmungen in eine bestimmte Richtung weisen. Assoziationen in einem vorgezeichneten Spielraum in Gang zu setzen, ist bei Thomkins aber nicht nur Ziel, sondern auch konstitutives Merkmal des Gestaltungsprozesses, wie vor allem die bereits erwähnten »Rapportmuster«-Bilder bezeugen, deren Ornamentraster dem Künstler als Stimulus von Ähnlichkeitsassoziationen dient, nach denen er die Linien figürlich interpretiert. So entsteht eine dynamische Abfolge von einzeln wahrnehmbaren Bildern, die zugleich das Prinzip der Metamorphose veranschaulicht.

Formale Analogien regen Thomkins aber auch zu Überblendungen von verschiedenen Darstellungen im doppeldeutigen Vexierbild an, einem Bildtypus, der uns in anderem Zusammenhang noch beschäftigen wird. Erwähnt sei hier vorerst die *Bückefrau* (Abb. H. 29), wo die Umrißlinie des Kopfes einer alten Frau zugleich als Rücken einer gebückten jungen Frau gelesen werden kann. Ambivalent sind auch der Mund und die Frisur der Alten, die als Fuß beziehungsweise als Oberkörper und Kopf der Jungen interpretierbar sind. Andere Elemente wie das Auge und der Oberkörper der Alten erlauben schließlich ebenfalls eine doppelte Lektüre, was dem Bild etwas Irreales verleiht. Darüber hinaus ist die Arbeit ein Beispiel dafür, wie Thomkins weitere Assoziationsgesetze ins Spiel bringt: Der Kontrast von »alt« und »jung« impliziert den Gegensatz; ein zeitlicher und räumlicher Zusammenhang zwischen der jungen und der alten Frau kann zumindest imaginiert werden, wenn die »Bückefrau« als Lebensalter-Darstellung verstanden wird.

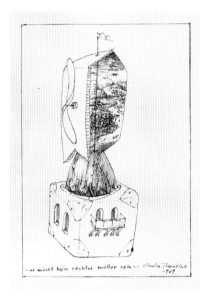

H. 28
es müßt kein rechter müller sein. 1969
Feder auf Papier. 21 × 15 cm
Privatbesitz

H. 29
Bückefrau. 1970
Aquarell und Gouache über Bleistift auf Karton. 12,9 × 8,2 cm
Kunsthaus Zürich

Tradition und Innovation

Thomkins hat die vier Gestaltungsprinzipien, aus denen sich die Mehrzahl seiner Kreationsmethoden herleiten läßt, freilich nicht erfunden;
sie gehören zum methodologischen Fundus der Moderne, blicken jedoch allesamt auf eine lange Vorgeschichte zurück.[48] »Man staunt nicht
schlecht,« sagt Karl Gerstner, »wenn man sich Rechenschaft gibt: daß
mindestens einige seiner Methoden weniger ureigen als uralt sind«.[49] Er
meint damit zwar vor allem die wortkünstlerische Tätigkeit seines
Freundes im Bereich von Anagramm und Palindrom (siehe Kat.
312–327), aber seine Aussage behält ihre Gültigkeit durchaus für Thomkins' gesamtes Schaffen. Dennoch ist der Künstler auch im Methodischen alles andere als ein Nachahmer. Seine Art, auf die Tradition Bezug
zu nehmen, stellt eine innovative Leistung dar und zeugt von seiner Originalität und seinem Einfallsreichtum. In der Geschichte der modernen
Kunst hatten die sukzessiven Avantgarden einzelne oder mehrere der
erwähnten vier Gestaltungsprinzipien ihren jeweiligen Zielen dienstbar
gemacht. Beispielsweise benützten die Dadaisten das Collage-Prinzip,
das vor ihnen die Kubisten und Futuristen in den Kunstdiskurs einge-
führt hatten, als Instrument im Kampf gegen die bürgerliche Kultur. Die
Assoziation eröffnete den Surrealisten methodisch den Zugang zum
Unbewußten, und darüber hinaus war ihnen die Metamorphose ästhe-
tisches und sozialutopisches Programm. Vergleichbare Ideologisierung
erfuhr das Abstraktions-Prinzip, das von den Parteigängern der ungegenständlichen Kunst zum Inbegriff der Modernität stilisiert wurde. Bei
allem Interesse bewahrt Thomkins den Methodentraditionen der Moderne gegenüber eine gewisse Distanz, indem er die historischen Ge-
staltungsgrundsätze von ästhetischen und politischen Konnotationen
befreit, sie damit entideologisiert und sozusagen dekontextualisiert. So
schafft er die Voraussetzungen für ihre Rekontextualisierung in seinem
persönlichen Methodensystem, das er unter Anwendung des Prinzips
der Kombinatorik zur Realisierung seiner eigenen künstlerischen Ziele
einsetzt.

Mit der Kombinatorik eignet sich Thomkins einen weiteren zentralen Gestaltungsgrundsatz der Moderne an, dessen Funktionsweise seine
Anagramme exemplarisch veranschaulichen: Die Buchstaben von gegebenen Worten oder Sätzen werden so umgestellt, daß sich neue Bedeutungen ergeben. In inhaltlicher und formaler Hinsicht geradezu pro-
grammatisch ist die Wortspielerei, die Thomkins mit dem Titel einer
Schrift von Karl Gerstner, »programme entwerfen« (Abb. H. 30), inszeniert hat. »»Programme entwerfen««, kommentiert der Autor das ihm
gewidmete Anagramm, »wird auf diese Weise zu ›Enormer Werte-
empfang‹, oder zu ›Permanenter Formweg‹, oder zu ›Form per Wartemengen‹. Besonders das letztere umschreibt die Sache, um die es geht,
so präzis wie überraschend. Programmieren ist nichts anderes: als spezifische Formen unter der Gesamtheit aller existierenden Formen, eben
der Wartemengen, zu ermitteln.«[50]

[48]   Alle vier Gestaltungsprinzipien, die
Thomkins sich angeeignet hat, richten sich
gegen Mimesis respektive Idealisierung
und stehen damit im Zeichen des Anti-
klassischen. Zu den ästhetischen Wurzeln
der Kunst des 20. Jahrhunderts vgl. Werner Hofmann, *Grundlagen der modernen
Kunst. Eine Einführung in ihre symbolischen
Formen*, Stuttgart: Kröner, 1966, 3. Aufl.
1987, und ders., *Die Moderne im Rückspiegel. Hauptwege der Kunstgeschichte*, München: Beck, 1998. Zum Prinzip der Metamorphose vgl. Christa Lichtenstern,
*Metamorphose in der Kunst des 19. und
20. Jahrhunderts*, Band 2: *Metamorphose.
Vom Mythos zum Prozeßdenken. Ovid-Re-
zeption, surrealistische Ästhetik, Verwand-
lungsthematik der Nachkriegskunst*, Weinheim: VCH Acta Humaniora, 1992; zur
Collage Herta Wescher, *Die Collage. Geschichte eines künstlerischen Ausdrucksmit-
tels*, Köln: DuMont Schauberg, 1968,
gekürzte und aktualisierte Sonderausgabe
unter dem Titel *Die Geschichte der Collage.
Vom Kubismus bis zur Gegenwart*, Köln:
DuMont, 1974.
[49]   Gerstner, »Inspiration und Methode«
(wie Anm. 39), S. 230.
[50]   Ebd.

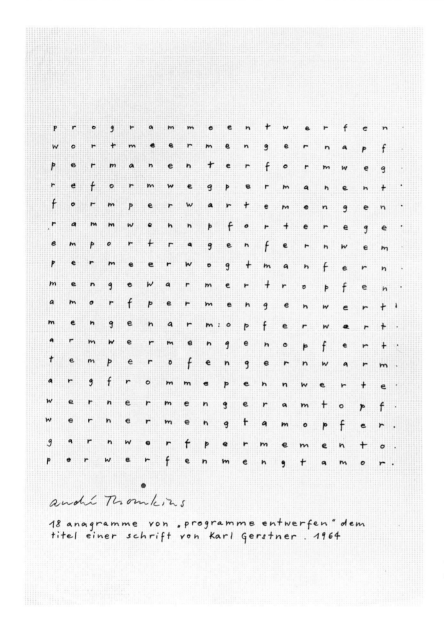

H. 30
*18 anagramme von »programme ent-
werfen« dem titel einer schrift von Karl
Gerstner. 1964*
Feder auf Papier. 29,7 × 20,7 cm
Nachlaß Thomkins

Thomkins wendet dieses Prinzip aber nicht nur auf Buchstaben
oder bildnerische Elemente an, sondern ebenso auf Gestaltungsprinzipien, Techniken und Inspirationsmethoden. Das ist der Grund, weshalb
sich der Künstler nicht nur in ikonographischer, sondern auch in stilistischer Hinsicht allen kunsthistorischen und -kritischen »Vermessungen«
entzieht. Aus seinem kombinatorischen Vorgehen entwickelt sich eine
exorbitante Vielfalt von Stilen und Techniken, die von Blatt zu Blatt und
oft sogar innerhalb ein- und derselben Arbeit wechseln. Die für das
postmoderne Kunstschaffen obsolet gewordenen formalen Kriterien

künstlerischer Qualität wie die Entfaltung eines Individualstils oder die stilistische Einheitlichkeit eines Werks greifen offensichtlich bereits bei Thomkins zu kurz. Im Gegenteil äußern sich Originalität und Innovation bei ihm gerade in dem stilistischen Eklektizismus, den Gerstner so anschaulich beschreibt: »Ich kann mir keine Technik und kein Verfahren denken, das er sich nicht ohne Anlauf dienstbar machte. Er zeichnet mit dem Blei- und Farbstift; mit der Tuschfeder aus Stahl, aus Bambus oder Gänsekiel; er malt mit dem Pinsel – in Wasser, Öl, oder was es immer im Laden zu kaufen gibt. Bisweilen holt er sich aus dem Garten, was er braucht: etwa einen ›Tintling‹ genannten Pilz, aus dem er eine sepiafarbene und dauerhafte Tinte gewinnt. Bisweilen aktiviert er eine vergessene Technik – wie die mit weiß erhöhte Zeichnung der Renaissance. Und ab und zu erfindet er eine neue wie das Lackskin oder die Karton-Intarsie. [...] Nirgends zeigt sich André Thomkins' Umgang mit Techniken und Verfahren besser als in seinem graphischen Œuvre. Ich kenne keine Reproduktionstechnik, die André Thomkins ausgelassen hat; aber viele Techniken kenne ich nicht, die er verwendet. Er macht Linol-, Holz- und PVC-Schnitte. Er lithographiert mit Feder, Pinsel, Lithokreide – einmal taucht im Katalog der Begriff ›Litho gebeizt‹ auf – was immer das sein mag. Er benützt den Sieb-, Offset-, Buch-, Tief-, Matrizen-, Rotations-, aber auch etwas so befremdliches wie den ›Knülldruck‹. Er druckt mit Gummi- und Plastilinstempeln, oder auch in der Art von Max Ernsts Dekalkomanien direkt vom Material. Er arbeitet in Aquatinta, macht Kaltnadelradierungen, Nadelätzungen, Kupferstiche und Vernis mous. Weil ihm das offensichtlich nicht genügt, kombiniert er zusätzlich das eine mit dem anderen. Vernis mou plus Radierung, [...] Kupferstich plus Aquatinta plus Roulette plus Vernis mou. Und so weiter.«[51]

Spiel mit Ziel

Das grenzenlose und unabläßige Kombinieren von Methoden und Techniken, das stets zu neuen, verblüffenden Resultaten führt, ist ein Grundzug in Thomkins' Schaffen. Viele von seinen Arbeiten erwecken den Eindruck, gleichsam spielerisch entstanden zu sein. Jedenfalls vermag uns die Modellvorstellung des Spiels wichtige Aufschlüsse über Thomkins' Werk und dessen Genese zu geben. Johan Huizinga, auf den im Zusammenhang mit dem Künstler bereits Schneegass hinwies,[52] hat in seiner vielbeachteten Studie über den »Homo ludens«[53] fünf konstitutive Elemente des Spiels benannt: Freiwilligkeit, das Zugrundeliegen von Regeln, Zielgerichtetheit, die Effekte von Spannung und Freude sowie das Abgehobensein vom gewöhnlichen Alltagsleben – Elemente, die Thomkins' Tätigkeit und Œuvre in mehr oder weniger ausgeprägter Form kennzeichnen. Allerdings betreibt der Künstler ein doppeltes Spiel mit je verschiedenen Zielen: Während das Gestaltungsspiel, dessen Facetten wir oben beleuchtet haben, zu einer konkreten Arbeit führt, bestimmt das Bedeutungsspiel deren Aussagegehalt.

[51]   Gerstner, »Inspiration und Methode« (wie Anm. 39), S. 233.
[52]   Schneegass, »Einführung« (wie Anm. 1), S. 9.
[53]   Johan Huizinga, *Homo ludens. Vom Ursprung der Kultur im Spiel*, Hamburg: Rowohlt, 1956 (rowohlts deutsche enzyklopädie, 21), holländische Erstveröffentlichung Amsterdam 1938.

Ziel des Bedeutungsspiels scheint – unter Ausblendung möglicher Kontexte – das Absurde zu sein. Wie wir schon mehr als einmal haben feststellen müssen, eignet vielen von Thomkins' Arbeiten etwas Rätselhaftes: Trotz der Identifizierbarkeit einzelner Bildelemente sind sie schwierig zu deuten, was offensichtlich der Absicht des Künstlers entspricht. Die Aporien der Bildlektüre auf diese vordergründige Absurdität zurückzuführen, erscheint naheliegend, da der Begriff des Absurden wesentlich bestimmt wird durch zwei Merkmale, die uns im Werk des Künstlers immer wieder begegnen: einerseits das Widersprüchliche, ja sogar Widersinnige und andererseits das Paradoxe und Unverständliche. Paradoxien im Sinne des ursprünglichen griechischen Wortlauts, »to para ten doxan«, dessen, was über die rechte Lehre respektive über die Vernunft hinausgeht, finden sich bei Thomkins häufig bildlich dargestellt. Sie treten in verschiedener Gestalt auf, etwa als groteske Kombinationen von Elementen, die nicht von Natur aus zusammengehören. Diese Eigenart von Thomkins' bildnerischer Phantasie – die, wie gezeigt wurde, auf manieristische Vorbilder verweist – ist beispielsweise in der Arbeit *céphalopode* (Abb. H. 31) auszumachen. Sie zeigt einen Kopf-Füßler, eine Figur, deren Schädel – so hier von einem solchen überhaupt gesprochen werden kann – unmittelbar aus dem Fuß erwächst. Die anatomische Verbindung bleibt unklar, weil die Art der Darstellung diese Beziehung kunstvoll verschleiert. Eine Mißgeburt aus dem Reich des Unwahrscheinlichen, verkörpert das Wesen einen Verstoß gegen die Regelhaftigkeit der wohlproportionierten Menschengestalt. Wie wir im Zusammenhang mit Thomkins' Inspirationsmethoden ausgeführt haben, liegt es nahe, im wortwörtlichen Verständnis des Begriffs eine der Anregungen zu diesem Werk anzunehmen, ebenso wie im befremdlichen »Eßtisch« der gleichnamigen Zeichnung von 1969 (Abb. H. 32): Es ist zu

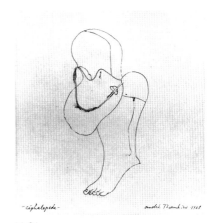

H. 31
céphalopode. 1961
Feder auf Papier. 21 × 20 cm
Nachlaß Thomkins

H. 32
esstisch. 1969
Bleistift auf Papier. 16,5 × 24 cm
Kunstmuseum St. Gallen

H. 33
bergreiter. 1958
Bleistift auf Papier
19 × 10,8 cm (Lichtmaß)
Nachlaß Thomkins

H. 34
»nie besang nase bein«. 1970
Bleistift auf Papier
17,2 × 12,6 cm (Lichtmaß)
Nachlaß Thomkins

vermuten, daß das dargestellte Möbel nicht den Zweck hat, daran zu ta-
feln. Sein Sockel mit dem zähnebleckenden Mund, der überdies dank
händebewehrten Unterarmen auch gleich selbst zugreifen kann, verrät,
daß es sich hierbei vielmehr um einen Tisch handelt, der selbst die
Fähigkeit zu essen besitzt. Eine in der Bildmitte vorbeiparadierende Gestalt weckt zwar Assoziationen, läßt sich aber ebensowenig eindeutig
identifizieren wie eine klare Aussage über die Beziehung zwischen ihr
und dem »Eßtisch« gemacht werden kann.

Als paradox im weitesten Sinne gelten kann auch das bloß Angedeutete, aber nicht wirklich eindeutig Bestimmbare, wie es in der Bleistiftzeichnung *bergreiter* (Abb. H. 33) formuliert ist. Hier bleiben die un-
deutlich-nebulösen Formen, wiewohl andeutungsreich, immer unterhalb
der Schwelle des Identifizierbaren. Sowohl der im Titel evozierte Berg
als auch der Reiter sind nur Spuk, flüchtige Anmutungen – wenn man
genau hinschaut, sind da weder Berg noch Reiter, sondern nur allerlei
schummrige Formen. Das Problem der Identifizierbarkeit stellt sich
überdies, freilich etwas anders gelagert, beim Fragment, das aus einem
wie auch immer gearteten, nicht mehr erschließbaren Zusammenhang
gerissen wurde. Werden Fragmente mit der Technik der Collage, deren
Prinzip für Thomkins wie erwähnt höchst bedeutsam ist, in einem neuen
Werk rekontextualisiert, können paradoxe Konstellationen entstehen,
weil die Beziehung der Fragmente untereinander rätselhaft erscheint.

Die Collage *PLANETOIDIDIOTENALP* (Abb. H. 27), die wir weiter oben bereits herangezogen haben, zeigt dies deutlich.

Prägender als das Paradoxe im Schaffen von André Thomkins ist aber das andere konstitutive Moment des Absurden, das Widersprüchliche. Es tritt beim Künstler nahezu durchgängig als Ambivalenzstruktur auf, die sich aus der Übertretung des Gesetzes der Identität (A=A) ergibt und dank der in seinen Arbeiten in der Regel kein »entweder – oder«, sondern ein »sowohl – als auch« existiert. Inbegriff so verstandener Ambivalenz, des Nichtidentischen also, ist das Vexierbild, das per se eine doppelte Lektüre erlaubt. Diese Bildgattung, die im Manierismus eine erste Blüte erlebte und von den Surrealisten für ihre Zwecke wiederentdeckt wurde, gründet auf der Doppeldeutigkeit der Linie – oder, allgemeiner formuliert, der Struktur –, die bei Thomkins eine Generalisierung zum »Vexierprinzip« erfährt.[54] Eine von dessen zentralen Voraussetzungen ist die Ähnlichkeitsassoziation, eine der grundlegenden Kreationsmethoden von Thomkins. Zu erkennen ist dies in einem seiner zahlreichen Vexierbilder, auf das hier kurz eingegangen sei, in der Zeichnung *»nie besang nase bein«* (Abb. H. 34). Wie schon im Fall von *base nein – nase bein* liegt der Arbeit die Auseinandersetzung mit dem Begriff »Nasenbein« zugrunde, der Thomkins auch hier zu einem Palindrom inspirierte. Dargestellt ist ein Bein, das auch als Nase – oder eine Nase, die auch als Bein zu lesen ist, eine Ambivalenz, die sich der nicht allzu offenbaren Ähnlichkeit eines Nasenbeins mit einer Jünglingswade verdankt. Der Künstler hilft der Möglichkeit zur Doppellektüre durch zwei minime Eingriffe nach: Er zeichnet in die Kniekehle eine Faltung, die sich als Auge deuten läßt, und bringt unter dem Fuß einen dunklen Schatten an, der sowohl als Mund wie auch als Gegenstand in der Hand des Jünglings begriffen werden kann. Sieht der Betrachter in der Zeichnung die Stehfigur einer in seltsam verdrehtem Habitus gebeugten Gestalt, so liest er die schräg gegen links abfallende, geschummerte Fläche als Boden oder Bergkuppe, sieht er dagegen das vom Nasenbein definierte Gesicht, interpretiert er dieselbe Fläche als eine Art Brustlatz der zugehörigen Person.

Die mit der Wahrnehmung oszillierende Bedeutung gewisser Bildelemente verweist auf das Moment des Metamorphotischen, das als eine dynamische Form der Nicht-Identität bezeichnet werden kann. Thomkins selbst sah in der Verwandlung den Grundcharakter seiner Kunst. Auf die Frage: »was heißt für dich ›kunst‹? womit deckt sich dieser begriff für dich?« antwortet er in Stauffers Fragebogen unter anderem: »kunst macht aus etwas etwas anderes, [...] aus realem fiktives oder aus fiktivem reales.«[55] Wie sehr das Prinzip der Metamorphose etwa Thomkins' »Rapportmuster«-Bilder bestimmt, wurde bereits beim Vergleich seiner *sirène sanitaire* mit Giovanni da Udines Groteske ausgeführt. Metamorphotische Behandlung erfährt bei Thomkins aber auch die Räumlichkeit – in vielen seiner Werke ist das in der Renaissance begründete Prinzip des einheitlichen Raums aufgegeben. Thomkins' Räume sind nicht mehr eindeutig, wie etwa das Aquarell *GB* von

54 Beispiele für dieses »Vexierprinzip« zeigen auch Kat. 37, 38, 45, 50, 66, 69, 91, 92, 101, 122.
55 »100 fragen an andré thomkins«, in: Bern/Düsseldorf 1969, o. S. (3).

H. 35
GB. 1975
Aquarell und Bleistift auf Papier
24,5 × 16,6 cm (Lichtmaß)
Nachlaß Thomkins

1975 (Abb. H. 35) in aller Deutlichkeit zeigt: Eine altmeisterlich anmutende Landschaftsvedute im Mittelteil ist allenfalls noch als Reminiszenz
an einen perspektivisch aufgebauten einheitlichen Bildraum zu lesen,
der freilich durch die einzelnen Elemente der Arbeit vielfach negiert
wird: Nachhaltige Verunklärung erfährt die Räumlichkeit im Vordergrund
– die Bezeichnung sei trotz der durch unseren Kontext implizierten
Problematik hier erlaubt – mit einer zwischen Flächigkeit und Räumlichkeit schwankenden Konfiguration aus genau umrissenen Farbflächen, die

nur dank einer plastisch ausgestalteten Hand an eine Figur erinnert. Sie befindet sich auf einer Art Fliesenboden, der allerdings weder eindeutig gegenständlich-perspektivisch als Boden, der ins Bild hineinführte, noch eindeutig als abstraktes Muster parallel zur Bildfläche zu lesen ist. Sein räumlicher Bezug zu dem grisaillenartigen Bereich des Aquarells – buchstäblich eine Welt für sich – bleibt infolgedessen völlig unklar. Die obere Zone der Darstellung schließlich bildet einen eklatanten Gegensatz zur Dreidimensionalität der Vedute. Sie zeigt ein wolkiges landkartenähnliches Muster, das sich zwar – zunächst baumkronenartig – aus einem zumindest im unteren Bereich räumlich dargestellten Baumstamm entwickelt, aber ganz und gar flächenhaft aufgefaßt ist. Da mündet auch ein parallel zu diesem emporragender flächiger Streifen, der aber offensichtlich im Vordergrund oder in der unteren Zone des Bildes entspringt und damit der Musterung wieder eine Wendung ins Räumliche verleiht. Inkongruent wie der Raum und damit absurd im Sinne des Widersprüchlichen sind schließlich auch die Größenverhältnisse – die Maßstäblichkeit von Baumgebilde, Landschaft und Figuren spottet einer einheitlichen Fluchtperspektive.

Abgesehen von der Raumkonzeption behandelt Thomkins auch andere grundlegende Fragen bildnerischen Schaffens im Modus der Ambiguität, beispielsweise so unterschiedliche ästhetische Positionen wie Figuration und Abstraktion oder Realismus und Phantastik sowie das Problem der Mimesis. In der Federzeichnung *Wirbelwüchsige* (Abb. H. 36) sind derartige Fragestellungen angedeutet: Die Arbeit ist sowohl abstrakt als auch gegenständlich, insofern, als es sich bei den dargestellten Gebilden zwar um Figuren handelt, die aber aus abstrakten Elementen – Feldern mit Linienmustern – zusammengesetzt sind und daher an abstrakte Skulpturen, an Gegenstände, erinnern. Angedeutet wird überdies der Gegensatz von real und irreal, indem die Gebilde zwar dank Anklängen an menschliche Wesen wenigstens einen geringen Abbildcharakter verraten, anderseits aber in ihrer Gesamterscheinung der künstlerischen Phantasie entsprungen sind. Ein Spiel mit den Gegensätzen von Abstraktion und Figuration im Sinne der Ambiguität bietet auch die Zeichnung *man agua* (Abb. H. 37), die bildliche Umsetzung einer Wortspielerei mit dem Namen der nicaraguanischen Hauptstadt Managua in einer von fern an ein Bildnis erinnernden Form. Was den Staat – auf sprachlicher Ebene – mit seiner Hauptstadt verbindet, ist »agua« – das spanische Wort für Wasser, das im Bildtitel von der Vorsilbe »man« abgetrennt wird. Läßt man den Blick von unten nach oben über die Zeichnung schweifen, sind nacheinander verschiedene Buchstabenfolgen zu lesen, zunächst »nagua«, dann »guam«, »amana«, weiter – etwas unleserlich – »anagua«, »uan[ic?]«, wieder deutlicher »manag« und schließlich »nicaragua«. An Wasser, »agua«, erinnert die Arbeit aber nicht nur begrifflich, sondern auch bildlich mit ihrer Kribbelfaktur, einer Reminiszenz an wilde Meereswellen. Der Betrachter fährt also in seiner Lektüre von unten nach oben gleichsam übers Meer nach »nicaragua«, über die Meereswogen der Worte, die – nagua, guam, amana, anagua,

H. 36
Wirbelwüchsige. 1955
Feder auf Papier. 29,5 × 21 cm
Nachlaß Thomkins

H. 37
man agua. 1959
Feder auf Papier. 18,9 × 18,9 cm
(Lichtmaß)
Nachlaß Thomkins

uanic – das Plätschern des Wassers lautmalerisch nachahmen. *man agua* ist also sowohl ein abstraktes Schrift-Bild als auch eine gegenständliche Darstellung dessen, was das Wort »managua« im Künstler assoziativ evoziert, nämlich Wasser, Wellen, Meer und Meerfahrt sowie »man«, Mensch, in Gestalt eines menschlichen Kopfes.

Das Labyrinthische

Werk und Betrachter

Dank unseren Untersuchungen von Fallbeispielen sind wir nun in der Lage, den Eindruck des Absurden, der sich bei einer ersten Konfrontation mit einem Großteil der Werke von André Thomkins einstellt, zu relativieren. Als zentral erweist sich das Spiel um des Spiels willen, das zwar absurd anmutet, aber ohne Tragik ist. Es prägt nicht nur den Entstehungsprozeß der Arbeiten, sondern setzt sich über deren eigentliche Beendigung hinaus fort und führt zu einer dynamischen Aktivierung der Beziehung zwischen Werk und Betrachter. Dieses Spiel mit der Wahrnehmung ist Thomkins' eigentliches Anliegen: Durch die ambivalenten Strukturen und die Mehrdeutigkeit seiner Schöpfungen wird der Betrachter zur assoziativen Weiterführung des Kunstwerks angeregt – sofern er bereit ist, sich in dieser eher meditativen Weise auf die Bilder einzulassen. Wenn er aber darauf beharrt, ihnen mit Verstand und Vernunft einen alle Teile einbegreifenden Sinn abzutrotzen, dann allerdings führen ihn seine Deutungsversuche von Sackgasse zu Sackgasse. Die Jagd nach der »richtigen« Interpretation, welche die Arbeiten als Ganze erklärte, wird zum Irrweg im Labyrinth der Möglichkeiten, das Werk erweist sich als unauflösbares Rätsel.

Wie wir schon öfter gesehen haben, sind Deutungen aber durchaus möglich, sobald der Betrachter seinen Anspruch aufgibt, einen holistischen Sinn herleiten zu wollen. Lösungen eröffnen sich erst, wenn das Unbegreifliche rätselhaft bleiben darf. Insofern gleichen Thomkins' Arbeiten jenen »koans des zen«,[56] die der Künstler auf die Frage nach seinen philosophischen Affinitäten zusammen mit dem Concettismus erwähnt. Koans, der Vernunft unzugängliche Rätsel, dienen buddhistischen Zen-Meistern dazu, ihre Schüler zu einer Meditation anzuregen, in der sie ihren Verstand transzendieren können und empfänglich werden für eine andere Art von Erkenntnis. Dies ist die Haltung, die Thomkins' Werke mit ihrer labyrinthischen Bedeutungsstruktur vom Betrachter verlangen.

Die Metapher des Labyrinths ist für das Schaffen des Künstlers in mehrerer Hinsicht sinnfällig:[57] In seinem Beitrag in der Publikation zur Berliner Ausstellung von 1989 befaßt sich Eberhard Roters eingehend mit Thomkins' Gemälde *Die Mühlen* von 1962 (Abb. H. 38), das er 1966

[56]   »100 fragen an andré thomkins«, in: Bern/Düsseldorf 1969, o. S. (6).
[57]   Vgl. dazu in der vorliegenden Publikation Baumgartner, S. 78–87, und Noseda, S. 378–381, »Glasfenster, Evangelische Kirche von Sursee«, S. 390–393, »Labyr«, sowie S. 393–394, »Labyrinth«.

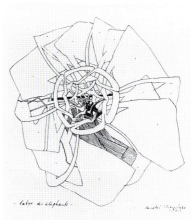

in die von ihm besorgte Schau »Labyrinthe. Phantastische Kunst vom 16. Jahrhundert bis zur Gegenwart« einbezogen hatte.[58] Roters führt im Vorwort zum damaligen Katalog aus, was die gezeigten Werke bei aller zeitlichen und stilistischen Verschiedenheit verbinde, sei das Moment des Phantastischen, dem etwas Labyrinthisches eigne.[59] Zur typologischen Differenzierung des Labyrinths habe der Manierismus entscheidend beigetragen: »Erst damals«, so Roters, »entstand jene Labyrinthform, die nicht mehr Einbahnstraße des Schicksals bedeutet, sondern, neben dem umständlichen Weg ins Zentrum auch Gänge aufweist, die in die Irre führen, und die deshalb dem Wanderer die zweifelhafte Freiheit der Entscheidung überläßt, welche Wege er einschlagen soll, den in einen verborgenen Himmel, oder den in dämonische Gefängnisse oder in auswegslose Zerrbezirke am Rande des Seins.«[60]

Obwohl Thomkins das Labyrinth selten zum eigentlichen Bildgegenstand erhoben hat (Abb. H. 39), lassen sich in seinem Schaffen immer wieder Bezüge dazu erkennen. Darauf rekurrieren die Ausstellungsmacher der Berliner Retrospektive gleich zweifach – einmal, wenn sie die Schau nach einer Federzeichnung aus dem Jahr 1960 »labyrinthspiel« benennen, und zum andern, indem sie für die Präsentation der Ausstellung ein »labyrinthisches Raumnetz« entwickeln, »das [...] auf der Basis

H. 38
Die Mühlen. 1962
Öl auf Leinwand. 80 × 75 cm
Privatbesitz

H. 39
labyr des éléphants. 1961
Feder auf Papier. 15 × 13 cm
Privatbesitz

58 Roters 1989, S. 17–24.
59 Eberhard Roters, in: Berlin 1966, S. 8.
60 Ebd., S. 9.

der ›Quadratur des Kreises‹ alchimistischer Symbolik in kleinen Parzellen die vielfältigen Werkaspekte überschaubar gliedert [...].«[61] Christian Schneegass erklärt, man habe sich nicht von den bei Thomkins durchaus feststellbaren chronologischen Abfolgen leiten lassen, sondern sich »für die Anordnung von Werkgruppen nach folgenden Aspekten entschieden: thematische Schwerpunkte oder immer wiederkehrende Motive, Kompositionsmuster, Techniken u. a. m. Die Ausstellung bietet daher nicht nur ›einen‹ Rundgang, sondern unendlich viele. Mit dieser demokratischen Grundstruktur analog zum ›Labyr‹ – eine offene Stadt aus Raumzellen, verschiebbaren Wänden, Gängen, Plätzen und Gassen – wollen wir in Solidarität mit dem Künstler die Würde des einzelnen, seine individuelle Kreativität und die Freiheit seiner persönlichen Entscheidungen provozierend respektieren. Jeder Besucher möge hierin seine eigenen Wege, Blickrichtungen und Standpunkte finden. Unsere stilistische, inhaltliche und formale Strukturierung ist ebenfalls nur als eine von unendlich vielen Verständnismöglichkeiten zu werten.«[62]

Mit dieser hermeneutischen Konzession von Schneegass rückt wieder in den Blick, was wir oben angedeutet haben: Thomkins' kombinatorische Arbeitsweise verleiht schon den Einzelwerken einen Charakter des Heterogenen, Fragmenthaften und damit ein Moment des Labyrinthischen, das sich rezeptionsästhetisch im gleichberechtigten Nebeneinander vielfältiger Deutungsmöglichkeiten ausprägt. Dies bleibt nicht ohne Auswirkungen auf das gesamte Œuvre, dessen ausufernd mäandrierende, hierarchielose Struktur der Form eines neuen, von Gilles Deleuze und Félix Guattari entworfenen Labyrinth-Typus entspricht: des Rhizoms.[63] Im Unterschied zu traditionellen Irrgärten besitzt dieses Gebilde keine Begrenzungen mehr, sondern ist potentiell unendlich und hat daher weder Zentrum noch Ränder. Demnach führt auch kein Weg aus ihm hinaus. Seine Gänge sind so vieldimensional vernetzt, daß jeder sich an jedem möglichen Punkt unmittelbar mit jedem anderen verbinden kann. Mit dieser Vorstellung verschieben sich die Akzente: Die Bedrohlichkeit des Undurchschaubaren verblaßt, sobald die unendliche Vielfalt der Möglichkeiten als Chance verstanden wird. Daß Thomkins sie zu nutzen wußte, bezeugt sein Schaffen eindrücklich.

Der Künstler im Labyrinth

Mit Blick auf die persönlichen Lebensumstände des Künstlers kann aber auch gefragt werden, ob sein Werk nicht vielleicht in irgendeiner Art Ausdruck eines labyrinthischen Welterlebens sei. Allerdings wissen wir kaum etwas über die psychologischen Hintergründe von Thomkins' Schaffen. Wichtigste Gewährsperson dafür ist Eva Thomkins, die das Werk ihres Gatten als »eine Gegenwelt zu seiner Psyche« bezeichnet. Sie ist es auch, die die – offenbar abgeschirmten – psychischen Probleme des Künstlers zur Sprache bringt.[64] Thomkins, der eine abgründige, jähzornige Seite gehabt habe, sei von manisch-depressiver Struktur

[61]   Schneegass, »Einführung« (wie Anm. 1), S. 10.
[62]   Ebd., S. 10–11.
[63]   Siehe Gilles Deleuze, Félix Guattari, *Rhizome*, Paris: Editions de minuit, 1976.
[64]   Eva Thomkins im Gespräch mit dem Verfasser, Köln, November 1996.

H. 40
DAEDALUS MÄANDERTALER. 1967
Öl auf Leinwand. 14 × 12 cm
Privatbesitz

gewesen: »Er neigte zu Depressionen und zur Melancholie. Immer nach einem Herzanfall saß er wochenlang nachdenklich im Sofa und tat gar nichts. An ausführende Tätigkeit war in diesen Zuständen nicht zu denken. Zeichnen konnte er immer nur, wenn er ›oben‹ war, dann hagelte es Geistesblitze.« Schwere depressive Phasen habe er allerdings erst mit 35 Jahren gehabt, als sich ein Herzleiden in Form von Rhythmusstörungen bemerkbar zu machen begann. »Im Jahre 1978, also bereits mit 48, hatte er seinen ersten Herzinfarkt. Operieren lassen wollte er sich nicht, aber er mochte auch nicht aufhören zu rauchen – er rauchte 40 Zigaretten am Tag – und aß weiterhin viel.« Wenn der Künstler, wie seine Witwe ausführt, tatsächlich manisch-depressiv veranlagt war, dann wird er die Welt sehr wohl bisweilen als ausweglose Labyrinth wahrgenommen haben. Doch sein Werk zeigt nicht allein die Symbolik der Ausweglosigkeit – zumindest für den Betrachter eröffnet es, wie wir gesehen haben, einen Ausweg. Gab es auch für den Künstler einen Ausweg aus dem Labyrinth?

Ein Schlüsselwerk im Zusammenhang mit diesen Fragestellungen ist die miniaturhafte Ölmalerei *DAEDALUS MÄANDERTALER* aus dem Jahre 1967 (Abb. H. 40). Der Titel ist als prominente Inschrift ein Bestandteil

65   Auf die Frage nach allfälligen Pseudonymen antwortet Thomkins beispielsweise: »[...] dädalus meandertaler (nach Serge Stauffer)«, vgl. »100 fragen an andré thomkins«, in: Bern/Düsseldorf 1969, o. S. (1). In diesem Zusammenhang ist auch darauf hinzuweisen, daß Dädalus in Gustav René Hockes Werk zum Manierismus in der Literatur ebenfalls von zentraler Bedeutung ist. Der Autor apostrophiert ihn als »saturnische«, manieristische Figur »geradezu ›klassischer‹ Art« und sieht in ihm den mythischen Ahnen der Manieristen, vgl. Hocke, *Manierismus in der Literatur* (wie Anm. 35), S. 207 und 204.
66   Vgl. dazu vor allem Hermann Kern, *Labyrinthe. Erscheinungsformen und Deutungen. 5000 Jahre Gegenwart eines Urbilds*, München: Prestel, 1982, 3. Aufl. 1995, S. 295–342.
67   Ebd., S. 295.
68   »100 fragen an andré thomkins«, in: Bern/Düsseldorf 1969, o. S. (4). Eine interessante Koinzidenz in diesem Zusammenhang ist, daß Gustav René Hocke ein Unterkapitel im ersten Teil seiner *Welt als Labyrinth* (wie Anm. 9) mit »Welt im Schweben« betitelt, vgl. ebd., S. 26–28: Am Beispiel von Parmigianino verweist der Autor auf die wesentlichen Charakteristika manieristischer Concetto-Kunst, auf Anmut und Subtilität, die sich beide in dem immer wieder anzutreffenden Motiv des Schwebens ausprägten: »Dieses ›Schweben‹, welches allen Gesetzen der Schwerkraft spottet, welches den Stoff spiritualisieren zu wollen scheint, welches den Phänomenen in der Welt den Aspekt psychischer, traumhafter Erscheinungen verleiht, findet man im Manierismus immer wieder [...]« (S. 27) Thomkins begann sich zwar schon Anfang der 50er Jahre mit der Thematik des Schwebens zu beschäftigen, aber die Ausführungen Hockes könnten für ihn durchaus eine Bestätigung dargestellt haben.

des Bildes und steht auf gleicher Höhe wie die ebenfalls in Versalien gesetzte Signatur, so daß die Zeile als »Daedalus Mäandertaler A. Thomkins« gelesen werden kann. Damit erhält das Werk den Charakter einer Selbstdarstellung, zumal wir wissen, daß Dädalus Mäandertaler einer der Übernamen war, mit denen Serge Stauffer seinen Freund zu apostrophieren pflegte.[65] Die beiden Begriffe implizieren nicht nur einen Bezug zum Erbauer des minoischen Labyrinths, sondern auch zu dessen Struktur und zur Urgeschichte des Menschen: »Mäander« hieß ursprünglich ein Fluß in Kleinasien, der sich schlaufenförmig seinen Weg bahnte, weshalb das aus diesem Namen abgeleitete Verb »mäandern« denn auch eine Vorwärtsbewegung in Umwegen bezeichnet, wie sie sich zum Beispiel in der Begehung eines Labyrinths ausprägt. Im übrigen verweist das Wort auf eine griechische Ornamentform, die Ähnlichkeiten mit dem Grundriß des mythischen Ur-Labyrinths besitzt. Es ist allerdings nur der eine Bestandteil des wortschöpferischen Zweitnamens, der ebenso an den Ausdruck »Neandertaler« denken läßt – sowohl Fachterminus für den primitiven Urahnen des Homo sapiens als auch Schimpfwort für ungehobelte Kerle. Die im Bild dargestellte Figur eines ungeschlachten Mannes in einem seltsamen, fellartigen Gewand, der sich durch eine idyllische Landschaft bewegt und in eine eigenartige Beschäftigung vertieft ist, läßt beide Assoziationen zu.

Die Gestalt als eine Art mythologisches Selbstporträt des Künstlers als Dädalus zu verstehen, dazu berechtigen uns nicht nur der biographische Hintergrund der Bildinschrift, sondern auch weitere Bezüge zwischen der sagenhaften Figur und Thomkins: Zunächst ist darauf hinzuweisen, daß Dädalus – von griechisch »daidallein«, kunstreich arbeiten –, der geschickte Bildhauer, Architekt und Erfinder, schon der Antike als Personifikation des genialen Künstlers galt. Er ist auch der Erbauer des Ur-Labyrinths, der zur Strafe für seine Mithilfe bei der Zeugung des Minotaurus von König Minos in seinem eigenen Bau gefangengesetzt wurde. Wie Dädalus ist Thomkins ein erfindungsreicher Künstler, der sich mit dem Labyrinth befaßte – darin der mythologischen Figur ebenfalls vergleichbar – und unentwegt an der labyrinthischen Struktur seines Werks weiterarbeitete. Tiefenpsychologisch gesehen war Thomkins zeitlebens Gefangener seiner depressiven Veranlagung, die ihm die Welt wohl oft als ausweglosen Irrgarten erscheinen ließ. Gefangensein zieht aber auch den Gedanken an Flucht, an Befreiung nach sich: Dädalus vermochte sich dank seiner Kunstfertigkeit und seinem Erfindungsreichtum aus der aussichtslos erscheinenden Situation der Gefangenschaft zu befreien, indem er für sich und seinen Sohn Ikarus aus Wachs und Federn Flügel baute. Dädalus war es aber auch, der Ariadne verriet, wie der Weg aus dem Labyrinth heraus mit Hilfe eines Fadens gefunden werden konnte. Diese mythologischen Kontexte erlauben uns, die Tätigkeit der Figur in Thomkins' Bild als ein Entlanghangeln am Ariadnefaden zu deuten, als Akt der Befreiung aus einem Irrgarten, der in der Darstellung allerdings nirgendwo auszumachen ist. Offenbar muß Dädalus – ohne dies innegeworden zu sein – schon längst nicht mehr im Labyrinth mäandern, sondern durcheilt im Gegenteil gebeugten Rückens eine idyllische Land-schaft gegen den rechten Bildrand zu, wo sein rettender Faden in einen an das Gemälde applizierten verbandstoffartigen Leinwandstreifen über-geht, der aus dem Bild hinaus- und zugleich auf eine andere Ebene der Repräsentation führt. Darin kann ein Bezug zum Gedanken der Heilung angenommen werden, der eine neue Lesart der Darstellung erlaubt: Künstlerisches Schaffen vermag den Dargestellten, Dädalus/Thomkins, aus der Gefangenschaft im Labyrinth zu befreien. Die Gegenwelt, in die er eingetreten ist, besitzt die Gestalt einer idyllischen Landschaft, die nicht nur einen Gegenentwurf zur Düsternis des Labyrinths, sondern auch zur Weltsicht der Depression bildet.

Das Landschaftsidyll in Thomkins' Gemälde erhält damit geradezu paradiesische Züge und bietet so den Anhaltspunkt für eine Assoziation an spirituell geprägte Labyrinthvorstellungen, die bereits dem Frühchri-stentum und dem Mittelalter geläufig waren und die in der frühba-rocken christlich-allegorischen Deutung der Welt als Irrgarten gipfeln.[66] Dessen Ziel liegt nicht länger in seinem Zentrum, sondern außerhalb, in einem paradiesischen Jenseits. Der Mensch, ein Pilger im Labyrinth des Diesseits – ein eigentlicher »christlicher Wandersmann«, der in erbauli-chen Emblemen seine ikonographische Ausgestaltung gefunden hat –, wird vom »Ariadnefaden Gottes« dahin geleitet (vgl. Abb. H. 41).[67] An-ders als Dädalus im antiken Mythos vermag die fromme Seele das La-byrinth nicht aus eigener Kraft zu bezwingen, sondern benötigt Gottes Führung, die ihr nur durch unverhoffte Gnade zuteil wird.

H. 41
Boetius van Bolswaert
Die christliche Seele als Pilger im Labyrinth der Welt. Kupferstich. 9,8 × 5,6 cm
Emblem 17, in: Hermann Hugo, *Pia Desi-deria,* Antwerpen [6]1632

Das »Schwebselige«

Der »Patron der Astronauten«

Dieser überraschende Bezug eröffnet den Blick auf die spirituelle Di-mension von Thomkins' Schaffen. Im Rahmen seiner »100 fragen an andré thomkins« erkundigt sich Serge Stauffer, wo der Künstlerfreund am liebsten leben oder sein möchte, und dieser entgegnet: »überall, aber schwebend«.[68] Daß es mit dem Schweben für ihn eine besondere Bewandtnis hat, zeigt auch seine Wertschätzung des hl. Joseph von Co-pertino, den der Künstler im selben Interview gleich zweimal erwähnt. Bevor er ihn als seine »lieblingsfigur in der fiktion« bezeichnet,[69] ant-wortet er auf die Frage nach seiner Beziehung zur Religion: »›dogma: I am god‹. spekulatives interesse an heiligenlegenden (lidwina van schie-dam, jos. v. copertino etc.) buddhistische lektüren: zen, tschuan tse. wün-sche mir praktische metaphysik statt dogmatischer systeme. finde pa-rapsychologie im sinne Justinus Kerners wichtig. heutiger religionsersatz hat keinen sehr hohen moralischen u. ästhetischen wertbegriff, hat aber psychologisch mehr gewicht als alle tradition.«[70]

[69]   »100 fragen an andré thomkins«, in: Bern/Düsseldorf 1969, o. S. (6).
[70]   Ebd., o. S. (2).

H. 42
Ohne Titel. 1956
Bleistift auf Papier. 21 × 20 cm
Nachlaß Thomkins

H. 43
Schwebseel. 1955
Feder auf silberfarbenem Papier, auf
schwarzen Halbkarton aufgezogen
30,3 × 23,5 cm
Nachlaß Thomkins

Joseph von Copertino findet in Heiligenlexika und in Hagiographien nur summarische Erwähnung; ein ganzes Kapitel widmet ihm dagegen Walter Nigg in seinem 1947 publizierten Buch »Große Heilige«,[71] das Thomkins gekannt haben könnte. Nigg schreibt, der ausgefallene Gottesmann löse allerorten Befremden und Verständnislosigkeit aus wegen seiner stupenden Levitationen, die in der Geschichte der Mystik bezeugt seien und die bei ihm nicht nur in einem sachten Schweben des Leibes bestanden hätten: »Er begann mit einer tanzenden Gebärde, stieß dann einen vogelartigen Schrei aus und flog durch die Luft! Wie eine Taube mit Flügeln schwebte er im Raum. Aus der Mitte der Kirche flog er bis zum Hochaltar, der über fünfzig Schuh entfernt war und umfaßte dort das Tabernakulum, hielt sich ungefähr eine Viertelstunde lang in der Luft […] und glitt alsdann wieder auf den Boden.«[72] Laut der offiziellen Josephsvita habe sich dies nicht weniger als 70 Mal abgespielt, aber noch häufiger sei der Heilige in Verzückung gefallen, so »daß beinahe sein ganzes Leben eine Kette von Extasen war. Er hatte nicht die geringste Macht über das Kommen und Gehen seiner Entrückungen. Weder vermochte er sie herbeizuführen, noch hatte er die Möglichkeit, sie zu verhindern. Man hörte ihn jeweilen nur kurz vor der Ekstase ausrufen: ›Oh‹, und schon hatte ihn die himmlische Wonne ergriffen […], der Raptus riß ihn mit sich.«[73]

Das Moment der Ekstase wird es nicht sein, das Thomkins' Interesse geweckt haben dürfte – zumal er im erwähnten Interview auf Stauffers Erkundigung: »ekstatische zustände, wie?« entgegnet: »unbekannt, keine oder vielleicht: wunschdenken als nüchterne (?) praxis«[74] und seine lakonische Antwort auf die Frage nach seinen Beziehungen zu Rausch und Rauschmitteln »keine« lautet.[75] Es sind vielmehr die Folgen der göttlichen Verzückungen, die Überwindung der Schwerkraft im entrückten Emporschweben – der äußere Ausdruck einer inneren seelischen Erhebung –, die Thomkins an Joseph von Copertino faszinierten. Darauf spielt der Künstler an, wenn er den Heiligen in seiner zweiten Fragebogenantwort als »patron der astronauten!« apostrophiert.[76] Er meint damit weniger tatsächliche Raumfahrer als Menschen mit einer bestimmten spirituellen Disposition, zu denen er auch sich selbst rechnet. Insofern erkannte er im unzeitgemäßen Schwebe-Heiligen aus Copertino wohl eine Art Alter ego.

Idee und Gestalt

In Thomkins' Werk verweist aber nicht etwa der hl. Joseph auf dieses »spirituelle Astronautentum«, sondern eine selbsterfundene Kunstfigur, die von ihrem Schöpfer »Schwebsel«, »Schwebseel« oder »Schwebbes« genannt wird und die immer dieselben Gestaltmerkmale aufweist (Abb. H. 43, H. 44). Im September 1952 zeigt Thomkins seinem Freund Stauffer in einem enigmatischen Text ihre Entstehung mit den Worten an: »Alors voilà, Schwebsel rame dans l'espace à la rencontre de mille

71   Walter Nigg, *Große Heilige,* Zürich/
Stuttgart: Artemis, 1947. »Der einfältige
Charismatiker: Joseph von Copertino«,
S. 364–395.
72   Ebd., S. 376–377.
73   Ebd., S. 374.
74   »100 fragen an andré thomkins«, in:
Bern/Düsseldorf 1969, o. S. (8).
75   Ebd., o. S. (7).

H. 44
schwebbes. 1955
Aquarell auf Bütten. 11,3 × 10,5 cm
Privatbesitz

en une chose (il y en a encore beaucoup trop, mais qu'importe!): il rame.«[77] Die Verwendung des Verbs »ramer« erstaunt, erscheint doch »Schwebsel« in keiner der verschiedenen Darstellungen in einer derartigen Aktivität begriffen, aber sie verrät uns auch, daß es sich bei der Gestalt um eine Art von Lebewesen handeln muß. Entfernt erinnert das Gebilde, das einer Kegelfigur ähnelt, an menschliche Formen (Abb. H. 42). Begleitet wird es stets von einem kleinen Kreis oder einer Kugel, die deutlich von der Hauptgestalt abgesetzt sind.

Auf eine wichtige Bedeutungsdimension des Figürchens verweist der alternative Name »Schwebseel«. Die Bezeichnung läßt vermuten, daß es sich um die Darstellung einer schwebenden Seele handelt und Thomkins damit auf die bis in die Antike zurückreichende Vorstellung der Seelenreise Bezug nimmt. In der Zeichnung *mord* aus dem Jahre

[76] Auch der Schriftsteller Blaise Cendrars hat sich mit dem skurrilen Heiligen beschäftigt, was seine Veröffentlichung *Saint Joseph de Copertino. Le nouveau patron de l'aviation*, Paris: Le club du livre chrétien, 1960, bezeugt. Das Erscheinungsjahr schließt jedenfalls nicht aus, daß Thomkins davon Kenntnis gehabt haben könnte.
[77] Brief von AT an Serge Stauffer von ca. Anf. Sept. 1952, in: Stauffer/Thomkins 1985, S. 25.

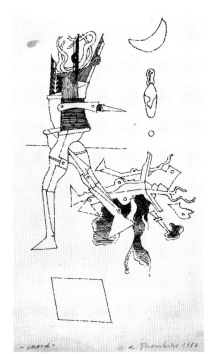

H. 45
mord. 1952
Feder auf Papier. 20 × 11,4 cm
Nachlaß Thomkins

H. 46
*Der Todesengel führt die Seele eines
Sterbenden zu den ewigen Gefilden*
Holzschnitt, in: Conrad Reiter, *Mortilogus,*
Augsburg 1508

1952 (Abb. H. 45) jedenfalls sehen wir die Gestalt über einer als Figur des Ermordeten zu deutenden Konfiguration von Flächen oder Linien schweben – wahrscheinlich eine Reminiszenz an den Typus der Seelendarstellungen als Eidolon, das nach der antiken Vorstellung »eine Art Doppelgänger des Menschen [ist], sein verkleinertes Abbild, das nach des Menschen Tod zum Hades entweicht und dort ein schattenhaftes Dasein führt«.[78] In der Kunst der Antike wird es als nacktes Menschlein mit oder ohne Flügel dargestellt, und dieses Motiv ist in Variationen auch in die Bildwelten des Christentums (Abb. H. 46) und später der hermetischen Wissenschaften wie der Alchimie eingegangen.

Ein Bezug zu dieser Tradition läßt sich nicht nur aus visuellen Anklängen erschließen. In dieselbe Richtung weisen auch Thomkins' Erläuterungen zur »Schwebsel«-Thematik gegenüber Stauffer. Der Künstler führt in dem bereits erwähnten Brief aus, die spezifische Form der Figur sei eine unmittelbare Folge ihres Emporschwebens, während dessen sie auch anderen schwebenden Wesen begegne. Seine Schilderung beschließt Thomkins mit den Worten: »Encore une chose: en principe ces êtres ont abandonnés les formes aigues, les lignes droites, les angles, ils sont ronds. Il leur est profitaire pour pouvoir continuer d'avancer de ne pas voir autrepart que chez soi cette rondeur, et ce qu'ils ne savent pas, le plus souvent, c'est qu'ils doivent même se défaire de tout horizon. Ne compte que la verticale, ou bien, vu d'un autre point de vue, c'est le centre sans périphérie., avancer dans le centre du point en oubliant successivement les périphérie. La plupart sont des planètes!«[79] Die Formulierungen des

78   Oswald A. Erich, »Zur Darstellung der Seele und des Geistes in der christlichen Kunst«, in: *Festschrift Adolph Goldschmidt*, Berlin: Würfel, 1935, S. 51–54, bes. S. 52. Vgl. dazu ferner Andres Furger, *Das Bild der Seele im Spiegel der Jahrtausende*, Zürich: Verlag Neue Zürcher Zeitung, 1997.
79   Brief von AT an Serge Stauffer von ca. Anf. Sept. 1952, in: Stauffer/Thomkins 1985, S. 26.

Künstlers erinnern an die Auffassung der Seelenwanderung, wie sie bei den Neuplatonikern und ihren Nachfolgern unter den Philosophen der Renaissance anzutreffen ist: Auf dem Weg ihrer allmählichen Verkörperung steigt die Einzelseele aus dem immateriellen All-Einen der großen Weltseele ab und passiert dabei sukzessive die der Spätantike bekannten sieben Planeten. Ein jeder stattet sie mit seinen Eigenschaften aus, wodurch sie nach und nach ihre anfänglich völlig immaterielle Natur verliert. Zuletzt verleiht der Mond, der den Neuplatonikern ebenfalls als Planet galt, der Seele ihren Körper und die Fähigkeit zu wachsen. Es ist daher wohl kein Zufall, daß in der Zeichnung *mord* oberhalb des Seelchens des »Ermordeten« die Mondsichel erscheint. Nach dem Tod des Körpers, in den die Seele sich inkarniert hatte, schwebt sie wieder empor und gibt während dieser Reise ihre Eigenschaften den Planeten zurück, bis sie, von neuem immateriell geworden, ins All-Eine eingeht.

Vor diesem Hintergrund kann »Schwebsel« auch als Ausdruck einer Sehnsucht nach Transzendenz gedeutet werden – eine Lesart, die mit der Federzeichnung *sorti du Labyrinthe* von 1956 (Abb. H. 47) Bestätigung erhält. Der durch den Titel angezeigte Zusammenhang mit der Labyrinth-Thematik leuchtet zunächst nicht ganz ein. Zu sehen sind lediglich zwei Figuren, deren eine, kleinere, ein bloßer Schemen im Hintergrund, eindeutig als »Schwebsel« zu identifizieren ist. Die größere, plastisch ausformulierte Gestalt im Vordergrund zeigt zumindest im unteren Teil ähnliche Konturen, die obere Hälfte aber nimmt sich wesentlich anders aus: Wild in den Umraum ausgreifende unregelmäßige, scharfkantige Polyeder, deren zum Teil dunkel schattierte Flächen in spitze Zacken auslaufen, und zwei hörrohrartige Hohlformen beziehen sich räumlich auf ein Zentrum von kristallin anmutender Struktur. Diese Figuration läßt die Assoziation an ein Bildnis entstehen: Die an organische Formen gemahnenden Körper bezeichneten dann die etwas wirre Haar- und Barttracht des Dargestellten, während die verschattete Mitte als ein maskenhaftes Antlitz mit Nase, Augenpaar und schlitzartigem Mund zu lesen wäre. Zugleich erinnert ebendieses Formgebilde an eine Art Piranesischen »Carcere«. Wenn wir annehmen, das »Schwebsel«-Figürchen im Hintergrund habe sich aus der mehrdeutigen Gestalt im Vordergrund herausgelöst, dann müßten wir sie als Repräsentation des Labyrinths interpretieren. Allerdings könnte die Zeichnung auch zwei zeitlich gestaffelte Zustände der »Schwebseele« in ihrem Wiederaufstieg zum All-Einen zur Darstellung bringen. Dann wäre die kleinere »Schwebsel«-Figur eine geläuterte, vom Körperlichen schon weitgehend gereinigte Form der emporschwebenden Seele, während die größere noch deutliche Spuren der materiellen, labyrinthischen Welt trüge. Eine Entscheidung für die eine oder die andere Interpretation erscheint nicht möglich, die Deutungsansätze müssen in der Schwebe bleiben. Unmittelbar anschaulich wird einzig der Kontrast zwischen differenzierter Körperhaftigkeit und schwereloser Andeutung, der in dieser Zeichnung formuliert ist. Auffallend ist darüber hinaus eine formale Analogie zwischen dem spiralig in sich verdrehten unteren Teil der promi-

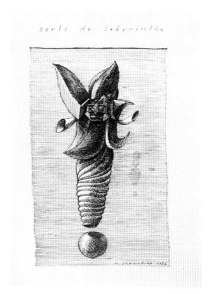

H. 47
sorti du Labyrinthe. 1956
Feder auf Papier. 29,5 × 20,8 cm
Nachlaß Thomkins

nent dargestellten »Schwebseelen«-Gestalt mit der »figura serpentinata« der Zeichnung *er dachte sich zum Docht* (Abb. H. 5). Während die Kontorsion dort Bewegungsunfähigkeit, einen vollständigen Stillstand markiert, kann sie hier als Zeichen für die Bewegungsrichtung des Aufwärtsschwebens gelesen werden. Damit zeigt sich auch im Gesamtzusammenhang von Thomkins' Schaffen, was wir schon am Einzelwerk, etwa bei den Vexierbildern, beobachtet haben: Die Bedeutungen, mit denen der Künstler ein und dieselbe Form befrachtet, können außerordentlich verschiedenartig, ja sogar widersprüchlich sein.

Die Figur des »Schwebsels« ist ein Leitmotiv in Thomkins' Schaffen der 50er Jahre. 1952 erstmals zu beobachten, verliert es sich gegen Ende des Jahrzehnts, was aber nicht heißt, daß die damit bezeichnete Thematik für den Künstler an Bedeutung verlöre. Sie geht lediglich in anderer Form in die symbolische Darstellung ein. Gestaltbildend wirkt dabei die an »Schwebsel« faßbar gewordene Tendenz zur Entkörperlichung: Die Figur, eine Art Seelenkörperchen auf dem Weg nach »oben«, zurück zum All-Einen, markiert den Anfangszustand jenes Prozesses der formalen und materialen Regression, der schließlich zur Immaterialität führt. Insofern gehört der Zug zur Entmaterialisierung, der sich bei Thomkins in den unterschiedlichsten Ausprägungen findet, zur Symbolik der »Seelenreise« oder, allgemeiner, der Transzendenz. Sie tritt im Schaffen des Künstlers an die Stelle des »Schwebsel«-Motivs und bildet neben dem Labyrinth den zweiten großen Themenkreis in seinem Werk, dessen spirituelle Dimension sich gerade aus ihrem Zusammenspiel mit der Labyrinth-Metaphorik konstituiert. Dieser Sinnzusammenhang, in jahrtausendealten Traditionen wurzelnd, weist über das labyrinthische Welterleben hinaus; in ihm zeigt sich der »concetto« des Thomkinsschen Werks, die Idee des Künstlers von der Wirklichkeit.

Zur Psychologie des »Schwebsel«-Motivs

»Schwebsel« repräsentiert allerdings nicht nur einen spirituellen Inhalt, sondern es verweist auch auf dessen Wechselwirkungen mit der Psyche, auf Gefühle. Davon spricht Thomkins, wenn er seinem Freund Serge Stauffer schildert, was »Schwebsel« während seines Aufstiegs erlebt: »Je dis qu'il monte, c'est-à-dire que le plus souvent il s'arrête pour éprouver l'émotion, pour digérer la sensation de cette montée, car elle est bouleversante. Par rapport à lui tout le cosme se baisse, tombe tout autour de lui. (Relativité). Il a pu se débarasser de beaucoup de sentiments qui menaient leurs vies à eux, mais pourtant il y en a un qui ne l'a pas laché: c'est le doute, le doute rythmé [...], il revient souvent et si irrégulièrement qu'il est impossible de connaître le vrai rythme, il s'est installé dans Schwebsel une sorte de tristesse, oh très haute! une tristesse studieuse, serrée, toujours prête à cristalliser des sentiments correspondant à peu près aux découvertes qu'il fait dans son médium: Il a rencontré récemment encore un ›couple dissolu‹ (un barbare armé poursuivant la femme), c'était une déception foudroyante car il croyait que cela ne se passait plus dans ce médium. Alors il conclut qu'il fallait atteindre d'immenses hauteurs [...].«[80] Daß der Künstler in diesem Zusammenhang den Zweifel und insbesondere »une sorte de tristesse« nennt, erscheint bedeutsam und ist uns Anlaß genug, noch einmal auf Thomkins' psychische Veranlagung zurückzukommen. So wie seine Witwe sie beschreibt, weist sie Züge einer manisch-depressiven Erkrankung auf, die in der Regel gekennzeichnet ist durch das Alternieren von »schwere[r] Verstimmung einerseits oder extreme[r] Heiterkeit anderseits«,[81] nach Sigmund Freud das Zeichen »von grausamer Unterdrückung des Ichs durch das Über-Ich und von der Befreiung des Ichs nach solchem Druck«.[82] Damit verbunden sind »Symptome der Hemmung, Apathie, Unlust, Leistungsminderung [...], der Minderwertigkeitsempfindung mit Schuldgefühl und Selbstmordgedanken in der Depression und Enthemmtheit, scheinbar unmotivierter Euphorie, der aggressiven Gereiztheit [...] in der Manie.«[83] Der Künstler selbst indessen hat sich nie für einen Patienten gehalten, und sein Werk als Ausdruck einer psychischen Krankheit zu verstehen, hieße, es zu verkennen. Zwar bezeugen die Ausführungen von Eva Thomkins, daß ein psychisches Leiden ihren Gatten heimsuchte – aber er hat es offenbar nicht analysierend zu bewältigen versucht, sondern es sublimiert, indem er es kraft symbolisierender Transformation zum Motor und zur Thematik seines Schaffensprozesses machte.

Wird Thomkins' künstlerische Tätigkeit auf psychohygienische Funktionsmechanismen reduziert, wie sie die positivistische Psychologie erstmals beschrieb, beraubt man sie der bedeutsamen Dimension des Spirituellen, die im Zusammenhang mit dem Labyrinth-Mythos und der »Schwebsel«-Thematik klar zutage getreten ist. Der Künstler betrieb mit seiner Arbeit nicht nur Leidensabwehr, sondern es ging ihm dabei auch – und mehr noch – um spirituelle Erkenntnis. Seine Werke stellen unter anderem mystische Erfahrungen und sinnstiftende Erlebnisse dar, die das positivistische Weltverständnis transzendieren. An psychologischer Selbstergründung erscheint Thomkins denn auch völlig uninteressiert. Sein Bestreben galt weniger der psychologischen, als vielmehr der »metaphysischen Exploration«.[84]

Die Überwindung der Melancholie

»furor divinus«

Im Wissen um ebendiese Einstellung des Künstlers erscheint es zulässig, über die idyllische Landschaft im Gemälde *DAEDALUS MÄANDERTALER* und die Symbolik der »Schwebsel«-Figur einen Bezug zur Psychologie und Glaubenswelt eines vorwissenschaftlichen Zeitalters herzustellen.

[80]   Brief von AT an Serge Stauffer von ca. Okt. 1952, in: Stauffer/Thomkins 1985, S. 32–33.
[81]   Hermann Pohlmeier, »Die psychoanalytische Theorie der Depression«, in: *Kindlers »Psychologie des 20. Jahrhunderts«. Tiefenpsychologie, Band 1: Sigmund Freud – Leben und Werk*, hrsg. von Dieter Eicke, Weinheim/Basel: Beltz, 1982, S. 669–706, bes. S. 669.
[82]   Sigmund Freud, »Der Humor« (1927), in: ders., *Studienausgabe*, Band 4: *Psychologische Schriften*, Frankfurt a. M.: Fischer Taschenbuch Verlag, 1982, S. 280. Für die Psychologie des 20. Jahrhunderts ferner grundlegend ist Ludwig Binswanger, *Melancholie und Manie. Phänomenologische Studien*, Pfullingen: Neske, 1960.
[83]   Pohlmeier, »Depression« (wie Anm. 81), S. 669.
[84]   Schneegass 1989, S. 29. In diesem Zusammenhang verweist Schneegass auf Thomkins' Kritik an der Kirche, die dieser im Sommer 1971 in einem Gespräch zum Thema »Kirche und Künstler« mit dem befreundeten Pfarrer Otto Seeber äußerte (Thomkins/Seeber 1989), und leitet daraus einige der zentralen Anliegen des Künstlers ab, etwa eine »transzendentale Praxis«, den »Zustand der Heiligkeit oder der visionären Schau‹, des ›visionären Erlebnisses‹«, eine »Praktische Metaphysik«. Er faßt zusammen, Thomkins suche mit seiner Kunst »auf das Essentielle« hinzuweisen, vgl. Schneegass 1989, Anm. 2, S. 55.

85   Siehe dazu Sigmund Freud, »Trauer und Melancholie« (1917 [1915]), in: ders., *Studienausgabe*, Band 3: *Psychologie des Unbewußten*, Frankfurt a. M.: Fischer Taschenbuch Verlag, 1982, S. 193–212; grundlegend für die Psychologie der Melancholie im 20. Jahrhundert auch Paul Kielholz, *Klinik, Differentialdiagnostik und Therapie der depressiven Zustandsbilder*, Basel: Geigy, 1959 (Acta psychosomatica, 2); Binswanger, *Melancholie und Manie* (wie Anm. 82).

86   Zu den ideengeschichtlichen Ursprüngen der Melancholie vgl. das grundlegende Werk Raymond Klibansky, Erwin Panofsky, Fritz Saxl, *Saturn and Melancholy. Studies in the History of Natural Philosophy, Religion and Art*, London: Nelson, 1964; dt. *Saturn und Melancholie. Studien zur Geschichte der Naturphilosophie und Medizin, der Religion und der Kunst*, Frankfurt a. M.: Suhrkamp, 1990.

87   Vgl. André Chastel, *Marsile Ficin et l'art*, Genève: Droz, 1954 (Travaux d'humanisme et renaissance, 14); ders., *Art et humanisme à Florence au temps de Laurent le magnifique: études sur la renaissance et l'humanisme platonicien*, Paris: Presses Universitaires de France, 1959 (Publications de l'Institut d'Art et d'Archéologie, 4). Ficino entwickelt seine Konzeption der Melancholie in erster Linie in seiner Schrift *De triplici vita*, siehe Dieter Benesch, *Marsilio Ficinos »De triplici vita« (Florenz 1489) in deutschen Bearbeitungen und Übersetzungen. Edition des Codex palatinus germanicus 730 und 452*, Frankfurt a. M. u. a.: Lang, 1977 (Europäische Hochschulschriften 1, 207), und Carol V. Kaske, *Marsilio Ficino: Three Books on Life. A Critical Edition and Translation*, 2. Aufl., Binghamton, N. Y.: Center for Medieval and Early Renaissance Studies, 1998 (1. Aufl. 1989).

88   Zur ikonographischen Formulierung dieses Zusammenhangs Hanna Hohl, *Saturn, Melancholie, Genie*. Mit einem Nachwort von Jenns E. Howoldt, »Erwin Panofsky in der Kunsthalle«, Stuttgart: Hatje, 1992 (hrsg. von Uwe M. Schneede anläßlich der gleichnamigen Ausstellung in der Hamburger Kunsthalle 1992).

89   Den »furor divinus« hatte vor Ficino schon Christoforo Marsuppini so definiert; zit. nach Chastel, *Marsile Ficin* (wie Anm. 87), S. 129.

90   Ebd., S. 9.

Damals hieß, was heute Depression genannt wird, Melancholie, und Manie oder Wahn, als Erscheinungsformen religiösen Erlebens, traten in Gestalt eines »furor divinus« auf. Die Melancholie, deren humanistisches Bedeutungspotential von der analytischen Psychologie zum Krankheitsbild herabgesetzt wurde,[85] hat ihren Ursprung in der Temperamentenlehre der voraristotelischen Antike und spielt in der abendländischen Ideengeschichte eine bedeutsame Rolle.[86] Festgeschrieben wurde sie durch Aristoteles, der diese spezifische Geistes- und Gemütsverfassung zur conditio sine qua non des Genies erhob. Das aristotelische Konzept der Melancholie wurde am Ende des 15. Jahrhunderts durch den Florentiner Humanisten und Arzt Marsilio Ficino (1433–1499)[87] aufgegriffen und zugleich erneuert. In seiner Lehre erfährt zunächst Saturn, der nach damaligen Vorstellungen am weitesten entfernte, oberste Planet und Ursprung des melancholischen Temperaments, eine Aufwertung, die nicht ohne Auswirkungen auf die Typologie des von ihm gezeichneten Menschen bleibt: Verschiedene Traditionen synthetisierend, apostrophiert Ficino Saturn nicht nur als den mächtigsten, sondern auch als den edelsten Planeten, von dem das schwarzgallige Temperament einerseits herrührt und andererseits Heilung erfahren kann. Melancholie hat demzufolge ebenfalls zwei Gesichter – sie ist zwar ein Übel, aber zugleich eine göttliche Gabe, die geniale Leistungen überhaupt erst ermöglicht.[88] Ficino, selbst Melancholiker, entwickelte diese Sicht, indem er das aristotelische Konzept um den ursprünglich platonischen Begriff der »theia mania«, lat. furor divinus, erweiterte: Dank seines Genies empfänglich für den »furor divinus«, kann der Saturniker wenigstens zeitweise eine Befreiung von seinem Leiden erfahren. Diesen »göttlichen Wahn« verstanden Ficino und mit ihm die Neuplatoniker der Hochrenaissance als »une sorte d'illumination de l'âme raisonnable par laquelle Dieu relève l'âme qui a glissé au monde inférieur et l'attire au supérieur«.[89] Der »furor divinus« ist demnach ein transzendentales Geschehen, eine – wie André Chastel ausführt – visionäre Schau der Seelenreise, die der Mensch neuplatonischer Auffassung zufolge nach seinem Tod antritt.[90] Dieses gleichsam mystische Erleben im »furor divinus« wird kraft einer konstitutiven melancholischen Veranlagung dem Künstler weit eher als anderen Menschen zuteil. Er ist es, der über die Befähigung zur inspirierten Schau der metaphysischen Wirklichkeit verfügt; seine Leistungen sind die Frucht göttlicher Inspiration und haben eine therapeutische Funktion, die die Melancholie zu überwinden vermag. Allerdings ist dies immer nur eine Befreiung auf Zeit, wie schon Ficino ausführte: Der vom »furor divinus« herbeigeführte Wechsel der Bewußtseinsebenen ist nicht ein für alle Male zu vollziehen, sondern muß stets aufs neue versucht werden.

Thomkins' künstlerische Tätigkeit ist durchaus als eine Art Selbsttherapie im Sinne Ficinos zu verstehen: Motiviert wird sein rastloses Schaffen zu einem guten Teil durch den melancholischen Leidensdruck und erscheint damit auch als ein Versuch, der vernichtenden Macht einer inneren Verfassung zu trotzen und sich über die menschlichen Bedingtheiten zu erheben. Daß der Künstler dies nicht allein aus eigener Kraft vermochte, sondern das Gelingen – nach den neuplatonischen Vorstellungen des Manierismus – ebenso einem Geschenk der Gnade zu danken hat, darauf haben wir bereits in unserer Analyse der Zeichnung *er dachte sich zum Docht* hingewiesen. Das Bedeutungspotential dieses Werks erweitert sich noch, wenn wir das Bild der ganz und gar in sich verdrehten und damit zum Stillstand verdammten Figur als Anspielung auf die Verfassung des Melancholikers verstehen: Dessen grüblerische Veranlagung führt ebenso zu einer Art von Immobilität – in der Erscheinungsform apathischer Handlungsunfähigkeit –, aus der ihn nach der Auffassung Ficinos nur eine transzendente Macht zu befreien vermag. Damit können wir die Flamme, die wir als den göttlichen Funken der Inspiration apostrophiert haben, auch als Symbol eines plötzlichen Einbruchs des »furor divinus« lesen: Kraft seines Ingeniums wird dem Künstler der »göttliche Wahn« der Inspiration zuteil, der ihn befähigt, gleichsam in »innerer Levitation« in die Sphären einer metaphysischen Vorstellungswelt zu entschweben und – wie Dädalus der Gefangenschaft im Labyrinth – der materiellen Realität zu entkommen. Die Macht der Inspiration, wie sie sich bei Thomkins ausprägt, gleicht diesem »furor divinus«: In einem Prozeß der Entgrenzung löst sich die individuelle Identität auf, die Trennung in Subjekt und Objekt wird aufgehoben, alles bekommt Ähnlichkeit mit allem. Assoziierend gaukelt der Geist des Künstlers von einer Entsprechung zur andern und wechselt Kontexte mit der Plötzlichkeit von Filmschnitten. Auf diese Weise wird der künstlerische Akt zu einer virtuellen Reise durch den eigenen Gedächtnisraum, von Engramm zu Engramm und von Erinnerung zu Erinnerung. Dank der gestaltenden Kraft der schöpferischen Imagination verbinden sich Bilder der individuellen und der universalen Geschichte zwanglos in immer neuen Metamorphosen.

Darin ist in Thomkins' Schaffen die Symbolik des »ascensus« zu erkennen, des Aufstiegs zurück zur Einheit, aus der alles hervorgegangen ist. Sie bildet nicht nur ein Gegengewicht zum stets präsenten Moment des Labyrinthischen, sondern verleiht ihm überhaupt erst einen Sinn: Im Hinblick auf einen Bereich jenseits aller drohenden Verstrickungen in einer undurchschaubaren Irrgartenwelt wird das Labyrinth zu einer Prüfung, deren glückhaftes Bestehen die eigentliche Bedingung für die Erhebung der Seele darstellt. Darin liegt eine Parallele zur Tradition des frühbarocken Weltverständnisses, auf die wir im Zusammenhang mit dem Gemälde *DAEDALUS MÄANDERTALER* bereits hingewiesen haben: Thomkins stellt den Erbauer des minoischen Labyrinths in eine paradiesische Landschaft, die wir im Rahmen des vorliegenden Bezugssystems nun als Paradiesgarten zu identifizieren vermögen. Für »Daedalus Mäandertaler« hat es sich »ausgemäandert«; er hat das Labyrinth überwunden, aber offensichtlich ohne dessen innegeworden zu sein, denn er müht sich noch immer mit seinem »Ariadnefaden« ab, den er hier gar nicht mehr nötig hat. Und weil die Seelenreise an den Ursprung zurückführt – wird das »Neandertal«, der Lebensraum des Urmenschen, zu einer Metapher des Gartens Eden. In dieser Darstellung zeigt sich, wie in einem Großteil von Thomkins' Werken, neben der leisen Melancholie, dieser »sorte de tristesse, oh très haute«, ein feiner Humor, der einem etwaigen Eindruck von lastender Dogmatik vorbeugt und die Arbeiten im Gegenteil spielerisch leicht, hell und klar erscheinen läßt.

Humor

Auch diese schwebende Qualität von Thomkins' Schaffen lässt sich in dem Bezugsnetz, das wir entworfen haben, verorten, zumal der Humor – wie Arnold Hauser plausibel macht – recht eigentlich eine Errungenschaft des spirituell durchdrungenen Geisteslebens des Manierismus ist.[91] In den Epochen davor blieb dem Melancholiker für seine Haltung der Welt gegenüber nur die Alternative zwischen dem Gelächter des Demokrit und den Tränen des Heraklit. Der Manierismus, der Ficino bereits die positive Neubewertung des Saturn verdankt, entwickelt zu diesen beiden Reaktionsweisen des Melancholikers auf die Welt eine dritte: den Humor. Erst jetzt wird, laut Hauser, »das Lebensgefühl, das im Humor Ausdruck findet, [...] geschichtlich aktuell«,[92] denn nach seiner Auffassung vermochte nur eine Zeit, welche die Tragik einer entfremdeten Welt zu erfassen fähig war, ihre Weltanschauung auch im Humor zum Ausdruck zu bringen.

Obgleich das Lachen des Demokrit und die Tränen des Heraklit zwei ganz verschiedene Haltungen sind, wird doch in beiden Fällen im Grunde die Einsicht in die endogenen Ursachen der Melancholie abgewehrt. Projektion ist ein konstitutives Element in diesen gegensätzlichen Modellen: Heraklit und Demokrit leiden zwar beide am unerträglichen Zustand der Welt, aber beide begegnen in ihr, ohne sich dessen bewußt zu werden, auf Schritt und Tritt nur dem eigenen Elend. Der Melancholiker hingegen, der humorvoll auf die Welt reagiert, neigt nicht zum projektiven Verhalten. Er erträgt seine eigene Unvollkommenheit und akzeptiert die Welt in ihrer labyrinthischen Struktur, weil er weiß, daß sie auf das »ganz Andere«, auf eine metaphysische Wirklichkeit verweist. Dieses – mit den Worten Hausers – »Proportionsgefühl [...], die Dinge in der richtigen Perspektive [zu] sehen, [...] sie gleichzeitig von zwei verschiedenen Seiten [zu] betrachten, [...] ein andächtiges Verständnis für den Lauf der Welt und eine tiefe Sympathie mit allem, was menschlich ist«,[93] das ist, was der »ascensus«, von der Gnade des »furor divinus« gezeitigt, vermitteln kann.

Es ist dieser große, aus der melancholischen Verfassung erwachsene und durch metaphysische Gewißheit bedingte Humor, der bei Thomkins zu finden ist. Der Künstler schwingt sich in seinem Schaffen »schwebseelen«gleich empor zu jener Höhe der Betrachtung, aus welcher das Labyrinthische und die Absurdität sozusagen als natürliche Aggregatszustände der irdischen Wirklichkeit erscheinen. Die Waffen dieses Humors sind Witz und Können, die in den Bildeinfällen und im Vermögen, sie kalligraphisch auf dem Zeichenpapier festzuhalten, zum

91 Vgl. Hauser, *Der Manierismus* (wie Anm. 9), Kapitel IX, »Tragödie und Humor«, S. 130–142, insbes. den Passus »4. Die Entdeckung des Humors«, S. 139–142.
92 Ebd., S. 140.
93 Ebd.

Ausdruck kommen. In diesem von Humor getragenen Schöpfungsakt ist wohl mit Sigmund Freud auch eine Weigerung zu sehen, »sich durch die Veranlassungen aus der Realität kränken, zum Leiden nötigen zu lassen«.[94] Der Begründer der Psychoanalyse führt aus, kraft der humoristischen Einstellung beharre das Ich »dabei, daß ihm die Traumen der Aussenwelt nicht nahegehen können, [...] daß sie ihm nur Anlässe zum Lustgewinn sind«,[95] worin aber letztlich eine Abwehr der Realität zugunsten einer Illusion zu erkennen sei.[96] Diese Beobachtung zielt auf ein spezifisches Kennzeichen des Humors, auf dessen Tendenz, das Beängstigende oder Bedrückende der Realität in gewisser Weise zu entwirklichen – der Humorvolle erhebt sich über die Umstände, wie wenn sie ihn nicht beträfen. Als Ausprägungen dieses Phänomens können bei Thomkins nicht nur ikonographische Eigenheiten, sondern auch der eigentliche künstlerische Schaffensprozeß gedeutet werden.

Jenseits von Freud

Freud sieht im Humor trotz des besagten eskapistischen Einschlags eine Strategie der Leidensabwehr, bei der – im Gegensatz zu anderen derartigen Verfahren – »der Boden seelischer Gesundheit« nicht aufgegeben wird. Das Verhaltensmodell nimmt »einen Platz ein in der großen Reihe jener Methoden, die das menschliche Seelenleben ausgebildet hat, um sich dem Zwang des Leidens zu entziehen, einer Reihe, die mit der Neurose anhebt, im Wahnsinn gipfelt und in die der Rausch, die Selbstversenkung, die Ekstase einbezogen sind. Der Humor dankt diesem Zusammenhang eine Würde, die z. B. dem Witz völlig abgeht, denn dieser dient entweder nur dem Lustgewinn, oder er stellt den Lustgewinn in den Dienst der Aggression.«[97] Freud betont, dagegen eigne dem Humor eine weiterreichende Tragweite; er sei nicht resigniert, er sei trotzig, und er bedeute »nicht nur den Triumph des Ichs, sondern auch den des Lustprinzips, das sich hier gegen die Ungunst der realen Verhältnisse zu behaupten vermag.«[98] Weil er die existentialistische Verzweiflung nur zu überspielen, nicht aber aufzuheben vermag, fehlt dem Freudschen Begriff des Humors indessen die erlösende, weil die Isolation der Einzelexistenz transzendierende und mit dem Kosmos verbindende Dimension, die ihn erst zum tauglichen Abwehrzauber gegen die labyrinthische Verstricktheit menschlichen Daseins macht. Wie Hauser ausführt, existiert daneben allerdings eine Art von Humor, die »quasi-religiöser Natur« ist[99] und dieses resignativen Grundzugs entbehrt; sie entspringt dem »furor divinus« und bezeichnet sehr genau die Haltung, die Thomkins in seinem Werk erkennen läßt.

Der von Ficino beschriebene Zusammenhang zwischen Melancholie als einem göttlichen Geschenk und Manie, verstanden als »furor divinus«, wurde von Sigmund Freud dreihundert Jahre später durch die Festschreibung als »manisch-depressive Erkrankung« verwissenschaftlicht und damit seines religiösen Gehalts entkleidet. Die daraus hervor-

94 Freud, »Der Humor« (wie Anm. 82), S. 278.
95 Ebd.
96 Ebd., S. 279.
97 Ebd.
98 Ebd., S. 278.
99 Hauser, *Der Manierismus* (wie Anm. 9), S. 142.

gegangenen modernen Auffassungen von »Depression« und »Manie« sind nur noch sinnentfremdete Zerrbilder der umfassenden Begriffe, die sich Ficino von Melancholie und »furor divinus« gebildet hatte. Was wir im Zusammenhang mit der Frage nach Thomkins' kunstgeschichtlichen Wurzeln festgestellt haben, bestätigt sich mithin im vorliegenden Zusammenhang aufs neue: Das manieristische Weltverständnis und Bild des Künstlers vermitteln in ihrer Funktion als Referenzsysteme für Thomkins und sein Werk Einsichten, die Erkenntnisse aus seiner Einbettung in die Kontexte des 20. Jahrhunderts wesentlich zu ergänzen vermögen, weil in beidem das für den Kunstschaffenden zentrale Element des Spirituellen von konstitutiver Bedeutung ist.

- gilbenschreier -   andré Thomkins 1961

gilbenschreier. 1961
Lackskin auf Papier. 19 x 20 cm
Nachlaß Thomkins

ANDRE THOMKINS – IMAGINÄRER RAUM, UTOPISCHE UND PHANTASTISCHE ARCHITEKTUR

Michael Baumgartner

Einleitung

André Thomkins hat während seines ganzen künstlerischen Schaffens in den verschiedenartigsten Medien gearbeitet und ein Werk hinterlassen, das hinsichtlich seiner Quantität kaum mehr zu überblicken ist. Er war ein Meister des kleinen Formats – die Mehrzahl seiner Arbeiten findet Platz auf einem Blatt vom Format A4. Angesichts dieser Fülle von Material muß jeder Versuch einer Gesamtdarstellung scheitern. Allerdings gehört die intensive Beschäftigung mit den unterschiedlichsten Möglichkeiten der Darstellung des Raums zu den zentralen Themenbereichen in Thomkins' künstlerischer Arbeit. Das Werk erscheint unter diesem Aspekt zwar nicht plötzlich als großer in sich geschlossener Wurf, aber doch als kontinuierlicher Prozeß einer unablässigen Auseinandersetzung mit Fragestellungen und Lösungsansätzen, die den Raum zum Inhalt haben – eine Thematik, die bei André Thomkins weit über konstruktive oder technische Gesichtspunkte hinausgeht und grundsätzliche Fragen zum Potential menschlicher Ordnungsentwürfe beinhaltet.

Die Erfahrung des Raums ist für Thomkins immer sowohl eine von innen wie von außen und damit Introspektion und Wahrnehmung zugleich. Diese Bipolarität verweist auf den großen künstlerischen Fundus, mit dem sich der Künstler auseinandersetzte: Da ist einerseits seine Kongenialität mit den Surrealisten und deren Exploration des Unbewußten, seine Affinität zur brüchigen Weltsicht der Manieristen, andrerseits aber auch das Interesse an den künstlerischen Entwürfen und Konzepten der Moderne. In diesem Sinne ist André Thomkins ein Eklektizist reinsten Wassers, und dies in der positiven Bedeutung des Wortes: Der Rekurs auf künstlerische Vorbilder bedeutete für ihn nicht epigonenhaftes Wiederkäuen des bereits Bekannten, sondern Neubefragung und Wiederbelebung gültiger künstlerischer Entwürfe. André Thomkins war insofern auch ein Vorläufer der Postmoderne, als er sich in einem künstlerischen Umfeld mit starken Polarisierungstendenzen jeder Form von Kunstideologie und -doktrin enthielt.

Die Darstellung des Raums im Jugendwerk

Der Sohn des Architekten und De Stijl

Gerade siebzehnjährig tritt André Thomkins 1947 vorzeitig aus dem
Städtischen Gymnasium in Luzern aus und besucht anschließend den
Vorkurs an der Kunstgewerbeschule. Sein Lehrer ist Max von Moos, der
die Fächer Form und Farbe, Kunstgeschichte, Aktzeichnen, Schriften-
schreiben und Anatomisches Zeichnen unterrichtet. Von Moos, bei seinen ehemaligen Schülern als sehr eigenwillige, oft sarkastische Lehrer-
persönlichkeit in Erinnerung, vermittelt dem jungen Schulaussteiger die
ersten soliden Kenntnisse im zeichnerischen und malerischen Hand-
werk. Vor allem im Fach Anatomisches Zeichnen treibt der Lehrer seine
Schüler zu unerbittlicher Präzision in der Analyse der menschlichen Mechanik an.

    In diesem Kontext muß die Tuschzeichnung *architecture* von 1947
(Abb. B. 1) gesehen werden. Ob sie ihren Ursprung in einer präzisen
Aufgabenstellung hatte oder ob sie Thomkins aus eigenem Antrieb ausführte, läßt sich heute nicht mehr entscheiden. Das zu bewältigende
Problem, Körper im Raum von einem erhöhten Betrachterstandpunkt
aus darzustellen, gehörte für jeden Kunst- oder Architekturstudenten
zum Pflichtstoff: In *architecture* beträgt die Aufsicht etwa 25°; die Körper
sind leicht schräg zur Bildebene dargestellt. Wir sehen fünf durch Kontur, Parallel- und Kreuzschraffuren klar strukturierte stereometrische
Körper, die eine gemeinsame Standebene zu haben scheinen. Dennoch
stehen sie nicht wirklich auf einer Ebene, da sie trotz eines durch die
Binnenschattierung angezeigten Lichteinfalls von rechts oben keinen
Schatten auf eine Projektionsfläche werfen. Zudem fehlt eine Horizontlinie, die dem Betrachter einen Anhaltspunkt über die Lage der Objekte
im Raum geben könnte. Die Körper lasten so trotz ihrer Masse para-
doxerweise nicht wirklich auf einem Grund, sondern erscheinen ent-
materialisiert und abgehoben.

    Als Darstellungsverfahren wählte Thomkins eine Kombination von
Zentralperspektive – bei der die horizontalen Objektkanten parallel zur
Bildebene verlaufen müßten – und einer leichten Zweifluchtpunkt-
punktperspektive, weichen doch die Kanten nur um einige Grad von
der Horizontalen ab. Der Raum scheint aber nicht anhand eines präzisen Projektionsrasters, sondern mit Hilfe eines Lineals nach Augenmaß
konstruiert worden zu sein. Dafür spricht auch die Tatsache, daß die am
stärksten beschatteten schraffierten Seitenflächen der beiden Körper
rechts vorne und in der Mitte zu wenig fluchten, so, als wollte der
Künstler in einer Art intuitiver Axonometrie die Faßbarkeit der Körper
auf Kosten einer korrekten Raumkonstruktion betonen.

    Die fünf architektonischen Objekte, eigentliche Skulpturen, schei-
nen darüber hinaus in keiner Weise dazu geeignet, als menschliche Behausungen zu dienen. Ihre Oberflächen sind aufgebrochen und vom

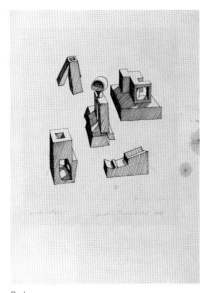

B. 1
architecture, 1947
Feder auf Papier, 29,6 x 21 cm
Nachlaß Thomkins

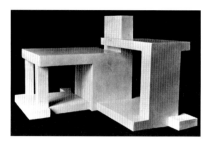

B. 2
Georges Vantongerloo
3√L̄=h̄ 4V̄=b̄ 5√L̄=L̄. Lieu géometrique
1931
Holz. 46,5 × 55 × 38 cm
Privatbesitz

Raum durchdrungen, ihre Statik wird auf diese Weise überwunden und in eine dynamische Interaktion mit dem Raum umgedeutet. Thomkins verstärkt dieses Eindringen des Raums in den Körper zusätzlich, indem er beispielsweise die Deckflächen von zwei Volumen aufbricht, um die Masse zu verringern.

Wie kommt ein derart junger Künstler zu einer so subtilen Interpretation der Wechselbeziehung zwischen Körper und Raum? Eine Erklärung liefert das familiäre Umfeld von Thomkins: Sein Vater holländischer Abstammung, von Beruf Architekt, war mit De Stijl-Mitgliedern befreundet[1] und verfügte über einschlägige Publikationen der holländischen Künstler- und Architektengruppe. André Thomkins erwähnt wiederholt die 1927 zum zehnjährigen Bestehen erschienene Jubiläumsnummer der Zeitschrift »De Stijl«, die ihn schon als Kind interessierte; ganz besonders hatte es ihm darin Hans Arps Dada-Gedicht »Die Gestiefelten Sterne – Für Wilhelm Fraenger« angetan,[2] ein Text, den Thomkins zeit seines Lebens schätzte.

Schauen wir uns unter den Arbeiten der De Stijl-Künstler um, so ist die Ähnlichkeit der stereometrischen Raumkörper in *architecture* mit den Plastiken von Georges Vantongerloo augenfällig. Vantongerloos Konzept des »Néo-Plasticisme« ging von Kreis oder Quadrat aus, geometrischen Idealgestalten also, die, eingebunden in ein konstruktivräumliches Beziehungsgefüge, zu einer neuen plastischen Formensprache führten. Eine Raumplastik des Belgiers mit dem für Nicht-Mathematiker fast kryptischen Titel *3√L̄=h̄ 4V̄=b̄ 5√L̄=L̄. Lieu géometrique* (Abb. B. 2) zeigt eine Konstruktion aus kubischen Volumen, die sich sehr ähnlich wie die Körper in *architecture* dem Raum öffnen und von diesem durchdrungen werden.[3]

Berührungspunkte zum analytischen Kubismus

Die Architekturzeichnung aus der frühen Jugendzeit belegt, wie intensiv sich der junge Künstler mit Fragen der räumlichen Darstellung auseinandersetzt und wie groß sein Interesse für Lösungsvorschläge ist, die, wie das Beispiel von Vantongerloos Arbeit, den Raum als dynamisches Prinzip begreifen und so zu einer Auffassung von der Beziehung zwischen Subjekt, Objekt und Raum gelangen, die sich grundlegend von überkommenen Vorstellungen löst. Seit der Renaissance galt der Raum als eine stabile, berechenbare Größe, der in erster Linie die Aufgabe zukam, die Dinge auf dem Bild zentralperspektivisch zu koordinieren. Dieser Ordnungsentwurf hatte seine mathematische Grundlage in der Geometrie Euklids und errang durch physikalische Erklärungsmodelle wie dasjenige Newtons bald den Rang eines eigentlichen Weltbildes, in dem sowohl der Raum wie die Zeit absolute Größen darstellten. Gegen Ende des 19. Jahrhunderts gerät dieses fast zweihundert Jahre lang geltende Prinzip mit den Forschungen bahnbrechender Wissenschaftler wie Hermann Ludwig Helmholtz oder Ernst Mach ins Wanken; die drei

[1]   »100 fragen an andré thomkins«, in: Bern/Düsseldorf 1969, o. S. (1).
[2]   *De Stijl* (Paris), Jubiläums-Serie XIV, 79–84 (1927), in: *De Stijl: Complete Reprint*, hrsg. von Ad Petersen, Amsterdam: Athenaeum, 1968, S. 529–584; Arps Gedicht auf S. 564f.
[3]   Es ist auffällig, daß die Schlagschatten auf die Standebene auch bei den Abbildungen von Vantongerloos Raumkörpern fehlen.
[4]   Adolf von Hildebrandt, *Über das Problem der Form in der Bildenden Kunst*, München 1893, zit. nach Winfried Nerdinger, *Elemente künstlerischer Gestaltung. Eine Kunstgeschichte in Einzelinterpretationen*, München: Lurz, 1986, S. 104.
[5]   Der Umstand ist wohl auch darauf zurückzuführen, daß Picasso hier bereits am Ende seiner stereometrischen Phase steht (»Les Demoiselles d'Avignon« sind ein Jahr früher entstanden), während der kaum achtzehnjährige Thomkins noch eine Art expressives Feuer in seinen Strich legt.

Dimensionen des Raums sind von nun an keine fest gegebenen Entitäten mehr, sondern werden als Konstrukte des menschlichen Geistes erkannt und gelten insofern nur noch als provisorische, unzureichende Arbeitshypothesen. Anfang des 20. Jahrhunderts definierte Einstein in seiner Relativitätstheorie Raum und Zeit schließlich als relative Größen; der Raum selbst läßt sich danach nur noch in seiner Abhängigkeit von der Zeit erklären, d. h. die linearperspektivische Raumorganisation mit Flucht- und Angelpunkt, Horizont- und Standlinie, verliert ihre Verbindlichkeit. Der Künstler kann sie getrost vernachlässigen und seinerseits den Versuch wagen, neue Veranschaulichungen des Raum-Zeit-Kontinuums zu entwickeln.

Für den jungen Thomkins wird diese neue Sichtweise, die man als eine Art Initialzündung zur Moderne bezeichnen könnte, zu einem Einstiegserlebnis in die Kunst des 20. Jahrhunderts. Es ist kein Zufall, daß keine schulmäßig durchgearbeiteten Studien des Kunststudenten vorliegen, welche die zentralperspektivische Darstellung von Objekten oder Figuren im Raum zum Inhalt haben; die Problemstellung als solche scheint Thomkins ganz einfach nicht interessiert zu haben. Stattdessen erprobt er schon sehr früh verschiedenartige Darstellungsformen, die geeignet sind, die Ambivalenz der räumlichen Qualitäten und deren Abhängigkeit von der Bewegung des Subjekts zu veranschaulichen. Die Ansätze der De Stijl-Künstler stellten in dieser Hinsicht bereits eine Konsolidierung und Weiterführung der etwa zehn Jahre währenden Versuche im Kubismus dar, wo es darum gegangen war, die Oberflächen der Dinge aufzubrechen und zu zersplittern und auf diese Weise mit dem Raum interagieren zu lassen. Auch mit dieser Problemstellung beschäftigt sich der junge Thomkins eingehend: In der Federzeichnung *cerberus* (Abb. B. 3) zum Beispiel zerlegt er die Figur in stereometrische Bausteine, bricht diese auf und verkeilt sie ineinander; daraus werden Körper aufgebaut, die ein Höchstmaß an Plastizität und taktiler Präsenz vermitteln. Die Kanten der körperbildenden Flächen stoßen hart aufeinander, die Volumen scheinen durch wuchtig geführte Federhiebe wie aus dem Papier herausgehauen. In den verschatteten Zonen wird die Schraffur in dichten Lagen übereinandergepackt und bildet zu den weiß belassenen Stellen einen denkbar harten Kontrast. Der Betrachter meint, um den zur Skulptur gewordenen Körper herumgehen zu können, und über diesen Prozeß der Verdinglichung wird der Raum selbst faßbar.

Der »Höllenhund« leistet so, was Adolf von Hildebrand, einer der Vordenker der kubistischen Raumauffassung, als Aufgabe der Malerei bezeichnet hat: »Das Zutagefördern einer allgemeinen Raumvorstellung durch die Gegenstandsbeschreibung.«[4] Die Parallelen zu Arbeiten des jungen Picasso aus dessen analytisch-kubistischer Phase sind denn auch auffällig. Zum Vergleich ziehe ich hier das Blatt *Stehender Rückenakt* von 1908 (Abb. B. 4) heran, wo es Picasso in offensichtlicher Einschränkung seiner künstlerischen Mittel um die eindringliche räumliche Analyse des Gegenstandes selbst geht. In Picassos *Stehendem Rückenakt* werden die zeichnerischen Mittel zwar wesentlich klarer strukturiert und stärker

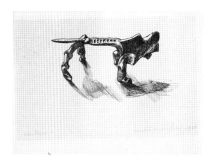

B. 3
cerberus. 1954
Feder in Tusche auf Papier. 12,4 × 19,7 cm
Öffentliche Kunstsammlung Basel,
Kupferstichkabinett

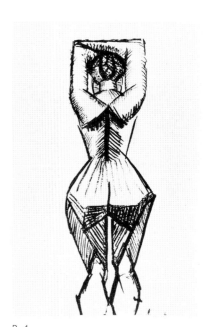

B. 4
Pablo Picasso
Stehender Rückenakt. 1908
Gouache und Bleistift. 63 × 48 cm
Privatbesitz

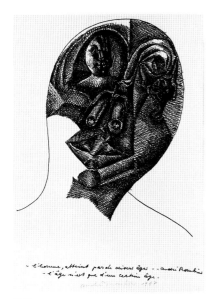

B. 5
l'homme, atteint par de divers âges – l'âge n'est que d'un certein âge. 1947
Feder auf Papier. 29,6 × 20,9 cm
Privatbesitz

B. 6
bemannung mit 1, 2 und 4: ein-, zwie- und viertracht. 1948
Feder auf Papier. 29 × 20 cm (Lichtmaß)
Nachlaß Thomkins

systematisiert eingesetzt als in Thomkins' Federzeichnung; gemeinsam aber ist beiden Arbeiten die Haptizität, ja Rohheit der aufgebrochenen Körper.[5]

Die in *architecture* und *cerberus* erprobten formalen Mittel werden in der Federzeichnung *l'homme, atteint par de divers âges – l'âge n'est que d'un certain âge* von 1947 (Abb. B. 5) dazu verwendet, eine phantastische, surreale Bilderwelt zu erschaffen, in der die Bildelemente Zeichen widersprüchlicher gegenständlicher Repräsentationen sind. Die verschieden dichten Lagen von Kreuzschraffuren sorgen auch hier für einen taktile räumliche Erfassung des grotesken Bildmotivs. Während das rechte Auge der Fratze als solches noch unzweideutig lesbar ist, erweist sich das linke aber schon bald als Porträt im Porträt; je nach Lesart – Auge oder Porträt – zwingt diese ambivalente Stelle in der Zeichnung dazu, die Raumtiefe auf verschiedene Arten zu interpretieren, was zu einer Simultaneität von Wahrnehmungen führt, die sich konkurrenzieren und den Betrachter in einem Zwiespalt in bezug auf die Raumorganisation zurücklassen.

Die »raumschaffende« Linie – eine Energieform

In der Zeichnung *bemannung mit 1, 2 und 4: ein-, zwie- und viertracht* aus dem Jahre 1948 (Abb. B. 6) treffen wir im Vergleich zu den drei besprochenen tektonisch-plastischen Arbeiten auf etwas grundsätzlich Neues: die »raumschaffende« Kraft der Linie. In der unteren Bildhälfte ist ein eiförmiges Objekt zu erkennen, auf dem eine im wesentlichen axialsymmetrisch gebaute Figur steht oder kauert, deren bizarrer Körper mit Linien umrissen ist, während die »Kopfpartie« ähnlich wie in *cerberus* durch eine die Helligkeiten und Dunkelheiten bezeichnende Schraffur plastisch herausgearbeitet wird. Der »Kopf« selbst ist ein Konglomerat aus zwei dem Körper entwachsenden Zylindern, einem amorphen, an eine Kartoffel erinnernden Objekt sowie einem mit Fäden oder Schnüren verbundenen fallschirmähnlichen Gebilde. Die Fratze scheint trotz ihrer absonderlichen Physiognomie räumlich problemlos erfaßbar zu sein; auch hier stellt sich aber bei näherer Betrachtung der Augenpartie Irritation ein: Die beiden linsenförmigen Umrisse werden vorerst als parallel zum Blattgrund verlaufend gesehen; sind sie aber Deckel der beiden Zylinder, dann führen sie von oben betrachtet in die Raumtiefe; in einer dritten Lesart schließlich könnten sie auch als hintere Wandung des Zylinders verstanden werden. Der Eindruck räumlicher Ambiguität bestätigt sich auch beim Blick in die höhlenartige Einschrundung des eiförmigen Objekts, wo es uns offen steht, die beiden ovalen weißen Formen ebenfalls als Eier und demnach als Körper oder als Löcher zu lesen.

Wenden wir uns den einander durchdringenden anscheinend schwebenden männlichen Figuren zu, so konstatieren wir, daß hier allein durch die Linie – ohne Verwendung von Hell-Dunkel, Licht und Schatten – eine befremdende räumliche Inkonsistenz entsteht: Während einzelne Durchdringungen wie die je eine männliche Brust durchstoßenden Füße in dreidimensionaler Optik nachvollziehbar sind, kippt – etwa beim rudimentären Profil des liegenden Mannes unten – die Wahrnehmung und registriert plötzlich Fläche, wo Raumtiefe angesagt war. Unser Vorstellungsvermögen wird beim Versuch, dieses Hin- und Herspringen zwischen Flächenbildung und Raumillusion in ein wie auch immer geartetes Ordnungsmuster zu integrieren, durch die räumliche Situation überfordert – die Folge daraus ist ein leichtes Gefühl des Schwindels oder Taumels, der sich bei wiederholtem Hinsehen verstärkt.

Die vertrackte Räumlichkeit des Blattes verdankt sich wohl weniger einem eigentlichen Plan als vielmehr der Laune oder dem Zufall des Moments, in welchem die Lust an der über das Blatt fahrenden Feder die Vorstellungskraft antreibt und einen Prozeß auslöst, dem im Werk von Thomkins eine eminent bildschöpferische Bedeutung zukommt. Thomkins hat wiederholt betont, daß das sinnliche Erleben des zeichnerischen Vorgangs, die Bewegung des fahrenden Stiftes, der Widerstand des Papiers die Vorstellung aktivieren und recht eigentlich erst ermöglichen. »Abschweifende Flächenverwandlungen« nannte er dieses Sichtreiben- und -tragenlassen in dem mit der Tusche fließenden Strom der Vorstellungen. »Ich denke, daß jeder Zeichner für seine Linie einen sehr sinnlichen Inhalt hat von vornherein. Ich denke, daß es bei Klee so ist, daß er Linien so spürt, Striche so spürt [...].«[6]

Die Linie ist viel mehr als bloßer Umriß oder Kontur, sie ist »eine Energieform«, eine spannungsvolle platzgreifende Kraft, die es ermöglicht »den Raum zu okkupieren«.[7] Thomkins erklärt: »Die Linie ist eigentlich, wie wenn man einen Schritt macht, man sieht durch den Schritt, den man geht mit den Augen, eine neue Raumfiguration. Wenn ich mit einem Stift ein Stück weit fahre, dann ist das noch nicht mit Bedeutung belegt, mit Bedeutung unterlegt, diese Bedeutung ist vielleicht nur gewünscht so.«[8] Der Zeichner dringt demnach mit seinem Stift buchstäblich in den Raum vor, mit jedem »Schritt« eröffnen sich ihm neue Aspekte, »die beiläufig eigentlich Figuren« hervorbringen, Körper hervorbringen, beschreiben.[9]

Diese sich an Kandinsky[10] und Klee[11] orientierende Auffassung von der Linie als einem energetischen Potential wird sich als eine der bestimmenden Konstanten in Thomkins' Werk erweisen. Eine »raumschaffende« Linie ist eigentlich ein Widerspruch in sich: Linien können – so würde Klee sagen – höchstens »medial« sein, also Flächen bilden, welche erst im Prozeß des Aufeinander-Bezogenwerdens den dreidimensionalen Raum entstehen lassen. Auch die Linien in *bemannung mit 1, 2 und 4: ein-, zwie- und viertracht* werden nur über diesen Umweg »raumschaffend«, wobei sie oft sowohl rein linear – »aktiv« im Sinne Klees – als auch flächenbegrenzend – bei Klee »passiv« – gelesen werden können, was zur Folge hat, daß es dem Vorstellungsvermögen an verläßlichen Parametern mangelt, um eine räumlich konsistente Situation zu synthetisieren.

6   »André Thomkins im Gespräch mit Ursula Perucchi«, in: Zürich 1986, S. 11.
7   Ebd., S. 12.
8   Ebd., S. 11.
9   Ebd., S. 12.
10   Sowohl Kandinskys *Punkt und Linie zu Fläche* als auch Klees *Pädagogisches Skizzenbuch* sind bereits 1951 Gegenstand der Korrespondenz zwischen Thomkins und Serge Stauffer (vgl. Anm. 13). Verschiedene Äußerungen von Thomkins im Interview mit Ursula Perucchi erinnern bis in die Wortwahl an entsprechende Ausführungen von Kandinsky in *Punkt und Linie zu Fläche*, einem Werk, auf das sich Thomkins in diesem Interview auch explizit bezieht. Ein weiterer wichtiger Text in diesem Zusammenhang ist Ernst Jüngers Essay *Über die Linie*, den Thomkins 1952 liest und begeistert kommentiert. Vgl. den Brief von AT an Serge Stauffer vom 8.9. 1952, in: Stauffer/Thomkins 1985, S. 22.
11   Der 1940 verstorbene Paul Klee war für den jungen Thomkins ganz offensichtlich eine künstlerische Leitfigur. Im Briefwechsel mit Serge Stauffer bezieht sich Thomkins nicht nur auf das *Pädagogische Skizzenbuch*, sondern auch auf die taoistischen Lehren des Tschuang-Tse, die Leopold Zahn im Kontext mit Klees Kunst 1920 diskutierte. Zudem paraphrasierte Thomkins wiederholt Klees bildnerisches Schaffen, so zum Beispiel in der Lithographie »capricieuse« von 1953 (vgl. Druckgraphik 1977, Abb. 3), wo er das typische Liniengerüst von Klees »Hohem Wächter« aus dem Todesjahr 1940 neu interpretiert, vgl. Paul Klee: *Leben und Werk*, Ausst.kat., Kunstmuseum Bern, 1987, S. 311. Daß sich Thomkins in den Jahren 1952/53 geradezu als schicksalsverwandt mit Klee erlebte, zeigt eine Stelle im Brief vom September 1952, von dem in der Folge noch ausführlich die Rede sein wird. Thomkins beklagt sich hier, daß er als »homme-de-ménage« (Eva sorgt für den Broterwerb) kaum Zeit zum Arbeiten finde und fragt sich, wie Klee, der sich eine zeitlang in der gleichen Situation wie er befand, mit dieser ungewöhnlichen Rolle fertig wurde: «Il paraît que Klee était aussi pendant un temps homénage, je me demande comment il s'en est tiré. Moi, ça m'em.... terriblement!« (Brief von AT an Serge Stauffer von ca. Anf. Sept. 1952, in: Stauffer/Thomkins 1985, S. 25.) Vgl. zur Korrespondenz der beiden Freunde Anm. 13.

B. 7
Schwebsel. 1952
Feder auf Papier. 30 × 21 cm
Privatbesitz

[12]   Hans Arp, *Gesammelte Gedichte II;
1939–1957*, Zürich: Arche, 1974, S. 76.
[13]   Während seines Studiums an der
Pariser Académie de la Grande Chaumière von 1950 bis 1951 und nach seiner
Übersiedlung in die deutsche Kleinstadt
Rheydt nach seiner Heirat mit der Male-
rin und Bildhauerin Eva Schnell erhält der
Briefkontakt mit Serge Stauffer für Thomkins eine fast existentielle Bedeutung: Mit
Stauffer, der ihm während der Zeit am
Gymnasium Nachhilfestunden in Mathematik erteilt hatte, verbindet ihn das gemeinsame Interesse an Kunst und Literatur sowie ein Faible für die französische
Sprache, welche die beiden aufgrund ihrer
Herkunft perfekt beherrschten. Den Briefen liegen oft fast stapelweise Zeichnungen und seitenlange Gedichte bei. Serge
Stauffer hat 1985 praktisch alle zwischen
1948 und 1977 verfaßten Briefe in einem
440 Seiten starken Band transkribiert und
montiert (Stauffer/Thomkins 1985). Die
eigenen Briefe versah er mit dem Kürzel
SK (1–117), diejenigen von Thomkins mit
TK (1–170). Zwischen 1950 und 1959
korrespondierten die beiden Künstler
sehr intensiv miteinander, ab 1960 noch
regelmäßig und von 1968 an nur noch
gelegentlich.
[14]   So Theo Kneubühler, in: Luzern/Chur
1978, Nr. 1, S. 10.

»Schwebsel« oder der Vorstoss in den grenzenlosen Raum

Der Boden wird blauer und blauer.
Die Blumen blühen und verblühen.
Ströme duftender, farbiger Welten durchziehen die unendliche Tiefe und Höhe.
Die Erde und der Himmel durchdringen sich.
Kaum spüre ich noch die Erde im unendlichen Himmel.
Mein Schritt wird leichter und leichter.
Bald schwebe ich.
Lege ich mich in die schimmernden Kräuter, so fühle ich die Tiefe und die Höhe
*   über und unter mir mich gewaltig durchdringen.*
Licht steigt auf und singt durch mich.
Heiter und zart treibe ich im unendlichen Raum.
Immer reiner werden um mich die Linien, Körper, Farben.
Der Himmel wird blauer und blauer.

Hans Arp, 1948 [12]

»Schwebsel« als Repräsentationsform

Hans Arp, dessen dichterisches Werk der junge Thomkins ebenso wie
das bildnerische Œuvre bewunderte und schätzte, schrieb dieses Gedicht fünf Jahre nach Sophie Taeubers Tod. Es handelt von einem Motiv,
das sich in den schwebenden Figuren in *bemannung mit 1, 2 und 4: ein-,
zwie- und viertracht* angekündigt hat und das für Thomkins' Schaffen in
den frühen 50er Jahren von großer Bedeutung sein wird: dem Abheben
vom Boden, der Überwindung der irdischen Schwerkraft, dem Schweben im unendlichen, kosmischen Raum. Im Juni 1952 schickt Thomkins
seinem Luzerner Jugendfreund Serge Stauffer als Briefbeilage [13] eine Federzeichnung, deren Konturen nicht durchgehend, sondern punkt- oder
strichförmig verlaufen (Abb. B. 7): In der oberen Bildhälfte erscheint
eine Wolke und links darunter eine Gestalt, deren geschwungenes Lineament an eine Figur im Kegelspiel erinnert und die Ähnlichkeiten mit
Oskar Schlemmers entindividualisierten Bauhausmenschen oder Hans
Arps biomorphen gerundeten Formen aufweist, sozusagen »ein Ausru-
fezeichen« mit »antropomorphe[n] Anklängen«. [14] Die Figur befindet
sich auf einer ebenfalls von geschwungenen Formen umschriebenen
Fläche, die durch ihre Attribute an eine Straßensituation erinnert. Auf
einer tieferliegenden Ebene befindet sich ein Konglomerat von scharf-
kantigen Volumen, das von einem polygonalen Mauerzug umschlossen
wird. In den Mauerverlauf sind zwei kleine abgeschlossene Bereiche integriert, der eine rechteckig, der andere fünfeckig. Wenn wir uns an die
frühen Zeichnungen erinnern, so erkennen wir im unteren Bereich mit
seinen aufgebrochenen Oberflächen die formale Handschrift der vom
Frühkubismus geprägten Blätter wieder, im oberen Bereich diejenige
der linearen Figuren, wie wir ihnen in Form der ineinander-
verschlungenen Männer aus *bemannung mit 1, 2 und 4: ein-, zwie- und
viertracht* begegnet sind. Die drei räumlichen Ebenen werden auf der

Rückseite des Blattes (Abb. B. 8) wieder aufgenommen. Zudem wird durch vertikale Pfeile eine aufsteigende Richtung angezeigt. Im Text ist die Rede von Pfeilen, die besser zielen als die Kirchtürme, von einem *model pour la Suisse* sowie von der antropomorphen Figur, die als »schwebseel« bezeichnet und mit »rauschgeräum« und »gestirn« in Verbindung gebracht wird.[15]

Das Blatt bliebe weitgehend rätselhaft, würde Thomkins in seinen folgenden Briefen nicht wiederholt Bezug auf »Schwebsel« und die ihm zugeschriebenen Attribute nehmen. In einem Brief vom September 1952 erfahren wir Näheres: »Alors voilà, Schwebsel rame dans l'espace à la rencontre de mille en une chose (il y en a encore beaucoup trop, mais qu'importe!): il rame.«[16] Das immaterielle Prinzip, zu dem »Schwebsel« auf diese Weise aufsteigt, ist dynamisch, aber kaum zu fassen, während eine andere, vom Künstler als rigid bezeichnete Gesetzmäßigkeit sich im Stofflichen ausformt. Thomkins läßt keinen Zweifel darüber offen, in welche Richtung seine künstlerischen Aspirationen zielen: »D'ailleurs il ne s'agit pas de matérialité car personne ne s'y interesse à cette heure avancée. [...] Donc personne ne s'y trompe: plus de matière ici!«[17] Das in der Materie faßbare Prinzip mit seinen »Spitzen« und seinen »krummen Formen« ist für den Künstler nur insofern von Interesse, als es eine Möglichkeit der »Sprache« oder Darstellung beinhaltet, die aber schließlich durch die wesenhaften Ausdrucksformen des geistigen Prinzips überwunden oder – um bei Thomkins Metaphorik zu bleiben – auf der Erde zurückgelassen werden.

Fragen nach dem Verhältnis zwischen geistiger und materieller Form, mit denen sich Thomkins hier beschäftigt, standen auch im Zentrum von Wassily Kandinskys »Über die Formfrage«. Form, so Kandinsky, ist nur von Bedeutung, wenn sie aus einer inneren, d. h. geistigseelischen Notwendigkeit gewachsen ist, wenn wir in ihr den »inneren Klang« spüren. »Das ist das Suchen des geistigen Wertes nach Materialisation [...]. Das ist das Positive, das Schaffende, der weiße befruchtende Strahl. Dieser weiße Strahl führt zur Evolution, zur Erhöhung. [...] Diese Evolution, die Bewegung nach vor- und aufwärts, ist nur dann möglich, wenn die Bahn frei ist, das heißt, wenn keine Schranken im Weg stehen.«[18] Die Elevation, das, was Kandinsky in seiner späteren Schrift als »Das Geistige in der Kunst« bezeichnen wird, führt nur über den Weg uneingeschränkter Freiheit; Fragen nach der richtigen Form oder dem richtigen Stil, nach Gegenständlichkeit oder Abstraktion sind Ausgeburten eines negativen, bremsenden und zerstörerischen, sich auf reine Zweckmäßigkeit berufenden Prinzips, das Kandinsky als »die todbringende Hand« oder anderer Stelle auch als die »versteinerte Form, die Mauer gegen die Freiheit«[19] bezeichnet. Von diesem Untersichlassen einer versteinerten Welt, die zudem durch eine Mauer hermetisch abgeschlossen ist, handelt die Zeichnung *Schwebsel*.

Thomkins fährt im bereits erwähnten Brief an Stauffer mit der Beschreibung der »Schwebsel«-Wesen fort: »En principe ces êtres ont abandonné les formes aigues, les lignes droites, les angles; ils sont ronds.

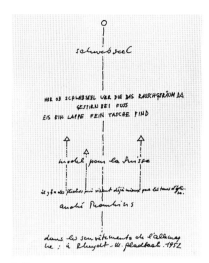

B. 8
model pour la Suisse. 1952
Feder auf Papier. 30 × 21 cm
Privatbesitz

15 Brief von AT an Serge Stauffer von ca. Juni 1952, in: Stauffer/Thomkins 1985, S. 21.
16 Brief von AT an Serge Stauffer von ca. Anf. Sept. 1952, in: Stauffer/Thomkins 1985, S. 25.
17 Ebd.
18 Wassily Kandinsky, »Über die Formfrage« (1912), in: ders., *Essays über Kunst und Künstler*, Bern: Benteli, 1973, S. 18.
19 Ebd., S. 19 und 22.

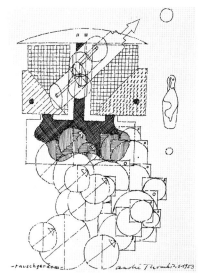

B. 9
rauschgeräum. 1953
Feder auf Papier. 17 × 12,3 cm
Nachlaß Thomkins

20   Brief von AT an Serge Stauffer von
ca. Anf. Sept. 1952, in: Stauffer/Thomkins
1985, S. 26.
21   Wassily Kandinsky, *Punkt und Linie zu
Fläche* (1926), 3. Aufl., Bern-Bümpliz: Benteli, 1955, S. 59.
22   Ebd., S. 86. Natürlich kann diese Affinität zum Geschwungenen und Runden
auch als generelle Präferenz für die Morphologie des Organischen gesehen werden, die Georg Schmidt im Zusammenhang mit Hans Arp 1938 wie folgt
analysiert: »Tandis que les abstraits
géométriques aiment à exposer une loi
formelle spécifique, les abstraits organi-
ques montrent des configurations abstrai-
tes auxquelles de nombreuses forces for-
melles ont contribué.« Georg Schmidt,
*Peintures et sculptures suisses, constructi-
vistes et surréalistes,* Ausst.kat., Basel, 1938,
zit. nach *Arp. 1886–1966,* Ausst.kat.,
Musée d'Art Moderne, Strasbourg, 1986,
S. 210. Auffällig sind in diesem
Zusammenhang auch die beiden der
»Schwebsel«-Figur eingeschriebenen gebogenen und gekurvten Linien, die eine
frappierende Ähnlichkeit zu zwei der Mu-
sterbeispiele für die »wellenartige Linie«
haben, die Kandinsky in *Punkt und Linie zu
Fläche* vorstellt, ebd., Abb.12.
23   Brief von AT an Serge Stauffer von
ca. Okt. 1952, in: Stauffer/Thomkins 1985,
S. 32.

[...] Ils ne savent pas, le plus souvent, qu'ils doivent même se defaire de tout horizon. Ne compte que la verticale, ou bien, vu d'un autre point de vue, c'est le centre sans périphérie, avancer dans le centre du point en successivement oubliant les périphéries.«[20] Aus dieser Charakterisierung ist zu erschließen, daß eigentlich formale Aspekte mit einem tieferen geistigen Bedeutungsgehalt aufgeladen werden. Ein direkter Bezug zu Kandinsky erscheint auch hier sehr wahrscheinlich: In »Punkt und Linie zu Fläche« von 1926, wo Kandinsky sich die Aufgabe gestellt hatte, die Grundelemente der Kunst »pedantisch genau« zu untersuchen und »eine Brücke zum inneren Pulsieren des Werkes« zu schlagen, lesen wir: »Die Vertikale ist die knappste Form der unendlich warmen Bewegungsmöglichkeit.«[21] Oder an anderer Stelle: »Während das Stechende des Winkels wegfällt, ist hier [bei der Gebogenen] desto mehr Kraft eingeschlossen, die, wenn sie auch weniger aggressiv ist, dafür umso größere Ausdauer in sich birgt. Im Winkel steckt etwas Jugendliches, im Bogen – eine reife, mit Recht selbstbewußte Energie.«[22]

Vom Sich-Zeit-Lassen in der Bewegung des Aufstiegs, vom Sich-Setzen-Lassen der Emotion, während ringsherum Räume ineinanderstürzen, schreibt Thomkins vier Monate nach seinem ersten »Schwebsel«-Brief an Stauffer: »Je dis qu'il [›Schwebsel‹] monte, c'est-à-dire que le plus souvent il s'arrête pour éprouver l'émotion, pour digérer la sensation de cette montée, car elle est bouleversante. Par rapport à lui tout le cosme se baisse, tombe autour de lui. (Relativité).«[23] Das Hinweisschild auf der Zeichnung, in dem die diagonal sich überkreuzenden Bahnen wie in einem Fluchtpunkt zusammenlaufen, und eine Straßenmarkierung sind unter diesen Voraussetzungen willkommene Hilfestellungen, an denen sich der Aufsteigende orientieren kann.

»Schwebsel« und die Abstraktion

Was in dieser ersten »Schwebsel«-Zeichnung noch weitgehend episodisch daherkommt, wird in der Folge systematisiert: In einer mit *rauschgeräum*[24] betitelten Zeichnung von 1953 (Abb. B. 9) verzichtet Thomkins auf das gegenstandsbeschreibende bildliche Vokabular; stattdessen wird das Prinzip des schwerelosen Aufstiegs mit Hilfe elementarer Formen abstrakt dargestellt. Die geschwungene, wellenartige Linie als auffälliges Formelement des Runden in der ersten Zeichnung ist in *rauschgeräum* von dem sich stellenweise mit dem Quadrat vereinigenden Kreis abgelöst worden. Hier überschneiden sich die diagonalen Pfeile mit Vertikalen; die Schnittpunkte werden dabei zu Zentren der Kreise und in der oberen Bildhälfte zu Drehpunkten von kreisförmigen Scheiben, die Bestandteil eines kräfteübertragenden Mechanismus oder einer Maschine sein könnten, um so mehr als sich aus ihrer Bewegungsrichtung heraus ein großer Pfeil entwickelt, in dem die Kräfte der Pfeile aus der unteren Bildhälfte potenziert werden. Die Assoziation zu Duchamps Schokoladenreibe aus dem *Großen Glas* ist hier naheliegend, und es ist kaum anzunehmen, daß sie für Thomkins nicht auch evident gewesen wäre, zumal die Bezugnahmen auf Duchamp, mit dessen Leben und Werk sich Serge Stauffer seit 1950 unermüdlich befaßt, so etwas wie einen roten Faden durch den Briefwechsel zwischen den beiden Freunden bilden.

Als wesentliches neues Element kommt die Verlagerung der Bewegungsrichtung von der Vertikalen zur Diagonalen hinzu, die Kandinsky als diejenige Form der Geraden betrachtete, welche Wärme (Vertikale) und Kälte (Horizontale) zum inneren Klang der »unendlichen kaltwarmen Bewegungsmöglichkeit«[25] in sich vereint. Die Diagonale steht also für den Ausgleich zwischen den antagonistischen Bewegungsrichtungen »warm« und »kalt« und könnte im Zusammenhang mit »Schwebsel« bedeuten, daß der von Thomkins als »montée boulversante« bezeichnete Aufstieg ruhiger, harmonischer vor sich gehen soll. Wie wichtig Thomkins der Zug und die Gerichtetheit der diagonalen Bewegungsrichtung sind, zeigt sich in deren Verdichtung im Zeichen des Pfeils.

Paul Klee hat in seinem »Pädagogischen Skizzenbuch« dem Pfeil ein Kapitel gewidmet, an dessen Ende er diesen als Symbol für das Ringen des Menschen interpretiert, die irdischen Schranken zu überwinden: »Also im Anfang liegt schon die Tragik. Der Verlauf entspricht: Wie überwindet der Pfeil die reibenden Hemmungen? Wird die Bewegung anhalten (bis dorthin, wo sie unendlich wird, keinesfalls, aber doch wenigstens bis dorthin), ein wenig weiter als möglich, als üblich? In Paranthese: Also laßt euch beflügeln, ihr Pfeile! Damit ihr nicht allzu früh ermüdet, laßt euch gestalten, damit ihr trefft, damit ihr mündet, wenn ihr auch ermüden und nicht münden werdet!«[26] Der diagonal nach rechts oben weisende Pfeil gehört zum Vokabular zahlreicher Bilder Klees. Anzutreffen ist es zum Beispiel im *Wandbild aus dem Tempel der Sehnsucht dorthin* von 1922 (Abb. B. 10), wo schon im Titel auf das Motiv der in neue Räume vordringenden Bewegung Bezug genommen wird. Bei Klee wird das Zeichen zum Symbol für das unablässige Bemühen des Künstlers, dem inneren Impuls Richtung und Form zu verleihen, im Wissen allerdings, daß das Gelingen immer zeitlich und relativ ist. Der große Pfeil in Thomkins *rauschgeräum* veranschaulicht in diesem Sinne die Sammlung dieser schöpferischen und geistigen Kräfte, indem er die Bewegungsenergie der schwächeren Pfeile in sich vereint.

In einem Brief vom 11.1.1953 scheint sich Thomkins endgültig von »Schwebsel« verabschieden zu wollen, nachdem er mit ihm noch manch atemberaubenden Ausflug unternommen hat:[27] »Schwebsel se fait rare sur les cartes, peut-être me suis-je rendu compte que c'est moi-même et qu'il y a d'autres reflets dans ce miroir.«[28] Doch »Schwebsel« oder »Schwebbes«, wie Thomkins die Figur jetzt gelegentlich auch nennt, taucht in unregelmäßiger Folge bis in die späten 50er Jahre auch weiterhin auf verschiedenen Aquarellen und Zeichnungen auf. Die figurativen Elemente sind jetzt aber völlig verschwunden. Was bleibt, sind die Leitmotive des schwerelosen Schwebezustands und

B. 10
Paul Klee
Wandbild aus dem Tempel der Sehnsucht dorthin. 1922
Aquarell und Ölfarbezeichnung auf Gaze, gipsgrundiert auf Karton. 27 × 36,5 cm
The Metropolitan Museum of Art, New York

[24]   Die Wortschöpfung »rauschgeräum« hat Thomkins schon im erwähnten Brief von Juni 1952 an Serge Stauffer kreiert – in der Zeichnung von 1953 wählt er sie als Bildtitel. Aus dem Wort »Raumgeräusch«, dessen stumme Endlaute vertauscht wurden, entsteht »rauschgeräum«, ein Klanggebilde, in welchem etwas von dem, was wir mit Sphärenmusik oder dem Rauschen des Weltalls assoziieren, synästhetisch erfahrbar wird. Sehr früh zeigt sich hier Thomkins' Lust am Spiel mit Buchstaben, Silben und Wörtern, eine poetische Praxis, die sein großes Vorbild Hans Arp meisterhaft beherrschte.
[25]   Kandinsky, *Punkt und Linie* (wie Anm. 21), S. 60.
[26]   Paul Klee, *Das bildnerische Denken*, hrsg. und bearb. von Jürg Spiller, Basel: Schwabe, 1956 (Schriften zur Form- und Gestaltungslehre, 1), S. 407. Daß sich Thomkins im Entstehungsjahr von »rauschgeräum« sehr intensiv mit Klee auseinandersetzt, zeigt eine weitere Stelle aus dem Briefwechsel mit Stauffer, wo er berichtet, daß er ein neues Thema mit dem Namen »Kreuzritter und Heide« entwickelt habe, das er nach Klees Prinzipien im *Pädagogischen Skizzenbuch* behandle (Brief von AT an Serge Stauffer von ca. Feb. 1953, in: Stauffer/Thomkins 1985, S. 49).
[27]   So führt »Schwebsel« einige Auserwählte während einer Aufführung von Arthur Honeggers Symphonie »di, tré, ré« auf ein riesiges Metallgerüst, das die Form eines Tänzers hat. Aus schwindelerregender Höhe (532 Meter über

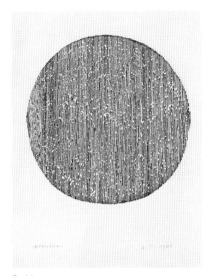

B. 11
Bildschirm. 1960
Feder auf Papier. 29,7 × 21 cm
Nachlaß Thomkins

dem Boden – Thomkins beschreibt sie als
»une hauteur très élégante d'une sublime
rigorosité absurde«) verfolgen die Zuschauer von einer schwebenden Plattform
aus das Geschehen auf der Bühne, Brief
von AT an Serge Stauffer von ca. Anf.
Sept. 1952, in: Stauffer/Thomkins 1985,
S. 24. Vgl. dazu auch eine Federzeichnung
von 1953, in: Permanentszene 1978, S. 55.
28   Brief von AT an Serge Stauffer von ca.
Feb. 1953, in: Stauffer/Thomkins 1985, S. 49.
29   Vgl. auch Ausführungen von Malewitsch wie die folgende aus einem Brief an
Matyushin vom Juni 1916: »Meine Malerei
gehört nicht ausschließlich der Erde an.
Die Erde wird verlassen, wie ein von
Holzwürmern durchbohrtes Haus. Und im
Grunde genommen steckt im Menschen,
in seinem Bewußtsein, das Streben nach
Raum, das Verlangen sich von der Erdkugel
loszureißen.« Zit. nach *Von der Fläche zum
Raum – Russland 1916–24*, Ausst. kat., Galerie Gmurzynska, Köln, 1974, S. 42.
30   Kandinsky, »Über die Formfrage«
(wie Anm. 18), S. 17–49.
31   Vgl. Brief von AT an Serge Stauffer
vom 16.3.1959 (Poststempel 12.4.1959),
in: Stauffer/Thomkins 1985, S. 288 (übs.
vom Verf.).
32   Ebd. Hier die Briefstelle in ihrem
Wortlaut: »Tinguely qui est venu me voir
ici a été tenté par les laques que je lui ai
fait essayer. Par contre les tableaux qu'il
eut aimé peut-être, se heurtaient à son
idée de neutralité (?) (ce n'est pas son

des Vordringens in einen grenzenlosen imaginären Raum, in dem die
Gesetze der Perspektive außer Kraft gesetzt sind.

Als Endpunkt dieser Versuche steht eine für Thomkins' Schaffen einmalige abstrakte Bildstruktur: Wir sehen nicht mehr als eine ins Geviert
des Blattes eingeschriebene kreisrunde Form, deren Fläche durch die
Aneinanderreihung vertikaler unterbrochener Linien wie gerastert erscheint und an den flimmernden Bildschirm eines gestörten Fernseh-
geräts erinnert (Abb. B. 11). Dieser Tondo, ein altes Symbol angestreb-
ter Vollkommenheit, das für die Alchimisten die Quadratur des Kreises
oder stofflich den Prozeß der Umwandlung von unedlen Metallen in
Gold versinnbildlichte, wird in Thomkins' Werk zu einem wichtigen Motiv werden, das in engem Zusammenhang mit den metaphysischen und
parawissenschaftlichen Aspirationen des Künstlers steht. Wie in keinem
anderen Bild nähert er sich hier Kasimir Malewitschs suprematistischer
Vision von einer gegenstandslosen Welt. Ich verweise hier zum Vergleich
auf Malewitschs wohl konsequenteste Formulierung des immateriellen
Raums, der Komposition *Weiß in Weiß*, wo die im *Schwarzen Quadrat*
noch thematisierte lastende Schwere in einer schwebenden Balance
zwischen Weiß und Weiß, oder – im spirituellen Sinn – zwischen Nichts
und Nichts aufgehoben wird.[29]

Trotz dieser Parallele müssen Thomkins das Kunstverständnis von
Malewitsch und dessen heiliger Ernst viel schwerer zugänglich gewesen
sein als die Positionen Kandinkys, Klees und Duchamps, weil der Russe
apodiktisch auf der Gegenstandslosigkeit in der Kunst insistierte.
Während Kandinsky »die große Abstraktion« und »die große Realistik«
als gleichberechtigte Repräsentationsformen nebeneinander bestehen
ließ,[30] sah Malewitsch in den beiden Prinzipien einen unvereinbaren Widerspruch, der nur durch den kompromißlosen Entscheid für die Abstraktion aufzulösen war. Bestätigung erfährt diese Mutmaßung durch
eine Kontroverse mit Tinguely über Yves Kleins *monochromes*, von der
Thomkins Stauffer in einem Brief vom März 1959 berichtet: Tinguely
schätzte offenbar Thomkins' Lackskins, stieß sich aber am figuralen Vokabular von seinen Zeichnungen und seiner Malerei. Die einzige noch zeit-
gemäße gültige Form der Raumdarstellung, so Tinguely, habe Klein mit
seinen blauen Bildern gefunden, die als »statisch-bewegte (metameca-
nische)«[31] bewohnbare Räume ohne narrative Elemente auskämen.
Wie, so Tinguely, sollte die endlose Leere, die Unermeßlichkeit des
Raums sinnfälliger dargestellt werden können als durch das immaterielle
Blau des Himmels? Bei aller Wertschätzung, die er für Yves Klein emp-
findet, kommen aber für Thomkins im absoluten Anspruch der mono-
chromen Malerei, die nichts als die reine »existance en soi« verkörpert,
wesentliche Elemente eines möglichen kommunikativen Prozesses zu
kurz, der zwischen Urheber und Betrachter mittels der phantastischen
Figuration in Gang gebracht werden kann.[32]

An der »Schwebsel«-Thematik wird im Verlauf der etwa fünf Jahre,
während deren sich der Künstler mit ihr beschäftigt, eine interessante
Dialektik erkennbar, die exemplarisch für Thomkins weiteres Schaffen

ist: Zu Beginn anekdotisches Traumwesen und Alter ego, entfernt sich die Figur immer deutlicher von ihrem menschlichen Ursprung, um sich zu einem programmatischen Prinzip zu läutern, das in seiner letzten Konsequenz zum gänzlich abstrakten Bildraum hinführt, wie wir ihm in der Tuschzeichnung *Bildschirm* begegnet sind. Doch für Thomkins ist diese Konsequenz nur eine von vielen möglichen. Das Anekdotische und Erzählerische und mit ihnen die Figuration, die in diesem schwerelosen Raum eine neue fiktive Dimension gewinnen, stellen eine gültige Alternative dar und werden Thomkins' Schaffen vordergründig viel nachhaltiger prägen als die Abstraktion. Vordergründig deshalb, weil Figuration nicht gleichbedeutend ist mit Verzicht auf abstrakt-konkrete Ordnungs- und Strukturprinzipien, die wichtige Elemente des Bildaufbaus bleiben. Die »Rapportmuster« der 60er Jahre, von denen noch die Rede sein wird, und die Lackskins[33] mit ihren halluzinatorischen Bildräumen bedeuten wohl Thomkins' eindringlichsten Versuche, zu einer Synthese zwischen diesen beiden von Malewitsch als »unversöhnlich« apostrophierten Wegen zu gelangen.

Die Bedeutung der »Schwebsel«-Figur und des von ihr ausgelösten Prozesses liegt weniger im formalen Wandel oder Bruch begründet, als in der Tatsache, daß Thomkins hier zu seiner eigenen künstlerischen Identität findet. Im Bild des Schwebens und Abhebens von der Erde, das metaphorisch gesprochen das Abwerfen von (formalem) Ballast beinhaltet, wird der Künstler offen für den Ausblick in einen grenzenlosen Raum, der im Sinne von Kandinsky und Klee auch als künstlerischer Freiraum verstanden werden kann.[34]

Oben = Unten oder Coincidentia oppositorum im Traum

Zur Vorstellung des Schwebens als eines geistigen Prinzips der Freiheit gehört als Antithese das Am-Boden-Verhaftete, Dumpfe und Gefangene. Den Gegensatz thematisiert Thomkins im bereits zitierten Brief vom Oktober 1952 an Stauffer, indem er »Schwebsel« mit einem furchterregenden zähnefletschenden Wesen konfrontiert, das alles, was sich unter ihm befindet, mit dem Strahl seiner Pisse bespritzt (Abb. B. 12): *Quand le taureau pisse, quel danger! Malheureusement personne s'en occupe.*[35] »Schwebsel« scheint sich der Konfrontation mit dem Ungeheur gerade noch entziehen zu können, bleibt aber in gefährlicher Nähe von dessen übermächtigem Hinterteil. Der »taureau« aber ist nicht irgendein wild gewordener Stier, sondern, trotz fehlender menschlicher Attribute, der Minotaurus, was die folgenden Zeilen belegen: »C'est probablement pour cela que notre ami et confrère pêche-merle les a mis sous couvercle dans la grande grotte ›au danger du taureau‹.«[36] Mit »confrère pêche-merle« meint Thomkins Dädalus, der durch seine Konstruktion einer künstlichen Kuh für die Zeugung des Mischwesens verantwortlich war und dieses im Labyrinth (»la grande grotte«) unter Verschluß setzte. Dädalus, dessen Name »der Einfallsrei-

B. 12
Quand le taureau pisse, quel danger! Malheureusement personne s'en occupe. 1952
Feder auf Papier. 10 × 15 cm
Privatbesitz

mot, il parle, lui, de statique *dans* le mouvement, metamechanik) d'un tableau qui ne doit être que l'espace habitable mais nous influent sur le spectateur. ›Les bruns et rouges vous passent par la poitrine et je n'aime pas cela. Le problème de l'espace est résolu pour moi dans les monocromies de Yves Klein!‹ Vois-tu combien je suis opposé à cela? Quand tu parles de non-espace j'imagine l'être qu'on éprouve, qui vit autant par lui même que par l'autre, que par le spectateur. Eux non, c'est l'existance en soi, la structure, dans la structure de l'*obéissance*.«

[33] Siehe Kat. 237–257 und Noseda, in der vorliegenden Publikation S. 394–397, »Lackskin«.

[34] Ein Ausschnitt aus einem Brief an Stauffer vom Juni 1953 veranschaulicht die Bedeutung, die dieser Freiraum für Thomkins hat: »Aujourd'hui rien n'est exclu pour celui qui n'a pas fait son choix. Il peut bouger autant qu'il veut: il peut changer de point de vue à son aise mais il s'aperçoit alors que le blanc devient noir et noir blanc [...]. Pour moi cela me rassure le plus souvent car il y a là pour un créateur une richesse évidente.« (Stauffer/Thomkins 1985, S. 58.) Trotz seiner intensiven Auseinandersetzung mit Kandinsky und Klee versteht sich Thomkins nie als deren Schüler oder Adept. Er fragt sich vielmehr, ob nicht gerade das übermächtige Vorbild der großen »Individualisten« die nachfolgende Generation davon abhält, das eigene künstlerische Potential auszuschöpfen, vgl. Brief von AT an Serge Stauffer vom 31. 5. 1954 (Poststempel), in: Stauffer/Thomkins 1985, S. 117.

[35] Brief von AT an Serge Stauffer von ca. Okt. 1952, in: Stauffer/Thomkins 1985, S. 33.

[36] Ebd.

B. 13
labyrinthspiel. 1960
Feder auf Papier. 18 × 18,9 cm (Lichtmaß)
Kunstmuseum Bern

che« bedeutet, ist der Urvater der Künstler, und Thomkins hat sich mit dieser Figur so stark identifiziert, daß er den von Serge Stauffer kreierten Übernamen »dädalus meandertaler« zeitlebens als eines seiner liebsten Pseudonyme führt. Auf der besagten Zeichnung wird der Konflikt mit dem um sich spritzenden Tier als sehr bedrohlich für »Schwebsel« dargestellt, das Triebhafte und Rohe in Gestalt des Stiers scheint übermächtig, und man hofft, »Schwebsel« könne sich – so wie das Dädalus gelang – aus der unangenehmen Situation fliegend absetzen.

Diese zugespitze Antithetik relativiert Thomkins wenig später. Er schreibt an Stauffer: »Il fut un temps où nous étions un nuage merveilleux, planant la haut. Je suis moi, une petite gente tombée de ce nuage et je n'en reviens pas!«[37] Der kleine Tropfen fällt zurück auf die Erde, verdunstet aber dort nicht, sondern versickert im Boden, wie das unmittelbar daran anschließende Bild evoziert: Ein Mann steigt über eine Treppe in einen Gang und damit ins Dunkel des Untergrundes hinunter: »Alors comme-ça j'aime bien ta photo de l'homme dans l'escalier couloir qui est descendu par toutes les marches tout en ›restant en haut.‹ Et maintenant comme tu dis: EN AVANT, MARCHE!«[38]

Offensichtlich ist jetzt das Abheben vom Boden nicht mehr die einzige Möglichkeit, oben zu bleiben, und in einer Umkehrung der Dialektik wird jetzt der Abstieg in die Tiefe zu einem Weg der Transzendenz (»tout en restant en haut«). »EN AVANT, MARCHE!« zeigt die Entschlossenheit an, mit der der komfortable Aussichtsposten in der Höhe verlassen werden soll, um sich in der entgegengesetzten Richtung ins Dunkel vorzuwagen. Der Abstieg in die Tiefe ist seit den Anfängen menschlicher Kultur eine Metapher für Schlaf und Traum, für »die Rückkehr in den Mutterleib«[39] oder das Stillwerden des reflektierenden Geistes und die Rückkehr des Erlebens zum tiefsten »Seelengrunde«[40]. Im Schlaf verflüchtigen sich die im Wachzustand geltenden Orientierungsbestimmungen, die Lage des Körpers im Raum mit oben und unten, die Richtungsbestimmtheit und damit verbunden die Lokalisierung des Ortes.

Daß für Thomkins der Abstieg durch das »couloir« eng mit Schlaf, Traum und Introspektion verknüpft ist, zeigt die zunehmende Bedeutung, die der Traumberichterstattung oder der Beschäftigung mit Hypnosezuständen in den Briefen ab 1953 zukommt.[41] So schreibt er am 18. Juli 1953 an Stauffer: »En tous les cas il faut bien choisir parmi ce que nous avons en nous pour pouvoir vraiment se sentir à l'aise là-dedans. C'est comme en creusant un tunnel: un perce dans une direction mais quand on passe près de la surface l'on enfonce le roc pour faire une ›fenêtre‹ où l'on débarrasse le déblai: c'est un débarras, une ventilation des toutes les pensées accumulées et non encore digérées pour mieux poursuivre la ›ligne droite‹«.[42]

Eine Zeichnung, die sieben Jahre später entstanden ist und im Zusammenhang mit dem »Labyr«-Projekt (siehe weiter unten) gesehen werden muß, zeigt, wie Thomkins die Vorstellung des »couloirs« weiterverfolgt (Abb. B. 13): Die Figuren im Blatt *labyrinthspiel* steigen

[37]   Brief von AT an Serge Stauffer vom 23. 6. 1953 (Poststempel), in: Stauffer/Thomkins 1985, S. 58.
[38]   Ebd.
[39]   Sigmund Freud, »Abriß der Psychoanalyse« (1941), in: ders., *Abriß der Psychoanalyse. Das Unbehagen in der Kultur*, Frankfurt a. M.: Fischer Taschenbuch Verlag, 1973, S. 25.
[40]   J. Linschoten, *Über das Einschlafen*, S. 71, zit. nach Otto Friedrich Bollnow, *Mensch und Raum*, Stuttgart: Kohlhammer, 1963, S. 184.
[41]   Vgl. beispielweise die Briefe von AT an Serge Stauffer vom 18.7.1953 und vom 6.8.1953 (Poststempel), in: Stauffer/Thomkins 1985, S. 60–66.
[42]   Brief von AT an Serge Stauffer vom 18.7.1953, in: Stauffer/Thomkins 1985, S. 61.

über Leitern in einen schlauchähnlichen gewundenen Gang. Auch hier gibt es »Fenster«, welche den Protagonisten erlauben, für einen Moment auszuruhen und sich der »akkumulierten Gedanken« zu entledigen, um darauf wieder im dunklen Schlauch abzutauchen. Einer, sichtlich erschöpft sich über den Boden schleppend, hat den Ausgang erreicht, während andere von oben anscheinend mühelos an einem ebenfalls schlauchförmigen Linienbündel hinuntergleiten.

Thomkins geht es bei diesen Explorationen des Dunklen und Ungewissen weniger um eine Traumarbeit im Sinne der Psychoanalyse, um die Aufdeckung der Beziehungen zwischen manifestem und latentem Trauminhalt oder um die Analyse unterdrückter Triebregungen als um den Bild-Gehalt des Traumes selbst, den er ganz im Sinne der Surrealisten als eminent künstlerisches und poetisches Instrument versteht. So ist auch der folgende Satz aus dem Briefwechsel mit Stauffer zu verstehen: »Ne pas aller trop loin dans la préhistoire [...]. Faisons de la technique, mais sans déconner, sans honneur, et alors faisons de la poësie partout sauf sous la terre, là c'est trop sérieux.«[43] Nicht das selbstquälerische Wühlen in der Tiefe der Seele interessiert Thomkins, sondern die Traumwelt als surrealer Raum, in dem die gültigen Regeln der rationalen Tagwelt aufgehoben sind, in dem sich jenseits zeitlicher und räumlicher Ordnungsschemata eine spekulative Welt eröffnet, die nur der Phantasie und der Imagination zugänglich ist.[44]

Thomkins rezipiert zu jener Zeit die Surrealisten sehr intensiv und bittet Stauffer um die Zusendung authentischer surrealistischer Quellen, darunter ausdrücklich um die ihm noch fehlenden Nummern der Revue »Minotaure« (1933–39).[45] Im Zentrum seines Interesses steht die Figur von André Breton, dessen »L'Amour fou« für Thomkins eine Offenbarung ist: »Je tombe profondément d'accord avec lui [...]. Il y a pourtant une grande quantité de perspectives qu'il ouvre [...].«[46] Ein zentraler Begriff in »L'Amour fou« ist der »hasard objectif«, die zufällige Begegnung mit einem Objekt, in der eine unmittelbar poetische, surreale Erfahrung möglich ist, die viel tiefer reicht als die ästhetische Wahrnehmung. Dieselbe Erfahrung stellt sich auch im Moment des Einschlafens und des Hinübergleitens in den Traum ein. Daß Thomkins diesen als poetisches Instrument im Sinne von Bretons »hasard objectif« begreift, veranschaulicht eine Zeichnung, die einen Traum von Serge Stauffer illustriert (Abb. B. 14):[47] In der oberen Hälfte sehen wir in Aufsicht das Bett des Schläfers und von da durch eine Art Portal auf eine in Untersicht gezeigte Straßenszene hinaus, von wo der Blick durch eine Person, die diagonal auf den Betrachter zuschreitet, gleich wieder in die entgegengesetzte Richtung zurückgeworfen wird. Offensichtlich handelt es sich dabei um den Träumenden, der als »villageois d'ailleurs« bezeichnet wird und von einer zweiten, nur schematisch angedeuteten Figur begleitet wird. Auf seinem Weg durch den Traum begegnet er dem Bretonschen »hasard« beim »Kiosk von nebenan«. In einer plötzlichen Beschleunigung der Handlung wird die geteerte Straße durch die Einwirkung des Frosts plötzlich zur Rutschbahn, optisch ausgedrückt durch

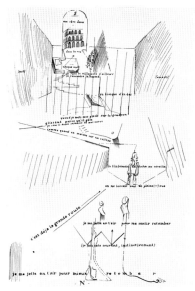

B. 14
Mon rêve donne dans la rue.... 1956
Feder auf Papier. 29,7 × 21 cm
Privatbesitz

[43] Brief von AT an Serge Stauffer, zu Weihnachten 1953, in: Stauffer/Thomkins 1985, S. 100.
[44] Vgl. in diesem Zusammenhang ebd.: »Quand on plonge dans *sa* préhistoire on fera mille trouvailles, on ira d'étape en étappe, on ira, après avoir consommé la chair, jusqu'à la naissance, après avoir consommé la raison on ira jusqu'à la personnification de l'esprit et d'étappe en étappe on se doublera, on se triplera, quaduplera, quintuplera on se perdra dans les nombres et dans une infinie mathématique.«
[45] Brief von AT an Serge Stauffer vom 5.3.1955 (Poststempel), in: Stauffer/Thomkins 1985, S. 137.
[46] Ebd.
[47] In den späten 60er Jahren illustriert Thomkins auch Träume von George Brecht, die 1973 unter dem Titel »George Brecht. Autobiographie« im Verlag Galerie Der Spiegel, Köln, erschienen sind.

den schrägen Verlauf der Schriftlinien. In der unteren Bildhälfte wird der Träumende durch das Schlagen einer Glocke geweckt und sieht sich plötzlich alleine... In dieser ausgesetzten Situation »wirft« er sich in die Luft und läßt sich dann wieder hinabstürzen. Mehrere Male wiederholt sich dieses Auf und Nieder, das in seiner Tendenz die Bewegungsrichtung des abhebenden »Schwebsels« mit derjenigen des oben erwähnten fallenden Wassertropfens zu vereinen scheint. Zentrales Element der Traumberichterstattung ist das Moment des Erlebens und Fühlens, ausgedrückt durch das Wort »sentir«: Der Träumer »fühlt« die Erregung seiner Nervenstränge, wie wenn er auf einen spitzen Kiesel getreten wäre, er »fühlt« sich niederstürzen und, wie ein Kind, das gleich noch mal die Rutschbahn hoch will, um hinunterzusausen, »wirft« er sich wieder und wieder hoch.

Der Raum, in welchem der Träumende seinen Weg durchläuft, ist eine imaginäre Szene. Vom linken und rechten Blattrand her dringen oben zwei perspektivisch verkürzte, mit »est« und »ouest« bezeichnete Seitenwände wie Keile gegen das Zentrum vor und grenzen so eine Art Bühnenkasten ein, den wir von vorne einsehen. Streifen wir mit dem Blick durch die Öffnung mit Rundbogen nach hinten auf die Straßenszene, so sehen wir uns für einen Moment mit der klassischen Situation einer perspektivischen Renaissance-Bühne konfrontiert.[48] Doch der zuerst beschriebene Kastenraum und die Straßenszene lassen sich räumlich nicht widerspruchsfrei miteinander verbinden; durch die Pluralität der Fluchtpunkte wird die Bühne irrational und steht im völligen Gegensatz zur Stabilität der klassischen linearperspektivischen »Schachtel«.[49] Dem unvermittelten Umschlagen einer Raumsituation in die andere sind wir bereits im Frühwerk begegnet. In den Traumillustrationen wird dieser ständige Wechsel der Prospekte zu einer Bewußtseinsprojektion, die in den Rahmen eines szenischen Ablaufs gestellt wird und dadurch an inhaltlicher Konsistenz gewinnt. Der Betrachter wird Zeuge einer imaginären Reise, die dank Thomkins' zeichnerischem Vermögen in aller Widersprüchlichkeit und Rätselhaftigkeit nachvollziehbar, erlebbar wird.

[48]   Vgl. beispielsweise Sebastiano Serlios Holzschnitt mit der Darstellung der »Scena tragica« in: *Cinque Libri d'Architettura*, Venedig 1551, Bl. 29v.
[49]   Hier zeigen sich deutlich Thomkins' Affinitäten zum Surrealismus, insbesondere zur imaginären, metaphysischen Szenographie Giorgio de Chiricos.

Der Innenraum des Außenraums des Innenraums

Das Ungreifbare gilt es heute zu denken: in einer Philosophie des Phantasmas, die diese nicht als Wahrnehmung oder als Bild einer ursprünglichen Gegebenheit unterwirft, sondern es zwischen allen Oberflächen und in der Verkehrung des Innen zum Außen und des Außen zum Innen und zwischen dem Vorher und Nachher spielen läßt – in einer »unkörperlichen Materialität«, wie man vielleicht sagen könnte.

Michel Foucault[50]

L'expéditeur du paquet ficelé

Einen Schritt weiter in bezug auf die intellektuelle Auseinandersetzung mit räumlich mehrdeutigen Gebilden geht ein Blatt vom September 1957 (Abb. B. 15). Thomkins spinnt hier mit Hilfe von 16 farbigen »Durchreibungen« einen visuellen Leitfaden durch eine surreale Geschichte: Die Briefmarke steht für das »timbre« der Stimme, die Früchte für die »fruits d'Amor« usw. Interessieren soll uns in diesem Zusammenhang nur die erste Frottage auf der dritten Zeile, die ein schräggestelltes verschnürtes Postpaket mit Adressenaufkleber zeigt, sowie die beiden Durchreibungen in der untern Bildhälfte. »Enfoncez le coin du paquet ficelé de croix«, lautet die Aufforderung, »vous serez dans le coin d'une cabine, face à la fenêtre par laquelle vous regarde l'expéditeur.« Wir drücken die durch einen Pfeil bezeichnete Ecke der Schachtel ein und steigen hinein. Nun befinden wir uns im Inneren einer klassischen »perspektivischen Schachtel«, einer Kabine, die auf der gegenüberliegenden Seite als zweite Öffnung ein Fenster aufweist, durch das uns der »expéditeur«[51] (der Absender oder im übertragenen Sinn auch der Entdecker) anschaut. Wir steigen also vorerst von einer Außen- in eine Innenwelt und schauen von dort sofort wieder nach außen: »vue sur l'expéditeur«. Doch wie wir schauen, so werden wir durch den »expéditeur« geschaut, wir sind Subjekt und Objekt des Sehvorgangs zugleich.

Am Beispiel eines Allerweltsgegenstandes wie der Schachtel konfrontiert uns Thomkins so noch einmal mit den Antonymen Schweben (Außensicht) – Tunnel (Innensicht) und streift damit auch das fundamentale erkenntnistheoretische Problem der Schnittstelle zwischen Bewußtsein und wahrgenommener Welt. Doch eher als ein bedeutungschwerer philosophischer Exkurs ist Thomkins' Schachtelraum – aus einer rebusartigen Spielerei entstanden – vielmehr ein Einfall, eine Art Verwirrspiel, in dem unvereinbare Wirklichkeitsräume miteinander konkurrenzieren und sich gegenseitig relativieren. Empirisch erleben wir Innen- und Außenraum als zwei verschiedene räumliche Größen: Der Innenraum ist abgeschlossen, vom Umraum ausgegrenzt und auf sich selbst bezogen, während der Außenraum tendenziell unbegrenzt ist. In Thomkins' Blatt hingegen gehen die beiden Bereiche ineinander über

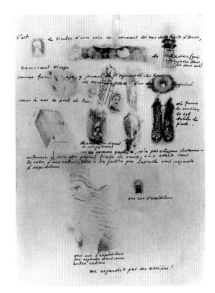

B. 15
ne regardez pas en arrière! 1957
Farbabrieb. 29,7 × 21 cm
Privatbesitz

[50]   Michel Foucault, zit. nach Zürich/Olten 1982, Titelseite.
[51]   Als Vorlage für die Figur des »expéditeurs« muß Thomkins die Abbildung eines sogenannten »Lamassus« gedient haben, einer riesigen Stierskulptur mit Flügeln und menschlichem Kopf, welche die assyrischen Könige ab dem 9. Jahrhundert v. Chr. als Schutzdämonen vor den Pforten ihrer Paläste postierten.

B. 16
die kubatur der kugel. 1960
Bleistift auf Papier. 20 × 21 cm
Kunstmuseum Luzern

und durchdringen sich; der Raum wird nicht mehr als statisch, sondern als abhängig von der Zeit perzipiert, eine Sichtweise, die an die Auffassung des Manierismus erinnert, wo gemäß Dagobert Frey »die Raumgrenze problematisch wird, [so] dass nach dem Dahinter gefragt wird, einem Dahinter, hinter dem es immer wieder ein Dahinter geben muß, das unbestimmt und geheimnisvoll bleibt.«[52]

Tatsächlich entdeckt Thomkins Korrespondenzen zwischen seinem eigenen künstlerischen Wollen und demjenigen der Manieristen im 16. und 17. Jahrhundert. Diese hatten damit begonnen, die klassische Einheit von Raum und Zeit im Bild durch verschiedene simultan nebeneinanderherlaufende Bildrealitäten aufzulösen. Zum Einstiegserlebnis für Thomkins wird das 1957 erschienene Buch »Die Welt als Labyrinth – Manier und Manie in der europäischen Kunst« von Gustav René Hocke, den der Manierismus weniger als historische Epoche interessierte, denn als »bestimmte Ausdrucksgebärde«, in der sich »ein bestimmtes problematisches Verhältnis zur Welt« niederschlägt.[53] Einer der Hauptgedanken Hockes ist die Verschiebung der Relation zwischen Subjekt und Objekt: Hatte diese in der Kunst der Renaissance noch auf einer optisch-physikalischen Beobachtung der Natur basiert, so verlegte das Subjekt im Manierismus den Blickpunkt nach innen und nahm nicht mehr objektiv Gesehenes, sondern subjektiv Geschautes oder »Imaginiertes« wahr. »Man sieht«, so Hocke, »aus der ›Idee‹«, nicht aus der ›Natur‹.«[54] Gerade diese Sehweise aber hat Thomkins seit seinen Anfängen, lange bevor er sich mit Theorien wie der »Idea«-Lehre überhaupt beschäftigt, zutiefst als die ihm eigene erkannt, und so erstaunt es nicht, daß er sich den Inhalt von Hockes Buch geradezu einverleibt. Vor allem Hockes manieristische Ahnenreihe, die bei Pontormo und Luis de Gongora beginnt und über Arcimboldi und den Marquis de Sade ziemlich direkt zu Dada und Surrealismus führt, hat er im März 1958 so weit internalisiert, daß er daraus ein System von »philosophies aigus« konzipiert, sogenannter »genres maniéristes«, denen er auch seine eigenen künstlerischen Konzeptionen zurechnet.[55]

Von innen und außen – die Öffnung zur Skulptur

In einer Zeichnung aus dem Jahr 1960 mit dem Titel *die kubatur der kugel* (Abb. B. 16) verdichtet Thomkins die Innen- und Außenraumthematik in einer gedanklich und formal gestrafften Darstellung und führt sie auf die Grundform von Würfel und Kugel zurück. Durch die Transposition des Problems auf die Ebene platonischer Körper nehmen wir jetzt durch das Umspringen der Ansicht ein imaginäres Gebilde wahr, das sowohl von außen wie von innen lesbar ist, indem es Kugel und Kubus in sich zu vereinen scheint. Aus exogener Sicht ist die helle obere Würfelkante im Begriff, die Oberfläche der Kugel zu durchstoßen, während wir endogen aus einem wattigen unbestimmten Raum in eine entfernte Ecke vorzustoßen meinen. Wie in unserem Ausgangsbeispiel *ne regardez*

[52]   Dagobert Frey, *Manierismus als europäische Stilerscheinung*, Stuttgart: Kohlhammer, 1964, S. 33.
[53]   Gustav René Hocke, *Die Welt als Labyrinth – Manier und Manie in der europäischen Kunst* (1957), einmalige Sonderausgabe, hrsg von Curt Grützmacher, Reinbek b. Hamburg: Rowohlt, 1991, S. 14. Zu Thomkins' Manierismus-Rezeption siehe auch den Beitrag von Hans-Jörg Heusser in der vorliegenden Publikation.
[54]   Ebd., S. 43.
[55]   Vgl. Brief von AT an Serge Stauffer vom 3.3.1958 (Poststempel 11.3.1958), in: Stauffer/Thomkins 1985, S. 260.

pas en arrière! (vgl. Abb. B. 15) wird das Vexierschema durch die Wiederholung in sich selbst perpetuiert und in den Status einer quasi metaphysischen zeitlosen Erscheinung gerückt. Der Bildtitel leitet zum Analogieschluß an: Wenn die in der Zeichnung realisierte Darstellung der Simultaneität von Würfel und Kugel sichtbar gemacht werden kann, so ist vielleicht auch die behauptete theoretische Unmöglichkeit der Quadratur des Kreises nur Ausdruck einer beschränkten rationalen Weltsicht.

Die Verschränkung von Innen und Außen beschäftigt Thomkins immer wieder auch als skulpturales Problem. Wahrscheinlich durch Stauffer stößt er 1956 auf die Arbeiten des am Goetheanum in Dornach unterrichtenden anthroposophischen Maschinenbauingenieurs und Mathematikers Paul Schatz, der sich seit den 30er Jahren mit Umstülpungsgesetzen von Polyedern beschäftigte und dabei eine Fülle von neuen Körpern entdeckte, die eine gewisse Verwandtschaft mit organisch belebten Formen haben. Schatz entwickelte den sogenannten Stülpwürfel (vgl. Abb. G. 73), der sich durch Abwicklungen über 5 oder 6 Kanten in höchst komplexe, dynamisch bewegte Formgebilde umwandeln läßt, und das »Oloid«, einen rhythmisch pulsierenden Körper, der durch die Umstülpung entlang einer Würfeldiagonale entstanden ist und sich auf ebenem Boden »rhythmisch pulsierend« abrollen läßt. Thomkins beginnt schließlich selbst, mit Stülpstrukturen zu experimentieren. Künstlerisch interessanter als diese Versuche sind aber die 1969 aus alten Autoschläuchen entstandenen »weichen« Objekte wie *Rocker* (Abb. B. 17), wo das von Schatz erkannte Prinzip des formbildenden Potentials von Umstülpungen eine sehr eigenwillige Interpretation erfährt und sich in einer assoziativen, ironischen Skulptur niederschlägt, die in ihrer Materialität an die Arbeiten aus Gummi oder Latex von Eva Hesse oder Richard Serra erinnern, in ihrer Metaphorik und Verspieltheit aber eine ganz andere künstlerische Grundhaltung verraten.

Innen und Außen im Spiegel

Auf einem Blatt (Abb. B. 18), das in enger Verbindung mit *ne regardez pas en arrière!* (vgl. Abb. B. 15) gesehen werden muß, erkennen wir sechs kriechende oder kauernde Figuren, die in der Ecke eines Raums oder an der Ecke eines Würfels ihre Köpfe zusammenstecken. Der Titel: *EST-CE UN CUBE OU EST-CE UN COIN* nimmt denn auch Bezug auf die Ambivalenz der räumlichen Situation, die als Innenraum (»un coin«) oder als Außenraum (»un cube«) verstanden werden kann. Je zwei Figuren sind einer Fläche zugeordnet; vier von ihnen scheinen förmlich an den vertikalen Wänden zu kleben. Die sechs Körper bilden einen Stern, eine symmetrische Figur also, in deren Zentrum sich die ganze Energie der sechs Personen potenziert. In der kleinen darunterliegenden Zeichnung – wir sehen jetzt nur noch sechs Köpfe, die gegen die Ecke gerichtet sind – wird diese Verdichtung der Energie durch Pfeile oder Vekto-

B. 17
Rocker. 1969
Jacke, aus Autopneu-Luftschlauch geschneidert, an Kleiderbügel gehängt
80 × 55 × 15 cm
Bündner Kunstmuseum, Chur

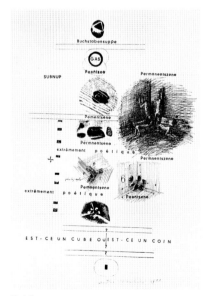

B. 18
EST-CE UN CUBE OU EST-CE UN COIN
1958
Feder und Stempeldruck auf Papier
29,6 × 21 cm
Privatbesitz

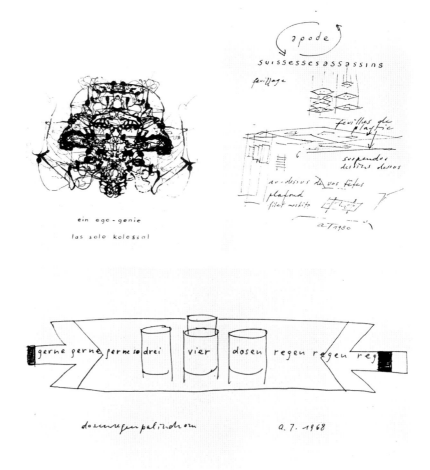

B. 19
ein ego-genie las solo kolossal
Nicht datiert
Lackfarbe auf Papier. 20 × 21 cm
Privatbesitz

B. 21
Drehpalindrom. 1980
Feder auf Papier. 16 × 13 cm
Privatbesitz

B. 20
dosenregenpalindrom. 1968
Feder auf Papier. Maße unbekannt
Privatbesitz

[56] Die Vorstellung eines Punktes, welcher unter dem Kräfteandrang der in seinem Bannkreis stehenden Materie in sich zusammenstürzt und diese in einem Sog mit hinabzieht, ist für Thomkins in den späten 50er Jahren so bedeutungsvoll, daß er davon überzeugt ist, die Nutzung dieser noch weitgehend unbekannten Form der Energie könne die Entwicklung der menschlichen Kultur in spiritueller und technologischer Hinsicht entscheidend voranbringen. Er begeistert sich aus diesem Grund für die Experimente des österreichischen Ingenieurs Viktor Schauberger, der mit einer »Implosionsmaschine« experimentierte. Ein anderer Österreicher, der Förster Leopold Brandstätter, entwickelte daraus den sogenannten »Sogwendel«, eine kleine Turbine, die in die Windungen von Bächen eingebaut

ren verdeutlicht. In einem Punkt – Thomkins spricht hier im Briefwechsel mit Stauffer zum ersten Mal von »Permanentszene« – sammelt sich ein ungeheures Kraftpotential, so daß die Ecke unter dem Druck im nächsten Moment implosiv geschluckt und der Würfel durch den Sog in eine Ein- oder Ausstülpung mithineingezogen zu werden droht.[56]

Die Massierung der Kräfte kommt durch einen Multiplizierungseffekt zustande, der auch als Spiegelungsphänomen, ein weiteres räumliches Paradigma des Manierismus, verstanden werden kann. Im Werk von André Thomkins sind Spiegelungen nicht nur für das bildnerische Schaffen, sondern auch für die Wort- und Buchstabenkunst von großer Bedeutung: Auf Spiegelungen der einfachen Art, einer formal leicht durchschaubaren axialsymmetrischen Wort- und Buchstabenkombinatorik, beruhen Thomkins' Palindrome, Wortfolgen, die von vorne und hinten gelesen den gleichen Sinn ergeben. Sie weisen alle eine imaginäre Linie auf, die ihre Symmetrieachse bildet. »Für Thomkins, den Augenmenschen,« betont Felix Philipp Ingold daher zu Recht, »ist die

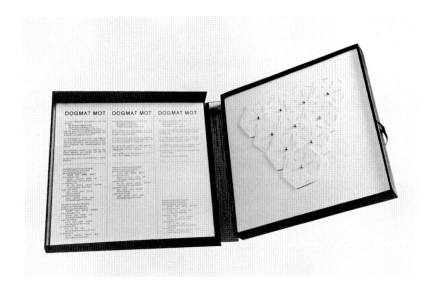

B. 22
DOGMAT MOT. 1965
Kassette 73/111, édition MAT MOT no. 5
Galerie Der Spiegel, Köln, 1965
Nachlaß Thomkins

Sprache hauptsächlich in ihrer visuellen Wahrnehmbarkeit – und das heißt: in ihrem Status als lesbarer Sehtext – von Interesse; seine wortkünstlerische Arbeit steht denn auch, inhaltlich wie strukturell, in engem pragmatischem Bezug zu seinem bildnerischen Schaffen.«[57]

Auf einem Wort-Bildpalindrom wie *ein ego-genie las solo kolossal* (Abb. B. 19) verdeutlicht Thomkins die Bildhaftigkeit der symmetrischen Wortfolge, indem er ihr ein »Scharnier« zur Seite stellt, das als Produkt eines Abklatsches um eine gefaltete Mittelachse ebenfalls eine einfache Form der Spiegelung darstellt.[58] Der Entstehungsprozeß eines Palindroms wird im Blatt *dosenregenpalindrom* von 1968 (Abb. B. 20) durch zwei aufeinanderweisende Pfeile als Bewegung im Raum visualisiert; zugleich wird hier deutlich, daß sich aus der spielerischen Spiegelfechterei mit Buchstaben aus Zufall eine Thematik ergeben kann, die dann mit rascher Hand ins Bild umgesetzt wird. Im streng optischen Sinn sind die Palindrome allerdings keine Spiegelungen, da die Buchstaben, wären sie seitenverkehrt, nicht mehr gelesen werden könnten. Diesem Schönheitsfehler versucht Thomkins später in den Drehpalindromen abzuhelfen, indem er die dazu geeigneten Buchstaben um 180 Grad dreht und so beispielsweise aus einem »s« erneut ein »s« erhält, aus einem »a« aber ein »e«, aus einem »d« ein »p« usw. (Abb. B. 21). Auch die Anagramme und das Wortflechten oder Thomkins' polyglotte Wortmaschine *DOGMAT MOT* (Abb. B. 22) sind Sprachspielereien, die von der räumlichen Vorstellungskraft des bildhaften Denkens geprägt sind und durch Dislokationsverfahren wie der Permutation (Anagramme), der Rotation (Wortmaschine) oder der Parallelverschiebung (Schwebzeile) zustande kommen.

Man wird Thomkins' Wort- und Buchstabenkunst mit einer rein phänomenologischen Beschreibung ihrer räumlichen Implikationen natürlich nicht gerecht. Mit der Neuschöpfung von Wörtern und ganzen

werden kann und dort Gegenstrudel erzeugt, welche verhindern, daß sich die Bäume wie sonst üblich ineinander verkeilen. Vgl. Noseda, in der vorliegenden Publikation S. 378–379, »Implosion«.

[57]   Ingold 1989, S. 174.
[58]   Die »Scharniere« (vgl. Noseda, in der vorliegenden Publikation S. 411–412) als »Abfallprodukte der Lackskins« bilden eine Werkgruppe in Thomkins Œuvre und inspirieren sich an den »Klecksographien« von Justinus Kerner (1786–1862). Thomkins ist fasziniert vom Arzt, Dichter und Mystiker Kerner, der sich für Okkultismus und andere paranormale Erscheinungen interessierte und 1829 ein Buch über die magnetische Behandlung eines Mediums mit dem Titel *Die Seherin von Prevorst. Eröffnung über das innere Leben des Menschen und über das Hereintragen einer Geisteswelt in die unsere* publizierte. Vgl. auch die Arbeiten »Die Seherin von Prevorst«, in: Berlin/Luzern 1989/90, Band 2, Abb. 96, und »Nevro Armozon«, Kat. 179.

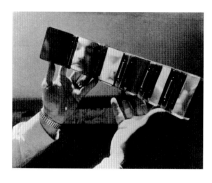

B. 23
André Thomkins mit Spiegelkabinett
Photographie

B. 24
Leonardo da Vinci
Spiegel
Federzeichnung. 4,5 × 2,5 cm
Institut de France, Paris

[59] Die *DOGMAT MOTs* sind Beispiel dafür, daß Thomkins' Buchstabenkunst an alte magische Praktiken anknüpft: Die Drehscheibe zur Kombination von Wörtern und Buchstaben geht auf den Theologen und Mystiker Lullus (1232–1316) und dessen »Ars Magna« zurück, mit welcher fundamentale christliche Glaubenssätze bewiesen werden konnten. Der »Lullismus« ist für Thomkins spätestens seit der Lektüre von Hockes zweitem Manierismusbuch *Manierismus in der Literatur. Sprach-Alchimie und esoterische Kombinationskunst. Beiträge zur vergleichenden europäischen Literaturgeschichte*, Reinbek b. Hamburg: Rowohlt, 1959 (rowohlts deutsche enzyklopädie, 82/83) ein Begriff, vor allem in seiner kabbalistisch-magischen Interpretation von Athanasius Kircher, an dem sich auch Mallarmé mit seinen Plänen für ein Ur-Buch inspirierte.
[60] Giovanni Blumer, *André Thomkins. »Retroworter« und die Tradition*, unveröffentlichter Aufsatz; als Typoskript im Nachlaß Thomkins (datiert 17.3.69). Dazu Ingold 1989, S. 187: »Der Spiegelmechanismus, welcher symmetrisch-asymmetrische Paare bildet, hat eine derart weite Verbreitung in sämtlichen Sinn erzeugenden Mechanismen, daß man ihn universell nennen kann, erstreckt er sich doch, einerseits, gleichermaßen auf die molekulare Ebene und die generellen Strukturen des Alls wie auch, anderseits, auf das globale Bewußtsein des menschlichen Geistes. Für Erscheinungsformen, die durch den Begriff ›Text‹ definiert sind, ist dieser Mechanismus zweifellos von universeller Bedeutung.«

Sätzen aus einem semantisch scheinbar festgeschriebenen Ausgangsmaterial wird ein unglaubliches Potential an verborgenem Sinn oder Unsinn freigelegt, das offenbar seit den Anfängen der Schrift die menschliche Vorstellungskraft aktiviert hat.[59] Palindromen und Anagrammen eignet aus diesem Grund seit Urzeiten auch eine magische Kraft, ihr Inhalt erscheint, wie Giovanni Blumer in einem Aufsatz zu Thomkins' Wortspielereien ausführt, »als eine von der Vorsehung selbst aufgezeigte und unwandelbare Wahrheit.«[60]

Das Labyrinth

Vom Spiegel zum Labyrinth

Die Spiegelung ist aber nicht bloße Verdoppelungsmechanik und der Spiegel weitaus mehr als deren Instrument. Das zeigt eine undatierte Aufnahme eines unbekannten Photographen (Abb. B. 23): In Gestalt von aneinandergebastelten offenen Blechdosen mit glattpolierten Deckel- und Bodenflächen hält Thomkins das Taschenformat eines mannsgroßen Spiegelkabinetts in Händen, wie es schon Leonardo da Vinci in einer Federzeichnung skizziert (Abb. B. 24), aber aus technischen Gründen nie verwirklicht hat.[61]

Im Spiegelkabinett sieht sich der Betrachter nicht nur seinem Spiegelbild gegenüber, sondern auch den Spiegelbildern seiner Spiegelbilder; wohin er sich auch wendet, in der unendlichen Vervielfältigung begegnet und entschwindet er sich selbst zugleich, und mit ihm der ihn umgebende Raum. Die Linearperspektive, in ihrem Ursprung eine opti-

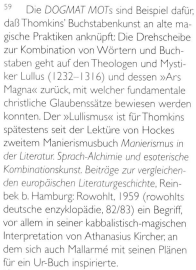

sche Konstruktion, die den Raum meßbar und damit kontrollierbar machen soll, wird durch die Multiplizierung in ihr Gegenteil verkehrt und zum Mittel der Orientierungslosigkeit. Thomkins hat diesen dramatischen Wechsel folgendermaßen beschrieben: »aussi longtemps que la perspective ci-contre est plausible, tout va bien, mais qu'elle culbute dans le fond la pointe étant devant notre nez, quelle immencité et intensité, où se projette ce que nous croyions être notre plafond«.[62] Für Gustav René Hocke war dieser Verlust der gesicherten Orientierungsparameter eine Metapher für den im Manierismus aufkeimenden Zweifel an der Durchschaubarkeit der Welt und der Möglichkeit gesicherter Erkenntnis: »Die unendliche Spiegelung ist die Vorläuferin des abstrakten Labyrinths der totalen Irrealität. Zahllose Möglichkeiten finden sich, Labyrinthe als Gegenpole alles Durchschaubaren aufzuzeichnen.«[63]

Der Begriff des Labyrinths ist so vielschichtig konnotiert, daß sich die Frage stellt, welchem der zahlreichen Topoi die Vorstellungen Thomkins' zuzuordnen sind. Umberto Eco hat in seinem Essay »Die Enzyklopädie als Labyrinth« den Versuch unternommen, die verschiedenen Labyrinth-Vorstellungen zu klassifizieren und zu diesem Zweck drei Typen vorgeschlagen:[64]

1. das klassische, lineare Labyrinth, in dem der Weg zum Zentrum und vom Zentrum hinaus choreographisch fixiert ist.

2. den Irrgarten oder Irrweg als Erfindung der Manieristen. Er führt auch ins Zentrum, weist aber Wahlmöglichkeiten zwischen alternativen Pfaden auf, von denen einige nicht weiter führen, also Sackgassen sind.

3. das Netz oder das Rhizom, so wie es 1976 Deleuze und Guattari zur Beschreibung heterogener antihierarchischer Systeme entworfen haben.[65] Seine Struktur ist nicht hierarchisch oder genealogisch organisiert – jeder Punkt kann mit jedem anderen Punkt des Netzes verbunden werden. Es gibt keine fixierte Positionen, nur Linien. Der Weg durch das Netz oder Rhizom ist jederzeit frei wählbar und führt nie zum Ziel. Das Rhizom hat seine eigene Außenseite, mit der es wiederum ein anderes Rhizom bildet, es hat daher weder ein Außen noch ein Innen.

Wie zentral das Bild des Rhizoms für das Verständnis von Thomkins' Vorstellung des Labyrinths ist, wird in der 1961 entstandenen Zeichnung *labyr des éléphants* (Abb. B. 25) anschaulich: Ein gutes Dutzend Elephanten verknoten die Rüssel in einem Knäuel, der die Form eines mehrdimensionalen Netzes hat. Es gibt in diesem Durcheinander keine Mitte, keinen Weg, der von Punkt A zu Punkt B, und nur zu Punkt B führt – alternative Pfade sind immer möglich. Fassen wir die Struktur räumlich auf, was sie zweifellos auch ist, erweitert sich die Möglichkeit der freien Wahl zu einer freien Verfügung über die Dimensionen des Raums. So wäre es in einem Verdichtungsprozeß jederzeit möglich, von jedem Punkt aus weitere Linien in Form von Abzweigungen zu ziehen und jene mit jedem anderen Punkt zu verbinden. Wir haben es im *labyr des éléphants* strenggenommen nicht mit einem Knäuel zu tun, da es innen oder außen hier gar nicht gibt und der Faden nicht von einer Peripherie gegen die Mitte zu abgerollt werden kann. Die dünneren Bah-

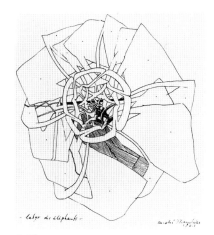

B. 25
labyr des éléphants. 1961
Feder auf Papier. 15 × 13 cm
Privatbesitz

[61]   Vgl. Hermann Kern, *Labyrinthe. Erscheinungsformen und Deutungen. 5000 Jahre Gegenwart eines Urbilds*, München: Prestel, 1982, Nr. 333, S. 268.
[62]   Brief von AT an Serge Stauffer vom 17.7.–24.7.1958, in: Stauffer/Thomkins 1985, S. 272.
[63]   Hocke, *Welt als Labyrinth* (wie Anm. 53), S. 16.
[64]   Umberto Eco, »Die Enzyklopädie als Labyrinth«, in: ders., *Im Labyrinth der Vernunft. Texte über Kunst und Zeichen*, Leipzig: Reclam, 1990, S. 104ff.
[65]   Vgl. Gilles Deleuze/Félix Guattari, *Rhizome*, Paris: Editions de minuit, 1976.

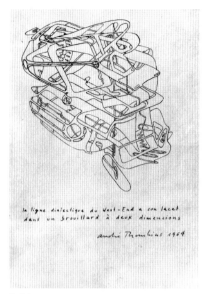

B. 26
*la ligne dialectique du West-End a son lacet
dans un brouillard à deux dimensions.* 1964
Feder auf Papier. 25 × 17,5 cm
Kunstmuseum Luzern

nen, die als Zentrum der Struktur verstanden werden könnten, erweisen sich bei genauerem Hinsehen nur als lokale Verknotungen, die räumlich nicht zu situieren sind.[66]

Daß wir es hier nicht nur mit ineinander verschlungenen Linien oder Knoten zu tun haben, sondern mit vielschichtigen Räumen, die man sich auch als bewohnt oder zumindest als »begehbar« vorzustellen hat, zeigt die Zeichnung *la ligne dialectique du West-End a son lacet dans un brouillard à deux dimensions* (Abb. B. 26), die bereits im Titel die Vorstellung eines rhizomatischen Labyrinths ohne Anfang und Ende evoziert. Das Raumgebilde ist ein Meisterwerk Thomkinsscher Zeichenkunst und veranschaulicht die raumschaffende Dynamik, die sich aus dem Fluß der Linie ergibt. Die spielerische Leichtigkeit, mit der ihr das Auge folgt, täuscht zuerst über die Komplexität des Raums hinweg, der in »West-End« zu einem sich selbst durchdringenden Kontinuum wird, in dem es keine verläßlichen Anhaltspunkte für die Orientierung mehr gibt – ein Kosmos, der sich zwar schwebend durchstreifen, aber nicht bestimmen und überschauen läßt. Der Überblick von »außen« ist nur ein scheinbarer und schlägt in einer dialektischen Umkehrung bald ins Gegenteil um: Die labyrinthische Figur setzt sich nämlich im Bewußtsein des Betrachters fest und veranschaulicht ihm die Relativität der Perzeption.

Das »Labyr«-Projekt

Zeit des Labyrinths – die schlagkräftige Devise gegen einen leeren Funktionalismus in der Kunst meint anderes als die Flucht in die Behaglichkeit der Irregularität. Die Ordnungsprinzipien neu zu bedenken, den vertrackten mit Fallen verstellten Orientierungen in der modernen Stadt oder in der Kunsterfahrung nachzuspüren, das Verhältnis von Innenwelt und Außenwelt, und sei es nur frageweise, neu ins Visier zu nehmen, müßte die Herausforderung des Labyrinths an seine künftigen Erbauer sein. Kein Labyrinth als Metapher der Unbehaustheit. Aber ein Labyrinth aus der gezielten Verunsicherung der Gewohnheit und aus der Offenheit der Fragen an die sich verändernde Umwelt. Nach der Geschichte hat jetzt die Zukunft das Wort.

Norbert Miller[67]

Vorbemerkungen

Eine Ausdehnung des Labyrinth-Begriffs bedeutet die auf das Jahre 1957 zurückgehende »Erfindung« der »Ur-Permanentszene«. Sie hat ihren Ursprung in einem Ausschnitt aus dem »National Geographic Magazine« vom Oktober 1928 (siehe Abb. H. 11 und H. 12), den Stauffer einem Brief vom März 1957 beilegte. Das rätselhafte Geschehen im Zimmer erklärt sich aus seinem trivialen Inhalt:[68] Die vier Figuren machen Übungen zur Verbesserung der Körperhaltung und werben unter dem Motto »Try this at home« für eine Lebensversicherung. In einem Brief an Stauffer betont Thomkins die Wichtigkeit der halboffenen Tür im Mittelgrund, die den Blick auf einen diagonal durch den Bildraum verlaufenden Korridor öffnet: »La porte ouverte-fermée crée un clima de scène permanent aux points d'hésitations du labyrinthe.«[69] Die Tür als Übergangsbereich zwischen zwei Räumen bezeichnet den Ort der »Permanentszene« als Labyrinth. Dessen Bedeutungsgehalt wird dadurch insofern erweitert, als es durch die Verbindung mit einer Annonce als Produkt des kommunikativen Kreislaufes zum Ereignis innerhalb der omnipräsenten medialen Scheinwelt wird; der Weg durchs Labyrinth erscheint so als alltägliche Erfahrung.

Diese Grundhaltung liegt in weit umfangreicherem Rahmen auch den Ideen und Plänen zum utopischen Stadtbauprojekt »Labyr« der späten 50er und frühen 60er Jahre zugrunde. In einem Brief von 1972 an Hanns Sohm erinnert sich Thomkins: »Du fragst nach ›labyr‹. Soviel ich weiß gibt es keine eigentlichen Publikationen. Das Wort stammt von mir und ist eine Abkürzung von Labyratorium, einem von Carlheinz Caspari initiierten architektonisch-urbanen Rahmen für eine schöpferische Lebensweise quer durch Kunst-Schauspiel-Musik-Wissenschaft und menschlich handbarer Industrie. Es findet seinen Niederschlag in Gesprächen und Korrespondenzen und in Publikationen von Caspari, Constant, Schultze-Fielitz, Yona Friedman, Feussner und später (Theater am Dom: Originale) von Higgins, Maciunas [...], Stockhausen, Kagel, Bauermeister etc. zwischen 1959 und 1963.« Ein eindrückliches Personal, das hier vorgestellt wird; da mag es doch erstaunen, daß es über eine Künstlergruppe mit derart prominenter Besetzung bisher keine einzige Publikation gibt. Die Erklärung für diesen Widerspruch ist wohl darin zu suchen, daß Thomkins im Rückblick – immerhin sind zehn Jahre vergangen – »Labyr« größer macht, als es effektiv war und mit Stockhausen, Kagel oder Maciunas auch Leute dazurechnet, die nur lose Kontakte zu einzelnen »Labyr«-Künstlern unterhielten.[70] Zur Stammgruppe des »Labyrs« gehören neben André Thomkins drei Leute:

– Carlheinz Caspari (geb. 1921), Regisseur am Kölner »Theater am Dom« und vorübergehender Leiter der Galerie van de Loo (Zweigstelle Essen), wo er Ende 1960 Thomkins und Eckhard Schulze-Fielitz gemeinsam ausstellt. Seine experimentellen Theateraktivitäten führen »Labyr« in die Nähe von Fluxus und Happening.

– Constant (Nieuwenhuys, geb. 1920) aus Amsterdam, ein ehemaliger Informel-Maler und Mitglied der Gruppe Cobra, der 1958 in der »Erklärung von Amsterdam« das Ende individualistischer Kunstformen wie der Malerei verkündet und seither ausschließlich an den Modellen für seine utopische Stadt New-Babylon arbeitet.[71] Constant lebt in Amsterdam und ist maßgeblich am Aufbau der 1957 von G. E. Debord gegründeten »Internationale Situationiste« beteiligt.

– Eckhard Schulze-Fielitz (geb. 1929), ein Architekt, der großräumige systematisierte urbane Strukturen, sogenannte Raumstädte aus Tetraedern, Oktaedern und Kuben entwirft und zum Teil auch realisiert.

Auf einer Tuschzeichnung vom März 1961 (Abb. B. 27) hält Thomkins schlagwortartig die utopischen Programmpunkte von »Labyr« fest und weist seine drei Mitstreiter als Protagonisten der Gruppe aus. Die vier Finger, die ans Haar des stilisierten Kopfes greifen, stellen ver-

[66]   Die Verknotungen im »labyr des éléphants« erinnern an die verschlungenen Bänder der mittelalterlichen Buchkunst, wie wir ihnen in ihrer frühen und freisten Form im berühmten *Book of Kells* aus dem 9. Jahrhundert und dann bis hin zur Gotik immer wieder begegnen. Thomkins betont seine Bewunderung für die gotischen Buchmaler und erwähnt dabei namentlich *Scivias*, einen kryptischen mittelalterlichen Text; vgl. »100 fragen an andré thomkins«, in: Bern/Düsseldorf 1969, o. S. (3). Ein Vergleich drängt sich auch zu Leonardos Flechtwerkzeichnungen auf, wie wir sie von Dürers Holzschnitten her kennen. Bei Leonardo bilden die Verwicklungen der endlosen Linien aber im Unterschied zu Thomkins' Gebilden immer wieder geordnete Schwerpunkte in Form sich wiederholender Muster. Zudem ist eine Mitte als eine Art Gravitationszentrum des Ornaments herausgebildet.

[67]   Norbert Miller, »Editorial«, in: *Daidalos*, Nr. 4, 15. Juni 1982.

[68]   Thomkins definierte gemäß Karl Gerstner die »Permanentszene« wie folgt: »Absolute Banalität kontrastiert zum Erwartungskomplex des Publikums, der proportional gesteigert wird: Banalkontrast.« Gerstner 1989, S. 119.

[69]   Brief von AT an Serge Stauffer vom 16.1.1959 (Poststempel 17.1.1959), in: Stauffer/Thomkins 1985, S. 280.

[70]   Caspari inszeniert im Herbst 1961 am Kölner »Theater am Dom« die zwölf Uraufführungen von Carlheinz Stockhausens »Originalen« mit Beiträgen von Nam June Paik und Mary Bauermeister, deren Kölner Galerie schon 1959 zu einem wichtigen Treffpunkt für Pre-Fluxus-Künstler wie Paik oder Sylvano Bussotti geworden ist, vgl. Brief von AT an Serge Stauffer vom 1.10.1961 (bzw. von Anf. Dez. 1961), in: Stauffer/Thomkins 1985, S. 350. Der Kontakt zu Maciunas, der erst 1962 für die Organisation des »Festum Fluxorum« in Wiesbaden definitiv nach Europa kommt, beschränkt sich auf zwei kurze Briefe, in denen er Thomkins um die Zusendung von Beiträgen für das *fluxus yearbook no. 2* bittet (Autographen im Nachlaß Thomkins).

[71]   Gelegentlich greift er nach eigenen Aussagen aber auch während dieser Zeit noch zum Pinsel; vgl. *Constant*, Ausst.kat., Stedelijk Museum Amsterdam, 1978, o. S.

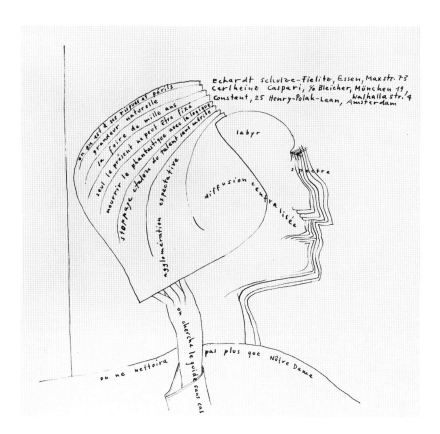

B. 27
labyr. 1961
Feder auf Papier. 20 × 21 cm
Privatbesitz

schiedene Varianten des Einstiegs ins Labyrinth dar. Diese Wahlmöglichkeit ist Bestandteil der Programmatik des »Labyrs« als eines Ortes des Experiments und der permanenten Veränderung, während in der »diffusion centralisée« die Notwendigkeit kollektiver organisatorischer Strategien und in der Bezugnahme auf die *3 Stoppages étalon* (»stoppage etalon«) die Affinitäten zu Marcel Duchamps Kunstverständnis zum Ausdruck kommen. Die zu Slogans verdichteten situationistischen Formeln »seul le présent ne peut être fixé« und »on est à ses risques et périls« werden zu zentralen Begriffen der »Labyr«-Rhetorik und bezeichnen den utopischen urbanen Raum als eine »agglomération expectative«, als eine Struktur, in der nur das Hier und Jetzt zählt.

Dieser explorative Charakter des »Labyrs« wird anschaulich in einem Entwurf für eine Stadt aus Kunststoffschaum, der von einer zentralen Fabrik produziert und durch Formdüsen strukturiert wird (Abb. B. 28). Die »Siedler«, einige von ihnen sind am linken Bildrand zu erkennen, bahnen sich ihren Weg durch die Masse und schaffen sich so Passagen, die aber gleichzeitig auch Wohnraum sind. Die Produktionsstätte im Zentrum der Stadt verweist auf eine zweite Bedeutungsschicht des »Labyr«-Begriffs, diejenige des »Labors« als eines Ortes experimentell-alchimistischen Tuns und Pröbelns, was vor allem für das Verständnis des Begriffs der »agglomération expectative« von Bedeutung ist.

B. 28
Labyr. 1960
Feder auf Papier. 20 × 21 cm
Nachlaß Thomkins

Das »Labyr« als »agglomération expectative«

Das Labyrinth als »agglomération expectative« ist auch Ausgangspunkt des Projekts »Labyrinthe dynamique« von Daniel Spoerri und Jean Tinguely, beide seit den späten 50er Jahren gute Freunde von André Thomkins.[72] Im August 1960 skizzieren Spoerri und Tinguely zusammen mit Bernhard Luginbühl einen Entwurf zu einem »dynamischen Labyrinth« für die Schweizerische Landesausstellung Expo von 1964. Vorgesehen ist ein riesiger Lunapark in Form einer Stahlkonstruktion, durch die der Besucher wie in einem Labyrinth seinen Weg selbst finden muß:[73] »Afin de conserver le caractère du labyrinthe, il n'y aura pas de parcours obligé, mais une série d'entrées et de sorties. Ainsi le visiteur restera libre de choisir son propre itinéraire et de vivre les impressions successives comme il le voudra.«[74] Innerhalb dieser labyrinthischen Struktur wird der Explorand mit »optischen, physischen, akustischen und psychischen Phänomenen« konfrontiert werden, beispielsweise mit Kaleidoskopen und Spiegelkabinetten, mit Hitze, Kälte, Feuchtigkeit und Gerüchen oder mit Objekten, die der Alltagserfahrung widersprechen, wie kiloschweren Biergläsern oder unbenutzbaren Stühlen. Der Raum wird so zum Ort sinnlicher Selbsterfahrung und Bewußtwerdung, der prozessual und damit auf experimentellem Weg entsteht.

[72] Thomkins lernt Spoerri 1956 und Tinguely 1959 kennen.
[73] Das Projekt wurde im Gegensatz zu Tinguelys »Heureka« nicht realisiert.
[74] *Petit lexique sentimental autour de Daniel Spoerri,* Ausst.kat., Paris/Antibes/Wien/München/Genf, 1990/91, S. 35f.

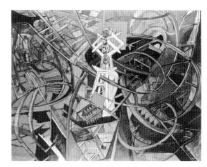

B. 29
Roberto Matta
Le Pèlerin du Doute. 1947
Öl auf Leinwand. 195,6 × 251,5 cm
Sammlung Jeffrey H. Loria, New York

Diese Konzeption nimmt, ob bewußt oder unbewußt, architektur-theoretische Ansätze wieder auf, die schon in in den späten 30er Jahren als Utopie formuliert, aber in der Praxis der Moderne nicht verwirklicht worden sind. Roberto Matta etwa, der 1934 von Chile nach Paris gekommen war und während zwei Jahren im Studio von Le Corbusier an der Rue de Sèvre gearbeitet hatte, veröffentlichte 1938 im »Minotaure« unter dem Titel »Mathématique sensible – Architecture du temps« einen später berühmt gewordenen Aufsatz.[75] Der Autor, der sich durch den Kontakt mit den Surrealisten um André Breton schon bald radikal von Le Corbusiers rationalistischer Auffassung der Architektur abgewandt hatte, skizzierte darin seine Vision von einem mutterleibähnlichen Innenraum, der den in ihn eingebetteten Menschen in einem elementaren Sinn sinnlich umgibt. Leitmotivisch webt sich das Bild vom Menschen, »der die feuchten Wandungen vermißt, die ihn ursprünglich umhüllten«, durch den Text und wird in ungemein dichter Sprache in ein unmittelbares Erleben des Raums umgesetzt, das Matta etwa folgendermaßen beschreibt: »Wir brauchen Mauern wie nasse Laken, die sich entformen und unseren Seelenängsten anschmiegen; baumelnde Arme zwischen den Schaltern, die mit grellem Licht Formen und deren farbige Schatten ankläffen [...]. Im Korridor, auf die Ellbogen gestützt, spürt unsere Figur, wie sie sich krampfend verformt. Ausweglos taumelt sie zwischen der Schwindligkeit gleicher Seiten [...]. Der Mensch sehnt sich nach Flächen, die er sich genau anlegen könnte. Dazu schmiegt man den Körper wie eine Gußform, eine Mater unserer Bewegungen.«[76]

Matta, der die Architektur bald aufgab und seine Vorstellungswelt mit bildnerischen Mitteln zu realiseren begann, löste die in seinen frühen Bildern noch vorkommenden Orientierungspunkte wie Standebene und Horizontlinie später in einem atmosphärischen, oft von einem zarten linearen Netzwerk durchzogenen tiefen Farbraum auf, aus dem plastisch modellierte organische Formen oder anthropomorphe Figuren aufsteigen. Das Raumempfinden Mattas, der zwar in viel stärkerem Maße Maler als Zeichner war, kann geradezu als kongenial zu demjenigen von Thomkins bezeichnet werden, was ein Vergleich zwischen der weiter oben besprochenen Zeichnung *la ligne dialectique du West-End a son lacet dans un brouillard à deux dimensions* (vgl. Abb. B. 26) und einem Ölbild Mattas aus dem Jahre 1947 mit dem Titel *Le Pèlerin du Doute* (Abb. B. 29) veranschaulichen kann.[77]

»Labyr« und die Situationistische Internationale

Ist Roberto Matta mit seiner »Mathématique sensible« eine Art kongenialer Vorläufer der »agglomération expectative«, so ist Constant Nieuwenhuys zweifellos deren geistige Leitfigur. Mit seinen Ideen für New-Babylon hatte er schon 1958 im wesentlichen die urbanistischen Konzepte von »Labyr« vorgezeichnet: »Erstmals wird eine Kultur aufgebaut werden können, die alle beteiligt, die allen gehört. Aus der Lebensweise wird

[75]   Roberto Matta, »Mathématique sensible – Architecture du temps«, in: *Minotaure*, 11, 1983, S. 43.
[76]   Matta, »Mathématique sensible« (wie Anm. 75), zit. nach der dt. Übersetzung, in: Carl-Albrecht Haenlein, »Einführung«, in: *Roberto Matta*, Ausst.kat., Kestner Gesellschaft Hannover, 1974, S. 1.
[77]   Obwohl Thomkins Matta nie als eine seiner Leitfiguren bezeichnet, kennt er natürlich dessen Werk. So kommentiert er beispielsweise Mattas Beitrag an der Documenta 2 von 1959 wie folgt: »Matta Roberto Echauren, ›Being With‹ grand garage des phénomènes vivants du feu des fermentations magnétiques.« Brief von AT an Serge Stauffer vom 7.10.1959, in: Stauffer/Thomkins 1985, S. 301.

alle automatische – das heißt unmenschliche – Handlung verbannt, der Mensch wird nur noch Erfinder und Schöpfer seines Lebens sein, im wahren Sinne des Wortes ein HOMO LUDENS [...]. New-Babylon ist die Welt des homo ludens. Das Gesellschaftsmuster von New-Babylon ist ganz auf permanente Veränderung abgestimmt. [...] New-Babylon ist eine offene Stadt, die sich frei nach allen Richtungen hin ausbreitet [...]. Die New-Babylonen durchziehen frei das Gebiet der ganzen Erde, sie sind nicht ortsgebunden. Ihr Leben ist eine fortwährende Reise, auf der sie die Erde entdecken und gleichzeitig ihr Leben gestalten.«[78] Constant, der keinen seiner Pläne je im Maßstab 1:1 verwirklicht hat, baut aus Glas und Plastik Modelle für Megastrukturen, die nach seiner Vorstellung einigen zehntausend Bewohnern Platz bieten (vgl. Abb. G. 34).[79] Nichts in diesen Organismen ist festgelegt, und so gibt es keine eigentlichen Wohnungen mehr, sondern nur Übergangsräume, sogenannte »Wohnhotels«; sämtliche Wände und Konstruktionsteile sind verstellbar und ermöglichen variable Volumen, jeder Punkt soll mit jedem anderen durch Treppen, Stege, Gänge und Brücken verbunden werden können.

Diese Durchdringung von Kunst und Lebenswelt, in welcher die Ausgrenzung der schöpferischen Arbeit in einige Nischen einer sonst ganz und gar zweck- und profitorientierten Gesellschaft überwunden werden sollte, trägt durchaus auch modernistische Züge, und wenn Thomkins kurz nach seiner ersten Begegnung mit Constant im Jahre 1960 dem Freund in Zürich vom »urbanisme unitaire« berichtet, so wird hier gerade der Wille ersichtlich, das im Rationalismus und Utilitarismus festgefahrene Projekt der Moderne noch einmal – auf einer kollektiven und ganzheitlicheren Grundlage – von vorne zu beginnen: »Homo ludens au labyrinthe. Des groupes de situationistes professionels remanient sans cesse constructions, communications, atmosphère ambiance etc. CIAM [Congrès international d'architecture moderne] parle encore de: travail + habitation + trafic + loisirs. Ces 4 thèmes envisagés en fonctions urbaines, comme fait Corbusier, ne répondent ni au besoin ni à nos vœux.«[80]

Die modernistische Programmatik des CIAM mit ihrer klaren Trennung der verschiedenen funktionalen Bereiche entpuppt sich in dieser Optik als eine von der gesellschaftlichen und technologischen Entwicklung überholte Schematisierung, welche den Bedürfnissen des »modernen« Menschen der 60er Jahre in keiner Weise mehr gerecht wird. Geradezu visionär mutet die Erkenntnis an, daß der urbane Lebensraum in Zukunft nicht mehr in erster Linie ein Ort der Arbeit und des Wohnens sein wird, sondern eine Struktur, in der Kommunikations- und Freizeitbedürfnisse zunehmend an Bedeutung gewinnen. Und in hohem Grade utopisch – die Forderungen der 68er Bewegung um zehn Jahre vorausnehmend – erscheint heute der Glaube Constants, der Anspruch auf freie Selbstverwirklichung des Individuums (Homo ludens) sei mit den Interessen des Kollektivs vereinbar, ja die aus dieser Antithetik resultierende Auseinandersetzung sei geradezu der dialektische Motor für die tägliche Realisierung New-Babylons.

[78] In: Berlin 1966, S. 49.
[79] Die Megastrukturen sollten nach Constants Vorstellungen als »New-Babylon-Amsterdam« über dem alten Amsterdam entstehen. Vgl. hierzu auch die Projekte von Richard Buckminster-Fuller für den gigantischen sogenannten »tensegrity-dome«, der als »geodätische Kuppel« aus ultra-leichtem Flugzeugstahl mit einer Höhe von 1,6 km und 3,2 km Durchmesser über einem Teil von Manhattan hätte errichtet werden sollen; vgl. Martin Pawley, *Buckminster Fuller*, London: Trefoil Publ., 1990, S. 147ff.
[80] Brief von AT an Serge Stauffer vom Juli 1960 (Poststempel 19.7.1960), in: Stauffer/Thomkins 1985, S. 322.

B. 30
Richard Buckminster-Fuller
USA-Pavillon für die Weltausstellung in
Montreal (Canada). 1967

»Labyr« als utopische Konstruktion

Im Gegensatz zum utopischen Vordenker Constant ist Eckhard Schulze-Fielitz – als einziger Architekt der Stammgruppe – der Pragmatiker von »Labyr«. Auch er plant urbane Megastrukturen, verwirklicht aber im Unterschied zu Constant seine Pläne wenigstens teilweise. Seine Entwürfe verstehen sich als Antwort auf die gängige Praxis des Städtebaus, wo einige wenige Planer und Architekten Siedlungsräume nach Methoden bauen, die, so Schulze-Fielitz, oft »durch die uniformierenden Gesetze der Vorfertigung bestimmt sind […] und zu Lösungen führen, die häufig in der Nähe der Banalität liegen.«[81] Zentraler Gedanke seines architektonischen Konzepts ist die Auffassung der Raumstruktur als einer »modulationsfähigen Makromaterie«, welche in Analogie zu Denkmodellen der Physik die Fülle der Erscheinungen auf wenige Elementarteilchen zurückführt. Für Schulze-Fielitz genügen als Grundlagen der Konstruktion die platonischen Körper – das Tetraeder, das Oktaeder sowie der Kubus –, um jede beliebige Raumstruktur auf der Basis des seriellen Bauens zu verwirklichen und trotzdem über ein Höchstmaß an Freiheit und Flexibilität in der Auswahl und Anordnung zu verfügen (vgl. Abb. G. 27–G. 29).

Am Essener Baukongreß des Sommers 1962 hält Schulze-Fielitz' großes Vorbild, der amerikanische Architekt Richard Buckminster-Fuller, Erfinder des legendären *Wichita House* (1945) und der »geodätischen Kuppel« (Abb. B. 30), einen Vortrag, in dem er sein energetisch-synergetisches Verständnis der Geometrie, die sogenannte »tensegrity«-Theorie erläutert, derzufolge sämtliche Teile in einer sphärischen Struktur bei Überbelastung gleich stark deformiert werden, was Konstruktionsmethoden voraussetzt, die ohne »irrationale Abstraktionen« wie die Zahl Pi auskommen. Thomkins berichtet Stauffer begeistert davon: »Buckminster-Fuller fit une conférence géniale qui donne fort à méditer (:›il n'y a pas de croisement absolu pour deux ou plusieurs lignes‹ → – precession –, la nature n'est pas si folle d'aller calculer à l'infini les positions décimales de [Pi] avant de produire les bulles d'eau, d'air etc. Donc on peut trouver plus simple etc.) Il a donné la théorie de la tensegrity qui est une sensation lente, je pense.«[82]

Wesentliches konstruktives Element der »tensegrity«-Lehre ist die Möglichkeit der Synthese aus einem Höchstmaß an Einfachheit im formalen Ausgangsmaterial und einem Maximum an Variabilität und Vielfalt in der Ausformung – ein Prinzip, für das die Natur in mannigfaltigster Weise Anschauungsmaterial liefert. Schulze-Fielitz orientierte sich an Buckminster-Fullers gedanklichem Entwurf und erweiterte diesen zu einer Theorie des Städtebaus, in der die formschaffende Dynamik der »tensegrity« als gesellschaftliche und damit politische Kraft interpretiert wird. Er suchte die städtebauliche Synthese zwischen den antithetischen Polen Originalität und Gesetzmäßigkeit, indem er den ludischen Impuls Constants mit einer an Le Corbusiers Modulor erinnernden Ordnungsstruktur verband. Die Elemente dieser Struktur, so könnte man verkürzt sagen, sind fixiert, lassen aber Spielraum in der

[81]   Eckhard Schulze-Fielitz, *Theorie des Städtebaus*, Vortrag auf Einladung der »Neuen Heimat«, Akademie der Künste in Berlin, 29.8.1967
[82]   Brief von AT an Serge Stauffer vom 6.7.1962 (Poststempel), in: Stauffer/Thomkins 1985, S. 355. Thomkins beschäftigt sich auch intensiv mit den an Goethes *Metamorphose der Pflanzen* (1790) anknüpfenden Untersuchungen der beiden anthroposophischen Forscher Hauschka und Kolisko. Diese befaßten sich mit den formbildenden Kräften in biologischen Prozessen und deren Abhängigkeit von »kosmischen Kausalgesetzen«. Vgl. dazu einen Brief von AT an Carlheinz Caspari vom August 1961 im Nachlaß Thomkins.

formalen und morphologischen Ausgestaltung des Gesamtorganismus. Innerhalb der »Labyr«-Gruppe gibt die Frage nach der möglichen Struktur des neuen urbanen Raums Anlaß zu kontroversen Diskussionen. Constant, Caspari und Thomkins vertreten das Modell eines sich im Prozeß der Praxis frei entwickelnden Organismus, während der in Paris lebende Architekt Yona Friedman von geometrisch geordneten »spazialen« Neutralstrukturen ausgeht – Caspari bezeichnet sie wenig schmeichelhaft als »tödliche Termitenkolonien« –, in denen die grundlegenden Infrastrukturen für Arbeit, Verkehr, Wohnen und Freizeit zum Zwecke größtmöglicher Mobilität auf verschiedenen Ebenen untergebracht werden.[83]

Das Projekt auf der Kohlenhalde

In dieser polarisierten Situation stellt Schulze-Fielitz' pragmatisch verdichtetes »Stadtbausystem« eine Art Kompromiß dar. Für das dichtbesiedelte Ruhrgebiet, die engere »Heimat« von Thomkins, Caspari und Schulze-Fielitz, wäre eine solche Form von Überbauung ein Gebot der Vernunft, geht hier doch der große Flächenbedarf des Bergbaus und der Schwerindustrie direkt zu Lasten des Lebensraums. Zur Lösung des Problems schlägt Schulze-Fielitz vor, auf und an den riesigen Kohlenhalden des Ruhrgebiets flexible Raumstrukturen zu errichten, welche dem Bedürfnis der Menschen nach Experiment und Spiel Rechnung tragen. In einem Brief an Stauffer vom 28.10.1960 erwähnt Thomkins zum ersten Mal die Pläne seines Freundes.[84] Etwa vier Monate später berichtet er Stauffer erneut von Entwürfen für die Kohlenhalde, die jetzt zum festen Bestandteil des »Labyr«-Projekts geworden sind: »Caspari de son côté adapte le milieu theatre à ce qui doit aboutir au Labyratoire. Constant, Eckardt et moi contribuons de nos côtés vers ce même point de diffusion centralisé. Nous sommes en passe de nous approprier le sommet et les pentes d'une Halde ou peu à peu s'aggloméreront des formes d'habitat, de travail, de jeu, de communauté, de communications etc. dont le principe est modifiable et sujet à toutes les experiences que lui feront subir ceux qui voudront y participier.«[85]

Geplant ist nicht eine fester Lebensraum für eine bestimmte Anzahl von Bewohnern, sondern, wie es Constant für New-Babylon bereits formuliert hat, eine Art vitaler polymorpher Organismus, der durch die Beteiligten in der Praxis ständig neu geschaffen wird. Daß dieser von »Labyr« ermöglichte Erlebnisraum mehr sein sollte als eine bloße Spielwiese, belegen die im letzen Satz manifesten Vorstellungen, welche sich am Modell der politischen »Zellen« orientieren (eines Begriffs, der vor allem in der 68er Bewegung von großer Bedeutung sein wird) und von einer sukzessiven Ausweitung des labyrinthischen Modells in die bestehenden Strukturen der etablierten Gesellschaft ausgehen. Was hier als Entwurf für ein neues Utopia vor uns ausgebreitet wird, nimmt vieles von dem vorweg, was ab Mitte der 60er Jahre zuerst die amerikani-

[83] Yona Friedman dreht 1963 einen Film mit dem Titel »labyr de France«, in dem er seine Vorstellungen von der Zukunftsstadt umreißt, vgl. Brief von AT an Serge Stauffer vom 21.5.1963 (Poststempel), in: Stauffer/Thomkins 1985, S. 366. Zusammen mit Schulze-Fielitz entwirft er Pläne für eine mobile Brückenstadt am Ärmelkanal.

[84] Vgl. Brief von AT an Serge Stauffer vom 28.10.1960 (Poststempel 4.11.1960), in: Stauffer/Thomkins 1985, S. 332.

[85] Brief von AT an Serge Stauffer vom 14.3.1961 (Poststempel 20.3.1961), in: Stauffer/Thomkins 1985, S. 341.

B. 31
Halde. 1961
Feder auf Papier. 21 × 20 cm
Privatbesitz

B. 32
Daniel Libeskind
City Edge. 1987
Stadtkante mit Wohn- und Gewerbebau-
ten am ehemaligen Potsdamer Güter-
bahnhofsgelände, IBA Berlin
Ansicht; Axonometrie: Ausschnitt mit Er-
schließungsschema: Zugänge, Treppenhaus
und Aufzugsanlage; Grundriß

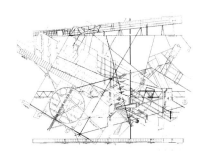

B. 33
Kurt Schwitters
Merzbau. 1924 begonnen
Im 2. Weltkrieg zerstört

schen Hippies und später auch die europäische Alternativ- bzw. Wohn-
gemeinschaftsszene als neue Lebensformen ausprobieren werden.

Von Thomkins gibt es eine große Anzahl Briefe an Caspari und
Stauffer sowie einige Entwürfe, die sich auf das Kohlenhalde-Projekt beziehen. In einer Federzeichnung schauen wir von oben auf die Halde
(Abb. B. 31). Markante Elemente des architektonischen Konglomerats
sind die kubischen und tetraedrischen Grundelemente Schulze-Fielitz'
an der linken Flanke sowie, etwa in der Mitte, eine Treppe, die über eine
Rampe zu einer hochaufragenden schwarzen Wand führt. Die Oberfläche der Halde ist in unregelmäßig facettierte Flächen aufgebrochen,
die meistens schräg, selten aber genau vertikal oder horizontal ausge-
richtet sind und vereinzelt durch ineinander verwickelte schlauchartige
Gebilde verbunden werden. Vergleichen wir damit beispielsweise Projekte dekonstruktivistischer Architekten wie dasjenige von Daniel Libeskind für die Berliner »Stadtkante« aus den späten 80er Jahren (Abb.
B. 32), so wird deutlich, daß Künstler wie Thomkins und Constant – zu
einem Zeitpunkt, in dem die praktizierenden Architekten selbst ihre
Disziplin noch weitgehend als Bestandteil eines fortschrittsorientierten,
modernistischen Aufbauprojektes sehen – Auffassungen vorausnehmen,
die sich in der Architektur-Praxis erst zwanzig Jahre später durchzuset-
zen beginnen: Die architektonische Struktur wird aufgebrochen und
ihre stereotype Regelhaftigkeit in heterogener Un-Ordnung aufgelöst.[86]

Vom Aufbrechen der horizontalen Standebene zum Zwecke der
sinnlichen Bewußtwerdung einer so alltäglichen Tätigkeit wie dem Gehen hat Hermann Finsterlin, einer der eigenwilligsten deutschen »Architekten« dieses Jahrhunderts,[87] vierzig Jahre zuvor geschrieben: »[...] der
nackte Fuß wird Bodenskulpturen umschmeicheln bei jedem Schritt,
den stiefmütterlichen Tastsinn neu belebend [...] die notwendige aber
furchtbare Horizontale ins Illusionäre schiebend.«[88] Parallelen ergeben
sich auch zu Kurt Schwitters' Merzbau, dessen Innenwände mit den formalen Mitteln des synthetischen Kubismus ebenfalls in verschachtelten,
schiefwinkligen Ebenen aufgebrochen waren und so haptisch erfahrbar

[86]   Es wäre aufschlußreich, diese Zusammenhänge genauer zu analysieren, um
etwaige Verbindungslinien zwischen »Labyr« und Architekten des Dekonstrukti-
vismus nachzeichnen zu können. Ich
denke da zum Beispiel an einen möglichen Bezug zwischen Constants New-
Babylon und den urbanistischen Projekten
des »Office of Metropolitan Architecture«
unter der Leitung des Holländers Rem
Kohlhaas.

B. 34
der Pistolenschütze Rar Labirint. 1960
Feder auf Papier. 20 × 20,8 cm
Kunstmuseum Winterthur

B. 35
alle spiele, kinderspiele... 1961
Feder über Lackskin auf Papier
20 × 21 cm
Privatbesitz

wurden (Abb. B. 33); der Bau selbst war als unfertige »offene Plastik« immer im Fluß, und veränderte sich während eines gut zehn Jahre währenden Prozesses ständig.[89] Einem auf vergleichbare Weise fragmentierten skulpturähnlichen Objekt begegnen wir in *der Pistolenschütze Rar Labirint*[90] (Abb. B. 34). Das Gebilde hängt in der hinteren Ecke eines Raums mit schräg abfallendem Boden und schiefwinkligen Wänden, der mit seiner halboffenen Türe an die Ur-»Permanentszene« erinnert. Vier Personen – bei denen es sich wohl um die Protagonisten von »Labyr« handelt – sind hier versammelt: Einer ist damit beschäftigt, die Pistole zu laden und vielleicht gleich auf die in der Ecke hängende Figur mit den unregelmäßig gebrochenen Winkelebenen zu zielen, ein zweiter schaut gebannt zum Zielpunkt, während die beiden anderen den Betrachter fixieren. Wenn dieser Augenblick als »Permanentszene« erfahren wird, so weniger der Personen und deren Handlungen wegen als vielmehr infolge des befremdlichen Umstands, daß man beim Betrachten der Szene den Eindruck nicht los wird, der schräge Raum mit seinem schiefen Boden sei zugleich eine Facette jener unregelmäßigen Struktur, auf die eine der Figuren, mutmaßlich Schulze-Fielitz, zielt.

Die bisher besprochenen Entwürfe geben zwar gewisse Aufschlüsse über die Programmatik und das mögliche Aussehen der Halde, besagen aber wenig über die Praxis der Menschen und deren ludische Aktivitäten. Eine Federzeichnung über einem Lackskin[91] (Abb. B. 35) mit zu-

87   Hermann Finsterlin war Mitglied der »Novembergruppe« und beteiligte sich mit anderen Berliner Architekten an den »Utopischen Briefen«, auch bekannt unter dem Namen die »Gläserne Kette«.
88   Hermann Finsterlin, »Innenarchitektur«, in: *Frühlicht. Eine Folge für die Verwirklichung des neuen Baugedankens*, hrsg. von Bruno Taut, 2, 1921/22, S. 36.
89   Thomkins kommt im Briefwechsel mit Stauffer wiederholt auf Schwitters zu sprechen, vgl. die Briefe von AT an Serge Stauffer vom 15.12.1954 (Poststempel) und vom 24.4.1957 (Poststempel), in: Stauffer/Thomkins 1985, S. 134 und S. 220.
90   Als Beilage zu einem Brief an Stauffer vom Mai 1960 (Poststempel 3.6.1960), in: Stauffer/Thomkins 1985, S. 318.
91   Sie wird auf 1960 datiert und ist deshalb aller Wahrscheinlichkeit nach vor den Entwürfen für die »Halde« entstanden.

gehörigem Text hilft weiter: Nach einem einleitenden Wortspiel mit dem Verb »finden«, dem wir bereits im Zusammenhang mit dem »hasard objectif« begegnet sind, beschreibt Thomkins einen Platz, der an verschiedenen Orten mit Hebeln angehoben werden kann. Auf diese Weise werden Kugeln in Bewegung versetzt, die über den Platz rollen und manchmal mit aus Löchern aufsteigenden Blasen kollidieren – ein Bild, welches das »Labyr« assoziativ auf seinen etymologischen Ursprung, das Labor mit seinen brodelnden Kesseln und aufsteigenden Gasen, zurückführt.[92] Doch der Platz mit den Kugeln ist nur ein ludischer Ort unter vielen, wie die darauf folgende Aufzählung zeigt: Da gibt es sowohl visuelle Spiele (optische Täuschungen, Spiegelkorridore) als auch akustische (Akustiksaal, Tonwald) und vor allem eine große Auswahl körperbezogener Vergnügungen wie die Rutschen, die Dreh- und Pendelplätze oder die Abenteuerspielplätze (»gefahrenzone«) sowie einige originelle Einfälle wie die »elastischen Gärten und Häuser«, den »Garten der Dingmonumente« oder eine durch Zufall entstehende Zeitung. Als kreativ-handwerkliche Aktivitäten werden das Kleben, Malen und Nageln sowie das Kugel-Kegel-Blasen und Glascollagen vorgeschlagen. Die Haldenüberbauung würde so zur »agglomération expectative« innerhalb eines realisierbaren städtebaulichen Organismus und damit zum Ort der angestrebten Synthese zwischen urbaner Struktur und aktionistischer Utopie.

Das Projekt der Kohlenhalde stellte für Thomkins eine einzigartige Möglichkeit dar, seine imaginären, virtuellen Räume aus den Zeichnungen zu konkreten Orten auszugestalten, an denen Menschen leben, wohnen und handeln. In den »Labyr«-Entwürfen erfährt das dynamische räumliche Prinzip, welches sich in den 50er Jahren nur in den virtuellen Räumen des Bildgeviets entfalten konnte, seine – wenn auch nicht materiell, so doch vorstellungsmäßig realisierte – Umsetzung in die direkte Erfahrbarkeit. Für den Sohn des Architekten, der in seiner Jugend selbst »Architekt für phantastische Gebäude«[93] hat werden wollen, öffnet sich im wahrsten Sinne des Wortes die Welt; was sich in den 50er Jahren in der Stille des Ateliers als Fiktives nur selbstreferentiell realisiert, sucht den Weg hinaus in den gesellschaftlichen Körper.

Im November 1962 glaubte sich Thomkins dem Ziel sehr nahe, »Labyr« tatsächlich in einen real existierenden urbanen Raum integrieren zu können. Er schrieb an Stauffer, daß der Architekt Schneider-Wesseling in Köln ein noch nicht ganz fertiges mehrstöckiges Haus vermittle, in dem sich »Labyr« wenigstens vorübergehend einnisten könne; Caspari werde bald den ersten Stock des Hauses bewohnen, in dem ein Zimmer der »Permanentszene« vorbehalten sei; sämtliche Räume stünden für die Konsumation von Getränken und Speisen offen, die unterste Etage werde von einem italienischen Jazzer belegt, der gleichzeitig als »Spielführer« fungiert. Das Haus, eine Art Vorläufer der Kommunen aus den späten 60er Jahren, würde so zu einer idealen Keimzelle für die »agglomération expectative« inmitten der Großstadt.[94] Auch wenn Thomkins in weit geringerem Maße als andere zeitgenössische Künstler

[92]   Die gleiche Idee liegt einem Projekt von 1960 zu Grunde, in dem mit Nylonseilen verankerte einander einschließende elastische Polyesterballons wie Seifenblasen im Wind treiben sollten (Blatt im Nachlaß).

[93]   »100 fragen an andré thomkins«, in: Bern/Düsseldorf 1969, o. S. (2).

[94]   Vgl. Brief von AT an Serge Stauffer vom 15.11.1962, in: Stauffer/Thomkins 1985, S. 360–361. Auch diese Pläne blieben Utopie.

politisch interessiert war, manifestiert sich in seinem Engagement für »Labyr« doch ein fein entwickeltes Sensorium für das sich wandelnde Kunstverständnis ausgangs der 50er Jahre, das den Künstler nicht mehr ausschließlich als Maler oder Zeichner begreift, sondern ihn als Entwerfer von Konzepten und Aktionen viel unmittelbarer in den gesellschaftlichen Kontext eingebunden sieht.[95]

»Labyr« ist als utopisches Projekt vor seinem zeit- und kulturgeschichtlichen Hintergrund zu sehen. Architektur-Utopien, welche bisher ungenutzte urbane Räume mit Megastrukturen besiedeln wollten, hatten in den späten 50er und frühen 60er Jahren Konjunktur: Neben Constants New-Babylon und Yona Friedmans »spazialen« Urbanisationen sind Projekt wie diejenigen Kishō Kurokawas für eine gigantische »spiralförmige Stadt« oder die auch in do-it-yourself Bausätzen herausgegebenen witzig-ironischen Modelle der englischen Gruppe »Archigram« für eine »Walking City« bzw. »Plug-in-City« nur zwei weitere Beispiele für diese Tendenz. Auch davon wird letztlich nichts realisiert werden, und die partielle Verwirklichung einiger dieser Ansätze an der Weltausstellung von 1967 in Montreal, z. B. in der hügelförmigen kontinuierlichen Wohntextur »Habitat« von Moshe Safdie, ist nicht viel mehr als ein Nachhall dieser Strömungen.

Thomkins' Rolle innerhalb der »Labyr«-Gruppe abschließend zu würdigen, ist nicht einfach: Er bildet innerhalb der Gruppe so etwas wie ein Scharnier zwischen deren beiden Polen Kunst und Architektur, nicht zuletzt deshalb, weil er Ansprechpartner sowohl für Caspari wie für Schulze-Fielitz ist und deren divergierende Interessen und Ansätze als Katalysator für seine eigene Praxis nutzt. Thomkins Entwürfe für »Labyr« sind Kunst, weil sie viel eher Zeichnungen als Pläne sind und konstruktive Probleme vernachläßigen, das architektonische Vokabular nicht konkretisieren und den künstlerischen Einfall über pragmatische oder funktionale Erwägungen stellen. Seine Beiträge zum »Labyr« sind aber insofern auch von architektonischer Relevanz, als sie an in Vergessenheit geratene Architekturkonzepte anknüpfen und deren schöpferisches Potential reaktivieren.

Der Rückzug in den Raum der Phantasie

André Thomkins als »verhinderten Architekten« zu bezeichnen, wäre falsch, denn dazu hätte er zumindest einen seiner Entwürfe bis zur Planreife vorantreiben müssen. Dazu ist es nie gekommen, nicht zuletzt deshalb, weil das »Labyr«-Projekt bald an Schwung verlor: Caspari zog 1965 nach Hamburg, Schulze-Fielitz wurde zunehmend von eigenen Projekten in Anspruch genommen und Constant war mit seinen Plänen für New-Babylon weitgehend auf sich selbst gestellt. Thomkins blieb unter diesen Voraussetzungen nichts anderes übrig, als in der Vorstellung weiterzubauen, aber nicht mehr unter dem Vorzeichen einer konstruktiven und gesellschaftlichen Utopie, sondern im Raum der Phantasie.[96]

[95]   »Labyr« war in den frühen 60er Jahren für Thomkins nur ein künstlerisches Umfeld unter vielen; ebenso bedeutsam – und auf lange Sicht tragender – erwiesen sich die Freundschaften mit Daniel Spoerri und Jean Tinguely. Die Kontakte zu Fluxus-Künstlern, vor allem zu Nam June Paik und Joseph Beuys, waren – wenn nicht quantitativ, so doch qualitativ – intensiv, und einige der wichtigen Figuren von Fluxus wie George Brecht, Robert Filliou oder Emmett Williams, die Thomkins über Spoerri kennenlernt, und im weitesten Sinne auch Dieter Roth, werden während der 60er und 70er Jahre zu seinen besten Freunden.

[96]   Matta machte ähnliche Erfahrungen und beschrieb diese wie folgt: »Mit anderen Worten, malen, das war etwas wie das, was ich bei Corbusier getan hatte – dort hatte ich gezeichnet, weil wir keine Häuser errichten konnten. Ich fing an zu malen, weil ich in die Gesellschaft nicht bauen konnte.« Zit. nach: *Roberto Matta* (wie Anm. 76).

1965 beginnt er damit, aus Pappe Modelle für Platzgestaltungen (Abb. B. 37) zu entwerfen, für Plätze allerdings, die nur in der Imagination existieren. Einige dieser in liebevoller Kleinarbeit zusammengestückten farbigen Elemente – etwa die fragmentarische Doppelsäule mit Gebälk und Tympanon oder das Runddach mit Fenstern – erinnern an konventionelle Architektur-Elemente, andere haben mit diesen nichts mehr gemein; sie sind vielmehr Beispiele für die Dekonstruktion der architektonischen Ordnung und Versuche einer Neuformulierung von deren Vokabular. Genau besehen trifft das auch für die scheinbar noch lesbaren Modelle zu: Das Gebälk auf Säulenstümpfen ohne Kapitell ist nach dem klassischen Kanon der Architektur ein Unding, die Säulen, als Spiralen oder Wirbel interpretiert, desgleichen. Gemeinsam ist den Stücken der skulpturale Charakter, d. h. die Interaktion mit dem sie umgebenden Raum – eine Eigenschaft, die schon Thomkins' frühen Architekturzeichnungen eigen war – sowie ihre Mobilität und Disponibilität: Man kann sie auf verschiedenartige Weise auf den Boden legen oder stellen, drehen oder kippen und nach Belieben anordnen; so gesehen stehen sie noch ganz im Zeichen der »Labyr«-Programmatik.

Es gibt keine Skizzen, die Aufschluß darüber geben, wie Thomkins sich die zu gestaltenden Plätze vorgestellt haben mag. In einer Arbeit von 1966 mit dem Titel *Ejur* (Abb. B. 36) tauchen die architektonischen Elemente jedoch wieder auf, nicht in einem urbanen Raum, sondern in einer menschenleeren, seltsam stillen Landschaft – nicht einmal der Wasserfall im Hintergrund scheint wirklich zu rauschen. Das verquere Fragment der Tempelfront liegt an einem Abhang, überdimensioniert und plump wie ein Relikt aus einer zyklopischen Zeit: »Club des Incomparables« lautet die von Hand geschriebene Inschrift auf der angedeuteten Frieszone, und der Vermerk am unteren Bildrand weist darauf hin, daß wir uns in der Umgebung von Ejur befinden, der Hauptstadt des Reichs von König Talou. Ejur ist Ort der Handlung in Raymond Roussels vierhundertseitigem surreal verschlungenem Marathonroman »Impressions d'Afrique«, der 1910 zum erstenmal in Fortsetzungen im »Gaulois du Dimanche« erschien. Sein Autor, der 1933 an einer Überdosis von Barbituraten gestorbene Exzentriker und Millionär Roussel, der in den 20er Jahren von den Surrealisten entdeckt wurde, ist mit seiner halluzinatorischen Phantastik und seiner auf kombinatorischer Phonetik beruhenden »leeren« Sprache für Thomkins eine ideale Projektionsfigur.

Die Szenerie auf dem vorliegenden Blatt entspricht in etwa der kurzen geographischen Lokalisierung, die Roussel von Ejur gibt: »An der Westküste befand sich ein schwarzer Punkt mit dem Namen Ejur nahe der Mündung eines Stroms, dessen Quelle weit im Osten eines Bergmassivs entsprang.«[97] Thomkins zeigt uns einen angesichts der nahen Mündung schon träge fließenden Strom und weit im Hintergrund die sich auftürmenden Berge, wo wir die Quelle vermuten. Die auf einem erhöhten Plateau liegende Stadt ist wahrscheinlich nicht Ejur, da Roussel dieses als »vom Atlantischen Ozean bespült«[98] beschreibt. Der »Club des Incomparables«, eine Gruppe grotesker Schausteller und Erfinder,

[97]   Raymond Roussel, *Impressions d'Afrique*, Paris 1910; zit. nach der dt. Übersetzung von Cajetan Freund, *Eindrücke aus Afrika*, München: Matthes & Seitz, 1980, S. 19.
[98]   Ebd., S. 7.
[99]   Ebd. Vgl. dazu auch »les bâtiments pour débats immenses à Ejur, séjour du club des Incomparables (selon Raymond Roussel)«, 1965, Bleistift auf Papier, 24 × 34 cm, Nachlaß Thomkins.
[100]   Diese Formulierung prägte Thomkins in einer seiner Antworten auf die »100 fragen an andré thomkins«, in: Bern/Düsseldorf 1969, o. S. (3).

die so etwas wie Hofschauspieler von Talou VII sind, spielt in Roussels Text eine wichtige Rolle. Zu seinen Protagonisten gehören so unglaubliche Figuren wie Balbet, der große Schütze, der mit vierundzwanzig Kugeln aus seiner Flinte den Dotter eines Eies bloßlegt, ohne der Schale eine Kratzer zuzufügen, oder der Hypnotiseur Darriand mit seiner synästhetischen von ozeanischen Pflanzen bewachsenen Zeitmaschine, die auf chemisch-visueller Basis Verrückte heilt, oder Ludovic, der vierstimmige Sänger, Urbain mit dem sprechenden Pferd usw. Sie alle sind als Erfinder phantastischer Maschinen oder Mechanismen, als Schausteller und Akrobaten auch – Künstler. Ist die prominente Darstellung ihres Theaters durch die fragmentarische Tempelfront – bei Roussel beschrieben als »Riesenkasperlbude, auf deren Giebel die Worte ›Club der Unvergleichlichen‹ in silbernen Buchstaben drei Reihen bildeten«[99] – eine Art Hommage von Thomkins an diesen Trupp Traumtänzer und Utopisten? Auch andere Fragen bleiben offen: Wie ist die Formübereinstimmung der spiralförmigen Windung im Inneren der Säulen mit dem schneckenförmig sich windenden Fluß zu verstehen, oder wer ist die auf dem parabolspiegelähnlichen Rund erscheinende, in Grisaille gemalte Figur, die mit ihrem Hut und ihrem langen Mantel an einen Detektiv aus einem Comic erinnert? Eigentlich bleibt alles rätselhaft in diesem Bild, das eine »Permanentszene« par excellence ist.

Thomkins hat Giorgio de Chirico als eine seiner weitläufig verflochtenen Wurzeln in der Vergangenheit[100] bezeichnet, und es gibt kaum ein anderes Werk, in dem er stimmungsmäßig den enigmatischen »metaphysischen« Szenen des großen Meisters (vgl. Abb. B. 38) so nahe kommt. Wir begegnen in de Chiricos eingeengten bühnenartigen Bildräumen zwar selten der Offenheit und dem Zauber einer Landschaft wie in *Ejur*, erleben aber die Zeit in vergleichbarer Weise als ab-

B. 36
Ejur. 1966
Öl und Tempera auf Leinwand
24,5 × 39,3 cm
Neues Museum Weserburg Bremen,
Sammlung Karl Gerstner

B. 37
a. *Pappmodell für Platzgestaltung*. 1963
Pappe. 16 × 13 × 15 cm
b. *Pappmodell für Platzgestaltung*. 1963
Pappe. 12 × 14 × 9 cm
Nachlaß Thomkins

B. 38
Giorgio de Chirico
L'enigma di un giorno. 1914
Öl auf Leinwand. 83 × 130 cm
Museo de Arte Contemporânea,
São Paulo

wesend oder gefroren – als Ewigkeit und Moment zugleich; angesichts dieser Bildwelt meinen wir uns an etwas zu erinnern, spüren Sehnsucht, aber auch Befremdung und Angst. Das Verhältnis des vom Mythos der alten Griechen geprägten Malers zur Antike war ein gebrochenes, von Diskontinuität geprägtes, und eben das läßt sich auch von Thomkins' widersinniger Verwendung antiker Versatzstücke behaupten. Wenn Wieland Schmied in Zusammenhang mit der Kunst de Chiricos Nietzsche und dessen Ästhetik des Scheins zitiert, beschreibt er, so meine ich, damit auch gut, was bei der Lektüre von Roussels »Impressions d'Afrique« und in Thomkins' Hommage als Realitätsverlust und Abwesenheit von Sinn erfahrbar wird: »Der Wille zum Schein, zur Illusion, zur Täuschung, zum Werden und Wechseln ist tiefer, ›metaphysischer‹ als der Wille zur Wahrheit, zur Wirklichkeit, zum Sein.«[101] In *Ejur* ist nichts wirklich oder wahr: Von den Pappmodellen über die runde Scheibe mit der Grisaille, von der man nicht weiß, ob sie Spiegelbild, Filmprojektion oder ein gemaltes Bild im Bild ist, bis zu der auf den Grundtönen Türkis und Blauschwarz basierenden Farbigkeit[102] – real ist hier nur der Schein; und selbst der Mann mit Hut als einziges menschliches Wesen ist in dieser Welt des Scheins nichts weiter als ein unscharfer Reflex.

André Thomkins hat die Pappmodelle nicht weiterverwendet, sie scheinen buchstäblich in *Ejur* liegengeblieben zu sein. Gegen Ende der 60er Jahre wird er erneut auf plastische Mittel zurückgreifen, um seine Vorstellungen von Raum und Architektur zu verwirklichen, doch zuvor findet er in den sogenannten »Rapportmustern« auch andere, zeichnerische Ansätze, um die Auseinandersetzung weiterzuführen und zu vertiefen.

Die »Rapportmuster«

Die »Rapportmuster« bilden eine in sich geschlossene Werkgruppe, deren gemeinsames formales Merkmal die Wiederholung einzelner linearer Konfigurationen ist. Dieser konstruktive Raster funktioniert als Auslöser für Assoziationen, vergleichbar etwa dem Muster einer Tapete, in das Formen und Gestalten aller Art hineinprojiziert werden können.[103] In der Syntax des Musters ist zwar vordergründig der Wille zur autonomen Form erstarrt, gerade dadurch wird aber die Vorstellungskraft dazu getrieben, in die Leerstellen und Zwischenräume einzudringen und sie mit einem eigenen Kommentar »auszufüllen«. Thomkins selbst erklärt, die Formen öffneten sich allmählich »für Gegenstände, die erinnert werden, oder, das ist vielleicht die logische Fortsetzung von dieser Öde des wiederholten Motivs, aus dem man ausbrechen will, diese Schubkraft, diese Energie, die kommt dann zum Tragen, indem plötzlich irgendwo sich dann eine Figur in eine solche Umrißlinie hineinprojiziert [...].«[104]

Was konkret damit gemeint ist, zeigt eine Gouache aus dem Jahre 1965 mit dem Titel *Haus für Bewohner* (Abb. B. 39): Die Repetition einer

[101]   Friedrich Nietzsche, *Der Wille zur Macht. Versuch einer Umwertung aller Werte*, zit. nach: *Giorgio de Chirico – der Metaphysiker*, Ausst.kat., München/Paris 1982/83, S. 105.
[102]   Die im Bild angewandte Mischtechnik basiert auf der Kombination von Öl und Tempera. Mit Öl werden zuerst mehrere Farbschichten gelegt, die mit lasierender Ochsengalle abgedeckt werden. Mit Tempera-Weiß werden auf diesen Grund Linien »gezeichnet« oder Weißhöhungen gesetzt.
[103]   Thomkins nennt das »muster mustern, mausern, als eine art bebrütung.« Siehe »100 fragen an andré thomkins«, in: Bern/Düsseldorf 1969, o. S. (3).
[104]   Zürich 1986, S. 8.

B. 39
Haus für Bewohner. 1965
Gouache und Tempera über Bleistift
auf Papier. 15 × 26,8 cm
Nachlaß Thomkins

Halbkreisform, die als Rundbogen und damit als architektonisches Element gelesen wird, einer nach links unten weisenden Diagonale, die meist als Kante einer Wand interpretiert wird, sowie einer im Winkel von etwa 45° verlaufenden zweiten Diagonale bilden den formalen Raster. Durch die räumliche Interpretation des Musters befinden wir uns – der Titel besagt es – in einem bewohnten Raum, der von Menschen ganz verschiedener Art belebt wird: Da gibt es eine (?) Frau, die einmal am Boden sitzt, ein andermal sich über etwas zu beugen scheint und dann wieder einen Brief liest, sowie verschiedene Männerfiguren, bekleidet oder nackt, die stehen, am Boden liegen, Leitern hochsteigen oder ganz einfach herumgehen. Das *Haus für Bewohner* – das erkennen wir hier intuitiv – ist trotz oder gerade wegen seiner geordneten Struktur ein Labyrinth, das sich aus der Figur des Spiegelkabinetts herleiten läßt. Doch die Spiegel in diesem Kabinett spiegeln nicht bloß das Immergleiche – sie sind zum Teil blind oder gebrochen. Das führt auch hier zu einer Inkonsistenz in der Entfaltung der drei Dimensionen des Raums: Es ist zwar im oberen Teil des Hauses ohne weiteres möglich, die braunen, gelben und ockerfarbenen Flächen als Wände und die grauen Bahnen als Gänge oder Laufstege zu lesen, je weiter das Auge aber in die untere Bildhälfte vordringt, desto deutlicher überwiegt das Sehen in der Fläche. Die beiden Sichtweisen kollidieren an gewissen Stellen – am heftigsten im zweiten vertikalen Raumsegment von links, genau dort also, wo der stärkste »Verkehr« herrscht – so daß oft nicht mehr auszumachen ist, ob eine bestimmte Linie fluchtet oder parallel zur Bildebene verläuft. Verstärkt wird die Ambivalenz durch die beiden Frauenporträts im Halbprofil, die als Bilder im Bild zweifellos als Flächen parallel zur Bildebene interpretiert werden müßten, durch ihre Einbindung in den Raster aber auch räumlich gesehen werden. »Man kann sich vorstellen,« erläutert Thomkins, »die Welt rekonstruiert sich, rekonstituiert sich nach Passage eines Siebes, eines Musters, einer Netzhaut im

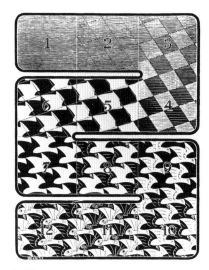

B. 40
Mauritius Cornelis Escher
Regular Division of the Plane I. 1957
Holzschnitt. 24 × 18 cm

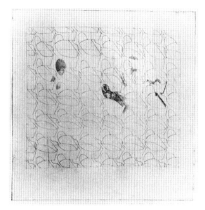

B. 41
Vogelsuchen. 1971
Nadelätzung. 23,3 × 24 cm

[105] Zürich 1986, S. 10.
[106] *Architecture d'Aujourd'hui,* Juli, 1962.
Die Nummer ist dem Thema »Architecture Phantastique« gewidmet und beinhaltet neben vielen anderen auch Beiträge von Schulze-Fielitz und Yona Friedman. Als einer der Pioniere im 20. Jahrhundert wird zu Beginn der Nummer Hermann Finsterlin (Formstudien) vorgestellt.
[107] Brief von AT an Serge Stauffer vom 27.7.1962 (Poststempel), in: Stauffer/Thomkins 1985, S. 358.

Großen, und was sich dann wieder zusammensetzt, gibt eine neue Deutung.«[105] Die Welt, die sich im *Haus für Bewohner* rekonstruiert, ist nicht eine Wiederherstellung im mimetischen Sinn, sie ist vielmehr bruchstückhaft, gerade so, als liefen im gleichen Kino Sequenzen verschiedener Filme simultan nebeneinander her.

Ein wichtiger Impuls für die »Rapportmuster« waren die minutiös konstruierten Trompe-l'œil-Muster von M. C. Escher, die Thomkins wahrscheinlich 1962 erstmals in »Architecture d'Aujourd'hui«[106] sah. Am 27.7.1962 schreibt er an Stauffer: »J'envie beaucoup ce génial dessinateur qui doit probablement exister allègrement et produisit ces étonnements entre 1953 et 1954.«[107] Von nun an ist in den Briefen an Stauffer wiederholt von Escher die Rede – Thomkins nennt ihn jetzt »le vénéré Mauritius Escher«.[108] Im Mai 1963 schickt er Stauffer eine Postkarte mit dem Vermerk: »Absender: Mauritius Escher«, daneben zeichnet er ein »Raumgitter«. In diese Zeit fallen auch die ersten »Rapportmuster«.[109]

1957 hatte Escher eine didaktische Schrift mit dem Titel »Regelmatige vlakverdeling«[110] verfaßt, in welcher er die diversen Verfahren zur regelmäßigen Unterteilungen von Flächen systematisch beschreibt. Dabei ging er vom folgenden Grundsatz aus: »A plane, which should be considered limitless on all sides, can be filled with or divided into similar geometric figures that border each other on all sides without leaving any ›empty spaces‹. Those can be carried on to infinity according to a limited number of systems.«[111] In einem der begleitenden illustrativen Holzschnitte veranschaulicht Escher nicht nur dieses Prinzip, sondern er zeigt auch die zwölf Entwicklungsphasen, welche eine schließlich so raffinierte Komposition wie *Woodcut in red* durchläuft. Der Entstehungsprozeß, die *Regular Division of the Plane I* (Abb. B. 40), die am Ende zum Muster führt, ist – das zeigt der Holzschnitt deutlich – ein jederzeit exakt gelenkter konstruktiver Ablauf, der auf klar definierten geometrischen Gesetzen der Parallelverschiebung (»sliding«), der Rotation (»rotation«) und der verschobenen Spiegelung (»glide reflection«) basiert. Die langsame inhaltliche Aufladung des Rasters und das mit sparsamsten graphischen Mitteln erreichte Umspringen der Semantik wird minutiös gesteuert und macht Eschers Arbeiten nicht nur zu virtuosen Augenfällen, sondern auch zu wahrnehmungspsychologischen Lehrstücken.

Thomkins dagegen zeichnete – trotz der erstaunlichen Regelmäßigkeit der Muster – seine linearen Raster in der Regel aus der freien Hand und stützte sich nie auf mathematisch-geometrische Verfahren. Völlig anders verläuft auch der Vorgang der inhaltlichen Füllung der Formen: bei Escher äußerst sparsam und berechnet, bei Thomkins, einmal sehr zurückhaltend wie in der Nadelätzung *Vogelsuchen* von 1971 (Abb. B. 41), ein andermal überschäumend und impulsiv wie in der ein Jahr später entstandenen Arbeit *Verhaltensmuster* (Abb. B. 42), wo das konstruktive Gerüst im Sprudeln der Vorstellungskraft und der Assoziationen stellenweise völlig untergeht. Die angestrebte Synthese zwischen

B. 42
Verhaltensmuster. 1972
Siebdruck. 39,5 × 60,5 cm

konstruktiven Ordnungs- oder Strukturprinzipien und figürlicher Darstellung erweist sich auch hier nicht als abgeschlossen, sondern sie macht im Gegenteil das antithetische Spannungsverhältnis sichtbar. In den »Rapportmustern« eröffnen sich der als Energieform begriffenen Linie neue Möglichkeiten, »den Raum zu okkupieren«. Folgte der Stift im Jugendwerk dem freien Schwung der gerundeten Formen, die sich später in Endlosschlaufen ineinander zu verknoten begannen, so gewinnen jetzt die mit jedem Strich der Feder sich öffnenden Räume selbst an Interesse. Die Linie löst sich so aus ihrer Selbstbezogenheit und übernimmt eine Hilfsfunktion, eine Art Geburtshelferinnenrolle für Bilder einer phantastischen Wirklichkeit. Über den Raum des konstruktiven Rasters öffnet sich ein »Fenster in die Welt« – eine Welt, die im figuralen Vokabular durchaus an die klassischen Vorbilder der venezianischen und florentinischen Malerei erinnert, die aber – durch die Aufsplitterung der einen hierarchischen Zentralperspektive in viele simultane und durch die abrupte Verschiebung des Maßstabs – nicht mehr als homogen, sondern als uneinheitlich und dissoziiert erfahren wird.

Thomkins und die Wissenschaft

Linda Dalrymple-Henderson hat in ihrer Dissertation von 1975 aufgezeigt, welche Bedeutung die Theorien Riemanns, Poincarés oder Lobachevskys zur nicht-euklidischen Geometrie und deren Popularisierung für die Kubisten und die Suprematisten im frühen 20. Jahrhundert hatten.[112] Marcel Duchamp beispielsweise lernte während seiner Tätigkeit an der Bibliothèque Sainte-Geneviève nicht nur spätmanieristische Vir-

[108] Brief von AT an Serge Stauffer vom 18.6.1964, in: Stauffer/Thomkins 1985, S. 376.
[109] Thomkins hat allerdings bereits in den späten 50er Jahren, also bevor er Eschers Werk kennenlernte, auf Skizzenpapier Muster entworfen, und diese zum Teil figurativ interpretiert, vgl. Skizzen im Nachlaß Thomkins von 1958/59. 1969 kam es in Baarn, dem Wohnort Eschers, zur ersten persönlichen Begegnung.
[110] Escher verfaßte die Schrift 1957 im Auftrag der De Roos Foundation. 1958 wurde sie unter dem Titel *Regelmatige vlakverdeling* als Buch mit illustrativen Holzschnitten publiziert. Der Text wurde erst 1982 unter dem Titel *The Regular Division of the plane* für die große Escher-Biographie ins Englische übersetzt. Vgl. *M. C. Escher. His Life and Complete Graphic Work,* hrsg. von J. L. Locher unter Mitarb. von Filip Bool, New York: Abrams, 1982.
[111] Ebd., S. 156f.
[112] Linda Dalrymple Henderson, *The Artist, »The Fourth Dimension«, and Non-Euclidean Geometry 1900–1930: A Romance of many Dimensions,* Ann Arbor, Mich./London: University Microfilms International, 1981.

tuosenstücke wie Nicerons »Thaumaturgus Opticus« von 1646 kennen, sondern setzte sich auch mit anspruchsvollen wissenschaftlichen Abhandlungen der Jahrhundertwende auseinander, so zum Beispiel mit Poincarés »La Science et l'hypothèse« von 1902 über die Eigenarten geometrischer Axiome oder mit den Möglichkeiten von Raumschnitten nach Richard Dedekinds Theorie der irrationalen Zahlen. In der *Green Box*[113] und in stärkerem Maße in der *White Box*[114] verarbeitete Duchamp eine Fülle von theoretischem Material und beschäftigte sich intensiv mit der Frage, wie die empirisch nicht erfahrbare vierte Dimension mit Spiegelungen, Schnitten durch den Raum und Schatten wahrnehmbar zu machen wäre.

Eine der wenigen Äußerungen von Thomkins über Erfahrungen mit der mathematischen Raumanalyse bezieht sich auf seine schlechten Leistungen im Fach Mathematik während der Schulzeit am Luzerner Gymnasium und belegt, daß der Künstler schon als junger Bursche seine liebe Mühe mit den Regeln eines Fachs hatte, das keinen Spielraum offen ließ für spekulative, abschweifende Gedanken: »also mich hat das im Mathematikunterricht immer interessiert als etwas ganz Elementares: wer gibt da und was wird da wohin wem gegeben? bekomm ichs denn wirklich, wenn es heißt: gegeben ist eine Gerade. also ich bin mit meinem Mathematiklehrer wo's um elementare Sachen geht nie klargekommen, weil er das einfach immer ins Praktische abgewendet hat. [...] eine gelöste Aufgabe ist dann ein aus der Welt verschwundenes Ganzes – für mich war es alles andere als das und ich erleb' eben oft, daß andere Künstler ähnlich darüber denken: das sind keine Abgeschlossenen Welten und keine Partikel perfekter art, die mit einem absoluten Anfang und einem absoluten Ende getan sind.«[115] Da eckt einer bereits mit siebzehn Jahren an, weil er sich fragt, ob die Gültigkeit der Axiome nicht bloß eine bedingte ist, ob es nicht auch andere Standpunkte gäbe, die das Geltende und scheinbar unverrückbar Gegebene relativieren. Die Analyse aus der Rückschau des Erwachsenen macht deutlich, daß Thomkins' Probleme im Mathematikunterricht offenbar sehr grundsätzlicher Natur waren und Fragen berührten, die – natürlich unter völlig anderen Voraussetzungen – auch die kritischen Theoretiker des 19. Jahrhunderts an das behauptete Apriori des euklidischen Raums gestellt hatten.

Diese grundlegenden Differenzen in der Sicht der Dinge hat Thomkins schon sehr früh radikal auf Distanz zu den etablierten Naturwissenschaften gehen lassen. Im Briefwechsel stößt man wiederholt auf Belege für diese kritische Einstellung, selten jedoch auf Hinweise, die ein Interesse für Problemstellungen der angewandten Wissenschaften bezeugen.[116] Thomkins' Antwort auf eine Frage von Serge Stauffer nach der Beziehung zwischen Kunst und Wissenschaft fällt denn auch entsprechend dezidiert aus: »als gegenstände sind sie sich gegenseitig wohl nicht sehr bedeutend, aber die hybrideren vertreter einiger denkfächer zählen für mich zu den bedeutendsten künstlern.«[117] Seine Kritik an der Wissenschaft richtet sich nicht gegen die Vernunft oder den Verstand

[113] Marcel Duchamp, *La Mariée mise à nu par ses célibataires, même (The Green Box)*, Paris: Edition Rrose Sélavy, 1934; typographische Version von Richard Hamilton, Stuttgart/London/ Reykjavík: Edition Hansjörg Mayer, 1976.

[114] Marcel Duchamp, *A l'infinitif (The White Box)*, New York: Cordier & Ekstrom, 1966.

[115] André Thomkins, »Gesprächsfetzen, aus einem Gespräch mit Christoph Gredinger, Zürich, Ende Mai 1981«, in: *ashleue analyse*, hrsg. vom Berliner Künstlerprogramm des Deutschen Akademischen Austauschdienstes (DAAD), Berlin 1981, o. S.

[116] Eine Ausnahme bildet zum Beispiel die Erklärung einiger Begriffe aus der Atomphysik, wie der Gammastrahlung, der Kernfusion oder der Antimaterie. Die Dinge scheinen Thomkins aber vor allem deshalb zu interessieren, weil er Parallelen zu Schaubergers Implosionstheorie sah (vgl. Anm. 56).

[117] »100 fragen an andré thomkins«, in: Bern/Düsseldorf 1969, o. S. (4).

schlechthin, sondern bezieht sich auf deren einseitige Instrumentalisierung; deshalb steht für ihn auch die Bedeutung der Ratio für die Kunst außer Frage. So zitiert er auf einem Blatt von 1960 Novalis wie folgt: »Begeisterung ohne Verstand ist unnütz und gefährlich und der Dichter wird wenig Wunder tun können, wenn er selbst über Wunder staunt.«[118]

Was Thomkins aber interessiert, sind nicht die pragmatischen wissenschaftlichen Disziplinen, die nach objektiven, quantifizierbaren Resultaten suchen, sondern die »Nebenwege des Denkens«, die spekulative Suche nach einer umfassenderen, im weitesten Sinn magischen Welterkenntnis. Zusammen mit Eberhard Roters verfolgte er Ende der 60er Jahre das Projekt einer großen Ausstellung mit dem Arbeitstitel »Spekulation – Nebenwege des europäischen Denkens«, die, so Roters, all jene Dinge, »Gedankengebäude, Weltanschauungen, Richtungen, Strömungen, Phänomene und Chimären [zum Gegenstand haben sollte], die irgendwann in unserer Bewußtseinsgeschichte einmal eine tingierende Rolle gespielt haben, eine Nebenrolle, vielleicht sogar eine vorübergehende Hauptrolle, die dann aber im Laufe des weiteren Entscheidungsweges unserer Kultur bis hin zum Stand unserer gegenwärtigen, vorwiegend naturwissenschaftlich orientierten und auf technischer Logistik gegründeten Industriezivilisation als Varianten, Alternativen und Gegenentwürfe irgendwann auf der Strecke geblieben sind [...] und künftig vielleicht irgendwann einmal wieder reaktivierbar« sein werden.[119] Die Ausstellung, die infolge der politisch bedingten Auflösung der vorgesehenen organisierenden Trägerschaft, der »Deutschen Gesellschaft für Bildende Kunst«, nie zustande kam, hätte neben kryptischen oder esoterischen Wissensgebieten wie der Alchimie als individualistischem Zwischenentwurf der Makrokosmos-Mikrokosmos-Spiegelung, der Leberschau (Haruspex), dem Lesen aus dem Kaffesatz oder dem tierischen Magnetismus u. a. m. auch künstlerische Themen wie »die von Experimenten mit der vierten Dimension spielerisch beeinflußte Kunst Dadas« oder Duchamps *Großes Glas* zum Inhalt gehabt.[120]

Wenn Thomkins sich mit wissenschaftlichen Theorien beschäftigte, die im weitesten Sinne Fragen des Raums zum Inhalt hatten, dann mit Außenseitern in ihren Disziplinen wie Paul Schatz oder Leopold Brandstätter, wie Baravalles, einem der Pioniere auf dem Gebiet der nichtquantifizierbaren Mathematik, oder wie A. F. Möbius, dem Theoretiker des nach ihm benannten »Möbiusschen Bandes«; Persönlichkeiten also, die nicht nur Naturwissenschaftler im gängigen Sinne, sondern auch unkonventionelle Forscher waren. Thomkins rezipierte zudem Fachliteratur, z. B. Bücher über optische Phänomene und Geräte wie das Stroboskop, aber auch Publikationen über so ausgefallene Themen wie die formbildenden Kräfte der Seifenblasen.[121] Nachhaltiger schlägt sich im Werk jedoch die Auseinandersetzung mit Künstlern nieder, in deren Arbeiten wissenschaftlich theoretischer Hintergrund oft miteinfließt. In dieser Hinsicht war Thomkins' Interesse universal und zeitlich nicht beschränkt, schloß neolithische Kunst ebenso ein wie Leonardo und

118 Lackskin von 1960, im Nachlaß Thomkins.
119 Roters 1989, S. 21.
120 Roters zählt insgesamt an die zwanzig verschiedene Themenkreise auf. Ebd., S. 22.
121 Vgl. Charles Vernon Boys, *Seifenblasen und die Kräfte, die sie formen. Klassische Experimente und Erkenntnisse*, München: Desch, 1960 (Natur und Wissen, 13).

B. 43
Marcel Duchamp
Tu m'. 1918
Öl, Bleistift und andere Materialien auf
Leinwand. 69,3 × 313 cm
Yale University Art Gallery, New Haven

B. 44
Knopfei. 1973
Ei mit angenähtem Knopf und
Fadenspule. H. 11,5 cm
Privatbesitz

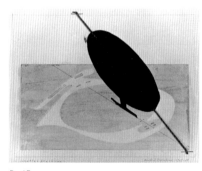

B. 45
Schattenbrechung. 1965–68
Mit Deckweiss übermalter Linolschnitt,
Bleistift, Collage mit Karton, Gummiband,
Tackern. 17 × 12 cm
Privatbesitz

Hieronymus Bosch – »kunst ist homogen, aus gleichem entwickelt, interpretierend entstanden; kunst aus kunst«.[122]

Es ist nicht einfach, solche Impulse im Bild stichhaltig festzumachen – ich begnüge mich deshalb damit, auf Parallelen zwischen Thomkins und Marcel Duchamp in der Darstellung des n-dimensionalen Raums hinzuweisen: Duchamp beschäftigte sich intensiv mit der Frage, wie ein vierdimensionales Kontinuum sichtbar gemacht werden kann. Als geeignete Darstellungsmittel boten sich ihm der Schatten sowie Spiegel oder Glas an. Wenn unser eigener Schatten die Projektion unseres dreidimensionalen Körpers auf eine Fläche ist, wenn also die sukzessive Transformation der Objekte von einer Dimension in die andere als Schattenwurf eines n-dimensionalen Objekts auf eine »n minus eins«-dimensionale Ebene verstanden werden kann, so ist es nach Duchamp auch möglich, die vierte Dimension zur Anschauung zu bringen, wenn man unsere dreidimensionale Welt als deren Schatten interpretiert.

Am augenfälligsten wird dieses Projekt in Duchamps letztem auf Leinwand gemalten Bild *Tu m'* von 1918 (Abb. B. 43). Hier gibt es sowohl wirkliche Objekte wie die Flaschenbürste und die Sicherheitsnadeln als auch Trompes-l'œil wie der vorgetäuschte Riß in der Leinwand oder die mit dem Finger weisende Hand sowie abstrakte räumliche Bildelemente wie die sich überlagernden farbigen Quadrate oder die gewellten Konturen der *3 Stoppages Étalon*. Zudem sehen wir die Schatten dreier Ready-mades, eines Fahrrad-Rads, eines Korkenziehers und eines Hutständers sowie die farbigen gewellten Linien in der linken Bildhälfte, die als eindimensionale Schatten oder Reflexe der drei *Stoppages Étalon* verstanden werden können. Durch die subtile Kombination von zweidimensionalen Schatten nur gedachter dreidimensionaler Ready-mades – davon zwei real existierende und ein bloß virtuelles – mit wirklichen Objekten und Trompes-l'œil schafft Duchamp eine komplexe Abfolge von verschiedenen Raumebenen, welche die gewohnten Orientierungsparameter unseres räumlichen Vorstellungsvermögens gehörig durcheinanderwirbelt. Die Schatten haben dabei als transitorische Erscheinungen die zentrale Funktion, den Übergang von einer Dimension in die andere fließend zu gestalten, ein Unterfangen, das um so besser gelingt, als die wellenartige Form des Korkenzieherschatten den Bildgrund als bewegt wie eine Wasseroberfläche erscheinen läßt. Der Raum wird tatsächlich als Relation der Zeit erfahren und dehnt sich simultan in alle Richtungen aus.

Mit den Möglichkeiten des Schattens als eines bildlichen Mittels beschäftigt sich auch Thomkins: Angeregt von Helmut Schmidt-Rhen begann er ab Mitte der 60er Jahre zu experimentieren und entwarf eine ganze Reihe von sogenannten »Shadowbuttoneggs«, die in ihrer Vielschichtigkeit an Duchamps Versuche erinnern. Ausgangspunkt für die Serie ist das von Thomkins am 18. September 1958 erfundene *Knopfei* (Abb. B. 44), ein echt surrealistischer Gegenstand nach dem Vorbild von Lautréamonts oft zitierter zufälliger Begegnung zwischen einer Nähmaschine und einem Regenschirm auf einem Operationstisch – eine Absonderlichkeit, die jeder manieristischen Wunderkammer gut angestanden hätte. In den 60er Jahren tritt das Objekt selbst in den Hintergrund. Thomkins begründet das: »Ein Ei muß ausgebrütet werden, auch ein geknöpftes. Die Sonne bietet die größte Brennweite für ein irdisches Ei, dem nun die Rolle des Schattenwurfs zufällt. Seine Ausbrütung ist eine kosmische, das Erzeugnis aber fällt auf den Boden der Kunst. Aus dem Papier, wo der Schatten hinfällt, löst ein Schnitt den ersten Knopfeischatten. Die leere Hülle erzeugt einen zweiten, dieser den dritten, wobei das shadowbuttonegg wächst und sich nach allen Seiten ausdehnt und verändert.«[123]

Der Schatten erster Ordnung, der durch die verschiedenen Einfallswinkel des Lichtes sehr vielgestaltige Formen annehmen kann – Thomkins vergleicht ihn mit einer »Amöbe, die sich in den Schatten aller Dinge verwandeln kann«[124] –, spaltet sich nach dem Ausschneiden in zwei verschiedene Entitäten auf, nämlich in die ausgeschnittene und somit frei im Raum bewegbare Fläche, die ihrerseits wieder verschiedenartigste Schatten werfen kann, und in ein Loch als kongruentes Gegenstück zur Fläche (Abb. B. 45). Thomkins versuchte die paradoxe Dreiheit Schatten-Loch-Fläche in einer sprachlichen Aporie auszudrücken: »der knopfeischatten tauft sich in der eigenen badewanne/ hebt man den täufling, so läuft das bad über im schatten/taucht man ihn unter, so badet er in der sonne.«[125] Das Loch als etwas Endliches fängt das Unendliche ein und läßt es gleichzeitig durch sich hindurchdringen, ist damit Ort der Begegnung zwischen dem Körperhaften und der kosmischen Energie. Sowohl die Vorstellung des Lochs als eines von der Energie der Unendlichkeit durchströmten Raums als auch die Morphologie der »Shadowbuttoneggs« erinnern an Hans Arps *constellations de formes blanches sur fond gris* (Abb. B. 46), und genau aus diesem Grund kritisierte sie Daniel Spoerri als zu »Arp-artig, abartig«, ein Kritik, die Thomkins nicht akzeptieren konnte. Für ihn stellten die »Shadowbuttoneggs« eine Möglichkeit des experimentellen Umgangs mit Raumebenen dar, die über das hinausging, was Arp mit seinen »constellations« wollte.

Eine Zeichnung, die zugleich eine Art Arbeitsskizze ist (Abb. B. 47), verdeutlicht den fast werkstattmäßigen Umgang Thomkins' mit dem Phänomen des Schattens: Da werden Schattenlänge und -form mit verschiedenen Sonnenständen korreliert und die Sukzession verschiedener gerader und gebogener Raum- oder »Schattenebenen« demonstriert. Diese »Schattenebenen« schneiden den Raum in unendlich vielen möglichen Varianten; Thomkins spricht in diesem Zusammenhang

B. 46
Hans Arp
constellations de formes blanches sur fond gris. 1941
Bemaltes Holz. 59 × 57 cm
Fondation Arp, Clamart

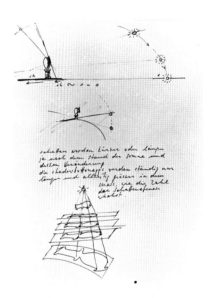

B. 47
schatten werden kürzer oder länger
Nicht datiert
Feder auf Papier. 24,1 × 16,7 cm
Nachlaß Thomkins

[122] »100 fragen an andré thomkins«, in: Bern/Düsseldorf 1969, o. S. (3).
[123] Aus einem Blatt der Autographenmappe »Knopfei«; Nachlaß Thomkins, publiziert in: Berlin/Luzern 1989/90, Band 2, Nr. 118.
[124] Zürich/Kassel 1977/78, Nr. 58.
[125] Berlin/Luzern 1989/90, Band 2, Nr. 10.

B. 48
cases communiquantes. 1968
Bleistift auf Papier. 12,3 × 13,2 cm
(Lichtmaß)
Nachlaß Thomkins

von einer »endlosen Reihe von Schnitten« und von der »Genealogie der shadowbuttoneggs«. Für Marcel Duchamp waren solche Raumschnitte dazu geeignet, ein n-dimensionales Raumkontinuum darzustellen, wozu er sich unter Berufung auf Poincaré wie folgt äußert: »Poincaré's explanation about -dim'l continuums by means of the Dedekind cut of the n-1 continuum is not in error.«[126]

Daß André Thomkins' Schatten-Experimente einen direkten Bezug zu den Arbeiten Duchamps haben, ist angesichts der Intensität, mit der er dessen Werk rezipierte, zumindest denkbar. Obwohl er vor allem durch die Freundschaft mit Serge Stauffer vertiefte Kenntnisse von Duchamps theoretischen Schriften hatte, ist es alles andere als sicher, ob er dessen Reflexionen über das Schneiden des n-dimensionalen Raums wirklich kannte, wurden diese in vollständiger Form doch erst 1966 – also nach der Entstehung der ersten »Shadowbuttoneggs« – publiziert. Die »Shadowbuttoneggs« sind aus diesem Grund weniger als Reflex und schon gar nicht als Paraphrasen auf Duchamp zu verstehen, sondern als authentischer Versuch, die bereits im Frühwerk manifesten eigenen Vorstellungen des Raums als eines Kontinuums – im Gegensatz zu dessen Interpretation mit Hilfe der Linearperspektive als etwas Stabiles, Berechenbares – in einer methodischen Weise zu realisieren, die Duchamps Auffassung sehr nahe kommt.

[126]   Zit. nach Dalrymple Henderson, *The Artist* (wie Anm.112), S. 267.

Die phantastischen Landschaften

Bedeuten die »Shadowbuttoneggs« eine Vertiefung der Experimente
mit Raumschnitten, die »Rapportmuster« eine bewußte Hinwendung
zu geordneter Bildstruktur und als solche eine Neuinterpretation der
seriellen Methode, so stehen die daraus entwickelten phantastischen
Landschaften in einem unmittelbaren, wenn auch ambivalenten Bezug
zur Tradition der Landschaftsdarstellung in der Kunst seit der Renaissance. In diesen Arbeiten zieht Thomkins virtuos verschiedenste Register einander zum Teil widersprechender Raumauffassungen und akzentuiert sie mit architektonischen Elementen. Die Grenze zwischen
»Rapportmustern« und imaginären Landschaften ist fließend, wie das
Blatt *cases communiquantes* von 1968 veranschaulicht (Abb. B. 48): Der
konstruktive Raster tritt im Zentrum des Bildes so weit zurück, daß
über die Grenzen der »cases« hinweg, die aus diesem Grund
wahrscheinlich als »communiquantes« bezeichnet werden, ein einheitli-
cher Augenpunkt angenommen wird. Hier ist nur das spannungsvolle
Verhältnis der einzelnen architektonischen Versatzstücke zueinander
dafür verantwortlich, daß die in die Muster eingeschriebenen Menschen
als einer phantastischen Welt zugehörig empfunden werden, in der Er-
innertes und Gegenwärtiges ineinander verwoben sind: Einerseits vermittelt die Windmühle – obwohl sie als Verlängerung des ziegelgedeck-
ten Hauses links wie abgeschnitten erscheint – aber auch die sich in die
Tiefe des Raums erstreckende Landschaft ein Gefühl von Ruhe und
Aufgehobensein wie in einem Landschaftsbild der Renaissance, andererseits wird diese Solidität gestört durch ein verzerrtes kubusähnliches
Gebilde. Die Betonarchitektur mit der Radarantenne als Attribute der
Industriezivilisation verstärken diese Ambiguität und tragen das ihre
dazu bei, daß wir die Landschaft als eine abgründige Idylle erleben, die
langsam von den technokratischen Eingriffen des Menschen zerstört zu
werden droht. Durch die Gleichzeitigkeit von Tradition und Moderne
auf inhaltlicher wie formaler Ebene (die Zeichentechnik von Thomkins
kann tatsächlich mit derjenigen der alten Meister verglichen werden)
erleben wir den Raum als irreal, oder besser, als surreal.

Ähnliches gilt für die Landschaftsaquarelle. Eines der frühesten ist
ein Blatt ohne Titel von 1966, das noch deutliche Spuren der »Rapportmuster«-Flächenunterteilung aufweist (Abb. B. 49). Thomkins entfaltet
hier geradezu exemplarisch seine fast unerschöpflichen Möglichkeiten,
den Raum als inkonsistente, sich während des Prozesses der Betrachtung ständig verändernde Erscheinung darzustellen. Die untere Bildhälfte wird grob gesehen flächenhaft interpretiert, die obere in sorgfäl-
tiger Aquarelltechnik plastisch herausgearbeitet. Wir steigen ins Bild ein
über die große Mädchen- oder Frauenfigur, welche die Funktion eines
Repoussoirs nicht erfüllt, da sie wie ein Muster in eine parallel zur Bildebene verlaufende Fläche eingebunden ist. Folgen wir dem Ansatz des
ausgestreckten rechten Armes der Frau, kippt die räumliche Orientierung: Wir nehmen jetzt die Fläche, auf der zwei Männer mit einem

B. 49
Ohne Titel. 1966
Aquarell und Bleistift auf Papier
20,5 × 14,7 cm
Nachlaß Thomkins

B. 50
kein türmen ohne landen. 1972
Bleistift auf Papier. 16,3 × 16,4 cm
(Lichtmaß)
Privatbesitz

[127] Christian Schneegass reflektiert in seiner Einführung zum Katalog der großen Thomkins-Retrospektive von 1989 in Berlin und Luzern grundsätzliche die Interpretierbarkeit von Thomkins' Werk: »Thomkins' stilistischer [und inhaltlicher] Vielfalt nachzuspüren, ist abenteuerlich und bereitet viel Vergnügen. Mit kriminalistisch-wissenschaftlichem Interesse jedoch kann man ihm zwar auf die Schliche kommen, aber ihn kaum dingfest machen. Wer dies versucht, wird ihm nicht gerecht und zielt am Werk vorbei.« (Berlin/Luzern 1989/90, Band 1, S. 8). Vgl. zu diesen Fragestellungen auch den Beitrag von Hans-Jörg Heusser in der vorliegenden Publikation.
[128] Vgl. »burgunder«, Lithographie von 1971; abgebildet in: Berlin/Luzern 1989/90, Band 2, Nr. 38.

seltsamen Spiel beschäftigt sind, als die Bildebene im stumpfen Winkel durchstoßend wahr. Noch stärker wird die räumliche Vorstellungskraft durch den unmittelbar daran anschließenden Architekturteil auf die Probe gestellt, einen gebogenen schiefen Turm, der zu einer vielleicht als Teil einer Befestigungsanlage zu denkenden Mauer gehört. Diese Widersprüchlichkeiten räumlicher Natur finden ihre Entsprechung in einer Vielzahl von inhaltlichen Paradoxien wie der über eine Treppe gelegten Leiter, dem riesenhaften Abdruck eines Schuhes, dem aus einer Baumkrone schauenden Auge usw.

Es versteht sich von selbst, daß eine ikonographische Analyse eines solchen Bildes nicht zu leisten ist, ja geradezu dessen Reiz zerstören würde.[127] Hingegen ist Thomkins' Kunst geradezu prädestiniert zu Projektionen jedwelcher Art, und unter Beiziehung der vom Künstler eifrig rezipierten esoterischen Literatur ließen sich da und dort wohl einige aufregende Funde machen. Es gilt dabei aber im Auge zu behalten, daß Thomkins nach eigenem Bekunden in seinen Zeichnungen nicht esoterische Geheimnisse illustrieren wollte, sondern daß das oft rätselhafte Miteinander disparater Teile meist willkürliches Resultat der im Arbeitsprozeß aktivierten Vorstellungswelt ist. Das gilt auch für die Verwendung architektonischer Motive: Wenn es hier ein Element der Kontinuität gibt, so ist es vor allem dasjenige der Mischung architektonischer Stile, und dies sowohl auf der Ebene der Makro- wie der Mikrostrukturen. Diese Leichtigkeit des fließenden Übergehens des einen ins andere läßt sich auch bei der Verschmelzung von gebauter Struktur mit der Tektonik der Natur oder der menschlichen Physiognomie beobachten.

Thomkins' antropomorphe Landschaften kommen aber nicht, wie dies zum Beispiel bei Arcimboldo der Fall ist, durch die Zusammenschau verschiedener Elemente zu einem Ganzen zustande, sondern meist durch den direkten Einbezug des Körpers in die Landschaft, welcher dadurch zu einem Bestandteil der Natur wird. Beispielsweise lesen wir auf einem Blatt wie *kein türmen ohne landen* von 1972 (Abb. B. 50) den angeschnittenen nackten Frauenkörper im Vordergrund auch als tektonische Struktur, nämlich als sanft abfallenden Hügelzug. In der Bleistiftzeichnung, deren Räumlichkeit abgesehen von dem Vexierspiel mit dem Frauenkörper konventionell bleibt, begegnen wir mit dem Turm und dem Loch oder der Höhle zudem zwei Bildgegenständen, die zu den Leitmotiven in Thomkins' Werk gehören. Unerschöpflich scheinen die Variationen in der Darstellung des Turmes zu sein: Einmal ist er Zitat, beispielsweise eines flämischen Vorbildes aus dem 16. Jahrhundert, wie wir es von Pieter Bruegels d. Ä. babylonischem Turm her kennen,[128] ein andermal ist er den in Nordrhein-Westfalen häufigen Wassertürmen nachempfunden, dann wieder wird er, wie in *kein türmen ohne landen*, auf einen kubischen Körper mit Fenstern reduziert oder wie im Mittelgrund der Zeichnung als märchenhaftes organisch-amorphes Gebilde dargestellt.

Oft begegnen wir in Verbindung mit dem Turm auch der Höhle, die meist durch bauliche Eingriffe eingefaßt wird und so den Charakter eines torähnlichen Zugangs zum Erdinneren erhält. Während die Höhle in der Beschäftigung mit dem Traum, aber auch im Kontext von »Labyr« als dunkler zu explorierender Gang interessiert, rückt in den phantastischen Landschaften das architektonisch gestaltete Loch als transitorischer Bereich ins Zentrum der Aufmerksamkeit. In *kein türmen ohne landen* weist vieles darauf hin, daß Turm und Höhle als Begriffspaar und insofern als Symbole für das Männliche und das Weibliche zu verstehen sind: Zum einen ragt der Turm zwischen den gespreizten Beinen der halb sitzenden, halb sich anlehnenden männlichen Figur – wohl eines Knaben – empor, während die Zugänge zum Erdinneren in der Zusammenschau mit dem nackten Frauenkörper im Vordergrund unmittelbar als Attribute des Weiblichen gelesen werden. Zudem verweist der Titel einerseits auf die Gegensätzlichkeit, andererseits aber auch auf das dialektische Verbundensein der beiden antagonistischen Prinzipien. Ähnliche Zusammenhänge konstruiert die alchimistische Nomenklatur: Dort steht die Kombination von Höhle und Turm für die Verwandtschaft zwischen der formbildenden Kraft im Erdinnern und der Tätigkeit des Alchimisten im Labor – mit Athanor, dem turmförmigen alchimistischen Ofen. Ob diese Symbolik allerdings für Thomkins eine Rolle spielte, sei dahingestellt.

Der Künstler äußerte sich einmal konkret, aber bezeichnenderweise auch sehr vieldeutig über den eventuellen Bedeutungsgehalt seiner Landschaften, und zwar in einem Interview mit dem Berufsschulpfarrer Otto Seeber, der während Jahren Thomkins' Nachbar in Essen war. Auf die Frage Seebers, ob die Landschaften spontan entstünden oder einen historischen respektive tiefenpsychologischen Hintergrund hätten, antwortet Thomkins: »Ja, es gibt geträumte Landschaften. Wenn du mich fragen würdest, hat das zum Beispiel einen biblischen Hintergrund, so müßte ich eigentlich sagen, das ist einer unter vielen.«[129] Wenn ich, ausgehend davon und entgegen den weiter oben geäußerten Vorbehalten, in der Folge eine phantastische Landschaft ikonographisch befrage, so geschieht dies im Bewußtsein, daß diese Untersuchung eher als reizvolles Spiel, denn als (unmöglich zu leistende) umfassende Analyse zu verstehen ist: *PADOVANE*, ein Aquarell, das Thomkins 1972 im Anschluß an eine Reise ins Veneto ausführt, zeigt eine von einem Hügel dominierte Ebene, die von einem Fluß durchzogen wird (Abb. B. 52). Links im Vordergrund erkennen wir auf einer schmucklosen unterkellerten Terrasse eine sitzende Frau unter einer Art Baldachin, einem typischen Thomkinsschen Konglomerat aus disparaten architektonischen Motiven, ferner einige Kakteen in Töpfen sowie einen Mann, der mit Stangen hantiert und eine Treppe hinunterzusteigen scheint. Im Bildmittelgrund sitzt eine Figur in braunem Gewand am Ufer eines Gewässers. Bringen wir sie in Verbindung mit der aus Ästen und Zweigen erbauten Hütte rechts davon, dann neigen wir dazu, sie als Mönch oder Eremiten zu interpretieren, wie wir ihnen in zahlreichen Gemälden des venezianischen Quattro- und Cinquecento begegnen. Daß *PADOVANE* tatsächlich im direkten Zusammenhang mit den großen Malern Venedigs und Paduas

129   Thomkins/Seeber 1989, S. 229.

B. 51
Giovanni Bellini
Allegoria Sacra. Vor 1488
Öl auf Holz. 73 × 119 cm
Uffizien, Florenz

B. 52
PADOVANE. 1972
Bleistift und Aquarell auf Papier
17 × 14 cm (Lichtmaß)
Nachlaß Thomkins

gesehen werden muß, belegt eine Aussage Thomkins' im Gespräch mit Ursula Perucchi: »Wenn ich z. B. ein Bild von Bellini, Carpaccio oder eine Landschaft mit Figuren von Mantegna sehe, dann habe ich das Gefühl, es muß sehr befriedigend sein, das so hergestellt zu haben. [...] Er hat seine Padovaner Landschaft gesehen z. B. und findet dafür in seiner Arbeitssituation die Möglichkeit, das so zu repräsentieren, daß [...] es eine Maximalleistung ist.«[130]

In Thomkins' Bild läßt sich in der Tat eine Vielzahl von Motivbeziehungen zu einem der berühmtesten Rätselbilder der venezianischen Renaissancemalerei, der *Allegoria Sacra* von Giovanni Bellini in den Uffizien (Abb. B. 51) aufzeigen: So finden wir beispielsweise die in *PADOVANE* so auffällige Gegenüberstellung einer gebauten architektonischen Struktur mit einer in die Landschaft integrierten Holzhütte ebenfalls in Bellinis Allegorie. Auch hier begegnen wir zudem einer sitzenden Frauenfigur auf einer Art Podest, bei der es sich gemäß Verdiers Interpretation[131] um Maria Theotokos handelt, welcher in einer »Sacra Conversazione« die Rolle der Richterin zukommt. Maria ist im Vollprofil dargestellt – eine bedeutungsvolle Neuerung, mit der Bellini das traditionelle Kompositionsschema der thronenden Gottesmutter in der Frontalansicht radikal veränderte. Thomkins übernimmt die Frauenfigur im Profil, aber spiegelverkehrt – der triumphbogenähnliche Überbau erscheint dabei wie eine Reminiszenz an den traditionellen Typus, so wie ihn Bellini wiederholt dargestellt hat.

Auffällige Übereinstimmungen gibt es auch bei den landschaftlichen Motiven: Hier wie dort liegt im Bildmittelgrund ein Gewässer, an dessen Ufer wir die Behausung eines Eremiten erkennen, bei Thomkins, wie erwähnt, eine vielleicht aus Treibholz erbaute Hütte, bei Bellini eine Grotte, die mit einem Geflecht aus Zweigen gegen den rechten Bildrand hin erweitert ist. Die Behausung in Thomkins' Aquarell weist Gemeinsamkeiten auf mit der aus Ästen geflochtenen Urhütte, wie sie Vitruv im dritten Buch von »De Architectura« beschrieben hat und wie sie in zahlreichen illustrierten Vitruv-Ausgaben,[132] aber auch in Bildern des 15. und 16. Jahrhunderts dargestellt worden sind, so auch von Giovanni Bellini in seinem *Heiligen Franziskus* (Frick Collection, New York) von 1475. Darüber hinaus fällt auf, daß die Form des Hügels im Hintergrund bei Thomkins ziemlich genau mit derjenigen der felsigen Erhebung bei Bellini übereinstimmt, wobei diese Ähnlichkeit nicht spezifisch auf die *Allegoria Sacra* bezogen zu werden braucht, sondern viel allgemeiner auf einen von Andrea Mantegna und seinem Kreis geprägten Bergtypus, der in der norditalienischen Malerei des Quattro- und Cinquecento weit verbreitet war.[133]

Bei genauerem Hinsehen entdecken wir weitere Zitate aus Bellinis Bild, etwa das viel zu kleine und seltsam disproportionierte Bäumchen inmitten der Erdaufschüttung im Vordergrund, ein nur schematisch dargestelltes Kind rechts darunter sowie das Modell eines italienischen Hauses auf der Terrasse, das mit seinen kleinen unmittelbar unter dem Dach ansetzenden Fenstern große Ähnlichkeit mit dem am höchsten aufragenden Haus des Dorfes im Hintergrund der *Allegoria Sacra* aufweist. Angesichts dieser Fülle von Bezügen kann kein Zweifel darüber bestehen, daß Thomkins mit *PADOVANE* auf Bellinis Allegorie anspielt. Dabei übernimmt er aber die Motive des Venezianers nicht abbildlich genau, sondern modifiziert sie und ordnet sie neu an. Dieser Befund deckt sich mit der Aussage von Eva Thomkins, wonach der Künstler die Aquarelle immer aus der Erinnerung, also in einem assoziativen Prozeß, gemalt habe.

Es erstaunt nicht, daß gerade die *Allegoria Sacra*, die aufgrund einander widersprechender Interpretationen während der 50er Jahre dieses Jahrhunderts zu einem Rätselbild geworden war, Thomkins' Interesse weckte. Ist sein Aquarell eine neuerliche Verrätselung des geheimnisvollen Vorbilds oder eine im wesentlichen inhaltslose Ansammlung von Bildzitaten? Oder haben wir es vielleicht mit der eigenwilligen Darstellung eines ikonographischen Musters, genauer, der Heiligen Familie, zu

130 Zürich 1986, S. 16.
131 Vgl. Philippe Verdier: »L'allegoria della Misericordia e della Giustizia di Giambellino«, in: *Atti dell'Istituto veneto di scienze, lettere ed arti. Classe di scienze morali e lettere*, Bd. 111, Jg. 115, 1952–53, S. 97–116.
132 Vgl. Cesare Cesariano, *Di Lucio Vitruvio Pollione de Architectura libri dece*, Como: da Ponte, 1521.
133 Vgl. zum Beispiel Mantegnas »Christus am Ölberg«, um 1455, National Gallery, London.

B. 53
a. *Ohne Titel.* 1969
Ton. H. 17 cm
b. *Eckenturm.* 1969
Ton. H. 18,5 cm
c. *Ohne Titel.* 1967
Ton. H. 28,8 cm
d. *Ohne Titel.* 1969
Ton. H. 17,5 cm
Nachlaß Thomkins

B. 54
Turm. 1967
Feder auf Papier. 29,7 × 21 cm
Nachlaß Thomkins

tun? – dann nämlich, wenn man den mit Stangen hantierenden Mann hinter der thronenden Maria als Joseph und das schematisch dargestellte Kind als Gesù Bambino interpretieren würde. Sind diese Fragen auch kaum schlüssig zu beantworten, so illustriert das Beispiel doch in aller Deutlichkeit, was man sich unter Thomkins' Aussage »kunst ist homogen, aus gleichem entwickelt, interpretierend entstanden«[134] konkret vorzustellen hat: Werke anderer Künstler sind für ihn wahre Steinbrüche, in denen eine Fülle von Ausgangsmaterial für die eigene künstlerische Arbeit bereitliegt. Große Blöcke werden von Thomkins mit Vorliebe in handliche Gesteinsbrocken zerlegt und bleiben in Form von Einzelbildern und -motiven aus dem Fundus der Vorstellungswelt jederzeit abrufbar. Was daraus neu zusammengesetzt wird, ist weniger das Resultat einer angestrengten Suche nach einem neuen homogenen Ganzen, sondern entspringt meistens der Laune oder dem Zufall. Vielleicht meinte Thomkins genau das, wenn er sich selbst viel eher als analytischen, denn als synthetischen Geist bezeichnete.[135]

Plastik und Raum

André Thomkins hat zeit seines Lebens aus Fund- und Alltagsartikeln auch plastische Kleinkunst produziert, in der sich sein vom Surrealismus geprägtes Verständnis der Skulptur niederschlägt.[136] Gegen Ende der 60er Jahre intensivieren sich diese Versuche, wobei die Interaktion zwischen Körper und Raum an Interesse gewinnt: unter diesen Vorzeichen entstehen zum einen die Objekte aus umgestülpten Autoschläuchen, daneben aber auch Tontürme sowie aus Fragmenten von Abfallmöbeln zusammengebastelte Trümmerobjekte.

Die Idee zu den Türmen geht zurück auf einen Kerzenständer, den Thomkins aus Ton formte und seinen Eltern zur goldenen Hochzeit schenkte. Auffälligste architektonische Elemente der insgesamt acht Türme (vgl. Abb. B. 53) sind einerseits verschiedenste Arten von Säulen, die einmal kapitellähnliche Blöcke tragen, ein andermal fensterartig durchbrochen sind und so Türme im Turm bilden, andererseits ring- oder spiralförmig angeordnete Ebenen, welche die Plastiken in verschiedene Etagen gliedern. Daß diese Stockwerkbildung für Thomkins idealtypischen Charakter hat, zeigt eine Zeichnung von 1967 (Abb. B. 54), in welcher die Dimensionen der Tonmodelle ins Monumentale gesteigert werden. Ein charakteristisches Merkmal ist ferner die Offenheit des Baukörpers, d. h. die für Türme völlig untypische Verschmelzung von Innen- und Außenraum, die gängigen Definitionen wie etwa der folgenden völlig widerspricht: »Der Turm ist vorwiegend Baukörper und kein raumfassendes Bauwerk, da der Raum, den er enthält, eine ganz untergeordnete Bedeutung hat. Der Innenraum kommt nach außen gar nicht zum Ausdruck und beeinflußt den Baukörper nicht im geringsten. Dieser Raum hat meistens nur einen Zweck und ein Funktion, nämlich die Besteigung des Turms möglich zu machen.«[137] Thomkins' »offene«

Baukörper sind geradezu Antithesen zu dieser Definition und lassen sich auch nicht den geläufigen symbolischen Deutungsmustern zuordnen, die da etwa lauten, der Turm sei ein Zeichen der Macht, der Stärke und des vertikalen Aufstiegs, also des Geistigen, oder, in einer gegenteiligen Lesart, ein Ort des Dunkels und Gefangenseins. Ihr »Inneres« hat zudem keineswegs nur die Funktion, die Besteigung des Turms zu ermöglichen, sondern ist belebter und behauster Raum oder architektonischer Ort; auch die beiden unbewohnten Türme – der eine erinnert an afrikanische Lehmturmhäuser, der andere an griechische Tempelbezirke – sind für Menschen geschaffene Wohn- oder Besinnungsräume und keineswegs bloße Durchgangsbereiche. Die Turmbewohner scheinen, ihrer Tätigkeit hingegeben, in ihren Behausungen aufgehoben und geborgen zu sein, obwohl deren primäre Schutzfunktion gerade wegen ihrer Offenheit nicht mehr gewährleistet ist. Dieses nicht alleine durch die materialbedingte Einheit vermittelte Gefühl der Einheit zwischen Mensch und Raum geht in einem Fall so weit, daß eine Figur bis zur Hüfte mit ihrem Turm verschmilzt, der mit der Ausbildung von Hals, Schultern und Armen seinerseits anthropomorphe Züge annimmt.

Wie kaum ein zweites Bauwerk bietet sich der Turm als Projektionsfigur für die Verwirklichung gesellschaftlicher und konstruktiver Utopien oder individueller Entwürfe an. Für erstere stehen beispielsweise Tatlins Modell zum Denkmal für die Dritte Internationale als auch El Lissitzkys »Wolkenbügel«, für letztere Antoni Gaudís turmähnliche Aufbauten an Wohnhäusern ebenso wie die Türme von Simone Rodilla in Watts bei Los Angeles. Die aus Fundmaterialien aller Art errichteten Turm-Gerüste Rodillas wirken als Resultate eines dreißig Jahre währenden obsessiven Arbeitsprozesses wie erhobene Zeigefinger, die, für alle sichtbar, auf die Realisierung einer individuellen Mythologie verweisen. Fast zur gleichen Zeit, nämlich von 1923–1955, hat C. G. Jung in Bollingen am Zürichsee an einem Turm gearbeitet, den er kurz nach dem Tod seiner Mutter mit dem Bau einer einfachen Steinhütte begann und einige Monate nach dem Tod seiner Frau beendete (Abb. B. 55). Für Jung war die Gestaltarbeit an seinem Bollingener Turm Ausdruck seines ureigenen Selbst oder, mit seinen eigenen Worten, »ein Bekenntnis in Stein«, aber auch ein »Winkel des Nachdenkens und der Imagination.«[138] Jungs ursprüngliche Motivation für den Bau war das Bedürfnis nach einer Art Urbehausung, einem Ort, der für ihn das absolute Aufgehobensein im Mutterleib verkörperte: »Etwas Ähnliches wollte ich bauen: eine Wohnstätte, welche den Urgefühlen des Menschen entspricht. Sie sollte das Gefühl des Geborgenseins vermitteln – nicht nur im physischen, sondern auch im psychischen Sinn.«[139]

Jungs Verständnis des Turms als eines Symbols der Individuation vermag, so meine ich, auch wesentliche Momente des Gefühls- und Stimmungsgehalts der Lehmtürme von Thomkins zu umgreifen. Der Künstler setzt hier eine im elementaren Sinn persönliche Vorstellungswelt um, wobei mir dieser primäre Bedeutungsgehalt vor allem in einem Turm sehr direkt zum Ausdruck zu gelangen scheint (Abb. B. 53 links):

B. 55
Carl Gustav Jung
Der Turm in Bollingen. 1923

[134] »100 fragen an andré thomkins«, in: Bern/Düsseldorf 1969, o. S. (3).
[135] In einem Gespräch mit Christoph Gredinger von Ende Mai 1981, vgl. »Gesprächsfetzen«, in: Berlin 1981, o. S.
[136] Vgl. Berlin/Luzern 1989/90, Band 2, Nrn. 146–157.
[137] M. Révész-Alexander, *Der Turm als Symbol und Erlebnis*, Den Haag: Nijhoff, 1953, S. 17.
[138] *Erinnerungen, Träume und Gedanken von C. G. Jung*, aufgezeichnet und herausgegeben von Aniela Jaffé, Olten/Freiburg im Breisgau: Walter, 1984, S. 228.
[139] Ebd., S. 227.

Wir begegnen hier noch einmal der Kombination von Turm und Höhle in Form einer aufragenden Struktur, die sich wie auf Pfählen aus einer schalenförmigen Mulde erhebt. Der Turm beherbergt eine aufrecht schreitende stilisierte Figur, an deren rechten Schulter eine Stange ruht – unten in der Mulde liegen an Knochen erinnernde Objekte, die Assoziationen an Ausgrabungen aus neolithischen Höhlen wecken. Ohne den Bogen der Interpretation überspannen zu wollen, scheint mir auch hier im schreitenden Menschen ein Selbst dargestellt, das in der stützenden Turmstruktur aufgehoben ist und auf dem Weg begleitet wird von den Zeichen seiner Vergangenheit. Die Umsetzung dieses Individuationsprozesses erfolgt schon hinsichtlich der Dimensionen wesentlich zurückhaltender und leiser als diejenige Rodillas, aber gerade deshalb um so poetischer. So gesehen haben die Tontürme symbolischen Charakter für Thomkins' Werk: Es ist nicht bestimmt durch die große Geste oder den zähen ausdauernden Willen. Thomkins' Bedürfnis nach Ausdruck ist alles Titanische fremd: Hier versucht nicht einer dem Material die Form abzuringen, sondern sich von diesem fast spielerisch leiten zu lassen. Das Resultat eines solchen Arbeitsprozesses ist denn in seiner Erscheinung auch nicht der große Wurf, sondern eine Fülle kleiner Arbeiten, die aber hinsichtlich ihres künstlerischen Erfindungsreichtums und ihres poetischen Gehalts »großen« Kunstwerken in nichts nachstehen.

Eine völlig andere Variante der plastischen Gestaltung stellt die 1969 vor der Düsseldorfer Kunsthalle durchgeführte Aktion »Sägler und Nagler« dar (auch bekannt unter dem Namen »Vermöbelung« oder »Wohnungsentwöhnung«), in welcher Thomkins zusammen mit Künstlerkollegen Stühle, Sofas, Betten und andere Einrichtungsgegenstände, die auf dem Sperrmüll gelandet waren, zersägte und zu skulpturalen Assemblagen neu zusammensetzte. Die Aktion muß einerseits im Zusammenhang mit Fluxus gesehen werden, wo die Zertrümmerung von Objekten gang und gäbe war. Andererseits ist sie vor dem Hintergrund einer stark politisierten Kunstszene zu Ende der 60er Jahre über ihren Happening-Charakter hinaus auch als eine Form von Gesellschaftskritik zu verstehen, richtet sie sich doch explizit gegen den aufkommenden Konsumismus einer satten Wohlstandsgesellschaft, in der Möbel oder ganze Wohnungseinrichtungen als Waren bedenkenlos weggeworfen werden. Wäre das allerdings schon alles, so könnte man die Aktion getrost als reichlich verspäteten Fluxus-Klamauk, der sich dem 68er Zeitgeist angepaßt hätte, ad acta legen. Auch die im Rahmen der gemeinsamen Aktion oft flüchtig zusammengenagelten Objekte sind »bricolages« von eher geringem künstlerischem Wert und letztlich nur deshalb von Interesse, weil sie Thomkins Anregung zu einer Serie von Aquarellen gaben, die Daniel Spoerri mit Recht als »meisterlich« bezeichnete[140] (vgl. Abb. B. 56 und Kat. 193–196). Die mit Bleistift gezeichneten und mit Aquarellfarben kolorierten Strukturen stehen trotz vorhandener Standflächen nicht wirklich am Boden. Sie sind denn auch nicht Illustrationen der während der Aktion zusammengebastelten Ob-

---

140 Spoerri/Schneegass 1989, S. 110.

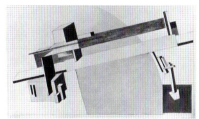

jekte, sondern eigenständige Kompositionen von großer plastischer Eindringlichkeit und gekennzeichnet durch eine im früheren Werk nie erreichte konstruktive Sicherheit und Konsistenz. Thomkins verzichtet auf Vexier- oder perspektivische Verwirrspiele und begnügt sich, den durch die bretterartigen Flächen strukturierten Raum als Volumen herauszuarbeiten und erfahrbar zu machen. Während bei einzelnen Strukturen der skulpturale Charakter überwiegt, sind andere eigentliche utopische Architekturen, die in einer Umkehrung der Dialektik aus ausgedientem Material entstanden sind. Thomkins nähert sich hier auf ironische Weise einem architektonisch-suprematistischen Raumverständnis, wie ein Vergleich zu einem »Proun« El Lissitzkys aus dem Jahre 1919 zeigt (Abb. B. 57).[141] Wie in den »Prouns« können die Strukturen umkreist und durchstreift werden; der Raum erstreckt sich dort allerdings durch die axonometrische Darstellung stärker nach vorne, aus dem Bild heraus als in den Aquarellen Thomkins', wo die perspektivische Verkürzung Raumtiefe anzeigt. Große Unterschiede bestehen auch in bezug auf das formale Vokabular: Bei El Lissitzky ein knapper Fundus an geometrischen Grundformen: Quadrat, Rechteck, Kreis und Würfel; bei Thomkins ein Arsenal scheinbar aus der Laune des Moments heraus entstandener Morphologien, die mit ihrem »bricolage«-Charakter wie Parodien auf die puristischen Konstruktionen der Suprematisten wirken.

Die Raumstrukturen der späten 60er Jahre zeigen zwei Dinge deutlich: Thomkins verfügte über ein ungemein reichhaltiges künstlerisches Ausgangsmaterial, welches er gerade durch seinen spielerischen Umgang (der im Grunde nichts anderes war als eine erneute, oft ironische

B. 56
für »Sägler und Nagler«
Wohnungsentwöhnung Kunsthalle
Düsseldorf. 1969
Bleistift und Aquarell auf Papier
14 × 19 cm (Lichtmaß)
Neues Museum Weserburg Bremen,
Sammlung Karl Gerstner

B. 57
El Lissitzky
Proun 1A »Brücke I«. 1919
Gouache. 8,5 × 15 cm
Privatbesitz

141   Vgl. auch: »paraphrase El Lissitzky«,
1971, Bleistift auf Papier, 28 × 18,3 cm,
Kunstmuseum Solothurn.

Befragung) aus seiner Erstarrung befreite und für neue Zugänge öff-
nete. Die eigenwillige zeichnerische Interpretation der »Vermöbelun-
gen« verweist aber auch auf eine erstaunliche Kontinuität in Thomkins'
Schaffen, das gemeinhin als Musterbeispiel der Disparität gilt: Noch immer, gut zwanzig Jahre nach *architecture*, jener Zeichnung aufgebroche-
ner stereometrischer Volumen, beschäftigt sich der Künstler nachhaltig
mit der Frage, wie Körper und Raum interagieren. Diese ständige Auseinandersetzung mit der räumlichen Dimension der Erscheinungen und
deren Verdinglichung in der architektonischen Struktur zieht sich wie
ein roter Faden durch André Thomkins' Werk.

prima testa. 1981
Lackskin auf Papier. 21,6 × 21,6 cm
Privatbesitz

WERKÜBERSICHT

Kat. 1
Ohne Titel. 1946
Bleistift auf Papier. 29,1 x 44,3 cm
Nachlaß Thomkins

Kat. 2
Ohne Titel. 1946
Kohle und Feder auf Papier. 29,7 × 21 cm
Nachlaß Thomkins

Kat. 3
Ohne Titel. 1945
Pinsel und Kohle auf Papier. 37,3 × 35,8 cm
Nachlaß Thomkins

Kat. 4
Ohne Titel. 1946
Pinsel, Feder und Gouache auf Papier. 29,6 × 21 cm
Nachlaß Thomkins

Kat. 5
Ohne Titel. 1946
Kohle auf Papier. 27,8 × 20,7 cm
Nachlaß Thomkins

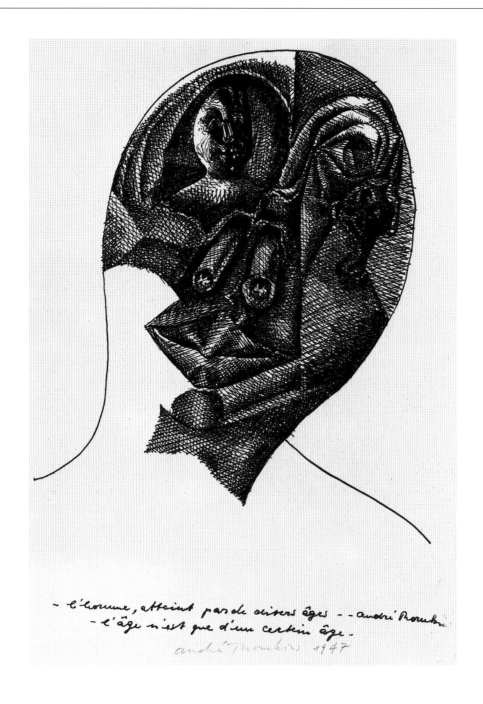

Kat. 6
l'homme, atteint par de divers âges – l'âge n'est que d'un certein âge. 1947
Feder auf Papier. 29,6 × 20,9 cm
Privatbesitz

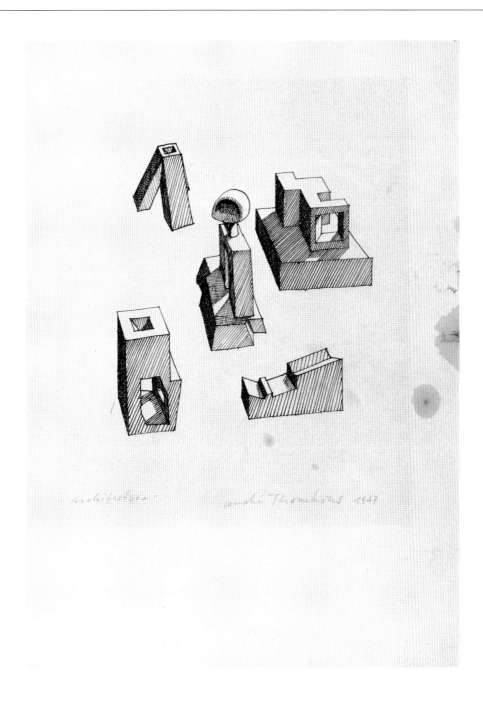

Kat. 7
architecture. 1947
Feder auf Papier. 29,6 × 21 cm
Nachlaß Thomkins

Kat. 8
Phoques. 1947
Feder und Aquarell auf Papier. 20 × 28 cm (Lichtmaß)
Nachlaß Thomkins

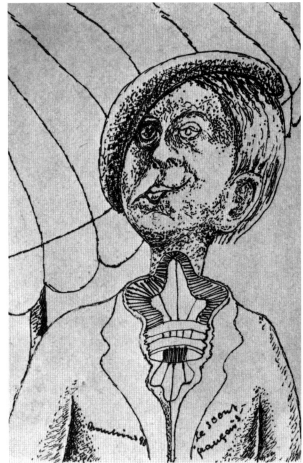

Kat. 9
à quoi bon? tout est perdu! la corde a lâchée! 1948
Feder auf Papier. 15,8 × 10,5 cm
Privatbesitz

Kat. 10
Le scout français. 1948
Feder auf Papier. 15,8 × 10,5 cm
Privatbesitz

Kat. 11
arps, tralalatifundien-tanz (Eierbrett). 1948
Feder und Gouache auf Papier. 20,9 × 13,3 cm
Nachlaß Thomkins

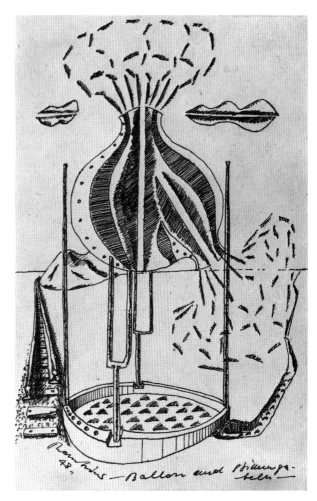

Kat. 12
Ohne Titel. 1948
Feder auf Papier. 29,7 × 21 cm
Nachlaß Thomkins

Kat. 13
Ballon und Stimmgabeln. 1948
Feder auf Papier. 20,8 × 13,2 cm
Nachlaß Thomkins

Kat. 14
Un des oiseaux du paradis. 1949
Feder auf Papier. 13,2 × 20,8 cm
Privatbesitz

Kat. 15
Hills Garten. 1949
Feder und Gouache auf Papier. 26 × 20,5 cm (Lichtmaß)
Nachlaß Thomkins

Kat. 16
autostop. 1951
Feder auf Halbkarton. 18,5 × 20,1 cm
Nachlaß Thomkins

Kat. 17
Ohne Titel. 1951
Feder auf Papier. 20,8 × 13,3 cm
Nachlaß Thomkins

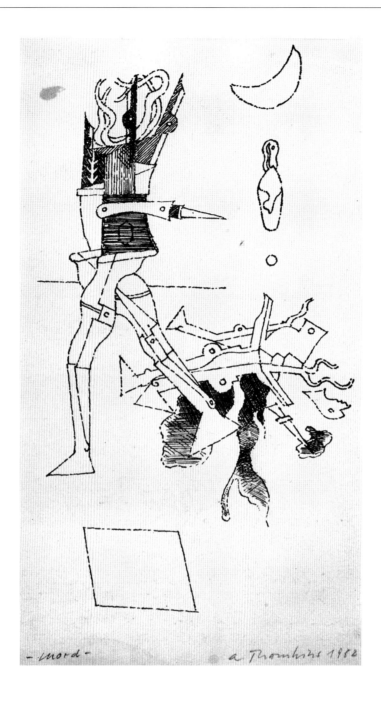

Kat. 18
mord. 1952
Feder auf Papier. 20 x 11,4 cm
Nachlaß Thomkins

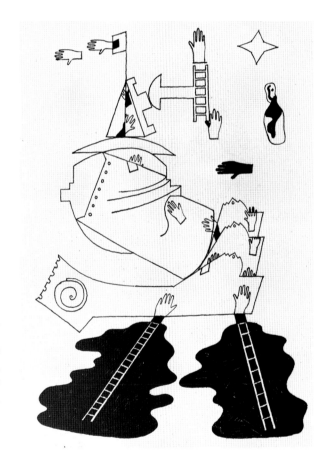

Kat. 19
horizontmarionette. 1952
Feder auf Karton. 5,2 × 10,9 cm
Privatbesitz

Kat. 20
Ohne Titel. 1952
Feder auf Papier. 29,8 × 21 cm
Nachlaß Thomkins

Kat. 21
Ohne Titel. 1953–55
Tusche auf Papier. 32 × 34 cm
Kunstmuseum Bern

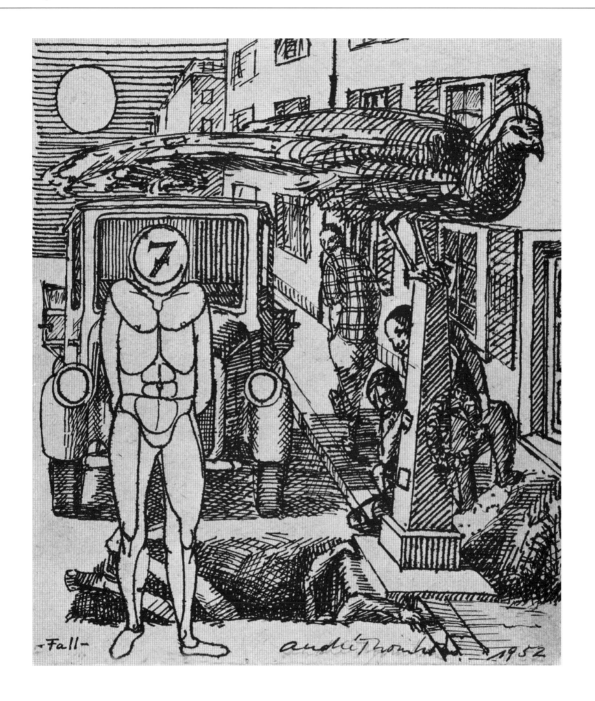

Kat. 22
Fall. 1952
Feder auf Papier. 14 × 12 cm
Nachlaß Thomkins

Kat. 23
sang d'un poète. 1953
Feder auf Halbkarton. 13,4 × 18,7 cm
Nachlaß Thomkins

Kat. 24
KLEINE SATANITÄT. 1953
Feder auf Halbkarton. 12,3 × 15,3 cm
Nachlaß Thomkins

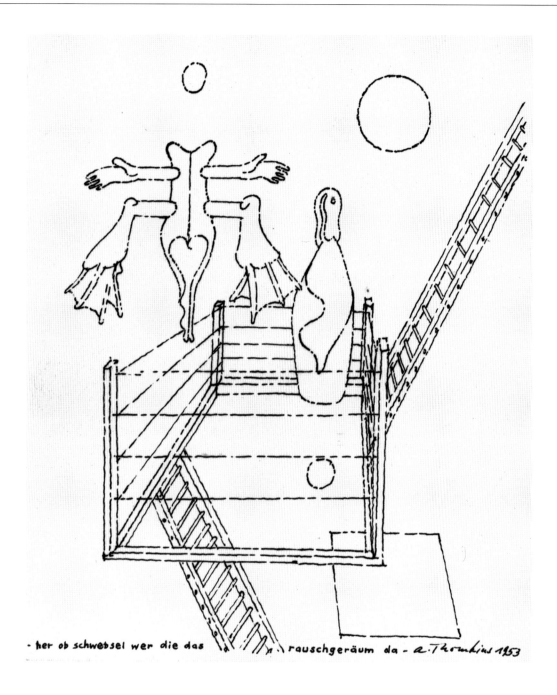

Kat. 25
her ob schwebsel wer die das rauschgeräum da. 1953
Tusche auf Papier. 15,2 × 12,5 cm
Kunstmuseum Luzern

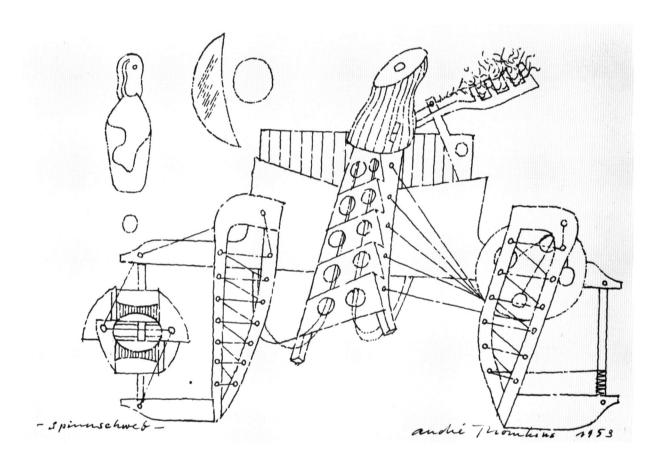

Kat. 26
Spinnschweb. 1953
Feder auf Papier. 12,8 × 19,3 cm
Nachlaß Thomkins

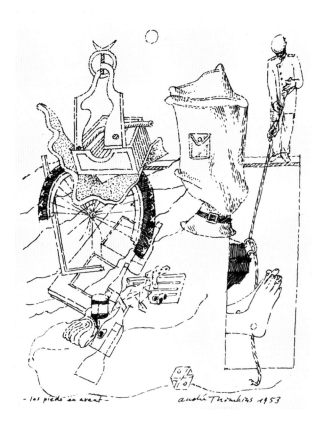

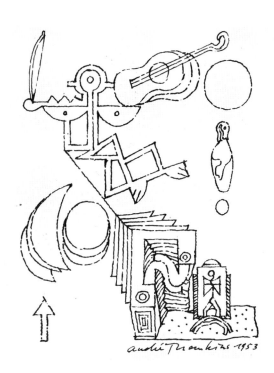

Kat. 27
les pieds en avant. 1953
Feder auf Halbkarton. 15,5 × 12,3 cm
Nachlaß Thomkins

Kat. 28
Ohne Titel. 1953
Feder auf Halbkarton. 14,2 × 12,6 cm
Nachlaß Thomkins

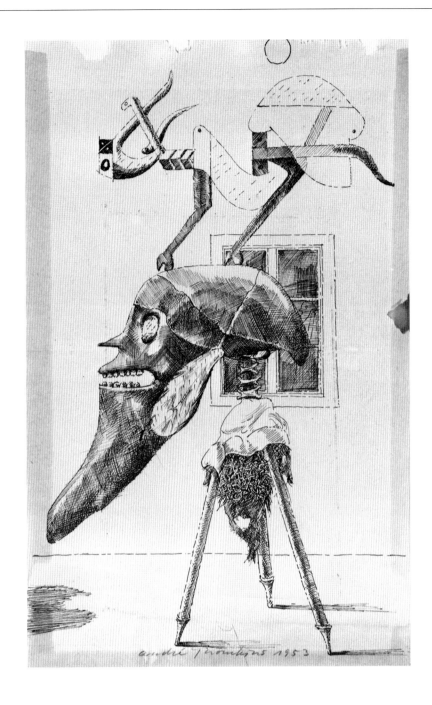

Kat. 29
Ohne Titel. 1953
Feder auf Papier. 27 × 16,9 cm
Privatbesitz

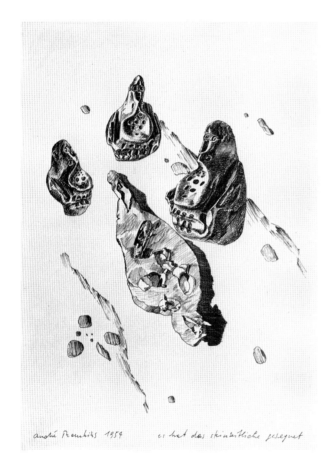

Kat. 30
er hat das steinzeitliche gesegnet. 1954
Feder auf Papier. 29,7 × 21 cm
Nachlaß Thomkins

Kat. 31
cerberus. 1954
Feder in Tusche auf Papier. 12,4 × 19,7 cm
Öffentliche Kunstsammlung Basel, Kupferstichkabinett

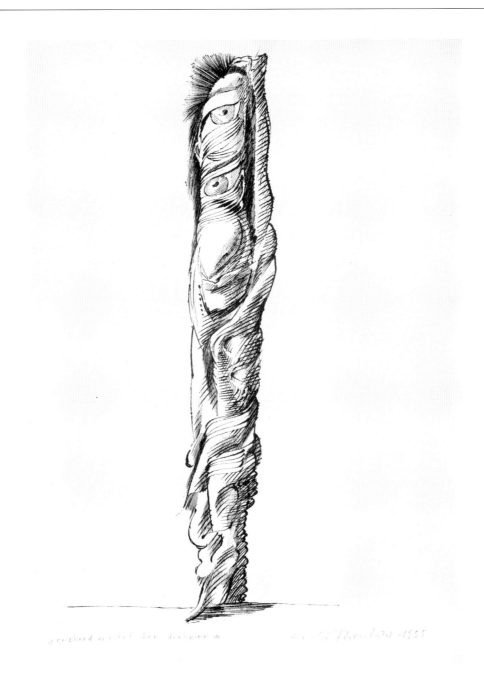

Kat. 32
»reizherd erhitzt ihre drehzier«. 1955
Feder auf Papier. 29,7 × 21,1 cm
Öffentliche Kunstsammlung Basel, Kupferstichkabinett,
K. A. Burckhardt-Koechlin-Fonds

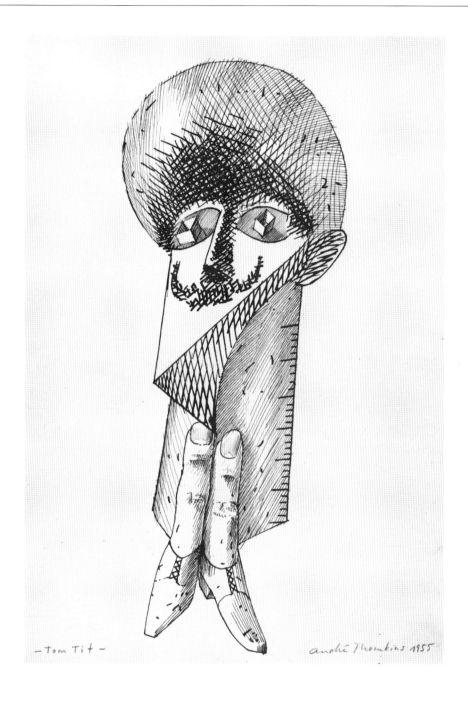

Kat. 33
Tom Tit. 1955
Feder auf Papier. 29 × 20 cm (Lichtmaß)
Nachlaß Thomkins

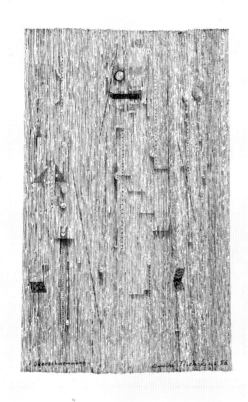

Kat. 34
überschwemmung. 1956
Tusche auf Papier. 29,7 × 21 cm
Kunstmuseum Bern (Leihgabe Familie Thomkins)

Kat. 35
gewebebeweg. 1956
Feder auf Papier. 29,7 × 21 cm
Nachlaß Thomkins

c'était ici, là.

andré Thomkins 1956

Kat. 36
c'était ici, là. 1956
Kohle auf Papier. 21,1 x 14,9 cm
Kunstmuseum Winterthur

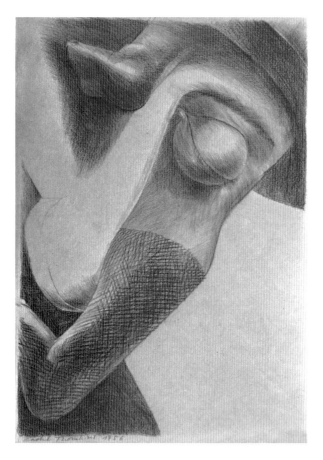

Kat. 37   Kat. 38
Ohne Titel. 1956   *der Lächler.* 1956
Bleistift auf Papier. 29,7 × 21 cm   Kohle auf Papier. 28,8 × 20 cm (Lichtmaß)
Privatbesitz   Nachlaß Thomkins

Kat. 39
Ohne Titel. 1956
Bleistift auf Papier. 29,8 × 21 cm
Sammlung van der Grinten, Museum Schloß Moyland

Kat. 40
Therapie nach Justinus Kerner. 1956
Bleistift, Rotstift und Deckweiß auf Papier
20,8 × 14 cm (Lichtmaß)
Nachlaß Thomkins

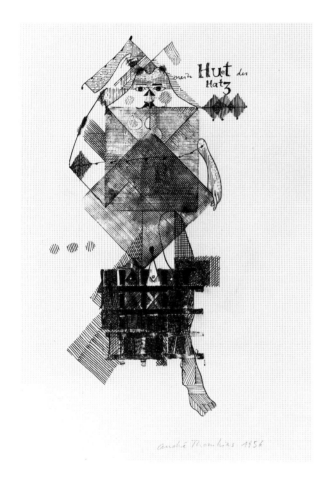

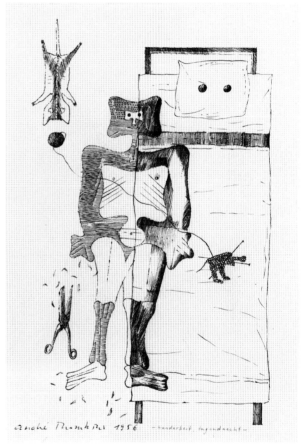

Kat. 41
mein Huet der Hat 3. 1956
Feder auf Papier. 29,7 × 21 cm
Nachlaß Thomkins

Kat. 42
handarbeit, tagundnacht. 1956
Feder auf Papier. 29 × 21 cm
Nachlaß Thomkins

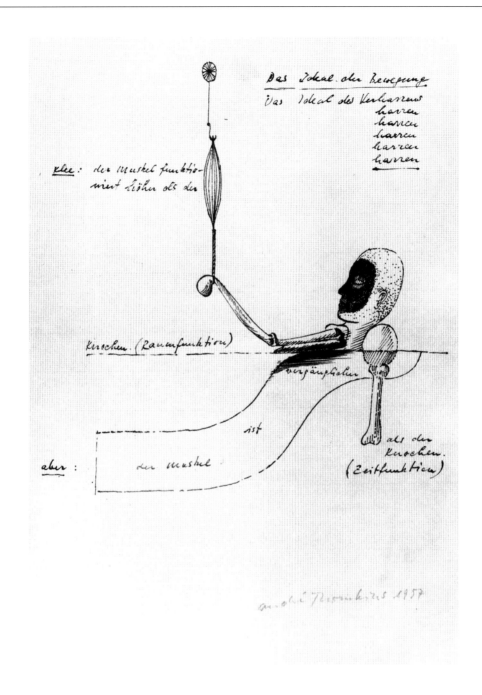

Kat. 43
Das Ideal der Bewegung. 1957
Feder auf Papier. 29,7 × 21 cm
Nachlaß Thomkins

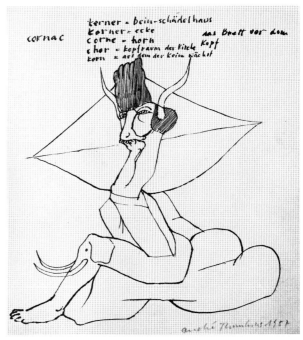

Kat. 44
geschworener. 1957
Tusche auf Papier. 29,7 × 21 cm
Kunstmuseum Bern (Leihgabe Familie Thomkins)

Kat. 45
cornac. 1957
Feder auf Papier. 20,5 × 18,7 cm (Lichtmaß)
Nachlaß Thomkins

Kat. 46
anglers winkelzüge. 1957
Feder auf Papier. 29,6 × 20,8 cm
Nachlaß Thomkins

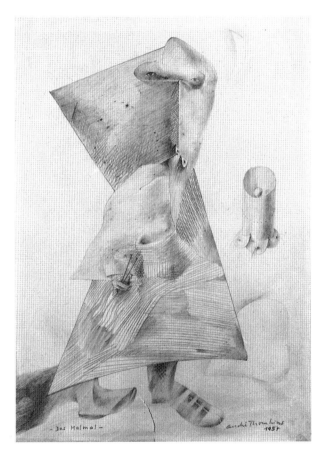

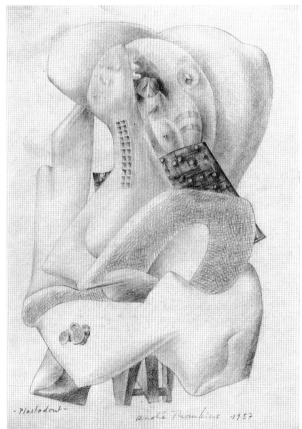

Kat. 47
Das Malmal. 1957
Bleistift auf Papier. 29,7 × 21 cm
Nachlaß Thomkins

Kat. 48
Plastodont. 1957
Bleistift auf Papier. 29,7 × 21 cm
Nachlaß Thomkins

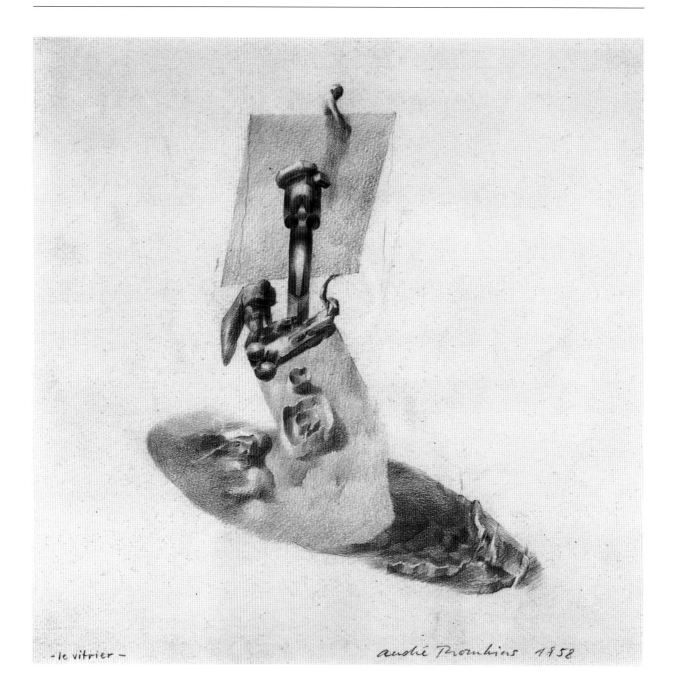

– le vitrier –   andré Thomkins 1958

Kat. 49
le vitrier. 1958
Bleistift auf Papier. 19,1 × 19,2 cm (Lichtmaß)
Nachlaß Thomkins

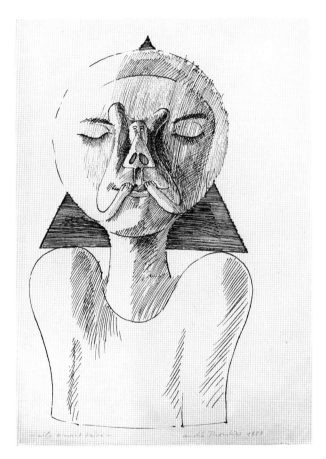

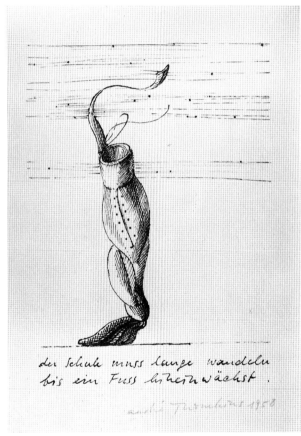

Kat. 50
aile aimant taire. 1958
Feder auf Papier. 29,5 × 20,8 cm
Nachlaß Thomkins

Kat. 51
der Schuh muss lange wandeln bis ein Fuss hineinwächst. 1958
Feder auf Papier. 14,8 × 10,4 cm
Nachlaß Thomkins

Kat. 52
chute et ascention. 1958
Bleistift auf Papier. 29 × 20 cm (Lichtmaß)
Nachlaß Thomkins

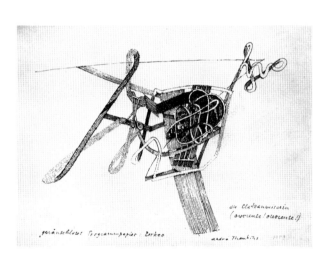

Kat. 53
geräuschloses Programmpapier: Perkeo. 1959
Feder auf Papier. 19,5 × 26,7 cm
Nachlaß Thomkins

Kat. 54
Ohne Titel. 1959
Feder auf Papier. 14,9 × 10,4 cm
Nachlaß Thomkins

Kat. 55
traumszenen sind permanentszenen. 1959
Feder in Tusche auf Löschpapier. 21,5 × 19 cm
Öffentliche Kunstsammlung Basel, Kupferstichkabinett,
K. A. Burckhardt-Koechlin-Fonds

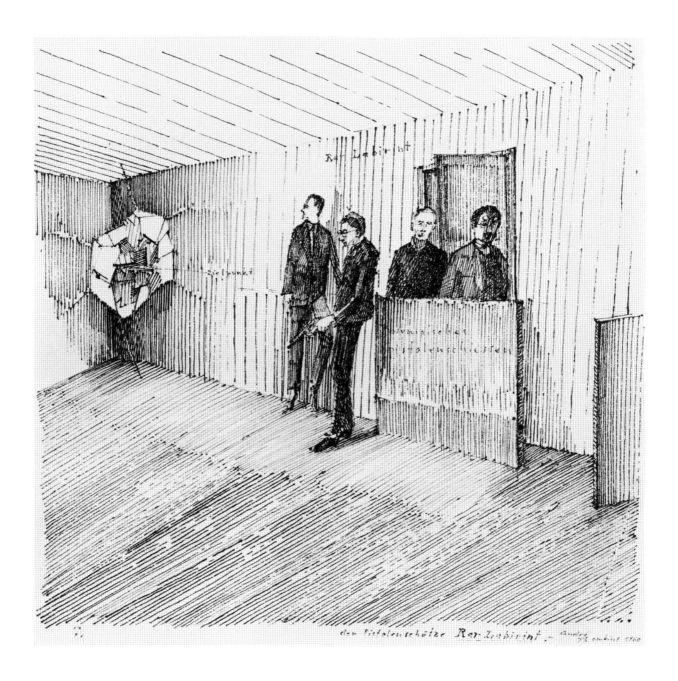

Kat. 56
der Pistolenschütze *Rar Labirint*. 1960
Feder in Tusche auf Papier. 20 × 20,8 cm
Kunstmuseum Winterthur

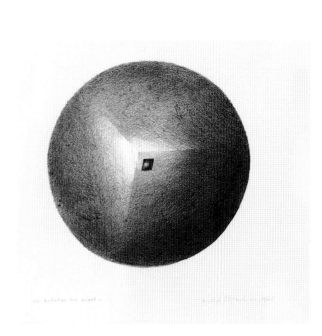

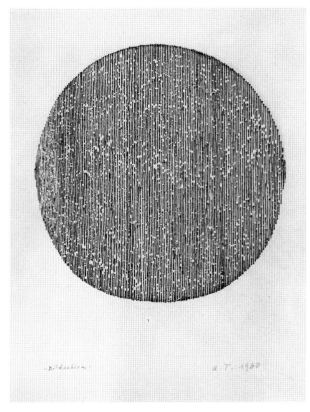

Kat. 57   Kat. 58
die kubatur der kugel. 1960   *Bildschirm*. 1960
Bleistift auf Papier. 20 × 21 cm   Feder auf Papier. 24 × 18,6 cm (Lichtmaß)
Kunstmuseum Luzern   Nachlaß Thomkins

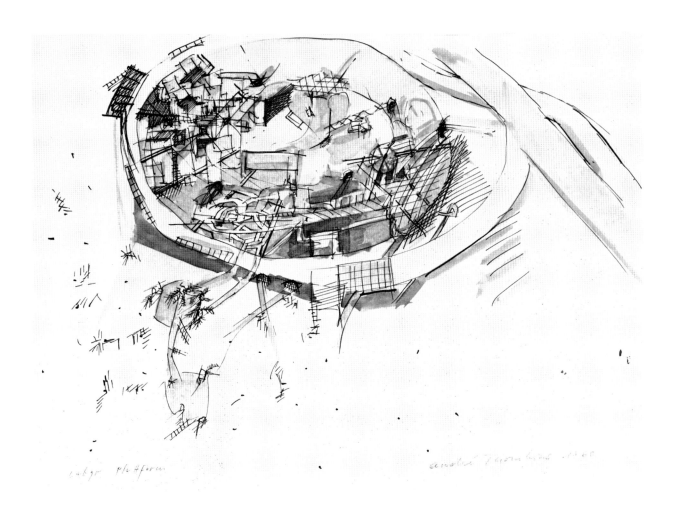

Kat. 59
Labyr Plattform. 1960
Aquarell und Feder auf Papier: 21 x 29,7 cm
Nachlaß Thomkins

− labyr −   andré Thomkins   1960

Kat. 60
Labyr. 1960
Feder auf Papier. 19 × 20 cm (Lichtmaß)
Nachlaß Thomkins

Kat. 61
Labyr. 1961
Kreide und Farbstift auf Löschkarton. 30,6 × 21,5 cm
Nachlaß Thomkins

Kat. 62
knoten. 1960
Bleistift auf Papier. 18 × 17 cm (Lichtmaß)
Nachlaß Thomkins

Kat. 63
Stoffzimmer. 1961
Feder auf Karton. 25,5 × 21,5 cm
Nachlaß Thomkins

- les cerises -

andré Thomkins 1862

Kat. 64
les cerises. 1962
Feder auf Papier. 20 × 19 cm
Nachlaß Thomkins

augenbühne

andré Thomkins 1962

Kat. 65
augenbühne. 1962
Bleistift und Farbstift auf Papier. 10 × 22,8 cm
Banca del Gottardo, Lugano

Kat. 66
portrait Schulze-Vellinghausen. 1963
Bleistift auf Papier. 18,6 × 20,8 cm (Lichtmaß)
Nachlaß Thomkins

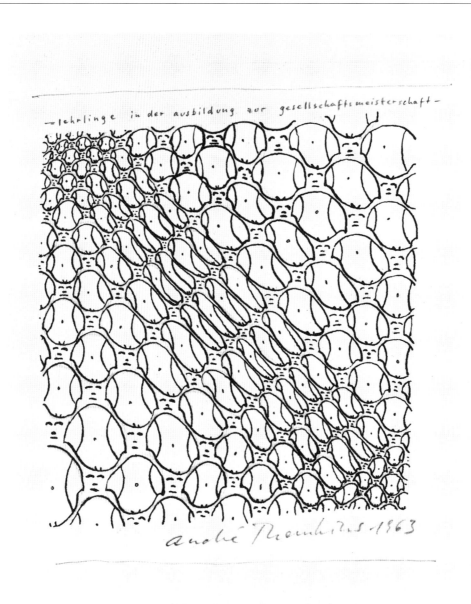

Kat. 67
lehrlinge in der ausbildung zur gesellschaftsmeisterschaft. 1963
Feder auf Papier. 25,5 × 19,2 cm
Nachlaß Thomkins

Kat. 68
nose-noise. 1964
Feder auf Papier. 21 × 20 cm
Nachlaß Thomkins

Kat. 69
liegender beobachter. 1964
Bleistift auf Papier. 33,5 × 23,9 cm
Nachlaß Thomkins

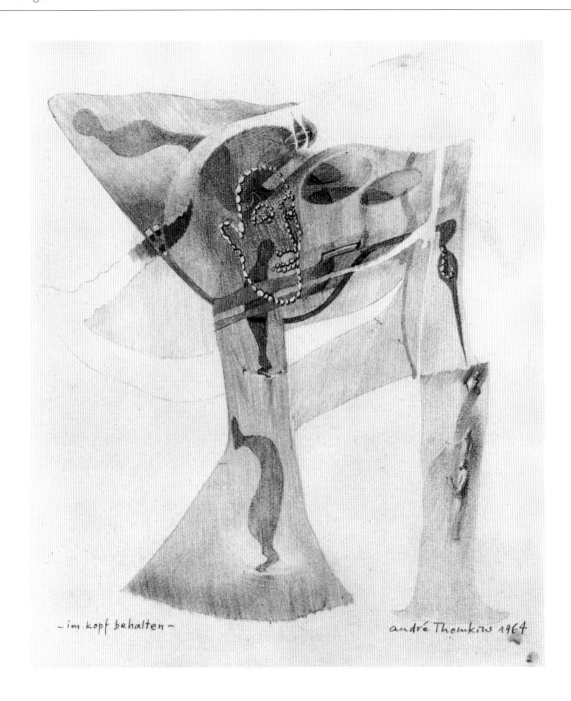

Kat. 70
im kopf behalten. 1964
Bleistift auf Papier. 15,1 × 12,2 cm
Nachlaß Thomkins

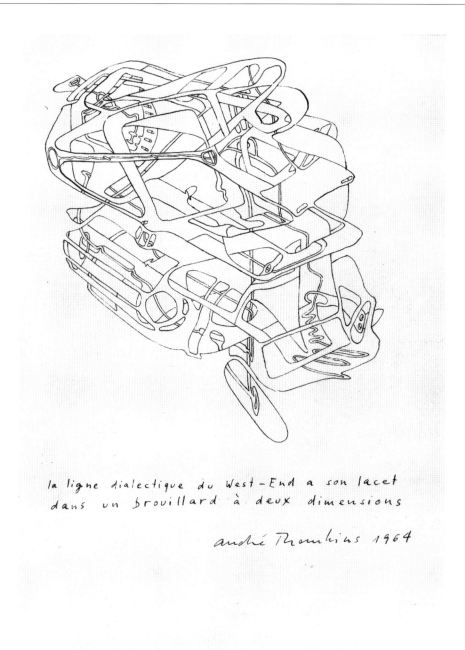

la ligne dialectique du West-End a son lacet
dans un brouillard à deux dimensions

andré Thomkins 1964

Kat. 71
*la ligne dialectique du West-End a son lacet dans un brouillard
à deux dimensions.* 1964
Feder in Tinte auf Papier. 25 × 17,5 cm
Kunstmuseum Luzern

Kat. 72
menschenmöglich. 1964
Feder auf Papier. 23,5 × 17 cm (Lichtmaß)
Nachlaß Thomkins

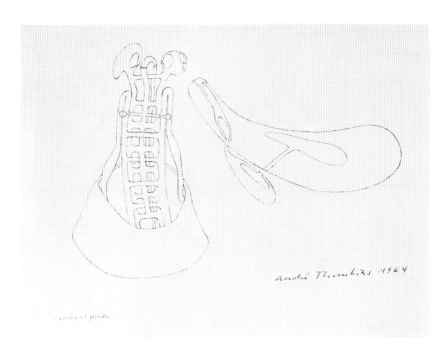

Kat. 73
cloche et gourdin. 1964
Feder auf Papier. 24,9 × 35,2 cm
Nachlaß Thomkins

Kat. 74
das Versicherungs-Duo. 1964
Feder auf Papier. 17,6 × 25,1 cm
Öffentliche Kunstsammlung Basel, Kupferstichkabinett,
K. A. Burckhardt-Koechlin-Fonds

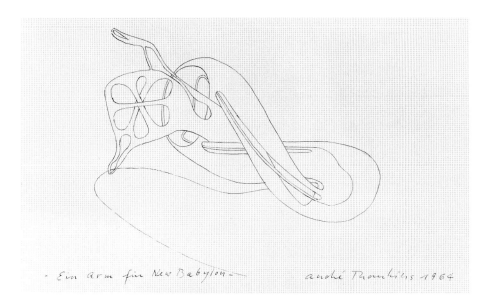

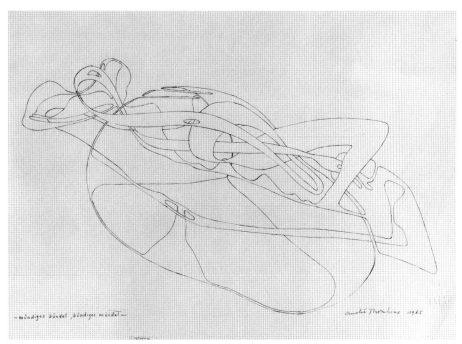

Kat. 75
Ein Arm für New Babylon. 1964
Feder auf Papier. 14,2 × 23,5 cm (Lichtmaß)
Nachlaß Thomkins

Kat. 76
mündiges bündel, bündiges mündel. 1965
Tusche auf Papier. 23,4 × 32,9 cm
Kunstmuseum Luzern

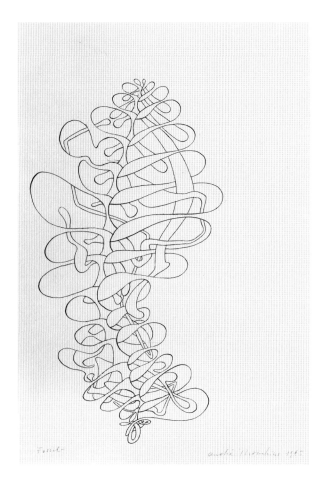

Kat. 77
Fossil. 1965
Feder auf Papier. 32,7 × 22,7 cm
Nachlaß Thomkins

Kat. 78
endlos. 1965
Feder auf Papier. 32,7 × 22,1 cm
Privatbesitz

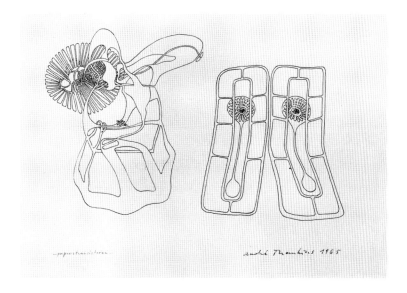

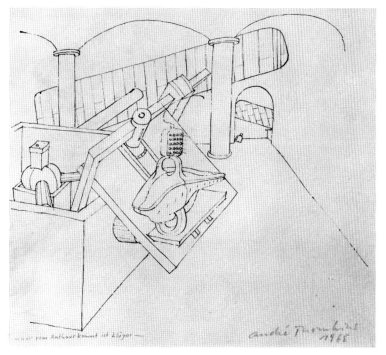

Kat. 79
papiertransistoren. 1965
Feder auf Papier. 25 × 35 cm
Nachlaß Thomkins

Kat. 80
wer vom Rathaus kommt ist klüger. 1965
Feder auf Papier. 18,5 × 20,2 cm (Lichtmaß)
Nachlaß Thomkins

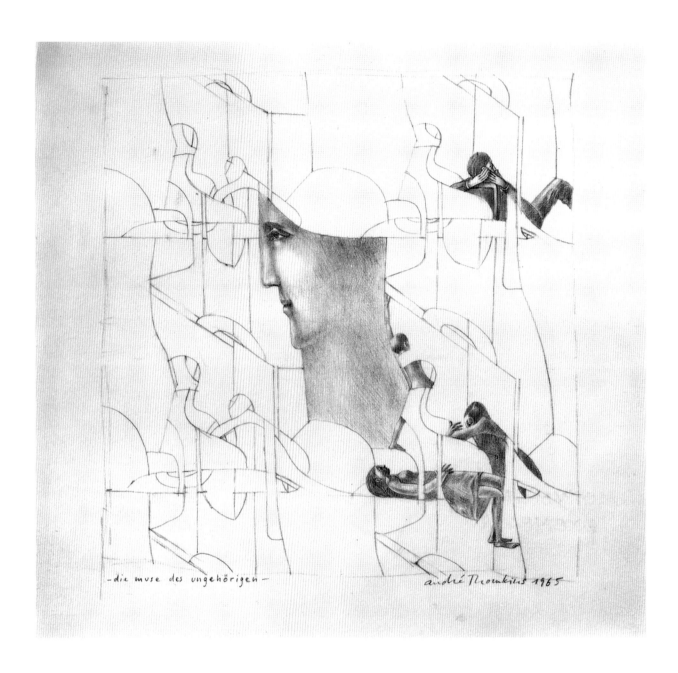

– die muse des ungehörigen –

andré Thomkins 1965

Kat. 81
die muse des ungehörigen. 1965
Bleistift auf Papier. 21,5 × 23,4 cm
Öffentliche Kunstsammlung Basel, Kupferstichkabinett,
K. A. Burckhardt-Koechlin-Fonds

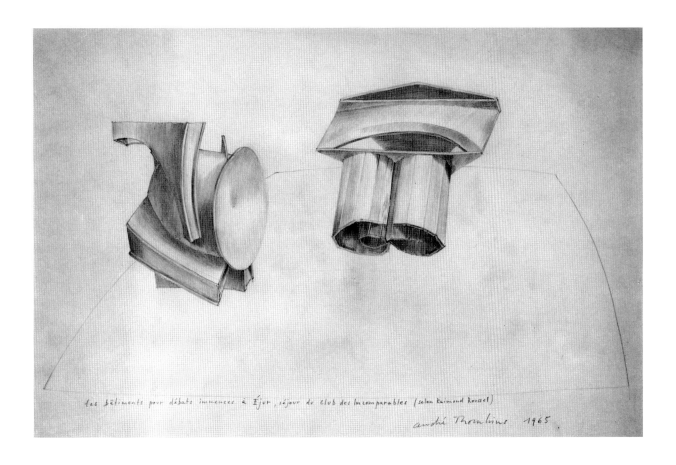

Kat. 82
les bâtiments pour débats immences à Éjur, séjour du Club des
Incomparables (selon Raimond Roussel). 1965
Bleistift auf Papier. 22,5 × 34,2 cm (Lichtmaß)
Nachlaß Thomkins

Kat. 83
mondriaan. 1965
Aquarell auf Papier. 21,5 × 20,9 cm
Nachlaß Thomkins

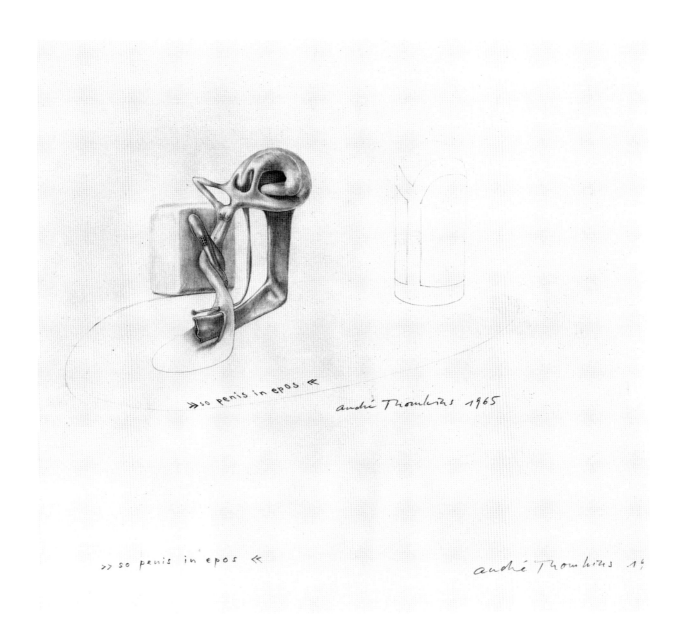

Kat. 84
»so penis in epos«. 1965
Bleistift auf Papier. 24 x 25,5 cm
Privatbesitz

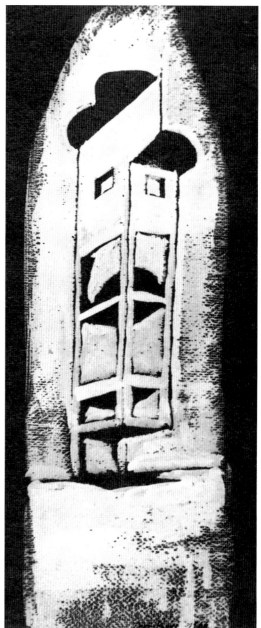

Kat. 85
Turmbeuys. 1966
Bleistift auf Papier. 24,9 × 14,2 cm
Sammlung van der Grinten, Museum Schloß Moyland

Kat. 86
Turmbeuys. 1966
Deckweiß auf Karton. 32 × 13 cm
Sammlung van der Grinten, Museum Schloß Moyland

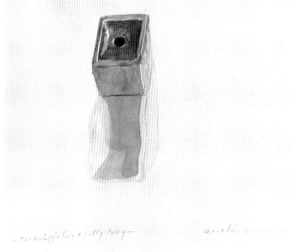

Kat. 87
silly-putty-house. 1966
Aquarell auf Papier. 21 × 16 cm (Lichtmaß)
Nachlaß Thomkins

Kat. 88
Farbnäpfchen + Silly Putty. 1967
Aquarell auf Papier. 17,8 × 21 cm (Lichtmaß)
Nachlaß Thomkins

—mit Diener aus Wien—

André Thomkins 1967

Kat. 89
mit Diener aus Wien. 1967
Feder auf Papier. 15 × 15 cm (Lichtmaß)
Nachlaß Thomkins

Kat. 90
ananatomie. 1967
Bleistift auf Papier. 27,4 × 13 cm
Nachlaß Thomkins

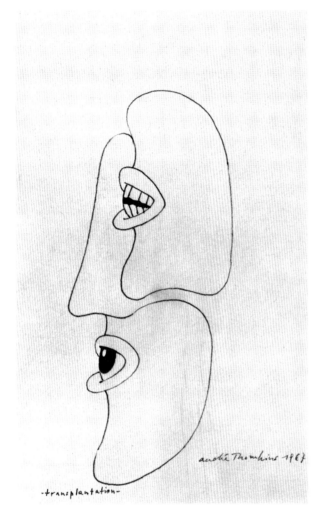

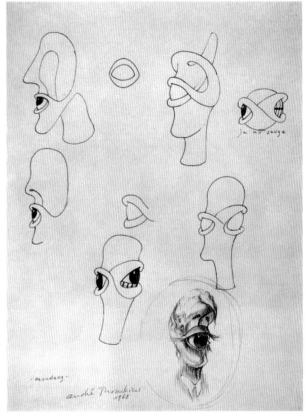

Kat. 91
transplantation. 1967
Feder auf Papier. 20,1 × 12,7 cm
Nachlaß Thomkins

Kat. 92
mundaug. 1968
Feder auf Papier. 30 × 22 cm (Lichtmaß)
Nachlaß Thomkins

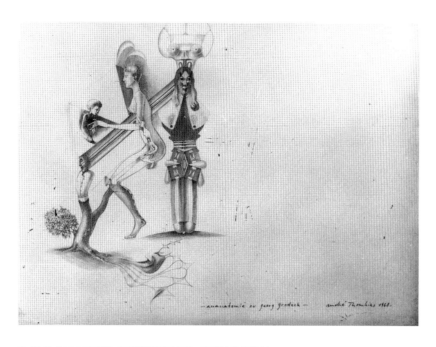

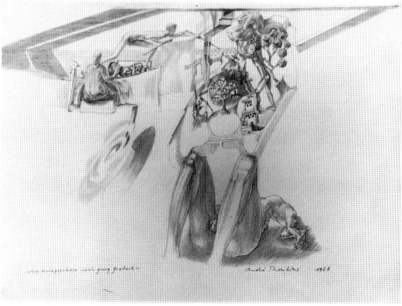

Kat. 93
ananatomie zu Georg Grodeck. 1968
Bleistift auf Papier. 22 × 30 cm (Lichtmaß)
Neues Museum Weserburg Bremen, Sammlung Karl Gerstner

Kat. 94
eine kniepsychose nach Georg Grodeck. 1968
Bleistift auf Papier. 22 × 30 cm (Lichtmaß)
Neues Museum Weserburg Bremen, Sammlung Karl Gerstner

Kat. 95
cases communiquantes. 1968
Bleistift auf Papier. 12,3 × 13,2 cm (Lichtmaß)
Nachlaß Thomkins

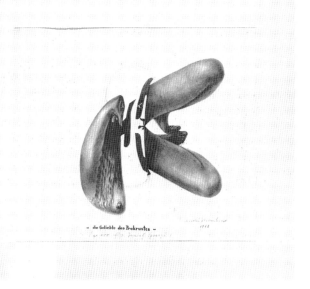

Kat. 96, links
*der Schatten ist eine Amöbe, die sich in den Schatten aller Dinge
verwandelt.* 1968
Bleistift und Siebdruck auf Papier. 25,9 × 28,8 cm (Lichtmaß)
Privatbesitz

Kat. 96, rechts
Minotaure en solitude. 1968
Bleistift und Siebdruck auf Papier. 25,9 × 28,8 cm (Lichtmaß)
Privatbesitz

Kat. 97, links
Prokrustesbett. 1968
Bleistift und Siebdruck auf Papier. 23,8 × 27,3 cm (Lichtmaß)
Privatbesitz

Kat. 97, rechts
die Geliebte des Prokrustes. 1968
Bleistift und Siebdruck auf Papier. 23,8 × 27,3 cm (Lichtmaß)
Privatbesitz

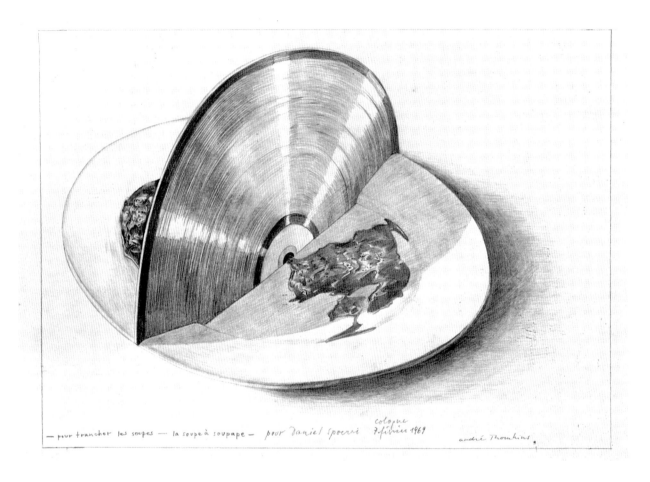

— pour trancher les soupes — la soupe à soupape — pour Daniel Spoerri cologne 7 février 1969   andré Thomkins

Kat. 98
pour trancher les soupes – la soupe à soupape – pour Daniel Spoerri. 1969
Bleistift auf Papier. 28,2 × 43 cm (Lichtmaß)
Privatbesitz

Kat. 99
»REVOLV'LOVER«. 1969
Feder in Tusche auf Papier. 13 × 15 cm (Lichtmaß)
Neues Museum Weserburg Bremen, Sammlung Karl Gerstner

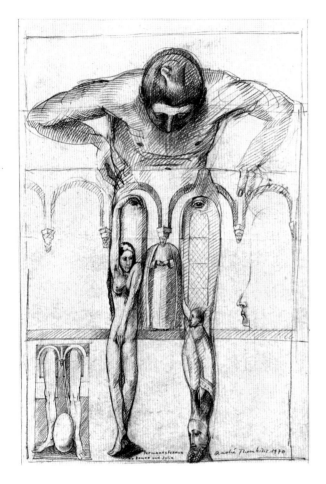

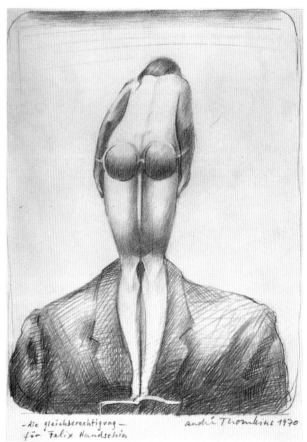

Kat. 100
Permanentszene zu Romeo und Julia. 1970
Bleistift auf Papier. 33,5 × 22,5 cm (Lichtmaß)
Nachlaß Thomkins

Kat. 101
die gleichberechtigung – für Felix Handschin. 1970
Bleistift auf Papier. 17,4 × 12,5 cm (Lichtmaß)
Privatbesitz

Kat. 102
amanita muscaria (George Brechts Traum). 1970
Bleistift und Aquarell auf Papier. 21 × 44,5 cm
Neues Museum Weserburg Bremen, Sammlung Karl Gerstner

Kat. 103
n. Callot. 1970
Bleistift auf Papier. 22 × 19,8 cm (Lichtmaß)
Nachlaß Thomkins

Kat. 104
n. Böcklin. 1970
Aquarell über Bleistift auf Papier. 29,5 × 20,9 cm
Öffentliche Kunstsammlung Basel, Kupferstichkabinett,
K. A. Burckhardt-Koechlin-Fonds

Kat. 105
n. Böcklin. 1970
Bleistift auf Papier. 24,9 × 22 cm
Öffentliche Kunstsammlung Basel, Kupferstichkabinett,
K. A. Burckhardt-Koechlin-Fonds

Kat. 106
n. Böcklin. 1970
Lithokreide auf Papier. 24,9 × 21,9 cm
Öffentliche Kunstsammlung Basel, Kupferstichkabinett,
K. A. Burckhardt-Koechlin-Fonds

Kat. 107
n. Böcklin. 1970
Bleistift auf Papier. 24,9 × 21,9 cm
Öffentliche Kunstsammlung Basel, Kupferstichkabinett,
K. A. Burckhardt-Koechlin-Fonds

Kat. 108
n. Böcklin. 1970
Bleistift auf Papier. 24,9 × 21,8 cm
Öffentliche Kunstsammlung Basel, Kupferstichkabinett,
K. A. Burckhardt-Koechlin-Fonds

Kat. 109
n. Meyer-Amden. 1971
Bleistift auf Papier. 28 × 18,5 cm
National Versicherung, Basel

Kat. 110
waberwabe. 1971
Feder auf Papier. 30 × 23 cm (Lichtmaß)
Nachlaß Thomkins

Kat. 111
SLUIS. 1971
Bleistift auf Papier: 22,8 × 18,4 cm (Lichtmaß)
Nachlaß Thomkins

Kat. 112
George Brecht träumt über Kaninchen-Postfächern. 1971
Bleistift auf Papier. 20,9 × 12 cm
Öffentliche Kunstsammlung Basel, Kupferstichkabinett

Kat. 113
kein türmen ohne landen. 1972
Bleistift auf Papier. 16,3 × 16,4 cm (Lichtmaß)
Privatbesitz

Kat. 114
»REGIEZEBRAFARBEZEIGER«. 1971
Bleistift und Deckweiß auf Packpapier, Collage. 24 × 33,6 cm
(Lichtmaß)
Nachlaß Thomkins

Kat. 115
glassshow. 1973
Bleistift auf Papier. 30 × 20,2 cm
Nachlaß Thomkins

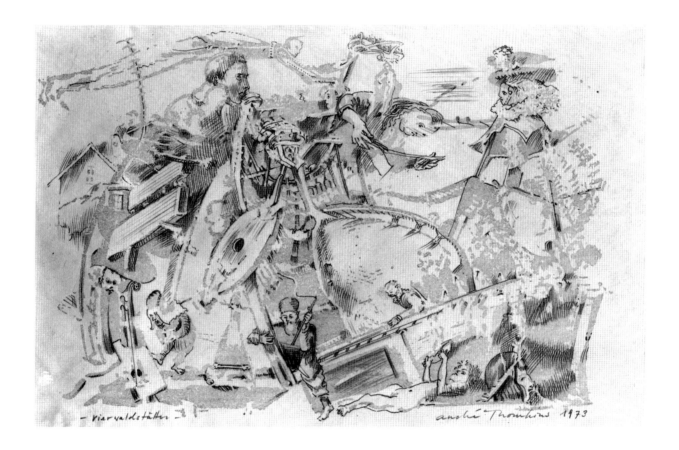

Kat. 116
Vierwaldstätter. 1973
Feder, laviert, und Bleistift auf Papier. 19 × 29,7 cm
Privatbesitz

- geräteraten auf's geratewohl -

Kat. 117
geräteraten auf's geratewohl. 1974
Pinsel und Bleistift auf Papier. 21,5 × 29,8 cm (Lichtmaß)
Privatbesitz

Kat. 118
»O GEOMETRIE ITEM O EGO«. 1974
Pinsel auf Karton. 22,6 × 25,5 cm
Nachlaß Thomkins

Kat. 119   Kat. 120
schwarzwälder Brieftaube. 1975   *zelebrieren + Praxis des Sammelns.* 1975
Bleistift auf Papier. 20,3 × 6,3 cm (Lichtmaß)   Bleistift auf Papier. 21 × 6,7 cm
Aargauer Kunsthaus Aarau   Nachlaß Thomkins

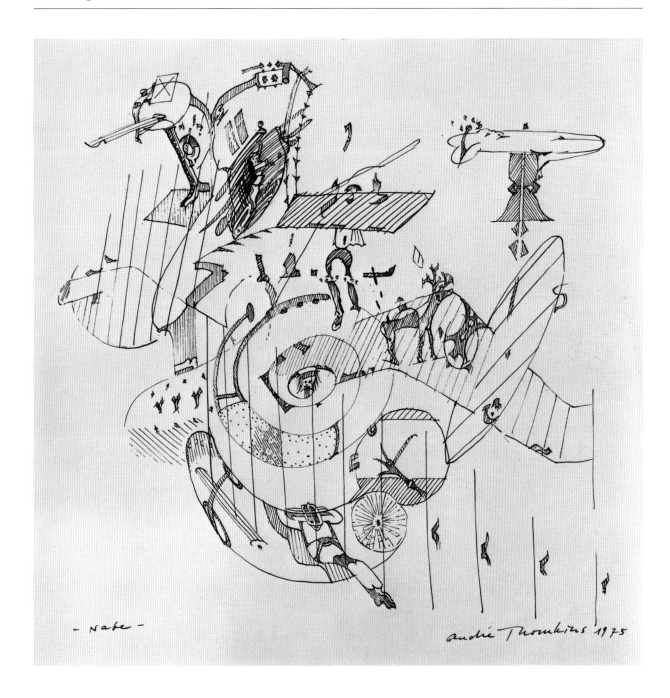

– Nabe –

andré Thomkins 1975

Kat. 121
Nabe. 1975
Feder auf Papier. 22,4 × 22,6 cm
Nachlaß Thomkins

Kat. 122
Hiob. 1976
Bleistift auf Papier. 17,2 × 26 cm
Bank Julius Bär

Kat. 123
anstossen auf Steiners Wohnung. 1976
Bleistift auf Papier. 26,5 × 18,3 cm
Nachlaß Thomkins

Kat. 124
STORCHENSCHNABEL – NABEL – NEBEL. 1976
Kohle, Kreide und Sand auf Karton. 59,6 × 79,5 cm
Nachlaß Thomkins

Kat. 125
st. gallens Brücker. 1977
Bleistift auf Papier. 29,6 × 20,8 cm
Nachlaß Thomkins

Kat. 126
SOS tenuto. 1977
Bleistift auf Papier. 28,2 × 19,6 cm (Lichtmaß)
Nachlaß Thomkins

Kat. 127
aesculap. 1977
Bleistift auf Papier. 26,8 × 17,8 cm
Nachlaß Thomkins

- Pittura Metafisica -

Kat. 128
Pittura Metafisica. 1977
Bleistift auf Papier. 21 × 15,7 cm (Lichtmaß)
Nachlaß Thomkins

Kat. 129
Papier unter der Zeichnung. 1978
Bleistift auf Papier. 28 × 19,5 cm
Nachlaß Thomkins

Kat. 130
aT. 1979
Bleistift auf Papier. 20,9 × 14,7 cm
Öffentliche Kunstsammlung Basel, Kupferstichkabinett

Kat. 131
Ohne Titel. 1979
Bleistift auf Papier. 20,8 × 29,7 cm
Nachlaß Thomkins

Kat. 132
Ohne Titel. 1979
Bleistift auf Papier. 29,6 x 20,9 cm
Privatbesitz

Eingeborene

andré Thomkins 1980

Kat. 133
Eingeborene. 1980
Feder auf Papier. 20,9 x 29,6 cm
Nachlaß Thomkins

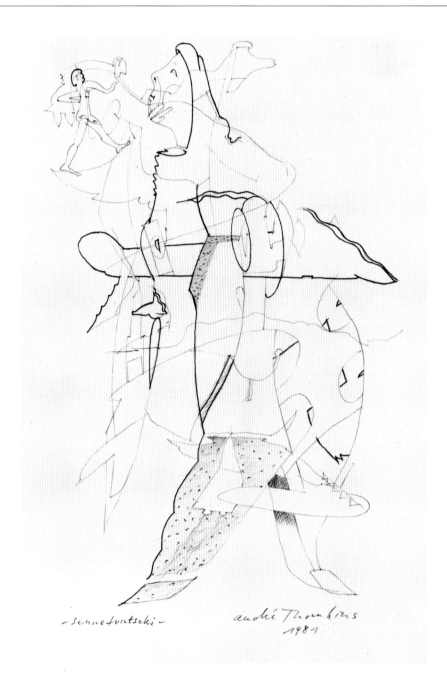

–sennetuntschi–   andré Thomkins
                              1981

Kat. 134
Sennetuntschi. 1981
Bleistift auf Papier. 23,7 × 15,9 cm
Nachlaß Thomkins

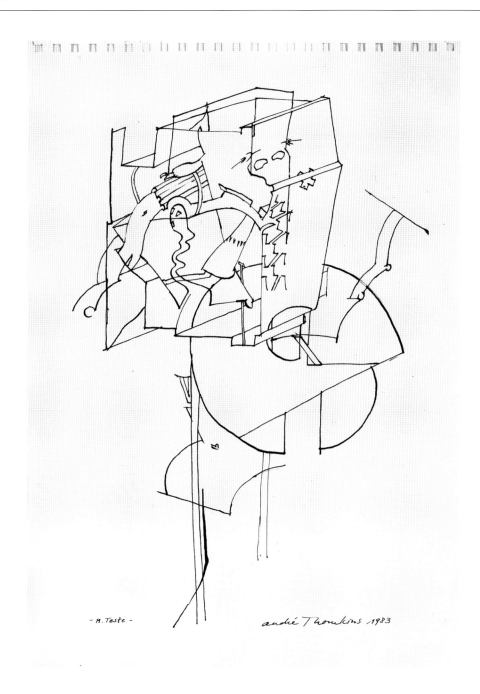

Kat. 135
M. Teste. 1983
Feder auf Papier. 29,6 × 20,8 cm
Nachlaß Thomkins

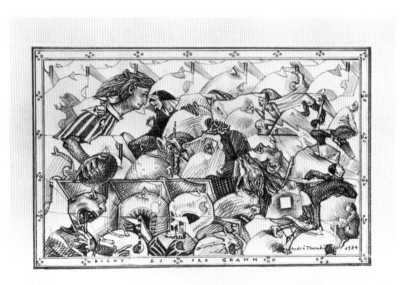

Kat. 136   Kat. 137
rechtschaffende. 1984   *DICHT ES PRO GRAMM*. 1984
Bleistift auf Halbkarton. 17,4 × 24,9 cm   Bleistift auf Papier. 17 × 23,5 cm
Nachlaß Thomkins   Nachlaß Thomkins

Kat. 138
Nessus. 1947
Öl auf Papier, mit Ritzspuren. 21 x 29,7 cm
Nachlaß Thomkins

Kat. 139
Ohne Titel. 1949
Öl und Wasserfarbe über Vorzeichnung auf Halbkarton
21,6 × 13 cm
Nachlaß Thomkins

Kat. 140
ça tient le cou. 1949
Öl auf Sperrholz. 49 x 49,7 cm
Nachlaß Thomkins

Kat. 141
Ohne Titel. 1950
Öl auf Leinwand. 30 × 32,3 cm (Lichtmaß)
Nachlaß Thomkins

Kat. 142
Engel und Roboter. 1950
Öl auf Leinwand. 50 × 35 cm
Sammlung van der Grinten,
Museum Schloß Moyland

Kat. 143
pariser banlieue. 1951–52
Öl auf Leinwand. 50 x 60 cm
Nachlaß Thomkins

Kat. 144
Landwirtschaft. 1953
Öl auf Leinwand. 69,5 × 64,5 cm
Nachlaß Thomkins

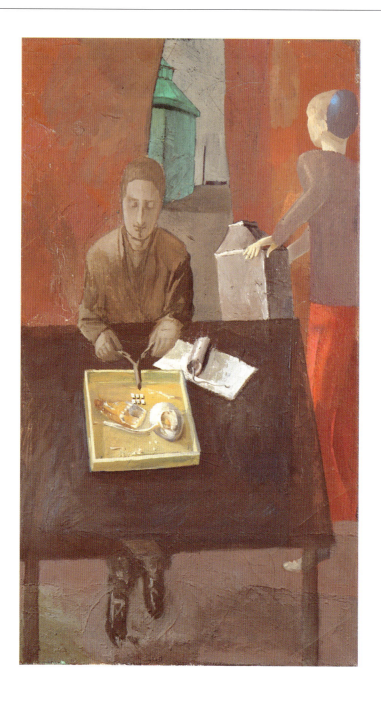

Kat. 145
Ohne Titel. 1955
Öl auf Leinwand. 63 × 36 cm
Nachlaß Thomkins

Kat. 146
Ohne Titel. 1955
Öl auf Leinwand. 38,4 × 22,9 cm (Lichtmaß)
Nachlaß Thomkins

Kat. 147
Ohne Titel. 1956
Öl auf Leinwand. 50,5 × 34 cm
Nachlaß Thomkins

Kat. 148
Ohne Titel. 1958
Öl auf Leinwand. 120 x 40 cm
Aargauer Kunsthaus Aarau

Kat. 149
Ohne Titel. 1960
Öl auf Leinwand. 74 × 30 cm
Nachlaß Thomkins

Kat. 150
Ohne Titel. 1960
Öl auf Leinwand. 80 × 40 cm
Nachlaß Thomkins

Kat. 151
Die Mühlen. 1962
Öl auf Leinwand. 80 × 75 cm
Privatbesitz

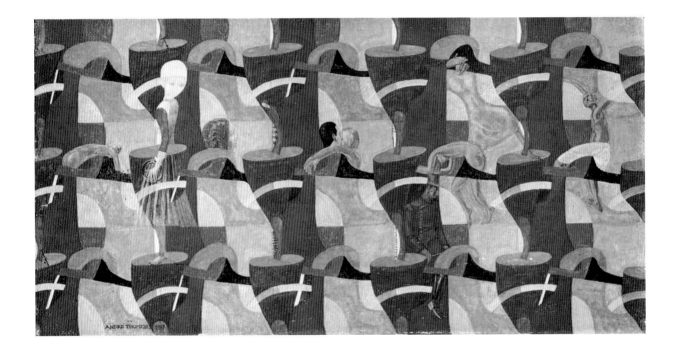

Kat. 152
heures délivrées. 1967
Öl auf Jute. 38 × 75 cm
Privatbesitz

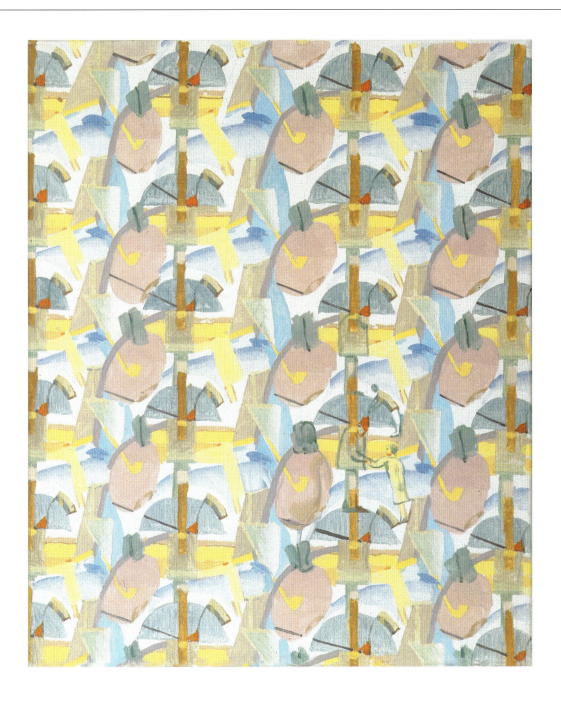

Kat. 153
Ohne Titel. 1973
Öl auf Leinwand. 52 × 43 cm
Nachlaß Thomkins

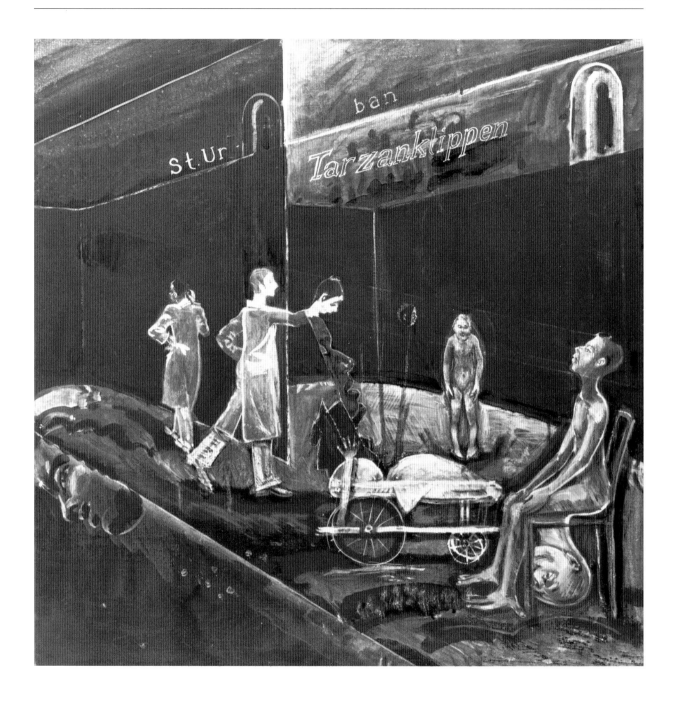

Kat. 154
Tarzanklippen. 1980
Öl auf Leinwand. 59,5 × 59,5 cm
Nachlaß Thomkins

Kat. 155
zur abschrekenden Warnung allen unruhigen Geistern. 1980
Öl auf Leinwand. 53 × 51 cm
Nachlaß Thomkins

Kat. 156
gezähmahne. 1981
Öl auf Leinwand. 65 × 63,5 cm
Nachlaß Thomkins

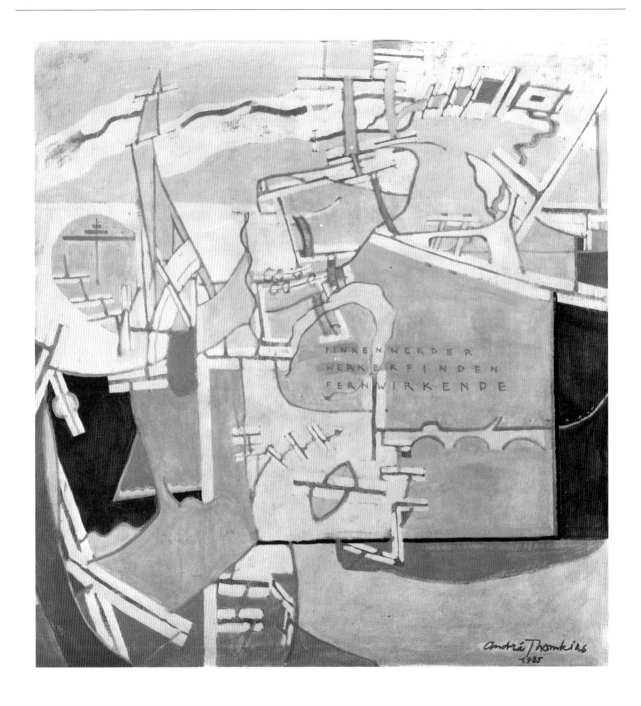

Kat. 157
FINKENWERDER / WERKERFINDEN / FERNWIRKENDE. 1985
Öl auf Leinwand. 130 × 120 cm
Kunstmuseum Winterthur

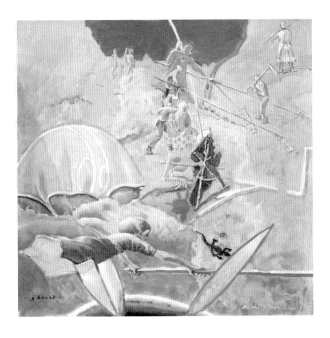

Kat. 158
g'heuet. 1985
Öl auf Leinwand. 60 × 61 cm
Bank Julius Bär

Kat. 159
landsagganzbissigzuebbespuel. 1985
Öl auf Leinwand. 42,7 × 44 cm
Nachlaß Thomkins

Kat. 160
wer hat den kürbiskern wer hat den kürbiskern wer hat den
kürbiskern verschluckt? 1985
Öl auf Leinwand. 130 × 120 cm
Nachlaß Thomkins

Kat. 161
Frau unter der Lampe. 1946
Gouache auf Papier und Collage. 17 × 19,4 cm
Nachlaß Thomkins

Kat. 162
Ohne Titel. 1947
Gouache und Feder auf Papier. 29,7 × 21 cm
Nachlaß Thomkins

Kat. 163
similitude. 1947
Gouache und Tusche auf Papier. 42 × 34 cm
Kunstmuseum Luzern

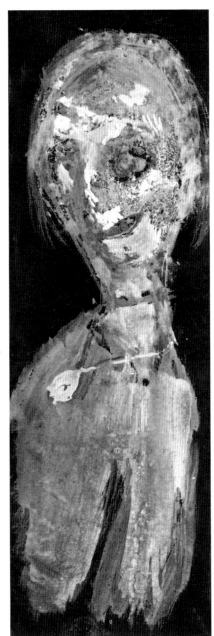

Kat. 164
Ohne Titel. 1949
Aquarell auf Papier. 29,7 × 21 cm
Nachlaß Thomkins

Kat. 165
Ohne Titel. 1949
Gouache auf Halbkarton. 23,5 × 7,9 cm
Nachlaß Thomkins

Kat. 166
Napoleons Kosespuk. 1947
Gouache und Bleistift auf Papier. 20,5 × 25,8 cm (Lichtmaß)
Öffentliche Kunstsammlung Basel, Kupferstichkabinett

Kat. 167
heu- und steinhändlerin. 1952
Aquarell und Feder auf Papier. 29 × 20,1 cm (Lichtmaß)
Nachlaß Thomkins

Kat. 168
Ohne Titel. 1952
Aquarell und Feder auf Papier. 32,2 × 19 cm
Nachlaß Thomkins

Kat. 169
Ohne Titel. 1953
Aquarell und Feder auf Papier. 17 × 23,8 cm
Nachlaß Thomkins

Kat. 170
Tessiner Geometrie. 1953
Aquarell auf Papier. 21,5 × 22,6 cm
Nachlaß Thomkins

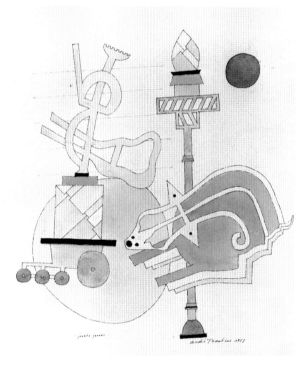

Kat. 171
Ohne Titel. 1954
Feder, aquarelliert, auf Karton. 15,6 × 11 cm
Nachlaß Thomkins

Kat. 172
jouets jaunes. 1953
Aquarell und Feder auf Papier. 34 × 29,5 cm
Nachlaß Thomkins

Kat. 173
Mann in Fels. 1955
Aquarell über Bleistift auf Papier. 24,5 × 15,3 cm
Nachlaß Thomkins

Kat. 174
Markt. 1956
Aquarell auf Papier. 25 × 15,1 cm
Nachlaß Thomkins

Kat. 175
eingespannter regenbogen. 1956
Aquarell auf Papier. 32,2 × 25,6 cm
Nachlaß Thomkins

le musicien,   andré Thomkins 56

Kat. 176
le musicien. 1956
Aquarell und Bleistift auf Papier. 17,6 × 9,3 cm
Nachlaß Thomkins

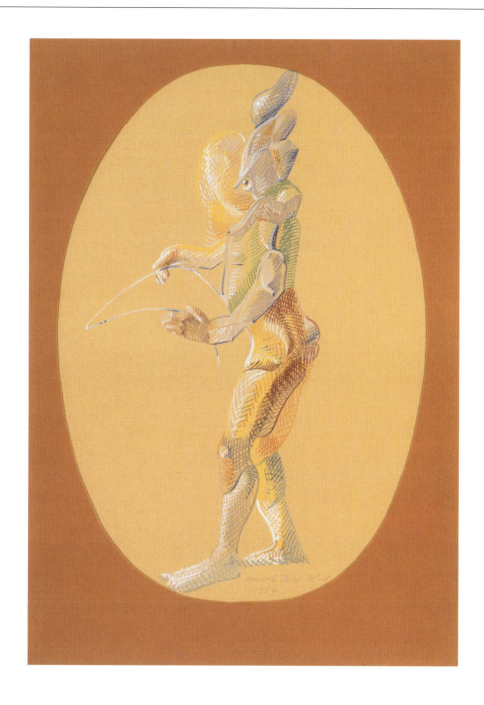

Kat. 177
Ohne Titel. 1957
Tempera und Deckweiß auf Papier in Passepartout
29,6 × 21 cm
Nachlaß Thomkins

Kat. 178
Scaphandrier. 1958
Bleistift und Aquarell auf Karton. 23,3 × 5,8 cm
Nachlaß Thomkins

Kat. 179
Justinus Kerner Nevro Armozon. 1958
Tempera auf Karton. 30 × 15 cm
Nachlaß Thomkins

Kat. 180
saint gaulois. 1960
Aquarell und Bleistift auf Papier. 28,9 × 20 cm
Aargauer Kunsthaus Aarau

Kat. 181
europaranoia. 1964
Aquarell auf Papier. 15,3 × 18 cm (Lichtmaß)
Nachlaß Thomkins

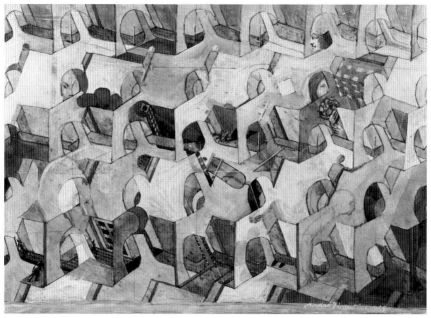

Kat. 182   Kat. 183
VEXIERBILD – PERMANENTSZENE. 1965   *passe-partout.* 1965
Aquarell auf Papier, auf Holz aufgezogen. 24,4 × 25,1 cm   Aquarell und Gouache über Bleistift auf Karton. 25 × 35 cm
Galerie & Edition Marlene Frei, Zürich   Kunstmuseum Solothurn

Kat. 184
Ohne Titel. 1965
Aquarell über Bleistift, Dispersion. 21,7 × 25,9 cm
Öffentliche Kunstsammlung Basel, Kupferstichkabinett

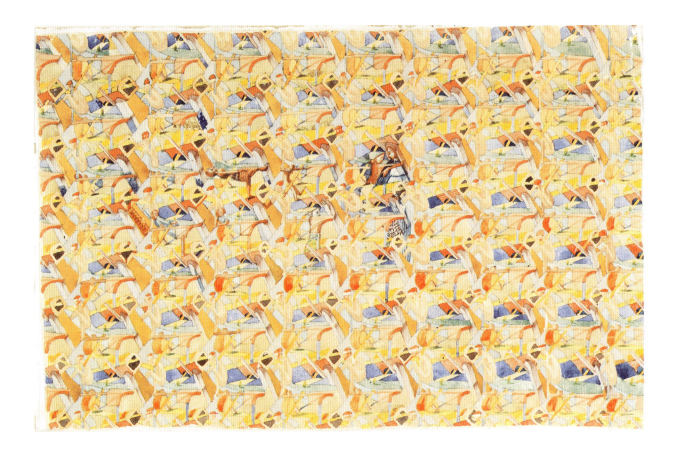

Kat. 185
Niederland. 1965
Aquarell auf Papier, auf grundiertem Holz aufgezogen
21,5 × 33,1 cm
Nachlaß Thomkins

Kat. 186
shell dutch. 1965
Aquarell auf Papier. D. 15,8 cm
Nachlaß Thomkins

Kat. 187
Haus für Bewohner. 1965
Gouache und Tempera über Bleistift auf Papier. 15 × 26,8 cm
Nachlaß Thomkins

Kat. 188
Ohne Titel. 1966
Aquarell auf Papier. 22,8 × 15,7 cm
Basel, Öffentliche Kunstsammlung Basel, Kupferstichkabinett,
K. A. Burckhardt-Koechlin-Fonds

Kat. 189
Ejur. 1966
Öl und Tempera. 24,5 × 39,3 cm
Neues Museum Weserburg Bremen, Sammlung Karl Gerstner

Kat. 190
dialektische akademie. 1966
Aquarell auf Papier. 17,3 × 24,7 cm
Nachlaß Thomkins

Kat. 191
Ohne Titel. 1966
Aquarell und Bleistift auf Papier. 20,5 × 14,7 cm
Nachlaß Thomkins

Kat. 192
Klosterberg. 1969
Aquarell und Bleistift auf Papier. 15 × 13,5 cm (Lichtmaß)
Nachlaß Thomkins

Kat. 193
für »Sägler und Nagler«
Wohnungsentwöhnung Kunsthalle Düsseldorf. 1969
Bleistift und Aquarell auf Papier. 14 × 19 cm (Lichtmaß)
Neues Museum Weserburg Bremen, Sammlung Karl Gerstner

Kat. 194
Ohne Titel. 1969
Aquarell und Bleistift auf Papier. 16,7 × 23,6 cm (Lichtmaß)
Nachlaß Thomkins

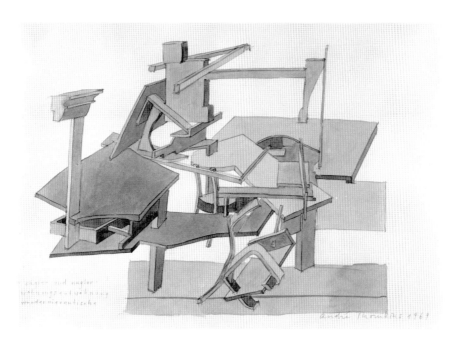

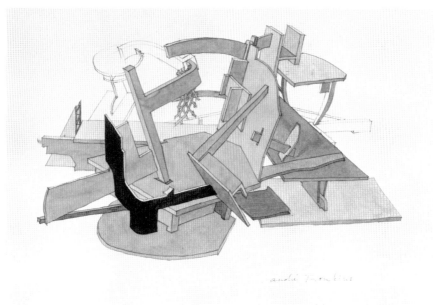

Kat. 195
sägler und nagler – wohnungsentwöhnung wandernierentische. 1969
Aquarell über Bleistift auf Papier. 15,9 × 23,2 cm
Öffentliche Kunstsammlung Basel, Kupferstichkabinett,
K. A. Burckhardt-Koechlin-Fonds

Kat. 196
Sägler und Nagler. 1969
Bleistift und Aquarell auf Papier. 16,2 × 23,9 cm
Privatbesitz

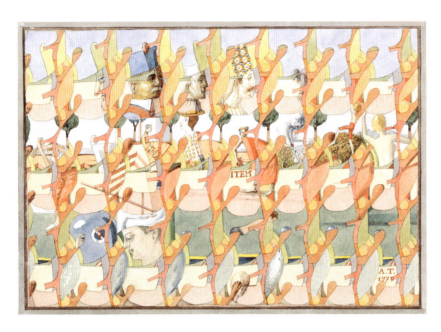

Kat. 197   Kat. 198
ITEM. 1970   *Nach Füssli*. 1971
Aquarell auf Papier. 17,5 × 24,5 cm (Lichtmaß)   Bleistift und Aquarell auf Papier. 15,5 × 21,6 cm
Neues Museum Weserburg Bremen, Sammlung Karl Gerstner   Nachlaß Thomkins

Kat. 199
die jahrhundert-wender. 1970
Aquarell über Bleistift auf Papier. 9,5 x 13,5 cm
Kunsthaus Zürich

Kat. 200
arbeiter mit frauen blau und gelb. 1971
Bleistift, Aquarell und Feder auf Papier. 14,3 × 20,1 cm
(Lichtmaß)
Nachlaß Thomkins

Kat. 201
Scaphion – Landschaft an der Südküste Kreta. 1972
Aquarell auf Papier. 19,2 × 30 cm
Nachlaß Thomkins

Kat. 202
Wohnlandschaft. 1972
Gouache auf Papier. 10 × 21 cm (Lichtmaß)
Nachlaß Thomkins

Kat. 203
Ohne Titel. 1972
Aquarell auf Papier. 26,8 × 34,3 cm (Lichtmaß)
Nachlaß Thomkins

Kat. 204
Landschaft mit Flut. 1972
Aquarell über Bleistift auf Papier. 22,4 × 14,7 cm
Nachlaß Thomkins

Kat. 205
colli Euganei. 1972
Aquarell über Bleistift auf Papier. 23,5 × 15,8 cm (Lichtmaß)
Nachlaß Thomkins

Kat. 206
PADOVANE. 1972
Bleistift und Aquarell auf Papier. 17 × 14 cm (Lichtmaß)
Nachlaß Thomkins

Kat. 207
Le Songe de la Colombe de George Brecht. 1973
Aquarell auf Papier und Collage. 74,5 × 51,5 cm
Nachlaß Thomkins

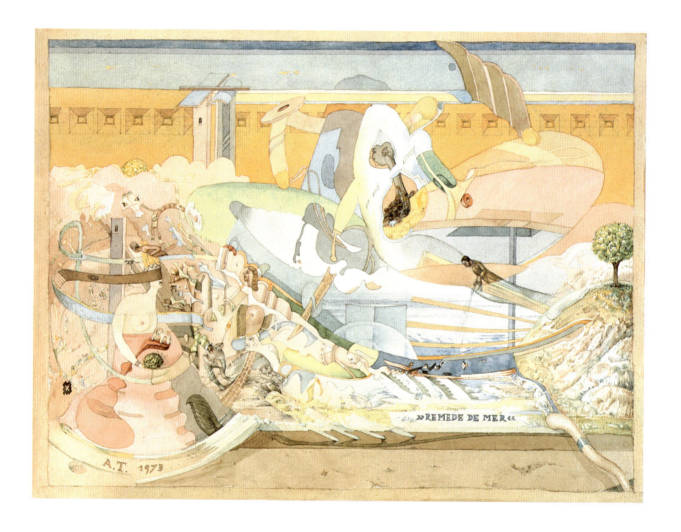

Kat. 208
»REMEDE DE MER«. 1973
Aquarell auf Papier. 23 x 31 cm
Neues Museum Weserburg Bremen, Sammlung Karl Gerstner

Kat. 209
Gang nach Gachnang. 1973–74
Aquarell und Bleistift auf Papier. 12 × 17,8 cm
Nachlaß Thomkins

Kat. 210
zundelfriede. 1975
Aquarell und Bleistift auf Papier. 21,6 × 22,6 cm
Privatbesitz

Kat. 211
Lüften zum Gruss. 1975
Aquarell auf Papier. 18 × 13 cm
Nachlaß Thomkins

Kat. 212
les Entrelacs à Interlaken. 1975
Aquarell auf Papier. 22,1 × 22,1 cm (Lichtmaß)
Privatbesitz

Kat. 213
BLAU BEUREN. 1977
Aquarell über Kreide auf Papier. 23,7 x 16,7 cm
Nachlaß Thomkins

Kat. 214
Regen im Zarten. 1977
Aquarell auf Papier. 17,8 × 26,8 cm
Nachlaß Thomkins

Kat. 215
zweiber. 1978
Aquarell und Feder auf Papier 22,2 × 16,2 cm
Nachlaß Thomkins

Kat. 216
inner – schweiz. 1977
Aquarell und Tusche auf Papier. 24 x 16,5 cm
Kunstmuseum Luzern

Kat. 217
»lucerne en recul«. 1978
Aquarell auf Papier. 21,3 × 20,4 cm
Kunstmuseum Luzern

Kat. 218
alportjodle (Drehpalindrom). 1979
Aquarell auf Papier. 18,7 × 19,2 cm
Zuger Kulturstiftung Landis & Gyr, Zug

Kat. 219
plaffeld 3. 1979
Aquarell auf Papier. 15,1 × 12 cm
Privatbesitz

Kat. 220
plaffeld 4. 1980
Aquarell auf Papier. 15 × 11,8 cm
Privatbesitz

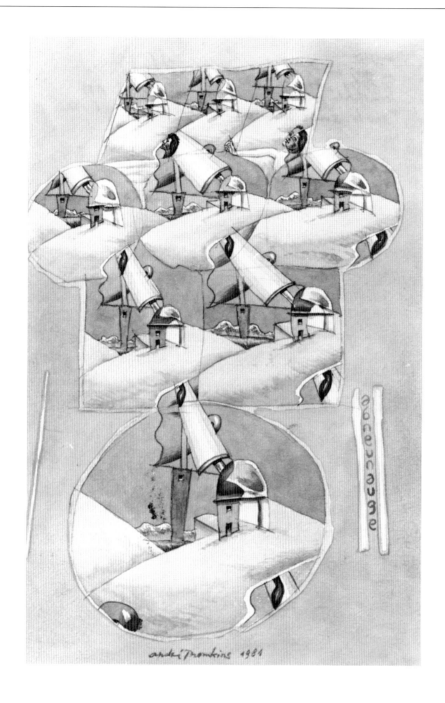

Kat. 221
abneunauge (Drehpalindrom). 1981
Aquarell und Bleistift auf Papier. 23,7 × 15,8 cm
Bank Julius Bär

Kat. 222
höretöchter. 1983
Aquarell über Bleistift auf Papier. 20,7 × 22 cm
Privatbesitz

Kat. 223
Knieender Mondmaler. 1983
Aquarell und Feder auf Papier. 24 x 23 cm
Privatbesitz

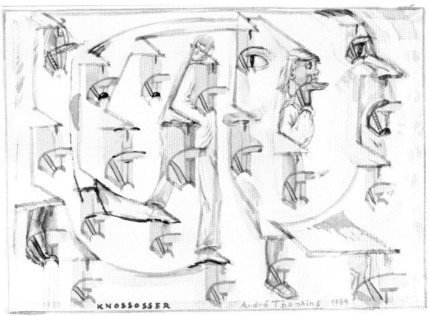

Kat. 224
neuro tisch. 1984
Aquarell auf Papier. 18 × 26,8 cm (Lichtmaß)
Nachlaß Thomkins

Kat. 225
KNOSSOSSER. 1984
Aquarell auf Papier. 17,3 × 24,8 cm
Privatbesitz

Kat. 226
Ohne Titel. 1970
Bleistift, Gouache, Deckweiß auf ausgeschnittenem Karton
15 × 21,5 cm
Nachlaß Thomkins

Kat. 227
Blut-Milch-Zirkulation. 1970
Bleistift, Gouache, Deckweiß auf ausgeschnittenem Papier und
Karton. 21 × 23 cm
Nachlaß Thomkins

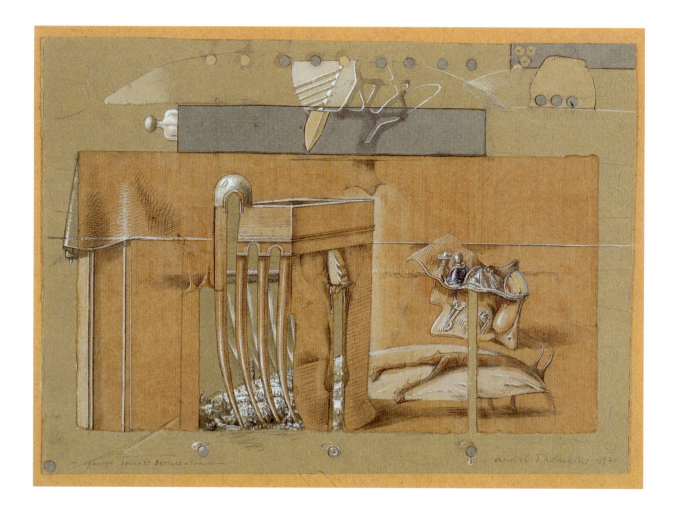

Kat. 228
George Brechts Besteck-Traum. 1970
Bleistift, Aquarell, Kartonmontage. 23,5 × 32 cm (Lichtmaß)
Neues Museum Weserburg Bremen, Sammlung Karl Gerstner

Kat. 229
Seit je jenseits. 1970
Bleistift, Deckweiß, Leinen, Metallteil auf ausgeschnittener Pappe
20 × 33,5 cm
Nachlaß Thomkins

Kat. 230
envol des marionettes. 1972
Collage aus Pappe, mit Bleistift und Deckweiß überarbeitet
28,7 × 33 cm
Nachlaß Thomkins

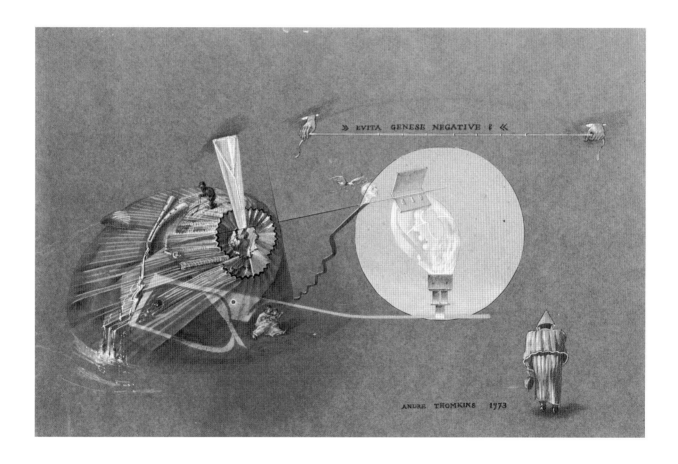

Kat. 231
»EVITA GENESE NEGATIVE?«. 1973
Bleistift, Aquarell, Deckweiß auf Pappe, mit Intarsien und Karton-
einsatz sowie Holzspänen vom Bleistift. 29,7 x 44,6 cm
Nachlaß Thomkins

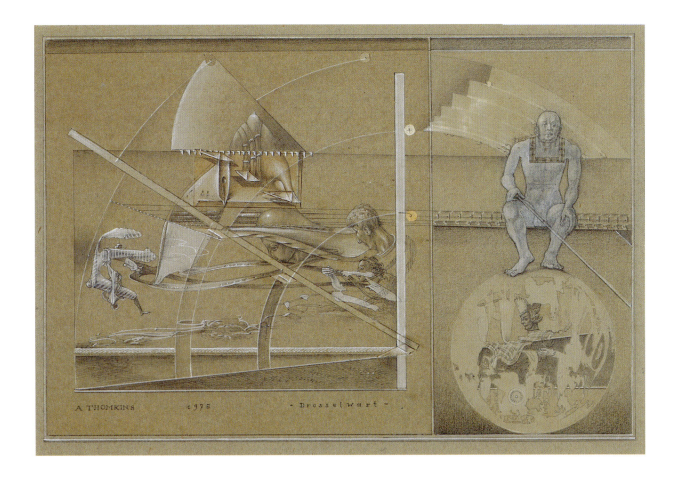

Kat. 232
Drosselwart. 1975
Kartonmontage, Bleistift, Tempera. 21,8 × 31,5 cm (Lichtmaß)
Neues Museum Weserburg Bremen, Sammlung Karl Gerstner

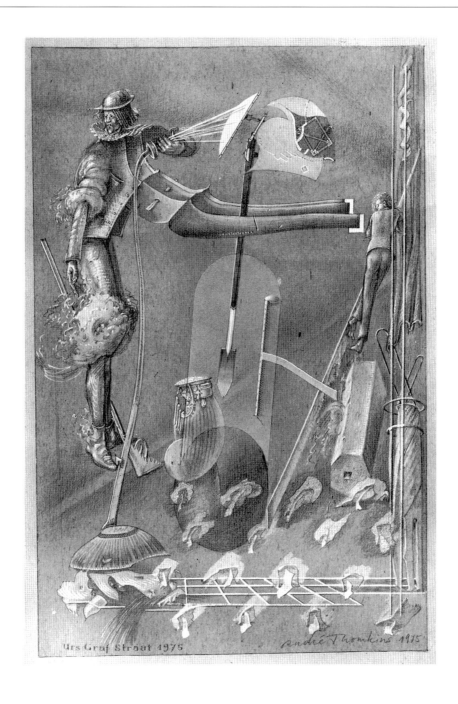

Kat. 233
Urs Graf Straat 1975. 1975
Bleistift und Gouache auf Karton, Kartoneinsatz in Bildmitte
22 × 14 cm
Aargauer Kunsthaus Aarau

Kat. 234
Frau wirft den Stein. 1976
Feder, Aquarell und Collage auf Papier. 21 × 24 cm
Aargauer Kunsthaus Aarau

Kat. 235
PÈRE MA NENNT SZENE. 1977
Ausgeschnittenes Papier auf mit Gouache bemaltem und mit
Ritzzeichnung versehenem Karton. 23,2 × 16,8 cm
Nachlaß Thomkins

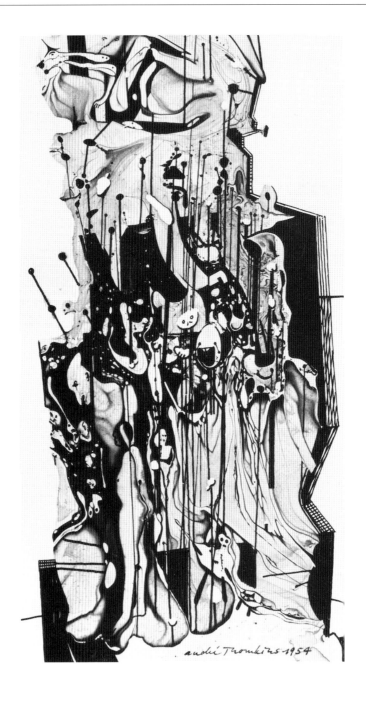

Kat. 236
Ohne Titel. 1954
Lackskin, mit Feder überarbeitet, auf Papier. 19,3 × 10 cm
Nachlaß Thomkins

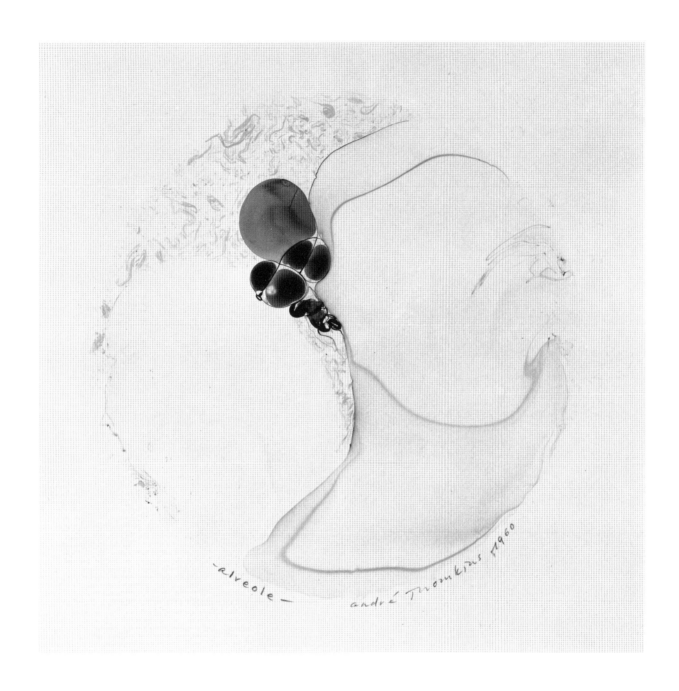

Kat. 237
alveole. 1960
Lackskin auf Papier. 17,5 × 18 cm (Lichtmaß)
Nachlaß Thomkins

Kat. 238
Ohne Titel. 1961
Lackskin auf Papier. 78,1 × 52 cm
Nachlaß Thomkins

Kat. 239
morbleu! 1960
Lackskin auf Papier. 20 × 21 cm
Nachlaß Thomkins

Kat. 240
rot grub man am burgtor. 1960
Lackskin auf Papier. 19 × 20 cm (Lichtmaß)
Nachlaß Thomkins

Kat. 241
paysage de rêve. 1960
Lackskin auf Papier. 20 × 21 cm
Privatbesitz

Kat. 242
le cheveu dans la tête. 1960
Lackskin auf Papier. 20 × 21 cm
Nachlaß Thomkins

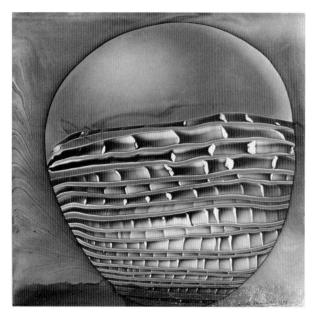

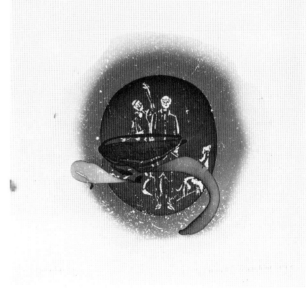

Kat. 243
unten schaut's heraus, oben schaut's hinein. 1962
Lackskin auf Papier. 48,7 × 51 cm (Lichtmaß)
Nachlaß Thomkins

Kat. 244
spukhaus. 1960
Lackskin auf Papier. 20 × 21 cm
Nachlaß Thomkins

Kat. 245
Menetekler. 1960
Lackskin auf Papier. 17,5 × 18 cm (Lichtmaß)
Nachlaß Thomkins

Kat. 246
Spukhaus. 1961
Lackskin auf Papier. 20 × 21 cm
Privatbesitz

Kat. 247
Ohne Titel. 1965
Lackskin auf Papier. 50,7 × 49 cm (Lichtmaß)
Nachlaß Thomkins

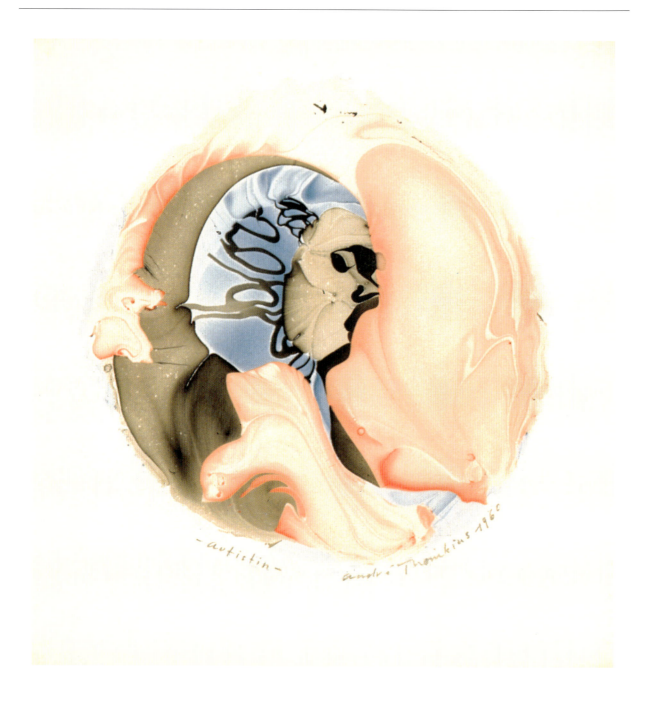

Kat. 248
autistin. 1960
Lackskin auf Papier. 21 × 20 cm
Nachlaß Thomkins

Kat. 249
Démente. 1961
Lackskin auf Papier, 20 x 21 cm
Nachlaß Thomkins

Kat. 250
Astronauten. 1962
Lackskin auf Papier. 78,5 × 51,5 cm
Nachlaß Thomkins

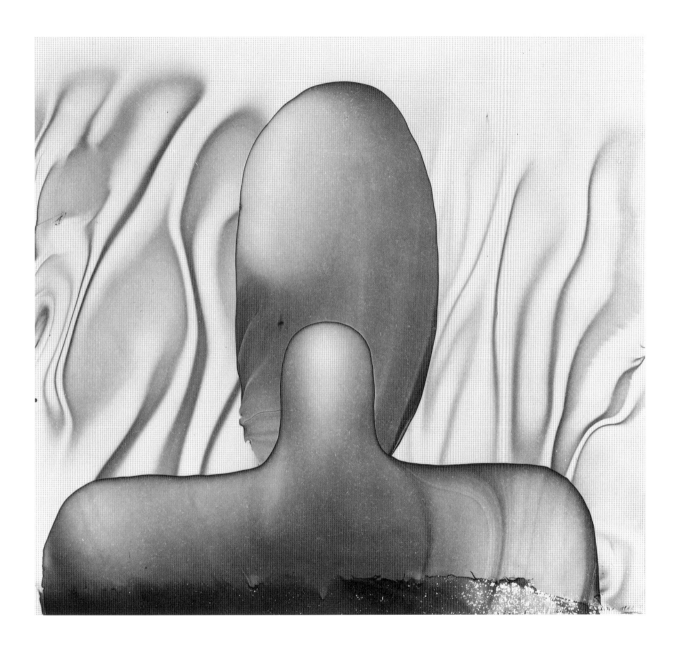

Kat. 251
astronaut. 1962
Lackskin auf Papier. 47,9 × 51 cm (Lichtmaß)
Nachlaß Thomkins

Kat. 252
Astronaut. 1965
Lackskin auf Papier. 49,5 x 48 cm (Lichtmaß)
Nachlaß Thomkins

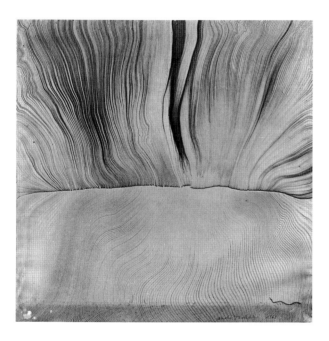

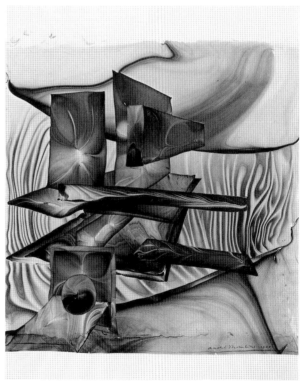

Kat. 253
Ohne Titel. 1963
Lackskin auf Papier. 49 × 49 cm (Lichtmaß)
Nachlaß Thomkins

Kat. 254
Ohne Titel. 1965
Lackskin auf Papier. 70 × 50 cm
Privatbesitz

Kat. 255
Ohne Titel. 1982
Lackskin auf Papier. 29,9 × 25,2 cm
Nachlaß Thomkins

Kat. 256   Kat. 257
Ohne Titel. 1982   *Ohne Titel.* 1982
Lackskin auf Papier. 34 × 23,8 cm   Lackskin auf Papier. 26,3 × 46 cm
Nachlaß Thomkins   Nachlaß Thomkins

Kat. 258
Blason. 1963
Scharnier, mit Aquarell und Deckweiß überarbeitet, auf Papier
32,5 × 21 cm (Lichtmaß)
Nachlaß Thomkins

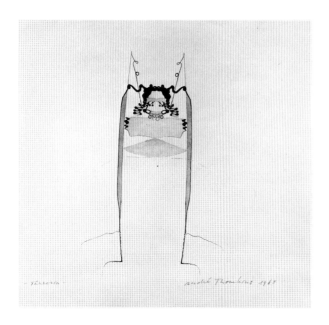

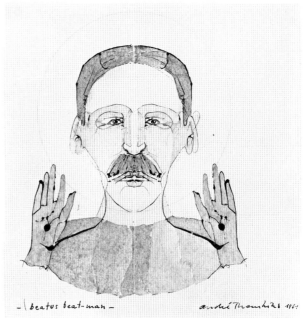

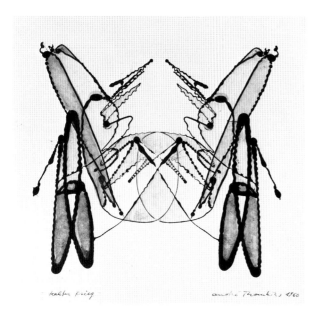

Kat. 259
Tänzerin. 1960
Lackfarbe und Aquarell auf Papier. 20 × 20,9 cm
Nachlaß Thomkins

Kat. 260
kalter Krieg. 1960
Lackfarbe und Aquarell auf Papier. 20 × 20,9 cm
Nachlaß Thomkins

Kat. 261
beatus beat-man. 1961
Scharnier, mit Aquarell erhöht, und Bleistift auf Papier
21 × 20 cm
Galerie & Edition Marlene Frei, Zürich

Kat. 262
herr rohrschach. 1961
Scharnier, mit Aquarell erhöht, auf Papier
18,9 × 20,9 cm (Lichtmaß)
Nachlaß Thomkins

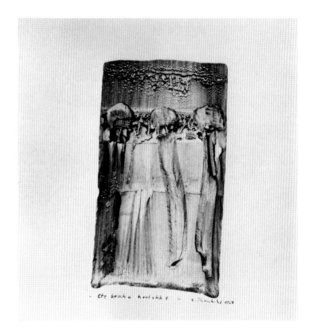

Kat. 263
à pied de robe. 1960
Rollage auf Papier. 21 × 20 cm
Nachlaß Thomkins

Kat. 264
die Nonne mit dem Photographenschleier. 1960
Rollage auf Papier. 21 × 20 cm
Nachlaß Thomkins

Kat. 265
ete brschn hrrlchkt. 1960
Rollage auf Papier. 21 × 20 cm
Nachlaß Thomkins

Kat. 266
les dards d'Anelle. 1960
Rollage auf Papier. 21 × 20 cm
Nachlaß Thomkins

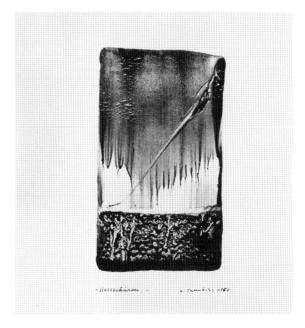

Kat. 267
la porte croulante. 1960
Rollage auf Papier. 21 × 20 cm
Nachlaß Thomkins

Kat. 268
les chefs nomades. 1960
Rollage und Farbstift auf Papier. 21 × 20 cm
Nachlaß Thomkins

Kat. 269
le pays en scène devant le paysage. 1960
Rollage auf Papier. 21 × 20 cm
Nachlaß Thomkins

Kat. 270
Hassschüren. 1960
Rollage auf Papier. 21 × 20 cm
Nachlaß Thomkins

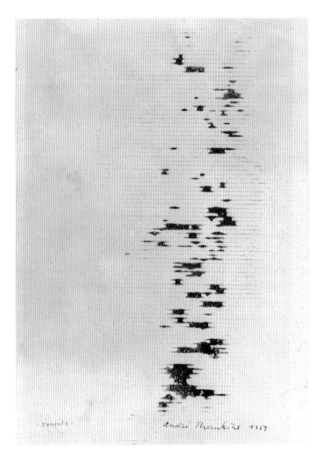

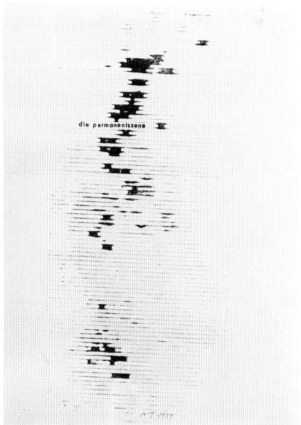

Kat. 271
Tonsatz. 1959
Sand und Leim auf Papier. 29,7 × 21 cm
Kunstmuseum Bern (Leihgabe Familie Thomkins)

Kat. 272
die permanentszene. 1959
Erde und Leim auf Papier. 29,7 × 21 cm
Nachlaß Thomkins

Kat. 273
Permanentszene. 1956
Zeitungsillustration. 7,5 × 10 cm (Lichtmaß)
Neues Museum Weserburg Bremen, Sammlung Karl Gerstner

Kat. 274
Permanentszene. 1956
Photokopie einer Zeitungsillustration. 21,5 × 30,4 cm
Nachlaß Thomkins

Kat. 275
Langsam öffnen! 1955
Feder über Zeitungsillustration auf Papier, auf Karton auf-
gezogen. 11,2 x 14,2 cm
Privatbesitz

Kat. 276
Deutschland zur Zeit der Collagen. 1957
Feder über Zeitungsillustration. 14,8 × 17,3 cm
Galerie & Edition Marlene Frei, Zürich

Kat. 277
EINEM DISKRETEN TUNIKA-EFFEKT. 1956
Feder über Zeitungsillustration. 21,5 × 12 cm
Galerie & Edition Marlene Frei, Zürich

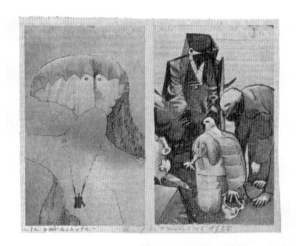

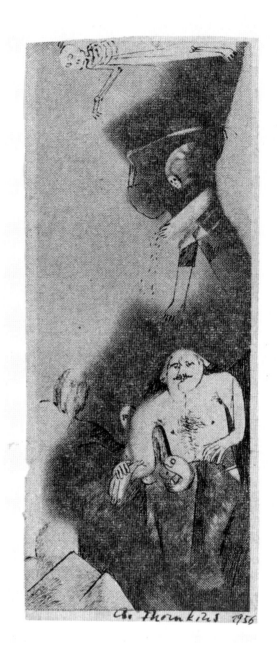

Kat. 278
la parachute. 1956
Feder über Zeitungsillustrationen. 9,3 × 11,5 cm
Galerie & Edition Marlene Frei, Zürich

Kat. 279
Ohne Titel. 1956
Feder über Zeitungsillustration. 11,8 × 10,3 cm
Galerie & Edition Marlene Frei, Zürich

Kat. 280
Ohne Titel. 1956
Feder über Zeitungsillustration, auf Halbkarton aufgezogen
14,4 × 6,4 cm
Nachlaß Thomkins

Kat. 282
Hier wird Zierspargel umgetopft. 1956
Feder über Zeitungsillustration. 10 x 6 cm
Nachlaß Thomkins

Kat. 281
hühnerhaut. 1956
Feder über Zeitungsillustration, auf Halbkarton aufgezogen
12,7 x 7,7 cm
Privatbesitz

Kat. 283
Ohne Titel. 1956
Feder über Zeitungsillustration. 11,5 x 11,5 cm
Nachlaß Thomkins

Kat. 284
Zeigtun. 1973
Geschnittene und neu zusammengesetzte Zeitungsillustration,
photokopiert auf die unbedruckte Seite einer einseitig bedruck-
ten Zeitung. 54,4 x 34,4 cm
Nachlaß Thomkins

Kat. 285a
Ohne Titel. 1960
Stempeldruck, Feder und Fettkreide auf Papier. 6,5 × 6 cm
Nachlaß Thomkins

Kat. 285b
Ohne Titel. 1960
Stempeldruck, Feder und Aquarell auf Papier. 6 × 6,5 cm
Nachlaß Thomkins

Kat. 285c
Ohne Titel. 1960
Stempeldruck, Feder und Fettkreide auf Papier. 6,5 × 6 cm
Nachlaß Thomkins

Kat. 285d
Familien-Leben. 1960
Stempeldruck und Feder auf Papier. 6,5 × 6 cm
Nachlaß Thomkins

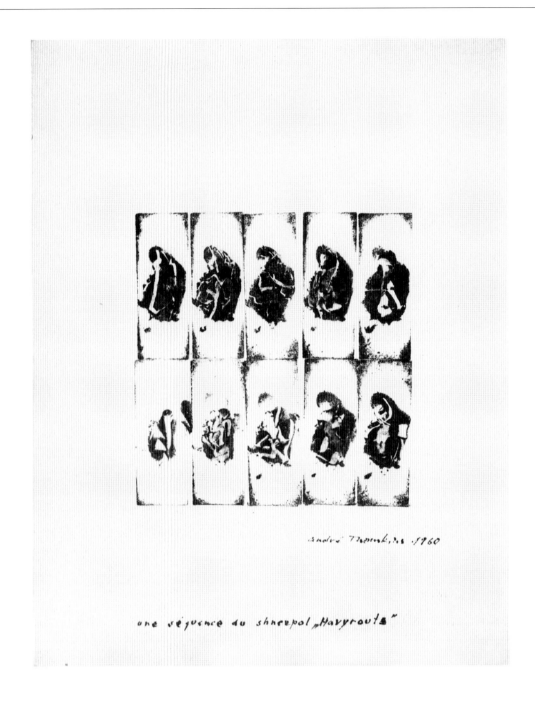

Kat. 286
une séquence du shneepol »Havyroute«. 1960
Stempeldruck auf Papier. 27,6 × 21,3 cm
Nachlaß Thomkins

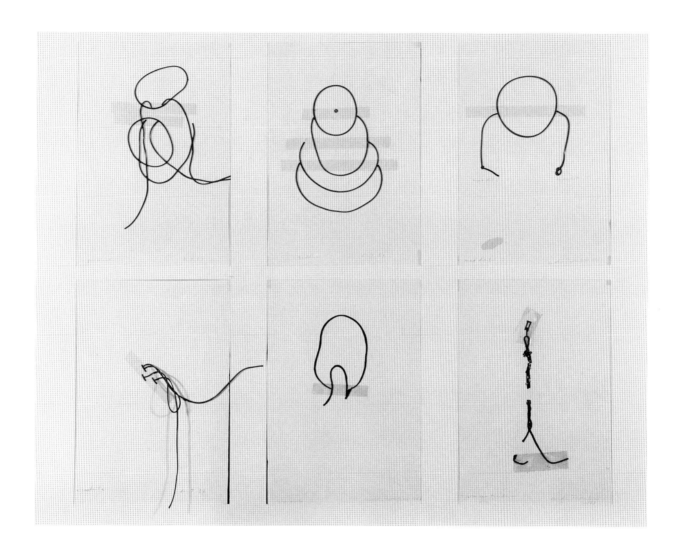

Kat. 287
Gummicollagen. 1967
Collage mit Gummiband. 53 × 67 cm
Nachlaß Thomkins

Kat. 288
zahnschutz gegen gummiparagraphen. 1969
Photographie und Gummiobjekt. 39 × 31 cm
Nachlaß Thomkins

Kat. 289
Drei Gummiobjekte und vier Tellergummis. 1968/69
Gummi. Verschiedene Maße
Nachlaß Thomkins

Kat. 290
Ohne Titel. 1954
Holzrelief, mit Öl übermalt. 51 × 42 × 5,5 cm
Nachlaß Thomkins

Kat. 291
Ohne Titel. 1955
Holz. H. 22,5 cm
Privatbesitz

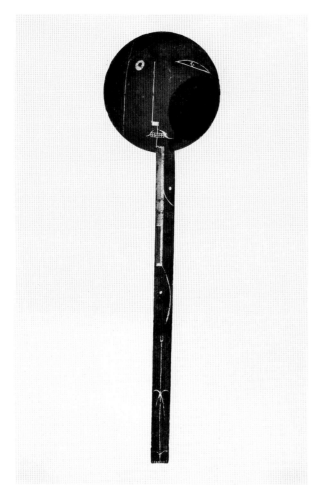

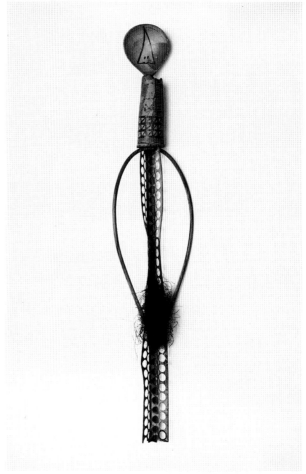

Kat. 292
Kellenfigur. Um 1955/56
Eisen, bemalt. 45 × 12,2 × 8,5 cm
Nachlaß Thomkins

Kat. 293
Löffelfigur. Um 1955/56
Metall, Gummi, Roßhaar, bemalt. 58 × 11,5 × 7 cm
Nachlaß Thomkins

Kat. 294
Isotopi der schlimme Zähler. 1956
Holzskulptur. 46 x 7 x 6 cm
Galerie & Edition Marlene Frei, Zürich

Kat. 295
Plastillin-Figürchen. 1957
Plastillin, bemalt. H. 16 cm; H. 14,5 cm; H. 17 cm
Nachlaß Thomkins

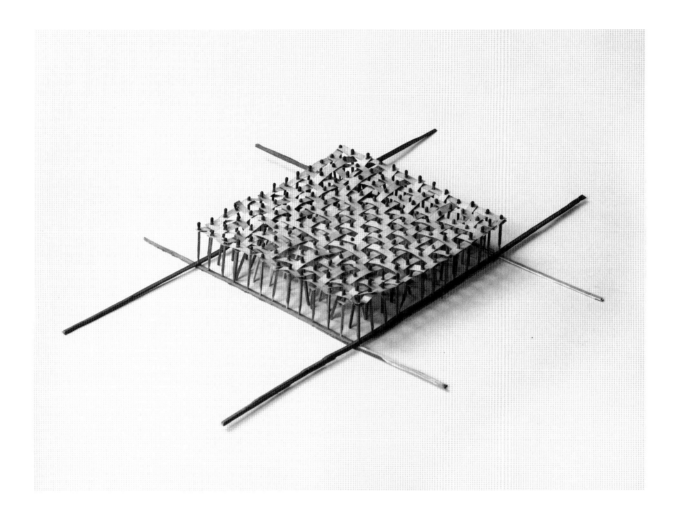

Kat. 296
Ohne Titel. 1958
Papier, Holz, Streichhölzer. 49 x 41,5 x 4,5 cm
Nachlaß Thomkins

Kat. 297
Ohne Titel. Um 1959/60
Holz, genagelt. 33,5 x 26 x 11,5 cm
Nachlaß Thomkins

Kat. 298
Pappmodelle für Platzgestaltung. 1963
Pappe. 7 × 15 × 8 cm; 12 × 14 × 9 cm; 16 × 13 × 15 cm;
4 × 36 × 26 cm; 3 × 11 × 12 cm
Nachlaß Thomkins

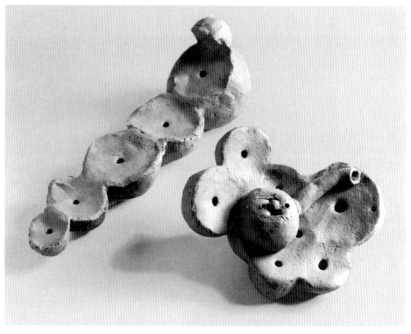

Kat. 299
Bohrvogel. 1967
Relief mit Holz, in Gouache bemalt. 32 × 51 × 9 cm
Privatbesitz

Kat. 300
Ohne Titel. 1968
Ton, gebrannt. 9,8 × 27,5 × 7,5 cm
Nachlaß Thomkins

Kat. 301
Ohne Titel. 1968
Ton, gebrannt. 6,8 × 15,5 × 14,5 cm
Nachlaß Thomkins

Kat. 302
Ohne Titel. 1968
Ton, gebrannt. 17 × 20,5 × 15,5 cm
Nachlaß Thomkins

Kat. 303
Ohne Titel. 1969
Ton. H. 17 cm
Nachlaß Thomkins

Kat. 304
Eckenturm. 1969
Ton. H. 18,5 cm
Nachlaß Thomkins

Kat. 305
Ohne Titel. 1967
Ton. H. 28,8 cm
Nachlaß Thomkins

Kat. 306
Ohne Titel. 1969
Ton. H. 17,5 cm
Nachlaß Thomkins

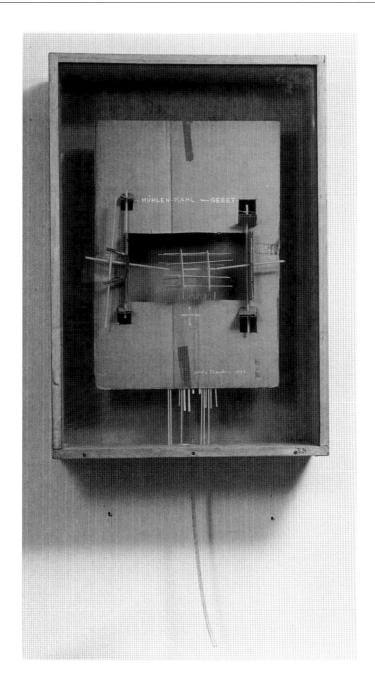

Kat. 307
MÜHLEN-MAHL – GEBET. 1971
Collage mit Teigwaren, Papier und Packpapier in Holzkiste,
Gummischlauch. 74 x 52 x 25,5 cm
Privatbesitz

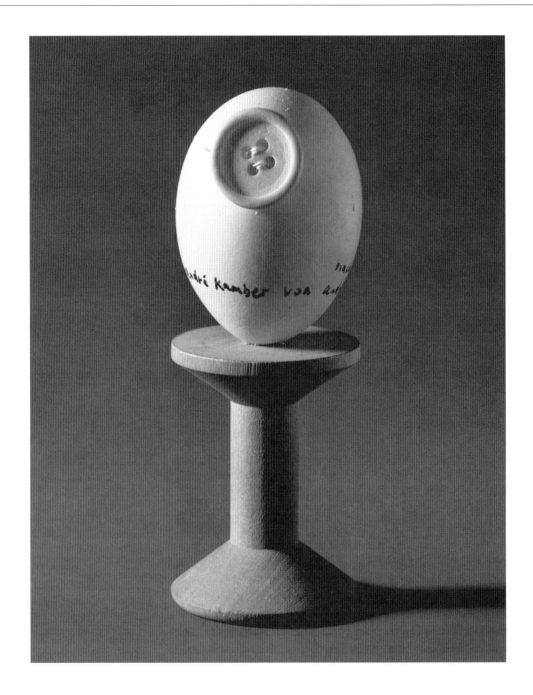

Kat. 308
Knopfei. 1973
Ei mit angenähtem Knopf und Fadenspule. H. 11,5 cm
Privatbesitz

Kat. 309
Xylophon. 1981
Holz, Schnur. 19 × 24 × 5 cm
Nachlaß Thomkins

Kat. 310
Xylophon. 1981
Holz mit Holzschnitt, Schnur. 20 × 21,6 × 4,5 cm
Nachlaß Thomkins

Kat. 311a–c
Langhausfenster links. 1966
Je 273 × 112,5 cm
Evangelische Kirche, Sursee

Kat. 311d–f
Langhausfenster rechts. 1966
Je 273 × 112,5 cm
Evangelische Kirche, Sursee

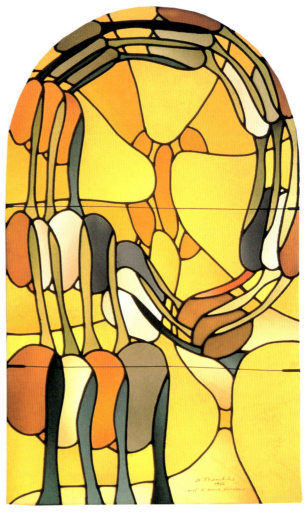

Kat. 311g
Emporenfenster links. 1966
119,6 × 72 cm
Evangelische Kirche, Sursee

Kat. 311h
Emporenfenster rechts. 1966
119,6 × 72 cm
Evangelische Kirche, Sursee

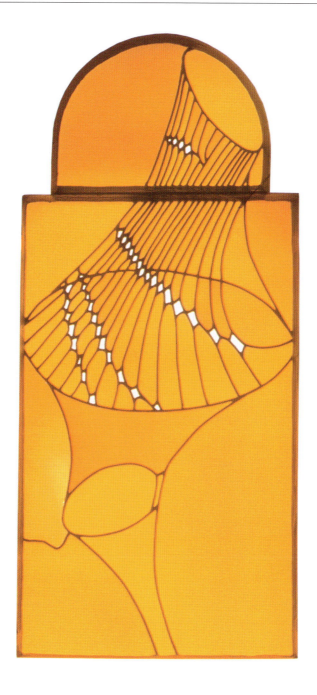

Kat. 311i
Chorfenster rechts. 1966
124,6 × 57,3 cm
Evangelische Kirche, Sursee

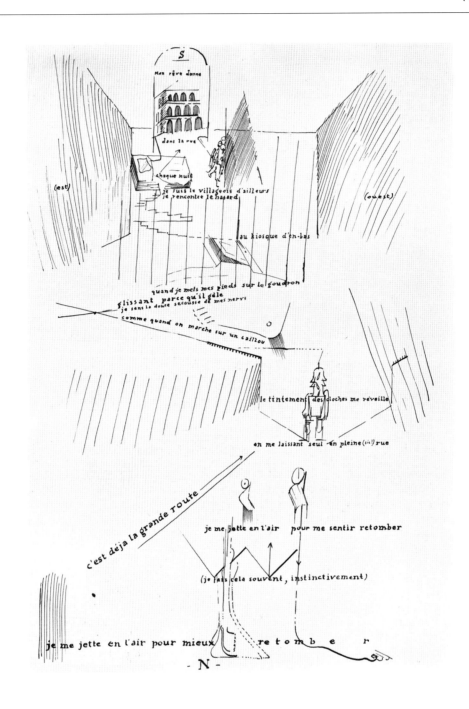

Kat. 312
Mon rêve donne dans la rue.... 1956
Feder auf Papier. 29,7 × 21 cm
Galerie & Edition Marlene Frei, Zürich

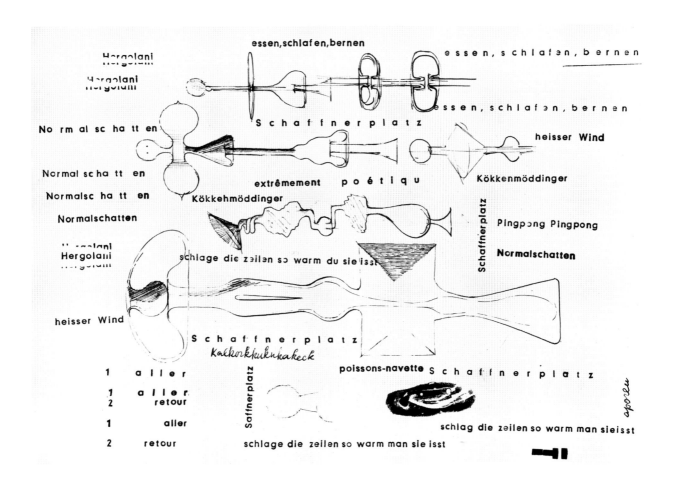

Kat. 313
essen, schlafen, bernen. 1956
Feder und Stempeldruck auf Papier. 20,9 × 29,6 cm
Nachlaß Thomkins

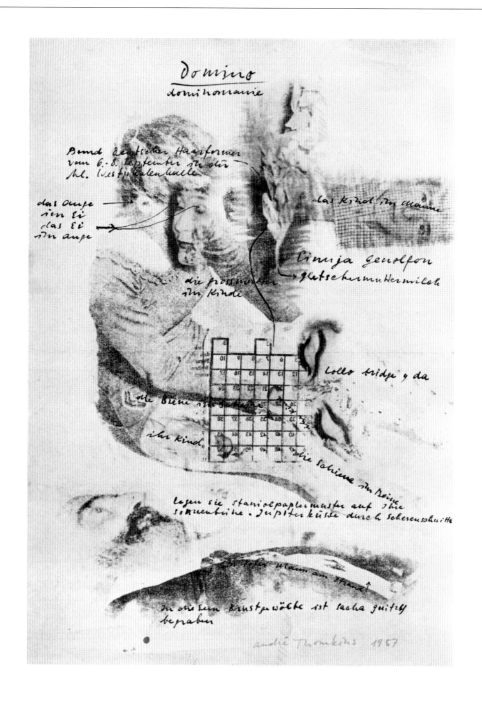

Kat. 314
Domino. 1957
Feder über Abklatsch von Illustrationen auf Papier. 29,6 × 21 cm
Nachlaß Thomkins

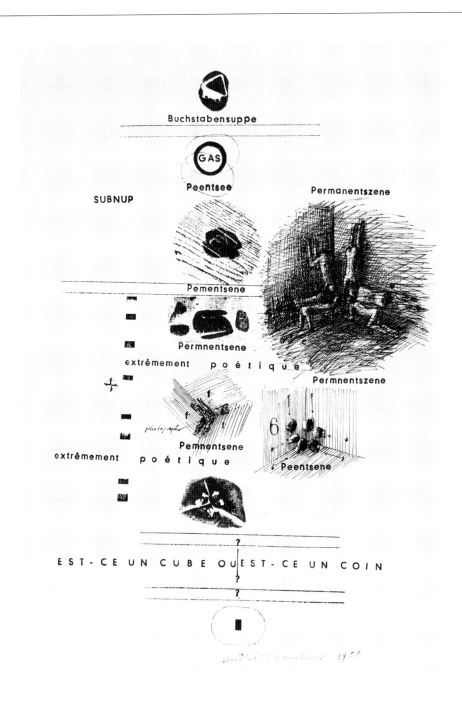

Kat. 315
Buchstabensuppe. 1958
Feder und Stempeldruck auf Papier. 29,6 × 21 cm
Galerie & Edition Marlene Frei, Zürich

Kat. 316
Nervada. 1958
Tempera und Aquarell auf Papier. 23,5 × 17,5 cm
Nachlaß Thomkins

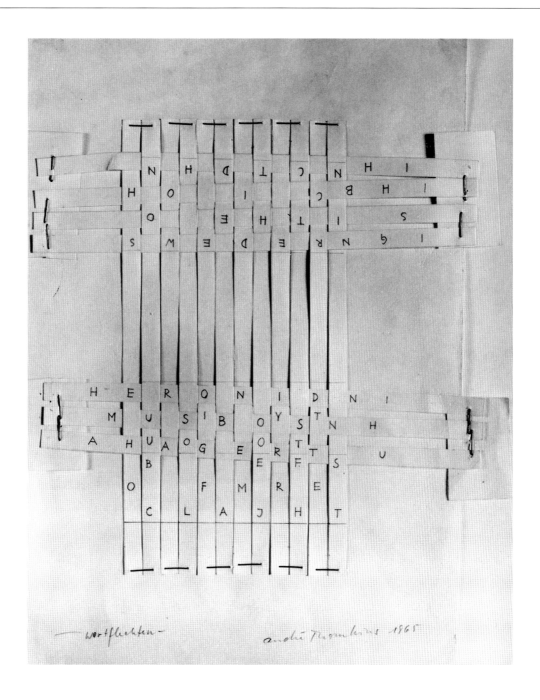

Kat. 317
Wortflechten. 1965
Papierstreifen, getackert. 35 × 26,5 cm
Nachlaß Thomkins

Kat. 318
»dogma I am god«. 1971
Stempeldruck auf Hostie. D. 8 cm
Nachlaß Thomkins

Kat. 319
»oh! cet écho!« 1967
Email auf Eisenblech. 15 x 40 cm
Privatbesitz

Kat. 320
»NEE, DIE IDEEN«. 1971
Email auf Eisenblech. 15 x 49,9 cm
Privatbesitz

Kat. 321
Rue La Valeur. 1971
Email auf Eisenblech. 18 x 54,8 cm
Kunstmuseum Luzern

Kat. 322
»reflexelfer«. 1971
Email auf Eisenblech. 18 x 65 cm
Kunstmuseum Luzern

Kat. 323
»lucerne en recul«. 1971
Email auf Eisenblech. 18 x 65 cm
Kunstmuseum Luzern

Kat. 324
»nie besang nase bein«. 1971
Email auf Eisenblech. 18 × 80 cm
Kunstmuseum Luzern

Kat. 325
»legislativ = vitalsigel«. 1971
Email auf Eisenblech. 18 × 90 cm
Kunstmuseum Luzern

Kat. 326
nie reime, da kann akademie rein. 1971
Email auf Eisenblech. 18 × 100 cm
Kunstmuseum Luzern

Kat. 327
→ STRATEGY: GET ARTS ←. 1971
Email auf Eisenblech. 18 × 120 cm
Kunstmuseum Luzern

Ohne Titel. 1982
Lackskin auf Papier. 15,7 × 15,5 cm
Nachlaß Thomkins

THOMKINS-GLOSSAR

Simonetta Noseda

Vorbemerkung

Das Glossar ist aus dem Bedürfnis herausgewachsen, den Zugang zu Thomkins' komplexem Werk und schillerndem Geist zu erleichtern. Es soll eine Orientierungshilfe sein, die facettenreichen künstlerischen Formen und ikonographischen Leitmotive zu erfassen und Thomkins' bewußten Umgang mit traditionellen Topoi, die er in ihrer Fülle von Sinnbezügen erweitert und aktualisiert, zu veranschaulichen. Die einzelnen Einträge sollen allerdings nicht den offenen, mehrdeutigen und ambivalenten Charakter des Schaffens von Thomkins aufheben: deshalb wird innerhalb eines Schlagwortes auf weitere Einträge verwiesen, um die zahlreichen Querbezüge zwischen den einzelnen ikonographischen und technischen Merkmalen transparenter zu machen.

Der gesamte Briefwechsel zwischen André Thomkins und seiner Frau Eva, seinen Freunden und Bekannten sowie die Transkriptionen der Interviews zwischen André Thomkins und Otto Seeber (1971) bzw. zwischen Eva Thomkins und Otto Seeber (1987) befinden sich im Nachlaß Thomkins in Luzern. Zitierte Passagen aus diesem Interview oder aus den Briefen sind deshalb nur mit dem jeweiligen Adressaten und der Datierung in den Anmerkungen nachgewiesen. Ferner umfaßt der Nachlaß Thomkins' Ausführungen zur Technik der Lackskins und der Rollage sowie seine Reflexionen zur Lehrtätigkeit, Casparis Text zum »Labyr« und die von Serge Stauffer zusammengestellte Biographie, die im Anmerkungsapparat der Glossareinträge nicht eigens nachgewiesen werden. Aus Thomkins' Texten und aus seiner Korrespondenz wird – unter Beibehaltung seiner eigentümlichen Schreibweisen – in der Originalsprache zitiert.

Inhaltsverzeichnis

Alchimie

»Und jetzt sieht meine Bude wieder wie eine Alchi-mistenkammer von Kurt Schwitters aus. Autolampen sind in Drahtkompositionen ›verbindlich‹ (und un-verbindlich) ins Räumliche verpflanzt wie materiali-sierter Spuk und Poltergeister. Wie weit ich in der Magie und der Kabale vordringen werde weiß ich noch nicht aber entweder kann ich dadurch zu ei-nem neuen Weltblick gelangen oder direkt aus okkul-ten Experimenten Stoffe und Substanzen ziehen für meine Malerei. Vielleicht kann ich einmal Homunculus [→ **Figur**] fabrizieren wie der Graf von Küffstein im 17. Jahrh. oder durch verborgene immense Kräfte meinen Körper über die Länder rasen lassen als Strahlenbündel das man irgendwo wieder Gestalt werden läßt [→ »**Schwebsel**«].«[1]

    Ähnlich wie ein Alchimist, experimentiert Thom-kins mit verschiedenen, nicht traditionellen Werk-stoffen, um zu neuen künstlerischen Ausdrucksfor-men zu gelangen. Sein »alchimistisches« Vorgehen gibt sich am augenfälligsten in den Lackskinarbeiten zu erkennen, die den Prozeß erahnen lassen, durch den sie zustande gekommen sind, und die das Fließen geistiger und psychischer Energien veranschaulichen. Thomkins hat sich aber auch mit den Schriften und Inhalten der alchimistisch-hermetischen Tradition auseinandergesetzt. Aufschluß darüber gibt u. a. eine um 1970 geplante, später nicht realisierte Ausstel-lung, an der Thomkins, in Zusammenarbeit mit dem Kunsthistoriker Eberhard Roters, esoterische Ge-biete präsentieren wollte. Wie Roters später be-merkte, hätten unter anderem Anthroposophie, Astrologie, Magie, Kabbala, Tarot, Alchimie, Zahlenmy-stik, künstliche Lebewesen wie Homunculi sowie Ex-perimente mit der vierten Dimension im Sinn von Dada und Duchamp berücksichtigt werden sollen.[2]

    Thomkins geistige Vorliebe zeugt einerseits von seinem Interesse für das Absonderliche und Rätsel-hafte. Der Titel *Cryptogramm vom akohol: Destillat, Barkult, Feuer, Delirium* auf einem Lackskin von 1960 (Abb. G. 1) etwa verdeutlicht exemplarisch seinen Hang zu verschlüsselten Ausdrucksformen. Anderer-seits entspricht die alchimistische Praxis, die eine Ver-wandlung und Veredelung der Metalle anstrebt, um letztlich aus minderwertigen Stoffen die »prima ma-teria«, das edle Gold, zu gewinnen, Thomkins' Vorstel-

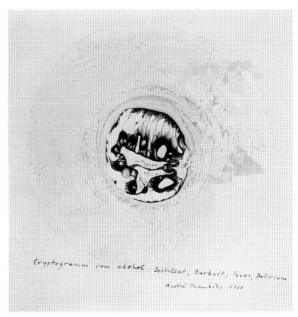

G. 1
Cryptogramm vom akohol: Destillat, Barkult, Feuer, Delirium. 1960
Lackskin auf Papier. 21 × 20 cm
Privatbesitz

lung von einer Kunst, die sich in permanenter Meta-morphose befindet und die mit der Suche nach einer inneren, primären Kraft verbunden ist.

    Die zwischen Spiritismus und Spiritualität oszillie-rende Lebensauffassung prägt Thomkins' ikonogra-phisches Repertoire, wie zahlreiche Figuren, etwa → »**Schwebsel**«, → »**Nevroarmozon**« oder Homuncu-lus belegen. In einigen Werken, beispielsweise in den *Mühlen* (Kat. 151) von 1962, fließen, wie Thomkins selbst bemerkt, alchimistische Sinnbilder ein: »Und al-les, was sich darum herumgruppiert, sind Märchen-situationen: Zum Beispiel ›Schneewittchen‹, das ir-gendwo eine Beziehung dazu hat – das Sterben und Aufbewahrt werden im Sarg, das Geschick, was mit ihr passiert, das Durchlaufen von verschiedenen Pha-sen – das ist wie eine Art Wiedergeburt durch den Glassarg, wie durch eine Art Retorte, das ist eine hymnische Hochzeit; vielleicht hat es dort irgendwo seine Wurzel, seine alchimistische [...].«[3] Thomkins bezieht sich hier auf die chemische »Hochzeit« von Schwefel und Quecksilber, von Sonne und Mond, von Mann und Frau, als einem zentralen Symbol der Al-chimie. Im Bild des androgynen »Mannweibs« ist die Wiedergewinnung der ganzheitlichen Natur des

Menschen ausgedrückt. Schneegass weist zudem in seinen Ausführungen zu den *Mühlen*[4] auf die alchimistische androgyne Symbolik der Quadratur des Kreises hin, die dem Bildformat zugrunde liegt.

[1]   Brief von AT an Eva Schnell vom Jan. 1951.
[2]   Roters 1989, S. 21–22.
[3]   Thomkins/Seeber 1989, S. 217.
[4]   Schneegass 1989, S. 39.

Anatomie
→ »Rapportmuster«

Der Unterricht im Aktzeichnen an der Kunstgewerbeschule in Luzern bietet Thomkins 1946 die Möglichkeit, sich mit der Wiedergabe des menschlichen Körpers auseinanderzusetzen. Allerdings interessieren die traditionellen akademischen Annäherungsversuche an diese Gattung den jungen Künstler nur bedingt, wie die wenigen deskriptiven anatomischen Studien aus dieser Zeit belegen.

Schon früh hingegen zeigt sich Thomkins' Interesse an der Deformation von Gesichtszügen im Sinne der Kubisten (Abb. G. 2) oder an der Fragmentierung von Körpergliedern (Abb. G. 3). Anfang der 50er Jahre verzichtet Thomkins zunehmend auf die Darstellung des Stofflichen, der Hülle; der Körper wird in seinen inneren Strukturen exploriert. Anregungen und Impulse verdankt er einerseits seiner Frau Eva, die als Kunsterzieherin ihre Schüler während der Anatomie-Stunde Schädel malen läßt. Wie fasziniert Thomkins von diesen Arbeiten – nach denen er auch malt (z. B. Kat. 29) – ist, äußert er in einem Brief an Stauffer: »La tête de mort provient d'un dessin de biologie d'un élève d'Eva. Il y en a beaucoup d'autres encore, mais ça! hein, c'est de l'abstraction.«[1] Andererseits motivierte Max von Moos als Lehrer Thomkins dazu, sich mit der Darstellung von Knochen und Skeletten und deren Beweglichkeit zu befassen.

In immer neuen assoziativen Figurationen erprobt Thomkins die unendlichen Möglichkeiten der Metamorphose zerlegter Körperglieder und -haltungen, zum Beispiel in einer Zeichnung von 1966 (Abb. G. 4), die einen menschlichen Leib in drei Variationen sowie drei im Profil festgehaltene Kopfstudien zeigt. Während der Künstler die Gesichtszüge der Porträts

G. 2
Ohne Titel. 1948
Bleistift auf Papier. 29,6 × 21 cm
Nachlaß Thomkins

G. 3
Ohne Titel. 1947
Aquarell und Gouache über Bleistift auf gefaltetem Papier
29,6 × 21 cm
Nachlaß Thomkins

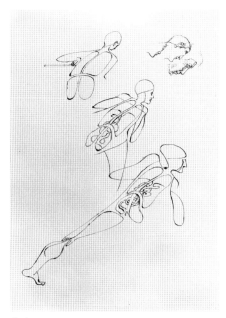

G. 4
Ohne Titel. 1966
Feder auf Papier. 29,7 × 21 cm
Nachlaß Thomkins

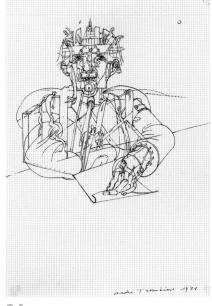

G. 5
Ohne Titel. 1971
Feder auf Papier. 31 × 22 cm (Lichtmaß)
Nachlaß Thomkins

mit feinen Schraffuren plastisch ausarbeitet, stellt er die menschliche Figur im Zustand der Entstofflichung und der Durchleuchtung dar: Das Körpergerüst konstruiert er aus einem raumplastischen Duktus und verwandelt den Leib so in ein Ornament, das die Glieder biegt und zieht (→ **Verschleifung**).

Verschleift und labyrinthartig ist die Körperdarstellung in einer Zeichnung von 1971 (Abb. G. 5), in der Thomkins mehrere Figuren zu einem komplexen architektonischen Gerüst – Antlitz und Büste eines Sitzenden – zusammenfügt. Sie weist verwandtschaftliche Züge mit dem »Dädalus« des Surrealisten André Masson auf, der auch in engem Bezug zu Thomkins' → **Labyrinth**-Werken steht, oder mit Arbeiten des von ihm verehrten Künstlers Kuniyoshi. Die aus komplex verwobenen Linien geschaffene Gestalt, deren linke Hand ein leicht gefaltetes Blatt hält, läßt die Assoziation aufkommen, es handle sich hier um eine Art Selbstporträt. Das Werk zeigt, wie stark Thomkins' Auffassung von Anatomie durch sein Interesse für das Prozeßhafte und für die assoziative Qualität der Gedanken geprägt ist. Er versteht den menschlichen Körper nicht als ein geschlossenes System, sondern als einen äußerst komplexen Mecha-

nismus, eine Verschachtelung von disparaten, ambivalenten Elementen.

Zu der Werkgruppe der → **Verschleifung** gehört *vesal anatome* von 1964 (Abb. G. 6), eine Hommage an den flämischen Arzt Andrea Vesalius (1514–1564), der mit seinem Lehrbuch »De humani corporis fabrica«, 1552, eines der bedeutendsten Werke für die neuzeitliche Medizin verfaßt hatte. Seine Forschungen und präzisen, künstlerisch interessanten anatomischen Illustrationen kennt Thomkins durch seinen Lehrer von Moos. Die formal vollkommenen, abstrahierenden Darstellungen des Anatomen dienen ihm als Inspiration für seine ungegenständlichen Neuschöpfungen, in denen er mit komplexen Linienknäueln und -verknüpfungen den Körper im evolutiven Moment gekonnt festhält. Dazu angeregt haben ihn möglicherweise auch die zahlreichen Darstellungen von Erhard Schön (1584–1609) und Giovanni Battista Bracelli (1491–1542), deren Arbeiten zum Teil in dem von ihm hochgeschätzten Buch Gustav René Hockes, »Die Welt als Labyrinth«, abgebildet sind.

Thomkins' Beschäftigung mit Anatomie schlägt sich überdies in Zeichnungen nieder, die – wie *augohrmund* (Abb. G. 7) – mit ihrer Konfiguration von

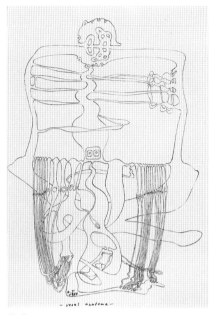

G. 6
vesal anatome. 1964
Feder auf Papier. 24 × 16,5 cm (Lichtmaß)
Nachlaß Thomkins

G. 7
augohrmund. 1967
Bleistift auf Papier. 42 × 34 cm
Kunstmuseum Luzern

Fragmenten an Vexierbilder erinnern: »›Augohrmund‹ fait partie de ma future ›ananatomie‹ dont il représente le plus récent aspect. Il y a un même organe (augohrmund) servant respectivement à trois personnes dans trois senses différents. C'est encore un desdendent du vieux dessin au fusain que tu as depuis longtemps: ›Nasenbein‹. Le ›Handlesen‹ que vient de me rendre l'›édition et‹ (à l'aide d'un avocat!) fait aussi partie de l'anana.«[2] Diese Fragmentbilder versteht Thomkins als eine Art Serie: »Ich habe eine kleine Sammlung von Zeichnungen wo z. B. das Nasenbein wörtlich-bildlich dargestellt ist, ein Fuß auch, der zugleich ein Porträt von Schulze-Vellingh[hausen] selig ist, oder ein ›Handlesen‹, wo in einer Hand drei Figuren erscheinen. [...] Man könte so etwas mit geschminkten Darstellern filmen!?«[3] In *augohrmund* isoliert Thomkins die drei Organe Auge, Ohr und Mund aus ihrem ursprünglichen körperlichen Zusammenhang, um die einzelnen Fragmente zu einem witzigen kleinen Figürchen neu zu komponieren. Durch die Komprimierung der Darstellung entsteht ein mehrfach lesbares Bild. Das Wahrnehmungsvermögen des Betrachters wird in die Irre geführt: Infolge einer Ver-

änderung der Konzentration kann eines der Elemente den Vorrang vor den anderen erhalten. An Weihnachten 1967 verschickt Thomkins den Druck *augohrmund* als Glückwunschkarte für das Neujahr. Er charakterisiert die Vexierfigur so: »[...] Dada ist 3-teilig im Ohr + Aug + Mund und weiß alles über das nächste Jahr das gut wird«[4] oder »Bien Bon Brun, tous trois en fonction d'un organe qui entend tout, voit tout et dit tout de l'année à venir et du haut de son bloc de glace il te salue triplement au nom du et du et du et de tout ce qui est dû au fidèle«.[5] Wesentlich ist hier auch die Beziehung zwischen Bild und Wort, allerdings nicht im selben Maß wie in der Zeichnung, die das Palindrom (→ **Wortkunst**) *»nie besang nase bein«* (Abb. H. 34) als Titel trägt: Bildwitz und Wortspiel ergänzen und durchdringen sich, formulieren den gleichen Tatbestand. Man betrachtet einerseits ein Gesicht mit klassisch gebogener Nase, die andererseits ein Bein beinhaltet, das seinerseits wiederum Bestandteil einer gezeichneten Figur ist, deren anatomische Einzelheiten das zuerst Wahrgenommene, das Gesicht, ergeben. Jedes ist sowohl das eine wie das andere: die Hand ist auch Kinn, die Kniekehle auch

Auge. Doppel- oder Mehrdeutigkeit wird exemplifi-
ziert, im Detail und im Ganzen.

¹   Brief von AT an Serge Stauffer vom Dez. 1952, in:
     Stauffer/Thomkins 1985, S. 39.
²   Brief von AT an Serge Stauffer vom Jan. 1968, in:
     Stauffer/Thomkins 1985, S. 423.
³   Brief von AT an Carlheinz Caspari vom 23.8.1967.
⁴   Brief von AT an Carlheinz Caspari von Weihnachten 1967.
⁵   Brief von AT an Esmérian vom 27.12.1967.

Augohrmund
→ Anatomie

Banlieue

»In Paris hatte sich André ein Thema genommen, das
war die banlieue, die Vorstadt von Paris; er wohnte
eine zeitlang etwas außerhalb von Paris und fuhr da
immer an so einer banlieue vorbei […]. Er beschäftigte sich damals auch mit Fritz von Uhde, einem
Kunstsammler, der damals mit der Delaunay kurz verheiratet war, der hatte, wenn ich mich recht erinnere,
die banlieue beschrieben, und das nahm André alles
in sich auf, zum Beispiel den frühen Delaunay, so wie
sie damals den Eiffelturm gemalt haben, so malte
André die banlieue – mit einem gewissen sozialen Interesse auch. […] als wir verheiratet waren und […]
nach Amsterdam fuhren, da mußte André unbedingt
an den Hafen. Dort erweiterte er das Thema banlieue um den Hafen, die Hafenbilder, von denen gibt's
ein paar.«¹

Mit dem ikonographischen Motiv der Banlieue
beschäftigt sich Thomkins hauptsächlich zwischen
1950 und 1951, als er in Paris weilt, an der Académie
de la Grande Chaumière Abendkurse besucht und
sich in der Folge verschiedene neue Gestaltungsme-
thoden erarbeitet. In dieser durch konstruktive und
geometrische Elemente² dominierten Werkgruppe
setzt sich der Künstler intensiv mit Fragen der
Raumauffassung und der Raumkomposition auseinander, indem er neue Perspektivformen ausprobiert
und dem Klang sowie der Rhythmisierung der Farben
größte Beachtung schenkt: »Heute habe ich meinem
Banlieuebild einen kräftigen Stoß gegeben und zwar
indem ich an Feininger und Villon dachte. Ich habe

G. 8
pariser banlieu. 1951–52
Öl auf Leinwand. 50 x 60 cm
Nachlaß Thomkins

die natürliche Luftperspektive sowie den logisch-
konstruktiven Massenaufbau in der Flucht aufgehoben. Es ist jetzt ein grün-blau-braunes schweben mit
Sienalasten und balancierendem Rot-glut.«³ Ausgehend von seinen Architekturbeobachtungen – die
Banlieue als Ort, in dem vorwiegend funktionale
Nutzbauten wie Fabriken das Stadtbild bestimmen –,
isoliert er die einzelnen architektonischen Elemente
und fügt sie auf der Leinwand zu einem neuen, geo-
metrisierenden System wieder zusammen. In dem
Banlieue-Ölbild von 1951–52 organisieren Kräfteli-
nien die ganze Bildfläche, die wie ein Gewebe von
miteinander kontrastierenden oder harmonierenden
Farbzellen wirkt (Abb. G. 8). Das architektonische
Erscheinungsbild hat sich zu einer abstrakten
Farbeinheit verselbständigt und wird durch eine Pluralität von Standpunkten und durch Vielansichtigkeit
aufgehoben. Thomkins' Architekturdarstellungen, in
denen sich die beobachtete Wirklichkeit in räumliche
Unbestimmtheit auflöst, besitzen etwas Entmateriali-
siertes.

¹   Eva Thomkins im Interview mit Otto Seeber.
²   Thomkins' erste konstruktivistische Versuche müssen auch
     in einen Zusammenhang gestellt werden mit seinem Vater
     John, der in Holland lange Zeit Kontakt zur Gruppe De Stijl
     pflegte.
³   Brief von AT an Eva Schnell vom 14./15.9.1951.

Bühnenbild / Theater

Thomkins' erste bühnenbildnerische Versuche besitzen einen familiären Kontext: Für ein Lustspiel, das von Eva Thomkins mit der Mädchenklasse der Viktoria-Schule für die Dorfbewohner im Schullandheim Geislingen bei Drolshagen einstudiert wurde, realisiert der Künstler 1956 einen aus Pappe gefertigten großen Pferdekopf sowie ein Telephonhäuschen. Im selben Jahr komponiert Thomkins die Musik für Picassos »Wie man Wünsche am Schwanz packt« für die Berner Inszenierung von Daniel Spoerri, die dann allerdings nicht verwendet wird. 1957 bekommt er die Gelegenheit, am Bühnenbild für die Aufführung der Mozart-Oper »Die Gans von Kairo« an der Viktoria-Schule in Essen mitzuwirken.

Den ersten wichtigen Auftrag für ein Bühnenbild – zu Harold Pinters Stück »Der Hausmeister« (1961) – erhält Thomkins von seinem Freund Carlheinz Caspari, Regisseur im Theater am Dom in Köln, mit dem er zu jener Zeit auch wegen ihres gemeinsamen → »Labyr«-Projekts engen Kontakt unterhält: »Après notre exposition dans la galerie qu'il [Caspari] dirigeait (et dissoute depuis un mois) c'est un premier travail en commun et en même temps un premier essai en vue du ›Labyr‹.«[1] Thomkins arbeitet im Frühling 1961 daran: Er türmt Bretter und Gemüsekisten in der Art Louise Nevelsons als Relief aufeinander und stellt sie vor einem gemalten Hintergrund an eine große Wand. Das Bühnenbild existiert nicht mehr, und es sind auch keine Photographien der Aufführung erhalten. Ein Jahr später, wiederum im Theater am Dom in Köln und unter der Regie von Caspari, entwirft Thomkins das Bühnenbild für Edward Albees »Ein amerikanischer Traum« (1960), eine Satire über den Lebensstil des amerikanischen Mittelstandsbürgers, von dessen Inszenierung ebenfalls keine Zeugnisse mehr existieren.

Am 16.9.1972 kommt im Düsseldorfer Schauspielhaus unter der Regie von Daniel Spoerri »Das Gasherz« zur Aufführung, ein dadaistisches Stück von Tristan Tzara. Im Programmheft wird der Name Thomkins aus unerklärlichen Gründen nicht erwähnt,[2] obwohl der Künstler bei der Konzeption des Bühnenbildes eine entscheidende Rolle gespielt hat. Daniel Spoerri beschreibt dessen Entstehung wie folgt: »[...] Da hat er [Thomkins] mir eine Collage –

es war eigentlich nur ein Zeitungsausschnitt, den er wahrscheinlich als [→] ›Permanentszene‹ sah – nach New York geschickt, und ich gab sie weiter an Ray Johnson. Und Johnson malte eine Schlange drauf und gab sie mir wieder zurück [...]. Ich war erst kurz wieder in Düsseldorf, '68 oder war es '70, ich weiß nicht mehr. Ich quälte mich, wie das Bühnenbild nun aussehen solle und hatte komischerweise diese eine Collage von André und Johnson. André und ich saßen zusammen. Plötzlich drehte ich – oder er – das Blatt um, und ich hatte das Bühnenbild.«[3] In Tzaras Theaterstück spielen sechs Akteure je einen Teil des Gesichtes: ein Auge, ein Ohr, einen Mund, eine Nase, einen Hals und eine Augenbraue, die ein sinnloses Gespräch miteinander führen. Da die Körper der Schauspieler/Innen mit Pergamentpapier vollkommen verdeckt sind, bleiben als einzige Ausdrucksträger nur die Köpfe sichtbar (→ **Anatomie**).

Thomkins wird aufgefordert, zusätzlich zu seiner Teilnahme an der Inszenierung, das Programmheft des Düsseldorfer Schauspielhauses von 1972 zu gestalten: Zu den 22 Stücken, die während der Saison aufgeführt werden, zeichnet er auf der Grundlage von Reflexionen und Assoziationen, die ihm zum jeweiligen Stück spontan einfallen, imaginäre phantastische Bühnen. »Manchmal schweifen sie ab und schlagen ein Seitenthema an, manchmal kommen sie dem Kern des Stücks direkt auf die Spur, manchmal erschließen sie eine weitere Dimension [...]. Thomkins ließ sich die Stücke erzählen. Anschließend zeichnete er komplizierte oder naive Szenen, Permanentszenen als Angebot an uns und den Zuschauer, sie nun mit Leben zu erfüllen.«[4]

[1]   Brief von AT an Serge Stauffer vom 14.3.1961 (Poststempel 20.3.1961), in: Stauffer/Thomkins 1985, S. 341.
[2]   Düsseldorf, Schauspielhaus 1972, o. S.
[3]   Spoerri/Schneegass 1989, S. 105–106:
[4]   Düsseldorf, Schauspielhaus 1972, o. S.

Collage

In der Technik der Collage, einem bevorzugten Ausdrucksmittel der Dadaisten, arbeitet Thomkins hauptsächlich Ende der 40er und Anfang der 50er Jahre: Textcollagen, wie sie Stauffer nennt, oder kleine Arbeiten aus ausgeschnittenen Lackskins (Abb. G. 9)

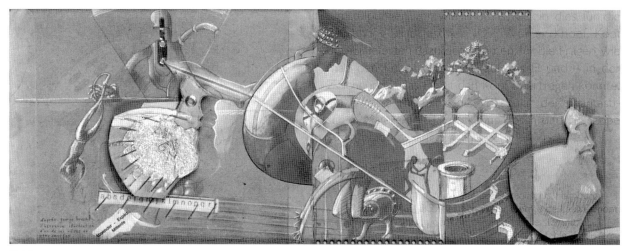

G. 10
d'après george brecht l'heureuse illustration d'un de ses rêves ou peau sans feu. 1970
Collage mit Papier, Karton, Bostitch und Silberpapier, mit Bleistift und Deckweiß überarbeitet. 16,5 x 45 cm (Lichtmaß)
Privatbesitz

G. 9
Ohne Titel. 1956
Collage mit ausgeschnittenen Lackskins auf Papier
15,3 x 13,1 cm
Nachlaß Thomkins

schickt Thomkins seinem Freund. Der Künstler verwendet auch Materialien wie Photos, Zeitungsillustrationen oder -artikel, verschieden beschaffenes Papier, manchmal auch gesammelten Krimskrams, Fahrscheine oder Eintrittskarten, die er spielerisch zu neuen, geistreichen Konstellationen kombiniert.

Eine Sonderform der Collage erarbeitet Thomkins mit verschiedenen Sorten von Pappe unterschiedlicher Färbung, die er in einzelne Teile zerlegt und wie ein Puzzle neu zusammensetzt.[1] Oft fügt er diesen Arbeiten ausgefallene Materialien wie Bleistiftreste oder Bostitch-Klammern hinzu und bringt daran traditionelle Verfahren, beispielsweise das der Weißhöhung, zur Anwendung (Abb. G. 10). Thomkins' feinausgearbeitete Collagen entstehen hauptsächlich in der ersten Hälfte der siebziger Jahre. Die Werkgruppe ist gekennzeichnet durch eine altmeisterlich anmutende Darstellungsweise und durch reichfigurige, komplexe Szenen, die Thomkins' Vorliebe für eine miniaturartige Detailwiedergabe erkennen lassen. Er schreibt über seine Arbeit an Caspari: »Ich [habe] gerade jetzt eine sehr produktive Zeit, es entstehen Zeichnungen, Aquarelle und Collage aus Pappe mit aufgemalten Szenen und Landschaften, z.T. angeregt von flandrischem Mittelalter.«[2] Um die Verflochtenheit und Komplexität der Welt auch in diesen Arbeiten zu suggerieren, strebt Thomkins eine größtmögliche Verdichtung von disparaten Elementen an: Unterschiedlich große, teilweise in die Länge gezogene Figuren sind nebeneinander angebracht. Ihre Relationen zueinander und zu ihrer Umgebung bleiben möglichst offen, ja unbestimmt, damit sich den Betrachtenden ein großer Spielraum für Projektionen und Interpretationsmöglichkeiten eröffnet (→ **»Permanentszene«**): Indem Landschaft und Kreaturen verschiedenster Art – wie Thomkins selbst bemerkt – »sehr akausal [...] sehr wenig aus der Überlegung heraus, oder Beobachtung heraus« zusammengefügt, also nicht in einer logisch-perspektivischen Distanz angeordnet sind, stehen sie seiner Meinung nach – in einem ungewohnten Größenverhältnis – viel adäquater zueinander.[3] Thomkins begründet dies mit dem Fundus seiner Kreativität, mit dem Reservoir von persönlichen Eindrücken, die nicht geordnet sind, sondern sich immer »in einer Bewegung [befinden], und diese Bewegung ist eben mit drin, in diesen Bildern«. Wiederkehrende Motive wie Pfeile, Augen oder Hände in den Collagen verweisen symbolisch auf diese Bewegung, sie lenken den Blick des Betrachters und helfen ihm, mit den Augen das komplexe Bild zu durchwandern.

Durch die alogische und irritierende Gegenüberstellung erschafft Thomkins metaphysische Räume, eigentliche Traumorte, denen er eine geheimnisvolle und »manchmal beunruhigende Dimension« verleiht.[4] Wie den Surrealisten dienen denn auch Thomkins Träume als Quelle der künstlerischen Inspiration, beispielsweise diejenigen seines Freundes George Brecht, die er in seinen Collagearbeiten umsetzt. Die Struktur des Traums, die scheinbare Inkohärenz der Handlung und das Aufeinanderprallen von disparaten, kuriosen und rätselhaften Elementen, regen Thomkins zu freien und spekulativen, verschiedenste Ebenen verwebenden Assoziationsformen an. Auch mehrere in den siebziger Jahren entstandene Aquarelle weisen ähnliche inhaltliche und formale Aspekte wie die Collagen auf (Kat. 226–235).

[1]   Ein bedeutendes Konvolut befindet sich im Neuen Museum Weserburg in Bremen.
[2]   Brief von AT an Carlheinz Caspari vom 11.10.1970.
[3]   AT im Interview mit Otto Seeber.
[4]   Ebd.

Eat-art

Thomkins' Beitrag zur Eat-art entstand als Folge von Anregungen durch den Freund Daniel Spoerri, der seit Anfang der 60er Jahre auf viele verschiedene Arten in diesem Bereich tätig war. Nachdem Thomkins 1968 das neueröffnete Restaurant Spoerris in Düsseldorf mit einer Serie von Palindromen (→ **Wortkunst**) auf emaillierten Straßenschildern ausgestattet

G. 11
Kornfeld. 1971
Spaghetti, Dörrbohnen, Erbsen, Süßholz, Oblaten auf Holz, in Holzkasten. 42,7 × 57,3 × 13,3 cm
Nachlaß Thomkins

hatte, konstruiert er Anfang der 70er Jahre mehrere fragile und geistreiche Objekte aus Lebensmitteln wie Teigwaren, Süßholz, Dörrbohnen und Zucker (Abb. G. 11). Daß seine Arbeiten trotz der Verwendung von eigentlich verderblichen Materialien dauerhaft sind, das wird Karl Gerstner einige Jahre später betonen: »Mit den Eßmaterialien wird er dem ›Eat‹ in der ›Eat Art‹ gerecht, mit der Wahl von Teigwaren und Zucker wird er ›Art‹ in der ›Eat Art‹ gerecht: denn diese Materialien verderben nicht – was für ein Kunstwerk doch Voraussetzung ist.«[1]

Im Januar 1971 stellt Thomkins in der Düsseldorfer Eat-art Gallery von Spoerri Eat-art-Objekte aus, unter anderem eine Hostie mit der Inschrift des Palindroms »Dogma I am God«. Spoerri meint zu Recht, »daß dies ein Fund war – Dogma I am God auf eine[r] Hostie. Es ist gleichzeitig eine Hostienschändung. Und die Spaghetti: ein genudelter Spaghetti oder so nannte er das, indem er ein Spaghetti in eine Nudel hineintat. Dann sagte er: ein mit einer Nudel genudelter Spaghetti oder so ähnlich. Er fand ja immer Worte drumherum.«[2]

[1]   Karl Gerstner in seiner Rede »Inspiration und Methode« zur Eröffnung der Ausstellung von Thomkins' Druckgraphik im Kunstmuseum Basel am 30.11.1977, abgedruckt in: Permanentszene 1978, S. 227–234.
[2]   Spoerri/Schneegass 1989, S. 110.

Eller Kirche
→ Kirchenausstattungen

Familie / Mutter – Kind

Das Familienleben ist für Thomkins von großer Bedeutung. Zusammen mit seiner Frau Eva hat er fünf Kinder: Oliver, Anselm, Nicolas, Jenny und Natalie. Innerhalb seiner großen Familie spielt Thomkins eine aktive Rolle; er verbringt viel Zeit zu Hause, wo er arbeitet, und übernimmt eine wichtige erzieherische Funktion, wenn er für die Kinder sorgt, während seine Frau – selbst Künstlerin und Kunsterzieherin – als Professorin morgens unterrichtet.

Die Familie dient ihm als Inspirationsquelle für die Schöpfung von liebevoll beobachteten Genreszenen. Vor allem in den 50er Jahren zeichnet der Künstler seine Frau und seine Kinder in Alltagssituationen – beispielsweise beim Stillen, Spielen oder im Schlaf. Mit elementaren Formen aus einfachsten Linien und Flächen vermag er das Wesentliche des Familienlebens mit großer Humanität einzufangen. Sein besonderes Interesse gilt dem Thema Mutter mit Kind (Abb. G. 12), das für ihn archetypische Bedeutung besitzt[1]: »En ce moment je travaille le thème de la mère avec son enfant et là, par exemple, ta photo d'Eva et Oliver m'apparaît comme une pomme qui est bien tombée de son arbre«.[2] Er behandelt das Thema nicht nur isoliert, sondern fügt sein Leben lang Frauen, die ihre Kinder fest an sich halten, in seine Bildwelt. Zahlreich sind auch die Bildnisse der Familienmitglieder, die er einzeln oder in Gruppen aufmerksam beobachtet und porträtiert.

Wie anregend und fruchtbar das familiäre Zusammenleben nicht nur für Thomkins' Werk, sondern auch für dasjenige seiner Frau Eva und seiner Kinder ist, zeigte die Ausstellung »Die Thomkins – eine Künstlerfamilie«, die 1994 im Haus am Lützowplatz in Berlin stattgefunden hat. Hans van der Grinten hält im Katalog fest, »daß sowohl Eva als auch Jenison, Natalie, Nicolas – im übertragenen Sinne aber ebenso Oliver und Anselm – von geisterhafter Produktivität erfüllt sind. Jeder einzelne verfolgt eigene Wege, die denen des Mannes und Vaters nicht ähneln; doch das Klima für Andrés Schaffen reichert sich jahrzehntelang durch sie vielfältig an. Auch die intensive Be-

G. 12
Ohne Titel. 1952
Gouache, Aquarell und Feder auf Papier. 29,7 x 21,8 cm
Nachlaß Thomkins

faßtheit mit dem Wort, als Klang wie als Buchstabengebilde, erfährt Anstöße aus dieser familiären Gemeinsamkeit.«[3]

[1] Vgl. Brief von AT an Daniel Spoerri vom 28.11.1958.
[2] Brief von AT an Serge Stauffer vom 19.11.1953 (Poststempel), in: Stauffer/Thomkins 1985, S. 94.
[3] Berlin 1994, S. 9–12.

Figur
→ Anatomie
→ »Nevroarmozon«
→ »Schwebsel«

Thomkins' Figurenwelt ist gekennzeichnet durch ihren Reichtum und durch die Souveränität, mit der der Künstler das menschliche Antlitz, Mimik, Körperausdruck und Bewegungen erfaßt. Abgesehen von einzelnen eigentlichen Porträts, sind Thomkins' Gestalten hauptsächlich Phantasiekonstrukte. Die Darstellungsvielfalt reicht vom Gespenstischen bis zum Marionettenhaften, von himmlischen bis zu höllischen Figuren: Das Schwebend-Leichte ist ohne das Dunkel-Bedrohliche bei ihm, der sich der Realität konträrer Welten durchaus bewußt ist, nicht denkbar.

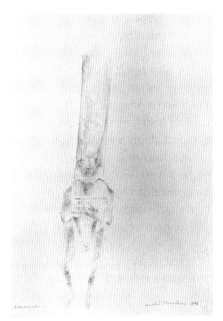

G. 13
homunculus. 1946
Bleistift auf Papier. 42 × 34,5 cm
Kunstmuseum Luzern

In den ersten Schaffensjahren in Luzern setzt sich der junge Thomkins intensiv mit der menschlichen Figur auseinander, deren psychische Verfassung er präzise herauszuschälen weiß. Häufig beschwört er das Dämonische und Unheimliche in Form von verängstigten seelisch bedrohten Fratzen, die sich von einem dunklen Hintergrund abheben und in ihrer Isoliertheit einer drohenden Welt ausgeliefert zu sein scheinen. Meistens treten sie einzeln auf, und oft versinnbildlichen sie seine eigenen Seelenzustände. Diese angstbeladenen Blätter markieren das Dunkle in seinem Werk, das sich mit solchem Nachdruck erst in einzelnen Arbeiten der 80er Jahre wieder manifestiert, wobei Thomkins hier hauptsächlich Figurengruppen darstellt.

In den 50er Jahren werden die Schreckensgestalten – bedingt unter anderem durch den Umzug nach Deutschland und die Vermählung mit Eva Schnell – von heiteren, witzigen und mit ironischer Leichtigkeit karikierten Figuren abgelöst (→ **Unterbrochene Linie**). Die Neigung des Künstlers zum Gespenstischen und Unheimlichen schlägt sich zwar weiterhin in seinem Werk nieder, aber es verliert die Dramatik der 40er Jahre. Charakteristisch wird nach Thomkins'

eigenen Worten »die Figur in der Luft, das ist eine Figur, die hat viel mit den Anatomien zu tun, die ich immer mache. Alle Figuren sind bei mir anatomische Präparate, Mechaniken, so Seelenträger.«[1] Dabei handelt es sich hauptsächlich um Gestalten wie etwa den *homunculus* (Abb. G. 13) – ein von Menschenhand künstlich erzeugtes Wesen mit überlangem Schädel –, um Roboter oder Gliederpuppen, wie sie auch in der Kunst Giorgio de Chiricos, im Werk von Oskar Schlemmer und Otto Meyer-Amden[2] eine Rolle spielen, sowie um das → **»Schwebsel«**, die alle zum selben Vorstellungskreis von Thomkins gehören. Auch polymorphe Organismen, die an Yves Tanguy erinnern (Abb. G. 14), können zu dieser Werkgruppe gezählt werden.

In den 60er und 70er Jahren integriert Thomkins eine Vielzahl von unterschiedlich charakterisierten Figuren und Körperfragmenten in die Linien eines → **»Rapportmusters«**: »Meine Figuren [...] erscheinen dann in Brüchen, das verbindende Element ist aber eben das Muster.«[3] Je nach dessen Anlage können verschiedenste anatomische Bruchstücke hervortreten: Aus der gezeichneten Bogenlinie liest Thomkins einen Arm oder einen Kopf heraus; tanzende, schwungvoll sich hinstreckende Gestalten drücken Dynamik und Leichtigkeit aus (Abb. G. 15); kostümierte Damen und Herren erinnern an die Figurenwelt der Renaissance. Damit will der Künstler aber nicht eine historische oder allegorische Szene il-

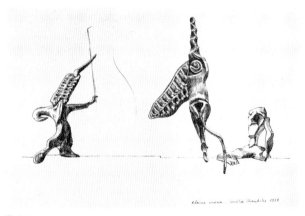

G. 14
Kleine arena. 1954
Feder auf Papier. 19 × 28 cm (Lichtmaß)
Nachlaß Thomkins

G. 15
berner dachprofile, interpretiert. 1970
Bleistift und Aquarell auf Papier, auf Pappe aufgezogen
28 × 71,2 cm
Nachlaß Thomkins

G. 16
Grüner u. A. 1976
Aquarell und Bleistift auf Papier. 19,2 × 29 cm
Privatbesitz

G. 17
Ohne Titel. 1980
Öl auf Leinwand. 53 × 51 cm
Nachlaß Thomkins

lustrieren, sondern seine Absicht ist es, »eine Szene zu bekommen am Schluß, die nicht geplant ist.«[4]

Eine reiche Palette von knienden, laufenden, fliehenden, auf dem Boden etwas suchenden oder kletternden Figuren bettet Thomkins beispielsweise auch in Traumlandschaften ein, wobei zwischen ihnen keine Übereinstimmung in den Größen besteht (Abb. G. 16). Die mehrfigurigen Szenen zeugen von seiner

Vorliebe für die Darstellung zwischenmenschlicher Beziehungen, wobei er gerade das Rätselhafte und Unergründliche, die den Umgang der Figuren miteinander oder mit ihrer Umgebung bestimmen, herausstreicht. Der Künstler spricht von »Gruppen von Menschen, die irgendetwas miteinander tun, meistens etwas, was man nicht verstehen kann, meistens etwas Absurdes oder etwas, was man sich nur auf Umwegen erklären kann; man weiß nicht recht, was sie miteinander tun. Es gibt Menschen, die sich bücken, aber man weiß nicht recht, wonach sie sich bücken; sie sind eben unvorbereitet. Man weiß nicht, was sie tun. Sie sind umgeben von Landschaften, sie sind umgeben von Gegenständen, sie sind behangen mit Kleidern, sie sind einander zugewendet oder einander abgewendet, aber – sie sind eigentlich ratlos.«[5] Hinter der Leichtigkeit und Heiterkeit der Darstellungen lauern häufig Trauer und Melancholie, was sich an den in sich versunkenen, isolierten oder nachdenklichen Figuren zeigt, mit denen Thomkins seine Bilder bevölkert.

In den 80er Jahren bringt Thomkins wieder vermehrt randständige, schutzlose und bedrohte Gestalten zur Darstellung (Abb. G. 17). Dies mag ein Reflex der Jugendunruhen sein, die in Zürich, wo er ab 1978 sein Atelier im alternativen Kulturzentrum »Rote Fabrik« hat, für politische und soziale Verunsicherung sorgen.

[1]   Zürich 1986, S. 18.
[2]   Künstler, die Thomkins besonders schätzt.
[3]   Zürich 1986, S. 11.
[4]   Ebd., S. 8.
[5]   Thomkins/Seeber 1989, S. 228.

Freunde

Thomkins pflegt ein weitgespanntes Netz von Freundschaften mit Künstlern »der kritischen Kreativität, Opponenten des offiziellen Betriebs; skeptisch dem angestammten Maler-Metier gegenüber, zur Grenzüberschreitung allseits bereit. Von dem anarchischen Ideengut der ›Situationistischen Internationale‹ bis zu den urbanistischen Architektur-Utopien von Constant [→ »Labyr«] reicht die Offenheit des Künstlers, der in den Aufbruchsjahren der ›rheinischen Kunstszene‹ in Essen lebt und sich selbstverständlich an die geistesfrischen Paradoxien der ›Fluxus‹-Aktivisten einläßt. Wenn jetzt in Berlin George Brecht und Robert Filliou, Dieter Roth und Jean Tinguely, aber auch Karl Gerstner, Erwin Heerich und François Morellet – neben zahlreichen weiteren Künstlerfreunden, Gefährten und Schülern – mit Arbeiten in engem Bezug zu Thomkins auftauchen, so zeigen schon diese Namen ein verblüffendes Spektrum. Keine Stil-Grenze hindert den Austausch.«[1]

Freunde sind für ihn wichtige Gesprächspartner und Quellen der Inspiration. Der unmittelbare und stetige Austausch von Meinungen und Erfahrungen bietet Anregung und Antrieb für den kreativen Prozeß. Auf die Frage von Serge Stauffer, was ihn am meisten zu seiner Arbeit inspiriere, antwortet er: »lektüren und angefangene arbeit. gespräche und korrespondenzen.«[2]

Eine enge Freundschaft verbindet ihn vor allem mit Künstlerkollegen wie etwa seinem Jugendfreund und Duchamp-Spezialisten Serge Stauffer, mit Daniel Spoerri – den Thomkins 1956 kennenlernte und der ihm wichtige Kontakte vermittelte – und dem Architekten Eckhard Schulze-Fielitz (→ **Kirchenausstattungen, Eller Kirche**), für den Künstler die drei Personen, die ihn am meisten beeinflußt haben.[3] Mit ihnen – wie auch mit Carlheinz Caspari (→ **Bühnenbild**, → **»Labyr«**) und dem Künstler Esmérian – führt Thomkins eine intensive und umfangreiche Korrespondenz.[4]

Immer wieder hat er auch die Zusammenarbeit mit anderen Künstlern gesucht. Die Bereitschaft der Künstlerfreunde zu gemeinsamen Tätigkeiten bezeugt die »Freunde«- Ausstellung von 1969,[5] die das Beziehungsgeflecht von Karl Gerstner, Dieter Roth, Daniel Spoerri, Thomkins und deren Freundesfreunde zum Thema hatte.

[1]   Glozer 1989.
[2]   »100 fragen an andré thomkins«, in: Bern/Düsseldorf 1969, o. S. (7).
[3]   Ebd., o. S. (3).
[4]   Der gesamte Briefwechsel zwischen Serge Stauffer und André Thomkins wurde 1985 publiziert, vgl. Stauffer/Thomkins 1985. Zahlreiche Briefe von Thomkins und seinen Freunden befinden sich im Nachlaß Thomkins.
[5]   Bern/Düsseldorf 1969.

Glasfenster

André-Thomkins-Schule

Für die Volks- und Sonderschule an der Holweider-Straße in Köln fertigt Thomkins 1967 im Auftrag der Stadt zwei je 365 × 785 cm große Glasfenster, die sich, einander gegenüber, links und rechts von der Eingangshalle befinden. Das klar gegliederte, nüchterne Schulgebäude ist zwischen 1962 und 1967 nach den Plänen des Architekten Erich Schneider-Wessling – einem Freund von Thomkins – erbaut wor-

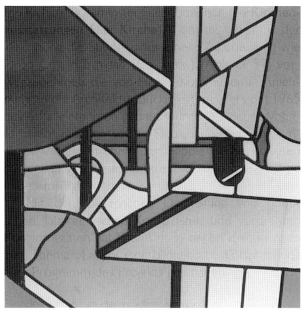

G. 18
Ohne Titel (Grundmuster)
Glasmalerei. 50,8 × 49 cm
Nachlaß Thomkins

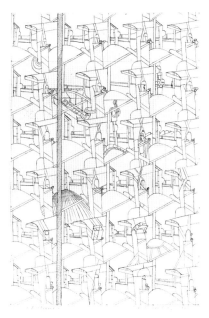

G. 19
Kölner Embleme. 1967
Feder in Tusche auf Papier. 29,4 × 19,6 cm
Kunstmuseum Luzern

den. Ein ursprünglich geplantes Gemeinschaftsprojekt von Thomkins und Daniel Spoerri, das eine Wand aus Polyester vorsah, in der Alltagsgegenstände und Lackskins eingegossen werden sollten – Elemente, die Thomkins 1963 bereits für die Eller Kirche (→ **Kirchenausstattungen**) einsetzt –, wird schließlich verworfen.

Der Künstler arbeitet in den Glasfenstern formal nach einem gestalterischen Prinzip, das er ab 1964 in mehreren Werken einsetzt, dem → **»Rapportmuster«**: »Ich habe einfach ein Element des geplanten Musters auf ein Zinkplättchen radiert und dann sooft gedruckt, wie ich Felder für die ganzen Fenster brauchte. Die Abdrucke schob ich aneinander und klebte sie auf zwei großen Papierbögen auf. Ausgeführt habe ich zwei Fenster mit dem selben Grundmuster, das eine ohne zeichnerische Variationen und farbig, das andere schwarzweiß und mit gegenständlichen Variationen.«[1] Das Grundmuster (Abb. G. 18) ist in beiden Fenstern 16 Mal auf sieben Reihen verteilt wiederholt. Dasjenige des Westfensters rechts vom Eingang ist in leuchtenden Farben gehalten, wobei die Komplementärfarben Blau und Gelb dominieren. Thomkins moduliert die Fläche, indem er mit der

Transparenz bzw. Opazität des Überfangglases spielt. Zudem tritt der ornamentale Charakter hier stärker hervor als im Ostfenster links vom Eingang, weil der Künstler die sich monoton wiederholende Struktur aufbricht, indem er die Rapporte mit Figürlichem variiert: Wie in einem Vexierbild sind beim genauen Hinsehen eine kleine Figur, ein Gesicht, ein auffallendes Gebäude oder eine Brücke zu erkennen. Eine Skizze dazu betitelt Thomkins mit *Kölner Embleme* (Abb. G. 19), und er beweist damit, wie bewußt er seine Arbeit in den (kunst-)geschichtlichen und architektonischen Kontext der Stadt Köln einbettet: Das monochrome Fenster an der Ostseite stellt Motive dar, die eine enge Verbindung mit städtebaulichen Merkmalen sowie mit historischen und kulturellen Eigenheiten der Stadt Köln aufweisen, und auf die der Künstler sich frei assoziierend bezieht. »Thomkins erinnert an Köln als römische Stadtgründung, als bedeutende Stadt des Mittelalters, als katholische, heilige und legendenreiche Stadt, als frühe Stadt der Bürger, als Stadt der Kaufleute, des Handels und der Industrie, Köln als Stadt des ›Kölsch‹-Bieres und des Karnevals, Köln aber auch als Stadt der Nachkriegszeit.«[2]

Die Glasfenster haben sowohl unter der Witterung wie auch unter dem Schulbetrieb sehr gelitten. 1996 sind sie angemessen renoviert worden, und der Schulleiter Edgar Sander hat beschlossen, dem Gebäude den Namen »André-Thomkins-Schule« zu geben.

Evangelische Kirche von Sursee

Die im Jahr 1966 realisierte innovative Neugestaltung der zehn Glasfenster (Kat. 311a–i) der 1913 erbauten evangelischen Kirche von Sursee, einer kleineren Stadt zwischen Luzern und Basel, nimmt im Werk von Thomkins einen besonderen Platz ein. Im Zusammenhang mit diesem Auftrag setzte sich Thomkins mit der christlichen Tradition auseinander und studierte eingehend das Leben von Heiligen und biblischen Gestalten. Dies brachte ihn allerdings weder auf ein figuratives Bildprogramm, wie es für kirchliche Räume üblich ist, noch auf eine formale Beschränkung auf primär ornamentale Gestaltung. Thomkins distanzierte sich von den programmatischen christlichen Vorgaben und griff auf Motive und Formen zurück, die sein Schaffen der 50er und 60er Jahre kennzeichnen und die in engem Zusammenhang mit seinen damaligen künstlerischen Überlegungen stehen: »Bei meiner Arbeit an diesen Fenstern wurde das Muster [...] immer mehr thematisch angefüllt, spontan und ohne Bezug auf den Kirchenraum: ich brachte einfach alles darin unter, was mich gerade beschäftigte«.[3] Insofern erweisen sich die Surseer Arbeiten als wichtiges Resultat eines gestalterischen Prozeßes, der exemplarisch das breite Spektrum von Thomkins' schöpferischen Gedanken zeigt und seine persönliche Weltanschauung reflektiert.

Der kirchliche Auftrag beschäftigte den Künstler, der aus seinem antiklerikalen Standpunkt nie ein Hehl gemacht hatte, sehr stark. Ein Gespräch über das Thema Kirche und Kunst, das Otto Seeber mit André Thomkins führte, gibt aufschlußreiche Informationen über die Haltung des Künstlers gegenüber der Kirche und über die Bedeutung, die er insbesondere der Transzendenz beimißt: Thomkins betont im Gespräch immer wieder, daß der Kirche die innere Spannung, die magische Funktion fehle, daß er sich eine menschennahe, politisch und sozial engagierte Kirche wünsche, die sich als Ort für »eine transzendentale Praxis« nicht gegenüber avantgardistischer

Kunst versperre. Er bekundet sein Interesse für die mystischen Erfahrungen von Heiligen, Mystikern und Mönchen, deren visionäre Erlebnisse und spirituelle Erfahrungen ihn besonders anregen würden, weil sie den Akt des Schöpfens aus dem eigenen psychischen »Reservoir« zu stimulieren wüßten.

Die Frage nach der Transzendenz ist seit Anfang der 50er Jahre im → »Schwebsel« vorgebildet: Es versinnbildlicht den Wunsch, sich im Geist zu unentdeckten Dimensionen zu erheben, um dort die Unendlichkeit des imaginierten, seelischen Raumes zu erfahren. Der Gehalt dieses für den Künstler zentralen ikonographischen Motivs kommt auch in den Glasfenstern von Sursee zum Tragen. Thomkins hat sich hier freilich von einer dem Gegenständlichen verpflichteten Bildsprache entfernt und durch die Wahl von Symbolen eine geistige und meditative Kunst geschaffen.

Die Fenster links im Langhaus
In den drei Fenstern links im Langhaus reduziert Thomkins die Tonalität auf eine fast monochrome Farbgebung und konzentriert sich auf den zeichnerischen Vorgang, der auf der farblich zurückhaltenden Glasunterlage umso intensiver zum Ausdruck kommt. Die explorativen und ausschweifenden Lineamente, im Werk des Künstlers seit Anfang der 60er Jahre von großer Bedeutung (→ **Verschleifung**), scheinen im Bildraum zu schweben.

Zugleich erzeugt die komplexe Linienführung Gebilde, die mit einem → **Labyrinth** verglichen werden können. Dieses seit den ältesten Kulturen bekannte Motiv läßt sich in drei Typen charakterisieren: das Labyrinth, in dem ein einziger Weg zum Zentrum und wieder heraus führt, als Sinnbild der Rückkehr zu den Ursprüngen, der Suche nach der eigenen Identität, des Erlangens von Erkenntnis; das Labyrinth, dessen rätselhafte Irrwege in Sackgassen führen können, als Symbol für eine schwierige und verwirrende Welt, für Ausweglosigkeit und Desorientierung; schließlich das Labyrinth des Rhizoms, in dem jeder Punkt mit einem anderen verbunden werden kann und sich immer neue Wege zu einem unendlichen Netz verknüpfen lassen, als Metapher für die aleatorisch-kreative Suche nach neuen Lösungen.

Die an den drei Glasfenstern ausgeführten Schleifenmotive bieten Anlaß für eine meditative, nahezu

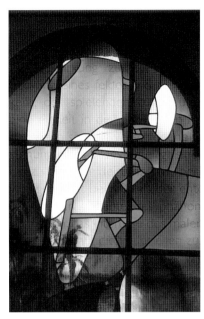

G. 20
Chorfenster. 1966
230 × 120 cm
Evangelische Kirche, Sursee

rituelle Betrachtung. Indem der Blick den verschlungenen Linien folgt, vollzieht er eine Bewegung, die sich in der Zeit ausdrückt. Durch die konsequente Darstellung von netzartigen Gebilden mit Verbindungsknoten will Thomkins aber nicht nur einen meditativen Vorgang auslösen. »»Netzwerk‹ beinhaltet« für ihn auch »alle mögliche Seitenwege. Seitenwege in die Geschichte, in Philosophie und in andere Künste, die mit hineinwirken.«[4] Im Abschweifen, im Einschlagen von Umwegen sieht Thomkins die wesentlichste Strategie, um Erkenntnis zu gewinnen und der autoritären Norm der Logik eine Absage zu erteilen. Die Metapher des netzartigen Rhizoms ist demnach Ausdruck seines anti-hierarchischen Weltverständnisses in seinem künstlerischen Schaffen. Zugleich wird seine labyrinthische Darstellung zum Symbol für den Weg ins Innere. Als Weg der Erkenntnis führt sie den Menschen in einen Zustand der Transzendenz, in dem Irdisches und Materielles, Zeit und Raum aufgehoben sind.

Das Chorfenster
Die Bekanntheit der Glasmalereien der Kirche von Sursee ist hauptsächlich auf das Chorfenster zurückzuführen, das – an zentraler Stelle, im Chorraum

hinter dem Altar – ein für einen kirchlichen Raum außergewöhnliches Motiv zeigt: die Vorderansicht eines Volkswagens (Abb. G. 20). Thomkins beschreibt das Fenster folgendermaßen: »es ist eine Scheibe auf einer Scheibe [...], man sieht vor allem das größte Stück, die größte Fläche, die von diesem Volkswagen zu sehen ist, das ist die Windschutzscheibe, also eine Scheibe auf der Scheibe [...], dahinter [...] sieht man ein Lenkrad, dann gibt es einen inneren Rückspiegel und es gibt einen äußeren Rückspiegel und es gibt eine Hand, die auf diesen äußeren Rückspiegel zeigt«. Weiter hält er fest: »So ein Scheibenwischer auf einem Kirchenfenster, das finde ich eigentlich recht passend. Und auch diese Rückspiegel, die so etwas wie eine Bilanz darstellen, oder [...] Reflexion des Gewesenen, oder der zurückgelegten Strecke, oder des dahinterliegenden Geschichtlichen.«[5] Thomkins betont hier die Bedeutsamkeit der Windschutzscheibe sowie die Übereinstimmung von deren Eigenschaften mit denjenigen eines Fensters und thematisiert damit implizit die Funktion der Glasfenster als Verbindungselement zwischen Innen- und Außenraum.

Ein weiteres wichtiges Element ist für Thomkins der Spiegel. Im Chorfenster können deren zwei unterschieden werden: der Seitenspiegel außerhalb des Wagens, rechts oben, der sich durch die weiße Farbe vom Hintergrund abhebt und der an der Windschutzscheibe befestigte Rückspiegel im Innern des Wagens, eine rote, ovale Form oben links. Sie versinnbildlichen die Möglichkeit der Rückschau und der Rückbesinnung. Thomkins gestaltet das Auto als Metapher für einen Ort des Geschichtlichen, der Vor- und Rückschau, an dem das Hier und Jetzt reflektiert wird. Die zentrale Position des Volkswagens im Kirchenraum widerspiegelt räumlich die Gegenwart als Zeithorizont, von dem aus ein Rückblick in die Vergangenheit sowie eine Öffnung auf die Zukunft sich entfalten können. Das vertraute und alltägliche Objekt erhält damit eine Bedeutungsdimension, die seine Realität und Banalität transzendiert.

Auch die auf den Rückspiegel weisende Hand, die Thomkins in den Vorskizzen für die Glasfenster mehrfach gezeichnet hat, trägt zur Verdichtung des Bildgehaltes bei. Sie erinnert an die Hand aus *Tu m'* (1918) von Marcel Duchamp (Abb. G. 21), den Thomkins sehr verehrte. Von Duchamps Bild und der

G. 21
Marcel Duchamp. *Tu m'*. 1918. Öl, Bleistift und andere Materialien auf Leinwand. 69,3 × 313 cm. Yale University Art Gallery, New Haven

Hand im speziellen hatte Thomkins von Stauffer erfahren, der in einem Brief von einem Gespräch mit dem Künstler berichtet.[6] Duchamp stellt eine Hand dar, die auf das Trompe-l'œil einer Leinwand zeigt, sowie die Schatten einzelner von ihm entworfener Ready-mades. Mit der Sichtbarmachung unsichtbarer Objekte durch die Darstellung von deren verschieden einfallenden Schattenwürfen verweist er auf verschiedene Zeitmomente und evoziert dadurch ein vierdimensionales Raum- und Zeitkontinuum. Ähnlich weist die Hand in Thomkins' Glasfenster auf den Rückspiegel, der eine Metapher für die zwar nicht gegenwärtige, aber intendierte vierte zeitliche und zugleich räumliche Dimension ist.

Mit der Wahl eines Autos für den sakralen Kontext wollte Thomkins das Alltagsobjekt als ein Original und Kuriosum präsentieren. Er konfrontiert und kombiniert auf ironische und verfremdende Art und Weise ein »unpassendes«, banales Objekt mit einem kirchlichen Raum, verbindet das Triviale, Alltägliche mit dem Erhabenen und warnt damit vor vordergründigen Fixierungen auf traditionelle religiöse Inhalte und deren Umsetzung.

Das Fenster rechts vom Altar
Rechts vom Altar stellt Thomkins eine Fischreuse dar, ein Motiv, das einerseits an die christliche ikonographische Tradition – Jesus und die Apostel als Menschen-Fischer – anknüpft und damit in Zusammenhang mit der eucharistischen Handlung steht. Andererseits aber hat es durch seine formalen und inhaltlichen Aspekte einen engen Bezug zum Schaffen von Thomkins. Der Künstler löst das Netz aus seinem Kontext heraus, indem er auf die Darstellung

des Fischfanges verzichtet. Diese Tendenz zur Abstraktion bestätigt er durch die Farbgebung in leuchtendem Orange, das ein Gefühl von Wärme und Energie hervorruft. Das Netz wird zum Sinnbild für die von Thomkins tiefempfundene existentielle Grunderfahrung eines weitläufigen Verbunden- und Verknüpftseins.

Die blauen Fenster rechts im Langhaus
Thomkins setzt in den Fenstern an der rechten Langhauswand differenzierte Blaunuancen ein, die von hellen bis zu dunklen und tiefen Tonwerten reichen.

Ovale und kreisförmige Binnenelemente, von geraden, starren Linien begleitet, verweisen auf die netzartige Konstruktion der Fischreuse im gelben Fenster des Chorraumes mit ihren herausgehobenen Verknüpfungsgliedern. Auf den Kopf gestellt, erscheint sie im mittleren Fenster der rechten Langhauswand sowohl als konstruktives wie als symbolhaftes Element erneut, erfährt aber eine Verwandlung: Sie stellt nun den Schatten eines Eis dar (→ »Shadowbuttoneggs«). Zu Dieter Koepplin bemerkt Thomkins über Sursee: »ich brachte einfach alles darin unter, was mich gerade beschäftigte, so das Knopf-Ei«.[7] An zentraler Stelle in der Mitte des Fensters sticht aus dem in zarten Blautönen gestalteten Hintergrund eine ovale Form aus weißem opaken Glas hervor, an der mit einem kurzen Verbindungsglied ein kleineres, wiederum ovales Element angebracht ist. Darin zeigen sich die Nähe zu der Serie der Knopfeischatten und – ähnlich wie bereits beim Hand-Motiv im Chorfenster – ein Hinweis auf die zeitliche vierte Dimension: Die Veränderung des Schattenwurfes ist vom Stand des Lichtes bzw. vom Lauf der Sonne abhängig, die über die Form und die Wirkung des dargestellten Objekts entscheidet.

Die zwei Fenster unter der Empore
In den zwei Fenstern unter der Empore entwickelt Thomkins zwei sehr unterschiedliche Gestaltungs-modi: links bestimmen strenge architektonische Ele-mente und kühlere Farbwerte den Bildaufbau. Das Fenster rechts, in warmen Farben gehalten, ist durch eine spiralige Anordnung von anthropomorphen und naturhaften Formen charakterisiert. Rechteckige, sperrige Gebilde stehen rundlichen und offenen ge-genüber und lassen so verschiedene Raum- und Weltauffassungen erkennen: das linke Fenster zeigt eine labyrinthisch-undurchschaubare, fragmentari-sche Welt, das rechte ist gekennzeichnet durch eine aufwärtsdrängende, offene Disposition der Bildstruk-tur. Darin widerspiegelt sich einerseits das Bewußt-sein der eigenen Gefangenheit, andererseits aber auch der Glaube an deren Überwindung und an die Möglichkeit der nachfolgender Eroberung neuer Raum- und Erlebnisdimensionen.

G. 22
Rocker. 1969
Jacke, aus Autopneu-Luftschlauch geschneidert, an Kleiderbügel gehängt. 80 × 55 × 15 cm
Bündner Kunstmuseum, Chur

1 Koepplin/Thomkins 1977, o. S.
2 Streckel 1993, S. 41.
3 Koepplin/Thomkins 1977, o. S.
4 Berlin 1981, o. S.
5 AT im Interview mit Otto Seeber.
6 Brief von Serge Stauffer an AT vom 3.9.1960, in: Stauffer/Thomkins 1985, S. 330.
7 Koepplin/Thomkins 1977, o. S.

Gummiarbeiten

Das weiche, biegsame Material Gummi verwendet Thomkins ausschließlich in den späten 60er Jahren. 1967 entstehen die ersten Gummiarbeiten, die Thomkins' Lust am Collagieren und seine Fähigkeit, mit einfachen Gegenständen schöpferisch umzuge-hen, anschaulich zum Ausdruck bringen. »Der Gummi hat mich elastifiziert, wie früher der Lack«, teilt Thomkins seinem Freund Caspari mit.[1] So klebt der Künstler beispielsweise rote, zum Teil geschnit-tene Gummibänder auf eine Unterlage, die er durch behutsame Handbewegungen zu immer anderen Formen verändern kann. Wie bei einer Theaterauf-führung nehmen Figuren und Gegenstände fort-während eine neue ausdrucksstarke Gestalt an oder

setzen sich zu einer überraschenden Szene zusam-men. Ähnliche Resultate erreicht der Künstler, indem er auf runden Tellern mit Hilfe von Elastikgummi aus-geschnittene »Gummihäute« festmacht (z. B. Kat. 289). Der prozessuale Akt steht im Vordergrund: Die Teller, auf denen die Gummibänder aufgespannt sind, zu be-wegen, ist ein lustvolles Vorgehen. Der Witz all dieser Arbeiten wird meist noch vom Titel unterstrichen.

Auch industriell produzierte Gummiteile kombi-niert er zu Objekten oder zu kleineren Skulpturen: »Mit Ben [Vautier] kam ich später an eine ähnliche Aufgabe heran, nämlich bei seinem ›Fourretout‹, also ›Allesstopfer‹, einem Beutel aus Plastik mit etwa 30 Beiträgen verschiedener Künstler. Es ging darum, daß auch hier der Künstler etwas Originales in 200 Exem-plaren zustande bringt. Mein Beitrag war eine Art von Skulptur aus Gummibändern. Und daraus ent-wickelte sich in der Folge eine ganze Produktion von Dingen aus Gummibändern, das ›Bürokratische Schreibtischtheater für Gummibänder und Tesafilm‹. Auch bei dieser Edition war die Einfachheit der ver-wendeten Mittel als Anreiz entscheidend.«[2] Die Gummiarbeiten sind nicht in einer endgültigen Form erstarrt, sondern dank des verformbaren Materials einer andauernden Transformation ausgesetzt, die das Publikum selbst herbeiführen kann. Der Reiz solcher Werke liegt in der Mobilität ihrer Struktur, was auf Thomkins' Nähe zum Leitgedanken der Fluxus-Bewegung verweist, daß sich nämlich alles in permanentem Fluß befindet.[3]

1969 stellt Thomkins bei »Art Intermedia«, der Galerie des Fluxus-Förderers Helmut Rywelski in Köln, den *Rocker* (Abb. G. 22) aus, eine aus Auto- und Lastwagenreifen gebastelte, durchaus tragbare Jacke. Von den 30 Exemplaren, die Thomkins zum Teil unter Mitarbeit seiner Kinder anfertigt, kann ein Großteil verkauft werden.[4] Hier betreibt Thomkins ein hintergründiges Spiel, indem er mit einem weichen Material dank der Bezeichnung »Rocker« Assoziationen an etwas »Hartes« weckt. Die Biegsamkeit und Nachgiebigkeit des Werkstoffs bilden so eine assoziativ-kritische Komponente.

Ein weiteres bekanntes Werk ist der *Zahnschutz gegen Gummiparagraphen* (Kat. 288) von 1969 aus einem Gummiband, das mit Hilfe von zwei an den Ohren befestigten Gummiringen vor dem Mund angebracht werden kann, wie Thomkins auf der Photographie vorführt. Wieder einmal verschärft der Künstler seine Aussage, indem er das Dargestellte und das Material mit dem Titel ironisiert: Kritik tarnt sich als Witz, wenn Thomkins mit biegsamer Materie auf die beliebige Auslegbarkeit von Gesetzesparagraphen hinweist. Insofern ist das in den Kontext der 68er Bewegung zu situieren, als die Kunst politische Krisen und gesellschaftliche Konflikte kritisch reflektiert. Thomkins' wandelbare Gummiarbeiten können damit als Hinterfragung einer erstarrten gesellschaftlichen und politischen Ordnung gelesen werden.

[1]   Brief von AT an Carlheinz Caspari vom 10.1.1969.
[2]   Koepplin/Thomkins 1977, o. S.
[3]   Leider werden die neuen Möglichkeiten der Anwendung, die Gummi erlaubt, durch dessen alterungsbedingte Materialermüdung unterlaufen. Gummiarbeiten sind einem Zerfallsprozeß unterworfen, und diejenigen von Thomkins haben ihre charakteristische Flexibilität verloren.
[4]   Einzelne wurden auch in der Galerie Intermedia in Heidelberg während einer mehrtägigen Auktionsschau, u. a. mit Joseph Beuys, gezeigt.

Hafen
→ Banlieue

Implosion

Im Rahmen seiner Forschungen zur Gewinnung von Energie arbeitete der österreichische Naturforscher Viktor Schauberger (1885–1958) an der Entwicklung einer sogenannten Implosionsmaschine, die auf seiner Erkenntnis der enormen immanenten Kräfte von Luft und von Wasser beruht. Das Prinzip der Implosion besteht nach Schauberger darin, daß ein Gegenstand, der schwerer ist als Wasser oder Luft, »levitieren«, d. h. in die Höhe steigen kann, wenn eines dieser beiden Elemente überwiegend zentripetal bewegt wird. »Sämtliche Teile eines Mediums, das heißt nicht nur die Moleküle, sondern auch die gesamten Atomverbände, unterordnen sich dem gegebenen Bewegungsanstoß und übernehmen die zentripetale Bewegung [...]. Je stärker diese zentripetale Bewegung, umso stärker die Levitation, das heißt die Fähigkeit der Anziehungskraft anderer Raumkörper zu entgehen und die eigene Bewegungsfreiheit zu erhalten.«[1] Thomkins verfolgte die Forschungen Schaubergers und deren technische Realisierung durch Leopold Brandstätter mit großem Interesse. Dessen Levitations-Modell – der sogenannte »Sogwendel« – begeisterte ihn besonders, weil es mit seinem Anliegen, eine räumliche Dimension der Schwerelosigkeit zu erlangen, korrespondiert (→ **»Schwebsel«**). In Briefen an Stauffer berichtet er wiederholt darüber, zum Beispiel Mitte Oktober 1956: »Sogwendel j'en suis piqué au nez curieux veux-tu me procurer la brochure. C'est évidemment la propulsion de Schwebsel, son secrèt. [...] Le Sogwendel permet de passer sans laisser de trace. J'ai horreur de la trainée de fumée des avions à réactions. J'ai horreur de toutes les traces. Il faut tout faire sans qu'on puisse s'en apercevoir.«[2] Die »Sogwendel«-Maschine versprach für Thomkins eine reale Möglichkeit, den Zustand des Schwebens nicht nur geistig, sondern auch körperlich erfahren zu können, wie er kurz darauf schreibt: »Il faut absolument aller prochainement in corpore en Autriche aller voir et inspecter SOGWENDEL. [...] La perspective, la force, la ligne continue, la roue, le feu sont nul. Il faut réfrigérer l'air jusqu'à le liquéfier puis, diamagnétiser l'air liquide qu'on remplira dans une ceinture de sauvetage. On sera sauvés! Cette eau que nous boirons sera l'eau vive qui nous raffraichira enfin. Plus de fleur bleue! Nous avons soif d'un

G. 23
spindelturm. 1959
Feder auf Papier. 26,9 x 20,9 cm
Nachlaß Thomkins

liquide pour y nager en-haut!«[3] Am 14. November 1958 schickt der Künstler seinem Freund die Photographie einer »Martian's antenne or demon's horns? The gold spiral ›ear-irons‹«, die Thomkins als »le célèbre cheveux sogwendel« bezeichnete.[4] Die Form, die sich spiralartig nach oben streckt und verjüngt, scheint für Thomkins das Wesen des »Sogwendels« zu versinnbildlichen.

In zahlreichen Blättern der späten 50er Jahre zeichnet Thomkins spindelartige, raumgreifende Energieformen, die in die Vertikale expandieren und die an die Leichtigkeit und Erdgelöstheit der → »Schwebsel«-Figürchen erinnern (Abb. G. 23). Angeregt von den »Sogwendel«- Experimenten des Wissenschaftlers, evoziert Thomkins die dynamische, in die Höhe treibende Kraft der brandstätterschen Implosion im zeichnerischen Vorgang. Das aufwärtsstrebende, spiralartige Bildzeichen wird von Thomkins als höchstes Ausdrucksmittel für Bewegung und Dynamik verwendet.

Leopold Brandstätter, »Die Entdeckung der naturrichtigen Atomenergie. Implosion statt Explosion«, in: *Spirale. Zeitschrift für Biotechnik und sämtliche Fragen der Welterneuerung,* Nr. 0, September 1960, S. 7. Diese Zeitschrift sowie ein

Antwortbrief vom 15.9.1957 von Brandstätter an Thomkins, der genauere Informationen über die Fortschritte zur Patentierung der Schauberger-Implosionsmaschine erfahren wollte, befinden sich im Nachlaß Thomkins. Brandstätter hoffte, daß die Maschine bis Ende 1957 patentiert werden könnte. Das Patentamt in Wien weigerte sich, die patentrechtlichen Unterlagen zu bewilligen.

[2] Brief von AT an Serge Stauffer von ca. Mitte Okt. 1956, in: Stauffer/Thomkins 1985, S. 194.
[3] Brief von AT an Serge Stauffer vom 24.4.1957 (Poststempel), in: Stauffer/Thomkins 1985, S. 218.
[4] Brief von AT an Serge Stauffer vom 14.11.1958, in: Stauffer/Thomkins 1985, S. 278.

Kirchenausstattungen
→ Glasfenster, Evangelische Kirche von Sursee

Eller Kirche

Thomkins arbeitete 1963 an der Ausstattung für die Jakobus-Kirche in Düsseldorf-Eller,[1] Eller Kirche genannt. Der aus Stahlrohr und Kunststoff errichtete Bau wurde von Eckhard Schulze-Fielitz konzipiert.[2] Im Dezember 1962 war die Grundsteinlegung der Kirche, eingeweiht wurde sie im Dezember 1963.

Der 1929 geborene Architekt war seit 1957 ein enger Freund der Familie Thomkins und pflegte zu jener Zeit mit dem Künstler einen regen Austausch über gemeinsame Pläne für den Bau der Eller Kirche. Die von Schulze-Fielitz formulierten Architektur-Konzepte interessierten Thomkins sehr; sie entsprachen seinen künstlerischen, sozialen und politischen Einstellungen. Er bezeichnete den Architekten als die Person, die ihn neben Serge Stauffer und Daniel Spoerri am meisten beeinflussen würde.[3] Ihre Zusammenarbeit wurde für Thomkins' Schaffen Anfang der 60er Jahre prägend.

Errungenschaften wie das 1940 von Max von Mengeringhausen entwickelte MERO-Trigonalsystem für den Montagebau und die Thesen von Konrad Wachsmann, einem der Pioniere des industriellen Bauens, dienten Schulze-Fielitz als Ausgangspunkt für sein Postulat der Anpassungsfähigkeit von Raumstrukturen, die »bei der prinzipiellen Unvorhersehbarkeit gesellschaftlicher und technologischer Entwicklungen unserer urbanistischen Fixierungen«[4] gewährleistet sein müsse. Sie ergebe sich aus der variablen Zusammensetzung vorfabrizierter Bauelemente, die auf unendlich viele Arten zu einer »Raumstadt« kombiniert werden könnten. »Die Raumstadt

G. 24
Richard Buckminster-Fuller
USA-Pavillon für die Weltausstellung in Montreal (Canada). 1967

G. 25
Seitentüre und Taufbecken in der Eller Kirche, Düsseldorf. 1963
Zerstört

G. 26
Taufbecken in der Eller Kirche, Düsseldorf. 1963
Zerstört

ist« nach Schulze-Fielitz »das strukturelle, systematisierte, präfabrizierte, montierbare und demontierbare, wachsende oder schrumpfende, anpassungsfähige, klimatisierte, multifunktionale Raumlabyrinth.«[5]

Thomkins seinerseits verfolgte auch die Arbeit des amerikanischen Architekten Richard Buckminster-Fuller (1895–1983) mit Aufmerksamkeit. Am 6. Juli 1962 berichtet er Stauffer, daß er an einem von Buckminster-Fuller gehaltenen Vortrag am Baukongreß teilgenommen habe, für den Schulze-Fielitz eigens einen Pavillon gebaut hatte: »Buckminster-Fuller fit une conférence géniale qui donne fort à méditer«.[6] Dessen »geodätische Kuppeln«, schwebende Kuppelbauten, die er seit 1947 konstruierte – wie etwa der eindrucksvolle USA-Pavillon für die Weltausstellung von 1967 (Abb. G. 24) mit einem Durchmesser von 72 m – spielten für Thomkins und die Hippie-Generation eine wesentliche Rolle. Einmal widerspiegelt die Wahl der Kuppelform die Tendenz zu einer reinen Form und Struktur, zur Kugel. Dann vereinigt sie verschiedene Elemente, die nur zusammengebaut ihren Sinn erhalten, zu einer unzertrennlichen Einheit und entspricht so dem Geist der Gemeinschaft, in der das Individuum nur als Teil eines Ganzen zählt. Die geodätische Kuppel versinnbild-

licht das menschliche Bedürfnis, die Umwelt mit dem Universum in Einklang zu bringen. Gerade wegen ihrer fast utopischen, progressiven und antihierarchischen Züge und ihres offenen Charakters war die Architektur Buckminster-Fullers für Thomkins faszinierend und anregend. Sie entspricht im weitesten Sinn seinen künstlerischen Anliegen.

Schulze-Fielitz konzipierte die Eller Kirche als Saalbau. Die progressive Organisation des Bauwerks zeigt seine Bemühungen um eine neue Form von Kirchenarchitektur. Der Altarraum war nicht mehr abge-

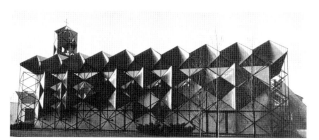

G. 27
Eckhard Schulze-Fielitz
Eller Kirche, Düsseldorf. 1963 (zerstört)
Außenansicht (Tag)

G. 29
Eckhard Schulze-Fielitz
Eller Kirche, Düsseldorf. 1963 (zerstört)
Außenansicht (Nacht)

G. 28
Eckhard Schulze-Fielitz
Eller Kirche, Düsseldorf. 1963 (zerstört)
Innenansicht

sondert, sondern befand sich – allerdings als eigenständige Zone – auf dem gleichen Bodenniveau wie der Kirchenraum, so daß das Abendmahl unmittelbar im Angesicht der Gläubigen gefeiert werden konnte. Die Eller Kirche hatte überhaupt das Gepräge eines Versammlungsortes: Angestrebt wurde eine Annäherung zwischen der Gemeinde und dem Priester als dem Repräsentanten der kirchlichen Institution.

Thomkins' Ausstattung umfaßte großformatige Lackskins für die Türen des Haupt- und des Seiteneingangs, das Taufbecken (Abb. G. 25), Altarplatte und Altarkreuz sowie die Kanzel. Der Schmuck der Kirchenportale stellte für den Künstler eine Herausforderung dar, da er bis dahin nur Lackskins gestaltet hatte, die höchstens 100 × 120 cm maßen. Für das Taufbecken (Abb. G. 26) wurde eine Schale aus Ze-

ment hergestellt, in die Thomkins verschiedenfarbige, hauptsächlich aber in goldgelben Tönen gehaltene Polyesterkugeln einlegte, und die dann mit farblosem Polyester bis zu einer Dicke von 10 bis 15 cm ausgegossen wurde. Anschließend entfernte man den Zement wieder. Das feine bernsteinfarbene und transparente Taufbecken, in dem die Polyester-Kugeln wie Sterne am Firmament zu schweben schienen, muß eine diaphane Wirkung erzielt haben. Kanzel- und Altarplatte wurden aus demselben Material gefertigt.

Aufgrund von Technik und Material standen Thomkins' Arbeiten für die Eller Kirche in harmonischem Einklang mit der architektonischen Raumstruktur, da sie deren Flexibilität und Leichtigkeit besonders entsprachen (Abb. G. 27). Im Nachlaß der Familie Thomkins befinden sich noch einzelne Beispiele von Lackskin-Arbeiten (etwa 30 × 30 cm) in Polyesterplatten. Der Effekt, den sie im Licht erzielen, ist erstaunlich: Die feinen Farbübergänge und die stark räumliche Komponente mit geradezu kosmischer Dimension, die aus dem Ineinander- und Übereinanderfließen der verschiedenen Lackschichten hervorgehen, werden durch die Transparenz des Kunststoffes verstärkt. Wie wir heute leider nur noch aus Photographien ersehen können, spielte das Licht im Kirchenraum eine entscheidende Rolle. Zu allen Tageszeiten floß es durch die aus durchscheinenden Polyester-Platten gestalteten Wände (Abb. G. 28) und sorgte im Innenraum für eine permanente Wahrnehmbarkeit der äußeren Stahlkonstruktion: in großen Schatten zeichnete sie sich auf die Wände ab und bestimmte den gesamten architektonisch-ästhetischen Eindruck. Auch in der Nacht strahlte das künstliche Licht durch die transparenten Wände und überflutete die dunkle Umgebung (Abb. G. 29). Diese wechselseitige Öffnung des Raumes, die Innen- und Außenraum zu einem einzigen Kontinuum werden ließ, sollte dem neuen Anliegen der Kirche entsprechen, ihre Aufgeschlossenheit zu manifestieren. Thomkins äußerte einem Freund gegenüber seine Zufriedenheit über das Gelingen des Projektes: »Notre église est très belle. Il lui faudrait un soleil permanent. Les grandes lacques transparentes te plairont je crois. Nous allons faire des maisons en lackskin à présent.«

1   Die Kirche brannte in den 80er Jahren nieder, wobei sich das verwendete Material im Nu entzündet haben soll. Dokumentiert ist sie in der Broschüre *Stahl und Form. Hallenkirchen in Stahlrohrbauweise*, Einführung: Wolfram A. Wienhold, Düsseldorf: Verlag Stahleisen m.b.H., 1966.
2   Der Architekt erhielt dafür den DEU-BAU-Preis der Stadt Essen.
3   »100 fragen an andré thomkins«, in: Bern/Düsseldorf 1969, o. S. (3)
4   Eckhard Schulze-Fielitz, *Stadtsysteme II*, Stuttgart/Bern: Karl Krämer Verlag, 1973, S. 4.
5   Eckhard Schulze-Fielitz, *Stadtsysteme I*, Stuttgart/Bern: Karl Krämer Verlag, 1971, S. 10.
6   Brief von AT an Serge Stauffer vom 6.7.1962 (Poststempel), in: Stauffer/Thomkins 1985, S. 355.

Knochen / Skelett
→ Anatomie

Knopfei

»Mit Nadel, Zwirn und Einfädler habe ich den weißen Wäscheknopf auf das Ei genäht. Es bestand am 18. September 1957 die Wahrscheinlichkeit, daß eine Begegnung von Knopf und Ei niemals zuvor stattgefunden habe. Der Grad dieser Wahrscheinlichkeit war mein Anlaß zu dem Schneiderkunststück, und obwohl das Nähen die fadenscheinigste Form der Annäherung ist, scheint es darum nicht weniger naheliegend.«[1] Auch banale Gebrauchsgegenstände aus dem Alltag sind für Thomkins Anlaß zu schöpferischen Spekulationen. Das ironisch verfremdende und befremdliche Zusammenfügen zweier so unterschiedlicher Dinge wie eines Eis und eines Knopfes unterstreicht den Einfallsreichtum und den Gestaltungswillen des Künstlers, der sich seiner Originalität

durchaus bewußt ist: »Ich durfte annehmen, damit völlig originell zu sein und dem Postulat der Originalität, das ja heute aufgestellt wird, mit hoher Wahrscheinlichkeit zu genügen.«[2] Für Thomkins ist die Zusammenstellung nicht zuletzt deshalb sinnvoll, weil jedes Ding Fragment ist und in etwas anderes überführt werden kann. Auch der technische Aspekt des Zusammenfügens – ein Ei ist ein besonders fragiler Gegenstand – stellt für den Künstler eine reizvolle Herausforderung dar, denn es verlangt Geduld und besondere Fingerfertigkeit. In einem Brief bringt Thomkins 1966 all dies auf den Punkt: »Es scheint nicht übertrieben, zu glauben, kein Mensch habe jemals daran gedacht, einen Knopf auf ein Ei zu nähen, und nichts habe dazu gefehlt, als der Blick für das rein Wahrscheinliche, den zwecklosen Wert des Neuen. Der ›Knopfei‹ trägt den Stempel: 18. September 1958, Essen, A.T. auf der Eierschale sitzt der weiße Knopf, klassisch festgenäht, wie das lapidarste Stück Haute Couture. Das Nähen bewirkt die größte Nähe von Knopf und Ei: eine totale (oekonomische) Finsternis.«

Das *Knopfei* (Kat. 308) nimmt im ikonographischen Repertoire von Thomkins einen wichtigen Platz ein: Wiederholt hat er nicht nur das Objekt als solches neu zusammengefügt, sondern als Motiv auf verschiedenste Arten umgesetzt. Dabei sind verblüffende Variationen entstanden wie beispielsweise die Zeichnung *oTTo* von 1968 (Abb. G. 30) oder die Mappe → »**Shadowbuttoneggs**«. Die je nach Lichteinfall sich verändernden Schatten des auf das Ei genähten Knopfes inspirieren Thomkins in der Folge zu unzähligen neuen Bildfindungen.

Der Künstler ist zugleich Entdecker und Kombinierer, der sich aber nicht damit begnügt, disparate Gegenstände zu vereinen und sie so zu belassen, sondern der sie in absolut neue Schöpfungen umformt. Dieses Vorgehen entspricht nicht nur dem Geist des Dadaismus, sondern auch demjenigen des Surrealismus, wie André Breton im ersten surrealistischen Manifest von 1924 mit einem Zitat von Pierre Reverdy verdeutlicht: »Das Bild ist eine reine Schöpfung des Geistes. Es kann nicht aus einem Vergleich entstehen, vielmehr aus der Annäherung von zwei mehr oder weniger voneinander entfernten Wirklichkeiten. Je entfernter und je genauer die Beziehung der einander angenäherten Wirklichkeiten sind, um

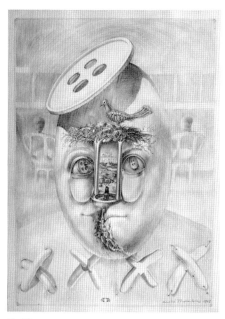

G. 30
oTTo. 1968
Bleistift auf Papier. 25,6 × 18,7 cm
Nachlaß Thomkins

Umstülpungen vor, wie Thomas Kellein dies für die Zeichnung *oTTo* festhält: »Die Wörter Knopf, Kopf und Ei lieferten dazu den Rahmen, für die Fragen, wie man den Knopf vom Kleid auf das Ei und – in der Zeichnung – das Ei auf den Kopf übertragen konnte. Dazu hatte Thomkins das Vokabular der phantastischen Malerei seit Hieronymus Bosch und Giuseppe Arcimboldo herangezogen.«[5]

[1]   Berlin/Luzern 1989/90, Band 2, S. 134.
[2]   Mellinghof 1977, o. S.
[3]   André Breton, *Die Manifeste des Surrealismus*, Hamburg: Rowohlt, 1968, S. 22–23. Schon der Comte de Lautréamont (1846–1870), von dem die bekannte Zeile stammt: »[...] beau comme la rencontre fortuite, sur une table de dissection, d'une machine à coudre et d'un parapluie«, auf den sich die Surrealisten beriefen, formulierte dieses ästhetische Prinzip (zit. nach Breton, *Les Pas Perdu*, Paris, 1924, S. 200).
[4]   Zit. nach Dawn Ades, *Dada und Surrealismus*, München/Zürich: Droemersche Verlagsanstalt, 1975, S. 31.
[5]   Thomas Kellein, in: Stuttgart 1986/87, S. 67.

Knoten

Die Bedeutung des Knotens in Thomkins' Schaffen ist nur dann in vollem Umfang zu ermessen, wenn er in Bezug gebracht wird mit Fähigkeiten wie Stricken, Knüpfen, Weben und Nähen. Thomkins interessierte sich sehr für diese Handarbeitsweisen, nicht zuletzt, weil sie eine besondere Geschicklichkeit in der Ausführung und damit eine gut entwickelte Feinmotorik erfordern. Schon Leonardo, ein Künstler, den er bewunderte, hatte komplex verschlungene Knotengebilde gezeichnet, augenfällige Veranschaulichungen seines Ingeniums und seiner souveränen Kunstfertigkeit. Aufschlußreich in Zusammenhang mit der Ikonographie des Knotens bei Thomkins ist die Zeichnung – *handweb* – *wandheb* – von 1967, deren Titel übrigens zeigt, wie der Künstler seine eigentümliche Methode des Flechtens auch im Umgang mit der Sprache zur Anwendung bringt (→ **Wortkunst**). Die Hände, das ureigene Instrument des Zeichners und Malers, bilden mit ihren verschränkten Fingern ein Muster, das die Aufmerksamkeit und die Phantasie des Betrachters in Anspruch nimmt: »Die Hand beschäftigt das Auge und den Kopf, der Kopf beschäftigt das Auge und die Hand, das Auge beschäftigt Kopf und Hand. Genau das ist André Thomkins' Arbeitsweise.«[1]

so stärker ist das Bild – um so mehr emotionale Wirkung und poetische Realität besitzt es [...].«[3] Thomkins knüpft an die surrealistische Bewegung an, und mit seiner Zeichnung *cases communiquantes* von 1968 (Kat. 95) bezieht er sich ausdrücklich auf André Bretons 1932 publizierte Schrift »Vases communicants«, in der dieser – da alles mit allem zusammenhänge – neue und ungewohnte Bezugssysteme miteinander in Verbindung bringt. In diesem Sinn kann die Entstehung des Knopfeis mit dem von den Surrealisten und Dadaisten als Gestaltungsprinzip häufig verwendeten Collageverfahren verglichen werden, das Breton anlässlich der Pariser Max Ernst-Ausstellung im Jahre 1921 wie folgt beschreibt: »Es handelt sich um die wundersame Fähigkeit, zwei weit voneinander getrennte Realitäten zu erreichen, ohne den Bereich unserer Erfahrungen zu verlassen, sie zusammenzuführen und aus ihrer Berührung unserer Sinneswahrnehmung einzufangen [...].«[4]

Auch in Thomkins' → **»Rapportmuster«**-Bildern wird das Interesse des Künstlers, Disparates zueinander in Beziehung zu setzen, deutlich. Hier betreibt Thomkins auf der semantischen Ebene »Gedankenschneiderei«, nimmt er Zusammenfügungen und

G. 31
bemannung mit 1, 2 und 4: ein-, zwie- und viertracht. 1948
Feder auf Papier. 29 × 20 cm (Lichtmaß)
Nachlaß Thomkins

G. 32
fliegender Knoten. 1960
Gouache und Bleistift auf Papier. 18,5 × 9,5 cm (Lichtmaß)
Nachlaß Thomkins

Eine wichtige frühe Zeichnung des achtzehnjährigen Künstlers enthält bereits die wesentlichen, auf die Knoten-Symbolik vorausweisenden Elemente des Bindungs- und des Ei-Motivs, die für Thomkins' späteres Werk eine wichtige Rolle spielen. *bemannung mit 1, 2 und 4: ein-, zwie- und viertracht* (Abb. G. 31) stellt verschiedene Figuren dar, die ineinander verschachtelt und verknotet sind. Auf einer schwebenden Ei-form steht eine Figur, die zweifach, als Frontal- und als Rückenansicht gelesen werden kann. Aus ihrem linken – oder rechten – Fuß wächst eine Gestalt heraus, an die zwei weitere Figuren angefügt sind, aus deren einer sich noch eine zusätzliche entwickelt. Oben rechts verknoten sich zwei Oberkörper zu einem einzigen Leib mit einem Paar Beinen und Armen. Die Progression – aus einem Ei multiplizieren sich Figuren – scheint mathematischen Formeln zu gehorchen. Thomkins interessierte sich tatsächlich für Zahlen wie das Beispiel seines Monologs über das labyrinthische System der Zahlen zeigt, den Stauffer im Korrespondenz-Manuskript transkribiert hat.[2]

In einer späteren Arbeit, *fliegender Knoten* von 1960 (Abb. G. 32), entwickelt Thomkins die verschlungene Linie zu einem merkwürdig verstrickten Gebilde. Der isolierte Knäuelkörper, möglicherweise

eine Versinnbildlichung des Welträtsels, scheint aufzusteigen und zu schweben. Es ist zu vermuten, daß der Künstler damit seine Auffassung veranschaulichte, die Undurchschaubarkeit der Welt dank der Freisetzung geistiger Energien transzendieren zu können.

Als Symbol kann der Knoten die verschiedensten Bedeutungen annehmen. So ist er als Sinnbild der Verknüpfung und Verbindung zu verstehen, als Liebes- und Freundschaftssymbol, als Ausdruck einer Bindung an schutzverleihende Mächte, oder als Zeichen für Komplikationen und Hindernisse. Er verweist darüber hinaus auf das Gewebe des Kosmos, den Faden des menschlichen Schicksals sowie auf die Kette des Daseins. Diese vielfältigen, teilweise widersprüchlichen Sinnebenen spiegeln sich aber in einem zentralen Moment der menschlichen Existenz, demjenigen des weitläufigen Verknüpftseins. Dem Welt-Verständnis von Thomkins, das in seinen Knoten, seinen → **Verschleifungen** und in seinem Begriff des → **Labyrinths** anschaulich wird, entspricht jedoch am ehesten die von Felix Guattari und Gilles Deleuze 1976 entwickelte moderne Metaphorik des Rhizoms[3] (→ **Glasfenster, Evangelische Kirche von Sursee**). Bereits 1968 postulierte Deleuze die Bedeutung der Differenzen, »die sich nicht mehr – metaphysisch – auf ein

Identisches, sondern nur noch auf andere Differenzen beziehen. Und diese bilden untereinander dezentrierte, bewegliche Netze und nomadische Distributionen.«[4] Dieser Gedanke wird mit der Konzeption des Rhizoms, im eigentlichen Wortsinn »Wurzelstangenwerk«, zum Paradigma für die heutige Wirklichkeit weiterentwickelt: »Das Rhizom tritt in fremde Evolutionsketten ein und knüpft transversale Verbindungen zwischen divergenten Entwicklungslinien. Es ist nicht monadisch, sondern nomadisch; es erzeugt unsystematische und unerwartete Differenzen; es spaltet und öffnet; es verläßt und verbindet; es differenziert und synthetisiert zugleich.«[5] Der Entwurf von Deleuze und Guattari postuliert eine anti-hierarchische, auf demokratischen Prinzipien basierende Struktur der Welt und der Gesellschaft, wo der Homo ludens spielend neue Möglichkeiten ausprobiert und zu neuen Erkenntnissen kommt (→ »Labyr«). Ein solches Modell impliziert auch eine neue Geschichtsauffassung, die Thomkins als seine eigene ausweist, wenn er auf die Frage, welche Beziehung er zur Vergangenheit habe, anwortet: »weitläufig verflochtene wurzeln.«[6]

Bedeutsam ist der Knoten für Thomkins nicht zuletzt wegen seines Potentials für die mobilen und dehnbaren Architekturkonstruktionen eines Eckhard Schulze-Fielitz oder eines Richard Buckminster-Fuller (→ **Kirchenausstattungen, Eller Kirche**). Ihre bis hin zur Auflösung sich vollziehende Reduktion der Trägermasse auf Glieder geringster Materie, ihre Konzentration der tragenden Kräfte auf Knotenpunkte spricht Thomkins mit seinem Interesse für schwerelose, entmaterialisierte Gebilde an.

Schließlich steht der Knoten bei Thomkins mit der von ihm entwickelten Idee der → »Permanentszene« in Verbindung. Immer wieder bezeichnet er das Kunstwerk als Knoten, als Symbol und Hauptangelpunkt für das Spannungsfeld, das durch den kommunikativen Prozeß zwischen Bild und Betrachter entsteht.

[1]   Roters 1989, S. 24.
[2]   »Monologue d'André Thomkins [Transkription eines Tonbands]« von ca. 1950, in: Stauffer/ Thomkins 1985, S. 5.
[3]   Gilles Deleuze, Félix Guattari, *Rhizome*, Paris: Les Editions de minuit, 1976.
[4]   Wolfgang Welsch, *Unsere postmoderne Moderne*, Weinheim: VCH Acta Humanora, 1988, S. 142.
[5]   Ebd.
[6]   »100 fragen an andré thomkins«, in: Bern/Düsseldorf 1969, o. S. (3).

Knüllbild
→ »Material«

Kunstbetrieb

Thomkins' Beziehung zum Kunstbetrieb ist eher schwierig und angespannt. Das wird auch ersichtlich aus den wenigen Werken, in denen er sich mit diesem Thema auseinandersetzt, beispielsweise in einer 1980 datierten Zeichnung mit der witzigen Inschrift: *der Handel zerquetscht die Hand aber sein Fuß ist kitzelig* (Abb. G. 33). In den 70er Jahren stellt der Künstler vermehrt in Galerien aus, zu denen er dann auch kontinuierliche Kontakte pflegt. Erst so kann er sich eine feste Käuferschaft erwerben, aber bis dahin ist er nie sonderlich daran interessiert gewesen, Verbindungen zu Galerien zu knüpfen oder zu pflegen, wie er selber erklärt: »Ich bemühe mich nicht um eine Galerie. Das Geschäft besteht meiner Ansicht nach darin, dort Bilder zur Verfügung zu stellen, wobei die Handlung alle Kosten übernimmt. Froese gibt mir zu bedenken, es herrsche das Gesetz von Angebot und

G. 33
der Handel zerquetscht die Hand aber sein Fuss ist kitzelig. 1980
Feder auf Papier. 29,7 × 21 cm
Nachlaß Thomkins

Nachfrage. De quoi s'agit-il? Würde Brun fragen! Ich verstehe nichts von diesem Geschäft und bin in der Hinsicht fast ohne Neugier. Ob die Galeristen ihrerseits viel von der Kunst und ihren Bedingungen erkennen und ob sie darauf neugierig sind, weiß ich nicht. Es ist für sie sehr schwer sich zurechtzufinden und glauben sie einmal ihre Philosophie im Besitz zu haben, so haben sie doch stets nur *das* Grüppchen von Künstlern im Sinn und damit die Grenze ihres Gesichtskreises. [...] [Viele Galeristen sind] selbst nur Vehikel [...]. Mit ihnen spielen ein paar Leute Kunst-Offensive. Meine Sachen passen nicht in die aufgestellten Geschütze und man weiß auch nicht, ob sie deformieren.«[1]

Auch Thomkins' handschriftliche Äußerungen zu Problemen der Künstlerexistenz zeigen, wie zwiespältig seine Haltung gegenüber dem Kunstbetrieb ist und wie unzureichend die Arbeits- und Lebensbedingungen für einen Künstler seiner Ansicht nach sind: »Fast dreißig Jahre habe ich als Maler in der Bundesrepublik gelebt und bin seit zwei Jahren wieder in der Schweiz, aus der ich stamme. Bis zu meinem 40. Lebensjahr hatte ich kaum einen materiellen Ertrag aus meiner Kunst, die, außer einem schweizer Ausbildungsjahr, aus eigenem Antrieb entstanden ist. Stipendien habe ich nicht gesucht und Preise stets abgelehnt. Den Lebensunterhalt bestritt meine Frau mit Kunsterziehung. [...] Meine Ausstellungen in Galerien fanden Interesse und Museumsleute ihrerseits machten zahlreiche Ausstellungen in ihren Häusern. Die Ankäufe öffentlicher und privater Sammlungen bewegten aber keine starken Summen, mit Ausnahme der Museen in Basel, Zürich und Den Haag, wo ich deren großzügigen Erwerbungen mit Schenkungen verdoppelt habe. Vom Preis einer in der Galerie verkauften Arbeit behält der Galerist 1/3 bis 1/2, der Rest wird sodann im Verkaufsjahr vom Fiskus hoch besteuert. Die Konjunktur die ein Künstler hat, unter solchen Umständen auszunutzen, bedeutet Ausverkauf, ja Ausverschenk zu betreiben. Ich jedenfalls droßle meine Verkäufe aus diesem Grund. Ist das nun der Kultur förderlich? Hat so der Künstler eine Chance, seine Existenz selbständig und haushälterisch einzurichten? Um das Werk wenn nicht verkaufen, so doch zeigen zu können, habe ich statt des Handels immer mehr Museumsausstellungen gewählt. Der administrative Aufwand ist hier aber be-

schwerlich und das Ausstellen wird nicht vergütet, wie Theater- und Konzertveranstaltungen. Wenn ein Künstler also überhaupt in die Lage kommt, ist er sein eigener Förderer! Meine Mitgliedschaft in der Berliner Akademie der Künste ebenso wie in Jury-Gruppen, verursacht oft Kosten, die nicht über Reise- und Hotelvergütung gedeckt sind. Ferner stifte ich oft für gemeinnützige Zwecke. Und soll ich nun all dies auch noch belegen? Ich möchte lieber malen!«[2]

[1]   Brief von AT an Carlheinz Caspari vom 8.3.1965.
[2]   Das Manuskript soll um 1980 entstanden sein.

»Labyr«

In einem Brief an den Sammler und Kunsthistoriker Hanns Sohm definiert Thomkins das Projekt »Labyr« folgendermaßen: »Das Wort stammt von mir und ist eine Abkürzung von Labyratorium, einem von Carlheinz Caspari initiierten architektonisch-urbanen Rahmen für eine schöpferische Lebensweise quer durch Kunst-Schauspiel-Musik-Wissenschaft und menschlich handbarer Industrie. Es findet seinen Niederschlag in Gesprächen und Korrespondenzen und in Publikationen von Caspari, Constant, Schulze-Fielitz, Yona Friedman, Feussner und später [...] Higgins, Maciunas [...], Stockhausen, Kagel, Bauermeister etc. zwischen 1959 und 1963. Bei Constant findest du Zitate. Spoerri-Luginbühl-Tinguely hatten im selben Zeitraum ihr Thema: Dylaby.«[1]

»Labyr«, ein architektonisches Projekt, das eine schöpferisch-spielerische, gegen die Konsumgesellschaft orientierte Wohn- und Lebensweise vorsah, beschäftigt Thomkins ab Ende der 50er Jahre zunehmend. Zu den Promotoren des »Labyrs«, mit denen Thomkins in den 60er Jahren besonders regen Kontakt pflegte, gehörten der Architekt Eckhard Schulze-Fielitz, Carlheinz Caspari,[2] Regisseur und Leiter der Galerie van de Loo in Essen – damals ein wichtiger Treffpunkt für Kulturschaffende und Intellektuelle, wo Thomkins ihn Ende 1959 kennenlernt –, und der Künstler Constant,[3] der Anfang 1960 in derselben Galerie sein Projekt »New-Babylon« vorstellte. Hier hielt Constant im Juli des gleichen Jahres auch einen Vortrag über »Urbanisme unitaire«, sprach Ulrich

G. 34
Constant
Groot Labyr. 1966
Aluminium. 85 × 106 × 74 cm
Gemeentemuseum, Den Haag

Conrads über »Phantastische Architektur«, und hier
stellten Schulze-Fielitz und Thomkins Ende des Jahres
gemeinsam aus. Die Künstler besuchten sich gegenseitig oder korrespondierten; viele Diskussionen
drehten sich um das »Labyr«-Projekt. Am 20. März
1961 schreibt Thomkins an Stauffer: »Caspari de son
côté adapte le milieu theatre à ce qui doit aboutir au
Labyratoire. Constant, Eckardt et moi contribuons de
nos côtés vers ce même point de diffusion centralisé.
Nous sommes en passe de nous approprier le sommet et les pentes d'une Halde ou peu à peu s'aggloméreront des formes d'habitat, de travail, de jeu,
de communauté, de communications etc. dont le
principe est modifiable et sujet à toutes les experiences que lui feront subir ceux qui voudront y partici-
per. Le but est de ramasser efficacement le petit
nombre que nous faisons dans cette ville et de rendre possible l'hospitalité permanente de tout le
monde qui veut s'y joindre aussi longtemps qu'il lui
plaît à la condition qu'il soit actif sur le champ, qu'il
apporte du matériel ou qu'il emporte des choses fai-
tes pour débarasser le Labyr et pour provoquer la
création d'autres Labyrs ailleurs. [...] Cette lettre fait
déjà parti du Labyr; d'ailleurs tu peux considérer une
bonne partie de notre correspondance comme
telle.«[4]

Im November 1961 gründete Caspari zusammen
mit Alfred Feussner in Köln das »Labyr«, einen Verlag
mit Redaktion. Thomkins beteiligte sich an »Labyr«-Ak-
tivitäten in Form von Flugblättern und Raumprojekten.
In Amsterdam nahm er zusammen mit den Hauptiniti-
anten des »Labyr« an der »Rencontre internationale: le
milieu de vie dans l'ère technique« teil. Carlheinz Caspari äußert sich wie folgt über Thomkins' Zugehörigkeit
zum »Labyr«: »auf die beamtete frage nach dem WAS
IST DENN NUN LABYR wußtest du [AT] promt die
antwort LABYR IST RYBAL KEINE FRAGE: du warst
immer schon rybalist in konsequenz einer ludisch-laby-
ristischen potenz eben immer auch labyrist und libyrast
und tyrasilb und byristal.«[5]

Ähnliche Ziele verfolgte auch die 1957 gegrün-
dete Situationistische Internationale – der Constant
angehörte –, eine Gruppe von Literaten, Soziologen
und Künstlern, die bestrebt war, der durch Konsum-
zwang und Industrialisierung entfremdeten Massen-
gesellschaft ein freikonzipiertes Leben entgegenzu-
setzen, in dem das Spiel einen entscheidenden Wert
darstellt. Constant entwickelte die Idee eines offenen
und dynamischen Urbanismus auf der Grundlage einer neuen Architektur im Sinne von »bewohnbarer
Poesie«,[6] die er in seinen durch utopische Ausformung charakterisierten Modellen zum unitären Urbanismus (Abb. G. 34) zu veranschaulichen suchte.
Damit strebte er ein bruchloses Wirklichkeitskonti-
nuum an, in dem die Kunst vollständig in den Alltag
integriert ist. Sein Modell des utopischen New-Babylon, einer offenen Stadt, die sich frei nach allen Richtungen hin ausbreitet, sollte den Grundsätzen einer
neuen experimentellen, schöpferischen und spielerischen Denk- und Lebensart entsprechen, die für den
Homo ludens gedacht war.[7]

Der experimentelle Charakter des »Labyr«-Pro-
jekts entsprach vollumfänglich Thomkins' Wesen und
Arbeitsweise sowie seinem ludischen »verhalten im
gegensatz zu den fixierten institutionierten tradier-
ten akademisierten verzurrten verpackten und kana-
lisierten verhaltensweisen«.[8] Daher suchte er stets
nach neuen Möglichkeiten in den Bereichen Inhalt,
Ausdrucksform und Motiv, die er in verschiedenen
Arbeiten zu »Labyr« erprobte (Kat. 59–61). Im 1960
entstandenen *Labyr* (Abb. G. 35) formuliert er einen
der zentralen Gedanken zur dynamischen Ausdehnung des »Labyrs«: »stadtkern eine Kunststoffabrik in

G. 35
Labyr. 1960
Feder auf Papier: 20 × 21 cm
Nachlaß Thomkins

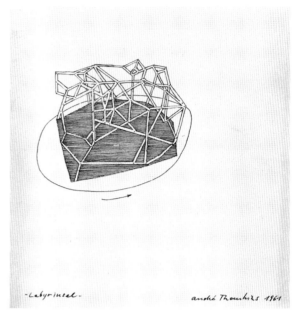

G. 36
Labyrinsel. 1961
Feder auf Papier: 21 × 20,1 cm
Privatbesitz

einem Wasserbehälter stößt aus mehreren Formdüsen große Zellen, die zusammenhängen, aus und bildet damit einen großräumigen Schaum der sich ausbreitet. die Siedler dringen mit Werkzeug in die
Struktur ein, wo sie wohnbare Passagen bahnen.«
Begleitet wird der Text von einer illustrierenden Darstellung: Die in der Mitte ineinander verschachtelten
dreidimensionalen Elemente in einem runden, zylin-
drischen Gebilde (die Kunststofffabrik) lösen sich –
wie durch eine schleudernde Bewegung – aus dem
sie begrenzenden runden »Behälter« und breiten
sich im Bildraum aus; Pfeile versinnbildlichen die Dynamik dieses Vorgangs. Sie werden auch eingesetzt,
um die unkoordinierte, in mehrere Richtungen verlaufende Bewegung einzelner Figuren aufzuzeigen,
die in die ausufernde Struktur eindringen und sich ihrer zu bemächtigen scheinen. Das Blatt entspricht
theoretischen Überlegungen sowohl Constants wie
auch Casparis, der »Labyr« so beschreibt: »Labyr ist
ein Massenkommunikationsmittel, das die Einzelnen
fluktuierend sammelt, das jedoch jeder programmatischen Koordination entgegenwirkt. Labyr provoziert
die Aktivität des Einzelnen: durch räumliche und zeit-

liche Vielfalt, durch Simultaneität der Mittel, durch
ihre Variierbarkeit entsteht ein unstabiler, unvorher-
sehbarer, unbestimmter Ablauf von Ereignissen, der
ahistorisch ist, sich den Konditionen von Vergangenheit und Zukunft widersetzt und der nur als Gegenwart Qualität hat.«

In der 1961 entstandenen Darstellung einer Konstruktion aus Verbindungselementen (Abb. G. 36), die
durch Knoten – die kleinen Pünktchen – zusammengefügt sind, lassen sich Merkmale feststellen, die sich
auf Errungenschaften des amerikanischen Architek-

G. 37
Drop City in Trinidad (Colorado). Um 1965

ten Richard Buckminster-Fuller beziehen (→ **Kirchen-ausstattungen, Eller Kirche**). Thomkins scheint in der Zeichnung die Stahlstruktur einer Wohnsiedlung wie Drop City in Trinidad (Colorado) (Abb. G. 37) vorwegzunehmen, die von Hippie-Kommunen in Anlehnung an die Architektur Buckminster-Fullers um 1965 aus Abfallelementen gebaut wurde. Als neue Wohnform entsprachen solche Siedlungen dem konsumabgewandten Streben der Hippie-Gemeinschaften nach einer gemeinsamen, kreativen und spielerischen Lebensform.

Mit der spielerischen Darstellung von poetischen, labyrinthischen Konstrukten und verdrehten Konglomeraten hat Thomkins in seinen Zeichnungen zum Thema »Labyr« eine bildnerische Entsprechung zum Programm des Projekts geschaffen.

1	Brief von AT an Hanns Sohm vom 29.8.1972.
2	Brief von AT an Dick Higgins vom 20.1.1966: »Caspari lebt in Hamburg, schreibt das ›Labyr‹, schreibt ›Burgunder‹ und arbeitet beim Fernsehen zunächst als Telelehrling, macht Regie, Drehbücher etc.«
3	Thomkins äußert sich in einem Brief an Serge Stauffer vom 19.7.1960 (Poststempel) über Constant: »Constant propage l'UU (urbanisme unitaire), la ville décollée du sol en plusier elements-quartiers à plusieurs étages. Ville couverte en grande partie, ouvert au jeu d'une population désœuvrée par l'automation et devenue créatrice (selon l'intention de Lautréamont). Homo Ludens au labyrinthe.«, in: Stauffer/Thomkins 1985, S. 321–322.
4	Brief von AT an Serge Stauffer vom 20.3.1961, in: Stauffer/Thomkins 1985, S. 341–342.
5	Caspari 1989, S. 130–131.
6	*Constant*, Ausst.kat., Galerie van de Loo, Essen, 9.1.–9.2.1960.
7	»New-Babylon [...] folgt den Spuren, die der Mensch bei seinen Wanderungen über die Erde hinterläßt [...]. Die New-Babylonen durchziehen frei das Gebiet der ganzen Erde, sie sind nicht ortsgebunden. Ihr Leben ist eine fortwährende Reise, auf der sie die Erde entdecken und gleichzeitig ihr Leben gestalten.« Soweit Constant in: Berlin 1966, S. 49.
8	Caspari 1989, S. 130.

Labyrinth
→ **Wandmalerei**
→ **Glasfenster, Evangelische Kirche von Sursee**

Das Thema des Labyrinths spielt in Thomkins' gesamtem Werk und dessen Rezeption eine wichtige Rolle. Einmal beschäftigt sich der Künstler immer wieder mit dem Labyrinth und verwandter Ikonographie, wie in seinen → **Verschleifung**s- und → **Knoten**bildern.

Hier lehnt sich Thomkins an alte, archetypische Motive und Symbole an, verarbeitet frühere Erkenntnisse und Gedanken. Dann mutet seine Kunst ganz allgemein viele Betrachter etwas labyrinthhaft und phantastisch an. Sehr häufig wird auch in der Rezeption, besonders in der Presse, auf den labyrinthischen Charakter der Kunst Thomkins' hingewiesen.

1966 findet in Berlin die Ausstellung »Labyrinthe. Phantastische Kunst vom 16. Jahrhundert bis zur Gegenwart«[1] statt, in der nicht nur eines der zentralen Werke von Thomkins, *Die Mühlen* (Kat. 151), ausgestellt ist, sondern in der ebenfalls das Projekt des → **»Labyr«**-Mitglieds Constant, »der die Städte dieser Erde mit der spielerischen Labyrinth-Architektur des homo ludens überziehen möchte«,[2] vorgestellt wird. Auch die große Thomkins-Retrospektive in Berlin und Luzern (1989–1990) trägt den programmatischen Titel »labyrinthspiel«. Ausstellungsorganisator Christian Schneegass erläutert die Gründe: »Bedeutsam für uns ist hier die Analogie [von Daedalus] zu André Thomkins, die alle äußeren und inneren Grenzen überschreitende Erfindungsgabe dieses Konstrukteurs labyrinthischer Gehäuse und künstlich erzeugter Schwingen, die im übertragenen Sinne auch als Metaphern für die ›Beflügelung‹ des Geistes verstanden werden können.«[3]

Schließlich verknüpft Serge Stauffer Wesen und Kunst von Thomkins mit dem Erfinder des Labyrinths und nennt seinen Freund gerne »Dädalus Mäandertaler«. *Dädalus*, eine Federzeichnung von 1967 (Abb. G. 38), zeigt eine räumliche, aber auch irreführende und ambivalente Darstellung aus präzis geführten Strichen, in der sich Figuren und Skelette erahnen lassen. Schon der Titel des Werks weist auf den griechischen Mythos hin: Dädalus war ein hervorragender Baumeister, der nicht nur mit dem Bau des Labyrinths, sondern auch durch seine abenteuerliche Flucht daraus mit Hilfe selbstgefertigter Flügel aus Federn und Wachs seine unbeschränkte Erfindungsgabe bewies. Der Gestaltungsimpuls, der die Hand leitet, bringt eine verschlungene, geheimnisvoll anmutende elegante Linie hervor, die in akribischem Verlauf eine labyrinthische Raumsituation schafft. Die Anlage des Labyrinths führt stets von neuem zum Abschweifen und Einschlagen von Umwegen, was für Thomkins eine zentrale Qualität menschlicher Existenz bedeutet: »Il est évident qu'on ne connaîtra la

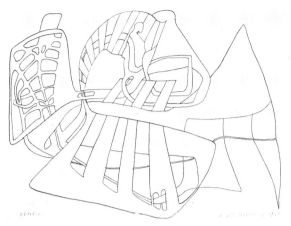

G. 38
Dädalus, 1967
Feder auf Papier, 24,3 × 33,9 cm (Lichtmaß)
Nachlaß Thomkins

longueur et l'aspect du géant étandu sur notre chemin qu'en faisant un détour. [...] Il n'y a vraiment que
le *détour*, même chose dans le labyrinthe.«[4]

[1]   Berlin 1966.
[2]   Ebd., S. 10.
[3]   Schneegass 1989, S. 31.
[4]   Brief von AT an Serge Stauffer vom 26.11.1957 (Poststem-
        pel 3.12.1957), in: Stauffer/Thomkins 1985, S. 249.

Lackskin

In der zweiten Hälfte der 50er Jahre entwickelt
Thomkins aus einem Verfahren der Buchbinderei
seine Technik des Lackskins, »Lackhäute«, die auf
Wasser angefertigt und auf Papier übertragen werden. In einem am 17.3.1966 gedrehten Fernsehfilm
über diese Technik erzählt der Künstler, daß er 1955
durch Zufall – beim Bemalen eines Kinderbettchens
– auf die Idee eines solchen Verfahrens gekommen
sei. Der Film zeigt auf eindrückliche Weise Thomkins'
an Alchimie erinnernde Arbeitsweise: Eine Wanne,
die verschiedene Ausmaße haben kann, wird mit
Wasser gefüllt, auf dessen Oberfläche der Künstler
mit Hilfe von feinen Stäbchen Lackfarbe tröpfeln läßt.
Da die beiden Substanzen chemisch keine Verbindung eingehen können, entsteht eine Spannung
zwischen ihnen, so daß die Lackschicht auf der Oberfläche »schwimmt«. Für kleinformatige Blätter beein-

flußt Thomkins die Verteilung von Farben und Formen durch vorsichtiges Blasen und Pusten, oder er
entfernt mit den Stäbchen überflüssige beziehungsweise unerwünschte Lackhaut. Mit einer mit Nitro-
verdünner gefüllten kleinen Spritzpistole kann er
weiter in die Entstehung eingreifen: Im Nu zerreißt
die Farbschicht, um sich wieder zu neuen und uner-
warteten Strukturen zu rekonstituieren. Sobald
Thomkins den Fließvorgang der Lackfarbe als abgeschlossen betrachtet, legt er auf den Schlieren-Film
sorgfältig ein Blatt Papier, auf dem die Lackschicht
nun haften bleibt, wobei die kontinuierliche Bewegung der Lackgebilde auf der Wasseroberfläche noch
zu erahnen ist.

Über die Lackskins äußert sich der Künstler in einer Ausführlichkeit, die bei ihm eher selten ist. Dabei
skizziert er zentrale kunsttheoretische Überlegungen:

»das verfahren

ein tropfen oder ein zähflüssiger faden von lackfarbe
fällt auf das wasser, breitet sich darauf aus und besetzt die oberfläche. die zeichnung, die entsteht, kann
fortwährend verändert werden, mit mitteln, deren
wirkung ein wechselspiel zwischen künstlichen und
natürlichen kräften aulöst: bläst man auf den lack, so
treibt er auseinander in der gewünschten richtung,
löst sich in graustufen von photographischer feinheit
auf und suggeriert plastizität. mit tropfen und faden
von lack, die auf das entstehende bild geworfen bzw.
geführt werden, verändert man die landschaft: ein
tropfen breitet sich darin – durch blasen unterstützt –
zu einer kugel aus, ein faden teilt sie in zwei hälften,
die weit auseinanderrücken etc. auf diese weise
schneidet man den lack mit dem ›flüssigen messer‹
des fadens und kann eingezirkelte bildteile herauslö-
sen. dem wasser zugemengte chemikalien, wie z.b.
wasserglas, das eine fels- und pflanzenartige zeichnung in die lackschicht einträgt, können dem lack im
ersten kontakt das muster ihrer struktur aufprägen.
ist dieser erste zustand verfestigt, so arbeitet man auf
die oben beschriebene weise weiter, mit dem muster
als grund. andere stoffe wie z. b. organische alko-
hollösungen prägen von oben den lack, der alsdann
mit dem chemischen ›eindruck‹ ausfließt, was der
wirkung einer vergrößerung oder dem wachstum
nahekommt.

aspekt

kunst und natur auf der gleichen ebene, in gleicher zeit und im gleichen material in eine mannigfaltige wechselwirkung zu bringen, verspricht die entdeckung eines feldes, wo die projektion des gedankens, des spielenden zufalls und der naturgesetze eine einheit in der präzisesten materiellen form findet. wenn so viele verschiedene faktoren an der entstehung eines bildes beteiligt sind, entsteht eine tendenz, die der leistung im herkömmlichen sinne weniger wert beimißt, als der entdeckung von faktoren, die ein bedeutendes phänomen zu bestimmen vermögen. das interesse des malers richtet sich dabei ebensosehr auf die materiellen zustände, die das bild durchläuft, wie auf die geistige wirkung, die er durch sie erfährt. die größe des spielraums und die spannung darin, sind entscheidend für die wahl des augenblicks, wo er sein bild fixiert.

verhältnis zu den traditionellen techniken

ich verdanke die entdeckung der lackskins einem zufall, der meinem wunsch entsprach, für den schritt von der jahrelang geübten zeichnung zur flächigen malerei, eine methode zu finden, die aus der linie einen flächenschnitt macht. es erwies sich als konsequente lösung, denn nun entstanden die flächen sogar aus fließenden linien die so geschmeidig waren, daß kleine formen körperliche plastizität annahmen und große flächen riesige räume suggerieren.

in meinen augen war das die eröffnung einer möglichkeit der abstrakten malerei, den grad von objektiver realität zu erlangen, der sonst der dokumentarphotographie vorbehalten war. es scheint von diesem punkt aus sinnvoll, für die beiden bislang so divergenten darstellungensformen eine synthese zu suchen.

zu einer zeit, wo lessing (mit einem zitat von Batteux) ›die einschränkung der schönen künste auf einen einzigen grundsatz: die nachahmung der schönen natur‹ forderte, gründeten deutsche handwerker in paris die zunft der dominotiers die das marmorpapier als dekorative kunst in die salons einführten. [...] wie in den traditionellen Techniken ist die Bedeutung von Malgrund, Farbkonsistenz und Farbauftrag hier ähnlich. Jedes der Mittel hat eine Skala von Variabilität, deren Nuancen kombiniert werden können.

merkwürdig ist die Rolle der Luft, denn, bläst man auf den flüssigen Lack, entstehen vollkommen plastische Formen, Gegenstände in photographischer exaktem Relief.

der mehrfache Abzug auf das gleiche Blatt ergibt sich wie für die Graphik.

frühe Verfahren, wie das marmorpapier der Dominotiers und Türkischpapiermacher oder ein neues wie die Flottages von Marcel Jean begrenzen den Einfluß, weil ihre Farben dauernd flüssig bleiben. der Lack hingegen erstarrt auf der Wasserfläche und kann zerschnitten werden durch den Faden zähflüssigen Lacks, mit dem Pinsel usw. die Lackskins stehen ebenso dem Zufall offen, wie dem Zugriff, die Collage ist eingeschmolzen zur einfachen Realität, der [→] **Permanentszene**.«

Der Zufall ist ein grundlegender Gestaltungsfaktor in den Lackskins, deren Technik nach Thomkins das aleatorische Moment mit dem steuernden Gedanken und den Naturgesetzen zu einer Einheit fügt und in Einklang bringt: »[...] j'atteinds un naturalisme frappant en dessinant à la Nitro sur un fond de laque noire qui couvre toute la surface. Plus question de parler de hasard seulement, tout y est.«[1] Die in den Arbeiten erfahrbare offene Grenze zwischen äußerlichem Zufall und willentlicher Gestaltung eröffnet der Phantasie des Betrachters einen großen Spielraum für vielfältige Lesarten. Es entstehen phantastische Landschaften und Porträts, Gestalten aus dem Tier- und Pflanzenreich sowie ungegenständliche, an mikro- und makrokosmische Welten erinnernde Gebilde (Kat. 236–260).

Zwischen 1954 und 1958 fertigt Thomkins mehrere → **Collagen** aus ausgeschnittenen Lackskins, die er auf ironische und spielerische Art mit Druckschriften aus der Presse versieht, oder er macht Lackskinarbeiten zu Vexierbildern, indem er mit der Feder vegetabile oder anthropomorphe Elemente aus seiner Phantasiewelt in die fließenden Formen hineinzeichnet. Vor allem um 1959–60 entstehen zahlreiche kleinformatige Werke (20 × 21 cm) – die unter anderem für eine geplante → »**Material**«-Nummer gedacht waren – mit Darstellungen von Rundformen: abstrakte Kompositionen mit einer fein ausgearbeiteten Bildstruktur oder menschenähnliche Gesichter, Phantasmen und Gespenster wie *Menetekler* (Kat. 245), eine geheimnisvolle Figur, Warnzeichen für drohendes Unheil, oder *Hirnströmer* (Abb. G. 39).

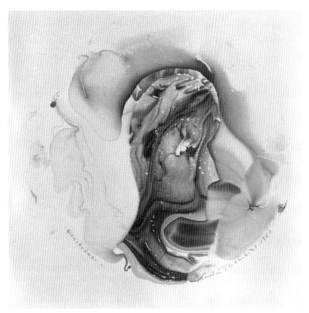

G. 39
Hirnströmer. 1960
Lackskin auf Papier. 20 × 21 cm
Nachlaß Thomkins

G. 40
Astronauten. 1962
Lackskin auf Papier. 49 × 50 cm (Lichtmaß)
Nachlaß Thomkins

Thomkins' künstlerisches Eingreifen in die anfangs noch abstrakte Textur der Lackskinfläche läßt eine immer deutlichere Tendenz zur Figuration erkennen. Der Künstler experimentiert mit den Möglichkeiten, die Oberfläche aufzubrechen und von einer linearen Kunst zu dreidimensionaler Plastizität zu gelangen. So fallen dann die meisten in diesem Verfahren geschaffenen Arbeiten durch die starke räumliche Komponente auf. Ein wichtiges Beispiel dafür ist die Werkgruppe *Astronauten*, an der Thomkins von Mitte 1962 bis 1965 arbeitete.

Astronauten

Die *Astronauten* – eine vom Künstler so genannte Serie (Kat. 250–252) von Lackskins in Grau- und Brauntönen – zeigen einzelne oder mehrere Figuren, die behelmt zu sein scheinen (Abb. G. 40). Die Staffelung der Gebilde in die Bildtiefe suggeriert einen visionären, ins Unendliche sich erstreckenden Luftraum und evoziert einen Eindruck von Schwerelosigkeit. Darin zeigt sich Thomkins' spekulatives Interesse an der Erforschung des Raumes, das mit der Inbesitznahme des Weltalls seit den 50er Jahren und dem ersten Kosmonautenflug Jurij Gagarins am 12. April

1961 neue Nahrung erhielt. In einem Brief an Stauffer äußert Thomkins auch den Wunsch, mit dem Freund an »Quelquechose de planétaire, très léger et fluctuant«[2] zu arbeiten.

Erstmals 1964 in Gelsenkirchen und zwei Jahre später in der Galerie Schütze in Bad Godesberg präsentierte Thomkins seine *Astronauten*-Lackskins dem Publikum. Die Ausstellung in Gelsenkirchen hinterließ »einen nicht zu beschreibenden tiefen Eindruck.«[3] Thomkins' Lackskins haben das Gefühl für Raum und unvorstellbare Dimension intensiviert: »Zur großen Kunst gehört aber ebenso, manuell und spirituell, der Aufbruch in unbekannte Zonen, wie es vergleichsweise der kosmische Raum ist [...] ihm gelang eine Sichtbarmachung von Kräften, die der heutigen Daseinsschau kongruent ist und ihr gleichzeitig um Jahrzehnte vorauseilt.«[4]

In der *Astronauten*-Serie kommt am anschaulichsten zum Ausdruck, was sich der Künstler am meisten wünscht, nämlich die Spuren der schwerelos fließenden Bewegung des Lacks auf dem Wasser auch auf dem Papier beibehalten zu können: »Voir la laque en mouvement dans la baignoire par exemple, procure en effet une impression bien plus vive que l'instantané fixé sur le papier. Là encore, cependant j'ai l'espoir de voir aboutir mon effort à des apparitions si danse que l'instantané s'impose et porte en soi tout ce qui à pu faire le chemin vers ce résultat.«[5]

Lackskin-Köpfe

Nach fast sechzehn Jahren Unterbruch kommt Thomkins Ende 1981 auf die Technik der Lackskins zurück. Während in den frühen Arbeiten ungegenständliche Flächenformulierung oder eine Harmonisierung von Abstraktion und Figuration dominieren, konzentriert er sich in den 80er Jahren auf die traditionelle Gattung des Porträts, indem er kleinere, in Suppentellern angefertigte Lackskin-Köpfe ausführt, die an einzelne Werke der späten 50er Jahre erinnern (Kat. 255–257). Alle Darstellungen weisen eine runde schildähnliche Form auf; klare leuchtende Farben, hauptsächlich Gelb, Blau, Rot und Grün, dominieren. Nicht einzelne Individuen werden charakterisiert, sondern mit den skizzenhaft wiedergegebenen Zügen wirken die Köpfe eher als Typen. Dieses Panoptikum von komischen und grotesken Figuren mit prägnanten Gebärden – introvertierte »Hirnströmer«, freche, ausgeflippte oder verängstigte Gestalten – ist als Darstellung von Stationen der Menschenseele zu deuten. Thomkins versteht seine Köpfe als »Phantasmen der Furcht und des Begehrens«,[6] stellt er doch dieses Zitat von Michel Foucault der Publikation zur Ausstellung in Zürich 1982 voran.

1   Brief von AT an Esmérian vom 20.10.1960.
2   Brief von AT an Serge Stauffer vom 27.4.1959, in: Stauffer/Thomkins 1985, S. 292.
3   Gelsenkirchener Blätter 1964, S. 8.
4   Ebd.
5   Brief von AT an Serge Stauffer (wie Anm. 2), S. 292.
6   Zürich 1982, Motto auf vorderem Buchdeckel.

Landschaft

Mit der traditionsreichen Gattung der Landschaftsmalerei beschäftigt sich Thomkins sein Leben lang. Seine Annäherung weist viele Facetten auf: Neben realistischen Naturstudien entwirft der Künstler auch abstrahierende, anthropomorphe oder aus seiner inneren Welt konstruierte phantastische Landschaften.

Größere Unmittelbarkeit besitzen die Werke, in denen Thomkins während der Ferien, beispielsweise

G. 41
Frouwenpolder mit Anselm. 1964
Bleistift auf Papier. 14 × 19,5 cm (Lichtmaß)
Nachlaß Thomkins

in Frouwenpolder oder in England, seine Umgebung festhält. Dabei privilegiert er – wie etwa in der Zeichnung *Frouwenpolder mit Anselm* von 1964 (Abb. G. 41) – den »zufälligen«, banalen Ausschnitt (→ »**Permanentszene**«), dessen geheimnisvollen Stimmungsgehalt der Künstler einzufangen weiß. Thomkins' Lehrtätigkeit an der Düsseldorfer Kunstakademie führt ihn mit seinen Schülern auch auf Exkursionen nach Italien oder, 1972, nach Madrid. Bei diesen Anlässen hält er in kleinen Blättern Stadtansichten fest, wobei er sich mit Vorliebe auf die Bewegungen der Figuren im Raum oder auf interessante Architekturdetails (Abb. G. 42) konzentriert. Zahlreiche Zeichnungen oder Skizzen entstehen während Ausflügen in Deutschland und später, Ende der 70er Jahre, in der Schweiz. Thomkins beobachtet eine hügelige Landschaft, einen Waldweg oder eine Gruppe von Bauernhäusern, die er in schwungvollen Linien und Schraffuren festhält. Er sucht nicht das Außergewöhnliche, sondern versucht im Ausschnitt den Gesamteindruck festzuhalten und der Bildfläche eine Tiefendimension zu verleihen.

Weitere Anregung bietet ihm auch die mediterrane, sonnige Landschaft auf Kreta, Ziel einer Reise in den 70er Jahren. Mit großer Leichtigkeit malt Thomkins in fein modulierten Aquarelltönen und mit wenigen Farbtupfern steinige Naturkonglomerate (Abb.

G. 42
Madrid. 1972
Bleistift auf Papier. 9,6 × 7,5 cm
Nachlaß Thomkins

G. 43
Ohne Titel. 1972
Aquarell auf Papier. 27,6 × 34,9 cm (Lichtmaß)
Privatbesitz

G. 43). Das durchgehende Fleckenmuster dieser Arbeiten löst die kompakte Masse der Berge auf. Durch dieses Spiel mit der Mehrdeutigkeit der Gebilde suggeriert der Künstler dem Betrachtenden – wie in einem Vexierspiel –, das Fleckengefüge mit Organischem und Anthropomorphem in Verbindung zu bringen und verweist auf das geheimnisvolle Leben in der Natur. In anderem Zusammenhang, aber im Hinblick auf seine Landschaften, beschreibt Thomkins seine Methode: »Es wird eine strukturierte Fläche ausgebreitet, und die Struktur selber erzeugt Gegenstände und Figuren und wird so zu einer bewohnten, dramatisierten Landschaft.«[1] Die auf Kreta entstandenen Werke vergleicht Thomkins in einem Brief mit denjenigen von Joachim Patenier, dem eigentlichen Begründer der Landschaftsmalerei in den Niederlanden des 16. Jahrhunderts, der unter anderem auch phantastisch bizzare Felsbildungen mit anthropomorphen Qualitäten darstellte.[2]

Ambivalente Züge weisen bereits die um 1960 (Abb. G. 44) ausgeführten Ölgemälde und Aquarelle auf. Ihren organischen Formen ist eine latente, wachstümliche Beweglichkeit eigen, die einen Eindruck von Unabgeschlossenheit und dauernder

Veränderlichkeit hervorruft. Thomkins löst sich hier vom Naturvorbild und malt abstrakte, offene Kompositionen von suggestiver Kraft, die Assoziationen freisetzen. Immer wieder wird Thomkins solche ambivalente Landschaftsdarstellungen zeichnen (Abb. G. 45).

Einen Schritt weiter geht Thomkins in den phantastischen Landschaften (→ »Labyr«, → **Collage**), in denen er Landschaftsfragmente, Architekturelemente und Figuren auf eine Art und Weise zueinander in Beziehung bringt, daß die Maßverhältnisse und die räumliche Situation ihre Stringenz verlieren: In *Ejur* (Kat. 189) von 1966 – eine Anspielung auf das von Raymond Roussel beschriebene utopische Reich des Königs Talou[3]–, das Thomkins in altmeisterlicher Manier und Technik ausführt, fügt er merkwürdige, übergroße Plastiken (→ **Platzgestaltung**, → **Türmchen**) in die Landschaft ein. Die geheimnisvollen Gebilde erzielen eine phantastische und zugleich spielerische Raumwirkung.

Daneben entstehen aber immer auch realitätsnähere Landschaften. Anfang 1978, als sich Thomkins in Luzern von einem Herzanfall erholt, arbeitet er an einer Serie von Zeichnungen und Aquarellen mit der Aussicht vom Gütsch auf die Stadt hinunter. Diese

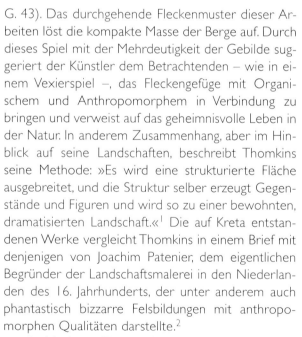

G. 44
Kristallstock. 1959
Aquarell auf Papier. 20 × 10 cm (Lichtmaß)
Nachlaß Thomkins

G. 46
überseeische Besitzungen v. d. Roten Fabrik aus. 1981
Bleistift auf Papier. 32,4 × 23,8 cm
Nachlaß Thomkins

Arbeiten zeugen von der distanzierten und kritischen Haltung des Künstlers zu seiner Heimatstadt. Schon 1950 schreibt er seiner zukünftigen Frau: »Man müßte ein Titan sein um in dieser wüsten Stadt der Verlogenheit einen Rahmen der sich in Kosmos be-

G. 45
Ohne Titel. 1971
Bleistift auf Papier. 30 × 40 cm
Nachlaß Thomkins

findet errichten zu können.«[4] Ironisch versieht er die Blätter mit dem Palindrom *lucerne en recul* oder mit Anagrammen des Worts Luzern, das er zu »Urlenz«, »Runzle« oder »Lernzu« verwandelt. Ende der 70er und während der 80er Jahre, als Thomkins in Zürich wohnt, malt er beispielsweise die im Stil der Neurenaissance gebaute Kirche Enge mit der mächtigen Kuppel oder aus seinem Atelier im Zürcher Kulturzentrum »Rote Fabrik« – manchmal mit der Hilfe eines Fernrohres (Abb. G. 46) – das gegenüberliegende Seeufer. Während längerer Aufenthalte auf dem Lande im thurgauischen Oetlishausen, beobachtet Thomkins in kleinen, naturalistisch wiedergegebenen Bleistift- und Kohlezeichnungen die sanft hügelige Landschaft mit ihren eigentümlichen Bauernhäusern.

[1]   Thomkins antwortet auf Dieter Koepplins Bemerkung über die »merkwürdig körperhafte Konsistenz« des Striches in seinen Lithographien, in: Koepplin/Thomkins 1977, o. S.

[2]   In einem Brief an André Kamber vom Okt. 1973 berichtet AT: »Hier einiges gemalt, Höhlen vor allem, (F à la Patenier)«.

[3]   Raymond Roussel, *Eindrücke aus Afrika* (frz. 1910), München: Matthes & Seitz, 1980. Wie schon die Surrealisten, verehrte Thomkins den französischen Schriftsteller (1877–1933).

[4]   Brief von AT an Eva Schnell vom 29.12.1950.

Lehrtätigkeit

Im Wintersemester 1971 nimmt Thomkins seine Lehrtätigkeit als Professor für Malerei und Graphik an der Kunstakademie in Düsseldorf auf. 1973 reicht er sein Rücktrittsgesuch für das Sommersemester 1974 ein. Ausschlaggebend für Thomkins' Kündigung ist die fristlose Entlassung von Joseph Beuys als Lehrer an der Akademie durch das Wissenschafts- und Forschungsministerium des Landes Nordrhein-Westfalen wegen seiner Bereitschaft, abgewiesene Studierwillige in seine Klasse aufzunehmen. Thomkins und andere Dozenten solidarisieren sich Ende 1972 mit dem Künstlerfreund, indem sie einen freien Klassenverbund gründen. Damit wollen sie einerseits Beuys als Lehrkraft erhalten und beabsichtigen andererseits, dank der gemeinsamen Leitung und Betreuung von Klassen mit 600 Studenten eine Steigerung der pädagogischen Effektivität des Unterrichts bewirken zu können. Die Reorganisation der Akademie beschäftigt Thomkins derart, daß er seine eigene künstlerische Arbeit vernachlässigt, nicht zuletzt, weil er dem neuen Klassenverbund sein Privatatelier als Auskunftsbüro zur Verfügung stellt. Es bleibt ihm nicht genügend Zeit, sich auf die eigentliche Lehrtätigkeit so vorzubereiten, wie er es sich wünscht. Auch der Kontakt zu anderen Dozenten, insbesondere der freundschaftliche Austausch mit Erwin Herrich und Alfonso Hüppi, nehmen viel Zeit in Anspruch. »Fast drei Jahre hindurch lehrte ich an der Düsseldorfer Kunstakademie, wo ich Zeichenlehrern und Künstlern eine Ausbildung gab. Diese Professur war nicht nur ehrenvoll, denn sie brachte auch eine Verminderung meiner Arbeit, etwa um die Hälfte mit sich«, hält er im Rückblick fest. Bemerkenswert ist, wie Thomkins die Konsequenzen zieht und sich von einem gesicherten Einkommen und einer achtbaren Position freistellt. Weitere Angebote, zum Beispiel den Ruf an die Kunstakademie in München, schlägt er aus.

Linie

Bereits in den frühen 50er Jahren zeichnet sich die Bedeutung ab, die Thomkins der Linie als Ausdrucksträger beimißt. In einem Brief an seine Frau Eva schreibt er: »Das sind Linien die entstanden sind beim Lesen von Sätzen, wobei ich besonders meine Empfindung ausrichtete, die innere Bewegung (Sinnrichtungen, Sinnschwenkungen) graphisch zu fassen. Diese Liniensprache kommt dem Verdichten und Umwerten einer Abstraktion gleich die ich da bei Sätzen angewendet habe. Ich möchte diese Mutationen so bewußt machen daß es möglich würde, sprachlich gefaßte Sätze aus bestimmten Formspielen abzuleiten. Eine Art graphischer Mathematik. Man braucht Linien und Zeichen in Form von Dehnungen und Längen, Kürzen, Schweifungen, Brechungen die, in anderer Aufmachungen, aber im Ausdruck gleichwertig im sprachlichen Satz enthalten sind.«[1] Thomkins versteht die Linie als Ausdrucksträger, der »Verstandes- und Gefühlsmöglichkeiten, vom Vagsten bis zum Präzisesten, vom bewußt Gewollten bis zu Dingen, die man sehr diffus ahnt, über die körperlichen Sinne«[2] ausdrücken kann.

Thomkins bezeichnet den zeichnerischen Prozeß als einen pragmatischen Vorgang, den er mit der meditativen Praxis eines Ignatius von Loyola (→ »Nevroarmozon«) vergleicht. Auf dem Blatt versuche er, »relativ unwillkürlich hineinzuprojizieren, zurückzuprojizieren oder zu spiegeln, was zwischen zuerst einem sehr vagen Ausgangspunkt und einem sich entwickelnden Bild, aus Regungen, die teils ganz motorisch von der Hand aus kommen und diesem Material Grafit auf Papier, [...] sich einstellt, – das ist ein Explorieren, ein Sehen, und so etwa kennt man die meditative Praxis von Loyola mit seinen Exerzitienschülern«.[3] Das Zeichnen bietet ihm die Möglichkeit einer befreienden Artikulation von Unbewußtem und geistigem Potential, die sich auf dem Papier durch den Fluß innerer Bewegung entfalten können. Insofern erinnert Thomkins' Verständnis der Linie an die Auffassung des künstlerischen Akts, wie sie in der italienischen Kunsttheorie des 16. und 17. Jahrhunderts formuliert wird. Federico Zuccari beispielsweise prägt in seinem Traktat »L'idea de' Pittori, Scultori ed Architetti« von 1607 den Begriff des »disegno interno«. Diese »Innere Zeichnung« ist eine dem Werk präexistente bildliche Vorstellung im Geist des Künstlers, deren sichtbare Substanz die Linie ist.

In den ab 1960 entstandenen → Verschleifungszeichnungen zeigt sich, wie der explorative, raumschaffende Charakter und die Eigendynamik der Linie im Mittelpunkt stehen. Spoerri äußert sich darüber wie folgt: »Er konnte sich wirklich eine Schleife vorstellen und überzeichnete nie. Er sah die verschiedenen Schichten hintereinander und ließ den Strich offen für das Hintere und das Vordere. [...] Er hat das geschafft, nur mit der Phantasie, ohne ein Vorbild zu haben.«[4]

1   Brief von AT an Eva Schnell vom 24.10.1950.
2   Zürich 1986, S. 12.
3   AT im Interview mit Otto Seeber.
4   Spoerri/Schneegass 1989, S. 101.

»Material«

Zwischen 1957 und 1959 gibt Daniel Spoerri in Zusammenarbeit mit Claus Bremer insgesamt 4 Nummern der Zeitschrift für konkrete und ideogrammatische Dichtung, »Material«, heraus. Schon Ende 1958 schlägt Spoerri Thomkins vor, einen Beitrag für die Zeitschrift vorzubereiten, aber einem Brief vom 14. Januar 1959 ist zu entnehmen, das Spoerri sogar den Wunsch hegt, eine ganz von Thomkins gestaltete Nummer herauszugeben. Vorgesehen ist eine Auflage von 200 Exemplaren. 1959 arbeitet der Künstler während eines halben Jahres intensiv an diesem Auftrag. Im Format 20 × 21 cm realisiert er eine Serie von → **Lackskins**, eine von Brand- oder Brennbildern, in denen er Papier mit Brandspuren oder -löchern gestaltet, und eine von Knüllbildern oder Knautschblättern (Abb. G. 47), deren Verfahren der Künstler wie folgt beschreibt: »Verwendet wurde ein Klebband, nicht Tesafilm, sondern Gummiarabikum, das glatt ist. Wenn man diese Rolle ausdrückt, entstehen Ringe mit Aus- und Einstülpungen. Und wenn das Papier um diese Rolle herumgeknautscht und auf dem Stempelkissen abgedrückt wird, ergibt sich im Abdruck ein Doppelring. Die Klebstreifenrolle ist also ein Instrument zur Herstellung von Druck etwa in der Art einer Durchreibung. Danach wird das geknautschte Blatt wieder ausgebreitet, um mit dem ganzen Stempelkissen über das zerknitterte Blatt zu streichen, wodurch die zahlreichen Kanten und Unebenheiten zur Erscheinung kommen.«[1] Was Thomkins dabei formal besonders interessiert, »sind die suggerierten Figurationen bei gleicher Behandlung. Landschaft oder irgend etwas anderes, die Resultate sind ganz unterschiedlich lesbar. Ich finde manche

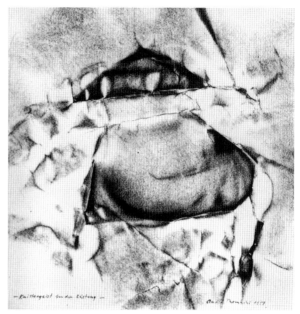

G. 47
Knittergeist in der Rüstung. 1959
Abdruck eines bemalten und geknitterten Papiers auf Papier
21 × 20 cm
Privatbesitz

darunter höchst suggestibel, und viele haben mich an den frühen Chagall erinnert, weil es dort genau solche Strukturen gibt.«[2] Ursprünglich sieht Thomkins auch eine Plastik aus ausgeschnittenem und gefaltetem Papier, die »Stanzform«, wie sie Spoerri nennt, vor, verzichtet aber später darauf.

Die geplante Ausgabe von »Material« wird trotz Thomkins' ernsthafter Beschäftigung und trotz seines Einsatzes nicht realisiert. Die Gründe sind einerseits Spoerris Schwierigkeiten mit der Finanzierung des Unternehmens, andererseits seine Unzufriedenheit, daß Thomkins ihm lauter Originalblätter eingereicht hat. Es war sein Anliegen gewesen, daß die Arbeiten für »Material« so flexibel wären, daß sie durch Bewegung beliebig verändert werden könnten.[3] Der Betrachter hätte in der Lage sein sollen, die Form des Kunstgegenstandes beeinflussen zu können. Für Spoerri ist Thomkins in seiner Auffassung von Bewegung bzw. von der Offenheit der Struktur, wie sie sich im Lackskinverfahren oder in den Knüllbildern zeigt und die den Betrachter zu eigenen Assoziationen und Kreativität anregen soll, offenbar zu wenig weit gegangen. Neben »Material« gründet Spoerri mit

Karl Gerstner 1959 in Paris die Edition von Kunstwerken MAT (Multiplication d'Art Transformable),
die vervielfältigte, nicht mit einem traditionellen Verfahren hergestellte Kunst zeigt, und 1965 MAT-MOT.
Spoerri schreibt Thomkins davon: »Die Edition Mat
hat einen Ableger geboren MAT-MOT. Du bist einge-
laden etwas zu machen. Die Sache soll eher litera-
risch sein [...] aber nicht ein Buch.«[4] Nach Spoerris
Vorschlag entwirft Thomkins die polyglotte Maschine
DOGMAT MOT (Abb. B. 22, → **Wortkunst**).

[1]   Koepplin/Thomkins 1977, o. S.
[2]   Ebd.
[3]   Brief von Daniel Spoerri an AT von ça. Ende Mai 1959.
[4]   Brief von Daniel Spoerri an AT von 24.4.1965.

Musik

Klavier ist Thomkins' Instrument: Zu Hause, an
Ausstellungseröffnungen oder Musikabenden impro-
visiert er gerne, lehnt sich dabei mit Vorliebe an jazz-
artige Klänge an. Bereits 1951 nimmt er mit Serge
Stauffer ein Tonband mit konkreter Musik auf; 1962 in
Düsseldorf spielt er in Zusammenhang mit »Neo-
Dada in der Musik« mit George Brecht und Dick
Higgins. Mit seinem Freund Dieter Roth spielt
Thomkins 1981 die Schallplatte »bösendorfer« ein.
Der Bösendorfer ist hier ein verstimmtes Instrument,
das klanglich mit einer anagrammatischen Wortfolge
(→ **Wortkunst**) vergleichbar ist. »Den einzelnen
Buchstaben entsprechen bestimmte Töne, die in
wechselnder Reihung auf dem Xylophon erklingen.
Zugleich ergeben sich neue Bedeutungszusammen-
hänge, die ihrerseits gelegentlich zur akustischen Ver-
sinnlichung drängen. Während die schwerwiegende
Frage ›ob senf dörre‹ weitgehend im kulinarischen
Bereich verharrt, hört man den ›bösendorfer‹ förm-
lich durch die (verstimmten) Klaviertasten rauschen.«[1]
     Einfache, ohne festgelegte Tonleiter erklingende
Instrumente sowie kleine und große Xylophone aus
Brennholz hat Thomkins vor allem in den 80er Jahren
gebastelt, so zum Beispiel 1981 in Zusammenhang
mit der Ausstellung in Flüeli-Ranft, als er eine 20
Meter lange »Xylophon-Brücke«, eine tönende
»Holzwegmusik«, baute.

[1]   Kraft 1982, S. 70.

»Nevroarmozon«
→ Figur

In den späten 50er Jahren malt und zeichnet Thomkins mit knappen Umrissen wiederholt an Gliederpuppen erinnernde Figuren, die mit dem Mund einen
Teil eines Glasgefäßes umschließen. Durch dieses
zieht sich eine Art Schnur, die aus der Öffnung des
Kolbens austritt und spiralig aufgerollt am Kopf der
Figur aufliegt. Der Künstler bezeichnet das Instrument mit dem Begriff »Nevroarmozon«, der sich
vermutlich aus zwei altgriechischen Wörtern zusammensetzt, nämlich »neuron«, d. h. (Bogen-)Sehne,
Schnur, und »harmozein«, d. h. zusammenfügen. Einen
weiteren Hinweis auf die Bedeutung dieser rätselhaften Wortverbindung gibt der Titel einer 1957 entstandenen Zeichnung: *nach Kerners »Nevroarmozon«*
(Abb. G. 48). Thomkins nimmt damit auf den schwäbischen Arzt Justinus Kerner Bezug (→ **Scharnier**),
insbesondere auf dessen Heilmethode für geistes-
kranke Patienten. Der Mediziner entwickelte einen
Glasbehälter, in den zu Inhalationszwecken eine
Kräuteressenz eingefüllt werden mußte. Seine Wirkung als Agens zur Heilung entfaltet der Glaskolben
erst dann, wenn der Patient über ein Verbindungsseil
mit ihm in Berührung kommt.
     Kerners Heilmethode inspiriert Thomkins zu
neuen Bildfindungen, in denen der Künstler das Glas-
instrument so darstellt, daß – durch das Seil und das
Überlaufglas – ein geschlossener Kreislauf zwischen
Kopf und Mund gebildet wird. »Nevroarmozon«, das
hermetische Gefäß, kann auf diese Weise als Garant
der Verbindung zwischen geistigem Potential und
kreativem Ausdruck gelesen werden, Thomkins' Figur
als eine von der Außenwelt abgewandte, in sich ge-
kehrte Natur, die aus ihren geistigen und seelischen
Kräften schöpft. In der Werkgruppe »Nevroarmozon« veranschaulicht Thomkins, wie der künstlerische
Akt in Gang gesetzt werden und sich entfalten kann.
Unerlässlich ist dabei die absolute Konzentration auf
die Innenwelt, auf die im Unbewußten vorhandenen
Bilder. Wie aus einer Zeichnung von »Nevroarmozon« mit der Bildlegende »›new permanent sound‹
étendu à: ›Nouvelle nutrition permanente‹ ou ›Neue
Neuform-Reformernährung in Permanenz-reform‹«[1]
zu entnehmen ist, spielt Thomkins dabei auf eine
Form von geistiger Ernährung an, die unter solchen

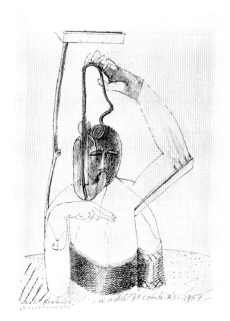

G. 48
nach Kerners »Nevroarmozon«. 1957
Farbstift und Feder auf Papier. 21 × 14,9 cm
Galerie & Edition Marlene Frei, Zürich

G. 49
Exerzitium. 1956
Feder und Pinsel auf Papier. 29,3 × 16,4 cm (Lichtmaß)
Nachlaß Thomkins

Bedingungen dauerhaft und unerschöpflich vorhanden sein kann (→ **»Permanentszene«**).

Eine weitere Zeichnung aus dieser Werkgruppe mit dem signifikanten Titel *Exerzitium* von 1956 (Abb. G. 49), die eine kniende, mönchsähnliche Figur mit gesenktem Blick erfaßt, verweist noch dazu auf die Exerzitien des Ignatius von Loyola, für dessen meditative Praktiken Thomkins sich sehr interessiert (→ **Linie**). Der Künstler gibt damit seiner Auffassung der Kunst als meditativer Innenschau Ausdruck. Schließlich spielt Thomkins in »Nevroarmozon« vermutlich auch auf die alchimistische Tradition an: Das Überlaufglas erinnert an die Destillierkolben, die von den Alchimisten zur Veredelung der Metalle verwendet wurden. Entsprechend kann der Thomkinssche Kolben als Instrument zur Gewinnung von Erkenntnis gedeutet werden.

I   Brief von AT an Serge Stauffer vom 26.11.1957 (Poststempel 3.12.1957), in: Stauffer/Thomkins 1985; S. 246–247.

Pantograph

Der Pantograph, wörtlich »Alleszeichner«, ist ein mechanisch ausfahrbares Zeicheninstrument, mit drei oder mehr Malstiften bestückt, das es ermöglicht, eine frei erfundene Form auf einer beliebigen Unterlage gleichzeitig ein oder mehrere Male parallel nebeneinander zu reproduzieren und zu vergrößern. Thomkins bezeichnet das Instrument als »raumgreifend«[I], da er damit in einem einfachen Verfahren in kurzer Zeit eine größere Fläche bemalen kann. Er verwendet es hauptsächlich 1976, unter anderem in Zusammenhang mit seiner Ausstellung »Pantogrammes« in der Galerie Handschin in Basel, an der auch Robert Filliou beteiligt ist und für die er großformatige Werke auf Leinwand anfertigt. Diese sind nicht ausschließlich »eigenhändig« geschaffen, sondern mit Hilfe des Pantographen, der kraft der Wiederholung der gezeichneten Form (Abb. G. 50, G. 51) die Funktion eines zweiten Armes des Künstlers erfüllt. Damit wird der Gestaltungsvorgang mechanisiert und serialisiert. Mit der Benützung des Zeicheninstrumentes erprobt Thomkins auf spielerische Weise Vergrößerungsmechanismen, die er nicht vollkommen kontrollieren kann, weil durch die physikalischen Gesetze

G. 50
Pantogramm-Schütze. 1976
Öl und Kohle auf Leinwand. 20 × 20 cm
Nachlaß Thomkins

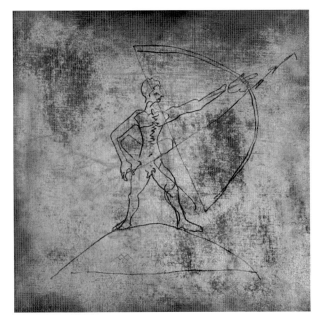

G. 51
Pantogramm-Schütze. 1976
Öl und Kohle auf Leinwand. 40 × 40 cm
Nachlaß Thomkins

der Übertragung auch der Zufall die Form der Reproduktion mitprägt.

1   Wie aus der von Serge Stauffer zusammengestellten Thom-
     kins-Biographie ersichtlich ist, soll AT sich in einem Brief an
     Eva Thomkins vom 20.10.1976 so geäußert haben.

Paraphrasen

In Zusammenhang mit Thomkins' erster bedeutender
Einzelausstellung 1971 im Kunstmuseum Basel entstehen seine Paraphrasen, die hauptsächlich von
Werken des Kupferstichkabinetts der Öffentlichen
Kunstsammlung Basel angeregt worden sind. Dieter
Koepplin schildert das ursprüngliche Ausstellungs-
vorhaben wie folgt: »[...] Thomkins sollte (wollte)
zunächst nach den Gesetzen des Zufalls und der
Neigung eine Auswahl aus den Gesamtbeständen
des Kupferstichkabinetts treffen und ›his choice‹ da
und dort durch sprachliche und zeichnerische Kommentare bereichern und zusammenfügen. Nach
mehreren Besuchen Thomkins' im Basler Kupferstichkabinett konzentrierte sich das Interesse doch auf
die gezeichneten Paraphrasen, die Thomkins z. T. im

Basler Museum selber, z. T. aber auch zuhause in
Essen nach mitgenommenen Photographien aus-
führte.«¹ Thomkins arbeitet nach Werken von Hans
Baldung Grien, Jacques Callot (Kat. 103), Johann
Heinrich Füssli (Kat. 198), Arnold Böcklin, Otto
Meyer-Amden (Kat. 109), Paul Klee, Max Ernst und
Adolf Wölfli. Der explizite Bezug auf diese Maler
zeigt, wie er im Rekurs auf kunstgeschichtliche Vorbil-
der ein gegebenes Motiv reflektiert und weiterentwickelt. Die Paraphrasen (Abb. H. 15, Kat. 104–108)
nach einer Landschaftsstudie Böcklins von 1851 (Abb.
H. 16) zum Beispiel veranschaulichen, wie Thomkins
die zugrundeliegende Vorlage variiert: Wie bei einem
Vexierspiel verleiht er Böcklins Baumgruppe und
Felskonglomerat physiognomische Züge, oder er addiert die einzelnen Naturformen, um sie in eine geheimnisvolle Frauenfigur zu verwandeln, die an die
Sphinx, das sibyllinische Lieblingstier von Thomkins,
erinnert. Zu den Füssli-Paraphrasen bemerkt Winter
1973 zu Recht: »Besonders engen Kontakt pflegt er
mit Johann Heinrich Füssli, dessen kokett in raffinier-
ten Faltenwallungen sich spindelnden Empiredamen
er zum Topos seiner gedrechselten, geschnürt und
käferartig taillierten weiblichen Figurinen mit den ex-

zentrischen Hochfrisuren und altfränkisch-puritanischen Hauben genommen hat, wie er überhaupt bei figürlichen Themen das Puppenhafte, Steife, Hölzerne bevorzugt [...]. Thomkins lebt mit Kunstgeschichte wie mit erlebter Gegenwart, die alten und jungen Kollegen des Metiers sind ihm thematisch und stilistisch anregende, dialogische Partner.«[2] Eng an der Vorlage bekannte Werke zu paraphrasieren, interessiert Thomkins nur für kurze Zeit, zwischen 1970 und 1971. Hingegen lassen sich in seinem Werk zahlreiche motivische, stilistische und formale Bezüge auf die kunsthistorische (und literarische) Tradition feststellen. Sein breitgefächertes, profundes Wissen erlaubt es dem Künstler, nach Belieben aus dem Fundus der Kulturgeschichte zu schöpfen, den er als ein offenes und fluktuierendes System behandelt. Bewußt situiert er sich in einer kunsthistorischen Kontinuität und sieht die ästhetischen Kategorien der Kunstgeschichte als Verpflichtung für sein Schaffen. Über sein Werk bemerkt er: »Es steht in einer Tradition, ja. Aber [...] ich kann nicht ein alter Meister sein. Weil die Zeit ja vorbei ist. [...] Aber es gibt für mich natürlich so ein Vertrauensverhältnis zu Arbeiten der Renaissance, zu Arbeiten ganz anderer Kulturen, z. B. Kuniyoshi, der in vielem ganz ähnliche Schritte macht. Kuniyoshi hat z. B. Figuren gemacht, die komponiert sind aus vielen kleinen, winzigen Figuren, wie Arcimboldi es etwa gemacht hat, oder wie es indische Miniaturen zeigen.«[3] Thomkins' Umgang mit der Tradition äußert sich in leisen Anspielungen, indem er Bilder oder Bildfragmente aus seinem visuellen Gedächtnis in seinem Werk reflektiert. Der Bezug zu Meyer-Amden beispielsweise, verbürgt durch unmittelbare Paraphrasen, zeugt von einer Geistes- und Seelenverwandtschaft. Einzelne schleierzarte Blätter, die die menschliche Figur durchscheinend wiedergeben (vgl. Abb. G. 52), weisen Ähnlichkeiten mit den aus andeutenden Schraffuren geschaffenen Figuren von Meyer-Amden auf. Zu diesem geistigen Umfeld gehören auch die mechanischen Puppen von Giorgio de Chirico oder von Oscar Schlemmer, den Thomkins schätzt, wie das Blatt mit dem bedeutungsvollen Titel *Schlemmerlokal* von 1956 bezeugt (Abb. G. 53).

[1]   Basel 1971, o. S.
[2]   Winter 1973.
[3]   Thomkins im Interview mit Ursula Perucchi, in: Zürich 1986, S. 16.

G. 52
Ohne Titel. 1959
Bleistift auf Papier. 19,7 × 18,7 cm (Lichtmass)
Nachlaß Thomkins

G. 53
Schlemmerlokal. 1956
Farbstift auf Papier. 23,7 × 18,6 cm (Lichtmaß)
Nachlaß Thomkins

»Permanentszene«

»Du weißt ja, daß ich eine besondere Permanenz habe für Szenen von umfassender Bedeutung, den banalsten also«, betont Thomkins in einem Brief an Caspari.[1]

Die Ur-»Permanentszene« hat der Künstler der Werbeanzeige einer Lebensversicherung entnommen, die im »National Geographic Magazine« vom Oktober 1928 erschienen ist. Sie zeigt Übungen für eine bessere Körperhaltung, die jeder bei sich zu Hause durchführen kann (Abb. G. 54): Drei Erwachsene und ein Kind befinden sich in einem Raum mit einer halboffenen Tür im Hintergrund; zwei Männer und eine Frau lehnen an der Wand oder Tür, das Kind liegt auf dem Boden mit in die Höhe gestreckten Beinen. Ihre starren Haltungen sind ungewohnt, eine sie verbindende Handlung ist kaum zu erschließen. Die Szene hat etwas Bühnenhaftes an sich; die halbgeöffnete Tür erweitert den Raum nach hinten, verleiht ihm aber zugleich etwas Rätselhaftes. Dem Betrachter, der die Bedeutung des Photos nicht kennt, stellt sich die Frage, was sich zwischen den vier Figuren abspielt, welche Beziehungen die einzelnen Anwesenden untereinander unterhalten. Etwas in der Szene ist in der Schwebe gehalten und dadurch mehrdeutig, was beim Beschauer den Drang erweckt, zu interpretieren und zu vervollständigen.

Das Photo, auf das ihn Serge Stauffer aufmerksam gemacht hatte, widerspiegelt für Thomkins eindringlich, was er mit seiner Kunst anstrebt, nämlich »les échanges irrationnels, les effets synchronitiques, les Fallmaschen, les nodi d'amor, le Banalkontrast dans le diamagnétisme d'un champ magique [...].«[2] Die offene Tür sowie die merkwürdige Verteilung der Figuren im Raum und ihr Körperausdruck – welche die intendierte Botschaft der Anzeige kaum erahnen lassen – setzen die Phantasie in Gang und bieten Anlaß für verschiedenste Spekulationen über die für den Betrachter geheimnisvolle Inszenierung. Durch diese offene Vieldeutigkeit wird die Szene über ihren sachlichen Kontext hinausgehoben und erlangt eine atemporale Permanenz.

Stauffer definiert die »Permanentszene« wie folgt: »die kräftigste erfahrung von andré thomkins ist vielleicht die permanentszene: das sind (wenn ich wagen will, sie zu definieren) schnappschuß-situationen

G. 54
Permanentszene. 1956
Zeitungsillustration. 7,5 × 10 cm (Lichtmaß)
Neues Museum Weserburg Bremen, Sammlung Karl Gerstner

mit ironischem hinterhalt. es können ganz gewöhnliche postkarten oder zeitungsfotos sein, bilderrätsel, im allgemein konstellationen, die ein für allemal fixiert sind und sich unerträglich in die länge dehnen [...]«.[3]

Mit der Idee der »Permanentszene« verknüpft Thomkins ein für ihn wesentliches Anliegen: »Ma proposition faite avec l'idée de scène permanente n'est au font qu'une chance plus grande de permettre la synchronicité de la vie propre au peintre (auteur), de la vie propre du tableau (œuvre) et de la vie propre du spectateur.«[4] Er begreift die Kunst als Wechselwirkung, als »vie spirituelle« zwischen Künstler, Kunstwerk und Betrachter, wobei er diesen Gedanken weiter ausführt: »es ist durch eine besondere güte / und anordnung zu erreichen daß das / klassische Kontinuum: Einleitung – / Knoten – Entwicklung (Anfang-Mitte-Ende) / einer Szene in ihrer Achse gedreht / wird, sodaß *die Einleitung* / die statische Exposition / ist / *das Mittel*, Knoten, ›Kiste‹, / das Spannungsfeld im / Publikum / ist / *das Ende, die Entwicklung* / die Permanentszene in / ihrer Wirkung und / Nachwirkung«.[5] Das Werk wird damit zum Ausgangs- und Endpunkt eines reflexiven Interpretationsprozesses. Über diesen für ihn zentralen Gedanken äußert er sich auch in einem Brief an Stauffer: »Je pense que certains objets d'apparence médiocre peuvent très bien évoquer dans l'édendue des associations et des affinités subjectives une spiritualité qui est bien audelà du contact axial. [...] Les chef-d'œuvres se distinguent par un trafic plus intense que le médiocre, facilitant par là le rapport sensible avec le spectateur. [...] Il n'est point necessaire que les portes ouvertes sur l'esprit ayent toutes les dimensions d'Arc de triomphes, de portails etc. Pourvu que ce soit une veritable porte ouverte et assez grande pour laisser passer au moins celui qui cherche *là* un passage.«[6] Das Bedeutungspotential der scheinbar banalen Szene fordert den Betrachter auf, seine Kreativität freizusetzen und aktiv zu werden wie der Künstler in einem eigenen schöpferischen Akt: eigenständige Assoziationen und Interpretationen in einem endlosen fruchtbaren Prozeß der Auseinandersetzung mit dem Kunstwerk zu entwickeln.

[1]   Brief von AT an Carlheinz Caspari von ca. 8.4.1967.
[2]   Brief von AT an Serge Stauffer vom 16.1.1959, in:
       Stauffer/Thomkins 1985, S. 280.
[3]   Luzern/Chur 1978, Nr. 1, S. 4.
[4]   Brief von AT an Serge Stauffer vom 26.2.–16.3.1959 (Post-
       stempel 12.4.1959), in: Stauffer/Thomkins 1985, S. 288.
[5]   Abgebildet in: Berlin/Luzern 1989/90, Band 2, S. 32.
[6]   Brief von AT an Serge Stauffer vom 27.4.1959 (Poststempel
       1.5.1959), in: Stauffer/Thomkins 1985, S. 292.

Platzgestaltung

1959 beauftragten die Behörden von Leverkusen die Architekten Ulrich S. von Altenstadt, Eckhard Schulze-Fielitz und Ernst von Ruttloff, die von 1955 bis 1959 ein gemeinsames Büro führten, das künftige Kulturzentrum der Stadt zu gestalten. Dank des engen Kontakts zu Schulze-Fielitz, der zu jener Zeit bei der Familie Thomkins wohnt, kann der Künstler in dieser Anfangsphase am Projekt mitarbeiten, wie er Caspari 1961 berichtet: »Für Altenstadt entwerfe ich im Augenblick einen Platz mit einem Wasserbecken in dem drei Inseln zirkulieren. Man soll sie betreten können und in Bewegung setzen. Sie treiben aber auch von selbst in der Strömung. Eine Insel bildet eine amphitheatralische Schale. Nimmt eine größeres Publikum auf ihr Platz so setzt sie sich am Grund auf und bleibt stehen. In der Bewegung entstehen vom Land zu den Inseln und zwischen diesen immer neue Übergangspunkte, da wo eine Berührung erfolgt. Die Inseln können dazu dienen, eine Ausstellung zu tra-

G. 55
Brief von ca. 15.7.1961 an Carlheinz Caspari

gen, ein Tinguely-Schrottschiff, ein Konzert oder ein Theater oder alle drei gleichzeitig.«[1] (Abb. G. 55)

Thomkins' Konzept für die Platzgestaltung ist eine Umsetzung von wesentlichen Grundsätzen des → »Labyr«-Projekts. Die permanente Bewegung der Inseln auf dem Wasser ist in seiner flexiblen urbanistischen Lösung von zentraler Bedeutung; die einzelnen Bauelemente sind so konzipiert, daß ein offenes und dynamisches Kommunikationssystem entsteht. Beliebig kann der Benutzer sich jederzeit und an jedem Punkt von einer Insel zur anderen bewegen, da es unendlich viele Berührungsmöglichkeiten zwischen den sich drehenden Plattformen gibt. Entscheidend ist für Thomkins auch die Rolle, die zum einen der Zufall – »Sie treiben [...] von selbst in der Strömung« – und zum anderen die Steuerung – »Man soll sie betreten können und in Bewegung setzen« – spielen sollen. Als Begegnungsorte auf den kreisförmigen Drehplätzen sieht Thomkins Skulpturen vor, die als Modelle aus Pappe noch existieren.

Altenstadt, der sich am sechseckigen Entwurf von Schulze-Fielitz für das Opernhaus in Essen orientiert, erhält schließlich mit dem 1. Preis den Auftrag für die Realisierung. Da er auch die Platzgestaltung selbst übernimmt, wird Thomkins' interessantes Projekt nicht realisiert. Sein Wunsch, solche Erlebnisräume bauen zu können, bleibt aber bestehen: »Wenn ich viele Millionen hätte [...] dann würde ich Gebilde errichten, die zwischen Architektur und Plastik in der Mitte stehen – etwas fast Nutzloses also, aber doch Kostbares und Sehenswertes. So ungefähr wie ein modernes Bomarzo, einen Garten, würdig der Mitglieder eines ›Club des Incomparables‹.«[2]

[1]   Brief mit einer Skizze der Platzgestaltung von AT an Carlheinz Caspari von ca. 15.7.1961.

[2]   Christlieb 1972. Wenn Thomkins – in Anlehnung an Raymond Roussels *Impressions d'Afrique* (Paris 1910) – vom »Club des Incomparables« spricht, den er selber gegründet hat, meint er eine lockere Vereinigung von Künstlerfreunden, zu dem auch Anwärter wie Dieter Roth, Karl Gerstner und Daniel Spoerri gehören. Anlaß zur Gründung war die gemeinsame Ausstellung »Freunde« 1969 in der Kunsthalle Bern.

»Rapportmuster«

Als »Rapportmuster« versteht Thomkins eine formale Grundstruktur aus regelmäßig verlaufenden Linien, die über die ganze Bildfläche wiederholt wird: Das »Muster addiert sich ja aus zunächst einmal einfachen Bruchstücken, die beim Zeichnen aber nicht Bruchstücke sind, sondern so Spannungsbögen vielleicht. Und dann kommt das nächste Element, die Gerade z. B. Und allmählich wächst das Ganze zusammen, und je mehr solche Linien in einem Feld erscheinen, desto mehr fange ich auch an zu suchen, wie eine Fortsetzung in Nachbarfelder hinein möglich ist. Und das vernetzt, verwebt dann das Ganze, so daß dann Räumlichkeit durch die Linien entsteht [...].«[1] Ohne die Grundform zu verletzen, schreibt der Künstler diesem Gefüge aufgrund reflektierender Betrachtung und Interpretation Details ein, welche die Musterfläche durchbrechen und eine neue irritierende räumliche Dimension erzeugen. Für die Erfindung neuer Konstellationen bietet das »Rapportmuster« unbeschränkten Spielraum: Der gezeichnete und aquarellierte Raster verdichtet sich zu konkret faßbaren Objekten der physischen Wirklichkeit, zu realistisch dargestellten Gesichtern, Körperfragmenten, Tieren, landschaftlichen oder architektonischen Visionen, wie sie das optische Gedächtnis assoziativ hervorbringt. Das Verfahren erinnert an Leonardo,[2] der in seinem »Traktat von der Malerei« rät, den ei-

genen Erfindungsgeist von Wolkenformen, Flecken auf Mauern oder Ähnlichem anregen zu lassen, was für viele dadaistische und surrealistische Künstler quasi zum Dogma für die eigene Programmatik wurde. Auf die Frage was ihm am »Rapportmuster« interessant erscheine, antwortet Thomkins: »Ja, es gibt mehrere Aspekte, sowohl die Wiederholung des gleichen Motivs in einem Feld, das besetzt ist von, was weiß ich, vielleicht 60mal dem gleichen Umriß, einer Umrißzeichnung. Das löst durch die Monotonie schon mal etwas aus. Sie kennen das vielleicht auch von Tapeten, die Sie gesehen haben, die so ein penetrantes Muster haben [...]. In der Nähe von Paris in einem alten Schlößchen hatte ich mal so eine Schäferszenentapete. Das war etwas unglaublich Penetrantes, immer nur die gleiche Geschichte. Man kommt sich vor wie eingesperrt in einer Welt, die besetzt ist von einem Motiv. Und hier habe ich ja die Möglichkeit auszubrechen [...]. Das ist also die eine Mechanik. Die andere ist, daß diese Formen sich allmählich öffnen für Gegenstände, die erinnert werden, oder, das ist vielleicht die logische Fortsetzung von dieser Öde des wiederholten Motivs, aus dem man ausbrechen will, diese Schubkraft, diese Energie, die kommt dann zum Tragen [...].«[3]

Bis ans Ende seiner künstlerischen Laufbahn setzt Thomkins das »Rapportmuster« ein, besonders in den 80er Jahren, etwa in der → **Wandmalerei** für die Nationalbank in Luzern. Das erste Blatt, das eine eigentliche »Rapportmuster«-Struktur aufweist, schickt Thomkins seinem Freund Esmérian allerdings bereits Mitte Mai 1963 (Abb. G. 56), versehen mit dem Vermerk: »Voici les rapports officiels dans le Labyr«. Daraus erhellt, daß diese Werkgruppe aus Thomkins' Beschäftigung mit → »Labyr« erwachsen ist. Ab 1964 malt der Künstler auf der Grundlage eines »Rapportmusters« mehrere Werke – wie die Gouache *Haus für Bewohner* von 1965 (Abb. G. 57). Eine Reihe von Bogenöffnungen, die sich auf drei Ebenen in der Horizontalen wiederholen, konstituieren die Musterstruktur. In die Zwischenräume der formalen Bildarchitektur sind unterschiedlich große Figuren eingefügt, die einerseits vom Muster determiniert werden, dessen Flächigkeit sie andererseits aber aufbrechen, um eine autonome Szene zu bilden. Die Gliederung des Bildraumes mit Gängen, Türen und Treppen, Durchblicken und Falltüren schafft eine labyrinthische

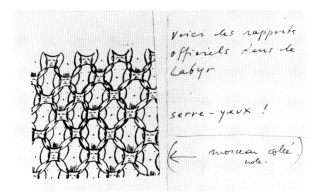

G. 56
Brief von Mitte Mai 1963 an Esmérian

G. 57
Haus für Bewohner. 1965
Gouache und Tempera über Bleistift auf Papier. 15 × 26,8 cm
Nachlaß Thomkins

beiden Künstler vorhanden ist, stellen sie nach einem Besuch des Ehepaars Thomkins in Eschers Atelier in Baarn am 29.3.1969 doch fest, daß zwischen ihnen ein wesentlicher Unterschied im gestalterischen Vorgehen besteht: Der Bildaufbau folgt bei Escher den strengen, systematischen Regeln der Mathematik, während in Thomkins' »Rapportmuster«-Bildern ein lockerer Linienaufbau vorherrscht. Viel später wird Thomkins eingestehen : »L'œuvre de Escher m'a certainement frappé mais là où je voyais une paranté, lui au contraire n'en trouvait pas. Et je crois qu'il a raison. Chez lui il y a un milieux spécialement mathématique à base d'un raisonnement absent chez moi.«[5]

[1]   Zürich 1986, S. 9.
[2]   Leonardo zählt zu Thomkins' Lieblingsmalern, vgl. »100 fragen an andré thomkins«, in: Bern/Düsseldorf 1969, o. S. (6).
[3]   Zürich 1986, S. 8.
[4]   Brief von AT an Serge Stauffer vom 18.6.1964, in: Stauffer/Thomkins 1985, S. 376.
[5]   Brief von AT an Huguette Burrus vom 20.5.1985. Der Brief ist in der von Stauffer zusammengestellten Biographie erwähnt.

Raumkonzeption
→ »Labyr«
→ Labyrinth
→ Platzgestaltung
→ »Rapportmuster«
→ »Schwebsel«
→ Verschleifung
→ »Wohnungsentwöhnung«

Situation, deren Raumbezüge Thomkins verunklärt, indem er Motive unterschiedlichsten Maßstabs einsetzt. Diese Ambiguität der Raumauffassung mit Fern- und Nahsicht schafft eine neue imaginäre und komplexe Wirklichkeit.

Die Inkohärenz der ineinandergeschachtelten Raumebenen in den »Rapportmuster«-Bildern hat immer wieder Anlaß gegeben, auf die Nähe zwischen M. C. Escher und Thomkins hinzuweisen, die auch der Künstler selbst andeutet: »Sur une maille plus grossière je travaille à des structures ou je peu cacher des dixaines des centaines de sujets qui apparaissent ou disparaissent, selon qu'on observe la règle ou l'exception. Ici ›la nature des choses‹ de Lucrèce me donne la meilleure poussée. Speiser est le vénéré Mauritius Escher.«[4] Auch wenn eine Affinität in der exakten und manisch-minutiösen Arbeitsweise der

»architekt für phantastische gebäude«[1]: das wollte Thomkins bereits in seiner Jugend werden. Entsprechend läßt sich eine spezifische Auffassung des Raumes als ambivalentes, mehrdeutiges und imaginäres Konstrukt in zahlreichen, auch frühen Blättern des Künstlers feststellen. Seine Auffassung der Welt als ein offenes und dynamisches System widerspiegelt sich in seinen Raumkonstruktionen: Der Bildraum ist von Treppen, Leitern, Brücken, aufgeschlossenen Türen und Durchgängen belebt, die symbolisch einen offenen, in allen Richtungen begehbaren Raum veranschaulichen. Er erstreckt sich aber auch in unermeßliche Höhen wie in der Serie der Astronauten (→ **Lackskin**), in der Thomkins ein schwebendes Weltall zu suggerieren weiß, oder er dehnt sich in die

G. 58
Ohne Titel. 1966
Aquarell auf Papier. 22,8 × 15,7 cm
Basel, Öffentliche Kunstsammlung Basel, Kupferstichkabinett,
K. A. Burckhardt-Koechlin-Fonds

G. 59
le veilleur du feu. 1959
Rollage auf Papier. 20,3 × 14,1 cm (Lichtmaß)
Nachlaß Thomkins

Tiefe: verschiedene Arbeiten zeigen Öffnungen oder Eingänge in den Boden (Abb. G. 58), die auf die Existenz eines unterirdischen Systems verweisen. Innen- und Aussenraum sind häufig nicht klar voneinander abgegrenzt. Thomkins strebt das Wandelbare an: Er vermeidet die Fixierung des Raumes, indem er ihn einer Umstülpung (→ **Stülpwürfel**) unterzieht und mobile, flexible Strukturen schafft, die permanent umgestaltet werden könnten.

¹ »100 fragen an andré thomkins«, in: Bern/Düsseldorf 1969, o. S. (2).

Rollage

Während zwei Jahren, von 1959 bis 1960, arbeitet Thomkins mit der Technik der Rollage (Kat. 263–270), die er für eine geplante, aber nie realisierte Mat-Nummer (→ **»Material«**) beschreibt, aus der Überlegung heraus, daß jeder die Möglichkeit erhalten soll, mit diesem Verfahren zu experimentieren: »eine Ratsche auf allen 4 Seiten ist eingebaut die auf der entsprechenden Seite Erschütterungen hervor-

ruft. Man setzt in die Vertiefung ein Blatt ein und walzt Wasserfarbe (schwarzes Farbpulver, Caparol, Wasser) auf. Dann dreht man an entsprechenden Seiten wobei die Farbe vom Wasser ausgezogen, verwaschen und verzeichnet wird. Statt Farbe kann Sand verwendet werden der trocken angestreut wird und Plastische Formen zeichnet (versuchen mit Zement u. Wasser, ev. fixierbare Reliefs).«

Wie Max Ernst in seinen Frottage-Arbeiten befragt Thomkins die Materie, indem er mit Spachtel und mit Hölzchen in den feuchten Farbgrund hineinzeichnet und -kritzelt, der in dieser Werkgruppe ausschließlich aus schwarzen Pigmenten besteht. Gerade wegen ihrer Monochromie fällt die unterschiedliche, differenzierte Strukturierung der Bildfläche (Abb. G. 59) auf. Der Geist der 50er Jahre klingt in diesen Werken nach, wobei Thomkins nicht wie etwa Mark Rothko oder die Abstrakten Expressionisten das Großformat wählt, sondern sich meistens auf die Blattmaße 20 × 21 cm konzentriert.

Ähnlich wie bei den → **Lackskin**-Arbeiten geht es Thomkins auch hier darum, eine Synthese zwischen Abstraktion und Figürlichkeit zu erlangen. Die Formulierung der Fläche durch die materiellen Eigenarten der Technik – was etwa die Durchsichtigkeit des Malgrundes oder die Verdichtung der schwarzen Pigmentierung anbetrifft – entscheidet über die geistige Wirkung, die sie auf den Künstler ausübt. Entsprechend greift er in den dunklen Malgrund ein und fixiert kleine, humorvolle Szenen oder liest Figuren heraus, die einem Grenzbereich zwischen Magischem, Gespenstischem und Spukhaftem entstammen. Besonders in dieser Werkgruppe setzt er witzige, poetische oder ironische Bildtitel ein, die eine Reihe von Assoziationen auslösen.

Scharnier
→ Lackskin

»›Scharnier‹ bedeutet ein gefaltetes Blatt, auf dessen einer Seite ein Lackfaden aufgetragen ist, der beim Falten symmetrisch auf der anderen Blatthälfte sich abdruckt. [...] ›Scharniere‹ entstanden [...] als Abfallprodukt aus den Lackskin-Blättern, außerdem natürlich aus der Anregung von rorschachtestmäßigen Klecksographien, die ich vom schwäbischen Arzt Justinus Kerner gesehen hatte. Die ganze Tätigkeit dieses Justinus Kerner, der ein literarisches und ein Bild-Œuvre produzierte und sich mit Parapsychologie beschäftigte, interessierte mich außerordentlich. Harald Szeemann fügte bildliche Werke von Justinus Kerner in die erwähnte Ausstellung ›Malende Dichter/Dichtende Maler‹ ein.«[1] Thomkins' eigene Faszination für das Geheimnisvolle und Wunderbare der menschlichen Existenz sowie für Phantastereien und Magisches begründen sein Interesse am Werk des Mediziners und Mystikers Justinus Kerner (1786–1862),[2] insbesondere an dessen Buch »Die Seherin von Prevorst«, das in erster Linie von übersinnlichen Erlebnissen handelt.

Während sich der Künstler in den Arbeiten zum → »Nevroarmozon« mit Kerners therapeutischen Methoden auseinandersetzt, vermitteln für die Scharniere (Kat. 258–262) hauptsächlich Kerners Klecksographien Anregungen. In beiden Werkgruppen kommt dem Zufall im Entstehungsprozeß eine wesentliche Bedeutung zu, beide lassen der Phantasie großen Spielraum: Thomkins' Werktitel oder die nachträgliche Bearbeitung der Blätter mit Aquarell verweisen darauf. Gemeinsam ist ihnen auch das figürliche Re-

G. 60
»›l'inconnue‹ de la »scène permanente«. 1960
Lackfarbe und Aquarell auf Papier. 18,8 × 19,5 cm (Lichtmaß)
Nachlaß Thomkins

pertoire: häufig entstehen aus dem Faltvorgang wunderliche Gestalten (Abb. G. 60) oder unheimliche, symmetrisch gespiegelte Figuren, die aus einer übersinnlichen Geisterwelt zu stammen scheinen.

»Scharniere« entstehen um 1960 als Abwandlungen der Lackskins: »Technisch aber hat meine dünnflüssige Lackmalerei den sich allmählich versteifenden Lackfaden sekundär produziert, und ich habe ihn für die ›Scharniere‹ brauchen können. In dem Moment, wo der Lack so zähflüssig geworden ist, daß er auf dem Wasser schwimmend nicht mehr für die Lackskin-Blätter verwendbar ist, hat er genau die richtige Konsistenz für die ›Scharniere‹. Er bildet im Abklatsch einen haargenauen Abdruck auf der Gegenseite des gefalteten Papieres. [...] Es faszinierte mich, die bei der symmetrischen Vervollständigung zu erwartende Figur zu planen beim Auftragen des Lackfadens auf die eine Papierhälfte.«[3] Von künstlerischem Interesse ist für Thomkins die Feinheit der Lackfäden sowie die Subtilität der Formen und Linien, die er mit dieser spezifischen Technik erreichen kann. »A l'aide de ce même fil de laque j'ai fait une série de ›Charnières‹, suivant le système Rorschach-Klecksogramm. Seulement il y a une finesse de détails encore insoupsonnée jusqu'ici, qui consiste en d'infiniment riches lacés qui se décalquent fidèlement sur l'autre côté. L'on apporte en quelque sorte son dessin au petit coin et se le fait expliquer, ouvrir et déplier. [...] La plupart des charnières sont rehaussées à l'aquarelle. Ceci permet de faire surgir les personnage qu'il y a à découvrir, et qui sont placés ainsi dans une ambiance toute particulière et chaque fois différente.«[4]

[1] Koepplin/Thomkins 1977, o. S.
[2] Thomkins lernt die Arbeiten Kerners durch seinen Freund, den Parapsychologen Hans Bender, kennen.
[3] Koepplin/Thomkins 1977, o. S.
[4] Brief von AT an Serge Stauffer vom 28.10.1960 (Poststempel 4.11.1960), in: Stauffer/Thomkins 1985, S. 332.

»Schwebsel«
→ Implosion

»überall aber schwebend«.[1] So lautet Thomkins' lapidare Antwort auf Serge Stauffers Frage, wo er am liebsten leben würde. Die Thematik des Schwebens spielt in Thomkins' Werk eine zentrale Rolle: Sie ist als Ausdruck des Wunsches nach der Befreiung von der Materie und dem Erreichen eines immateriellen, metaphysischen Erlebnis- und Meditationsraums zu verstehen. Immer wieder zeigt sich in den künstlerischen Überlegungen von Thomkins, wie wesentlich für ihn das Geistige, die Transzendenz, das Überschreiten der endlichen Wirklichkeit hin zur unendlichen ist.[2] Bereits in einem Brief vom Januar 1951 an seine zukünftige Frau Eva Schnell schreibt er: »Seit ein paar Tagen mache ich Drahtplastiken, die in der Luft schweben, natürlich hängen werden, aber für mich doch schweben müssen.«

Für den künstlerischen Werdegang des jungen Thomkins spielen die Schriften Wassily Kandinskys, vor allem dessen grundlegendes Buch »Über das Geistige in der Kunst« (1912), und Paul Klees »Pädagogisches Skizzenbuch« (1925) eine entscheidende Rolle. In einem Brief von Ende April 1951 teilt Thomkins Eva Schnell mit: »Übrigens beginnt Kandinsky mit seiner synästhetischen Farbtheorie bei mir Wellen zu schlagen.« Die Entwicklung von einer mimetischen zu einer abstrakten Kunst, von einer gegenstandsbezogenen zu einer dem inneren Klang und dem Geist entsprechenden Kunst steht im Zentrum von Kandinskys Gedanken. »Über das Geistige

in der Kunst« ist ein programmatischer kunsttheoretischer Aufsatz, worin eine neue Sprache der Formen und besonders der Farben untersucht und deren Befreiung von ihrer abbildenden Funktion gefordert werden. Es geht Kandinsky um eine Annäherung zwischen Malerei und Musik, der wahren »geistigen« Kunst. Wie die Musik solle auch die Malerei ihre eigenen Mittel (Farbe und Form) verwenden und ihnen zu einer neuen Autonomie verhelfen. Die Kunst kann nach Kandinsky das Geistige nur erlangen, wenn sie einem inneren Klang und einer Notwendigkeit entspricht.

Paul Klees künstlerischer Weg zur Abstraktion ist mit der Suche nach räumlichen, dynamischen Dimensionen verbunden. »Die reinste Bewegungsform, die kosmische, entsteht aber erst durch die Aufhebung der Schwerkraft. (Durch den Wegfall irdischer Gebundenheit).«[3] In manchen Blättern Klees erschließen sich Erlebnisräume, die von schwebenden, metalogischen Konstruktionen oder Figuren belebt sind, wie z. B. im 1927 entstandenen Bild *Grenzen des Verstandes* (Abb. G. 61): Dem statischen, starren Gebilde unten steht eine freischwebende Kreisscheibe gegenüber. Versinnbildlicht wird hier der Prozeß einer Loslösung von irdischer Schwere, der zum Kosmischen führt: der Himmelskörper scheint über dem zackigen Liniengefüge, das einer menschlichen Physiognomie gleicht, in einem luftleeren Raum zu schweben.

Schon in den 50er Jahren, am Anfang von Thomkins' künstlerischer Laufbahn also, kristallisiert sich als sein zentrales Anliegen das Erlangen eines schwebenden, von der Erde gelösten Zustandes heraus, den er in Briefen an seinen Jugendfreund Serge Stauffer mit dem Begriff »Schwebseel«, »Schwebsel«, oder »Schwebbes« umschreibt. Im September 1952 berichtet Thomkins Stauffer das erste Mal von »Schwebsel«: »Alors voilà, Schwebsel rame dans l'espace à la rencontre de mille en une chose.«[4] Im gleichen Brief kommt Thomkins mehrmals auf den Ausdruck zurück: »Schwebsel« scheint einen dem Traum ähnlichen Zustand zu repräsentieren. Beim Hören von Arthur Honeggers Musik stellte sich beim Künstler ein einmalig intensives Empfinden der Klänge ein, das er mit »Schwebsel« in Verbindung brachte: »Schwebsel! alors! il y a eu là des petits événements très dynamiques qui élevaient les amis dans une hau-

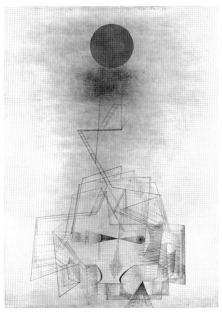

G. 61
Paul Klee
Grenzen des Verstandes. 1927
Bleistift, Öl und Aquarell auf Leinwand. 56,3 × 41,3 cm
Bayerische Staatsgemäldesammlungen, München

teur très élégante d'une sublime rigorosité absurde. [...] je n'ai jamais si bien rêvé la musique«.[5]

Stauffer deutet Thomkins' poetischen Neologismus als Ausdruck der Isolation, in der sich der Künstler angeblich zu jener Zeit befunden habe. Doch obwohl der neu in Deutschland lebende Thomkins seit August 1951 mit Eva Schnell in Rheydt bei Köln in bedrückenden Verhältnissen eine »kümmerliche Unterkunft mit Petrollicht«[6] bewohnte, greift Stauffers Interpretation von »Schwebsel« als Alter ego des Künstlers zu kurz: Eva Thomkins wohnte schon vor ihrer Hochzeit in Rheydt, und als anerkannte Kunstschaffende hatte sie hier einen regen Kontakt mit Künstlern und Architekten, die später auch die Freunde ihres Mannes werden sollten; in der Korrespondenz mit Stauffer berichtet Thomkins zudem immer wieder von Theater- und Ausstellungsbesuchen, die ebenfalls nicht auf eine künstlerische Isolation des Neuzuzügers schließen lassen.

Thomkins fährt in seinem Brief an Stauffer fort: »Souvent il lui [Schwebsel] arrive d'assister à des batailles qui n'ont pas lieu. Par exemple observait-il fréquemment un complexe ou un principe rigide et un autre dynamique, mais! le principe dynamique étant

presque immatériel tandis que l'autre avait au moins, dans sa rigidité, la faculté de se matérialiser ou d'en faire paraître autant à l'adversaire: un adversaire sans intention, il est vrai, mais intéressé, intrigué par cette ambiguité. D'ailleurs il ne s'agit pas de matérialité car personne ne s'y intéresse à cette heure avencée: il n'importe que la force du recul sur soi-même qui selon le degré, suggère à l'adversaire une force de matérialisation plus ou moins grande. Donc personne ne s'y trompe: plus de matière ici! Cela n'importe que dans la mesure ou la question de la matérialité constitue une sorte de langage entre les principes.«[7]

In einem kurz darauf geschriebenen Brief klärt sich der Begriff »Schwebsel« als Denkfigur für die Polarität von Materie und Geist, insofern, als Thomkins für sie nun auch ein entsprechendes künstlerisches Gleichnis findet: »Schwebsel lui, s'est reconstitué en cachette, après avoir dit à tout le monde qu'il était mort: on a vu sa tombe; ce fut un accident d'automobile. Maintenant il a trouvé un *médium* dans lequel il monte soutenu par un astre. Je dis qu'il monte, c'est-à-dire que le plus souvent il s'arrête pour éprouver l'émotion, pour digérer la sensation de cette montée, car elle est bouleversante. Par rapport à lui tout le cosme se baisse, tombe autour de lui.«[8] Im Freilauf des Geistes und der Phantasie kann sich eine kontinuierliche, kraftvoll bewegte räumliche Situation einstellen, wobei sich hier der irdische Raum zu einem von der Schwerkraft befreiten kosmischen Bereich emanzipiert hat. Im berauschenden Gefühl des Aufstiegs drückt sich ein dynamischer Gehalt aus, der mit dem Akt der Schöpfung verglichen werden kann.

Der Brief ist von einer Zeichnung des »Mediums« begleitet, wahrscheinlich auf eine Aufforderung von Stauffer hin, der seinen Freund um ein Porträt des »Schwebsels« bat.[9] Es handelt sich dabei um eine Gestalt, deren Form an einen Kegel erinnert und die von einem darunter gesetzten Kreis begleitet wird. Die geschwungenen Züge erinnern an gewisse anthropomorphe Figuren Hans Arps, dessen lyrisches wie bildkünstlerisches Werk Thomkins schon als 17jähriger kannte und bewunderte. Die Zeichnung ist das »Medium«, durch das sich das philosophische Wesen des Begriffs »Schwebsel« im kreativen gestalterischen Prozeß manifestieren kann: das Geistige gibt sich in der Materie kund.

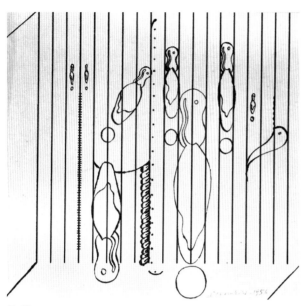

G. 62
Ohne Titel. 1956
Feder auf liniertem Papier. 20 × 21 cm
Nachlaß Thomkins

G. 63
schwebsel. 1957
Kreide auf Papier. 21 × 9,5 cm
Nachlaß Thomkins

Als ikonographisches Leitmotiv kommt die
»Schwebsel«-Figur ab 1952 bis Ende der 50er Jahre
immer wieder vor. Häufig taucht sie in den um 1953
entstandenen Zeichnungen auf (z. B. Kat. 18, 25, 26,
28, 146), die sich durch ihre abstrahierend einfachen
Formen und gestrichelten Konturen auszeichnen (→
Unterbrochene Linie). In diesen Blättern vermag die
Leichtigkeit des Striches, die im Einklang mit dem im
Raum freischwebenden Figürchen steht, einen musi-
kalischen Rhythmus zu evozieren, was wiederum eine
Nähe zu Kandinskys Synästhesie zwischen bildender
Kunst und Musik herstellt. Die Umsetzung des
»Schwebsel«-Motivs bleibt immer an eine figurative
Inszenierung gebunden: Über Industrielandschaften
oder über einer Gruppe von geometrischen Gestal-
ten, deren Ausführung etwas Rigides und Erstarrtes
hat, erhebt sich die anthropomorphe Gestalt des
»Schwebsels« – die Polarität von Materie und Geist
findet hier adäquaten künstlerischen Ausdruck.

Ab 1955 stellt Thomkins die kegelhafte Figur nur
noch sporadisch dar, und sie wird nun auch mit neuen
künstlerischen Verfahren formuliert, in denen die abstrakte Komponente vermehrt in den Mittelpunkt
rückt. Eine Zeichnung aus dem Jahre 1956 (Abb.

G. 62) zeigt vertikal angeordnete Linien, in die mehrere »Schwebsel«-Figuren eingefügt sind: Die konsequente Richtung der Linienführung erzeugt einerseits
einen Flimmereffekt, andererseits eine raumschaffende Dynamik; die monotone Starre des Bildaufbaus
wird durch die Integration der Figuren gemildert, so
daß ein Eindruck von Schwerelosigkeit entsteht.

In einer der letzten Darstellungen von »Schwebsel«, 1957 entstanden (Abb. G. 63), verzichtet Thomkins auf eine räumliche Inszenierung, indem er die anthropomorphen Züge seiner Kunstfigur mit lockerem
Strich isoliert wiedergibt.

1   »100 fragen an andré thomkins«, in: Bern/Düsseldorf 1969,
     o. S. (4).
2   AT im Interview mit Otto Seeber.
3   Paul Klee, *Pädagogisches Skizzenbuch* [1925], Mainz: Florian
     Kupferberg Verlag, 1965, S. 43.
4   Brief von AT an Serge Stauffer von ca. Anfang Sept. 1952,
     in: Stauffer/Thomkins 1985, S. 25.
5   Ebd., S. 24.
6   Luzern 1978, Nr. 2, S. 20.
7   Brief von AT an Serge Stauffer (wie Anm. 4), S. 25–26.
8   Brief von AT an Serge Stauffer von ca. Okt. 1952, in: Stauf-
     fer/Thomkins 1985, S. 32.
9   Brief von Serge Stauffer an AT, nach dem 8. Sept. 1952 ge-
     schrieben, in: Stauffer/Thomkins 1985, S. 29.

Selbstporträt

Anfang der 50er Jahre erfaßt der junge Thomkins mit
knappen und präzisen Strichen das eigene Antlitz naturalistisch. Verworfen wird diese traditionelle Form
der Darstellung in den um 1956 gezeichneten Selbstporträts, die wegen ihres stark abstrahierenden Charakters auffallen (Abb. G. 64): An einer genau beobachteten Wiedergabe seiner Physiognomie, die die
Einmaligkeit seiner Individualität hervorheben würde,
scheint der Künstler nicht interessiert zu sein. Thomkins setzt sein »Selbstporträt« aus einzelnen geometrischen Elementen zusammen, hebt elementare
Formstrukturen hervor und gibt die eigenen Gesichtszüge und -merkmale, etwa den Schnurrbart,
wie ornamentale Verzierungen wieder. In einzelnen
Blättern fällt die viereckige Form des Kopfes auf,
möglicherweise eine Anlehnung an die von Giovanni
Battista Bracelli (1491–1542) entworfenen phantastischen Gliederpuppen – kubistische Figuren, halb Maschine, halb Mensch –, die er aus G. R. Hockes »Die
Welt als Labyrinth« von 1957 kannte (Abb. G. 65).[1]
Die meisten Arbeiten sind von einem Kommentar
oder Titel begleitet wie diese Zeichnung mit der In-

G. 66
André Thomkins. 1956
Pinsel und Feder auf Papier. 21 × 29,6 cm
Nachlaß Thomkins

schrift »donne-moi la main!« Der Satz ist genau auf
den stilisierten verschränkten Armen angebracht, die
keine Sicht auf die Hände freilassen; zwischen dem
auffordernden Titel und dem eine Begegnung abweh-
renden Haltungsausdruck besteht eine Inkohärenz.
Mit der Verknüpfung von Bild und Wort akzentuiert

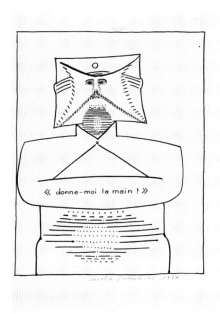

G. 64
»donne-moi la main!« 1956
Feder auf Papier. 29,6 × 21 cm
Privatbesitz

G. 65
Giovanni Battista Bracelli
Doppelmensch. 1624
Radierung

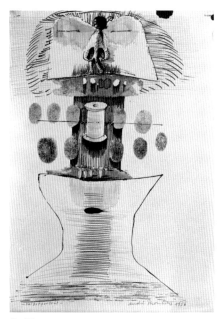

G. 67
selbstporträt. 1956
Tinte mit Fingerabdrücken auf Papier. 29,7 × 21 cm
Nachlaß Thomkins

Senkrechte Federzeichnungen

Während der zweiten Hälfte der 50er Jahre arbeitet Thomkins an einer bedeutenden Anzahl von Zeichnungen mit konsequent vertikal angeordneten Parallelschraffuren. Um 1956 entstehen die ersten Blätter, in denen die Linien in kleinen Abständen über die ganze Bildfläche verlaufen. In das so entstandene klar gegliederte Struktursystem fügt Thomkins als störende Faktoren kleine Details und Figuren ein, die im Linienverlauf Zwischenräume entstehen lassen und die Monotonie des senkrechten Rasters durchbrechen. Bildtitel wie *Gewebbeweg* oder *Kaskade* unterstreichen noch die angestrebte optische Wirkung. Um weitere visuelle Effekte zu erzielen, experimentiert Thomkins auch mit der Strichstärke und mit den Eigenschaften des Papiers. In einigen Blättern wie z. B. der Zeichnung von 1956 (Abb. G. 68) entsteht die Konfiguration der Struktur ausschließlich aus der Stärkenvariation der senkrecht verlaufenden Linien.

Die wiederum in der Vertikalen aufgebauten Zeichnungen von 1959 weisen ein weniger geordne-

Thomkins ironisch die Diskrepanz zwischen darstellender und sprachlicher Aussage. So vermittelt er von sich selbst das Bild des erfinderischen Künstlers, der spielerisch mit Überraschungen und Umkehrungen umzugehen weiß und dessen Geschmack dem Kuriosen gilt. Andere um 1956 gezeichnete Selbstporträts sind weniger geometrisch gehalten, aber auch sie kennzeichnet eine vereinfachende, knappe Formulierung, wie das Blatt von 1956, in dem Thomkins sein Antlitz sowie seine Signatur multipliziert (Abb. G. 66) – eine ironisierende Anspielung auf den Facettenreichtum seiner Persönlichkeit.

Thomkins hat sich selbst auch in kaschierter Form dargestellt. Eine Zeichnung von 1956 (Abb. G. 67) wäre ohne den daruntergesetzten Titel *selbstporträt* kaum als Selbstbildnis des Künstlers zu lesen, da er das eigene Gesicht stark verfremdet und verwandelt. Die polymorphe Gestaltung läßt nur eine Nase als Gesichtsmerkmal erkennbar werden, die aber ihrerseits wiederum Teil eines Vexierspiels wird.

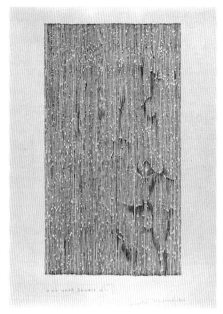

G. 68
»sie webt beweis«. 1956
Feder auf Papier. 30,2 × 21,2 cm
Nachlaß Thomkins

---

¹　Gustav René Hocke, *Die Welt als Labyrinth. Manier und Manie in der europäischen Kunst*, Hamburg: Rowohlt Taschenbuch Verlag, 1957 (rowohlts deutsche enzyklopädie, 50/51), S. 159 und Abb. 124–127. Bracelli schuf 1624 eine Sammlung von Stichen: »Bizarie di varie figure«.

G. 69
le secteur. 1959
Feder auf Papier. 20 x 21 cm
Nachlaß Thomkins

G. 70
entweder mit eine – m – in berührung kommen, oder. 1959
Feder auf Papier. 19,4 x 17,9 cm (Lichtmaß)
Nachlaß Thomkins

tes Linienmuster auf: Sie bestehen aus dynamischen, nervösen Schraffuren mit minimalen Abständen (Abb. G. 69), die eine große Flächenspannung erzeugen. Noch im selben Jahr entstehen Blätter, in denen die radikal vertikale Anordnung zugunsten eines leichten Richtungswechsels im Linienverlauf aufgegeben wird. Dadurch gelingt es Thomkins, eine suggestive Raumwirkung zu erzielen, wie im Werk *entweder mit eine – m – in berührung kommen, oder*, in dem sich an Landschaften erinnernde Strukturen erahnen lassen (Abb. G. 70).

»Shadowbuttoneggs«

Die Entstehung der »Shadowbuttoneggs« – eine Serie von Schatten des 1957 entstandenen → **Knopfei**-Objektes – steht in Zusammenhang mit Daniel Spoerris Anliegen, Beiträge für eine Sammlung »Alles über das Ei« zu erhalten. Thomkins berichtet: »Ich schickte Spoerri allerdings nicht das Knopf-Ei in Form des realen Objektes, das beim Versand wahrscheinlich zerbrochen wäre, sondern eine Zeichnung, auf der die Schatten projektionsmäßig aufgetragen sind, die durch eine Lichtquelle in verschiedenen Positionen vom Knopf-Ei auf eine Papierunterlage geworfen werden, die ihrerseits zu verschiedenen Positionen geschwenkt werden kann. Noch später wurde im Anschluß daran die Mappe ›Shadowbuttoneggs‹ [...] gedruckt, also die Schattenkulturen des Knopf-Eis.«[1]

Laut Notizen Stauffers entstehen die ersten Versuche mit Schattenwürfen des Knopfeis Anfang März 1964: Thomkins hält die Schatten des zerbrechlichen Objekts in einer schier endlosen Reihe von Schnitten bei wechselnder Position der Lichtquelle auf dem Papier fest, um zu neuen Inhalts- und Ausdrucksformen zu gelangen (vgl. Abb. H. 22, B. 45). Angeregt wurde er, wie aus einem Brief an Spoerri hervorgeht, auch von den Experimenten Helmut Schmidt-Rhens:[2] »Du kennst vielleicht von GGK her den Schmit-Rhen, der jetzt wieder in Köln als Graphiker arbeitet. Er malt Schattenreliefs, die mir sehr gut gefallen. Baut meistens fertige Sachen, z. B. Teletrockner aus Holz [Skizze] auf eine Fläche, beleuchtet das Objekt und zeichnet den Schatten ein, macht ein schwarz-weißes Bild, sehr präzis, aber sensibel. Wir haben nacheinander in Godesberg bei Schütze ausgestellt.«[3]

1966 äußert sich Thomkins ausführlich zum Werkkomplex von Knopfei und Knopfeischatten: »›shadowbuttonegg‹ ist eine Sammlung von Schattenbildern, die eine aus dem andern hervor-, auf das ›Knopfei‹ zurückgehen. [...] Ein Ei muß ausgebrütet werden, auch ein geknöpftes. Die Sonne bietet die größte Brennweite für ein irdisches Ei, dem nun die Rolle des Schattenwerfers zufällt. Seine Ausbrütung ist eine kosmische, das Erzeugnis aber fällt auf den Boden der Kunst. Aus dem Papier, wo der Schatten hinfällt löst ein Schnitt den ersten Knopfei-Schatten. Die leere Hülle erzeugt einen zweiten, dieser den dritten, wobei das Shadowbuttonegg wächst und sich nach allen Seiten dehnt und verändert. [...] Es ist im Sinne der Natur, ein Ei auszubrüten, das unsere nicht ausgenommen. Die Nähe und Finsternis, die oben bemerkt wurden, wecken den Wunsch nach Weite und Licht. Scheint die Sonne auf das Knopfei, so wirft es seinen Schatten. Auf ein Blatt geworfen, kann man den Umriß des Schattens auf dem Papier nachzeichnen und ein Schnitt löst das Schattenbild aus dem Bogen, darin ein Loch hinterlassend. In das Licht gehalten wirft der Bogen mit dem Loch ein ›Schattenlicht‹ auf ein weiteres Blatt. Schnitt auf Schnitt folgt eine endlose Reihe, von mal zu mal wachsend und abgewandelter Knopf-Ei-Schatten: die Genealogie der Shadowbuttoneggs.«

Als Symbol des Lebens und seiner ständigen Erneuerung verweist das Ei auf die Idee von der Kunst als dem ewig Formenden und Gestaltenden. »Das Welten-Ei, das auch durch die Kugel symbolisiert wird, ist das Lebensprinzip; die undifferenzierte Totalität; es birgt in sich alle Möglichkeiten; ist der Keim aller Schöpfungen; die matriarchalische Urwelt des Chaos; es ist das große Rund, in dem das Universum enthalten ist, der verborgene Ursprung und das Mysterium des Seins; kosmische Zeit und kosmischer Raum.«[4] Das Ei wird zum Sinnbild des schöpferischen und geistigen Prinzips.

Allerdings befreit Thomkins das Knopfei-Objekt von einem fixierten Sinngehalt, indem er es als Aktivierungsvorlage für den kreativen Prozeß verwendet und es auf diese Weise einer fortwährenden Transformation aussetzt (vgl. Kat. 96 und 97). Eine wesentliche Rolle spielt dabei der Lauf der Sonne, der Form und Wirkung des projizierten Objekts entscheidend beeinflußt. So erhält die Serie der »Shadowbutton-

eggs« einerseits einen kosmischen Sinngehalt und weist andererseits auf die vierte Dimension der Zeit hin, da Thomkins durch die Darstellung der Abfolge von mehreren Knopfei-Schattengebilden den zeitlichen Ablauf der Verwandlung andeutet.

Eine Demonstration der uneingeschränkten Erfindungsgabe des Künstlers, können die Schattenwürfe beliebige Assoziationen wecken. Über das Potential der neuentstandenen anamorphotisch anmutenden Figurationen ist sich Thomkins durchaus im klaren; auf einem Blatt mit der Darstellung eines Knopfei-Schattens hält er fest: »Während das plastische Huhn sein Ei ausbrüten kann, muß der ›Flachmaler‹ mit dem Knopfei und dessen Schatten in der Fläche bleiben. Darin habe ich die Schatten aus dem Papier geschnitten und deren Ausschnitt wieder projiziert, dabei vergrößert und verwinkelt. Das Knopfei kann sich also in jede Gestalt verwandeln, z. B. in den gestiefelten Kater.«[5]

1   Koepplin/Thomkins 1977, o. S.
2   Helmut Schmidt-Rhen war Professor an der Hochschule für Gestaltung in Köln.
3   Brief von AT an Daniel Spoerri von ca. April 1966.
4   J. C. Cooper, *Illustriertes Lexikon der traditionellen Symbole*, Leipzig: Drei Lilien Verlag, 1986, S. 40.
5   Druckgraphik 1977, Kat. 57.

Stempeldruck

Ab Ende der 50er Jahre fertigt Thomkins mit bearbeiteten Stempelzeichen aus einfachen Materialien wie Plastilin, Holz oder Gummi leicht multiplizierbare Werke: »Bei den Stempeldrucken habe ich ein Brettchen oder ein Kartonstück mit Plastilin bestrichen, wie man ein Butterbrot bestreicht, und dann Figuren hineingekratzt, wobei nicht genau kontrollierbar war, was herauskam und wie der Abdruck aussehen würde, wenn man mit dem Plastilin auf das Stempelkissen ging und dann auf Papier einen Abdruck machte. Zum Teil habe ich auch einfach kleine Gegenstände ins Plastilin hineingedrückt, so den Knopf, der dann beim Knopf-Ei wieder zu Ehren kam.«[1] Die Ergebnisse der Abreibung umfassen sowohl abstrakte, anorganische Konstellationen als auch miniaturhafte und labyrinthische Szenen sowie figurative Darstellungen (Abb. G. 71). Thomkins kombiniert sie

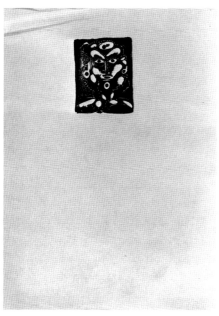

G. 71
Ohne Titel. 1957
Stempeldruck auf Papier. 29,7 x 21 cm
Nachlaß Thomkins

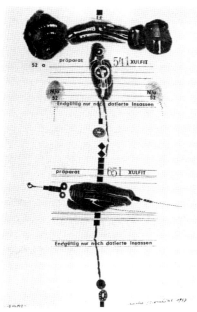

G. 72
XULFIT. 1957
Stempeldruck auf Papier. 27,7 x 18,8 cm (Lichtmaß)
Nachlaß Thomkins

häufig mit gestempelten Sätzen oder Wörtern und schafft so ein komplexes Netz von Bezügen (Abb. G. 72).

Die Stempeldrucke vermitteln ihm auch Anregungen zu weiteren gestalterischen Eingriffen, die er mit der Feder in die gestempelte Unterlage hineinkritzelt (Kat. 285–286). Frieder Mellinghof äußert sich darüber wie folgt: »Die Stempeldrucke veranschaulichen aufs deutlichste eine Lust am Erfinderischen, die über den formalen Gehalt des Bildes hinausgeht. Der Prozeß der Realisation wird zu einem bedeutenden Anteil an der schöpferischen Gesamtleistung überall da, wo A. T. die technischen und ästhetischen Erfahrungswerte der Druckgraphik hinter sich läßt und als Empiriker die Dirigierbarkeit von Substanzen erkundet.«[2]

[1]   Koepplin/Thomkins 1977, o. S.
[2]   Mellinghof 1977, o. S.

Stülpwürfel

Der Stülpwürfel oder *Umstülpbare Würfel* ist eine Entwicklung des Mathematikers und Künstlers Paul Schatz (1898–1979) aus Dornach. Er führt aus, daß es sich bei dieser von ihm so genannten polysomatischen Plastik (Abb. G. 73) um kinetische Gestaltungen handle, »die einerseits einer strengen Ordnung

G. 73
Paul Schatz
Umstülpbarer Würfel. Um 1929 entworfen
Karton. 7 x 7 x 7 cm

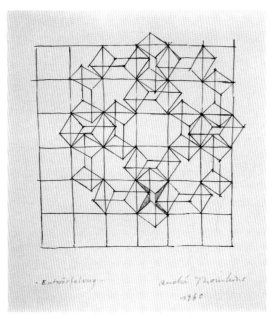

G. 74
Entwürfelung. 1960
Feder auf Papier. 14,4 × 13 cm (Lichtmaß)
Nachlaß Thomkins

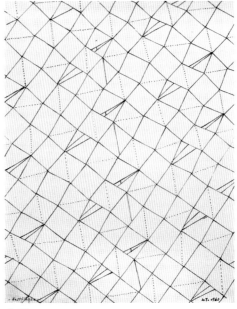

G. 75
Faltfläche. 1960
Feder auf Papier. 25,5 × 19,7 cm
Nachlaß Thomkins

unterstehen, die aber dennoch im Verein mit der schöpferischen Phantasie ins Uferlose der plastischen Gestaltung führen.«[1]

Thomkins interessierte sich für Schatz' raumgeometrische Körper wegen deren Flexibilität und Dynamik: »Son ›Stülpkubus‹ est un mobile géométrique qui évolue autour de son axe circulaire.«[2] Auf seine Bitte hin teilt ihm sein Freund Stauffer 1956 mit, wie man einen Stülpwürfel selber zusammensetzen kann.[3] Davon ausgehend entwickelt Thomkins ein architektonisches Modell: »Appliqué à une structure architecturale le mécanoèdre compose un ensemble réglé par la continuité de fragments d'évolution. Il sert à articuler des espaces habituelles soit à l'echelle d'un modèle, soit dans la réalité urbaine et spatiale. La mise au point est permanente. L'ensemble constructif adopte deux periodes: 1. articulation expérimentale 2. fixation [...].«[4]

Für Daniel Spoerris Projekt, eine Kiste mit etwa 30 winzigen Objekten verschiedener Künstler auszustatten, entwirft Thomkins 1960 Faltskulpturen. Die

Skizzen für die Papierplastiken *Entwürfelung* (Abb. G. 74) und *Faltfläche* (Abb. G. 75) zeigen sein Bestreben, aus einer Fläche einen dreidimensionalen räumlichen Körper zu konstruieren. Neben Schultze-Fielitz mit seinen beweglichen Kompositionen (→ **Kirchenausstattungen**) regt ihn vor allem Paul Schatz mit seinem Stülpwürfel dazu an, »[...] mit Papier und tetraedrischen Polyesterelementen Falt- und Stülpstrukturen zu experimentieren.«[5]

In denselben Zusammenhang gehört auch die Zeichnung *die kubatur der kugel* von 1960 (Kat. 57), in der Thomkins durch die Einfügung eines Kubus in einen Kreis Dreidimensionalität zu evozieren und gleichzeitig ein »flexibles« und mehrdeutiges Formgebilde zu gestalten vermag.

[1]   Paul Schatz, »Die polysomatische Plastik«, in: *Werk*, 1, 1969, S. 6.
[2]   Brief von AT an Robert Filliou vom 18.5.1966.
[3]   Brief von Serge Stauffer an AT vom 12.4.– etwa 25.4.1956, in: Stauffer/Thomkins 1985, S. 179.
[4]   Brief von AT an Robert Filliou (wie Anm. 2).
[5]   Bern/Düsseldorf 1969, o. S.

Türmchen

Vermutlich um 1964 fertigt Thomkins die ersten Tonplastiken an: Kerzenständer als Geschenke für seine
Eltern, von denen heute kein Exemplar mehr existiert. In der Folge beginnt er, Tonplastiken mit verschiedenen »Stockwerken« zu bauen (Kat. 303–306)
und schreibt an Stauffer: »La céramique m'a conquis
– j'en fais des tour-d'ivoires avec personnages à plusieurs étages.«[1] Die Anfertigung dieser zierlichen,
etwa 20 cm hohen Türmchen setzt handwerkliches
Geschick voraus: Thomkins wallt eine Tonwurst aus,
schneidet sie und verarbeitet sie weiter zu unterschiedlich dicken Säulen, die er teilweise mit Kapitel-
len versieht. In diese offenen, miniaturartigen Skulpturen setzt er Figuren, oder er greift in den
Baukörper ein, indem er darin kleine Löcher oder
Öffnungen anbringt. Sobald der Ton genügend erhär-
tet ist, setzt er die verschiedenen »Stockwerke« zusammen. Das Rollen, Schneiden und Zusammensetzen verlangt schnelles Vorgehen und Präzision.
Darauf verweist Daniel Spoerri, der diese kleinen Arbeiten sehr schätzt: »Auch hat er wunderschöne
Türmchen gemacht, diese Keramik-Türmchen. Die

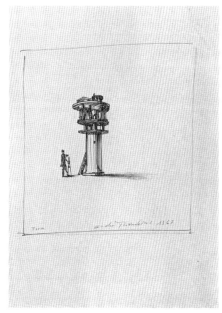

G. 77
Turm. 1967
Feder auf Papier. 29,7 × 21 cm
Nachlaß Thomkins

bewunderte sogar ein Keramiker; die feine Lehmar-
beit mit den Treppchen – das war kunstvoll.«[2] Auf
Anregung des Galeristen Zwirner wurden die Klein-
plastiken in Bronze gegossen. Durch die Umsetzung
haben sie eine große Veränderung erfahren. Das
feine Eingreifen von Thomkins im Ton ist im Bronze-
guß nicht mehr erkennbar.

Thomkins' Beschäftigung mit dem Werkstoff Ton
gründet auch im familiären Kontext: Gemeinsam mit
seiner Frau und den Kindern fertigt er Tonobjekte an
– zum Beispiel als Weihnachtsschmuck –, wobei der
spielerischen Komponente eine wichtige Rolle zukommt. Die Türmchen aus Ton allerdings sind in Zusammenhang mit Thomkins' urbanistischen Projekten
(→ »Labyr«) zu sehen: Er denkt dabei an Turmsied-
lungen, wie eine Zeichnung (Abb. G. 76), die genaue
Angaben über die Höhe der einzelnen Stockwerke
und über das Baumaterial aufführt, veranschaulicht.
Solche begehbaren raum-plastischen Skulpturen
(Abb. G. 77), die architektonischen Charakter haben,
sprengen die Gattungsgrenzen.

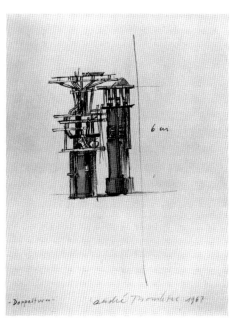

G. 76
Doppelturm. 1967
Feder und Aquarell auf Papier. 17 × 13 cm (Lichtmaß)
Nachlaß Thomkins

[1]   Brief von AT an Serge Stauffer vom 27.2.67, in:
      Stauffer/Thomkins 1985, S. 402.
[2]   Spoerri/Schneegass 1989, Band 1, S. 110–111.

Unterbrochene Linie

Vorwiegend um 1953 entstehen kleinformatige Federzeichnungen, auf deren spezifische Strichführung
Thomkins aufmerksam macht: »In meinen frühen
Blättern gibt es z. B. eine unterbrochene Linie, die aus
Punkten entsteht. Nach kurzen Zügen hebt sich in
der Bewegung die Feder oder der Stift – ich habe es,
glaube ich, hauptsächlich mit der Feder gemacht –,
hebt sich vom Papier ab und läßt Raum frei und setzt
wieder auf und geht so weiter. Und bei diesem Hüp-
fen sozusagen auf der Blattfläche versuche ich zu

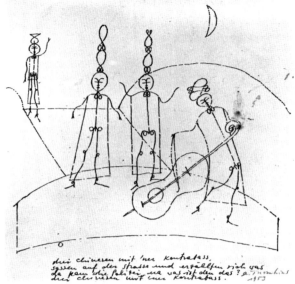

G. 79
*drei Chinesen mit'ner Kontrabass, sassen auf der Strasse und er-
zählten sich was da kam die Polizei, na was ist den das? drei Chinesen mit'ner Kontrabass.* 1953
Feder auf Papier. 19,6 × 21 cm
Privatbesitz

G. 78
Ohne Titel. 1954
Feder auf Papier. 13 × 12,4 cm
Nachlaß Thomkins

spüren, wo dieser Stift hingehen möchte. Es ist eben
nicht so, daß ich da einfach mir einen Gegenstand
vorstelle. Wenn ich einen Gegenstand zeichnen will,
muß ich anders verfahren.«[1] Der kreative Prozeß
wird von einem inneren, unbewußt gestaltenden Impuls gelenkt, der die Leichtigkeit des zeichnerischen
Gestus in rhythmischen Schwingungen anschaulich
werden läßt. Thomkins experimentiert ausschließlich
mit der Linie in der Fläche; er verzichtet auf Farbgebung und auf eine Reliefierung mit Schraffuren.

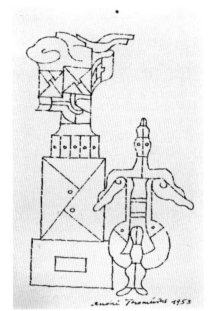

G. 80
Ohne Titel. 1953
Feder auf Halbkarton. 15,2 × 9,9 cm
Nachlaß Thomkins

Charakteristisch für diese Werkgruppe sind stark geometrisierende, konstruktivistische Elemente wie Kreis, Viereck und Quadrat. Deren Formstrenge wird allerdings durch die Unterbrechungen des Striches abgeschwächt, fast ironisiert, was einen Verlust der Schwere nach sich zieht. Obwohl der Künstler sich hier eines abstrakten Vokabulars bedient, verzichtet er nicht gänzlich auf Figürlichkeit. Die Motive bleiben in dieser spezifischen Gestaltungsart immer klar lesbar, etwa das → »Schwebsel« oder schwebende Figuren in einer kosmisch anmutenden Umgebung (Abb. G. 78), Stadtlandschaften, Anspielungen auf die Musik (Abb. G. 79), Figuren mit marionettenhaften Zügen (Abb. G. 80) oder Menschen an der Arbeit (Abb. G. 81) sowie liebevolle und witzige Familienszenen, inspiriert von Thomkins' täglichen häuslichen Erlebnissen mit seinen Kindern (→ Familie).

[1]   Zürich 1986, S. 12.

G. 81
Ohne Titel. 1953
Feder auf Halbkarton. 14,1 x 12,1 cm
Nachlaß Thomkins

Verschleifung
→ Glasfenster, Evangelische Kirche von Sursee

Thomkins' Verschleifungsgebilde veranschaulichen am deutlichsten, wie der Künstler die Linie aktiviert, um durch sie Bewegung zu suggerieren. Obwohl sie in der Hauptsache zwischen 1964 und 1968 entstehen, finden sich bereits früher – schon 1960 – Beispiele. Der Künstler skizziert in einem Brief an Esmérian[1] eine Reihe von Flechtwerken, »lacés-entrelacés«, wie er sie selbst nennt, in denen er die Linie als dominierenden Ausdrucksträger einsetzt und damit abstrahiert: Sie verliert den abbildenden, gegenstandsbezogenen Charakter, um in einem bewegungsvollen Spiel ihren eigenen Rhythmus zu entfalten. Der Künstler versteht es, durch die »permanente« Bewegung und die dynamische Linienführung einen raumzeitlichen Vorgang zu suggerieren. Darüber hinaus spielt für den Entstehungsprozeß solcher Schlaufenmotive das treibende Potential des Zufalls, der als Bote des Sonderbaren eine grenzenlose schöpferische Freiheit ermöglicht, eine entscheidende Rolle.

Schon in der 1953 entstandenen Zeichnung *mechanische muskelmuster* (Abb. G. 82) lassen sich die ersten Verschleifungselemente beobachten. Das Blatt zeigt zwei aus ornamentalen Motiven gestaltete Figuren, die an Patchworks aus verschieden gemusterten Stoffen erinnern. Neben Teilen, die bereits Ähnlichkeit mit dem erst ab Mitte der 60er Jahre typischen Flächenaufbau des → »Rapportmusters« besitzen, und netzartigen Elementen sind Verschleifungsmotive zu erkennen. Allerdings ist hier alles zu einer strengen Musterordnung zusammengefügt, die mit ihren prägnanten Ausdrucksträgern bereits auf Thomkins' eigenständige Formensprache vorausweist.

Ab 1961 häufen sich die Darstellungen, in denen der raumschaffende Charakter der Linie zum Tragen kommt. Die jetzt deutlich ausgeprägten Verschleifungen sind gekennzeichnet durch eine alogische Konstruktion: Die verschlungenen Linien bilden Räume, die sich widersprechen und widerlegen, in denen sich unzählige Perspektiven überschneiden. So entsteht ein Raumkontinuum von höchster Komplexität, dessen Lineament ambivalent und mehrdeutig, amorph und transitorisch ist. In *Schritte zum Kopfverdreh'n* von 1964 (Abb. G. 83) hat Thomkins je eine einzige Linie

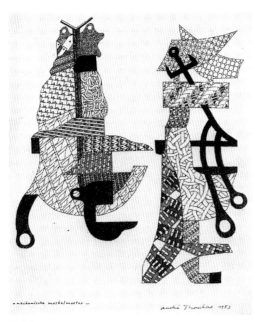

G. 82
mechanische muskelmuster. 1953
Tusche auf Papier. 34,2 × 28,6 cm
Kunstmuseum Luzern

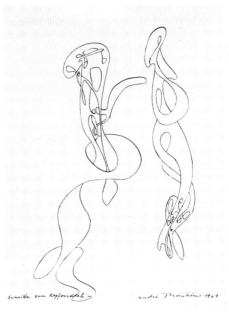

G. 83
Schritte zum Kopfverdreh'n. 1964
Feder auf Papier. 23,8 × 18,2 cm
Nachlaß Thomkins

verwendet, um zwei Gebilde aufzubauen. Was sich zwischen den beiden Figuren abspielt, ist ein Liebestanz, mit dem die eine die andere zu umwerben versucht. Die linke Gestalt scheint in ihrer offenen, dynamischen und raumgreifenden Ausformung zu der anderen vorzudringen, die sich durch Kompaktheit und Abgeschlossenheit auszeichnet: ein Schritt zum Kopfverdrehen. Der ironische Titel bezieht sich durchaus auch auf den Betrachter selbst, da ihn beim Versuch, dem Verlauf der Linie zu folgen, ein zugleich lustvolles und verwirrendes (kopfverdrehendes) Spiel erwartet.

Thomkins' Verflechtungsblätter sind in engem Bezug zu einer Tradition zu sehen, die bis in die Antike zurückreicht. Verschleifungen und Flechtwerke kommen bereits in der assyrischen und ägyptischen Ornamentik vor, ebenso wie das daraus hervorgegangene stärker stilisierte Mäandermuster, das Pate stand für einen der Übernamen, die Serge Stauffer Thomkins zu geben pflegte: »Dädalus Mäandertaler«. Der Formenreichtum und die Variationsbreite von Thomkins' Verflechtungen reicht von rein abstrakten, regelmäßig aufgebauten Gebilden bis zu verschlunge-

nen, vegetabilen Motiven. Solche wundersamen Gebilde schuf auch Leonardo da Vinci, den Thomkins neben Bosch zu seinen »alten« Lieblingsmalern zählt:[2] Seine Dekoration mit Astgeflechten in der Sala delle Asse, einem Saal für Festlichkeiten im Castello Sforzesco in Mailand, erscheinen in der phantastischen Präzision ihrer Ausführung wie Zaubereien. Am raffiniertesten präsentiert sich das Flechtwerk indessen in der irischen Buchmalerei, einer Tradition, die Thomkins bestens kannte. Die Phantastik, die Komplexität und der Beziehungsreichtum keltischer Ornamentik faszinierten ihn und boten ihm Nahrung für die abschweifend-labyrinthische und spielerische eigene Formensprache. Seine Verschleifungen sind in engem Zusammenhang mit den → **Knoten**- und → **Labyrinth**motiven zu sehen.

[1]   Brief von AT an Esmérian vom 9.8.1960.
[2]   »100 fragen an andré thomkins«, Bern/Düsseldorf 1969,
       o. S. (6).

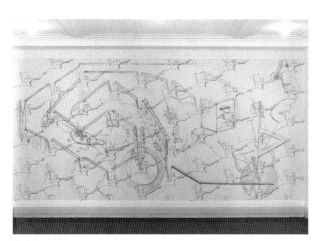

G. 84
Weltkönigin. 1983
Erdfarbe auf Gips. 264 × 650 cm
Schweizerische Nationalbank, Luzern

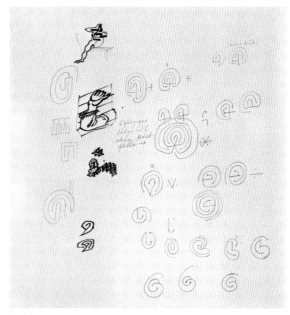

G. 85
5gängiges Labyrinth ohne Rückfälle. 1983
Bleistift und Feder auf Papier. 21 × 20 cm
Nachlaß Thomkins

Wandmalerei

1983 wird die Luzerner Zweigstelle der Schweizerischen Nationalbank, ein nach den Plänen des Architekten Hermann Herter 1923–1924 erbautes Reprä-
sentativgebäude, umfassend renoviert. Im gleichen
Zug werden die befreundeten Künstler Rolf Winnewisser und André Thomkins beauftragt, die monu-
mentalen Wände der prominenten Halle im ersten
Stock – je 264 × 650 cm groß – zu gestalten. Sie be-
reiten sich gemeinsam vor und entscheiden sich, vom
Motiv des Labyrinths (→ **Labyrinth**) auszugehen.
Thomkins übernimmt den Schmuck der linken, west-
lichen Stirnwand, Winnewisser bearbeitet die gegenüberliegende Wand. Ab dem 26. September arbeiten die beiden intensiv an ihren Wandmalereien,
die gegen Ende Jahr abgeschlossen werden. Die Ein-
weihung findet im Rahmen der Feier zum Abschluß
der Gesamtrenovation am 21. März 1984 statt.

In Thomkins' spätem Schaffen stellt das Wand-
gemälde (Abb. G. 84) in der Luzerner Nationalbank
eines der Hauptwerke dar. Ausgehend vom Labyrinth
von Knossos – mehrere Vorskizzen zeigen labyrinthi-

sche Formen (Abb. G. 85) – entwickelt er ein dichtes
ikonographisches Programm mit Bezügen zur mythologischen Tradition einerseits und andererseits zu seinem eigenen künstlerischen Vokabular. Um eine so
große Fläche zu meistern, wählt Thomkins als gestal-
terisches Grundelement das → »**Rapportmuster**«,
das er in großzügigen Schwüngen entwirft. Die
lockere Linienführung des Musters verleiht der Ge-
samtkomposition einen dynamischen und zugleich
offenen und leichten Ausdruck, was noch unterstrichen wird durch ihre zurückhaltende Farbigkeit, die
einzig erdige Ockertöne und schwarze Tempera umfaßt. Sie wirkt ästhetisch ausgewogen und harmo-
nisch, auch wenn der Künstler ein reiches und komplexes Netz von klein- und großformatigen Details
darin einfügt und ein mehrdeutiges Raumgefüge auf-
baut. Die einzelnen Elemente, die, spiralartig auf der
Bildfläche angeordnet, die Hürden des breitangeleg-
ten Labyrinthes bilden, stellt Thomkins nicht als kompakte und geschlossene Formen, sondern als bewegliche aufklappbare Teile dar. Dadurch präsentiert sich
das Labyrinth nicht als undurchschaubares Gebilde,
der Weg ins Innere erscheint im Gegenteil leicht be-

gehbar: Der Künstler will weder Bedrohung noch Gefangensein ausdrücken, sonder vielmehr auf den labyrinthischen Umlauf des Geldes hinweisen, was ihm zufolge ein adäquates Thema für den Kontext einer Bank darstellt. Das Muster zeigt Gestalten, die an Krieger denken lassen und die durch die Einfügung von Figuren oder Gegenständen unterschiedliche Ausformungen erfahren. In der Mitte der Konstruktion dominiert die mythologische Figur des Minotaurus. Unmittelbar daneben, an prominentem Ort, fügt Thomkins ein sprechendes Attribut seines Berufes ein, die Malerpalette, und Zeicheninstrumente – Winkelmesser und Stangenzirkel – im rechten unteren Bildteil, die zum einen auf die malerische, zum anderen auf die zeichnerische Ebene des künstlerischen Ausdrucksvokabulars hinweisen.

Einzelne Bildelemente erweitern den Gehalt dieses komplexen Wandgemäldes in anderer Hinsicht: im oberen rechten Teil ist ein kleineres Labyrinth wiedergegeben, das mit seiner Form an die ersten bekannten Labyrintharten erinnert. Unten rechts ist ein scheibenförmiges Rad mit einem zweiten dahinterliegenden verbunden, auf dem eine weibliche Figur sitzt, eine Reinterpretation der Ikonographie der Göttin Fortuna, der Lenkerin des Schicksals, hier eine mögliche Anspielung auf das schwankende wirtschaftliche Glück. Bei näherer Betrachtung sind in ihrem Kopfschmuck einzelne Buchstaben zu erkennen, die das Wort »Weltkönigin« wiedergeben. Von diesem Wort ausgehend verteilt Thomkins auf der ganzen Bildfläche abgeleitete Anagramme wie »öl wiegt kinn«, »könig wentil« oder »in öl gewinkt« und schafft somit auch sprachlich ein vielschichtiges, labyrinthisches Gefüge, das die spielerische Intention des Künstlers und seine Betonung der offenen Strukturen klar zutage treten läßt.

»Wohnungsentwöhnung«

»Wohnungsentwöhnung« oder »Die Sägler und Nagler« benennt Thomkins eine Werkgruppe, zu der auch eine Aktion vor der Kunsthalle Düsseldorf zu zählen ist (vgl. Abb. G. 86), die er in Zusammenarbeit mit dem Kunsthalle-Assistenten Harten und einigen Studenten aus der Klasse seines Freundes Dieter Roth am 5.7.1969 anläßlich der Vernissage der Aus-

stellung »Freunde«[1] mit Karl Gerstner, Dieter Roth und Daniel Spoerri veranstaltete. Mit elektrischen Sägen zersägen die Künstler während mehreren Stunden alte Möbel, um die Mobiliarteile anschließend spielerisch, dem Prinzip des Zufalls gehorchend, mit Bohrmaschinen, Dübeln und Hämmern zu ausgefallenen Konstruktionen wieder zusammenzubauen. Thomkins beschreibt das Happening wie folgt: »Eine Partei sind die ›sägler‹, ausgerüstet mit elektrischen Sägen, die andere Partei die ›nagler‹, die ihrerseits elektrische Bohrmaschinen, Holzdübel und Hammer haben. Sie führen ihren Kampf des Konstruktiven gegen das Destruktive an verschiedenen Möbelstücken: aus einem Schrank, einem Tisch, Stühlen etc. und erschaffen so eine neue Einheit, in der sich Begriffe wie ›konstruktiv‹ und ›destruktiv‹ selbst auflösen und ad absurdum führen.«[2]

Durch die Verwandlung einer gegebenen Struktur und deren Ablösung von konventionellen utilitären Zwecken stellt Thomkins den Begriff der Abgeschlossenheit in Frage. Mit dem Akt der Dekonstruktion will er aufzeigen, daß nichts erschöpft ist und daß konventionelle Objekte ein Potential beinhalten. Eingriffe in die funktionelle Aufgabe eines Gegenstandes befreien das Material vom Prinzip einer starren Ordnung. Veränderung und Umstülpung entsprechen auf handfeste Weise dem intellektuellen Akt des Hinterfragens von festen Strukturen und dem Ausbrechen daraus. In der Aktion zeigt der Künstler, wie auf diese Weise neue

G. 86
André Thomkins' Aktion vor der Kunsthalle Düsseldorf. 1969

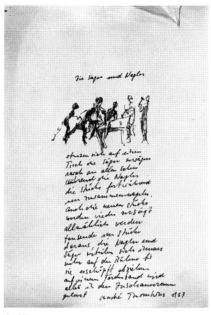

G. 87
Die Säger und Nagler. 1957
Feder auf Papier. 29,7 x 21 cm
Nachlaß Thomkins

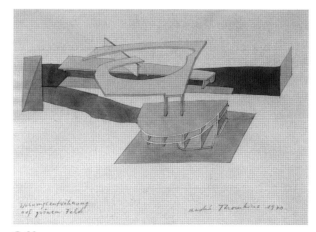

G. 88
Wohnungsentwöhnung auf grünem Feld. 1970
Aquarell auf Papier. 15 x 20,8 cm (Lichtmaß)
Nachlaß Thomkins

Spielräume für die Schaffung von überraschenden Variationen und witzigen Kombinationen entstehen können. Insofern ist das »Wohnungsentwöhnungs«-Happening ein prägnantes Beispiel für Thomkins' Auffassung des künstlerischen Akts als eines offenen und dynamischen Prozesses: »kunst macht aus etwas etwas anderes«.[3] Die Idee dazu geht auf das Jahr 1957 zurück, wie die ausführlich kommentierte Zeichnung *Die Säger und Nagler* belegt (Abb. G. 87), in der die Zerlegung und erneute Zusammenfügung eines Tisches genau beschrieben ist.

In denselben Zusammenhang gehören die 1969 entstandenen Aquarelle (Kat. 193–196), die als geschlossene Werkgruppe das Thema der »Wohnungsentwöhnung« malerisch umsetzen, wie Thomkins im Vorfeld einer geplanten Ausstellung dem Galeristen Felix Handschin erklärt: »Aquarelle, die ich als Prognose [für die Aktion] zuvor gemacht habe, sind ziemlich genau realisiert, obwohl ich sie nicht als Vorbild benutzt habe. Einige der Objekte, in der Größe einer Kommode, würden vielleicht zusammen mit den Aquarellen für Deine geplante Ausstellung richtig sein.«[4] Die Anordnung der zersägten Möbelteile auf mehreren Ebenen verleiht diesen phantastischen Konstruktionen eine starke räumliche Tiefenwirkung. Die fein und mit stupender Leichtigkeit ausgearbeiteten Aquarelle zeigen, wie Thomkins mit der Befreiung von eigentlich funktionalen Gegenständen aus der Logik des rechten Winkels und aus den Gesetzen des Tragens und Lastens offene Raumstrukturen und somit Erlebnisräume schafft (Abb. G. 88). Insofern sind sie im Kontext von Thomkins' künstlerischem Anliegen der utopischen Räume, wie → **»Labyr«**, zu sehen.

[1] Bern/Düsseldorf 1969.
[2] Schneegass 1989, Anm. 34, S. 57.
[3] »100 fragen an andré thomkins«, in: Bern/Düsseldorf 1969, o. S. (3).
[4] Brief von AT an Felix Handschin vom 10.7.1969.

Wortkunst

Thomkins' geistreicher und erfinderischer Umgang mit Wort und Buchstabe zeigt sich an den zahlreichen Palindromen, Anagrammen und Wortspielereien, die er in mehreren Sprachen verfaßt hat. Der Künstler zerlegt Worte, verschiebt Buchstaben, ver-

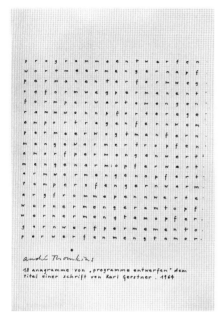

G. 89
*18 anagramme von »programme entwerfen« dem titel einer schrift
von Karl Gerstner.* 1964
Feder auf Papier. 29,7 × 20,7 cm
Nachlaß Thomkins

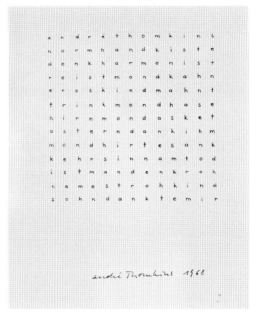

G. 90
andré thomkins. 1968
Feder auf Papier. 22,8 × 18,5 cm
Nachlaß Thomkins

letzt die vertraute Ordnung. Das freie Kombinieren erlaubt ihm, neue Bedeutungen ans Licht rücken zu lassen und den immanenten Doppel- und Mehrfachsinn der Sprache zu verdeutlichen. Thomkins' internationale Herkunft und seine guten Kenntnisse anderer Idiome mögen mit zu den Gründen gehören, daß die Sprache für ihn ein Medium darstellt, das einem permanenten Wandel, einer »Übersetzung«, unterzogen werden kann.

Felix Philipp Ingold hat Thomkins' facettenreichen Beitrag zur Wortkunst systematisch erfaßt. Dabei verweist er auf das Interesse des Künstlers für die Rätselform des Rebus oder für surrealistische Definitionsspiele wie den »cadavre exquis« und geht ausführlich auf drei Hauptverfahren von Thomkins ein: auf das Anagramm, das Palindrom und auf die homophonen Wort- und Satzbildungen, die bei identischem Wortlaut unterschiedlichen Sinn annehmen.[1]

Anagramm
Im Anagramm ergibt die Umstellung der Reihenfolge von Buchstaben eines Wortes oder Satzes eine neue Bedeutung. Diese Sprachfiguren fanden große Ver-

breitung vor allem in Geheimschriften, weil sie einen verborgenen Sinn vermitteln konnten.

In seinen Anagrammen[2] läßt sich Thomkins – abgesehen von Personen- und Ortsnamen – von Literatur und Kunst sowie von der Begriffswelt des Alltagslebens[3] inspirieren. Auch zu Themen wie Malen, Zeichnen, Schreiben und Kunst führt er anagrammatische Variationen aus.[4] Thomkins' Anagramme zielen weniger auf eine geheime Botschaft: »Durch die Offenlegung des Verfahrens tritt dessen spielerische Komponente in den Vordergrund und verdrängt die ursprüngliche funktionale Bestimmung des Anagramms, die darin bestand, das Unnennbare – das Heilige – kryptographisch festzuhalten.«[5] Sie sprechen nicht nur durch ihren spielerischen Charakter an, sondern Thomkins benützt sie auch als Vehikel, um den facettenreichen, labyrinthischen Qualitäten seiner Kunst einen adäquaten und prägnanten Ausdruck zu verleihen: Die Mehrzahl der Anagramme haben programmatischen Charakter, wie beispielsweise »programmeentwerfen / permanenterformweg« (vgl. Abb. G. 89) zeigt. Thomkins benutzt auch die geistreiche Manipulierung des eigenen Names

(Abb. G. 90), um über sich selbst zu reflektieren und einige auf ihn zutreffende Eigenschaften ans Licht treten zu lassen.

Palindrom

Palindrome sind Wörter oder Sätze, die vor- und rückwärts gelesen werden können und in der Regel den gleichen Sinn ergeben. Dabei verhält sich die zweite Hälfte eines Wortes oder Satzes spiegelbildlich zur ersten. Besonders wirkungsvoll sind diejenigen Palindrome, die Thomkins 1968 als Aufschriften von Straßenschildern für das Restaurant seines Freundes Daniel Spoerri in Düsseldorf angefertigt hat und die so treffend die Doppelrichtung einer Straße sprachlich wiedergeben (Kat. 319–327). Spoerri meint dazu: »Die Ur-Idee kam von ›Rue la Valeur‹. Er fand es so witzig, daß es eine Straße gab, die so heißt. Dort kam er auf die Idee mit Schild und Emaille. Dann kam ›Lucerne en recul‹. Luzern eignete sich auch gut als Straßenschild... dann ging's an die Arbeit. Das war damals nicht so teuer. Die langen Schilder kosteten 100, 150 Mark.«[6] Thomkins hat sich intensiv mit Palindromen beschäftigt, deren Bedeutung er mit der → »Permanentszene« in Verbindung bringt: »[...] diese Szene, die ich gern eine ›Permanentszene‹ nenne, soll bei der Arbeit und bei der Betrachtung, die ja hoffentlich eine weitere Interpretation ist, beliebig lange funktionieren. Es soll Dauer bekommen. Das ist übrigens auch die Situation des Palindroms, im Grunde. Es stürzt in sich selber zusammen und bleibt zugleich darin bestehen, konzentriert sich. Ein Zustand, den ich auch im Bild anstrebe. Man kann das als hermetisch bezeichnen.«[7]

Mit den Palindromen verbindet sich auch die Idee der »poissons-navette« (Weberschiffchen), eines Begriffs, den Thomkins in der Korrespondenz mit Stauffer mehrfach verwendet. Mit dem Hin- und Her-Pendeln der »poissons-navette« veranschaulicht er metaphorisch seine Auffassung der künstlerischen Arbeit: Er selbst versteht sich als »retroworter«, als Umkehrer, als Hinterfragender.

Wortmaschine

Zu Thomkins' wortkünstlerischen Erfindungen zählen auch seine polyglotte Wortmaschine *DOGMAT MOT*[8] oder das Multiple *Schwebzeile*[9]. Am 14. August 1965 schreibt Thomkins an Stauffer: »Je fais des palindro-

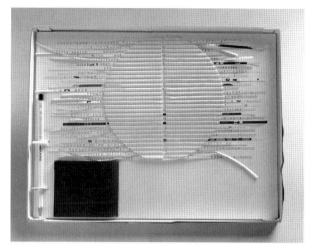

G. 91
Schwebzeile. 1967 und 1969
Montage von Objekt mit Ziehstreifen, Notizblock, DECORO-Stift auf Karton, eingelegt in eine Schachtel
Auflage: 55 Exemplare
Verlag Rolf Kuhn, Olef Eifel und Aachen

mes, je dessine et je compose les mots de mon Dogmat-mot. C'est une machine poétique pour la collection mat-mot de Spoerri + Gerstner. L'astuce est de choisir dans les dictionnaires français et anglais des mots tel que ›kind‹ ou ›solange dort‹ qui servent a la contrebande linguistique. anglais: WORT HAT BALD SENSE pour [...] WURZEL HUT, KAHLER SINN [...]. Dans les deux langues il me faut soixante mots pseudo-bilingues. Je les dispose au bord et en radius sur 10 plaques hexagonales rapprochées de telle manière qu'elles tournent sur des axes maniables sous le fond. On obtient des phrases à quatre mots.«[10]

Thomkins hat auch die Text-Kassette »Schwebzeile« (Abb. G. 91) geschaffen: Längs ausgeschnittene Zeitungsstreifen sind in die Rille einer kreisrunden Scheibe aus Wellpappe eingefügt, in deren Mitte ein schmaler Schlitz angebracht ist. Durch das Verschieben der bedruckten Streifen können beliebig immer neue Texte erzeugt werden.

Bildtitel

Zu Thomkins' lettristischer Produktion gehören die beziehungsreichen Bildtitel, die er, methodisch vorgehend, hauptsächlich unten links am Blatt festhält, und die einen festen Teil der Komposition bilden. Sie formulieren nicht ein vorgeplantes Sujet oder ein ikonographisches Motiv, denn bei Thomkins entfaltet sich der künstlerische Prozeß in der Regel ohne eine vorgefaßte Intention. Er formuliert die komplexen und geistreichen Unterschriften meistens nach Vollendung des Werks. In Zusammenhang mit einer bevorstehenden Ausstellung konnte er in einer Nacht sogar mehrere derartige Titel kreieren. Als erster Betrachter und Interpret der eigenen Darstellungen hinterfragt der Künstler wie in einem Vexierspiel die Vorlage, die ihn, ebenso wie die späteren Rezipienten, zu neuen Assoziationen anregt.

Durch ihre poetischen, ironischen oder witzigen Anspielungen erschließen Thomkins' kommentierende Worte das Bild auf verschiedene Arten. Sie können eine leitende Funktion übernehmen, indem sie dem Betrachter zu einer bestimmten Identifikation des ikonographischen Motivs verhelfen, wie zum Beispiel die Bildunterschrift *Therapie nach Justinus Kerner* (→ »**Nevroarmozon**«). Der Titel *la ligne dialectique du West-End a son lacet dans un brouillard à deux dimensions* fällt zwar wegen seines poetischen Gehalts auf, wirkt aber eher verwirrend als sinnstiftend, was wiederum die labyrinthische Qualität der verschleiften Linie eindringlich veranschaulicht.

In *augohrmund* versucht Thomkins durch die ungewohnte Aneinanderreihung der einzelnen Worte sprachmimetisch die Komprimierung der Sinnesorgane, die im Bild stattfindet, zu veranschaulichen. Zahlreich sind auch literarische Anspielungen, wie beispielsweise in der Bezeichnung *cases communiquantes*: hier bezieht sich Thomkins auf die von André Breton 1932 publizierte Schrift »Vases communicants« (kommunizierende Röhren) und setzt sich somit in eine Verbindung zum Surrealismus, erweitert aber durch die Überlagerung der Bedeutungen den surrealistischen Gehalt.

Im Spruch *Qui est assez minutieux est heureux* übernehmen die einzelnen Worte die Funktion der Darstellung einer Uhr: sprachliches und bildnerisches Material decken sich, weil die französischen Wörter »minut[e]« und »heure« mimetisch die Minuten- und Stundenzeiger wiedergeben. Für Thomkins ist dies ein wichtiges Sprachspiel, dessen Bedeutung für ihn in der Anweisung besteht, bescheiden zu sein und

das Wesentliche herauszufinden. Er selbst äußert sich dazu: »Schweizer, der ich bin, habe ich meine Uhr, aber nur auf dem Papier: französisch sprechend, auf Stunde und Minute minutiös stehen geblieben, auf gut Glück!«[11] Und Spoerri teilt er mit: »Il y a l'horloge de la patience [...] ›qui est assez minutiuex est heureux‹ avec une seule aiguille qui aide à passer par le Nadelöhr. Je te propose une œuvre patiente qui remplisse les douze mois de l'année 1968. Ein Geduldspiel, wenn du willst. Ich möchte nochmal eine Art ›Mühlenbild‹ durchmalen und fände großartig, wenn Du auch einmal so einen Totalisator machen würdest. Das ist ein Vorschlag gegen den heute üblichen Kurzfurz: der Langsahm!«[12]

---

1   Der ausführliche Text von Ingold zitiert zahlreiche Beispiele von Thomkins' lettristischen Versuchen; Ingold 1989, S. 170–190.
2   Vgl. auch Schwarz 1989, S. 194–199.
3   Vgl. Ingold 1989, S. 183.
4   Ebd., S. 186.
5   Ebd., S. 182.
6   Spoerri/Schneegass 1989, S. 110.
7   Koepplin/Thomkins 1977, o. S.
8   Die polyglotte Maschine ist 1965 in der von Daniel Spoerri und Karl Gerstner gegründeten Edition MAT MOT als Nr. 5 herausgekommen. Auflage: 111 Exemplare.
9   Das Multiple ist 1967 und 1969 im Verlag Rolf Kuhn, Olef Eifel und Aachen erschienen. Auflage: 55 Exemplare.
10 Brief von AT an Serge Stauffer vom 14.8.1965, in: Stauffer/Thomkins 1985, S. 393.
11 Druckgrafik 1977, Kat. 60.
12 Brief von AT an Daniel Spoerri vom 19.11.67.

Zeitungsüberzeichnungen
→ »**Permanentszene**«

Zwischen 1955 und 1957 überzeichnet Thomkins mit feinen Federstrichen ausgeschnittene oder herausgerissene Illustrationen aus der Tages- und Wochenpresse (Kat. 273–284). Seine Eingriffe bringt er jedoch so sorgfältig und behutsam an, daß er seinem Freund Stauffer mit Stolz berichten kann: »J'ai exposé de ces clichés. Beaucoup de gens ne *savent pas*: ils croient que c'est tout simplement tiré du journal. Le truc est donc bien réussi!«[1]

Die von Thomkins ausgewählten Abbildungen illustrieren hauptsächlich zeitgenössische politische und soziale Ereignisse (Abb. G. 92), oder sie zeigen Einzelpersonen beziehungsweise Gruppen. Die ur-

G. 92
frottez cette mâchoire. 1956
Feder über Zeitungsillustration. 10,7 × 14,4 cm
Nachlaß Thomkins

G. 93
der Lebensfaden. 1956
Feder über Zeitungsillustration. 11,5 × 11,3 cm
Nachlaß Thomkins

sprüngliche Darstellung ist allerdings nicht ohne weiteres zu erkennen: Die Vorgaben leben von den Manipulationen des Künstlers, die ironische und satirische Verfremdungsreize und witzige Bedeutungsverschiebungen schaffen. Mit seinen Überzeichnungen rückt Thomkins Verborgenes ans Licht und macht so die Zwei- oder Mehrdeutigkeit von scheinbar Eindeutigem sichtbar.

Ähnlich wie bei der Technik der → **Lackskins** nutzt er auch hier den Zufall und läßt sich vom Unbewußten lenken: »Je travaille avec des journaux que je remplis de dessins avant de lire ce que j'ai illustré inconsciemment.«[2] Die »Kommentare« sind freilich so prägnant und pointiert, daß Thomkins' manipulierende Absicht deutlich spürbar bleibt (Abb. G. 93). Indem er angesichts einer Zeitungsphotographie als erstes die eigenen Projektionen festhält, klärt er darüber auf, wie sehr selbst photographierte »Realität« nicht eindeutig und objektiv ist, sondern von der Wahrnehmung der einzelnen Rezipienten abhängt. Die Zeitungsüberzeichnungen belegen den humor-

vollen Umgang des Künstlers mit vorgefundenem Material sowie seine Affinität zum Dadaismus. Sie spiegeln aber auch Thomkins' Unbehagen gegenüber politischen und sozialen Entwicklungen der Zeit, das seine Frau in einem Interview mit Otto Seeber thematisiert: »André hatte diese Angst vor der Atombombe, dann diese schreckliche Sache mit Ungarn (1956), die Besetzung der Russen, dann die Wiederbewaffnung hier in Deutschland [...] das waren für uns ganz schlimme Trauertage, die uns beiden ganz furchtbar an die Nieren gegangen sind, mit Ängsten verbunden, und für André das beklemmende Gefühl, nur viel bewußter, in einem fremden Land zu sein [...]. Vielleicht hatte dieses Gefühl der äußeren Bedrohung seines Lebens seine Existenzangst noch verstärkt, was man an den ›Zeitungsüberzeichnungen‹ aus dieser Zeit beobachten kann.«

[1] Brief von AT an Serge Stauffer vom 26.11.1957 (Poststempel 3.12.1957), in: Stauffer/Thomkins 1985, S. 248.
[2] Brief von AT an Serge Stauffer vom 13.11.1955 (Poststempel), in: Stauffer/Thomkins 1985, S. 164.

zopfschopf. 1982
Lackskin auf Papier. 26,8 × 19,6 cm
Nachlaß Thomkins

BIOGRAPHIE

Simonetta Noseda

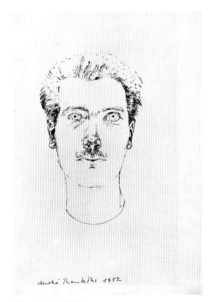

Ohne Titel. 1952
Feder auf Papier. 29,6 × 20,9 cm
Kunstmuseum Winterthur

1928
Heirat der Eltern, Frieda Hersperger und
John Thomkins, Architekt, in Luzern.

1929
Geburt des Bruders Marc.

1930
Geburt von AT am 11. August.

1933
Geburt der Schwester Corry.

1934 (um)
AT muß sich einer Mastoiditis-Operation
unterziehen. An die Narkose hat er später
Schreckenserinnerungen.

1940 (um)
AT, an einem Lungenspitzenkatarrh er-
krankt, verbringt mit der Mutter eine
glückliche Zeit in einem Kindererholungs-
heim in Wilen ob Sarnen.

1944
AT tritt in die Realabteilung der Kantons-
schule Luzern ein.

1945
AT beginnt vermehrt zu malen und zu
zeichnen.

1946
Übertritt in die technische Abteilung der
Realschule; im Geometrieunterricht ge-
lingt es ihm, komplizierte geometrische
Konstruktionen wiederzugeben, die vom
Lehrer sehr gelobt werden. ATs erfolg-

reiche Versuche sind von ausschlag-
gebender Bedeutung für seine Entscheidung, sich zum Künstler auszubilden. Im
November erteilt ihm Serge Stauffer
Nachhilfestunden in Mathematik; daraus
wird eine lebenslange Freundschaft erwachsen. Beide sind vom Dadaismus, von
Hans Arp und Marcel Duchamp begeistert.

1947–1949
AT besucht – nur sporadisch – die Kunstgewerbeschule in Luzern; sein Lehrer ist
der »Surrealist« Max von Moos.

1948
Volontariat bei Unilever in Holland. Der
Leiter des Graphikateliers soll ATs künst-
lerische Begabung erkannt haben.

1950
Im Frühjahr geht AT nach Paris, wo er
Kurse an der Académie de la Grande
Chaumière besucht. Er lernt den Maler
Francis Bott und Anfang August die deut-
sche Künstlerin Eva Schnell kennen. AT
pflegt Kontakte zum Graphiker Siegfried
Stöckli, der ihn in seinen Versuchen in ab-
strakter Malerei beeinflussen wird. Farb-
rausch vor einem Selbstporträt von Kirch-
ner. AT interessiert sich vermehrt für
Magie und Parapsychologie. Wegen eines
angeborenen Herzfehlers wird AT vom
Militärdienst dispensiert.

1952
AT heiratet Eva Schnell und übersiedelt
nach Rheydt (D). Geburt des ersten Soh-

André, Corry und Marc am Fenster ihrer
Wohnung
Luzern, um 1938

André Thomkins mit Eva Schnell am Tag
ihrer Abreise nach Rheydt
Paris, 6.1.1952

Porträt Eva Thomkins. 1953
Bleistift auf Papier. 24,5 × 33,6 cm
Nachlaß Thomkins

nes Oliver am 4. Juli. Erfindung der
→ »Schwebsel«-Figur.

1953
AT verbringt drei Monate in Moscia, Tes-
sin. Geburt des zweiten Sohnes Nicolas
am 27. Juli. Erste Publikation einer seiner
Zeichnungen (in: »Schri Kunst Schri«).

1954
AT illustriert »Die Nachtwachen von Bo-
naventura«. Umzug nach Essen.

1955
AT interessiert sich vermehrt für den Sur-
realismus und die Pittura Metafisica, für
Max Ernst und Paul Klee. Geburt des drit-
ten Sohnes Anselm am 4. April. AT schickt
Serge Stauffer die ersten überzeichneten
Zeitungsillustrationen (→ Zeitungs-
überzeichnungen). Beim Malen eines Kin-
derbettchens entdeckt er zufällig die →
Lackskin-Technik.

1956
Serge Stauffer macht AT mit verschiedenen Leuten wie Paul Gredinger, Peter
Storrer, Daniel Spoerri und Meret Op-
penheim bekannt. Mit Storrer und Spoerri
entsteht ein reger Briefwechsel. AT interessiert sich für den »Sogwendel« (→ Implosion) von Viktor Schauberger. AT
schickt Stauffer die ersten, mit interpreta-
torischen Anmerkungen versehenen Ma-
schinenphotographien und erwähnt das
erste Mal die → »Permanentszene«.

1957
→ Bühnenbild für die Oper »Die Gans
von Kairo« von Mozart. Erste Texte mit
Palindromen (→ Wortkunst) an Stauffer.
Ferien mit der Familie in Nes op Ame-
land. Geburt der Tochter Jenison am 8.
September. Erstes → Knopfei. AT liest ein
für ihn besonders wichtiges Buch von Gustav René Hocke, »Die Welt als Labyrinth.
Manierismus in der europäischen Kunst
und Literatur«. AT lernt den Kunstkritiker
John Anthony Thwaites kennen. AT interessiert sich für den → »Nevroarmozon«
nach dem deutschen Arzt Justinus Kerner.
Freundschaft mit Gérard Esmérian, Lehrer
an der Berlitz School in Essen.

1958
AT schickt Stauffer telepathische Zeichnungen in Spektralfarben. Beginn der Korrespondenz mit Esmérian. AT stellt in der
Badewanne größere Lackskins her.

1959
Spoerri wünscht von AT eine → »Material«-Nummer, die nicht zustande kommt.
AT lernt Jean Tinguely und Yves Klein kennen. Beginn der Freundschaft mit dem
Architekten Eckhard Schulze-Fielitz. Otto
van de Loo eröffnet eine zweite Galerie
in Essen, die vom Regisseur Carlheinz
Caspari geleitet wird. Hier stellt Esmérian
unter dem Pseudonym Brun l'Arménien
aus. AT erarbeitet für die Zeitschrift
»Nota« mehrere Palindrome. Ferien mit
der Familie in Egmond an Zee. Erste
→ Rollage-Arbeiten.

1960
AT schreibt einen längeren theoretischen
Text über die Geschichte der Lacktechnik
und deren Bedeutung für sein Schaffen.
Spoerri führt im Institute of Contemporary Art, London, die Lackdynamorphosen
von AT vor. Bekanntschaft mit Nam June
Paik anläßlich eines Konzertes im Atelier
der Künstlerin Mary Baumeister. Anfang
Januar lernt er den Cobra-Künstler Constant in der Galerie van de Loo kennen,
der im Juli dort einen Vortrag zum Thema
»urbanisme unitaire« hält. AT begeistert
sich für diese der Situationistischen Inter-
nationalen verwandten Ideen. Ende Jahr
stellt AT mit Schulze-Fielitz in der Galerie
Van de Loo aus. Hier hört er auch Ulrich
Conrads Vortrag »Phantastische Architektur«.

1961
Geburt der zweiten Tochter Natalie am 6.
Januar. Tod des Bruders Marc. Bühnenbild
für Harold Pinters Stück »Der Hausmeister« im Theater am Dom in Köln. AT
arbeitet an einer → Platzgestaltung für
das von Ulrich S. von Altenstadt entwor-
fene Kulturzentrum in Leverkusen. Im Juli
zieht die Familie Thomkins in ein eigenes
Haus an der Pregelstraße 2 in Essen.
Schulze-Fielitz bezieht dort ein Zimmer.
Die zwei Künstler planen eine Zusammenarbeit für eine Kirche in Düsseldorf-
Eller (→ Kirchenausstattungen, Eller Kirche). Ende Jahr gründen Carlheinz Caspari
und Alfred Feussner das → »Labyr«, Verlag und Redaction Köln, ein Projekt, das
für AT von großer Bedeutung ist.

Eva mit Nicolas. 1953
Aquarell auf Papier. 33,1 × 22,6 cm
Nachlaß Thomkins

André Thomkins in seinem Atelier
Essen, Juli 1955

André Thomkins mit den Kindern Oliver,
Nicolas und Anselm
Essen, 1958

1962

AT lernt den Künstler Karl Gerstner ken-
nen, der in Basel das Werbebüro GGK –
Gestner, Gredinger, Kutter – führt. Hier
macht AT eine Lackskin-Demonstration.
George Maciunas wünscht von AT
Beiträge zum »fluxus yearbook no. 2«.
Lernt die Fluxus-Künstler Dick Higgins
und George Brecht in Düsseldorf kennen.
Schafft an der Serie der *Astronauten* (→
Lackskin). Begeisterung für einen Vortrag
des amerikanischen Architekten Richard
Buckminster-Fuller. Bühnenbild für »Ein
amerikanischer Traum« von Edward Albee
im Theater am Dom, Köln. AT beendet
das Ölgemälde *Die Mühlen*, an dem er das
ganze Jahr über gearbeitet hat.

1963

Fertigstellung der großen Lackskins für die
Kirche von Schulze-Fielitz in Düsseldorf-
Eller. AT schickt Esmérian das erste →
»Rapportmuster«. Erscheinung der ersten
Publikation über AT: »André Thomkins.
OH! CET ECHO! PALINDROME.
SCHARNIERE«. AT lernt den Kunstkritiker
und Mäzen Hans van der Grinten kennen.

1964

AT lernt Dieter Roth kennen. Erste →
»Shadowbuttoneggs«.

1965

AT lernt bei den Gebrüdern van der
Grinten in Kranenburg die Künstler Joseph
Beuys, Erwin Heerich, Gottfried Wiegand
und Gotthard Graubner kennen. Freundschaft mit Otto Seeber, damals noch Be-

rufsschulpfarrer, ATs neuer Nachbar in
Essen. Bekanntschaft mit Emmet Williams,
Korrespondenz mit Robert Filliou. Ferien
mit der Familie in Frouwenpolder. Arbeitet
an miniaturartigen Tonplastiken.

1966

AT nimmt am evangelischen Kongreß
»Kunst und Kirche« in Mühlheim teil.
Während des ganzen Jahres ist er haupt-
sächlich beschäftigt mit den → Glasfen-
stern für die evangelische Kirche von
Sursee (Luzern), die Ende Dezember ein-
geweiht wird. AT lernt den Graphiker
Helmut Schmidt-Rhen kennen, der – wie
AT in den »Shadowbuttoneggs« – auch
mit Schattenbildern experimentiert.

1967

AT verfaßt mehrere Texte für die Publikation von Emmet Williams, »Anthology of
Concrete Poetry«. Ferien mit der Familie
in Frouwenpolder. AT lernt Alfonso Hüppi
kennen. Arbeit an zwei großen → Glasfenstern für die von Erich Schneider-
Wessling gebaute Sonderschule in Köln,
heute »André-Thomkins-Schule« genannt.

1968

Karl Gerstner, Dieter Roth, Daniel Spoerri
und AT planen eine gemeinsame Ausstel-
lung. Eröffnung von Spoerris Restaurant in
Düsseldorf, mehrere Palindrome von AT
an der Außenwand. AT lernt François
Morellet kennen. Im Vice-Versa Verlag von
Wolfgang Feelisch erscheint das Multiple
Zahnschutz gegen Gummiparagraphen
(→ Gummiarbeiten).

1969

Erste grosse Einzelausstellung in der Galerie von Felix Handschin in Basel. Hier
lernt AT Dieter Koepplin kennen. Weitere
Gummi-Objekte, unter anderem die Serie
der Gummijacke *Rocker*. AT beantwortet
ausführlich Serge Stauffers Fragebogen
»100 fragen an andré thomkins« für den
Katalog der Ausstellung »Freunde –
Friends – d'Fründe. Karl Gerstner, Diter
Rot, Daniel Spoerri, André Thomkins und
ihre Freunde und Freundesfreunde« in
Bern und Düsseldorf. AT lernt den An-
throposophen und Mathematiker Paul
Schatz kennen und interessiert sich für
den von ihm entworfenen → Stülpwürfel.
Besucht M. C. Escher. Lernt Bernhard Luginbühl, Franz Eggenschwiler und Markus
Raetz kennen. ATs Aktion »Die Sägler und
Nagler« vor der Kunsthalle Düsseldorf
(→ »Wohnungsentwöhnung«). Am 30. Juli
stirbt sein Sohn Anselm an den Folgen eines Verkehrsunfalles. AT arbeitet an mehreren Palindromen und minutiös ausgeführten Aquarellen.

1970

AT arbeitet an den ersten → Paraphrasen
nach Werken von Jacques Callot, Johann
Heinrich Füssli, Arnold Böcklin und anderen für die 1971 geplante Einzelausstellung im Kunstmuseum Basel. Eröffnung
der Eat-art Galerie von Spoerri in Düsseldorf. AT erlebt eine sehr fruchtbare
Zeit, fertigt unter anderem dichte → Collagen aus Pappe an. AT druckt häufig bei
»Griffelkunst« in Hamburg, wo er Horst
Janssen kennenlernt.

André Thomkins an der Arbeit an einem
Lackskin
Um 1963

André Thomkins mit Dieter Roth an einer
Vernissage
Villingen, 22.9.1967

André Thomkins mit Daniel Spoerri und
Dieter Roth
Um 1969

1971

AT stellt die ersten Drucke mit der eigenen Radierpresse her und gestaltet fragile → Eat-art-Objekte, die in Spoerris Galerie ausgestellt werden. Am 27. April stirbt sein Sohn Oliver an den Folgen eines Motorradunfalls. Otto Seeber führt mit AT ein Interview zum Thema Kunst und Kirche, das er später transkribiert. Im Kunstmuseum Basel findet die erste bedeutende Einzelausstellung in einem Museum statt. Im Oktober nimmt AT seine → Lehrtätigkeit für Malerei und Graphik an der Kunstakademie in Düsseldorf auf.

1972

Ferien in Italien und auf Kreta. AT reist mit den Studenten der Kunstakademie nach Madrid. → Bühnenbild zum Stück »Das Gasherz« von Tristan Tzara unter der Regie von Daniel Spoerri im Schauspielhaus Düsseldorf. AT gestaltet für das Haus auch das Spielplanheft.

1973

AT kündigt seine Stelle an der Kunstakademie auf das Sommersemester 1974, da er sich daneben seiner künstlerischen Tätigkeit zu wenig widmen kann. AT fährt mit seinen Studenten zweimal nach Bodenfelde an der Weser. Verbringt erneut Ferien auf Kreta, wo er die → Landschaft immer wieder festhält.

1974

AT reist mehrmals nach St. Prex am Genfersee, um zu drucken. Fangokur in Montegrotto, anschließend Aufenthalt in Pa-

dua. AT ist von der Landschaft Mantegnas – wie er seinem Freund Esmérian berichtet – begeistert. Führerscheinprüfung; AT ist häufig mit dem Auto unterwegs. Im Sommer in Ventnor (Isle of Wight).

1975

AT besucht häufig Freunde. Aufenthalte in Badenweiler und in London. Pläne für Gemeinschaftsarbeiten mit George Brecht. Im Herbst erleidet AT eine Herzattacke. Schlägt das Angebot einer Professur an der Kunstakademie in München aus.

1976

Zur Beerdigung von Marcel Broodthaers in Bruxelles. Besucht in Flayosc (F) Robert Filliou, mit dem er gemeinsam arbeitet. Erneute Herzattacke im März. AT malt mit roter Erde, die er aus der Provence mitgenommen hat. Radiert mehrmals in der Werkstatt von Peter Kneubühler in Zürich. Reise nach Amsterdam mit den Künstlern George Brecht, Milan Mölzer und Alex Kayser. In Bregenz mit seiner Frau Eva, die mit der Farbgestaltung der Siedlung an der Aach beschäftigt ist. AT ist von den Farben begeistert. Zeichnet, zusammen mit Robert Filliou mit dem → Pantographen.

1977

Ferien in Zermatt. Tonbandinterview von Dieter Koepplin mit AT. AT ist mehrheitlich unterwegs, reist in der Schweiz, im Elsaß und in Deutschland. Gemeinschaftsarbeiten mit Alfonso Hüppi in Baden-

Baden. Mit Eva in Siena und Lucca, um Ornamente und Mustermotive zu zeichnen. Ein bedeutendes Konvolut von ATs Druckgraphik wird im Buch »Die Druckgrafik und Monotypisches«, Edition Stähli, Zürich, publiziert. Pläne für eine gemeinsame Ausstellung mit George Brecht. Publikation des Buches »Permanentszene« mit Hansjörg Mayer. Mitte Dezember muß AT nach einem Herzinfarkt ins Kantonsspital Luzern; sein Zimmernachbar ist sein ehemaliger Lehrer Max von Moos.

1978

AT erholt sich im Hotel Gütsch, Luzern; hier entstehen mehrere Landschaftszeichnungen seiner Heimatstadt. Danach verbringt er über einen Monat im Sanatorium Waldkirch (Schwarzwald), wo er aber keine Kraft für seine Arbeit aufbringt. Lernt Christoph Gredinger kennen. AT übersiedelt nach Zürich. Freundschaft mit Elisabeth Pfäfflin. Mit ihr reist er nach Toronto und New York. AT wird zum Mitglied der Berliner Akademie der Künste gewählt. Ende Jahr mietet er ein Atelier im Kulturzentrum Rote Fabrik in Zürich.

1979

AT reist immer wieder nach Deutschland. Lernt Elly Förster und Rolf Hauenstein kennen. AT erteilt Christoph Gredinger Malunterricht, obwohl er sich selbstkritisch nicht für einen guten Lehrer hält. Beteiligung an Konzerten wie »Performance 79« in München und »Selten gehörte Musik« in Hamburg. Freundschaft mit Rolf Winnewisser.

André Thomkins beim Klavierspielen
Um 1978

André Thomkins beim Aquarellieren
Um 1980

André Thomkins mit Serge Stauffer
Zürich, 1982

1980
Ursula Perucchi-Petri führt ein Tonband-
interview mit AT. Gemeinsame Radierung
mit Rolf Hauenstein. Jugendunruhen in
Zürich mit mehreren Demonstrationen.
Das autonome Jugendzentrum AJZ, in
dem ein Bild von AT hängt, wird von der
Polizei geschlossen.

1981
AT wird vom Kunsthaus Zürich zum Kom-
missionsmitglied der Gottfried Keller-Stiftung gewählt. AT besucht Dieter Roth in
Reykjavík, wo die Tonbandaufnahme zu
der Schallplatte »bösendorfer« entsteht.
Ferien im Engadin. AT baut mit der Hilfe
von Christoph Gredinger ein 25 Meter
langes Xylophon, das in Flüeli-Ranft im
Freien aufgestellt wird. Mit Elly Förster
entwickelt sich eine Freundschaft; er besucht sie häufig in Deutschland. Radio
DRS2 strahlt die Aufnahme von ATs Laut-
experiment »Rauschgeräum« aus. Nach
16 Jahren fertigt AT wieder Lackskins in
Suppentellergröße an.

1982
DAAD-Stipendium in Berlin. Lehrer an
der Sommerakademie in Salzburg. Reise
nach Prag und nach Italien. AT gibt sein
Atelier in der Roten Fabrik auf.

1983
Trauzeuge bei Daniel Spoerris Hochzeit
mit Marie-Louise Plessen in Köln. Reise
nach Italien. Tod des Vaters John Thomkins.
Arbeitet an einem Wandbild (→ Wandmalerei) in der Nationalbank in Luzern.

Rolf Winnewisser gestaltet die gegenüberliegende Wand. Im November übersiedelt
AT nach München zu Elly Förster. Erleidet
einen Herzanfall. Ferien in Triest. AT verbringt Weihnachten mit seiner Familie in
Essen.

1984
AT besucht Rolf Winnewisser am Istituto
Svizzero in Rom. AT reist mit seinen Töch-
tern Jenison und Natalie nach Wien. Bezieht ein Atelier in der Kunstakademie in
München, wo er auch einzelne Studenten
betreut. AT plant mit Dieter Schwarz ein
Buch über seine Anagramme. Als er Christoph Gredinger in der Schweiz besucht,
fängt AT wieder an, in Öl zu malen.

1985
AT arbeitet sehr intensiv mit Ölfarben:
mehrere Bilder entstehen, unter anderem
mit → »Rapportmuster«- oder mit →
Labyrinth-Motiven. Nimmt an der Mitglie-
derversammlung der Akademie der Künste in Berlin teil.

Stirbt in Berlin an einem Herzversagen.

André Thomkins
Zürich, 1982

»100 fragen an andré thomkins«

Die Seitenangaben in [eckigen Klammern] beziehen sich auf die handschriftliche Paginierung des Typo- bzw. Manuskripts.

[SEITE 1]
motto: l'on ce exe à mine a (brisset).

name und vornamen?
Thomkins, André
evtl. pseudonyme?
epicucole hemmsensfurch / dädalus meandertaler (nach serge stauffer)
nationalität? schweiz.
beruf in deinem pass? kunstmaler
ausbildung? schulen etc?
gymnasium, kunstgew.-schule, etwas grande chaumière
öffentliche auszeichnungen?
gelegentl. telefonüberwachung
zivilstand? verheiratet
militärischer grad? H. D.
kinder? 5
weibliche? 2
männliche? 3
körpergrösse? 178 cm
gewicht? z. Z. 92 kg (abrunden!)
konstitution? 178 : 92 = 1,93
besondere merkmale?
"kein zolltyp" (sagt Felix Handschin)
augenfarbe? grau-grün
haarfarbe? braun
beruf des vaters? architekt
der mutter? hausfrau
anzahl geschwister? 2
ihre tätigkeit?
bruder pressechef (filmgesellschaft), schwester hausfrau
bemerkenswertes zu deiner abstammung?
englisch, holländisch, deut- u. westschweiz., deutsch
erblich "belastet"?
vater zeichnet, befreundet mit stijl-mitgliedern
ort und art deiner zeugung??
luzern, wohltemperiert (d. h. ehelich)
ort, datum, stunde deiner geburt?
luzern, 11.8.1930, ca. 8.30 uhr

[SEITE 2]
was wolltest du in deiner jugend werden?
architekt für phantastische gebäude

wie bist du künstler geworden?
als radfahrer auf einem engl. tourenrad mit oelbad / aus lust an spitzen bleistiften und caput mortuum / durch abschweifende flächenverwandlungen im geometrieunterricht / dank anderer unfertigkeiten und dank arps dadadichtung

deine ideale berufsbezeichnung?
vexierer und »retroworter«

stärkste beeinflussung in deiner jugend?
freundschaft mit serge stauffer / französische und bilderreiche korrespondenz mit ihm / gemeinsamer besuch von ausstellungen

liebstes spielzeug? spiel? in deiner jugend?
dichter weidenzaun mit architektonischem höhenweg von ast zu ast / halle mit baumaterial ("environments") / "elektrisieren" mit draht zwischen bahnschienen (stat. elektr.) (zur 'dampf'-zeit)

wie verlief deine kindheit? und wo? stärkste eindrücke?
vorstädtisch bürgerlich, französisch- und schweizerdeutsch-sprechend, calvinistisch, altes mobiliar, hausmusik, eisenbahn- u. strassenbahn vor dem haus; berg, wald, see und altstadt in der nähe, fremdenverkehr als beobachtungsobjekt, ferien im gebirge, vorliebe für technische bauten z. B. kraftwerke. zeichnen ist mein fach in der schule und ausserhalb. mit sechzehn jahren schreibe ich dadaistische schulaufsätze, verbrenne alle zeugnisse, verlasse das gymnasium, entdeckungen in bibliotheken.

beziehung zu kindern?
oliver, nicolas, anselm, jenny und natalie sind meine 5 kinder, die so verschieden sind, wie ihre namen. ich streite mit ihnen und liebe sie: eine gute also.

beziehung zur musik?
passiv selten, aktiv öfter / musique concrète um 1950 (mit serge stauffer). 1958 bühnenmusik (tonband) für Spoerris berner uraufführung des Picassostückes 'wie man wünsche am schwanz packt'. jazz.

beziehung zur religion?
»dogma : I am god« / spekulatives interesse an heiligenlegenden (lidwina van

schiedam, jos. v. copertino etc.) / buddhistische lektüren: zen, tschuan tse. wünsche mir praktische metaphysik statt dogmatischer systeme. finde parapsychologie im sinne Justinus Kerners wichtig. heutiger religionsersatz hat keinen sehr hohen moralischen u. ästhetischen wertbegriff, hat aber psychologisch mehr gewicht als alle tradition.

beziehung zur politik?
keiner partei zugehörig, skeptisch / wenn politik die kunst des möglichen ist dann ist die kunst die politik des unmöglichen / sit-out finde ich für meinen teil sinnvoller als sit-in

welche berufe hast du schon ausgeübt?
maler, schriftsteller u. übersetzer, bühnenbildner.

[SEITE 3]
was hättest du gerne sein mögen?
anatom, chirurg, architekt, stylit (sitzend), industrieberater als nicht-fachmann... .

beziehung zur vergangenheit?
zum antiken alexandrien der dichter, alchemisten u. technikern; zu d. sog. literatenmalern in china; zum florenz u. mailand der renaissance; zu manieristen wie opicinus de canistris, kunioshi*; zu den got. buchmalern (scivias); zu den flämischen malern; zu bosch; zu den töpfern der chimu; zu rodolphe toepfer, gustave doré; zur 'pittura metaphisica', zum surrealismus, zum dada arps schwitters', picabias und duchamps. weitläufig verflochtene wurzeln. (* von Dieter Köpplin entdeckter Thomkins-Ahn)

welche personen haben dich am meisten beeinflusst?
dem kontakt mit serge stauffer, daniel spoerri und eckhard schulze-fielitz verdanke ich am meisten; den freunden, dieser freunde viel. / (siehe 'lieblingsmaler, dichter' etc.)

wie charakterisierst du deinen gegenwärtigen geisteszustand?
vielfältige antriebe, spontan, spekulativ, skeptisch, spielerisch, (ssss) zersteut, glücklich.

welches ist deine lebens-devise? hast du eine?
qui est assez minutieux est heureux [Calligramm] / (ich trage aber keine uhr und habe auch keine devise) / (früher einmal eine: mal durch und weg (x : +−) heute =)

was heisst für dich "kunst"? womit deckt sich dieser begriff für dich?

kunst kommt von kun, kühn; ist das kühnste. (alle sprechen vom können, ich auch) / - knuts stunk - sind zwei anagramme von kunst, 'unkst' auch, während 'natur' auch 'unart' oder 'unrat' enthält und sowas 'raunt'.... / kunst macht aus etwas etwas anderes, (ist etwa etwas wie etwie, etwa etwas wie etui!) aus realem fiktives oder aus fiktivem reales. / kunst ist homogen, aus gleichem entwickelt, interpretierend entstanden; kunst aus kunst. vehikel für zeitfracht. ausgeweidetes »darmrad« des verdauerten.

wie würdest du deine eigene kunst charakterisieren?

muster mustern, mausern, als eine art bebrütung, befragen der wort-und bildformen nach ihrem bedeutungsspielraum. etwas interpretieren, wie angestrebte qualität: permanentszene.

diejenige von karl gerstner?

aus einer gerichteten, orthogenen bildentwicklung entstehen wörtlich erfahrbare "leitbilder", die der wahrnehmung einen ebenso schlüssigen, wie verschlüsselbaren herkunftsnachweis als wesentlichen bildinhalt bieten, der auch in warenform wahr bleibt.

diejenige von diter rot?

er trennt oben und unten. oben ist überall, unten ist's voll. vor und zurück, links und rechts, das hebt nicht auf, was unten verflucht, sich oben verflüchtigt, noch umgekehrt. der schneewittwer hat ein zwerchfell aus glas und im passgang schimmelt seine salamispur hindurch. / seine kunst ist die moral von der geschichte, von vielen geschichten.

diejenige von daniel spoerri?

ein werk, das aus "werkzeugen" besteht, die, in erfüllung ihres zwecks, der kunst auf den leim gegangen sind, um die archäologie ihrer nützlichen gegenwart der zukunft zu vererben.

[SEITE 4]
welches sind die gemeinsamen züge in den werken der 4 "friends"?

der spekulative bezug zur realität; der jeweils besondere, aber stets intellektuell betonte ansatz, der auch sprachlich ausdruck findet.

was findest du an der heutigen zeit interessant?

dass ich zeit habe, 100 fragen, die mich interessieren, zu beantworten. / dass wir in einer so hochbrisanten welt noch leben; fiktionen und utopien realisieren können. / dass die beschleunigung in der veränderung der umwelt stetig zunimmt. / dass die wahrscheinlichkeit eine messbare dimension der phantasie wird.

siehst du eine beziehung zwischen kunst und wissenschaft? welche?

als gegenstände sind sie sich gegenseitig wohl nicht sehr bedeutend, aber die hybrideren vertreter einiger denkfächer zählen für mich zu den bedeutendsten künstlern.

einstellung zum geld?

ich habe nie zuviel oder zuwenig geld gehabt, verdanke es meiner frau, nicht der kunst, obwohl sie kunsterzieherin ist. heute kauft man mir teuer ab, was man früher billig nicht wollte. kunst hat also wohl keinen selbsterhaltenden geldwert. der kunstmarkt hat daher auch einen eigenen masstab für das alter eines künstlers; ich zum beispiel bin ein 'junger'. das alter steigt mit den preisen. soll ich das preisen? und auch noch zu 50 prozent?

welches sind deine bevorzugten ausdrucksmittel?

bleistift, feder, aquarell und eine eigene lacktechnik

lieblingsfarben?

das spektrum / alle töne / schwarz-weiss: also keine

lieblingstiere?

sphinx

lieblingspflanzen?

alle bäume

lieblingsgestein?

blätteriger schiefer, aber nicht sehr / schon eher, als stein des anstosses, den stein der weisen.

wo möchtest du am liebsten leben? sein?

überall, aber schwebend

wo am 2.liebsten?

---

wie verträgt sich eine ehe? eine familie mit der künstlerischen tätigkeit?

ich finde, sie vertragen sich: bei mir seit 17 jahren / die ehe ist eine frage der liebe, nicht der kunst; aber beide sind für mich geduldspiele, die liebe und die kunst. wenn man zeit hat, sind ehe und familie firmen, die nicht bankrott machen müssen. ich meine trotzdem, dass es unter anderem ein künstlerisches problem ist, in der ästhetik des zusammenlebens zu experimentieren, wo die beziehungen zwischen mann und frau und eltern und kindern vielfach nur mühsam in hergebrachter form 'firmiert', d. h. befestigt werden können. da ich aber in obigem sinne zeit habe, wünsche ich mir nichts anders.

warum gibt es heute mehr frauen als früher, die künstlerisch den männern gegenüber äuqivalentes leisten?

weil das problem ihrer weiblichen identität bedeutend geworden ist, auch für den mann, an den sie sich mit einer entschlossenheit wendet, die nicht nur weibliche züge trägt.

[SEITE 5]
welche bedeutung hat die kunst für die gesellschaft?

gesellschaftsmeisterschaft (worin ich lehrling bin)

hat die kunst einen einfluss auf die gesellschaftliche evolution?

und wenn, wäre das ein kriterium? dada wollte revolution, ist aber als kunst verstanden worden. ich weiss es also nicht. zumindest borgt die kunst ihren äusseren einfluss gesellschaftlichen instanzen, die härter prägen als kunst es kann.

in welcher weise wird sich nach deiner meinung die kunst weiterentwickeln?

man wird nicht mehr von angewandter kunst sprechen, weil die anwendungsformen die kunst bestimmen werden. die frage der aktualität wird anachronistisch sein.

kann kunst populär werden? oder ist sie sache einer elite?

die konsumgesellschaft wird das erstere als therapie brauchen, aber ihre passivität steht im widerspruch zur kreativität: also konsum. solange bleibt kunst sache der nicht-funktionierten person.

behagt dir die hiesige gesellschaftsform?

die geschichte zeigt möglichkeiten, die mir mehr imponieren, als das was man heute gesellschaftsordnungen nennt. experiment bedeutet in diesem bereich noch immer kampf. das muss sich ändern. bewegung.

hat die kunst etwas mit politik zu tun?
die kunst bekommt, mit grösserer publizität, die möglichkeit, den katalog der sogenannten werte, neu zu formulieren, wofür sie auch kompetent ist.

welches war die wichtigste künstlerische bewegung im 20. jahrhundert?
der surrealismus, wegen seiner mehr gedanklich, als ästhetisch bestimmten position und wegen seiner fähigkeit, extrem individuelles potential gesellschaftlich wirksam zu machen.

gibt es für dich "ewige werte" in der kunst?
sagen wir marken, wie die erfindungshöhe (bei patenten) / chronische permanenz (was uraltes frisch hält) / der witz der täuschung (etwas wie etwas) / perspektiv-perspektiven oder rikoschett / vollkommene faktur

besuchst du museen? wieso?
ja, am liebsten alte sammlungen wegen der chronischen unverwüstlichkeit und wegen des qualitätsmasstabs.

[SEITE 6]
lieblingsmaler? dichter? musiker? unter den "alten"?
bosch, da vinci, / die sprache selbst (wie robicsek sie versteht) / bach

unter den "neuen"?
duchamp / roussel / thelonius monk

lieblingsfigur in der fiktion?
josef von copertino (patron der astronauten!)

wie äussert sich dein exhibitionismus?
palindromisch

wie stellst du dich zum privateigentum?
"weniger ist mehr"

gibt es einen philosophen? eine philosophie? die deinem eignen denken sehr nahe kommen?
der concettismus, die koans des zen

womit beschäftigst du dich am liebsten?
mit zeichnen

sport?
---

hobby?
---

welche anregungen beziehst du vom traum?
viele meiner zeichnungen sind traumbilder

welches sind die elemente deiner persönlichen "mythologie"?
metamorphose, zeitlöschen, banalität, witz, präzision.

[SEITE 7]
beziehungen zum rausch? zu rauschmitteln?
keine

beziehungen zum hintergründigen, krypto..., underground?
ironisch lustvoll; eigentlich nüchterner arbeitsmodus

was inspiriert dich am meisten zu deiner arbeit?
lektüren und angefangene arbeit. gespräche und korrespondenzen

woher beziehst du hauptsächlich deine informationen?
von freunden, die mehr lesen als ich.

welches wort bezeichnet deine schöpferische arbeit am besten?
»retroworter«

welches sind deine lieblingsspiele, heute?
liebes- und wortspiele

gesundheit?
dankegut!

kannst du dir ein leben ohne äusseren erfolg vorstellen?
ja, aber nicht ohne freunde

deine einstellung zur zerstörung?
zweifel stört, das ist gut; verzweiflung zerstört, rest null (also lieber: "...behalte eins!")

[SEITE 8]
was bedeuten dir die sprache? das wort?
der abstand zu den dingen, ihre "gegenständlichkeit" (zueinander), was unterscheidet; also das mittel, unkörperlich mit gegenständen zu verkehren; das vehikel, jeden punkt zu erreichen. / hier z. b. reise ich in einer wortreise. / »nennen« deckt sich genau mit dem »radar«-strahl / etc.... (wohl ein selbstgespräch, das) (wörter sind zum schreiben besser als zum lesen)

was würdest du auf die berühmte insel mitnehmen?
den eindruck, dass robinson ein etwas unverbindlicher held ist.

3 wünsche (wie im märchen)?
1 karl gerstner / 2 diter rot / 3 daniel spoerri : als wunschkollektiv

ekstatische zustände, wie?
unbekannt, keine / oder vielleicht: wunschdenken als nüchterne (?) praxis.

deine idealvorstellung von irdischem glück?
übung im obigen (statt kunst)

gibt es freiheit? wie, wo? wodurch?
nochmals: im wünschen, mit geduld, durch intelligenzverschärfung

welches ist dein hauptfehler?
faulheit (ist wohl auch faul?)

welche reformen scheinen dir am dringlichsten?
die der wertmasstäbe / und der information

was zeichnet eine freundschaft aus?
ein geistiger glücksfall

[SEITE 9]
was ist nach deiner meinung der tiefpunkt des elends?
der zwang

wie möchtest du ein 2.mal zur welt kommen?
mit der erinnerung an das erstemal, so es gab.

"rezept" für junge künstler? was sollen sie tun?
[Graphisches Sigel]
(beamtensegen im letzten jahrhundert)

was hältst du von dir selbst?
alles andré

was soll mit deinem werk geschehen?
ich habe kein testament. mabuse konsultieren?

Die [von Serge Stauffer gestellten] »100 fragen an andré thomkins« wurden transkribiert aus: Bern/Düsseldorf 1969, o. S.; wieder abgedruckt in: Berlin/Luzern 1989/90, Band 2, S. 5–13.

LITERATUR

Aargauer Tagblatt 1982
»Im Wasser gespiegelte Gesichter. André Thomkins im Kunstmuseum Olten«, in: *Aargauer Tagblatt*, 20.9.1982.

Aargauer Tagblatt 1985
»Phantastischer Schöpfer von Gärten ohne Grenzen. Zum Tod des Malers und Sprachjongleurs André Thomkins«, in: *Aargauer Tagblatt*, 21.11.1985.

Adlers 1978
Bengt Adlers, *Interviews of Internews, Intervjuer om Interna Vyer*, Lund: Kalejdoskop, 1978.

Ammann 1969
Jean-Christophe Ammann, »André Thomkins in der Galerie Felix Handschin«, in: *Art International*, XIII, 1969, 4.

Aue 1971
Walter Aue, *P.C.A. Projecte, Concepte & Actionen*, Köln: DuMont Schauberg, 1971.

Banz 1991
Stefan Banz, *Serendipity. Unterwegs zu den Bildern von Rolf Winnewisser*, Zürich: Helmhaus, 1991.

Baumgartner 1992
Michael Baumgartner, *Imaginärer Raum, utopische und phantastische Architektur im Werk von André Thomkins*, Lizentiatsarbeit Universität Bern, 1992.

Beaucamp 1978
Eduard Beaucamp, »Lust im Labyrinth. Kabinettstücke eines Zeichners / André Thomkins in der Düsseldorfer Kunsthalle«, in: *Frankfurter Allgemeine Zeitung*, 20.5.1978.

Beaucamp 1989
Eduard Beaucamp, »Kunstspieler. André Thomkins in der Berliner Akademie der Künste«, in: *Frankfurter Allgemeine Zeitung*, 15.11.1989.

Beaucamp 1989 a
Eduard Beaucamp, »Der Zeichner und Alchimist«, in: Berlin/Luzern 1989/90, Band 1, S. 210–211.

Beck 1988
Kurt Beck, »Ein Kabinett für das Œuvre von André Thomkins«, in: *Luzerner Neuste Nachrichten*, 12.3.1988.

Benesch 1973
Gerda Benesch, »André Thomkins, Museum der Stadt Solothurn«, in: *Das Kunstwerk*, XXVI, November 1973, 6.

Bessenich 1972
Wolfgang Bessenich, »André Thomkins«, in: *Das Kunstwerk*, XXV, Januar 1972, 1.

Bessenich 1977
Wolfgang Bessenich, »Thomkins der Zeichner bleibt unerreicht«, in: *Basler Zeitung*, 3.12.1977.

Bezzola 1971
Leonardo Bezzola, »André Thomkins' Glasfenster in Sursee«, in: *Werk*, 58, Mai 1971.

Bezzola 1997
Leonardo Bezzola, *Das Kunstmuseum Solothurn 1972–1997*, Solothurn, 1997.

Billeter 1980
Erika Billeter, *Leben mit Zeitgenossen. Die Sammlung der Emanuel Hoffmann-Stiftung*, Basel, 1980.

Billeter/Killer/Rotzler 1985
Fritz Billeter, Peter Killer, Willy Rotzler, *Moderne Kunst – unsere Gegenwart. Ein Brückenschlag zur Schweizer Kunst seit 1939*, Pfäffikon: Seedamm-Kulturzentrum, 1985.

Bonk 1963
Siegfried Bonk, »Alles fließt – mit Poesie. André Thomkins in der Ambulanz-Galerie«, in: *Kölner Stadt-Anzeiger*, 28./29.9.1963.

Bonn, Städtisches Kunstmuseum 1983
Städtisches Kunstmuseum Bonn. Sammlung deutscher Kunst seit 1945, [Katalog:] Dierk Stemmler, Elke Bratke, Irene Kleinschmidt-Altpeter, Bonn, 1983, 2 Bände.

Bottropper Stadtanzeiger 1965
»Er pustet für die Kunst – Wasser verdrängt Leinwand. Lackskin-Kunstausstellung eröffnet – Viele Besucher«, in: *Bottropper Stadtanzeiger*, 4.2.1965.

Brandstädter 1990
Dietmar Brandstädter, »Besuch einer Retrospektivausstellung«, in: *Artist Kunstmagazin*, Februar 1990.

Brecht 1973
George Brecht, *Autobiographie. Eine Auswahl von siebenundzwanzig Träumen*, mit fünf Zeichnungen von André Thomkins; übersetzt von Tomas Schmit, Köln: Verlag Galerie Der Spiegel, 1973 (Spiegelschrift, 6).

Brun l'Arménien 1989
Brun l'Arménien, »I. azertynjkjk, II. Zrtyoiplkj – rty«, in: Berlin/Luzern 1989/90, Band 1, S. 137–141.

Buersche Zeitung 1964
»Bilder aus Lack. Ausstellung des Malers Thomkins im Musikhaus Pohl«, in: *Buersche Zeitung*, 17.1.1964.

Bugmann 1990
Urs Bugmann, »André Thomkins, ein ›Dicht Es Pro Gramm‹«, in: *Luzerner Neuste Nachrichten*, 10.3.1990.

Bühlmann 1978
Karl Bühlmann, »André Thomkins: ›Daedalus Mäandertaler‹«, in: *Luzerner Neueste Nachrichten*, 22.3.1978.

Bühlmann 1985
Karl Bühlmann, »Jongleur der ungebremsten Phantasie. Der aus Luzern gebürtige Künstler André Thomkins in Berlin gestorben«, in: *Luzerner Neueste Nachrichten*, 12.11.1985.

Burri 1985
Peter Burri, »Dialog mit Bildern. Zum Tod des Schweizer Künstlers André Thomkins«, in: *Der Bund*, 16.11.1985.

Caspari 1989
Carlheinz Caspari, »Cher Erdna«, in: Berlin/Luzern 1989/90, Band 1, S. 124–136.

Caspari/Thomkins 1965
C[arlheinz] Caspari, André Thomkins, *Initiationsrede eines Seiltänzers als Detail eines Byls*, Olef/Eifel: Olefer Hagerpress Rolf Kuhn, 1965.

Caspari/Thomkins 1990
C[arlheinz] Caspari, André Thomkins, *Der Pauker. Scharniere*, Berlin: Rainer, 1990 [Auflage: 160 numerierte und signierte Exemplare].

Catoir 1973
Barbara Catoir, »André Thomkins«, in: *Das Kunstwerk*, XXVI, Mai 1973, 3.

Christlieb 1972
Wolfgang Christlieb, »Der Maler und Zeichner André Thomkins in der Galerie Leonhart. Jedes Würzelchen notiert«, in: *Abendzeitung*, 5.5.1972.

Conti 1996
Viana Conti, »André Thomkins. Quando la pittura presta l'orecchio alla lettura, la mano alla lettera«, in: *Le trame parallele. Letteratura e arti visive*, Genova: Graphos, 1996.

Dittmar 1978
Peter Dittmar, »Wenn Formen und Wörter kopfstehen. Zwei Ausstellungen auf Tournee: Zeichnungen und Druckgrafik des Schweizers Thomkins«, in: *Die Welt*, 5.10.1978.

Druckgraphik 1977
André Thomkins. Die Druckgrafik und Monotypisches, Zürich: Edition Stähli, 1977.

Düsseldorf, Schauspielhaus 1972
Das ist ein Spielplan für Bürger. Und solche, die es werden. Das ist ein Spielplan für Revolutionäre. Und solche, die es waren. Das ist ein Spielplan für Zeitgenossen. Und solche, die es bleiben, Düsseldorf: Düsseldorfer Schauspielhaus, 1972/73 (Heft 1).

Edition Hansjörg Mayer 1982
Edition Hansjörg Mayer. Stuttgart London. Verlagsverzeichnis 1982. Catalogue 1982, Stuttgart: Edition Hansjörg Mayer, 1982.

Fenn 1978
Walter Fenn, »Der Reisende ohne Gepäck. Nürnbergs Institut für moderne Kunst stellt André Thomkins mit Zeichnungen und Druckgrafik vor«, in: *Nürnberger Nachrichten*, 21.7.1978.

Filliou 1983
Robert Filliou, *Mister Blue from Day to Day*, Hamburg/Brüssel: Edition Lebeer Hossmann, 1983.

Frankfurter Allgemeine Zeitung 1985
»Der Zeichner als Alchimist. Zum Tode von André Thomkins«, in: *Frankfurter Allgemeine Zeitung*, 12.11.1985.

Frehner 1990
Matthias Frehner, »›Kunst macht aus etwas etwas anderes‹. Retrospektive André Thomkins im Kunstmuseum Luzern«, in: *Neue Zürcher Zeitung*, 26.3.1990.

Gelsenkirchener Blätter 1964
»Auf ihre Weise etwas Einmaliges. Zu den Lackskins von André Thomkins im Pianohaus Kohl«, in: *Gelsenkirchener Blätter*, 1964, 3.

Genève, Fonds de Décoration 1988
1978–1987. Dix Années d'Activité de la Commission du Fonds de Décoration et d'Art Visuel de l'Etat de Genève, Introduction: Janine Thélin, Genève, 1988.

Gerstner 1970
Karl Gerstner, *Do it yourself Kunst. Brevier für jedermann*, Köln: Verlag Galerie Der Spiegel, 1970 (Spiegelschrift, 3).

Gerstner 1985
Karl Gerstner, »In den frühen Morgenstunden des 9. November 1985 ist André Thomkins in Berlin gestorben«, in: *Basler Magazin*, 14.12.1985.

Gerstner 1986
Karl Gerstner, *Der Künstler und die Mehrheit*, Frankfurt am Main: Athenäum, 1986.

Gerstner 1989
Karl Gerstner, »Die Ur-Permanentszene«, in: Berlin/Luzern 1989/90, Band 1, S. 116–119.

Glasmeier 1989
Michael Glasmeier, »Passiv selten, aktiv öfter. Der Musiker André Thomkins«, in: Berlin/Luzern 1989/90, Band 1, S. 201–203.

Glozer 1989
Laszlo Glozer, »Inzucht der Ideen in poetischer Aktion. Zur André Thomkins-Retrospektive in der Akademie der Künste Berlin«, in: *Süddeutsche Zeitung*, 8.11.1989.

Glozer 1989 a
Laszlo Glozer, »Die Phantasie aufgescheucht«, in: Berlin/Luzern 1989/90, Band 1, S. 208–209.

Goetschel 1985
Edi Goetschel, »Denkharmonist und Retroworter«, in: *Die Wochenzeitung*, 20.12.1985.

Gomringer 1992
Eugen Gomringer, *Konkrete Poesie. Deutschsprachige Autoren*, Stuttgart: Reclam, 1992 [1972].

Göpfert 1989
Peter Hans Göpfert, »Wie Spaghetti von Makkaroni genudelt wird«, in: *Die Welt*, 28.9.1989.

Gotthard-Bank, Sammlung 1978
Sammlung der Gotthard-Bank. Schweizer Kunst der Gegenwart. Collection de la Banque du Gothard. Art contemporain Suisse, Zürich: Schweizerisches Institut für Kunstwissenschaft, 1978 (Schweizerisches Institut für Kunstwissenschaft. Kataloge Schweizer Museen und Sammlungen, 4).

Gotthard-Bank, Sammlung 1991
Junge Schweizer Kunst 1960–1990. Sammlung der Gotthard Bank, [Texte:] Marcel Baumgartner, Rudolf Hanhart [et al.], Bern: Benteli-Werd, 1991 (Schweizerisches Institut für Kunstwissenschaft. Kataloge Schweizer Museen und Sammlungen, 14).

Graevenitz 1978
Antje von Graevenitz, »André Thomkins – Denkharmonist«, in: *Süddeutsche Zeitung*, 8.2.1978.

Grigoteit 1994
Zeitgenössische Kunst in der Deutschen Bank. Trianon, Katalog von Ariane Grigoteit, Köln: DuMont, 1994.

Grinten 1989
Hans van der Grinten, »Erinnerungen an André Thomkins«, in: Berlin/Luzern 1989/90, Band 1, S. 74–78.

Grinten 1989 a
Hans van der Grinten, »Zeichnungen von André Thomkins. Zehn Blätter aus dem Zeitraum 1947 bis 1966«, in: *Kunst & Antiquitäten*, 1989, 5.

Hacker 1989
Doja Hacker, »Alles André«, in: *Tip*, 1989, 20.

Hanhart 1979
Rudolf Hanhart, *Kunstmuseum St. Gallen. Katalog der Zeichnungen und Aquarelle aus dem 20. Jahrhundert*, St. Gallen, 1979.

Hanhart/Schatz/Wäspe 1988
Rudolf Hanhart, Corinne Schatz, Roland Wäspe, *Kunstmuseum St. Gallen*, Braunschweig: Westermann, 1988.

Hartmann 1990
Horst Hartmann, »Ein Sohn der Sphinx. Zur André-Thomkins-Retrospektive in Ludwigshafen«, in: *Darmstädter Echo*, 2.1.1990.

Helfenstein 1995
Josef Helfenstein, »Oh cet écho! Gedenkabend und Ausstellung zum 10. Todestag von André Thomkins«, in: *Berner Kunstmitteilungen*, November/Dezember 1995, 302.

Helms 1979
Schwarze Quadrate. Black Squares, herausgegeben von Dietrich Helms, Hannover: Edition Copie im Verlag Zweitschrift, 1979.

Hendricks 1988
Jon Hendricks, *Fluxus Codex*, Detroit, Michigan: The Gilbert and Lila Silverman Fluxus Collection, 1988.

Heybrock 1978
Christel Heybrock, »o vogel leg ovo guilguiguilg. André Thomkins' surrealistisches Geblubber im Mannheimer Kunstverein«, in: *Mannheimer Morgen*, 11.9.1978.

Hofmann 1994
Werner Hofmann, »Alle Wege führen zu Thomkins«, in: Werner Hofmann, *Tag- und Nachtträumer. Von der Kunst, die wir noch nicht haben*, München/Wien: Hanser, 1994, S. 125–137.

Hohl/Schoor 1979
Hanna Hohl, Eckhard Schoor, »Erwerbungen für die Graphische Sammlung im Jahre 1978«, in: *Jahrbuch der Hamburger Kunstsammlungen*, 24, 1979, S. 92.

Hollenstein 1985
Roman Hollenstein, »Eine leise Elegie. André Thomkins im Kunstmuseum Winterthur«, in: *Neue Zürcher Zeitung*, 6.12.1985.

Hollenstein 1986
Roman Hollenstein, »Sprühender Geistesblitz. André-Thomkins-Retrospektive im Kunsthaus Zürich«, in: *Neue Zürcher Zeitung*, 17./18.5.1986.

Huber 1989
Alfred Huber, »Spielerisch die Welt verändern. ›Labyrinthspiel‹ – Das Wilhelm-Hack-Museum Ludwigshafen zeigt Arbeiten von André Thomkins«, in: *Mannheimer Morgen*, 19.12.1989.

Hüppi 1989
Alfonso Hüppi, »nur so«, in: Berlin/Luzern 1989/90, Band 1, S. 120–123.

Ingold 1984
Felix Philipp Ingold, *Fremdsprache. Gedichte aus dem Deutschen*, Berlin: Rainer, 1984 [Abb. gegenüber vom Titelblatt].

Ingold 1986
Felix Philipp Ingold, »Literatur ohne Buch. André Thomkins als Wortkünstler«, in: *Neue Zürcher Zeitung*, 21./22.6.1986.

Ingold 1988
Felix Philipp Ingold, »»Gesammelte Anagramme‹ von André Thomkins«, in: *Neue Zürcher Zeitung*, 9./10.4.1988.

Ingold 1989
Felix Philipp Ingold, »André Thomkins als Wortkünstler«, in: Berlin/Luzern 1989/90, Band 1, S. 170–190.

Jaccard/Widmer/Wismer 1983
Paul-André Jaccard, Heiny Widmer, Beat Wismer, *Aargauer Kunsthaus Aarau. Sammlungskatalog Band 2. Werke des 20. Jahrhunderts. Von Cuno Amiet bis heute*, Baden: LIT Verlag Lars Müller, 1983 (Schweizerisches Institut für Kunstwissenschaft. Kataloge Schweizer Museen und Sammlungen, 5/2).

Kamber/Kobel 1981
André Kamber, Christine Kobel, *Kunstmuseum Solothurn. Sammlungszuwachs 1973–1981*, Solothurn, 1981.

Kesser 1982
Caroline Kesser, »Wenn Gesichtszüge zu zerfließen beginnen. André Thomkins im Zürcher Strauhof«, in: *Tages-Anzeiger*, 25.6.1982.

Killer 1990
Peter Killer, »Des Retroworters großes Werk. Eine gigantische Retrospektive von André Thomkins«, in: *Tages-Anzeiger*, 21.3.1990.

Kipphoff 1974
Petra Kipphoff, »Am Anfang war der Schein. Die Ausstellung von André Thomkins in Hannover und Saul Steinberg in Köln«, in: *Die Zeit*, 22.11.1974.

Kirchbaum/Zondergeld 1977
Jörg Kirchbaum, Rein A. Zondergeld, *DuMont's kleines Lexikon der phantastischen Malerei*, Köln: DuMont, 1977.

Kneubühler 1972
Theo Kneubühler, *Kunst: 28 Schweizer*, Luzern: Edition Galerie Raeber, 1972.

Koepplin 1995
Dieter Koepplin, »Zu einem Aquarell von André Thomkins, das dem Kupferstichkabinett geschenkt wurde«, in: *Basler Zeitung*, 9.11.1995.

Koepplin/Thomkins 1977
Dieter Koepplin, »André Thomkins über seine Druckgraphik befragt«, in: Druckgraphik 1977, o. S.

Kolberg 1994
Gerhard Kolberg, »Die Kölner-Mülheimer Glasfenster von André Thomkins«, in: *Kölner Museums-Bulletin*, 1994, 4.

Köln, Lempertz 1988
Kunst des XX. Jahrhunderts. Köln, Kunsthaus Lempertz, 1988, [Text:] Henrik Rolf Hanstein, Köln, 1988 (Math. Lempertz'sche Kunstversteigerung, 628).

Korazija 1987
Eva Korazija Magnaguagno, *Der moderne Holzschnitt in der Schweiz*, mit einem Beitrag von Fridolin Fassbind, Zürich: Limmat Verlag Genossenschaft, 1987.

Kraft 1982
Martin Kraft, »Bilder von André Thomkins«, in: *Du*, 1982, 6.

Kraft 1990
Martin Kraft, »Ein Altmeister und Neuerer, Zeichner und Dichter. Große Retrospektive zum vielfältigen Schaffen André Thomkins im Kunstmuseum Luzern«, in: *Landbote*, 22.3.1990.

Kramis 1990
Eva Kramis, »Ein mythologisches Labyrinth in der Bank«, in: *Luzerner Neuste Nachrichten*, 20.4.1990.

ers 1977
hundert. 50 Jahre
ısgegeben von Liselotte
rs, Hamburg: Edition

.

ı, »Bild- und Wortkunst
en Träumers«, in:
.1985.

ⁱ Thomkins. Inspira-
in: *Kunstforum*,
64.

Sammlungskatalog
nt Collection of Paint-
ınz, Luzern, 1983.

ıomkins«, in: *Be-*
ır *Eidgenössischen*
1 Keller-Stiftung
89.

in Luzern: Thom-
ng, 4.4.1978.

, ›ⁱⁱ
Gisela Lindemann, »André Thomkins-Ausstellung in Hamburg«, [Sendung], *Texte*
und Zeichen, 4.11.1988, [Hannover]:
[Norddeutscher Rundfunk], [1988].

Lohmann 1988
Carl-Wilhelm Lohmann, »Federzeichnun-
gen von André Thomkins 1947–1977«,
[Sendung], *Abendjournal*, 20.10.1988,
[Hannover]: [Norddeutscher Rundfunk],
[1988].

Lüthy/Heusser 1983
Hans A. Lüthy, Hans-Jörg Heusser, *Kunst in*
der Schweiz 1890–1980, Zürich/Schwä-
bisch Hall: Orell Füssli, 1983.

Malsch 1987
Friedemann Malsch, »André Thomkins«,
in: *Kunstforum International*, März/April
1987, 88.

Malsch 1989
Friedemann Malsch, »André Thomkins:
Die Mühlen, 1962«, in: Berlin/Luzern
1989/90, Band 1, S. 150–166.

Mellinghof 1977
Frieder Mellinghof, »André Thomkins:
Graphische Arbeiten«, in: Druckgraphik
1977, o. S.

Meuli 1986
Andrea Meuli, »Bilder aus den Gefilden
der Phantasie. Kunsthaus Zürich: Gedächt-
nisausstellung André Thomkins«, in: *Bünd-*
ner Zeitung, 18.6.1986.

Meuli 1989
Andrea Meuli, *Bilder einer Sammlung. 101*
Werke aus dem Bündner Kunstmuseum,
Chur: Verlag Bündner Monatsblatt, 1989.

Moeller 1985
Magdalena M. Moeller, *Sprengel Museum*
Hannover. Malerei und Plastik des 20. Jahr-
hunderts, Hannover, 1985.

Müller 1993
Franziska Müller, »André Thomkins.
Enzyklopädie der Phantasie«, in: *Berner*
Zeitung, 27.3.1993.

Müller 1987
Hans-Joachim Müller, »André Thomkins –
Homo ludens, Dadaist«, in: *Basler*
Zeitung, 21.1.1987.

Museum Schloß Moyland 1997
Museum Schloß Moyland, hrsg. vom För-
derverein Museum Schloß Moyland, Köln:
DuMont, 1997.

Nota 1960
Nota. Studentische Zeitschrift für bildende
Kunst und Dichtung. Nr. 4, Pfullingen:
Neske, 1960.

Oberholzer 1984
Niklaus Oberholzer, »Kunst in der Nationalbank Luzern. Wandbilder von Thomkins
und Winnewisser, neue Werke von Paul
Stöckli«, in: *Vaterland*, 4.4.1984.

Oberholzer 1985
Niklaus Oberholzer, »Ein spielerisches
Ergründen der Wirklichkeit. Der Luzerner
André Thomkins ist gestorben«, in: *Vater-*
land, 13.11.1985.

Oberholzer 1988
Niklaus Oberholzer, »Ein Blick auf Thomkins' Lebenswerk«, in: *Vaterland*, 11.3.1988.

Oberholzer 1990
Niklaus Oberholzer, »Universell und
präzis und doch voller Rätsel«, in:
Vaterland, 12.3.1990.

Oehen 1990
Berta Oehen, »André Thomkins: Im Irr-
garten des Luzerner Künstlers«, in:
Tagblatt, 12.3.1990.

Olten, Kunstmuseum 1983
Kunstmuseum Olten. Sammlungskatalog,
Zürich, 1983 (Schweizerisches Institut
für Kunstwissenschaft. Kataloge Schweizer
Museen und Sammlungen, 8).

Permanentszene 1978
André Thomkins. Permanentszene. Zeich-
nungen, Aquarelle, Bilder, Collagen, Objekte
und Texte von 1946–1977. Drawings,
Watercolours, Paintings, Collages, Objects
and Texts from 1946–1977, [Text:] Karl
Gerstner, Stuttgart: Edition Hansjörg
Mayer, 1978.

Perucchi 1979
Ursula Perucchi-Petri, »André Thomkins,
der ›Gesetzestricker‹«, in: *Kunsthaus*
Zürich. Zürcher Kunstgesellschaft. Jahres-
bericht 1979.

Pfeifer 1990
Tadeus Pfeifer, »In der Falle der Feinsinnig-
keit. Zeichen-Künstler, Wortkünstler:
Zur großen André-Thomkins-Retrospektive in Luzern«, in: *Basler Zeitung*,
27.3.1990.

Pfeifer 1995
Tadeus Pfeifer, »Ein André-Thomkins-
Gedächtnisabend im Museum für Gegenwartskunst. Vorwärts, seitwärts, rückwärts«, in: *Basler Zeitung*, 20.11.1995.

Puvogel 1982
Renate Puvogel, »Punkt Punkt Komma
Linie. Zeichner erzählen«, in: *Das Kunst-*
werk, XXXV, Dezember 1982, 6.

Puvogel 1990
Renate Puvogel, »André Thomkins,
1930–1985. Die Welt im Zerrspiegel«, in:
Parkett, 1990, 23, S. 6–11 (d), S. 12–20 (e).

Rakusa 1989
Ilma Rakusa, »Dialektische Akademie. Gedanken in Prosa«, in: Berlin/Luzern
1989/90, Band 1, S. 146–149.

Rederlechner 1988
Hp. Rederlechner, »›nie malte wer / men-
tal wie er‹. Anagramme von André
Thomkins im Kunstmuseum Solothurn«,
in: *Grenchner Tagblatt*, 1.7.1988.

Register of the Spencer Museum of Art
1982
The Register of the Spencer Museum of Art,
5, Spring 1982, 10, S. 149.

Rhein-Wochen-Zeitung 1990
»Der Weg als Ziel. Das ›Labyrinthspiel‹
von André Thomkins im Hack Museum
Ludwigshafen«, in: *Rhein-Wochen-Zeitung*,
8.1.1990.

Rot 1972
Dieter Rot, *Scheiße. Vollständige Sammlung
der Scheiße Gedichte mit allen Illustratio-
nen*, Stuttgart/London/Reykjavík: Edition
Hansjörg Mayer, 1972 (Gesammelte
Werke, 13).

Roters 1989
Eberhard Roters, »Spekulation – un
autre monde«, in: Berlin/Luzern 1989/90,
Band 1, S. 16–26.

Salzburg, Sommerakademie 1982
*Internationale Sommerakademie für
bildende Kunst*, hrsg. von Wieland
Schmied, Salzburg, 1982.

Sammlung Hahn 1979
*Wien. Sammlung Hahn. Museum moderner
Kunst*, Katalog: Gabriele Wimmer,
Wien, 1979.

St. Gallen, Kunstmuseum 1987
*Kunstmuseum St. Gallen. Katalog der
Sammlung*, Redaktion: Rudolf Hanhart,
St. Gallen, 1987.

Scheunpflug 1978
Volkhard Scheunpflug, »Ein Spektakel für
Auge und Kopf. Ausstellung von André
Thomkins im Kunstmuseum Luzern«, in:
Luzerner Tagblatt, 20.3.1978.

Schläpfer 1985
Franziska Schläpfer, »Phantasie mit Methode. Zum Tode von André Thomkins«,
in: *St. Galler Tagblatt*, 14.11.1985.

Schmelzeisen 1954
G. K. Schmelzeisen, »Gestaltkunst und
Alchemie«, in: *Schri Kunst Schri*, 1954 [er-
ste publizierte Illustration von AT].

Schmied 1989
Wieland Schmied, »Eine Art graphi-
scher Mathematik. Über André
Thomkins«, in: Berlin/Luzern 1989/90,
Band 1, S. 68–73.

Schneegass 1989
Christian Schneegass, »labyrinthspiel«,
in: Berlin/Luzern 1989/90, Band 1,
S. 28–65.

Schneider 1972
Helmut Schneider, »André Thomkins in
der Galerie Leonhart in München«, in:
Die Zeit, 2.6.1972.

Schneider 1987
Peter P. Schneider, »›Weitermalen, warte
leime, wartemeilen‹. Ein Buch mit den
gesammelten Anagrammen von André
Thomkins«, in: *Tages-Anzeiger*, 23.12.1987.

Schön 1974
Wolf Schön, »Gaukelspiel mit Wort und
Bild. Der Schweizer ›retroworter‹ André
Thomkins bei der Kestner Gesellschaft
Hannover«, in: *Kölner-Stadt-Anzeiger*,
16.11.1974.

Schwarz 1989
Dieter Schwarz, »Permanenter Formweg.
Die Anagramme von André Thomkins«,
in: Berlin/Luzern 1989/90, Band 1,
S. 194–199.

Schweizer Rück 1989
Kunst in der Schweizer Rück, [Redaktion:]
Bernhard Bürgi, Roger Hauri, Zürich,
1989.

Seelmann-Eggebert 1978
Ulrich Seelmann-Eggebert, »Mit fremden
Federn. Das Werk von André Thomkins
in der Düsseldorfer Kunsthalle«, in:
Rheinischer Merkur, 26.5.1978.

Sello 1973
Gottfried Sello, »André Thomkins. Nie
besang Nase Bein«, in: *Die Zeit*, 13.4.1973.

Spoerri 1990
Daniel Spoerri, Ausst.kat., Musée national
d'art moderne, Centre national d'art
et de culture Georges Pompidou,
Paris, 1990.

Spoerri/Schneegass 1989
Daniel Spoerri, Christian Schneegass,
»Spoerrisporn«, in: Berlin/Luzern
1989/90, Band 1, S. 86–112.

Spoerri 1987
*Der Engel des Herrn im Küchenschurz.
Über Adolf Wölfli*, hrsg. von Elka Spoerri,
Frankfurt am Main: Fischer Taschenbuch
Verlag, 1987.

Stauffer 1985
Serge Stauffer, »›oh! cet écho!‹ zum tod
von andré thomkins«, in: *Tages-Anzeiger*,
13.11.1985.

Stauffer 1989
Serge Stauffer, »›oh cet écho!‹ zum tod
von andré thomkins«, in: Berlin/Luzern
1989/90, Band 1, S. 206–207.

Stauffer/Thomkins 1985
Serge Stauffer, André Thomkins, *Corres-
pondance 1948–1977*, Stuttgart/London:
Edition Hansjörg Mayer, 1985.

Steiger 1989
Dominik Steiger, »Letterbart – Dialog«, in:
Berlin/Luzern 1989/90, Band 1, S. 142–143.

Stettler 1990
Andreas Stettler, »Entdeckungsreise in die
Welt des bekannten Unbekannten. André
Thomkins im Kunstmuseum Luzern«,
in: *Oltner Tagblatt*, 3.4.1990.

Stoll-Kern 1986
Irene Stoll-Kern, »Ein geistreicher Kunst-
erfinder. 200 Werke aus 40 Jahren – Ge-
dächtnisausstellung André Thomkins im
Zürcher Kunsthaus«, in: *Der Bund*,
28.5.1986.

Streckel 1993
Dagmar Streckel, »Die Kölner Glasfenster
von André Thomkins«, in: *Denkmalpflege
im Rheinland*, 10, 1993, 1.

Thomkins 1963
*Oh! Cet echo. André Thomkins. Palindrome.
Scharniere*, Essen: Hager Verlag, 1963.

Thomkins 1968
André Thomkins, *Futura 25. Palindrome*,
Stuttgart: Edition Hansjörg Mayer, 1968.

Thomkins 1977
André Thomkins, »Ordnens«, in: *Sondern*,
hrsg. von Dieter Schwarz, 2, 1977.

Thomkins 1979
André Thomkins. What do you see?, Stuttgart: Edition Hansjörg Mayer, 1979.

Thomkins 1982
André Thomkins, *[Lackskins-Porträts]*,
[Köln]: A. Thomkins, 1982.

Thomkins 1984
André Thomkins, »anatomie–ananatomie
1947«, in: *Max von Moos (1903–1979). Zum
Gesamtwerk*, Kunstmuseum Luzern, 1984.

Thomkins 1987
André Thomkins, *Gesammelte Anagramme*, hrsg. von Dieter Schwarz, Zürich: Seedorn, 1987.

Thomkins 1998
André Thomkins, *Mappe für Eva*, München: Gina Kehayoff, 1998.

Thomkins/Seeber 1989
André Thomkins, Otto Seeber, »Kirche und Künstler«, in: Berlin/Luzern 1989/90, Band 1, S. 214–233.

Thwaites 1975
John Anthony Thwaites, »André Thomkins: Mannerist«, in: *Art and Artists*, 9, january 1975, 10.

Unruh 1988
Rainer Unruh, »André Thomkins ›menschenmöglich‹. Federzeichnungen 1947–1977«, in: *NIKE. New Art in Europe*, 7, 1988, 26.

Vachtova 1985
Ludmila Vachtova, »Ein Calvinist mit der Begabung eines Zauberers«, in: *Tages-Anzeiger*, 28.11.1985.

Vachtova 1986
Ludmila Vachtova, »Eine unheimliche Dichte von verflochtenen Beziehungen. Zwei Gedächtnisausstellungen zu André Thomkins«, in: *Tages-Anzeiger*, 21.5.1986.

Vatsella 1991
Sammlung Karl Gerstner, Katalog und Dokumentation: Katerina Vatsella, Bremen: Neues Museum Weserburg, 1991.

Vogel 1982
Karl Vogel, *Zeitgenössische Druckgrafik. Künstler. Techniken. Einschätzungen*, München: Keysersche Verlagsbuchhandlung, 1982.

Weber 1978
Belege. Gedichte aus der deutschsprachigen Schweiz seit 1900, ausgewählt vom Zürcher Seminar für Literaturkritik mit Werner Weber, Zürich/München: Artemis, 1978.

Westdeutsche Allgemeine 1964
»Raum-Zeit-Malerei auf Lackhäuten. ›Lackskins‹ von André Thomkins (Essen) bei Kohl«, in: *Westdeutsche Allgemeine Zeitung*, 17.1.1964.

Westdeutsche Allgemeine 1970
»Thomkins ›Gummirocker‹ und Teller mit Häuten«, in: *Westdeutsche Allgemeine Zeitung*, 28.1.1970.

Westfälische Rundschau 1964
»Bildner einer neuen Ordnung. André Thomkins stellt im Pianohaus Kohl aus«, in: *Westfälische Rundschau*, [20.1.1964?].

Widmer 1994
Kunstausstellungen »Holderbank«, hrsg. von Derrick Widmer, Holderbank, 1994.

Williams 1991
Emmett Williams, *My life in flux – and vice versa*, Stuttgart: Edition Hansjörg Mayer, 1991.

Windhöfel 1990
Lutz Windhöfel, »Philanthrop mit einem eigenen Kosmos. Zur Retrospektive André Thomkins im Kunstmuseum Luzern«, in: *Bündner Zeitung*, 26.3.1990.

Winter 1973
Peter Winter, »Dadaist im Puppenheim. Zeichnungen von André Thomkins in Braunschweig«, in: *Frankfurter Allgemeine Zeitung*, 20.6.1973.

Winter 1978
Peter Winter, »André Thomkins«, in: *Das Kunstwerk*, XXXI, August, 1978, 4.

Winter 1985
Peter Winter, »André Thomkins«, in: *Das Kunstwerk*, XXXVIII, Dezember 1985, 6.

Winter 1988
Peter Winter, »André Thomkins«, in: *Das Kunstwerk*, XXXXI, 1988, 4/5.

Winter 1988 a
Peter Winter, »Mann mit Stahlfeder. Zeichnungen von André Thomkins in Hamburg«, in: *Frankfurter Allgemeine Zeitung*, 14.11.1988.

Winter 1990
Peter Winter, »Ciphers, Chimeras and Spectres«, in: *Art International*, Spring 1990, 10.

Wulffen 1990
Thomas Wulffen, »André Thomkins. Retrospektive«, in: *Kunstforum International*, Januar/Februar 1990, 105.

Wyss 1992
Beat Wyss, *Kunstszenen heute*, Disentis: Desertina Verlag, 1992 (Ars Helvetica, XII).

Zacharias 1996
Thomas Zacharias, »André Thomkins«, in: *Künstler: Kritisches Lexikon der Gegenwartskunst*, 1996, 34/8.

Zacharias 1997
Thomas Zacharias, »Labyrinthes en suspension. Fantaisies architectoniques d'André Thomkins«, in: *La part de l'œil*, 1997, 13.

Zumbach 1993
Peter Zumbach, »Wenn Fiktionen sich in Realitäten verwandeln. Zur Ausstellung André Thomkins«, in: *Der Bund*, 2.3.1993.

Zürich 1978
Herbert Distel, *Das Schubladenmuseum. Le musée en tiroirs. The Museum of Drawers. Katalog des kleinsten Museums für moderne Kunst im 20. Jahrhundert mit Werken von über 500 Künstlern [...] im Kunsthaus Zürich*, Zürich 1978.

Zweitschrift 1976
Bezzel, Bremer, Albrecht D., Dischner, Filliou, Friese, Heissenbüttel, Leonberg, Möbus, Peters, Rühm, Thomkins, Ulrichs, Vautier, Hannover: Anabas, [1976] (Zweitschrift, 1).

Zwez 1990
Annelise Zwez, »Ineinander verweben Vergangenheit und Gegenwart«, in: *Aargauer Tagblatt*, 15.3.1990.

AUSSTELLUNGEN

Ausstellungen, zu denen kein Katalog erschienen ist, sind mit dem Kürzel [o. K.]
gekennzeichnet.

Mit einem Asteriskus (*) versehene Einträge sind dem von Serge Stauffer erstell-
ten Ausstellungsverzeichnis (im Besitz von
Eva Thomkins) entnommen.

1956

Bern 1956
X Mas Schau, Klein-Theater, Bern,
Dez. 1956.

1957

St. Gallen 1957
Dichtende Maler malende Dichter, Kunstmuseum St. Gallen, 3.8.–20.10.1957.

1960/61

Essen 1960/61
*André Thomkins. Lackskins. Standard Oils.
Charnières*, Galerie van de Loo, Essen,
29.11.1960–9.1.1961. [o. K.]

1963

Köln 1963
*André Thomkins. Lackskins, Scharniere,
Klischees*, Ambulanz-Galerie, Köln,
12.9.–12.10.1963. [o. K.]*

1964

Gelsenkirchen 1964
André Thomkins. Pianohaus Kohl, Gelsenkirchen, 15.1.–15.2.1964. [o. K.]

1965

Bottrop 1965
Lackskins von André Thomkins, Cyriakus-
haus, Bottrop, 2.–16.2.1965. [o. K.]*

Köln 1965
*Die Edition Mat collection 65 und die
édition Mat Mot*, Galerie Der Spiegel,
Köln, 8.10.–12.11.1965.

Kranenburg 1965
André Thomkins. Bilder und Zeichnungen,
Haus van der Grinten, Kranenburg,
2.–23.5.1965. [o. K.]*

1966

Bad-Godesberg 1966
André Thomkins. Astronauten-Lackskin,
Galerie Schütze, Bad-Godesberg,
25.2.–19.3.1966. [o. K.]

Berlin 1966
*Labyrinthe. Phantastische Kunst vom
16. Jahrhundert bis zur Gegenwart*, Akademie der Künste, Berlin, Okt.–Nov. 1966.

Paris 1966
Multiplication art transformable, Galerie
à la Hune, Paris, 9.–31.12.1966. [o. K.]

1967

Düsseldorf 1967
*André Thomkins, zwei Glasbilder und eine
kleine Ausstellung bei Derix*, Derix,
Düsseldorf, 3.–10.12.1967. [o. K.]

Erlangen 1967
*Schweizer Künstler in Deutschland: Jürgen
Brodwolf, Karl Gerstner, Alfonso Hüppi,
Paul Hurt, Diter Rot, Ed Sommer, André
Thomkins*, Rathaus, Erlangen,
17.11.–2.12.1967.

Villingen 1967
André Thomkins, Saba-Studio, Villingen,
ab 22.9.1967. [o. K.]

1968

Den Haag 1968
Edition Hansjörg Mayer, Gemeentemuseum, Den Haag, 5.10.–24.11.1968.

1969

Basel 1969
André Thomkins. Zeichnungen und Objekte,
Galerie Handschin, Basel, 18.1.–18.2.1969.

Bern/Düsseldorf 1969
*Freunde – Friends – d'Fründe. Karl Gerstner,
Diter Rot, Daniel Spoerri, André Thomkins
und ihre Freunde und Freundesfreunde*,
Kunsthalle Bern, 3.5.–1.6.1969; Kunsthalle
Düsseldorf, 26.6.–27.7.1969 [enthält:
(Serge Stauffer), »100 fragen an andré
thomkins«, transkribiert in der vorliegen-
den Publikation, S. 439–441].

Köln 1969
André Thomkins, Art Intermedia, Köln,
ab 7.2.1969. [o. K.]

Zürich 1969
*Phantastische Figuration. 50 junge Schweizer
Künstler*, Helmhaus, Zürich, 2.8.–7.9.1969.

1970

Düsseldorf 1970
*Page Thomkins Brecht Iannone Filliou We-
werka Gerstner Spoerri Rot*, Depot Damen
Friseur, Düsseldorf, April–Mai 1970. [o. K.]

Köln 1970
Jetzt. Künste in Deutschland heute, Kunsthalle Köln, 14.2.–18.5.1970.

Nürnberg 1970
*Der Bildungstrieb der Stoffe. Friedlieb
Ferdinand Runge gewidmet*, Kunsthalle
Nürnberg, 30.4.–31.5.1970.

Zürich 1970
Text Buchstabe Bild, Helmhaus, Zürich,
11.7.–23.8.1970.

1971

Amsterdam 1971
*Daniel Spoerri. Wenn alle Künste untergehn,
die edle Kochkunst bleibt bestehn*, Stedelijk
Museum, Amsterdam, 17.4.–6.6.1971.

Amsterdam 1971
Hommage à Isaac Feinstein, Stedelijk
Museum, Amsterdam, 17.4.–6.6.1971.

Basel 1971
André Thomkins. Zeichnungen. Paraphrasen,
Kunstmuseum, Basel, 2.10.–21.11.1971.

Düsseldorf 1971
Düsseldorf. Stadt der Künstler, Vortrags-
zentrum der Neuen Messe, Düsseldorf,
9.– 23.9.1971.

Luzern 1971
André Thomkins. Lucerne en recul, Galerie Raeber, Luzern, 1.–31.10.1971.

München 1971
Schweizer Zeichnungen im 20. Jahrhundert, Staatliche Graphische Sammlung, München, 1.5.–31.5.1971.

1972

Bern/Basel/Chur 1972
Idols. Aktionsgalerie, Bern, 1972; Katakombe, Basel, [1972?]; Bündner Kunstmuseum, Chur, [1972?].

Bochum 1972
Profile X. Schweizer Kunst heute, Kunstsammlung (Museum Bochum), Bochum, 30.9.–19.11.1972.

Essen 1972
Szene Rhein-Ruhr '72, Folkwang Museum, Essen, 9.7.–3.9.1972.

Innsbruck 1972
André Thomkins, Galerie im Taxispalais, Innsbruck, 5.9.–1.10.1972.

Kassel 1972
Documenta 5. Befragung der Realität. Bildwelten heute, Museum Fridericianum, Kassel, 30.6.–8.10.1972.

München 1972
André Thomkins. STRATEGY: GET ARTS, Galerie Dorothea Leonhart, München, 5.5.–8.7.1972.

Olten 1972
Junge Schweizer Kunst, Kunstmuseum Olten, 10.6.–9.7.1972.

Paris 1972
31 artistes suisses contemporains, Galeries nationales du Grand Palais, Paris, 18.2.–10.4.1972.

1972/73

Biberach/Lahr/Stuttgart 1972/73
Grenzgebiete der bildenden Kunst. Konkrete Poesie. Bild Text Textbilder. Computer-kunst. Musikalische Graphik, Biberach, 20.2.–12.3. 1972; Lahr, 17.3.–3.4.1972; Staatsgalerie Stuttgart, Mai–Juni 1973.

Tel Aviv 1972/73
Contemporary Swiss Art, Tel Aviv Museum of Art, 28.11.1972–27.1.1973.

1973

Amsterdam 1973
André Thomkins. Palindrome & Aanvullingen, Galerie im Goethe-Institut, Amsterdam, 22.10.–16.11.1973. [o. K.]

Graz 1973
Schweizer Kunst heute, Künstlerhaus Graz, 10.2.–11.3.1973.

Leverkusen/Braunschweig 1973
André Thomkins. Zeichnungen, Objekte und Texte, Kunstverein Museum Schloß Morsbroich, Leverkusen, 30.3.–6.5.1973; Kunstverein Braunschweig, 27.5.–15.7.1973.

Solothurn 1973
André Thomkins, Kunstmuseum Solothurn, 8.9.–7.10.1973.

1974

Amsterdam 1974
Van Leusden-Benner-Schoonhoven-Thomkins, Galerie Collection d'Art, Amsterdam, 26.6.–11.8.1974.

Bonn 1974
Kunstmuseum Bonn. 1949–1974. 25 Jahre Kunst in der Bundesrepublik Deutschland, Kunstmuseum Bonn, Okt.–Dez. 1974.

Hannover 1974
André Thomkins, Kestner Gesellschaft Hannover, 11.10.–24.11.1974.

Nijmeegen 1974
Kunst na 1960 uit het Kunstmuseum Basel, Nijmeegs Museum Commanderie van St. Jan, Nijmeegen, 29.10.–8.12.1974.

Winterthur/Genève/Lugano 1974
Ambiente 74. 27 Schweizer Künstler, Kunstmuseum Winterthur, 9.1.–24.2.1974; Musée Rath, Genève, 7.3.–15.4.1974; Villa Malpensata, Lugano, 18.6.–14.7.1974.

Zürich 1974
André Thomkins. Frühe Zeichnungen und Aquarelle aus der Korrespondenz mit Serge Stauffer, Galerie Stähli, Zürich, 31.1.–30.3.1974. [o. K.]

1974/75

Düsseldorf/Baden-Baden 1974/75
Surrealität-Bildrealität 1924–1974. In den unzähligen Bildern des Lebens..., Städtische Kunsthalle Düsseldorf, 8.12.1974–2.2.1975; Kunsthalle Baden-Baden, 14.2.–20.4.1975.

Frankfurt a. M. 1974/75
André Thomkins. Ölbilder, Aquarelle, Zeichnungen, Galerie Herbert Meyer-Ellinger, Frankfurt am Main, 3.12.1974–1.2.1975. [o. K.]*

1975

Zürich 1975
André Thomkins, Meiers Gallery of Modern Art, Zürich, ab 19.4.1975. [o. K.]

Zürich 1975
André Thomkins. Zeichnungen und Grafik, Galerie Stähli, Zürich, 23.5.–28.6.1975. [o. K.]

1975/76

Bern u. a. O. 1975/76
Junggesellenmaschinen. Les machines célibataires, Kunsthalle Bern, 5.7.–17.8.1975; u. a. O. 1975–76.

1976

Basel 1976
Bis heute. Zeichnungen für das Kunstmuseum Basel aus dem Karl A. Burckhardt-Koechlin-Fonds, Kunsthalle Basel, 12.6.–15.8.1976.

Basel 1976
Robert Filliou. André Thomkins, Galerie Handschin, Basel, ab 15.10.1976. [o. K.]

Mulhouse 1976
Deuxième Biennale Européenne de la gravure de Mulhouse, Mulhouse, 21.5.–3.7.1976.

Paris 1976
Trait pour trait, Galerie Jean Briance, Paris, ab 11.3.1976. [o. K.]

Zürich 1976
Zeichnungen von 10 Schweizer Künstlern, Kunsthaus Zürich, 10.10.–14.11.1976.

1977

Basel 1977
*Arnold Böcklin 1827–1901. Gemälde,
Zeichnungen, Plastiken*, Kunstmuseum
Basel, 11.6.–11.9.1977.

Kassel 1977
Documenta 6, Orangerie Karlsaue, Kassel,
24.6.–2.10.1977.

1977/78

Basel 1977/78
André Thomkins. Die gesamte Druckgraphik,
Kunstmuseum Basel, 30.11.1977–
15.1.1978.

Zürich/Kassel 1977/78
*André Thomkins. Die Druckgrafik und
Monotypisches*, Galerie Pablo Stähli,
Zürich, 13.8.–24.9.1977; Neue Galerie,
Staatliche Kunstsammlungen, Kassel,
9.9.–29.10.1978.

1978

Bern 1978
Stiftung Anne-Marie und Victor Loeb, Kunsthalle Bern, 4.3.–9.4.1978.

Den Haag/Nijmeegen/Düsseldorf 1978
*André Thomkins. Tekeningen, objekten,
grafiek, teksten*, Gemeentemuseum, Den
Haag, 7.1.–19.2.1978; Nijmeegs Museum
Commanderie van St. Jan, Nijmeegen,
1.3.– 2.4.1978; Städtische Kunsthalle
Düsseldorf, 28.4.–4.6.1978.

Genève 1978
André Thomkins, Galerie Marika Malacorda,
Genève, 17.3.–1.5.1978. [o. K.]

Luzern/Chur 1978
Thomkins-Journal Nrn. 1–3, Kunstmuseum
Luzern, 19.3.–23.4.1978; Bündner
Kunstmuseum, Chur, 12.5.–18.6.1978.

St. Gallen 1978
André Thomkins. Die gesamte Druckgrafik,
Historisches Museum St. Gallen,
19.5.–2.7.1978. [o. K.]

Solothurn 1978
*André Thomkins. Zeichnungen, Aquarelle und
Grafiken*, Freitagsgalerie Imhof, Solothurn,
29.9.–4.11.1978. [o. K.]

Winterthur 1978
*3. Biennale der Schweizer Kunst. Aktualität,
Vergangenheit*, Kunstmuseum Winterthur,
2.4.–28.5.1978.

1978/79

Düsseldorf 1978/79
*Museum des Geldes. Über die seltsame
Natur des Geldes in Kunst, Wissenschaft
und Leben II*, Städtische Kunsthalle Düsseldorf, Nov. 1978–Feb. 1979.

1979

Amsterdam 1979
5 Zwitsers, Kunsthuis, Amsterdam,
9.1.–15.2.1979.

Auvernier 1979
L'objet préféré de l'artiste, Galerie Numaga,
Auvernier, Juli–Aug. 1979.

Bari 1979
Collezione della Banca del Gottardo,
Castello Svevo, Bari, 5.–14.10.1979.

Düsseldorf 1979
*5x30. Düsseldorfer Kunstszene aus fünf
Generationen. 150 Jahre Kunstverein für die
Rheinlande und Westfalen 1829–1979*,
Kunstverein für die Rheinlande und West-
falen, Düsseldorf, 14.9.–2.12.1979.

Grenchen 1979
*8. Internationale Triennale für farbige Druck-
grafik*, Haldenschulhaus, Grenchen,
29.9.–20.10.1979.

Hannover 1979
*Nachbilder. Vom Nutzen und Nachteil des
Zitierens für die Kunst*, Kunstverein
Hannover, 10.6.–29.7.1979.

Köln 1979
*Le Musée sentimental de Cologne. Entwurf
zu einem Lexikon von Reliquien und Relikten
aus zwei Jahrtausenden. Köln incognito*, Köl-
nischer Kunstverein, Köln, 18.3.–29.4.1979.

Lugano 1979
*Arte contemporanea svizzera. Collezione
della Banca del Gottardo*, Villa Malpensata,
Galleria civica, Lugano, 20.7.–19.8.1979.

São Paulo 1979
*André Thomkins. Suisse. 15ᵉ Biennale de São
Paulo 1979*, São Paulo, 1.10.–9.12.1979.

Sydney 1979
The Third Biennale of Sydney, The Art
Gallery of New South Wales, Sydney,
14.4.–27.5.1979.

Zürich 1979
André Thomkins uns ich er es, Galerie
Stähli, Zürich, 30.11.–29.12.1979. [o. K.]

1979/80

Zürich 1979/80
Weich und plastisch. Soft-Art, Kunsthaus
Zürich, 16.11.1979–4.2.1980.

1980

Emmenbrücke 1980
Gezeichnetes – Gedrucktes, Gemeinde-
Galerie, Emmenbrücke, 17.5.–8.6.1980.
[o. K.]

Graz 1980
*Schweizer Kunst des 19. und 20. Jahrhun-
derts aus der Sammlung des Kunstmuseums
Solothurn*, Neue Galerie am Landesmuseum Joanneum, Graz, 4.9.–12.10.1980.

St. Gallen 1980
André Thomkins. Grafik, Galerie Buchmann,
St. Gallen, 1.–29.3.1980. [o. K.]

Zürich/Lausanne 1980
*Schweizer Museen sammeln aktuelle
Schweizer Kunst. Les Musées suisses
collectionnent l'art actuel en Suisse*, Kunsthaus Zürich, 15.2.–7.4.1980; Musée
Cantonal des Beaux-Arts, Lausanne,
25.4.–15.6.1980.

Zürich 1980
*Neuerwerbungen 79–80. Schweizer Graphik
der Gegenwart. Ankäufe aus den Jahren
1979–80*, Graphische Sammlung
der ETH, Zürich, 11.8.–28.9.1980.

Zug 1980
*Die andere Sicht der Dinge. Phantastik in
der zeitgenössischen Schweizer Kunst*,
Kunsthaus Zug, 14.9.–9.11.1980.

1980/81

Buenos Aires u. a. O. 1980/81
*Dibujos del escenario artistico de Düssel-
dorf*, [Konzeption:] Kunstmuseum Düsseldorf, Goethe Institut, München, Buenos
Aires u. a. O., 1980–81.

1981

Berlin 1981
André Thomkins. ashleue analyse, daad-galerie, Berlin, 14.6.–19.7.1981.

Düsseldorf 1981
Kunst und Bühne. Düsseldorfer Künstler als Bühnenbildner, Sparkassenhochhaus, Düsseldorf, 24.11.–18.12.1981.

Genève 1981
Les Genevois collectionnent. Aspects de l'art d'aujourd'hui 1970–1980, Musée Rath, Genève, 9.7.–13.9.1981.

Luzern 1981
CH '70–'80: Schweizerkunst, Kunstmuseum Luzern, 31.1.–22.3.1981.

Sachseln 1981
Niklaus von Flüe 1981. Ausstellung mit 30 Schweizer Künstlern, Sachseln, 5.7.–18.10.1981.

Sils/Segl Baselgia 1981
Kunst auf Furtschellas. Ursina Vinzenz. André Thomkins. Constant Könz. Hannes Gruber, Galerie La Chudera, Sils/Segl Baselgia, 11.7.–18.10.1981. [o. K.]

1981/82

Bonn 1981/82
Kunst für den Bund, Städtisches Kunstmuseum Bonn, 24.11.1981–10.1.1982.

Genève 1981/82
Le dessin suisse 1970–1980, Musée Rath, Genève, 10.12.1981–24.1.1982.

Innsbruck/Frankfurt a. M./Wien/Zug 1981/82
30 Künstler aus der Schweiz, Galerie Krinzinger, Innsbruck, 4.–27.6.1981; Frankfurter Kunstverein, Frankfurt am Main, 17.7.–5.8.1981; Galerie nächst St. Stephan, Wien, 10.9.–3.10.1981; Kunsthaus Zug, 13.12.1981–10.1.1982.

Wuppertal 1981/82
Fluxus – Aspekte eines Phänomens, Von der Heydt-Museum, Wuppertal, 15.12.1981–31.1.1982.

1982

Bonn 1982
Kunstmuseum Bonn. Neuerwerbungen 1980 und 1981, Städtisches Kunstmuseum Bonn, 8.7.–29.8.1982.

Bonn 1982
Zeichnungen international aus dem Kunstmuseum Basel, Städtisches Kunstmuseum Bonn, 15.9.–31.10.1982.

Grenchen 1982
Internationale Triennale für farbige Originalgrafik, Haldenschulhaus, Grenchen, 2.–24.10.1982.

Salzburg 1982
Daniel Spoerri – André Thomkins, Galerie Armstorfer, Salzburg, 21.7.–15.8.1982. [o. K.]

Stuttgart 1982
Die Handzeichnung der Gegenwart II. Neuerwerbungen seit 1970, Staatsgalerie Stuttgart, 15.5.–25.7.1982.

Zürich 1982
Heiter bis aggressiv, Museum Bellerive, Zürich, 26.5.–15.8.1982.

Zürich/Olten 1982
André Thomkins. »Narre Kopfpoker Ran«, Städtische Galerie zum Strauhof, Zürich, 10.6.–31.7.1982; Kunstmuseum Olten, 5.9.–24.10.1982.

Zürich 1982
Aus den Ateliers der Roten Fabrik, Helmhaus, Zürich, 5.9.–10.10.1982.

1982/83

Bonn/Graz/Düsseldorf 1982/83
Sammlung Ulbricht, Städtisches Kunstmuseum Bonn, 10.2.–28.3.1982; Neue Galerie am Landesmuseum Joanneum, Graz, 16.10.–10.11.1982; Kunstmuseum Düsseldorf, 4.9.–16.10.1983.

1983

Basel/Tübingen/Kassel 1983
Neue Zeichnungen aus dem Kunstmuseum Basel, Kunstmuseum Basel, 29.1.–24.4.1983; Kunsthalle Tübingen, 21.5.–10.7.1983; Neue Galerie, Staatliche und Städtische Kunstsammlungen, Kassel, 13.8.–25.9.1983.

Basel 1983
Schweigen brechen. Rompre le silence. 172 Künstler aus 31 Ländern stellen aus für die politischen Gefangenen in der Türkei, Münstersaal, Bischofshof, Basel, 21.10.–9.11.1983.

Bruxelles 1983
Collection A., Galerie Brachot, Bruxelles, 12.10.–12.11.1983. [o. K.]

Frankfurt a. M. 1983
Kunst nach 45 aus Frankfurter Privatbesitz, Frankfurter Kunstverein, Steinernes Haus, Römerberg, Frankfurt am Main, 7.10.–27.11.1983.

Glarus 1983
Die Radierung, Kunsthaus Glarus, 17.9.–23.10.1983. [o. K.]

Köln 1983
Szene Schweiz. In 13 Galerien. Und 40 Ausstellungen, Galerie Holtmann, Köln, Sept.–Dez. 1983.

Solothurn 1983
KG's private Pinakothek, Kunstmuseum Solothurn, 2.7.–2.10.1983.

Warth 1983
André Thomkins. Zeichnungen und Grafik, Kunstmuseum Kartause Ittingen, Warth, 22.10.–27.11.1983. [o. K.]

Zürich 1983
In Goethes Namen. Felix Philipp Ingold. André Thomkins, Galerie Howeg, Zürich, 19.2.–16.3.1983. [o. K.]

Zürich 1983
Die Radierung, Galerie Esther Hufschmid, Zürich, 17.6.–23.7.1983. [o. K.]

Zug 1983
Aquarelle in unserem Jahrhundert, Kunsthaus Zug, 2.6.–11.9.1983.

1984

Basel 1984
Hommage à Felix Handschin. Die Anfänge/ Die Jungen, Galerie Littmann, Basel, 4.2.–7.3.1984.

Bern 1984
André Thomkins. Gouachen, Aquarelle, Zeichnungen und Graphik der Jahre 1956 bis 1984, Galerie Kornfeld, Bern, Okt.–Nov. 1984.

Chur 1984
Kunst der Gegenwart. Zeichnungen und Druckgraphik, Bündner Kunstmuseum, Chur, 13.5.–17.6.1984.

Holderbank 1984
André Thomkins. Aquarelle, Zeichnungen, Xylophon, Lackskins, Collage, Graphik, Ausbildungszentrum Holderbank, Holderbank, ab 6.4.1984.

München 1984
André Thomkins, Galerie Klewan, München, 1.3.–30.4.1984. [o. K.]

Zürich 1984
Meisterwerke aus der Graphischen Sammlung. Zeichnungen, Aquarelle, Pastelle, Collagen aus fünf Jahrhunderten, Kunsthaus Zürich, 30.5.–15.7.1984.

Zürich 1984
André Thomkins. Dominik Steiger, Galerie Rosenberg, Zürich, 26.9.–27.10.1984. [o. K.]

1985

Düsseldorf 1985
Zeichner in Düsseldorf 1955–1985, Kunstmuseum Düsseldorf, 9.5.–22.9.1985.

Lausanne/Stuttgart 1985
L'autoportrait à l'âge de la photographie: Peintres et photographes en dialogue avec leur propre image. Das Selbstportrait im Zeitalter der Photographie: Maler und Photographen im Dialog mit sich selbst, Musée Cantonal des Beaux-Arts, Lausanne, 18.1.–24.3.1985; Württembergischer Kunstverein, Stuttgart, 11.4.–9.6.1985.

Paris 1985
Livres d'artistes, Centre national d'art et de culture Georges Pompidou, Paris, 12.6.–7.10.1985.

Reutlingen 1985
Daniel Spoerri, Spendhaus Reutlingen, Städtisches Kunstmuseum Reutlingen, 2.4.–12.5.1985.

Sursee 1985
Claude Sandoz – Hans Schärer – André Thomkins, Rathaus, Sursee, 7.9.–13.10.1985. [o. K.]

Zürich 1985
CH-Graphik Live. Holzschnitte/Linolschnitte seit 1980, Graphische Sammlung der ETH, Zürich, 19.11.–22.12.1985.

1985/86

Frankfurt a. M./Kassel/Wien 1985/86
Vom Zeichnen. Aspekte der Zeichnung 1960–1985, Frankfurter Kunstverein, Frankfurt am Main, 19.11.1985–1.1.1986; Kasseler Kunstverein, Kassel, 15.1.–23.2.1986; Museum moderner Kunst, Wien, 13.3.–27.4.1986.

1986

Dortmund 1986
Macht und Ohnmacht in der Beziehung. Werke der Sammlung 1955–1986, Museum am Ostwall, Dortmund, 4.5.–15.6.1986.

Düsseldorf 1986
André Thomkins. Arbeiten aus den Jahren 1947–1985, Galerie Hete Hünermann, Düsseldorf, ab 9.11.1986. [o. K.]

Ludwigshafen 1986
Geschmacksache. Kunst als Lebens-Mittel, Wilhelm-Hack-Museum, Ludwigshafen, 20.7.–7.9.1986.

Zürich 1986
André Thomkins. Landschaften, Galerie Rosenberg, Zürich, 30.4.–28.6.1986. [o. K.]

Zürich 1986
André Thomkins, Kunsthaus Zürich, 16.5.–29.6.1986.

Zug 1986
Collagen, Kunsthaus Zug, 15.6.–31.8.1986.

1986/87

Basel 1986/87
André Thomkins, Galerie Littmann, Basel, 11.12.1986–17.1.1987. [o. K.]

Stuttgart 1986/87
Fröhliche Wissenschaft. Das Archiv Sohm, Staatsgalerie Stuttgart, 22.11.1986–11.1.1987.

1987

Aarau 1987
Otto Grimm. Marc-Antoine Fehr. Christoph Gredinger, Aargauer Kunsthaus Aarau, 17.10.–15.11.1987.

Berlin 1987
Essentiell. Eine sinnliche Ausstellung über das Essen, Galerie im Körnerpark, Berlin, 15.2.–8.3.1987. [o. K.]

Genève 1987
André Thomkins (1930–1985) »Oh! Cet Echo!«, Musée Rath, Genève, 19.2.–19.4.1987. [o. K.]

Luxembourg 1987
Art contemporain suisse. Collection de la Banque du Gothard, Cercle Municipal, Luxembourg, 5.–18.10.1987.

Rotterdam 1987
Tekeningen. Zeichnungen. Drawings, Galerie van Beveren, Rotterdam, 14.3.–12.4.1987. [o. K.]

Solothurn 1987
Daniel Spoerri – Kosta Theos: »Dogma I am God«, Kunstmuseum Solothurn, 29.8.–27.9.1987.

Wien 1987
Zauber der Medusa. Europäische Manierismen, Wiener Künstlerhaus, Wien, 3.4.–12.7.1987.

Wuppertal 1987
Vom Essen und Trinken. Darstellungen der Kunst der Gegenwart, Kunst- und Museumsverein, Wuppertal, 8.2.–31.3.1987.

1988

Genève 1988
Hommage à André Thomkins, Galerie Marika Malacorda, Genève, ab 8.3.1988. [o. K.]

Hamburg 1988
André Thomkins: menschenmöglich: Federzeichnungen 1947–1977, Kunsthalle Hamburg, 21.10.–27.11.1988.

Köln 1988
Uebrigens sterben immer die anderen. Marcel Duchamp und die Avantgarde seit 1950, Museum Ludwig, Köln, 15.1.–6.3.1988.

St. Gallen 1988
Schweizer Kunst der Gegenwart. Die Sammlung der Gotthard Bank, Kunstmuseum St. Gallen, 4.6.–14.8.1988.

Solothurn 1988
André Thomkins. Anagramme, Kunstmuseum Solothurn, 25.6.–21.8.1988.

Zürich 1988
André Thomkins, Galerie Rosenberg,
Zürich, 26.5.–5.7.1988. [o. K.]

1989

Basel 1989
Art 20'89. Die internationale Kunstmesse,
Messe Basel, 14.–19.6.1989.

Fellbach 1989
*Triennale Fellbach 1989. Kleinplastik. Bun-
desrepublik Deutschland, Deutsche Demo-
kratische Republik, Republik Österreich,
Schweiz*, Schwabenlandhalle, Fellbach,
24.6.–6.8.1989.

Firenze 1989
30 anni di disegni, Istituto Universitario
Olandese di Storia dell'Arte, Firenze,
29.9.–12.11.1989.

Köln 1989
WORTLAUT, Galerie Schüppenhauer,
Köln, 7.4.–27.5.1989. [o. K.]

Lausanne 1989
Dimension: petit. Größe: klein, Musée
Cantonal des Beaux-Arts, Lausanne,
7.10.–24.12.1989.

Zürich 1989
*Unikat und Edition. Künstlerbücher in der
Schweiz*, Helmhaus, Zürich,
18.11.–31.12.1989.

1989/90

Berlin/Luzern 1989/90
André Thomkins. Labyrinthspiel, Akademie
der Künste, Berlin, 24.9.–3.12.1989;
Kunstmuseum Luzern, 10.3.–22.4.1990
[Band 2, S. 5–13: (Serge Stauffer),
»100 fragen an andré thomkins«, tran-
skribiert in der vorliegenden Publikation,
S. 439–441].

Braunschweig 1989/90
*Erwerbungen aus zwei Jahrzehnten. Zeich-
nungen und Druckgraphik des 20. Jahrhunderts*, Herzog Anton Ulrich-Museum,
Braunschweig, 8.12.1989–4.2.1990.

1990

Chur 1990
*Kunst-Gepäck eines Diplomaten. Die
Sammlung Hans und Hildi Müller und die
Schenkung an das Bündner Kunstmuseum*,
Bündner Kunstmuseum, Chur,
5.10.–11.11.1990.

Düsseldorf 1990
*Um 1968. Konkrete Utopien in Kunst und
Gesellschaft*, Kunsthalle Düsseldorf,
27.5.–8.7.1990.

Hamburg 1990
André Thomkins. 1930–1985, Galerie
Tilman Bohm, Hamburg, 1.8.–15.9.1990.

Zürich 1990
*Schweizer Graphik der achtziger Jahre aus
den Beständen des Kunsthauses*, Kunsthaus
Zürich, 9.3.–29.4.1990.

Zürich 1990
Kupfer Druck, Graphische Sammlung der
ETH, Zürich, 28.8.–19.10.1990.

Zürich 1990
*André Thomkins. 17 postum verlegte Gra-
fiken (Edition Stähli)*, Galerie für Druckgrafik, Zürich, 31.8.–6.10.1990. [o. K.]

1990/91

München 1990/91
Salute. Daniel Spoerri, Künstlerwerkstatt
Lothringerstraße, München,
12.12.1990–3.1.1991.

1991

Basel 1991
Die Tücke des Objekts, Museum für
Gestaltung, Basel, 23.3.–20.5.1991.

Hannover 1991
Neue Künstlerbücher aus der Schweiz,
Stadtbibliothek, Hannover,
27.3.–25.5.1991.

1992

Basel 1992
*Tinguely zu Ehren. A Tribute to Tinguely.
Hommage à Tinguely*, Galerie Littmann,
Basel, April–Mai 1992.

Bielefeld 1992
FLUXUS aus der Sammlung Andersch,
Bielefelder Kunstverein, Museum Waldhof,
Bielefeld, 31.10.–20.12.1992.

Genova 1992
*Frammenti Interface Intervalli. Paradigmi
della frammentazione nell'arte svizzera*,
Museo d'arte contemporanea di Villa
Croce, Genova, 8.4.–28.6.1992.

Köln 1992
André Thomkins, Busche Galerie, Köln,
22.6.–3.8.1992. [o. K.]

Paris 1992
Oh! Cet écho! Emma Kunz, Centre Culturel
Suisse, Paris, 19.9.–1.11.1992.

Zürich 1992
*Sonderfall? Die Schweiz zwischen Réduit
und Europa*, Schweizerisches Landesmuseum, Zürich, 19.8.–23.11.1992.

1992/93

Köln 1992/93
*André Thomkins. Ölbilder, Skulpturen, Lack-
skins, Zeichnungen, Grafik, Palindrome*, Kolon
Galerie, Köln, 13.11.1992–16.1.1993. [o. K.]

1993

Bern 1993
*André Thomkins. Aquarelle. Zeichnungen.
Lackskins*, Galerie Kornfeld, Bern,
24.2.–27.3.1993. [o. K.]

Bonn 1993
*Gegendruck. Schweizer Künstlergraphik von
Alberto Giacometti bis Urs Lüthi*, Galerie
der Friedrich-Ebert-Stiftung, Bonn,
4.3.–16.4.1993.

Bozen 1993
*Dimension Schweiz 1915–1993. Von der
frühen Moderne zur Kunst der Gegenwart*,
Museion, Bozen, 24.9.–10.12.1993.

Wien 1993
Real Real, Wiener Secession, Wien,
27.10.–5.12.1993.

1994

Basel 1994
Art 25'94. Die Internationale Kunstmesse,
Messe Basel, 15.–20.6.1994.

Berlin 1994
Die Thomkins. Eine Künstlerfamilie, Haus am Lützowplatz, Berlin, 13.2.–10.4.1994.

Genève 1994
Thomkins, Galerie Jan Krugier, Genève, 3.6.–28.7.1994. [o. K.]

Solothurn 1994
Körper – Fragment – Wirklichkeit. Beispiele aus der Schweizer Kunst des 20. Jahrhunderts, Kunstmuseum Solothurn, 26.2.–17.4.1994.

Solothurn 1994
Eine Schenkung. Graphik von Chillida, Tàpies, Calder, Dubuffet, Nicholson, Giacometti, Tinguely, Thomkins, Kunstmuseum Solothurn, 14.8.–25.9.1994. [o. K.]

1995

Basel 1995
Art 26'95. Die Internationale Kunstmesse, Messe Basel, 14.–19.6.1995.

Bern 1995
André Thomkins, Kunstmuseum Bern, 7.11.–31.12.1995. [o. K.]

Frankfurt a. M. 1995
Auf Papier. Kunst des 20. Jahrhunderts aus der Deutschen Bank, Schirn Kunsthalle, Frankfurt am Main, 3.3.–30.4.1995.

Genève 1995
André Thomkins 1930–1985, Musée d'art et d'histoire, Genève, 31.10., 1.11., 3.11.1995. [o. K.]

Langenthal 1995
Aufgedeckt Aufgetischt. Rezepte und Konzepte der Kunst im Umgang mit Essen, Kunsthaus Langenthal, 20.10.–26.11.1995.

Münster 1995
Meisterwerke aus dem Kupferstichkabinett Basel. »Zu Ende gezeichnet«, Westfälisches Landesmuseum für Kunst und Kulturgeschichte, Münster, 10.9.–5.11.1995.

Solothurn 1995
Die bewegte Sammlung: ein Ausstellungsprogramm aus eigenen Beständen (zum Teil ergänzt mit Leihgaben), verbunden mit Veranstaltungen zu Kunst, Literatur und Musik für alle Interessierten, auch für Kinder und Jugendliche, Kunstmuseum Solothurn, 14.5.–15.8.1995.

Winterthur 1995
André Thomkins. Oh cet écho!, Kunstmuseum Winterthur, 18.11.–12.1995. [o. K.]

Zürich 1995
André Thomkins, Galerie Ziegler, Zürich, 18.3.–20.5.1995. [o. K.]

Zürich 1995
Der Alb verläßt das Lager. Werke aus der Sammlung der Stadt Zürich [...], Stadthaus Zürich, 12.9.–31.12.1995. [o. K.]

1995/96

Basel 1995/96
André Thomkins. Oh Cet Echo!, Museum für Gegenwartskunst, Basel, 4.11.1995–7.1.1996. [o. K.]

1996

Aarau 1996
»Oh cet écho!« Otto Meyer-Amden – André Thomkins, Aargauer Kunsthaus Aarau, 28.1.–17.3.1996. [o. K.]

Aarau 1996
Die Sammlung neu kombiniert, Aargauer Kunsthaus Aarau, 24.8.–10.11.1996. [o. K.]

Basel 1996
Prints, Galerie Gisèle Linder, Basel, 24.4.–5.6.1996. [o. K.]

Basel 1996
Art 27'96. Die Internationale Kunstmesse, Messe Basel, 12.–17.6.1996.

Paris 1996
De Beuys à Trockel. Dessins contemporains du Kunstmuseum de Bâle, Galerie d'art graphique, Paris, 10.7.–30.9.1996.

Rotterdam 1996
Sorti du labyrinthe, Centrum Beeldende Kunst, Rotterdam, 3.3.–14.4.1996.

1997

Basel 1997
Art 28'97. Die Internationale Kunstmesse, Messe Basel, 11.–18.6.1997.

Paris 1997
FIAC. Foire Internationale d'Art Contemporain. Pays à l'honneur: la Suisse, Espace Eiffel Branly, Paris, 1.10.–6.10.1997.

Stuttgart 1997
Ina Conzen, *Art Games. Die Schachteln der Fluxuskünstler*, Staatsgalerie Stuttgart, 12.6.–5.10.1997.

Zürich 1997
Nanne Meyer. Ann Noël. Dieter Roth. André Thomkins. Suse Wiegand. Emmett Williams. Andreas Züst, Galerie Marlene Frei, Zürich, 11.7.–9.8.1997.

1997/98

Solothurn/Bremen/Gera/Koblenz 1997/98
Produkt: Kunst! Wo bleibt das Original?, Kunstmuseum Solothurn, 12.4.–1.6.1997; Neues Museum Weserburg, Bremen, 28.9.–30.10.1997; Kunstsammlung, Gera, 11.12.1997–8.2.1998; Ludwig Museum im Deutschherrenhaus, Koblenz, 28.2.–8.5.1998.

Basel 1997/98
111 Zeichnungen von 111 Künstlern und Künstlerinnen, Kunstmuseum Basel, 20.9.1997–18.1.1998.

Solothurn 1997/98
Das Kamberorchester, Kunstmuseum Solothurn, 25.10.1997–4.1.1998.

1998

Paris 1998
André Thomkins, Centre culturel suisse, Paris, 5.5–28.6.1998. [o. K.]

Frankfurt a. M. 1998
13 Räume für die Zeichnung. Die Schweizer Zeichnung im 20. Jahrhundert, Frankfurter Kunstverein, Frankfurt am Main, 12.9.–15.11.1998.

1998/99

Aarau/Chur/Vevey/Bellinzona 1998/99
Im Reich der Zeichnung. Zeichnungen und Arbeiten auf Papier. Werke des 20. Jahrhunderts aus dem Aargauer Kunsthaus Aarau, Aargauer Kunsthaus Aarau, 17.1.–22.3.1998; Bündner Kunstmuseum, Chur, 4.4.–1.6.1998; Musée Jenisch, Vevey, 17.9.–8.11.1998; Civica Galleria d'Arte Villa dei Cedri, Bellinzona, 20.11.1998–24.1.1999.

PHOTONACHWEIS

Alle Aufnahmen

Jean-Pierre Kuhn
Schweizerisches Institut für Kunstwissenschaft, Zürich/Lausanne

mit Ausnahme von:

Anonym
S. 2, 435 l., m.; 437 l., m., Kat. 288

Aarau, Aargauer Kunsthaus
Kat. 148, 180

Basel, National-Versicherung
Kat. 109

Basel, Öffentliche Kunstsammlung
(Martin Bühler)
H. 15, H. 16, B. 3, G. 58, Kat. 31, 55, 74, 81,
104–108, 112, 130, 184, 195

Basel, OLOID AG (Christian Baur)
G. 73

Bätterkinden, Leonardo Bezzola
S. 438 m.

Bedburg-Hau, Sammlung van der Grinten,
Museum Schloß Moyland
Kat. 39, 85, 86, 142

Berlin, Akademie der Künste
B. 37, B. 53, G. 91, Kat. 144, 226, 289, 292,
293, 295–298, 300–306, 317

Bern, Kunstmuseum
Kat. 21, 34, 44, 271

Bremen, Neues Museum Weserburg
(Joachim Fliegner)
H. 11, H. 27, B. 56, G. 54, Kat. 93, 94, 99,
102, 189, 193, 197, 208, 228, 232, 273

Chur, Bündner Kunstmuseum
B. 17, G. 22

Den Haag, Gemeentemuseum
G. 34

Düsseldorf, Bernd Jansen
S. 437 r.

Düsseldorf, Walter Klein
H. 38, Kat. 151

Genf, Galerie Krugier
Kat. 194

Köln, Dietmar Schneider
S. 438 l.

Luzern, Kunstmuseum
B. 26, G. 7, G. 13, G. 19, G. 82, Kat. 25, 71,
76, 163, 216, 217, 321–327

Luzern, Schweizerische Nationalbank
(Josef Brun)
G. 84

München, Bayerische Staatsgemäldesammlungen
G. 61

St. Gallen, Kunstmuseum
H. 32

Solothurn, Kunstmuseum
Kat. 183

Zürich, Werner Gadliger
S. 438 r.

Zürich, Kunsthaus
H. 29, Kat. 199

Zürich, Serge Stauffer (Nachlaß)
S. 436 m., 436 r.

Zürich, Niklaus Stauss
S. 438 u.